Knaur.

Knaur.

Im Knaur Taschenbuch Verlag sind bereits folgende Bücher des Autors erschienen:
Im Schatten von Notre-Dame
Engelsfluch
Sonnenkreis
Die Farbe Blau

Über den Autor:
Jörg Kastner, geboren 1962 in Minden an der Weser, hat nach erfolgreichem Jurastudium aus seiner Liebe zum Schreiben einen Beruf gemacht und lebt heute mit seiner Frau in Hannover. Von seinen genauen Recherchen, verbunden mit der Kunst, unwiderstehlich spannend zu erzählen, zeugen eine Reihe von Erfolgsromanen.
Besuchen Sie den Autor im Internet: *www.kastners-welten.de*

Jörg Kastner

Engelspapst

Thriller

Knaur Taschenbuch Verlag

Besuchen Sie uns im Internet:
www.knaur.de

Vollständige Taschenbuchausgabe 2002
Droemersche Verlagsanstalt Th. Knaur Nachf., München

Umschlaggestaltung: ZERO Werbeagentur, München
Umschlagabbildung: Photonica, Hamburg / Yasushi Kuroda
Satz: Ventura Publisher im Verlag
Druck und Bindung: Nørhaven Paperback A/S, Viborg
Printed in Denmark
ISBN-10: 3-426-61906-7
ISBN-13: 978-3-426-61906-3

14 13 12 12 11

Für Andrea und Roman Hocke,
ohne die Rom nur eine Stadt geblieben wäre.

Weiterer Dank gilt meiner Frau Corinna,
die Rom mit mir erkundet und
das Manuskript kritisch gelesen hat.

JK

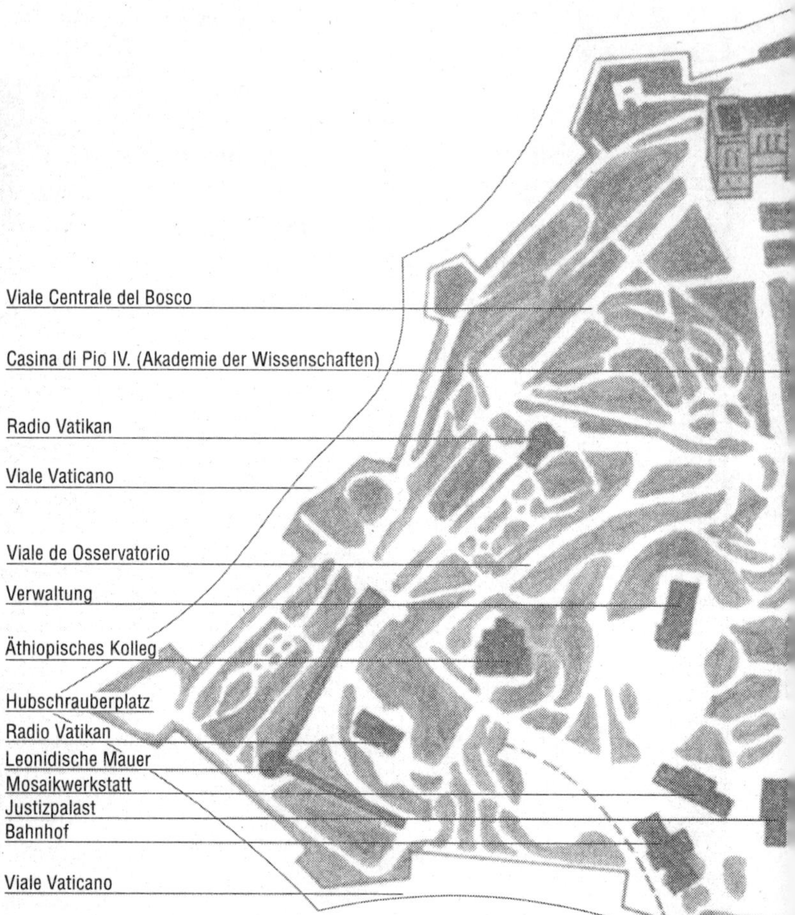
Viale Centrale del Bosco
Casina di Pio IV. (Akademie der Wissenschaften)
Radio Vatikan
Viale Vaticano
Viale de Osservatorio
Verwaltung
Äthiopisches Kolleg
Hubschrauberplatz
Radio Vatikan
Leonidische Mauer
Mosaikwerkstatt
Justizpalast
Bahnhof
Viale Vaticano

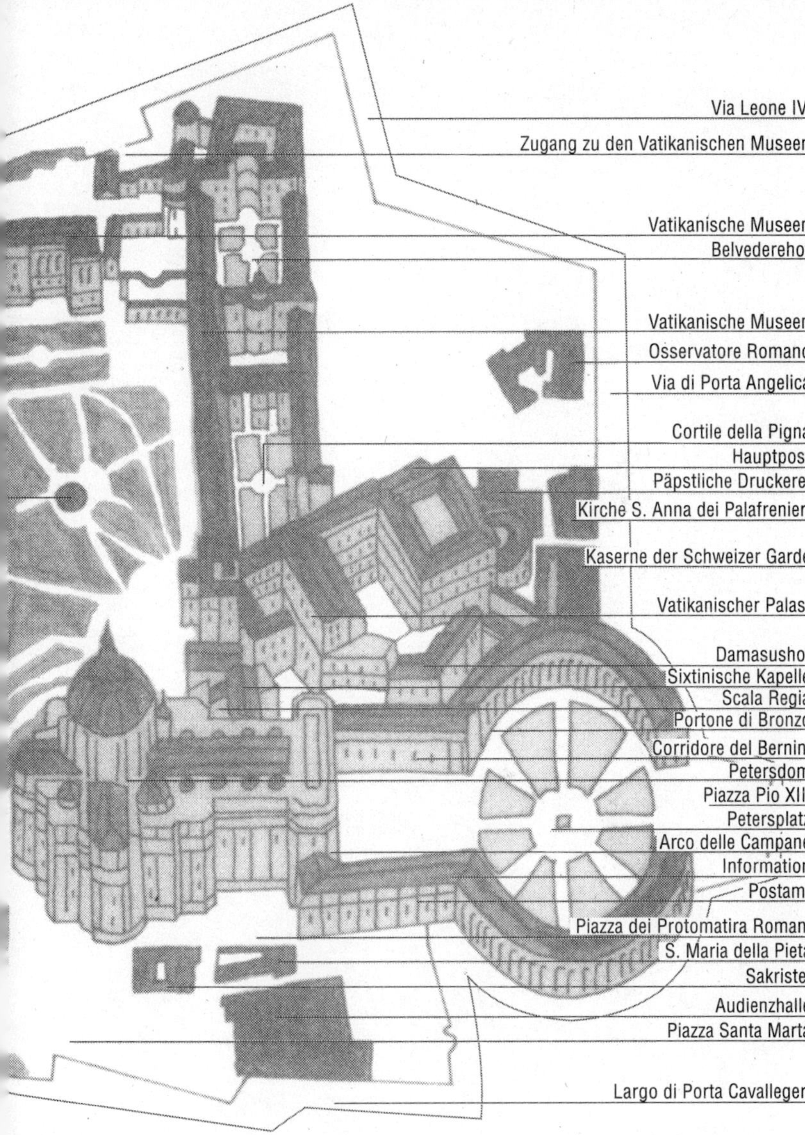

Via Leone IV.
Zugang zu den Vatikanischen Museen
Vatikanische Museen
Belvederehof
Vatikanische Museen
Osservatore Romano
Via di Porta Angelica
Cortile della Pigna
Hauptpost
Päpstliche Druckerei
Kirche S. Anna dei Palafrenieri
Kaserne der Schweizer Garde
Vatikanischer Palast
Damasushof
Sixtinische Kapelle
Scala Regia
Portone di Bronzo
Corridore del Bernini
Petersdom
Piazza Pio XII.
Petersplatz
Arco delle Campane
Information
Postamt
Piazza dei Protomatira Romani
S. Maria della Pieta
Sakristei
Audienzhalle
Piazza Santa Marta
Largo di Porta Cavallegeri

Ich will dir die Schlüssel des Himmelreichs geben,
und was du auf Erden bindest,
wird auch im Himmel gebunden sein,
und was du auf Erden löst,
wird auch im Himmel gelöst sein.

(Matthäus 16.19)

Das Verlorene werde ich suchen,
das Versprengte zurückholen,
und das Verwundete verbinden,
und das Schwache werde ich stärken;
aber das Fette und Starke werde ich vertilgen
und werde es weiden mit Gericht.

(Hesekiel 34.16)

Der Fremde erblickt am Ende des rechten Halbrunds merkwürdige Gestalten, die Kleider aus roten, gelben und blauen Tuchstreifen tragen: es sind die guten Schweizer, mit Hellebarden bewaffnet, in der Tracht des 15. Jahrhunderts. Damals bildeten die Schweizer die Hälfte aller europäischen Heere, und zwar die tapferere; daher der Brauch, Schweizer zu halten.

(Stendhal, Wanderungen in Rom)

PROLOG

»Habemus papam! – Wir haben einen Papst!« Als Monsignore Gianfranco Tamberlani, Kardinalprotodiakon und Vorsitzender der Apostolischen Signatur, auf dem Balkon der Vatikanbasilika die feierlichen Worte ins Mikrofon sprach, atmete die vieltausendköpfige Menge auf. Dicht zusammengedrängt hatten die aus allen Erdteilen zum Konklave nach Rom gereisten Gläubigen trotz des Nieselregens auf dem Petersplatz ausgeharrt. Herbeigelockt von den dicken weißen Rauchwolken, die knapp eine Stunde zuvor aus dem kleinen Schornstein der Sixtinischen Kapelle aufgestiegen waren. Dort hatten, unbeachtet von den majestätisch über ihren Häuptern schwebenden Gestalten auf den leuchtenden Deckenfresken Michelangelos, die drei als Wahlprüfer ausgelosten Kardinäle die anonymen Stimmzettel und alle Aufzeichnungen der Wahlversammlung vorschriftsmäßig im alten Ofen der päpstlichen Hauskapelle verbrannt. Zusammen mit den Stäbchen, deren chemische Zusammensetzung dem Rauch das unverkennbare Weiß verlieh.

Der alte Kardinal Tamberlani war, als er den Balkon betrat, für einige Sekunden der meistbeachtete Mann Roms und der ganzen christlichen Welt. Auf dem Petersplatz und vor Millionen Fernsehschirmen hatten Christen nicht nur der römisch-katholischen Konfession mit angehaltenem Atem darauf gewartet, dass der dienstälteste Diakon unter den Kardinälen, dem die Verkündung des Wahlergebnisses oblag, sich endlich zeigte. Allen düsteren Prophezeiungen zum Trotz, dass mit dem Tod des letzten Papstes, der ausgerechnet am Karfreitag verschieden war, das Ende des Papsttums, der römisch-katholischen Kirche und der ganzen Menschheit gekommen sei, hatten die im Konklave versammelten Kardinäle sich auf einen Nachfolger geeinigt.

Der weiße Rauch bewies es.

»*Habemus papam!*«

Das tausendfache Raunen und Flüstern vor Sankt Peter explodierte in einem gigantischen Jubelschrei. Der alte ägyptische Obelisk, der sich aus der Mitte der Menge in den trüben Aprilhimmel reckte, und die Heiligenfiguren auf den Kolonnaden rings um den Platz schienen regelrecht zu erbeben.

Immer mehr *Porporati* – »Purpurne«, wie der Volksmund die Kardinäle aufgrund ihrer scharlachroten Soutanen nannte – drängten sich auf den Balkon. Allerdings trugen sie statt des leuchtenden Purpurs die schwarzen Talare, die für die Sedisvakanz, die papstlose Zeit, vorgeschrieben waren. Nur die breiten Schärpen und die Kopfbedeckungen waren in der Ehrenfarbe der Kardinäle gehalten. Ob Schwarz oder Rot, die obersten Vertreter der heiligen römischen Kirche interessierten die Gläubigen in diesem Augenblick nicht im Geringsten. Unzählige Augenpaare suchten das Gewühl auf dem Balkon nach dem Mann in der weißen Soutane ab, der Farbe der Unschuld und der Reinheit, des ungebrochenen Lichts und der unbedingten Wahrheit – in der Farbe des Papstes.

Nun lenkte ein von Trommelwirbeln begleiteter feierlicher Aufzug vor der Vatikanbasilika die Aufmerksamkeit auf sich. Die Schweizergarde, seit fünfhundert Jahren Beschützerin des Heiligen Vaters, hatte zu Ehren des neu gewählten Oberhirten ihre im Blau-Gelb-Rot der Medici gehaltene Galauniform angelegt. Für gewöhnlich war die prachtvolle altertümliche Aufmachung mit den schwarz glänzenden, federbuschbesetzten Helmen und den langen Hellebarden eine Touristenattraktion ersten Ranges, aber an diesem Tag konnte sie die Menge nicht lange fesseln. Ein Stück weißer Soutane schimmerte zwischen dem Schwarz und Rot der Kardinäle hindurch. Jeder, der es sehen konnte, wusste, dass dort, noch verborgen vor den Augen der Öffentlichkeit, der neue Papst stand.

Kardinal Tamberlani breitete die Arme zu einer Ruhe einfordernden Geste aus und wiederholte: »Wir haben einen Papst – Kardinal Jean-Pierre Gardien ...«

Er hatte den Namen kaum ausgesprochen, als seine Stimme trotz der leistungsstarken Lautsprecheranlage erneut vom Geschrei der Menge übertönt wurde. Längst nicht alle jubelten. Viele fragten verwirrt, ob sie den Namen richtig verstanden hätten und wer dieser Kardinal Gardien überhaupt sei. Auch die zu Hunderten zusammengekommenen Reporter blätterten eilig in ihren Listen mit den *Papabili*, den aussichtsreichsten Kandidaten für die Nachfolge Petri. Vergebens. Erfahrene Vatikanberichterstatter hatten vor Beginn des Konklaves ihre eigenen Kandidatenlisten mit denen von Kollegen abgeglichen und über die am häufigsten auftauchenden Namen gründlich recherchiert. Kardinal Gardien jedoch hatte nicht zu den Favoriten gehört.

Nur im Verzeichnis aller an der Papstwahl teilnehmenden Kardinäle war er vermerkt: Jean-Pierre Gardien, Franzose, achtundfünfzig Jahre alt, Präsident des Rates zur Förderung der Einheit der Christen und davor Erzbischof von Marseille. Mit diesen spärlichen Informationen versehen, sprachen die Live-Berichterstatter in die Mikrofone; andere Reporter zückten die Handys, um ihre Berichte durchzugeben. Routiniert machten sie aus der Nachricht im Handumdrehen eine Sensation: Wieder einmal war ein Nichtitaliener zum Papst gewählt worden, er war für das hohe Amt verhältnismäßig jung – und zudem ein krasser Außenseiter!

Zu erklären war das nur mit der langen Dauer des Konklaves. Vor neun Tagen waren die Wahlberechtigten – alle Kardinäle, die jünger als achtzig waren – zusammengekommen, um sich mit einer Mehrheit von mindestens zwei Dritteln plus einer aller Stimmen auf einen Nachfolger des verstorbenen Oberhirten zu einigen. Zur Wahl trafen sie sich in der Sixtinischen Kapelle, die restliche Zeit verbrachten sie im nicht minder streng von der Außenwelt abgeriegelten Hospiz der heiligen Marta, an der anderen Seite des Petersdoms. Vier Wahlgänge pro Tag waren zugelassen, und viermal trat als Zeichen einer nicht erfolgten Einigung schwarzer Rauch aus dem Schornstein, am ersten, am zweiten und auch am dritten Tag. Am vierten Tag spähte niemand neugierig in den Himmel über der Sixtinischen Kapelle; nach den Vorschriften für das Konklave diente dieser Tag dem Beten und vor allen Dingen Besprechungen unter den Kardinälen. An den nächsten drei Tagen kam es wieder zu jeweils vier Wahlgängen, und zwölfmal stieg tiefschwarzer Rauch in den Himmel über der Ewigen Stadt. Erneut gab ein Ruhetag Zeit für Spekulationen. Die Presse mutmaßte, der konservative und der liberale Flügel könnten sich nicht auf einen gemeinsamen Kandidaten einigen. Und jetzt, als ein krasser Außenseiter zum neuen Pontifex gewählt war, schien diese Annahme bestätigt. Beide Lager hatten lieber einen unscheinbaren und, wie sie hofften, leicht zu beeinflussenden Dritten gewählt als den bevorzugten Kandidaten des anderen Flügels.

Für die nächste Sensation sorgte der Kardinalprotodiakon, als er über den neuen Papst bekannt gab: »… der den Namen Custos gewählt hat.«

Custos?

Mit allem hatte man gerechnet. Mit einem neuen Clemens, Benedikt, Pius oder Gregor. Mit einem weiteren Leo, Paul oder Johannes. Auch mit einem Doppelnamen, wie er zum ersten Mal von Albino Luciani und dann von seinem Nachfolger Karol Wojtyla, Johannes Paul I. und II., gewählt worden war. Aber Custos?

Wieder huschten die Finger der Journalisten über Listen oder tippten den Namen eilig ins Suchprogramm eines Notebooks. Ein Custos war dort nicht zu finden, und schon ergingen die Reporter sich in Spekulationen über die Bedeutung des Namens: Wächter, Hüter, Aufseher …

Papst Custos wartete nicht, bis sie mit ihrer Aufzählung fertig waren. Er trat an Tamberlanis Platz, direkt an der Balkonbrüstung, und gierig zoomten tausend Kameras auf den Mann in Weiß. Die jungfräuliche Soutane, angefertigt vom päpstlichen Hofschneider Gammarelli, ließ den feingliedrigen Körperbau nur erahnen. Vor jeder Papstwahl schneiderte Gammarelli drei Soutanen, eine kleine, eine mittlere und eine große. Für den neuen Pontifex war die mittlere groß genug.

Die schmalen Augen blickten in einer Mischung aus Neugier und Unglauben auf die jubelnde Menge hinunter, aber nicht auf sie herab. Ein Blick, der Scheu verriet vor dem Amt, das ihm die anderen Kardinäle – und Gott, wie man sagte – überantwortet hatten. Doch zugleich ein fester, verantwortungsbewusster Blick. Später hätte wohl beinahe jeder aus der riesigen Menge gesagt, der neue Oberhirte habe ihm persönlich tief in die Augen gesehen, in die Seele.
Als Custos der Stadt Rom und dem ganzen Erdkreis den Segen *Urbi et Orbi* erteilte, wich der tosende Jubel einer stillen Ergriffenheit. Die Augen der Gläubigen hingen an den Lippen des Papstes, als habe der Prälat Jean-Pierre Gardien mit der Nachfolge Petri nicht nur die Stellvertretung Gottes auf Erden übernommen, sondern sei selbst von göttlichem Atem gestreift worden. Schnell wurde allen klar, dass dieser Papst ein ganz besonderer Mensch war.
Erst recht, als er dem Segen eine persönliche Ansprache folgen ließ, keine vorgefertigte Rede, sondern Worte, die spontan und von Herzen kamen. Offene, ungewöhnliche Worte, die manch erfahrenen Vatikankorrespondenten und besonders die Kardinäle auf dem Balkon zu einem Stirnrunzeln veranlassten. Wer geglaubt hatte, mit dem neuen Papst würde die alte Ruhe und Ordnung in den Vatikan zurückkehren, sah sich grob getäuscht. Custos würde für frischen Wind sorgen, im Heiligen Stuhl und in der ganzen Weltkirche.
Aber niemand ahnte zu diesem Zeitpunkt, dass den außerordentlichen Worten schnell außerordentliche Ereignisse folgen sollten. Ereignisse, die den Vatikan und die gesamte Christenheit bis in die Grundfesten erschüttern würden.

Donnerstag, 30. April

Wolken verdüsterten die Abenddämmerung; es war, als bräche die Nacht früher herein. Angestrengt spähte Heinrich Rosin auf die enge Fahrbahn, die von den Lichtspeeren der Scheinwerfer aus dem Dunkel gerissen wurde. Vorsichtig lenkte er den Lancia über den schmalen Kiesweg, die einzige Durchfahrt an der Baustelle. Rechts neben ihm gähnte der Abgrund. Als das knirschende Geräusch unter den Reifen verstummte und der Wagen wieder über die asphaltierte Bergstraße rollte, atmete er auf. Dunkler Wald säumte die Straße zur Linken, und dunkel lag die alte Kirche zwischen den Bäumen. Nicht ein Fenster war erleuchtet, fast wäre er vorbeigefahren. Als das Scheinwerferlicht über die brüchigen Mauern glitt, kamen ihm Zweifel, ob er den Mann, den er suchte, tatsächlich hier finden würde. Das halb verfallene Gebäude sah nicht aus, als beherberge es ein menschliches Wesen.

Rosin stellte Licht und Motor ab, stieß die Fahrertür auf und griff nach der Kassette, die auf dem Rücksitz lag. Doch dann zögerte er, starrte den schmucklosen Kasten an und fragte sich, ob er das Richtige tat. Der neue Papst hatte sein ganzes Weltbild ins Wanken gebracht, mehr noch, es umgestürzt. Er hatte den Heiligen Vater bekehren wollen, aber Papst Custos war ein ungewöhnlicher Mann, ein sehr ungewöhnlicher. In langen Gesprächen hatte er ihn, Heinrich Rosin, davon überzeugt, dass er den falschen Weg beschritt. Mit seinem Entschluss, sich auf die Seite des Heiligen Vaters zu stellen, war er auch zu der Erkenntnis gelangt, dass die Kassette an einen sicheren Aufbewahrungsort gehörte. Doch jetzt fiel es ihm schwer, das lang gehütete Geheimnis einem anderen zu überantworten.

Er gab sich einen Ruck, stieg aus dem Wagen und ging langsam auf die Kirche zu. Mehrere Anbauten wirkten ebenso düster und abweisend wie das alte Hauptgebäude selbst. Gottverlassen. Als er auf dem Vorplatz stehen blieb und sich suchend umsah, erschreckte ihn eine heisere Stimme.

»Sind Sie das, Bruder Heinrich?«

Die Stimme kam von links. Rosin drehte sich um. Zwischen zwei lang gestreckten Gebäuden stand eine Gestalt, so finster, als wollte sie mit der Nacht verschmelzen.

Er hatte die Stimme erkannt. Als er näher trat, erkannte er auch das Gesicht, obwohl es sich sehr verändert hatte. Die Haut spannte über den Knochen wie bei einem Totenschädel, der sich für einen nächtlichen Spukauftritt notdürftig den Anschein eines menschlichen Antlitzes gab. Die schwarze Soutane stammte aus Tagen, in denen ihr Träger ein kräftigerer Mann gewesen war; sie war viel zu weit. Die Augen des Geistlichen lagen hinter dicken Brillengläsern wie hinter einem Schutzwall.

»Sie sehen schlecht aus, Monsignore. Geht es Ihnen nicht gut? Sind Sie krank?«

»Nur an der Seele. Den Grund sollten Sie kennen, Bruder Heinrich, zumindest ahnen. Ich kasteie meinen Körper in der Hoffnung, dass die Seele gesundet.« Das Zucken seiner Mundwinkel war die Andeutung eines Lächelns. »Hat

Gott mir nicht verziehen? Sind Sie gekommen, um meiner Qual ein Ende zu bereiten?«

»Was meinen Sie, Monsignore?«

»Pater genügt, ich bin kein Benefiziat mehr. Falls Förmlichkeiten noch eine Rolle spielen.« Der Geistliche seufzte. »Was ich meine? Ich frage Sie, ob der Orden Sie geschickt hat mit dem Auftrag, einen Abtrünnigen zu bestrafen, ihn zum Schweigen zu bringen.«

Nachdem er sich von seiner Überraschung erholt hatte, sagte Rosin: »Zum Schweigen bringen? Ganz im Gegenteil, Pater, ich brauche Ihre Hilfe.«

Er musste sich daran gewöhnen, den Geistlichen einfach nur »Pater« zu nennen; zu lange hatte er ihn als »Monsignore«, als seinen Beichtvater im Vatikan, gekannt.

Der Pater bat ihn in einen der Anbauten, in einen kleinen, kargen Raum, und zündete eine Kerze an. Im flackernden Schein der Flamme, die sich auf den Brillengläsern spiegelte, wirkte das ausgezehrte Gesicht noch geisterhafter.

»Was mich zu Ihnen führt, ist ein Geheimnis, größer als alles, was ich Ihnen je anvertraut habe«, begann Rosin umständlich, noch nach den passenden Worten suchend. »Auch wenn Sie nicht mehr mein Beichtvater sind, muss ich doch um Ihr Schweigen bitten, nicht weniger als …«

»Sie können sich auf mich verlassen, Bruder Heinrich, falls ich Sie noch so nennen darf. Aber ich habe dem Orden den Rücken gekehrt und weiß nicht, ob Sie mit Ihrem Anliegen zu dem Richtigen gekommen sind.«

»Gerade deshalb habe ich Sie aufgesucht, Pater. Auch ich habe dem Orden den Rücken gekehrt. Er weiß es nur noch nicht – hoffe ich. Wenn er es aber erfährt, ist das hier außerhalb des Vatikans besser aufgehoben.« Rosin schob die

Kassette über den kleinen Tisch; der Geistliche machte keine Anstalten, sie zu berühren. Rosin zog einen kleinen Schlüssel aus der Hosentasche und legte ihn auf die Kassette. »Über den Inhalt will ich Ihnen nichts sagen, Pater, aber ich muss Sie warnen. Falls Sie sich darauf einlassen, die Kassette für mich aufzuheben, kann das gefährlich werden.«

Leicht befremdet, als sei ihm die ganze Sache unangenehm, starrte der Geistliche auf die Kassette. »Was soll ich mit dem Schlüssel?«

»Wenn ich, aus welchen Gründen auch immer, nicht dazu komme, sie wieder an mich zu nehmen, müssen Sie entscheiden, was mit ihr geschieht. Wenn Sie meinen, Sie müssten den Inhalt kennen, benutzen Sie den Schlüssel.«

Der Pater schüttelte den Kopf. »Ich will nicht wissen, was darin ist. Ich weiß ohnehin schon zu vieles, das meine Seele belastet. Damals, als ich die Geheimnisse des Ordens zu erfassen begann, habe ich einen Weg in die Kapelle gefunden.«

»Die Kapelle?«

»Die unterirdische Kapelle. Als ich sie sah, wusste ich, dass all die Gerüchte um den Sohn Gottes nicht bloß Gerüchte sind. Auch wenn ich nicht alles verstand – ich habe begriffen, dass der Orden einem finsteren Weg folgt. Ich habe den Anführer des Treffens an der Stimme erkannt.«

Rosin zog die Brauen zusammen. »Wenn er das wüsste, wären Sie nicht mehr am Leben, Pater.«

»Ich weiß. Vielleicht habe ich den Vatikan auch deshalb verlassen. Weil ich feige bin. Aber ich habe mir immer eingeredet, ich sei hier in die Berge gegangen, weil ich den Orden nicht länger unterstützen wollte.«

»Ich bin erst in den letzten Tagen zur Einsicht gelangt. Leider sehr spät.«
»Hat das mit dem neuen Pontifex zu tun?«
Rosin nickte. »Ich will versuchen, ihm zur Macht über das Geheimnis der Kapelle zu verhelfen, aber wenn die, die wir unsere Brüder genannt haben, davon erfahren, kann niemand sagen, wie es ausgeht. Dann müssen andere sich bemühen, die Wahrheit ans Licht zu bringen.« Er zeigte auf die Kassette. »Da drin findet sich ein Schlüssel zur Wahrheit.«
Zweifelnd starrte der Pater auf den Kasten. »Was soll ich damit tun, falls ...«
»Ein Unglück geschieht?« Rosin zuckte mit den Schultern. »Fragen Sie Gott um Rat, den wahren Gott.«
Der Geistliche sah ihn traurig an. »Das tue ich schon seit Jahren.«
Rosin bemühte sich um ein aufmunterndes Lächeln. »Wir alle sind nur Menschen, Pater. Schwache Menschen. Aber gerade in der Menschlichkeit kann unsere Stärke liegen. Wollen Sie mir helfen?«
»Ja.«
Erleichtert stand Rosin auf und reichte ihm die Hand. »Ich hoffe, wir sehen uns wieder. Falls nicht, dann hören Sie auf die Stimme Ihres Herzens, Pater. Es wird Gottes Stimme sein.«
Als Rosins Wagen hinter den Bäumen der nächsten Biegung verschwand, stand der Geistliche vor der Kirche und starrte ihm nach. Seine dünnen Lippen formten tonlos Worte: »Spricht Gott überhaupt noch zu den Menschen?«

Freitag, 1. Mai

Das quälende Traumgesicht verschwand in einer grellen Explosion, und eine Flutwelle gleißenden Lichts riss Alexander aus dem unsteten Kosmos seines Unterbewusstseins. Eben noch hatte er neben dem Todgeweihten in der einmotorigen Cessna gesessen, den sicheren Tod vor Augen und doch unfähig, in den Lauf des Schicksals einzugreifen, jetzt lag er in seinen zerwühlten Laken, erschöpft und schweißgebadet wie in all jenen Nächten, in denen der Tod seine Träume beherrschte. Diesmal versank die Sonne der Zerstörung nicht hinter dem Horizont des Erwachens, wollte nicht mit den Trümmern der zerfetzten Einmotorigen verglühen.

Doch zumindest ihre Blendkraft ließ nach, als sie die Konturen von Alexanders doppeltem Deckenstrahler annahm. Jemand hatte das Licht in seiner kleinen Stube angeschaltet. Einer der schwarzen Kunststoffstrahler zeigte auf die geöffnete Tür; in seinem Licht stand die muskulöse Gestalt Utz Rassers, der stets wirkte, als wollte sein Brustkorb mit jedem Atemzug die Uniform sprengen. Jetzt, da er vom schnellen Laufen schnaufte und seine Brust sich heftig hob und senkte, schien der Stoff tatsächlich zum Zerreißen gespannt.

Im ersten Augenblick dachte Alexander, sein Kamerad sei ebenso verschwitzt wie er. Dann erkannte er, dass die Feuchtigkeit nicht nur auf Rassers Gesicht glitzerte.

Regentropfen bedeckten die dunklen Schnürschuhe und die dunkelblauen Wollstrümpfe, die blaugraue Hose, den schwarzen Umhang und das schwarze Barett, das beim Laufen unvorschriftsmäßig weit in den Nacken gerutscht war.

Alexander erinnerte sich, dass Utz in dieser Nacht Wachhabender Korporal draußen an der Porta Sant'Anna war. Ein nicht gerade beliebter Job, wenn Petrus die Schleusen öffnete.

Wenn Utz Wache hatte, durfte er nicht hier sein. Nachlässigkeiten im Dienst wurden vom Kommandanten der Schweizergarde unnachgiebig geahndet. Alexander begriff, dass etwas nicht stimmte, fuhr hoch und saß kerzengerade in seinem schmalen Bett. In Rassers breitem Gesicht zeigten sich Verstörung und Unsicherheit, Regungen, die Alexander bei so ziemlich jedem anderen Gardisten eher vermutet hätte als bei dem bodenständigen Bauernsohn aus dem Oberwallis.

»Was ist los?«, stammelte er.

Die roten Leuchtziffern seines Radioweckers zeigten 00.22 Uhr an. In seinem Kopf überstürzten sich die aberwitzigsten Vorstellungen, angefangen bei einer Gasexplosion im Apostolischen Palast bis hin zu einem Terroranschlag auf den Vatikan.

Utz keuchte: »Zieh dich an!«

Noch halb benommen, sprang Alexander aus dem Bett und griff nach der Uniform, die er säuberlich auf dem einzigen Stuhl platziert hatte. Es war die blaugraue Alltagsuniform, wie auch sein Kamerad sie trug. Die bunte Medici-Tracht legten sie nur zu besonderen Wachdiensten an. Einen Augenblick überlegte er, ob er die verschwitzten Sachen, die er trug, Boxershorts und T-Shirt, wechseln sollte, doch die absolute Dringlichkeit in Rassers Blick sprach dagegen.

»Probealarm?«, fragte Alexander, während er in die Uniformhose stieg.

Er glaubte selbst nicht daran. Gerade bei einem Alarm hätte Utz seinen Posten nicht verlassen dürfen. Der FvD, der Feldweibel vom Dienst, wäre durch die Flure gelaufen und hätte gelärmt wie die Posaunen von Jericho. Aber nichts dergleichen. In den übrigen Stuben der Kaserne herrschte Friedhofsruhe.

»Nein, das nicht«, antwortete Utz zögernd. Er wich Alexanders Blick aus, als fürchte er sich vor der Antwort.

»Was dann, verdammt?« Alexander schlang den braunen Ledergürtel um das Wams und zog ihn fest.

»Wirst schon sehen, Alex. Mach hin!«

Alexander hatte sich kaum das Barett mit dem Rangabzeichen eines Adjutanten übergestülpt, da packte Utz ihn am Arm und zog ihn aus dem Zimmer. Er konnte nicht einmal mehr nach seinem Umhang greifen und das Licht löschen. Im Erdgeschoss stand der Feldweibel vom Dienst vor seinem kleinen verglasten Wachbüro und winkte die beiden, die mit jedem Schritt zwei Treppenstufen auf einmal nahmen, vorbei. Kurt Mäder war ein abgeklärter Städter aus einer der wenigen alten Katholikenfamilien Berns. Umso beunruhigender fand Alexander seine ratlose Miene.

Verwirrt registrierte er, dass Utz ihn nicht zum Vordereingang führte, wo das Sant'Anna-Tor lag. Er hatte vermutet, dass es an Rassers Posten zu einem Vorfall gekommen war, der seine Anwesenheit erforderte. Als er Utz auf den Innenhof der Kaserne folgte, fiel ihm auf, wie viele Fenster im gegenüberliegenden Gebäude mit den größeren Wohnungen der Offiziere und der verheirateten Unteroffiziere erleuchtet waren. Und dann glitt sein Blick auf den Apostolischen Palast, dessen hohe Mauern die der Gardekaserne weit überragten. In dem Bereich, in dem die Privatgemächer des Heiligen Vaters lagen, brannten ebenfalls ungewöhnlich viele Lichter.

Utz hatte seine Verwunderung bemerkt und erklärte: »Die Vigilanza bringt den Papst zur Sicherheit in einen anderen Trakt.«

Trotz des heftigen Regens, der auf sie herabprasselte, blieb Alexander mitten auf dem Hof stehen, legte den Kopf in den Nacken und starrte zur drei Stockwerke über ihnen liegenden Wohnung Seiner Heiligkeit hinauf.

»In Sicherheit? Die Vigilanza?«

»Auf dem Gelände des Vatikans sind Schüsse gefallen. Du weißt, dass die Sicherheitsvorschriften für diesen Fall eine sofortige Verlegung Seiner Heiligkeit verlangen.«

Alexander warf einen Blick über die Schulter zu den Schlafräumen der Schweizer. Um Mitternacht war Zapfenstreich gewesen; die Fenster waren alle dunkel.

»Der Schutz des Heiligen Vaters obliegt uns, aber die Garde schläft!«

»Befehl«, sagte Utz.

»Von wem?«

»Parada und von Gunten.«

»Warum?«

»Weil die Garde in die Schießerei verwickelt ist.« Ehe Alexander die nächste Frage stellen konnte, zerrte Utz ihn weiter. »Los, du wirst erwartet!«

Bevor sie das andere Ende des Hofes erreichten, waren sie

nass bis auf die Knochen, ohne dass Alexander es auch nur bemerkte. Rassers knappe Antworten beschäftigten ihn; statt ihm zu helfen, hatten sie ihn eher noch mehr verwirrt.

Die Vigilanza, die zweite Sicherheitstruppe im Vatikan, befand sich in ständiger Konkurrenz zur Schweizergarde. Die Polizisten der Vigilanza, durchweg Italiener, hielten die Schweizer mit ihrem traditionellen militärischen Zeremoniell, ihren überladenen Galauniformen und den alten Hellebarden für so etwas wie Zinnsoldaten, im tatsächlichen Einsatz kaum zu gebrauchen. Die Schweizer wiederum, die seit fünfhundert Jahren unter Einsatz ihres Lebens die Sicherheit des Papstes garantierten, hätten eine Aufstockung des eigenen Mannschaftsbestandes lieber gesehen als die Etablierung einer zweiten Wachtruppe auf dem Boden der Vatikanstadt.

Nachdem Papst Paul VI. 1970 die Ehrengarde, früher Nobelgarde genannt, die Palatingarde und die Päpstliche Gendarmerie aufgelöst hatte, war ein moderner Wachdienst entstanden. Vornehmlich aus Mitgliedern der früheren Gendarmerie gebildet, hatte der neue Dienst 1991 seine endgültige Ausformung und den Namen »Vigilanzakorps des Staates der Vatikanstadt« erhalten.

Die traditionsbewussten Schweizer verachteten die vergleichsweise junge Wachtruppe, die ihnen den Rang ablaufen wollte. Schweizer und Vigilanzamänner setzten einander zu, wo sie nur konnten. Alexander spürte beim schnellen Gehen noch immer den stechenden Schmerz in seinem rechten Unterschenkel, da, wo ihn beim letzten Fußballspiel der Schweizer gegen die Vigilanza ein rattengesichtiger Italiener gefoult hatte. Der Ball war zwanzig

Meter entfernt gewesen. Alexander hatte sich mit einem Ellbogenstoß in die Magengrube gerächt. Der Schiedsrichter war erbost auf ihn zugekommen, und keine dreißig Sekunden später hatte der FC Guardia nur noch neun Feldspieler auf dem Platz gehabt.

Jetzt erteilte Riccardo Parada, der Chef des Vigilanzakorps, den Schweizern sogar Befehle? Und warum hatte Utz nicht den Kommandanten der Schweizer erwähnt, sondern seinen Stellvertreter, Oberstleutnant von Gunten? Soweit Alexander wusste, war der Kommandant daheim. In seiner Wohnung oben unter dem Dach brannte Licht. Am befremdlichsten jedoch war, dass vor dem Offizierswohnhaus, einem Gebäude der Schweizergarde, zwei schwer bewaffnete Gendarmen der Vigilanza Wache hielten.

Sie drückten sich, vor dem Regen Schutz suchend, an die Hausmauer neben dem Hintereingang, und jeder presste eine Maschinenpistole mit vorn am Lauf angeschraubtem Scheinwerfer und 40-Schuss-Stangenmagazin gegen die blaue Uniformjacke, unter der sich das Schulterpolster mit der Dienstpistole deutlich abzeichnete. Die beiden kaum handgroßen Scheinwerfer flammten gleichzeitig auf und stachen den Schweizern in die Augen.

Die Gardeadjutanten blieben stehen, und Utz nannte ihre Namen. »Oberstleutnant von Gunten und Generalinspektor Parada erwarten uns.«

Die Vigilanzaschnösel sprachen nicht mit jedem. Einer winkte sie mit seiner kurzläufigen Beretta-MP weiter. Die Schweizer schlüpften zwischen ihnen hindurch ins Trockene. Hastige Schritte hallten durch den Hausflur, begleitet von hektischen Stimmen. Ein starker Luftzug zeigte

an, dass der Vordereingang offen stand. Von dort waren Motorengeräusche und krachende Autotüren zu hören. Im Treppenhaus wären sie fast mit zwei Männern zusammengestoßen, die es ebenfalls eilig hatten, nach oben zu kommen. Einer war Vizeinspektor Aldo Tessari, der stellvertretende Vigilanzakommandant. Der andere, Folco Lafranchi, war der offizielle Fotograf des *Osservatore Romano*; er hatte seine Fotoausrüstung bei sich.
Tessari wandte sein spitzes Vogelgesicht Alexander zu und sagte mit kummervoller Miene: »Mein aufrichtiges Beileid, Signor Rosin.« Dann stürmte er, gefolgt von dem Fotografen, die Treppe hinauf.
Stirnrunzelnd sah Alexander ihm nach und blickte dann seinen Kameraden an.
»Gleich wirst du alles verstehen, Alex.« Auch Utz machte sich auf den Weg nach oben.
Alexander stieß einen unwilligen Seufzer aus und folgte ihm.

Er wischte mit dem Unterarm über seine Augen, aber das Bild verschwand nicht. Was er sah, war wie ein Albtraum, doch hätte er aus einem Albtraum wenigstens erwachen können. Mit bösen Träumen kannte Alexander sich aus.
Die beiden Männer im Flur der Kommandantenwohnung lagen dort wie im Schlaf. Es war ein Schlaf, aus dem es kein Erwachen gab.
Der ältere, mit angegrautem Haar und panisch aufgerissenen Augen, war Oberst Heinrich Rosin, Kommandant der Schweizergarde. Er trug Zivil: hellbraune Mokassins, grüne Socken, eine bequeme braune Hose und ein grünes Po-

lohemd, das auf der Brust zerfetzt und blutgetränkt war. Der rechte Mokassin war halb vom Fuß gerutscht.
Es sah aus, als hätte der Oberst, durch den ersten Schuss zu Fall gebracht, versucht, dem Attentäter kriechend zu entkommen. Der zweite Schuss hatte dann sein Leben ausgelöscht. Der rechte Fuß hatte sich entweder im Todeskampf oder bei dem Versuch, außer Reichweite des Killers zu gelangen, in der dicken Wolle des Läufers verhakt.
Der jüngere Mann, bekleidet mit Puma-Turnschuhen, Levi's-Jeans und einer schwarzen Lederjacke, musste der Mörder sein. Er lag auf dem Bauch. Ein Teil des Kopfes fehlte, das blonde Haar war blutverklebt. Offenbar hatte er sich nach den Schüssen auf Rosin die Waffe in den Mund gesteckt und abgedrückt. Der weggesprengte Teil seines Schädels hing als formlose Masse an der weißen Raufasertapete. Der Killer war auf den Bauch gefallen. Der rechte Arm mit der Waffe lag halb unter ihm begraben. Der Kopf war zur Seite gedreht, die Augen blickten ebenso gläsern wie die des Kommandanten.
Merkwürdig erschien Alexander, dass der Mörder hinter seinem Opfer lag, schon halb im Wohnzimmer. Von hier aus konnte er unmöglich auf den in die Wohnung flüchtenden Kommandanten geschossen haben. Und wer floh vor seinem Mörder, indem er auf ihn zulief?
Noch merkwürdiger aber war, dass der Killer ein Kamerad war, Gardeadjutant Marcel Danegger.
Alexander konnte einfach nicht begreifen, was er im gelblichen Licht der schlangenartig gewundenen Flurlampe vor sich sah. Seine Gedanken kreisten um das seltsame Bild, ohne zu irgendeinem Ergebnis zu gelangen. Nur un-

terschwellig hörte er, was Parada, Tessari und von Gunten redeten.

»Der Chef ist in Sicherheit«, meldete Tessari; er sprach vom Papst. »Plan Giovanni.«

»Was heißt das?«, fragte von Gunten.

»Jedes Geheimversteck für den Chef trägt einen anderen Namen«, erklärte Parada.

»Das weiß ich«, schnarrte der Oberstleutnant aus dem Kanton Uri. Seine raue Kommandostimme verriet den ehemaligen Offizier der Panzergrenadiere. »Welches Versteck verbirgt sich hinter der Bezeichnung Giovanni?«

»Je weniger das wissen, desto besser«, versetzte Parada kühl. »Zum Glück hat der Apostolische Palast über zehntausend Räume.«

»Ich bin der stellvertretende Kommandant der Schweizergarde. Und wie es aussieht, obliegt mir nun die Befehlsgewalt. Ich habe ein Recht …«

»Ein Schweizergardist läuft Amok und erschießt seinen Kommandanten«, fuhr Riccardo Parada dazwischen. »Wer garantiert mir, dass nicht noch mehr Schweizer eine Schusswaffe haben und mordlüstern durch den Vatikan laufen?«

Von Guntens kantiger Körper straffte sich, jeder Zentimeter trotz der zivilen Kleidung ein Soldat. »Wollen Sie etwa auch mich verdächtigen?«

»Das Vigilanzakorps garantiert die Sicherheit Seiner Heiligkeit.« Parada war lauter geworden, klang aber beherrscht. »Jedes überflüssige Wort kann diese Sicherheit gefährden.« Nach einer kleinen Pause fügte er schärfer hinzu: »Ich bin der Sicherheitschef des Vatikans. Drei Tote in einer Nacht genügen mir!«

Drei Tote.
Die Worte hämmerten in Alexanders Kopf, wieder und wieder, wie eine Endlosschleife. Sein Herz raste, Hitze stieg in ihm auf. Er hatte in seiner Verwirrung Juliette vergessen! Eine fürchterliche Ahnung befiel ihn, eine Erklärung dafür, weshalb Danegger fast im Wohnzimmer lag.
Er sprang über die beiden Toten hinweg und betrat das modern eingerichtete Wohnzimmer mit der angrenzenden Dachterrasse. Vor dem mehrstufigen Glastisch, der von einer schwarzledernen Sitzgruppe umgeben war, lag Juliette Rosin. Sie hatte versucht zu fliehen, aber das tödliche Projektil war schneller gewesen und hatte sie in den Rücken getroffen. Das Weiß ihres Pullovers stand in einem obszönen Kontrast zu dem roten Fleck rund um das Einschussloch.
Alexander kniete sich neben sie und drehte ihren Kopf so weit herum, dass er in ihre großen Augen sehen konnte. Kein Zweifel, seine Tante Juliette war tot. Tränen stiegen ihm in die Augen.
Schon eine ganze Weile bemerkte er die Helligkeit, die immer wieder aus Richtung Flur aufzuckte. Jetzt waren die Blitze ganz nah und noch um einiges greller. Folco Lafranchi ging langsam um die Tote herum und nahm sie aus allen Richtungen auf. Das hohlwangige Gesicht des Fotografen wirkte konzentriert und bar jeden Mitgefühls. Die tote Frau des Gardekommandanten schien für ihn nicht mehr zu sein als ein Objekt seiner Arbeit.
Alexanders Blick glitt über Juliettes rabenschwarzes Haar, das der Todeskampf in wirre Strähnen zerfasert hatte, dann über den weißen Pullover mit dem grässlichen roten Fleck. Unwillkürlich dachte er an das schlafende Schnee-

wittchen und den vergifteten Apfel, das Symbol des Sündenfalls. Ein Barockgemälde, das er in der vatikanischen Pinakothek gesehen hatte, fiel ihm ein: Ein schwarz gewandetes Gerippe, der Tod, reckte nackten Männern und Frauen einen rot schimmernden Apfel entgegen. Hatte auch Juliette sich schuldig gemacht?
Ein neuer Blitz schnitt in seine düsteren Gedanken. Juliettes schwarzer Wollrock war über den schlanken, schwarz bestrumpften Beinen weit nach oben gerutscht. Für einen Augenblick hob Lafranchi den Kopf und blickte über seine Kamera hinweg auf die Tote, noch immer völlig ausdruckslos.
Zorn kochte in Alexander hoch. Er stieß sich vom Boden ab. Wie eine Raubkatze sprang er den Fotografen an und drückte ihn rücklings gegen die Wand. Lafranchis Kopf schlug gegen einen Zinnteller mit dem eingravierten Bildnis des verstorbenen Papstes. Der Teller löste sich aus der Halterung und fiel mit einem harten Scheppern aufs Parkett. Alexanders Hände umklammerten Lafranchis Hals.
»Lass Juliette in Ruhe! So kommt sie nicht in die Zeitung. Sie ist tot, verstehst du? Tot!«
Lafranchis Antwort erstarb in einem dumpfen Gurgeln. Er bekam kaum noch Luft. Alexanders Daumen drückten gegen seinen Kehlkopf, ein Griff, den jeder Gardist im Nahkampftraining lernte. Wenn er den Druck erhöhte, würde der Fotograf an seinem eigenen Adamsapfel ersticken.
Jemand packte Alexander hart an der Schulter und riss ihn nach hinten. Er taumelte und wäre gestürzt, hätte ihm nicht die Rückenlehne eines schweren Ledersessels Halt geboten. Erst jetzt fiel ihm auf, dass der würgende und

keuchende Fotograf die Kamera umklammerte wie ein Ertrinkender den Rettungsring.

»Hör auf, Alexander!«, rief Utz Rasser, der ihn zurückgerissen hatte. »Was soll das?«

»Ich will nicht, dass sie in die Zeitung kommt – nicht so.«

Von Gunten, Parada und Tessari betraten den Raum und der Sicherheitschef erklärte: »Ich habe Signor Lafranchi kommen lassen. Die Tatortfotos sind nicht für den *Osservatore* bestimmt, sondern für unsere Akten. Sie werden dem Andenken an Ihre Tante keinen Abbruch tun, Adjutant Rosin.«

Indem er ihn mit seinem militärischen Rang ansprach, erinnerte Parada Alexander daran, dass er der Schweizergarde angehörte. Und ein Gardist hatte Haltung zu bewahren, selbst in einer Situation wie dieser.

»Wird die Polizei keinen Fotografen mitbringen?«, fragte Alexander matt.

Parada lächelte ihn kalt an. »Wir sind die Polizei.«

»Ich meine die römische …«

»Der Fall ist eindeutig«, fiel von Gunten ihm ins Wort. »Es ist entschieden worden, dass eine Hinzuziehung der römischen Behörden nicht erforderlich ist.«

Alexander bohrte seinen Blick in die grauen Augen seines Vorgesetzten. »Wer hat das entschieden?«

»Kardinal Musolino – nachdem ihm die Sachlage geschildert wurde.«

Musolino war als Kardinalstaatssekretär der zweitmächtigste Mann im Vatikan. Sein Wort war, wie das des Papstes selbst, Gesetz.

»Der Kardinal ist also schon unterrichtet …« Alexanders Zorn war so gut wie verraucht, der Verstand gewann die

Oberhand über die Gefühle. »Wann ist ... das hier passiert?«
»Gegen dreiundzwanzig Uhr vermutlich«, antwortete Parada. »Ein paar Nachbarn der Rosins wollen zu dieser Zeit Schüsse gehört haben. Aber die Leichen wurden erst eine halbe Stunde später entdeckt, als Oberleutnant Schnyder mit seiner Frau nach Hause kam und sich über die offene Wohnungstür wunderte.«
»Und die Schüsse?«, entfuhr es Alexander.
»Im Fernsehen lief ein Kriegsfilm. Auch der Apparat in dieser Wohnung war eingeschaltet.«
Alexander sah Juliette an, blickte dann zum Flur und schüttelte den Kopf. »Wieso ist der Fall eindeutig? Warum sollte Danegger das getan haben?«
»*Dass* er es getan hat, ist eindeutig«, beharrte Parada. »Und sein Motiv ist auch nicht gerade unklar. Wie ich hörte, hatte er häufig Streit mit seinem Kommandanten.«
»So ist es«, bestätigte von Gunten. »Danegger hat sich einige Nachlässigkeiten zuschulden kommen lassen. Mehrmals ist er verspätet in die Kaserne zurückgekehrt, einmal sogar eine ganze Nacht fortgeblieben. Als Oberst Rosin ihn zur Rede stellen wollte, wurde er aufsässig.«
»Er fühlte sich von meinem Onkel ungerecht behandelt«, sagte Alexander, »hat schon lange vergeblich auf die Benemeranza-Medaille gewartet. Ich glaube, er ist der einzige Gardeadjutant, der diese Auszeichnung nicht besitzt.«
»Kein Wunder bei seiner laxen Dienstauffassung«, schnaubte von Gunten. »Oberst Rosin war kurz davor, Danegger zu degradieren oder unehrenhaft aus der Truppe zu entlassen. Das hat er mir erst vor wenigen Tagen erzählt.«

Paradas breites Gesicht hellte sich auf. »Na, da haben wir doch ein wunderbares Motiv. Vielleicht hat Danegger von Oberst Rosins Absichten gehört und wollte sich in einer Kurzschlusshandlung rächen.«

»Kurzschlusshandlung?« Alexander sah den Sicherheitschef zweifelnd an. »Danegger muss sich die Waffe besorgt haben. Das sieht mir eher nach einer geplanten Tat aus.«

»Zu seiner Entscheidung, Oberst Rosin zu töten, kann er in einem Kurzschluss gelangt sein«, sagte Tessari. »Gleichwohl kann er die Tat kühl und überlegt vorbereitet haben. Es gibt genügend Morde, die nach einem ähnlichen Muster abgelaufen sind.«

»Hat er seine Dienstwaffe benutzt?«, fragte Alexander.

»Das haben wir noch nicht festgestellt«, antwortete Tessari.

Alexander trat auf den Flur. Als er an Lafranchi vorbeiging, fing er sich einen finsteren Blick ein. Seit dem Handgemenge hatte der Fotograf kein Bild mehr geschossen.

Als Alexander sich über Danegger beugte, rief Tessari: »Berühren Sie die Waffe nicht! Wir wollen sie auf Fingerabdrücke untersuchen.«

»Haben Sie also doch Zweifel?«

»Bloße Routine.«

Vorsichtig fasste Alexander den Toten an der Schulter an und drehte ihn so weit herum, dass er die Waffe sehen konnte. »Eine SIG 75, die Dienstwaffe der Garde. Sie wird nur zu besonderen Zwecken ausgegeben und ist sonst in der Waffenkammer verschlossen.«

»Er wird sich die Pistole heimlich besorgt haben«, meinte Tessari. »Hatte er Zugang zu der Waffenkammer?«

»Nein«, warf Utz Rasser entschieden ein. »Ich bin der Waffenwart.«

Parada, der neben Utz stand, fragte ihn: »Hat Danegger versucht, sich heimlich Zugang zur Waffenkammer zu verschaffen? Oder hat er Sie um eine Waffe gebeten?«

»Das hat er nicht. Er hat genau gewusst, dass er damit bei mir auf Granit beißen würde. Davon, dass jemand versucht hätte, heimlich in die Waffenkammer zu gelangen, weiß ich nichts.«

»Die Aufsicht über die Waffenkammer ist eine Vertrauensstellung«, erklärte von Gunten. »Adjutant Rasser hat diese Position nicht aus Zufall inne.«

Als Alexander aufstand, fiel sein Blick auf Heinrich Rosin. Das grüne Poloshirt war verrutscht und gab an der rechten Seite eine Handbreit nackter Haut frei. Seltsame rote Punkte, die aussahen wie kleine Wunden, bildeten dort ein Muster, das nichts mit den Schussverletzungen zu tun hatte. Die Wunden waren älter.

»Was ist das?«, sagte Alexander halblaut, mehr zu sich selbst, während er sich über seinen Onkel beugte.

»Oberst Rosin ist sehr gläubig gewesen. Er hat zuweilen einen Bußgürtel getragen.«

Die Antwort kam vom Treppenabsatz außerhalb der Wohnung, wo sich eine dürre Gestalt im schwarzen Anzug und mit weißem Römerkragen durch die Gruppe entsetzter Nachbarn zwängte. Franz Imhoof, der Kaplan der Schweizergarde, trat mit zögernden Schritten näher. Das schmale Gelehrtengesicht wirkte noch blasser als sonst. Die wässrigen Augen hinter den runden Brillengläsern waren weit aufgerissen; in dem flackernden Blick lag Bestürzung.

»Was meinen Sie damit, Monsignore Imhoof?«, fragte Tessari sofort.
Imhoof schien erstaunt. »Sie kennen keinen Bußgürtel?«
»Ich bin Polizist, kein Geistlicher.«
»Ein Bußgürtel ist ein Metallband mit nach innen gerichteten Dornen. Man trägt es um die Hüften oder, als kleinere Ausgabe, um den Oberschenkel. Der Schmerz hilft einem, die alltäglichen weltlichen Probleme nicht so wichtig zu nehmen und sich auf den Glauben zu besinnen.«
In Tessaris Raubvogelgesicht zuckte es, als müsse er ein Grinsen unterdrücken. »Sie scheinen aus Erfahrung zu sprechen, Monsignore.«
»Wer glauben will, muss leiden.« Der Kaplan wandte sich Alexander zu. »Ihr Leid allerdings, Adjutant Rosin, ist eins, dessen Sinn menschlicher Geist nur schwer zu erfassen vermag. Ich bin gekommen, um mich Ihrer anzunehmen. Das heißt, falls Sie meine Hilfe benötigen.«
Alexander schluckte einen Kloß in seinem Hals hinunter. »Ich fühle mich zurzeit nicht in der Lage zu beten.«
Imhoof nickte verständnisvoll. »Die Zeit wird kommen, und ich werde für Sie da sein. Suchen Sie mich auf, sobald Ihnen danach ist, zu jeder Tages- und Nachtzeit. Und jetzt verlassen Sie diesen schrecklichen Ort und versuchen Sie, zur Ruhe zu kommen. Das ist ein Befehl.«
Er sprach in freundschaftlichem Tonfall, aber er durfte, obwohl er Geistlicher war, den Schweizern Befehle erteilen. Als Gardekaplan bekleidete er den Rang eines Oberstleutnants und stand damit nach dem Kommandanten und seinem Stellvertreter in der Befehlshierarchie an dritter Stelle.
Utz trat vor. »Ich kann Alexander begleiten. Ich muss ohnehin wieder zu Sant'Anna.«

»Einverstanden«, sagte Oberstleutnant von Gunten, und Utz schob seinen Kameraden sanft auf den Flur. Kaum waren sie draußen, zuckte ein greller Blitz durch die Wohnung.

Der Regen trommelte unvermindert heftig auf die Dächer der drei Kasernentrakte. In den Schlafräumen der Gardisten herrschte Dunkelheit. Alexander stand unter dem Schutz eines schmalen Dachvorsprungs und blickte über den Kasernenhof zum Wohnhaus der Offiziere und Verheirateten. Die erleuchteten Fenster waren verwaschene Flecke hinter den Regenschleiern, die beiden Vigilanzamänner am Hintereingang kaum zu erkennen.
Er wusste nicht, wie lange er hier schon stand. Zeit war bedeutungslos für seine Gedanken, die in der Vergangenheit weilten, bei seinem Onkel Heinrich und bei Juliette. Aber auch bei seinem Vater, den er ebenso überraschend verloren hatte. Zehn Jahre war das her, doch die Albträume hörten nicht auf.
Tief sog er die kühle Nachtluft ein. Seine unregelmäßigen Atemzüge entsprachen seiner Erregung. Er hatte Utz gebeten, ihn auf dem Hof allein zu lassen; er hatte trotz des Regens frische Luft tanken wollen, und Utz war nach einem letzten besorgten Blick auf den Kameraden zunächst zur Waffenkammer gegangen, um zu überprüfen, ob sie ordnungsgemäß verschlossen war. Es sei alles in Ordnung, hatte er Alexander noch zugerufen, und dann war er zum Sant'Anna-Tor gegangen, wo die Kameraden schon auf ihn warteten.
Seit ihrem gemeinsamen Wehrdienst bei den Fernmeldern waren Alexander und Utz befreundet. Als Alexander, der

Familientradition folgend, in die Schweizergarde eintrat, war Utz mehr aus persönlicher Verbundenheit denn aus Überzeugung mitgekommen. Vielleicht hatte auch Fernweh eine Rolle gespielt, Utz war bis dahin kaum über das Wallis hinausgekommen. In Rom hatte sich gezeigt, dass mehr in ihm steckte als ein auf die Welt neugieriger Bauer. Er versah seinen Dienst in der Garde mit großer Hingabe. Wie von Gunten gesagt hatte: Utz war nicht zufällig der *Armiere*, der Waffenwart.

Im Rücken den kalten Mauerstein, vor sich den prasselnden Regen, stand Alexander still in seinem geschützten Winkel und konnte nicht anders, als wieder und wieder an die drei Toten da drüben zu denken. Mörder und Ermordete, vereint im ewigen Schlaf.

Er stellte sich vor, wie Marcel Danegger über den nachtdunklen Hinterhof geschlichen war und – vom Regen durchnässt und zum Töten entschlossen – an der Wohnungstür des Kommandanten geklingelt hatte. Hatte er die SIG 75 schon in der Hand gehalten, als Heinrich Rosin öffnete, oder hatte der Oberst Daneggers Absicht erst erkannt, als dieser in den Flur trat? Spätestens als die beiden Schüsse auf Heinrich Rosin abgefeuert wurden, musste Juliette neugierig geworden sein. Sie war zum Flor gelaufen. Vielleicht hatte Danegger sie erst zu diesem Zeitpunkt bemerkt. Ihre Blicke hatten sich getroffen – er zum Töten entschlossen, sie in der Erkenntnis, dem Tod geweiht zu sein. Auch die Flucht zurück ins Wohnzimmer hatte Juliette nicht retten können. Wohin hätte sie im Dachgeschoss fliehen sollen? Der Schuss in den Rücken hatte ihrer Angst ein Ende gesetzt.

Alexander sah ihr schönes Gesicht mit den hohen Wangenknochen, den leuchtenden Augen und den vollen Lippen vor sich, sah ihr Lächeln, ihre regelmäßigen Zähne, roch den Duft ihres Parfüms, spürte ihre Wärme. All das hatte der Tod mit einem Sensenhieb in den Schlund der Vergangenheit befördert. Der Schmerz wollte ihn fast zerreißen; immer wieder schrie er sein trotziges, aufgebrachtes »Nein!« in das Rauschen des Regens.

Seine Fäuste hieben auf die Mauer ein, bis Schmerz zu Betäubung wurde. Ganz allmählich kehrten seine Gedanken in geordnete Bahnen zurück – und er erkannte, dass die ganze Geschichte keinen Sinn ergab. Nichts passte zusammen!

Er lief in den Regen, wollte zurück zu den Toten, um Oberstleutnant von Gunten, Parada und Tessari seine Zweifel vorzutragen. Doch schon nach wenigen Schritten hielt er inne und blickte zu dem Kasernentrakt, in dem die Waffenkammer lag. Durch den Regenvorhang schimmerte ein schwaches, unstetes Licht. Es kam aus einem der Kellerfenster, die zur Waffenkammer gehörten. Es war gegen halb zwei Uhr morgens, regulär hatte dort um diese Zeit niemand etwas zu suchen. Alexander änderte seine Richtung und lief auf das tanzende Licht zu.

Er wollte keine Zeit verlieren und alarmierte deshalb nicht den Feldweibel vom Dienst, als er das Kasernengebäude betrat. Eine kleine Treppe führte zum Untergeschoss. Hier brannte kein Licht, aber das hatte er auch nicht erwartet. Das Leuchten, das er gesehen hatte, stammte unzweifelhaft von einer Taschenlampe. Wer auch immer sich in der Waffenkammer zu schaffen machte, er hatte etwas zu verbergen.

Auf dem dunklen Gang setzte er vorsichtig einen Fuß vor

den anderen. Nur mit Mühe bezwang er seine Erregung. Dass Danegger seinen Onkel aus dienstlicher Frustration erschossen hatte, glaubte er nicht. Er war sich noch nicht einmal sicher, ob er Danegger für den Mörder halten sollte. Dass ausgerechnet in dieser Nacht ein Eindringling in der Waffenkammer zugange war, konnte kein Zufall sein.

Die äußere Zugangstür war nur angelehnt, das Vorhängeschloss lag auf dem Boden. Alexander hob es auf und betastete es. Der Bügel war mit einem Bolzenschneider durchgetrennt worden. Am Türschloss war keine Beschädigung zu erkennen, aber das konnte an der Dunkelheit liegen. Von der Nachtbeleuchtung im Treppenhaus des Erdgeschosses drang kaum mehr als ein schwaches Glimmen bis nach hier unten. Er bückte sich und legte das Vorhängeschloss geräuschlos zurück auf den Boden.

Langsam zog er die dicke Eisentür auf. Das Büro mit den Ausgabebüchern war dunkel. Undeutlich zeichneten sich die Umrisse des Schreibtisches und des Bücherregals ab. Der schwache papierene Kanzleigeruch kam gegen den schweren Dunst von Eisen und Waffenöl, der aus dem Magazin drang, kaum an. Langsam drehte Alexander den Kopf und ließ seinen Blick über die Silhouetten der Möbel gleiten, bis er sicher war, allein zu sein.

Er durchschritt den kleinen Raum, zog die gläserne Durchgangstür zur eigentlichen Waffenkammer auf, starrte und lauschte in die Finsternis. Das unstete Licht war erloschen, und er hörte nur sein eigenes, zu schnelles Atmen. Doch er war nicht allein. Vielleicht sprachen archaische Sinne auf eine Gefahr an, die mit Augen und Ohren nicht wahrzunehmen war. Er spürte, dass sich noch jemand hier aufhielt. Seine Nackenhaare stellten sich auf, kalter Schweiß trat ihm auf die Stirn. Seine linke Hand tastete an der Wand entlang, bis sie den Lichtschalter fand. Kurz verharrte sie auf dem glatten Kunststoff. Alexander atmete tief durch und drückte auf den Schalter. Die klobigen Lampen flammten auf und tauchten das Magazin in zähes Gelb.

Lange Reihen altertümlicher Waffen und Rüstungen: zweihundert Jahre alte Gewehre mit aufgepflanzten Bajonetten, unglaublich lange Musketen und aus dem sechzehnten Jahrhundert stammende Granatwerfergewehre mit oberschenkeldicken Läufen, Partisanen und Hellebarden, Bidenhänder und Säbel, Pickelhauben und Morillons und die schweren Harnische, die immer noch zur Grangala der Gardisten gehörten. Es sah aus wie der Fundus einer Filmgesellschaft, die sich auf Historienschinken spezialisiert hatte. Die modernen Waffen und die dazugehörige Munition wurden in Panzerschränken verwahrt, die allesamt verschlossen waren.

Und zwischen all den Schränken, Regalen, Truhen und Waffenständern gab es genug finstere Ecken, in denen sich jemand verbergen konnte.

Langsam ging Alexander durch das Magazin. Ein Schatten löste sich aus dem Spalt zwischen zwei Panzerschränken und sprang ihn an. Auch im Licht der Deckenlampen war die Gestalt kaum deutlicher zu erkennen. Sie blieb ein schwarzer, gesichtsloser Schemen, die rechte Hand erhoben, darin eine gut zwanzig Zentimeter lange Winkeltaschenlampe.

Alexander sah den Angreifer zu spät, um rechtzeitig auszuweichen. Der Schlag mit der schweren Lampe traf zwar nicht seinen Kopf, sandte aber einen stechenden Schmerz durch seine linke Schulter. Beim Sprung zur Seite blieb er mit einem Fuß in einem hölzernen Waffenständer hängen. Er verlor das Gleichgewicht und stürzte. Die Mütze rutschte ihm vom Kopf. Einige Hellebarden und Bidenhänder lösten sich aus dem Ständer und kippten unter lautem Scheppern um. Laut genug, dass der Feldweibel vom Dienst es hörte?

Etwas Schweres fiel auf Alexander. Der Aufprall raubte ihm für Sekunden den Atem, schwarze Flecken tanzten vor seinen Augen. Aber auch als sie verschwanden, konnte er kein Gesicht erkennen. Der andere hatte eine schwarze Biwakmütze auf, die nur schmale Schlitze für Augen, Nase und Mund frei ließ. Er trug einen Rollkragenpulli, eine Rangerhose mit großen aufgesetzten Taschen, Stiefel und Lederhandschuhe, alles in Schwarz. Der Mann kauerte auf ihm und holte zu einem weiteren Schlag mit der Winkellampe aus.

Alexander warf den Kopf zur Seite und riss sein rechtes Knie hoch. Der Maskierte stöhnte laut auf, als der Stoß ihn zwischen die Beine traf. Keine Sekunde später hörte Alexander einen metallischen Aufschlag, in den sich ein helles Klirren mischte. Die Winkellampe war dicht neben seinem rechten Ohr auf eine der steinernen Bodenplatten geschlagen, und das handtellergroße Glas war zerplatzt.

Er schlug den anderen mit der Faust mitten ins Gesicht und vernahm ein neuerliches Stöhnen. Der Unbekannte war lange genug mit seinem Schmerz beschäftigt, dass Alexander ihn abschütteln konnte. Doch als er auf den Beinen stand, hatte der Maskierte sich auch schon erhoben. Er hatte eine der auf den Boden gefallenen Hellebarden ergriffen, hielt die altertümliche Waffe, die mit ihrer Verbindung aus Axtschneide, Spießklinge und Haken zum Schlagen und Stoßen wie auch zum Wegziehen geeignet war, als sei er darin geübt, und machte einen Ausfallschritt auf Alexander zu.

Der sprang zurück und riss eine Hellebarde aus dem Waffenständer. Der Maskierte setzte ihm nach und führte die Axtklinge zum Schlag. Alexander parierte, indem er seine Waffe hochriss und gegen die gegnerische drückte. Dass der Fremde den Umgang mit der unhandlichen Waffe außerordentlich gut beherrschte, zeigte er, als er seine Hellebarde mit einer geschickten Körperdrehung von Alexander löste, sie in derselben Bewegung herumriss und Alexander den Schaftfuß in die rechte Seite rammte.

Alexander ignorierte den stechenden Schmerz. Der Unbekannte erwies sich als gefährlicher Gegner; tatsächlich stieß er mit der Hellebardenspitze nach. Doch genau das hatte Alexander erwartet. Er drehte sich zur Seite und der Stoß ging ins Leere.

Auch er war im Hellebardenkampf geübt. Aus der Ausweichdrehung heraus drückte er die Waffe des Gegners mit seinem Hellebardenschaft nach unten. Eine weitere schnelle Drehung, ein Griff in den Nacken des Maskierten, und Alexander warf ihn über die Hüfte.

Mit einem dumpfen Geräusch fiel der Fremde auf den Scheitstock, auf dem früher zum Strafdienst verurteilte Gardisten Holz gehackt hatten. Nun, da Brennholz nicht mehr benötigt wurde, bestand die Strafübung im Zerhacken verschlissener Uniformen. Danegger hatte sich dieser nervtötenden Aufgabe auf Oberst Rosins Geheiß hin mehrfach widmen müssen. Mit dem Beil, das in dem

Holzblock steckte, hatte er den Stoff in zehn Zentimeter breite Streifen zerschnitzelt.

Der Maskierte hatte im Fallen seine Hellebarde verloren und wollte, halb auf dem Block liegend, nach dem Beil greifen. Alexander war schneller und drückte die Spitze seiner Waffe gegen die muskulöse Brust unter dem schwarzen Pullover.

»Fass das Beil nicht an!«

Der Maskierte erstarrte in der Bewegung, die rechte Hand nur fünf Zentimeter von dem Beil entfernt. In dem schlechten Licht und unter der etwas verrutschten Biwakmütze waren seine Augen kaum zu sehen. Trotzdem meinte Alexander, im Blick seines Gegners Verwirrung und Furcht zu lesen.

»Jetzt nimm die Mütze ab, mit der Linken!«, befahl Alexander im stoßweisen Rhythmus seines keuchenden Atems. »Ganz ruhig, ohne jede Hektik!«

Die behandschuhte Linke wanderte langsam höher. Gleichzeitig veränderte sich der Blick des Maskierten; die Augen schienen aufzuleuchten.

Es war ein Warnsignal, doch Alexander bemerkte es zu spät. Wer auch immer sich in seinem Rücken angeschlichen hatte, er war sehr leise gewesen. Jetzt stand er hinter Alexander, der nicht mehr wahrnahm als einen Schatten.

Ein Schlag auf seinen Hinterkopf löschte alles aus. Ihm war, als falle er in ein unendlich tiefes Loch. Ein Grab, aus dem ihm Heinrich Rosin, Juliette und Marcel Danegger zuwinkten. Und sein Vater.

III

Es war wie das Auftauchen aus einer Nebelbank. Die Schleier verzogen sich quälend langsam, und ebenso langsam nahm die Welt feste Konturen an. Das Erste, was er sah, war das matte Schwarz des Doppelstrahlers unter der Decke. Die Lampe war ausgeschaltet, doch es war taghell in seinem Zimmer. Er drehte den Kopf. An der Wand neben dem Bett hingen drei Fotos, von der Sonne schon ausgebleicht.

Das älteste Bild zeigte vor einem künstlichen Atelierhintergrund ein Brautpaar; die beiden umarmten einander leicht verkrampft und lächelten ebenso leicht verkrampft in die Kamera. Der Brautschleier umrahmte ein madonnenhaft schönes Gesicht mit großen, ausdrucksstarken Augen. Ein paar freche rotbraune Locken, die sich unter dem Schleier hervorstahlen, nahmen dem Gesicht die Strenge. Der Bräutigam, mit akkurat geschnittenem dunklem Haar, war auch im Hochzeitsfrack durch und durch Soldat. Obwohl mehr als einen Kopf größer als seine Braut, brachte er es kaum fertig, sich ein wenig zu ihr hinunterzubeugen. Seine Haltung war gerade, fast steif, als hätte er den Schaft einer Hellebarde verschluckt. Seine Gesichtszüge waren ebenmäßig und unter dem Lächeln ernst und entschlossen. Man sagte Alexander nach, er sei seinem Vater sowohl äußerlich als auch dem Wesen nach sehr ähnlich.

Das Foto war über dreißig Jahre alt. Kein Jahr nach der Hochzeit war Isabelle Rosin gestorben, bei Alexanders Geburt. Alexander war die ersten Jahre bei den Eltern seiner Mutter aufgewachsen und dann in ein Internat geschickt worden. Markus Rosin hatte sich als allein stehender Angehöriger der Schweizergarde schlecht um den Sohn kümmern können. Und daran, seinen Beruf aufzugeben, hatte er nicht einmal einen Sekundenbruchteil lang gedacht. Seit Generationen waren die Rosins Soldaten und Schweizergardisten. Und sie waren stolz darauf.
Markus Rosin besonders. Er hatte dem Heiligen Vater mit solcher Inbrunst gedient, dass er als erster Rosin zum Gardekommandanten aufstieg. Das zweite Foto zeigte ihn in tadelloser Grangala-Uniform mit dem letzten Papst auf dem Damasushof, während seiner Vereidigung als neuer Kommandant. Das war vor dreizehn Jahren gewesen. Alexander, der stolz im Publikum gestanden hatte, hörte heute noch, wie sein Vater traditionell in drei Sprachen seinen ersten Tagesbefehl verkündete: »Viva il papa! Es lebe die Schweiz! Honneur et fidélité!«
Das dritte Foto war drei Jahre später entstanden. Diesmal trug Alexander die Uniform der Schweizer Armee, und sein Vater war zur Vereidigung des Rekruten erschienen. Der Fotograf hatte den Augenblick festgehalten, in dem der Vater dem Sohn zur Gratulation die Hand reichte. Obwohl die Aufnahme leicht verwackelt war, spürte man Markus Rosins Steifheit und Distanz, als fühle er sich nicht recht wohl. So war es immer gewesen, wenn er Zivil getragen hatte.
Die Begegnungen zwischen Vater und Sohn waren nicht sehr häufig gewesen, und auch während der wenigen zu-

sammen verbrachten Ferien hatten sie die Kluft nicht zu überwinden vermocht. Einige gemeinsame Tage und Nächte änderten nichts daran, dass jeder sein eigenes Leben führte. Inzwischen bedauerte Alexander, dass sie einander nicht näher gekommen waren.

Bei seiner Vereidigung hatten sie sich zuletzt gesehen. Kurz darauf war Oberst Markus Rosin unerwartet verstorben, und sein jüngerer Bruder Heinrich hatte seine Nachfolge als Gardekommandant angetreten. Heinrich Rosin war es auch gewesen, der Alexander gedrängt hatte, nach dem Wehrdienst zur Garde zu kommen. Am Abend von Alexanders Vereidigung als Gardist, wie stets an einem sechsten Mai, hatte der Onkel ihm seine Hoffnung bekundet, er werde dereinst der dritte Gardekommandant sein, der den stolzen Namen Rosin trage. Seit fünfhundert Jahren dienten die Rosins in der päpstlichen Garde, seit Albert Rosin aus Zürich unter Hauptmann Kaspar Röist den Papst gegen deutsche Landsknechte und spanische Söldner verteidigt hatte.

»Wie geht es dir, Alex?« Erst jetzt wurde Alexander bewusst, dass er nicht allein war. Utz Rasser saß in Alltagsuniform an dem kleinen Tisch, auf dem sein Barett lag, und blätterte in der vorletzten Ausgabe von *Facts*; Alexander hatte das heimatliche Magazin abonniert. Besorgt blickte er Alexander an. »Mann, das Pflaster ist ja fast größer als dein Kopf. Wer immer das Schwein war, er hat dir gehörig was verpasst.«

»*Die* Schweine«, sagte Alexander, nachdem er seine Erinnerungen zusammengekramt hatte. Vorsichtig befühlte er seinen Hinterkopf und ertastete das mächtige Pflaster.

»Natürlich mehrere, hätte ich mir denken können. Von einem allein lässt sich ein Alexander Rosin nicht unterkriegen.« Utz ließ das Magazin auf die zerkratzte Tischplatte sinken und grinste ihn an. »Schmerzen?«
»Nein, nicht richtig, nur so ein dumpfes Drücken.«
»Der Arzt hat dir was gegen die Schmerzen gegeben. Die Tabletten liegen hier auf dem Tisch, falls es schlimmer werden sollte. Er kommt am späten Nachmittag noch mal vorbei, um nach dir zu sehen.«
»Weshalb?«
»Na, weshalb wohl, King Kong? Du könntest dir zum Beispiel eine nette kleine Gehirnerschütterung eingehandelt haben. Was ist überhaupt passiert?«
Als Alexander seinen Bericht beendet hatte, stieß Utz einen beichtwürdigen Fluch aus. »Mist auch, dass ich zu spät gekommen bin!«
»Keine Rätsel jetzt, Utz.«
»Als mein Wachdienst zu Ende war, bin ich noch mal runter zur Waffenkammer. Ich hatte keine Ruhe wegen … wegen …«
»Wegen der Morde.«
»Ja. Als ich die offene Tür sah, war mir gleich ganz anders. Ich bin zum FvD gelaufen und habe Verstärkung geholt. Du hast neben dem Scheitstock gelegen, bewusstlos und mit einer blutigen Wunde am Hinterkopf. Im ersten Moment dachte ich, es hätte noch einen Toten gegeben!«
»Haben die beiden Typen etwas mitgehen lassen?«
Utz legte den rechten Ellbogen auf die Tischplatte und stützte das Kinn auf die Hand. »Das kann man wohl sagen. Das Ausgabebuch für die Handfeuerwaffen fehlt.«
»Dann lässt sich nicht mehr feststellen, ob es Unregelmä-

ßigkeiten bei der Aus- und Rückgabe der SIGs gegeben hat!«

»Du sagst es, weiser Fürst«, seufzte Utz und fügte seinem Beichtregister einen weiteren unflätigen Fluch hinzu. »Jetzt bleibt alles an mir hängen. Ich kann nicht beweisen, dass ich korrekt gehandelt habe.«

»Ich bin mir sicher, dass du dir nichts hast zuschulden kommen lassen. Aber warum stiehlt jemand dieses Buch?«

»Vielleicht, um den Verdacht auf mich zu lenken.«

»Oder um jemand anderen aus der Schusslinie zu bringen. Was ist mit deinem Stellvertreter in der Waffenkammer?«

»Marc Tanner?« Utz schüttelte den Kopf. »Immerhin ist er wegen seiner Vertrauenswürdigkeit für den Posten ausgewählt worden.«

»Aber er ist ein Welschschweizer. Wie Danegger. Beide stammen aus dem Unterwallis, wenn ich mich recht erinnere. Sie haben sich gut verstanden.«

»Selbst wenn sie befreundet waren – das spricht noch nicht automatisch für eine Komplizenschaft.«

»Vielleicht hat Tanner seinem Freund einen Gefallen getan, ohne zu ahnen, was der vorhatte?«

»Dann müsste er reichlich blöd sein. Eine SIG mit vollem Magazin rückt man doch nicht raus, ohne den Zweck zu kennen!«

Die Unterhaltung bereitete Alexander mehr Kopfzerbrechen als seine Wunde, die nur ein sanftes, regelmäßiges Pochen aussandte.

»Hoffen wir, dass die Untersuchung die Wahrheit ans Licht bringt«, seufzte er.

»Was für eine Untersuchung?«

»Blöde Frage, Utz, die Morduntersuchung natürlich.«
»Sie wird noch heute offiziell abgeschlossen. Werter-Dietz hat für heute Nachmittag eine Pressekonferenz angekündigt. Die großen Fernsehsender und die lokalen Infostationen werden zur Live-Übertragung anrücken. Das ist doch mal was anderes als die ewig gleichen Paraden und Kundgebungen zum Tag der Arbeit. Die könnten sie auch aus der Konserve zeigen.«
Monsignore Wetter-Dietz war der Pressesprecher des Vatikans, ein Deutscher, und entsprechend hölzern fielen seine Presseerklärungen aus. Angeblich hatte ihm der Ruf, ein absolutes Sprachgenie zu sein, zu der Stellung verholfen. Aber was nützte es, zehn oder zwölf Sprachen zu beherrschen, wenn die darin übermittelte Botschaft trocken war wie eine Hostie?
Nur beiläufig wurde Alexander bewusst, dass heute der I. Mai war. Was Utz über den Abschluss der Morduntersuchung gesagt hatte, brachte ihn aus der Fassung.
»Man kann so eine Sache nicht an einem Tag abschließen!«
»Der Vatikan kann. Die umstrittenen Äußerungen des neuen Papstes haben schon genug Staub aufgewirbelt. Einen ungünstigeren Zeitpunkt für ungeklärte Morde im Vatikan könnte es gar nicht geben. Deshalb hat das Staatssekretariat beschlossen, die Affäre so schnell wie möglich beizulegen.«
»Das Staatssekretariat oder Kardinal Musolino?«
Utz antwortete mit einer höchst berechtigten Gegenfrage: »Gibt's da einen Unterschied?«
Nach kurzem betretenen Schweigen setzte Alexander erneut an: »Bei einem Mord innerhalb der Garde hat der

Gardekommandant – oder sein Stellvertreter – auch ein Wörtchen mitzureden. Musolino wird es nicht wagen, über von Guntens Kopf hinweg zu entscheiden.«

»Oh, Seine Eminenz würde das sehr wohl wagen, braucht es aber nicht. Unser neuer kommissarischer Kommandant – Musolino hat von Gunten in dieser Stellung bestätigt – hat die Entscheidung Seiner Eminenz befürwortet. Ich kann ganz gut mit Schnyder, der hat es mir brühwarm erzählt.«

Oberleutnant Roland Schnyder war Adjutant in der Gardekommandantur und daher auch über geheime Vorgänge stets gut unterrichtet.

Alexanders Hände gruben sich in die Bettdecke. »Soll das heißen, Musolino hat von Guntens Zustimmung erkauft, indem er ihm die Nachfolge auf den Posten meines Onkels zusicherte?«

Utz verzog keine Miene. »So etwas öffentlich zu behaupten wäre, strafrechtlich gesehen, üble Nachrede oder Verleumdung. Und dienstlich würde es ein Disziplinarverfahren geben, das sich gewaschen hat.«

»Verstanden«, brummte Alexander, als er sich aus dem Bett schwang. »Ich werde mich diplomatisch verhalten.«

»Wobei?«

»Bei meiner Unterredung mit unserem neuen Kommandanten.«

»Der Arzt hat dir strikte Bettruhe verordnet!«

»Hilf mir beim Anziehen!«

Alexander erstarrte, als er das Büro des Gardekommandanten betrat. Heinrich Rosin war noch keine vierundzwanzig Stunden tot, und Anton von Gunten saß so selbstverständlich in dem schwarzen Lederstuhl hinter dem Schreibtisch, als nehme er diesen Platz seit Jahrzehnten ein. Dieser Anblick ärgerte Alexander viel mehr, als er ihn verwunderte. Es war ein offenes Geheimnis, dass von Gunten sich selbst als den besseren Kommandanten betrachtete.

Nach alter Tradition kamen die Gardekommandanten aus dem Schweizer Adel, dem von Gunten angehörte. In jüngster Zeit hatte es Ausnahmen von dieser ungeschriebenen Regel gegeben, so auch Markus und Heinrich Rosin. Traditionsbewusste Kleriker und Angehörige des Schweizer Adels hatten das noch nie gern gesehen und würden hocherfreut sein, wenn Anton von Gunten offiziell zum neuen Kommandanten ernannt wurde.

Der Raum erinnerte an ein Heimatmuseum. Dicht an dicht hingen an den Wänden die Porträts der Gardekommandanten, angefangen beim ersten, Kaspar von Silenen, der die Garde von 1506 bis 1517 befehligt hatte, und seinem Nachfolger Markus Röist, der, um sein Amt als Bürgermeister von Zürich zu behalten, seinen Sohn Kaspar – das dritte Bild – als Stellvertreter nach Rom gesandt hatte. Das letzte, geradezu fotorealistische Gemälde zeigte Markus Rosin. Bald würde ein Bildnis Heinrich Rosins hinzukommen.

Alexander kannte die Gesichter, ohne den jeweiligen Namen darunter zu lesen. Von Silenen, von Meggen, Segesser von Brunegg, Pfyffer von Altishofen, Meyer von Schauensee; Schweizer Adelsfamilien, die mehr als einen Kommandanten gestellt hatten. Brannte von Gunten darauf, eine neue Dynastie zu begründen?

»Setzen Sie sich, Alexander, nur keine Förmlichkeiten.«

Der Oberstleutnant wies auf den Besucherstuhl. Mit einem verkniffenen Lächeln sagte er: »Ich weiß nicht, ob ich Sie tadeln soll, weil Sie entgegen ärztlichem Rat schon wieder herumlaufen, oder ob Sie Lob verdienen, weil Ihr Diensteifer größer ist als Ihre Schmerzen. Wollen Sie mir berichten, was in der Waffenkammer geschehen ist?«
Alexander wiederholte, was er schon Utz Rasser erzählt hatte.
»Ein sehr bedenklicher Vorfall«, seufzte von Gunten. »Umso Besorgnis erregender, als er zeitlich mit diesem schrecklichen Doppelmord zusammenfällt.«
»Wohl nicht nur zeitlich«, wandte Alexander ein und beugte sich vor. »Wichtiger erscheint mir der inhaltliche Zusammenhang.«
»Und der wäre?«, fragte der Oberstleutnant im Tonfall unschuldiger Neugier.
»Mit allem Respekt, aber das liegt doch auf der Hand.«
»Sie meinen das verschwundene Waffenbuch?«
»Genau.«
Von Gunten zuckte mit den Schultern. »Danegger kann es kaum genommen haben.«
»Nein. Er war es ja auch nicht, der mich da überwältigt hat. Der Vorfall beweist, dass er Komplizen hatte – wenn er überhaupt für den Mord verantwortlich ist.«
»Wie können Sie das bezweifeln, Alexander? Sie haben die Leichen gesehen. Und die Waffe in Daneggers Hand.«
»Mehr noch, ich habe Danegger angefasst, weil ich mir die Waffe anschauen wollte. Erinnern Sie sich, Herr Oberstleutnant?«
»Ja, ich war dabei.«
»Und Sie wissen auch, wie es letzte Nacht geschüttet hat.«

»Ja. Und?«
»Danegger muss über den Kasernenhof gekommen sein. Er hätte völlig durchnässt sein müssen, aber ich weiß, dass er knochentrocken war. Wie erklären Sie sich das?«
Von Gunten zuckte mit den Schultern. »Vielleicht hatte er einen Schirm dabei.«
»Hat man bei den Leichen einen Schirm gefunden?«
»Nicht dass ich wüsste. Er kann ihn irgendwo im Haus abgestellt haben.«
»Auch dann müsste man ihn gefunden haben.«
»Ich werde mich bei Parada danach erkundigen«, versprach von Gunten.
»Also teilen Sie meine Bedenken?«
»Keineswegs. Die Fakten sprechen für sich. Danegger hielt die Tatwaffe in der Hand, und er hatte ein Motiv.«
»Ich weiß nicht«, brummte Alexander unentschlossen. »Sie sagten in der letzten Nacht, mein Onkel habe Danegger degradieren oder unehrenhaft entlassen wollen. Ich selbst habe erst vor zwei Tagen mit meinem Onkel über Danegger gesprochen und er hat nichts dergleichen erwähnt.«
»Überlegungen, die wir hier im Stab anstellen, hängen wir nicht an die große Glocke.«
»Dann dürfte Danegger auch nichts davon gewusst haben, was bedeutet, dass sie als Mordmotiv wegfallen.«
»Vielleicht hat Oberst Rosin ihm gegenüber eine Andeutung gemacht, um ihn zur Räson zu bringen. Aber dieser Hitzkopf hat sich wohl nur noch mehr aufgeregt, was Ihren Onkel und Ihre Tante das Leben gekostet hat.«
Alexander kam sich vor, als renne er gegen eine Wand aus Stahlbeton.

»Aber die beiden Unbekannten in der Waffenkammer«, versuchte er es noch einmal. »Wie passen die in das Bild?«

»Ich bin Soldat, kein Polizist, aber ich vermute, sie haben gar nichts mit der Sache zu tun.«

»Seltsam, dass sie dann ausgerechnet das Ausgabebuch für die Handfeuerwaffen mitgenommen haben.«

»Das kann ein Ablenkungsmanöver sein. Sie wollten Daneggers Bluttat nutzen, um ihre eigentlichen Absichten zu verdecken.«

»Und was waren das für Absichten?«

»Ich schätze, das werden wir niemals erfahren, schließlich haben Sie die beiden verscheucht. Jedenfalls sind außer dem Waffenbuch und Daneggers SIG keine weiteren Gegenstände als gestohlen gemeldet worden.«

Alexander sah sein Gegenüber eindringlich an. »Herr Oberstleutnant, auch wenn Sie meine Zweifel nicht teilen, bitte ich Sie, die Untersuchungen in dem Mordfall noch nicht einzustellen!«

Für eine kleine, von Schweigen erfüllte Ewigkeit trafen sich die Blicke beider Männer, bis von Gunten sich mit einer abrupten Bewegung aus dem Stuhl stemmte. Fast automatisch strichen seine Hände die Uniform glatt. Er wirkte wie ein Lehrer vor der Tafel, als er vor der Kommandantengalerie Aufstellung nahm und auf die Bilder wies.

»Hier sind mehr Ruhm und Ehre versammelt, als manch große Armee sie für sich verbuchen kann. Immer haben die Schweizer treu zum Heiligen Vater gehalten, unter Einsatz ihres Lebens und oft genug auch unter Hinnahme ihres Todes. Die Garde hat weiß Gott schwierige Zeiten durchlebt, aber auf ihre Treue konnte Seine Heiligkeit sich stets verlassen. Was letzte Nacht geschehen ist, könnte das Vertrauen des Papstes in uns zum ersten Mal erschüttert haben. Wie kann er einer Wachtruppe trauen, deren Angehörige sich gegenseitig über den Haufen schießen? Es gibt nur einen Weg, diesen Vorfall zu bereinigen. Wir müssen die dunkle Wolke, die über unserer Ehre und Zuverlässigkeit hängt, vertreiben, und zwar so schnell wie möglich!«

»Auch wenn Zweifel bleiben an der ... der Natur dieser *Wolke*?«

»Zweifel?« Von Gunten bellte wie ein Ausbilder auf dem Exerzierplatz. »Ich hege keine Zweifel. Und Generalinspektor Parada auch nicht. Wenn der Sicherheitschef des Vatikans die Affäre für aufgeklärt hält, sehe ich keinen Grund, meine Zustimmung zu verweigern. Im Gegenteil, ich ...«

Das melodiöse Summen des Telefons unterbrach ihn. Irritiert blickte der Oberstleutnant für einige Sekunden auf seinen Schreibtisch. Dann griff er mit energischer Geste nach dem Hörer und meldete sich im selben schroffen Tonfall, den er Alexander gegenüber angeschlagen hatte. Gleich darauf schluckte er heftig und nahm förmlich Haltung an.

»Ja, es geht ihm besser«, sagte er fast stammelnd. »Doch, er ist gerade bei mir, Heilig ...« Wieder schluckte er schwer und stammelte: »J-Ja, ich werde das sofort veranlassen, Heiliger Vater.« Wie geistesabwesend legte er auf.

»Heiliger Vater?«, wiederholte Alexander.

»Ja, ich glaube es kaum, er telefoniert höchstpersönlich. Da steht uns noch einiges bevor.« Fast hätte von Gunten sich bekreuzigt.

»Unorthodox, sicher«, meinte Alexander, »aber ich glau-

be, auch Johannes Paul I. hat schon eigenhändig zum Telefon gegriffen.«
»Nun, Papst Custos hat noch mehr unorthodoxe Einfälle. Er will Sie sehen, Alexander.«
»Mich? Aber ich bin nur ein einfacher Gardeadjutant.«
»Sagen Sie das Seiner Heiligkeit.«
»Wann?«
»Jetzt.«

Sie gingen über den Damasushof. Der Nieselregen war stärker geworden, doch Alexander merkte es kaum. Wie in Trance folgte er dem Vorgesetzten und versuchte noch immer zu begreifen, wie der Oberstleutnant seine Zweifel an Daneggers Schuld hatte zurückweisen können, ohne mit der Wimper zu zucken. Und zugleich fragte er sich, warum der Heilige Vater ihn sprechen wollte.
Dass man mit Kardinal Jean-Pierre Gardien einen Mann der ungewöhnlichen Ideen auf den Stuhl Petri gesetzt hatte, war schon bei seiner ersten Ansprache nach der Amtsübernahme deutlich geworden. Wohl kaum jemand hatte erwartet, dass der neue Papst sich als Erstes für alle Verfehlungen seiner Vorgänger und auch, quasi im Vorgriff, seiner selbst entschuldigen würde. Er hatte angekündigt, die katholische Kirche werde zu Beginn des neuen Jahrtausends neue Wege gehen und sich rückbesinnen auf das, was Jesu Lehre ausmache. Worte, die Anlass zu tausenderlei Spekulationen boten.
Papst Custos verteilte das Ungewöhnliche gleich en gros. Wenige Tage nach seiner Wahl hatte er erklärt, er werde sich für eine Begegnung der Oberhäupter aller großen Religionen einsetzen, damit ein Weg gefunden werde, die

zahlreichen Glaubenskonflikte überall auf der Welt zu mindern. Dann wieder hatte der Papst während einer abendlichen Fernseh-Liveshow zu einer Telefonumfrage mit dem Thema »Ist harter Sex besser als weiche Liebe?« angerufen. Fassungslos hatte die Fernsehnation zugehört, als Custos freimütig plaudernd erklärte, er sei in dieser Frage natürlich kein Fachmann aus Erfahrung, doch er könne sich nicht vorstellen, dass etwas Hartes auf Dauer angenehmer sei als etwas Weiches; auf sein Kopfkissen treffe das jedenfalls nicht zu. Viele hatten gelacht, die Presse hatte ihre Schlagzeile für den nächsten Tag, das Volk liebte den Papst für solche Offenheit. Und die Kurie zitterte vor seinem nächsten Streich.

Der Apostolische Palast verschluckte die beiden Männer, und ein Fahrstuhl brachte sie in den dritten Stock. Hier lagen die Privatgemächer des Papstes, bewacht von zwei Gardisten und zwei Gendarmen. Alle vier salutierten vor dem Oberstleutnant, wobei der Gruß der Vigilanzamänner recht lässig ausfiel.

Der vierschrötige Mann mit dem rötlichen Gesicht und dem noch rötlicheren Haar, der Alexander und von Gunten hereinwinkte, war ein weiterer Grund für das Gerede über die seltsamen Ansichten und Methoden des neuen Papstes. Don Ovasius Shafqat war schon vor der Papstwahl der Privatsekretär von Kardinal Gardien gewesen. Einem Kardinal mochte man nachsehen, dass er einem irischen Trunkenbold vertraute – denn genau in diesem Ruf stand Shafqat –, dem Papst sah man es gewiss nicht nach.

In einem kleinen, aber gemütlichen Empfangsbereich mit mannshohen Topfpflanzen, Korbsesseln und einem reich bestückten Zeitschriftenständer streckte Shafqat eine seiner rötlich behaarten Pranken aus. Es wirkte mehr wie das Ausfahren einer Schranke denn wie eine Einladung, Platz zu nehmen.

»Wenn Sie hier warten möchten, Herr Oberstleutnant. Ich habe von Seiner Heiligkeit nur den Wunsch gehört, Adjutant Rosin zu sprechen.«

Mit versteinerter Miene setzte sich von Gunten. Er hatte – in der Annahme, dass der Besuch Alexanders beim Papst etwas mit den nächtlichen Anschlägen zu tun habe – fest damit gerechnet, ebenfalls zum Heiligen Vater vorgelassen zu werden.

Alexander folgte dem irischen Geistlichen durch einen geräumigen Saal und spürte, wie seine Knie wacklig wurden. In Formation vor dem Papst anzutreten oder vor seinem Palast Wache zu stehen war eine Sache – ihn zu einem Gespräch unter vier Augen zu treffen eine andere. Shafqat blieb vor einer hohen Tür aus massivem Holz stehen und klopfte laut an. Ein kurzes »Herein« von jenseits der Tür, Shafqat öffnete, ließ Alexander eintreten und schloss die Tür von außen.

Der quadratische Raum war das private Arbeitszimmer des Papstes und zugleich seine private Bibliothek. Die Wände waren vom Boden bis zur Decke mit voll gestopften Bücherregalen zugestellt. Es roch angenehm altmodisch nach Papier, Leim und Druckerschwärze. Der Papst stand auf einer kleinen Leiter und blätterte in einem Buch. Nun stellte er es weg und drehte sich zu seinem Besucher um, zu hastig wohl: Die Leiter geriet ins Wanken und mit ihr der Heilige Vater. In der weißen Soutane sah er mit den Hilfe suchend ausgestreckten Armen aus wie ein riesen-

hafter weißer Vogel, der panisch mit den Flügeln schlug. Alexander sprang herbei und legte die Hände um die Hüften des Papstes. Der stützte sich auf die breiten Schultern des Gardisten und kletterte herab auf sicheren Boden.
»Es stimmt also«, sagte er in seiner Muttersprache.
»Was?«, platzte es aus Alexander heraus, bevor ihm einfiel, dass es sich nicht geziemte, mit dem Heiligen Vater ohne Begrüßung und dann noch in derart flapsiger Art zu sprechen.
»Dass die Schweizergarde die Stütze des Heiligen Stuhls ist. Sie haben es gerade bewiesen, mein Sohn.«
Alexander kniete nieder und küsste den Fischerring des Papstes. Der zog ihn schnell wieder auf die Füße.
»Wenn schon, müsste ich Sie ehren, Adjutant Rosin, nach allem, was Sie letzte Nacht zu erleiden hatten. Nehmen Sie doch Platz.«
Alexander folgte ihm zu zwei schweren braunen Ledersesseln, zwischen denen ein hölzerner Beistelltisch mit einer Cognacflasche und zwei Gläsern stand. Der Papst schenkte ein.
»Oh, ich hoffe, Sie dürfen überhaupt ein Glas trinken. Sie sind ja in Uniform.«
»Ich weiß nicht«, erwiderte Alexander verwirrt. »Sie … ich meine, Heiligkeit sind der Oberbefehlshaber.«
Der Papst stieß ein trockenes Lachen aus. »Ich muss mich noch an vieles gewöhnen. Nicht nur, dass ich der Führer der größten Glaubensgemeinschaft auf diesem Planeten bin, nein, auch die kleinste Armee der Welt hört auf mein Wort. Dabei beherrsche ich kein einziges militärisches Kommando. Zum Wohl! Das ist jetzt ein Befehl.«
Sie tranken und es tat Alexander gut. Wärme durchström-

te ihn. Eben, als er dem Papst zu Hilfe gesprungen war, hatte sich das wackelige Gefühl in seinen Beinen verstärkt, und ein schmerzhafter Stich war durch seinen Kopf gefahren. Jetzt, in dem bequemen Sessel und mit dem päpstlichen Cognac im Magen, fühlte er sich zwar unwirklich, aber ein wenig wohler.

»Ich kann Ihnen gar nicht sagen, wie Leid mir die schreckliche Geschichte mit Ihrem Onkel und Ihrer Tante tut.« Der Papst sprach weiterhin französisch und schien zu wissen oder zu ahnen, dass der Schweizer diese Sprache besser beherrschte als Italienisch. »In den letzten Tagen hatte ich intensive Gespräche mit Oberst Rosin, und wir sind uns dabei sehr nahe gekommen. Es ist schwer, ihn zu verlieren. Für Sie noch viel mehr als für mich.«

Alexander gab ihm Recht, begriff aber noch immer nicht, worauf sein Gastgeber hinauswollte. Einerseits schien ihm der ganze Aufwand mit dem Privatempfang übertrieben, wenn der Heilige Vater ihm nur sein Beileid aussprechen wollte, andererseits lag in den Worten des Papstes mehr. Unterschwellig nahm er es wahr, doch als er es herauszufiltern versuchte, kehrte der stechende Schmerz in seinem Kopf zurück. Es war wie in der Nacht, als ihn der Schlag auf den Hinterkopf traf; als würde sein Schädel gespalten.

Das Glas fiel ihm aus der kraftlosen Hand, der Cognac sickerte in den hellen Teppich. Er streckte die Hand nach dem Glas aus, doch sein Körper bewegte sich wie in Zeitlupe: kriechend langsam und schwerfällig. Wenn sie auch langsam erfolgte, die Bewegung ließ sich nicht mehr aufhalten. Er fiel nach vorn und rutschte aus dem Sessel. Alles um ihn herum verzerrte sich, wuchs und schrumpfte,

verlor seine Konturen in einem ungewissen Wabern, wie eine Wüste unter gnadenloser Sonne.
Und da war der große weiße Vogel, der sich über ihn beugte. Alexander fühlte, wie die Hände des Heiligen Vaters sanft über seinen Kopf strichen. Langsam und feinfühlig glitten die Finger über seine Haut, als folgten sie geheimen, nur dem Papst sichtbaren Spuren.
Der Schmerz ließ nach, machte einer Wärme Platz, wie sie zuvor mit dem Cognac durch seinen Körper geflossen war. Nur war diese Wärme intensiver und allgegenwärtig. Er fühlte sich von ihr umhüllt wie von einer riesigen Decke aus Liebe und Geborgenheit. Das Gefühl des Aufgehobenseins und Geliebtwerdens verdrängte Schmerz und Trauer. Er schloss die Augen und wünschte, dieses Gefühl möge ewig anhalten. Alle schlechten Gedanken und Empfindungen verblassten in Bedeutungslosigkeit. Nie zuvor hatte er gespürt, dass Liebe und Zuversicht so viel mehr bedeuteten als Wut, Furcht und Zweifel.
Als er die Augen öffnete, lag er noch immer auf dem Boden, und sein Kopf war in den Schoß des Papstes gebettet, der ihn mit einem besorgten Lächeln ansah.
»Geht's wieder besser, Alexander? Ich glaube, Sie haben sich doch ein wenig zu viel zugetraut, als Sie aus dem Bett gestiegen sind.«
»Ja … es tut mir Leid … Heiligkeit …«
Peinlich berührt von der Vorstellung, die er dem Papst geboten hatte, schickte er sich an aufzustehen. Custos stützte ihn. Alexander hob sein Barett vom Boden auf, setzte es auf und sagte: »Ich glaube, ich muss Ihnen danken, Heiliger Vater. Sie haben mir die Schmerzen genommen, nicht wahr?«

Das Lächeln des Papstes wirkte entschuldigend wie das eines Jungen, den man bei einem Streich ertappt hat. »Ein Familienerbe, verstehen Sie?«
»Nein«, antwortete Alexander und glaubte, in den Augen des Heiligen Vaters einen Anflug von Enttäuschung zu bemerken.
»In Ihnen kämpfen viele widerstreitende Gefühle«, fuhr der Papst fort. »Sie empfinden große Wut auf andere und auf sich selbst. Hängt das mit den schrecklichen Morden zusammen?«
»Ja, Eure Heiligkeit.«
»Aber warum hegen Sie solche Wut gegen sich selbst? Glauben Sie denn, Sie hätten die Tat verhindern müssen?«
»Nein. Wie hätte ich das können? Ich wusste nicht, was Danegger vorhatte.«
»Ja, natürlich. Ich will jetzt nicht weiter in Sie dringen, Alexander. Aber wenn Sie etwas bedrückt, können Sie jederzeit zu mir kommen. Das ist ein ernst gemeintes Angebot.«
»Danke, Heiliger Vater.«
Der Papst legte den Zeigefinger der rechten Hand vor seine Lippen. »Sagen Sie um Himmels willen nicht weiter, was ich eben getan habe, Alexander. Ich will nicht, dass die Christenheit mich mit der heiligen Jungfrau von Lourdes verwechselt. Und was die Presse erst daraus machen würde. Der *Rasputin vom Vatikan*. Nein, wirklich, Sie müssen mir versprechen zu schweigen!«
Custos hielt ihm die schmale Hand entgegen. Als Alexander sie ergriff und drückte, fühlte er sich wie ein Schüler, der mit einem Kameraden einen kindischen Pakt schließt. Aber in den Augen des Papstes lag tiefer Ernst.

Der Heilige Vater geleitete ihn zur Tür, und auch beim Gehen spürte Alexander nicht mehr die geringsten Beschwerden. Shafqat eilte herbei und Custos kehrte in seine Bibliothek zurück. Von Gunten hockte mit unmilitärischer Lässigkeit in seinem Korbsessel und blätterte gelangweilt in einer Zeitschrift. Sein Blick war alles andere als wohlwollend. Im Lift fragte er: »Mein Gott, Alexander, was haben Sie so lange getrieben? Sie waren über eine Stunde bei ihm.«
Erstaunt blickte Alexander auf die Uhr. Von Gunten hatte Recht; er musste längere Zeit weggetreten gewesen sein. Der Vorgesetzte wiederholte die Frage.
»Ich darf nicht sagen, was so lange gedauert hat.«
»Wieso nicht? Ich bin Ihr Kommandant!«
»Und Seine Heiligkeit ist mein oberster Dienstherr. Ich musste dem Heiligen Vater Stillschweigen versprechen.«
Von Gunten maß ihn mit einem undefinierbaren Blick. Zum ersten Mal schien er so etwas wie Respekt vor Alexander zu verspüren. Furcht konnte es kaum sein.
»Legen Sie sich hin und ruhen Sie sich aus«, sagte der Oberstleutnant, als die Liftkabine mit leichtem Ruckeln im Erdgeschoss hielt.
»Den Befehl habe ich schon erhalten.«

Alexander legte sich befehlsgemäß ins Bett, aber er schlief nicht. Unaufhörlich dachte er an die Begegnung mit dem Heiligen Vater. Eine eigenartige Aura umgab diesen Mann. Er hatte so gar nichts Vergeistigtes, wie man es vom abgeklärten Oberhirten der Christenheit erwartete. Vielmehr hatte er Alexander behandelt wie seinesgleichen.

Und dann seine seltsamen Fähigkeiten. Natürlich hatte Alexander von Menschen gehört, die über heilende Kräfte verfügten. Was davon Schwindel und Wahrheit war, hatte ihn nie sonderlich interessiert. Aber der Papst hatte ihm nicht nur den Schmerz genommen, er hatte auch in seiner Seele gelesen, und das erschütterte Alexander. Der Heilige Vater mochte sein oberster Dienstherr und sein geistiger Hirte sein, aber selbst ihm mochte er nicht mitteilen, was ihn seit letzter Nacht bedrückte. Er konnte es niemandem sagen, solange er sich nicht über seine Gefühle im Klaren war.

Seine Gedanken kreisten weiter um den Papst und um die Frage, über welche Kräfte Custos gebot. Die Antwort lieferte vielleicht der Arzt, der am Nachmittag kam und keine Verletzungen mehr feststellen konnte.

»Weder innerlich noch äußerlich. Auch die große Kopfwunde ist vollkommen verheilt. Das ist wie ein Wunder!«, stellte der Arzt kopfschüttelnd fest.

Da Alexander dienstfrei war, blieb er in seinem Zimmer und schaltete den Fernseher ein. Gerade noch rechtzeitig, um die Presseerklärung des Vatikansprechers mitzubekommen. Zur Einstimmung lief ein Bericht über die nächtliche Bluttat, wahrscheinlich zum hundertsten Mal an diesem Tag. Fotos zeigten die drei Toten zu Lebzeiten. Von Heinrich Rosin und Danegger wurden zudem Filmaufnahmen anlässlich einer Parade der Schweizergarde eingeblendet. Alexander sah sich an Daneggers Seite stehen. Der Anblick versetzte ihm einen Stich.

Ein Schnitt auf eine nicht mehr ganz junge, stark geschminkte Moderatorin im grellgrünen Kostüm: »Der Vatikan hat als autonomer Staat auch das Recht, die Ermittlung und Verfolgung von Straftaten auf seinem Hoheitsgebiet unabhängig von der italienischen Justiz durchzuführen. Im Fall des ermordeten Gardekommandanten hat man auf Amtshilfe seitens der italienischen Behörden verzichtet und die Angelegenheit ungewöhnlich schnell zum Abschluss gebracht. Der Vatikansprecher, Monsignore Wetter-Dietz, wird uns jetzt erklären, warum.«

Der Konferenzraum im Pressesaal des Heiligen Stuhls kam ins Bild. Alle beim Heiligen Stuhl akkreditierten Journalisten – es waren etwa vierhundert –, die so genannten Vatikanisten, schienen zusammengekommen zu sein und drängten sich Schulter an Schulter. Der Saal für die Pressekonferenzen war nur mit zweihundert Sitzplätzen ausgestattet. Er und der gesamte Pressesaal lagen nicht im Vatikan, sondern kurz vor dem Petersplatz in der Via della Conciliazione. Offiziell aus Platzgründen, aber wohl auch, weil die Kurie Horden von herumschnüffelnden Journalisten im Herzen der Christenheit vermeiden wollte.

Monsignore Wetter-Dietz trat ein, ein knochiger Mann in dunklem Anzug. Der Römerkragen verriet die Zugehörigkeit zum geistlichen Stand. Die Journalisten verstummten, als er unter dem Wappen des Vatikanstaats Platz nahm. Es zeigte die Tiara, die dreifache Papstkrone, mit den beiden hinten herabhängenden Streifen und darunter die gekreuzten, durch eine Kordel verbundenen Schlüssel. Die Tiara, früher die Krönungskrone der Päpste, war das Symbol der dreifachen Macht des Papstes als *Vater der Fürsten und der Könige*, als *Rektor der Welt* und als *Stellvertreter Christi auf Erden*. Der zweifache Schlüssel verkörperte die Vollmacht Jesu für den Apostel Petrus und seine päpstlichen Nachfolger, zu binden und zu lösen.

Auf die in Matthäus 16.19 beschriebene Szene gründete sich das gesamte Papsttum.

Während die Kameras surrten und die Blitzlichter noch zuckten, begann Wetter-Dietz in ebenso akzentfreiem wie monotonem Italienisch, die Geschehnisse zusammenzufassen. In trockenen Worten gab er die wesentlichen Fakten wieder, bemüht, sich jeder Spekulation und jeder auch nur ansatzweise blumigen Schilderung zu enthalten.

»So tragisch dies alles auch ist, so wenig geheimnisvoll ist es zugleich. Mit der Abneigung, die Marcel Danegger aufgrund der dienstlichen Differenzen gegen seinen Kommandanten verspürte, ist seine Handlung als Überreaktion eines nervlich überlasteten jungen Mannes hinreichend motiviert. Da die kriminaltechnische Untersuchung keine weiter gehenden Anhaltspunkte zutage gefördert hat, ist der Untersuchungsrichter des Vatikans zu der Entscheidung gelangt, das Verfahren abzuschließen.«

Ein paar Sekunden herrschte Schweigen. Die Journalisten mussten erst begreifen, dass es das schon gewesen war. Dann brach ein Wortgewitter los, das Wetter-Dietz mit stoischer Gelassenheit über sich ergehen ließ. Schließlich beruhigten sich die Journalisten und einzelne Fragesteller kamen zu Wort.

Ob es keine politische Motivation für das Attentat gebe? Nein, sagte der Vatikansprecher, eine solche sei nicht ersichtlich.

Oder ob Sex im Spiel gewesen sei? Ob mit dem Mord vielleicht etwas vertuscht werden sollte? Warum das Verfahren so ungewöhnlich schnell abgeschlossen werde?

Wetter-Dietz schmetterte alle Versuche, die Angelegenheit aufzubauschen, mit ebenso trockenen wie bestimmten Worten ab. Nur einmal geriet er sichtlich in Erregung. Eine junge Journalistin, deren attraktives südländisches Gesicht Alexander auffiel, fragte: »Was ist mit dem Einbruch in die Waffenkammer der Schweizergarde? In welchem Zusammenhang mit der Mordtat steht dieser Vorfall?«

Der Einbruch war von Wetter-Dietz mit keiner Silbe erwähnt und, soweit Alexander wusste, offiziell der Presse nicht bekannt gegeben worden.

Hilfe suchend kaute der Vatikansprecher an seiner Unterlippe, und dann erklärte er mit unsicherer Stimme: »Dazu kann ich nichts sagen, ich weiß nichts von einem solchen Einbruch.« Dass er log, war offensichtlich.

IV

Sonnabend, 2. Mai

Gelblicher Dunst lag über Rom, als der Kleinbus aus der Porta Sant'Anna auf die Via del Porta Angelica rollte. Die Insassen, junge Männer in Jeans, Pullovern oder Lederjacken, drückten sich tief in die Sitze, und viele schlossen die Augen. Bei dem Wetter hatte die Ewige Stadt ihnen nichts zu bieten. Die meisten wären an diesem nasskalten Morgen froh gewesen, ihre wachfreie Zeit in der Kaserne verbringen zu können, im Fitnessraum oder vor dem Notebook.

Vielleicht war Alexander der Einzige, der sich freute. Als der Bus an der hohen Umfassungsmauer der Vatikanstadt entlangfuhr, erschien ihm das Gelände dahinter wie ein Gefängnis. Die Fahrt zum Sicherheitsunterricht bedeutete ihm eine willkommene Ablenkung. Er hatte kaum schlafen können und seit der Übertragung der Pressekonferenz am gestrigen Nachmittag unaufhörlich gegrübelt.

Beim Abendessen in der Gardekantine war Oberstleutnant von Gunten an Alexander herangetreten und hatte ihm mitgeteilt, man habe keinen Schirm gefunden, den Danegger in der Mordnacht benutzt haben könnte. Aber das habe nichts zu bedeuten. Sollte es bewussten Schirm gegeben haben, könne er auf vielfältige Weise abhanden gekommen sein. Von Gunten hatte ihn zu seiner raschen Genesung beglückwünscht und ihm angeboten, einige Tage Sonderurlaub zu nehmen. Alexander hatte abgelehnt. Er wollte nicht noch mehr Zeit zum Grübeln haben. Lieber wollte er am normalen Gardeleben teilnehmen, insgeheim in der Hoffnung, dabei einen Hinweis zu entdecken, der ihm helfen würde, den trüben Nebel zu vertreiben, der über den Morden lag.

Auf der anderen Seite des Tibers stand der Verkehr kurz vor dem üblichen Morgeninfarkt. Utz Rasser lenkte den Bus mit solchem Geschick durch das Gewühl, als sei er auf Roms Straßen aufgewachsen; und wer in Rom mit dem Auto vorankommen wollte, brauchte Nerven aus Stahl.

Vor dem Polizeiseminargebäude an der Piazza Farnese wäre es eng geworden, hätte es nicht einen abgetrennten und zum Glück unbesetzten Busparkplatz gegeben. Während Utz noch rangierte, entdeckte Alexander den weinroten Fiat Tempra von Commissario Donati. Am Ende der Parkreihe stand ein dunkelblauer Kleintransporter mit dem Schriftzug einer Straßenreinigung. Hinter beschlagenen Scheiben saßen zwei Arbeiter, mit dem zweiten Frühstück und der Morgenzeitung beschäftigt.

»Los, alles raus!«, drängte Utz und stieß die Tür auf. »Ich will ins Haus kommen, bevor es zu regnen anfängt.«

Angeführt von Alexander und Utz, stiefelte ein Dutzend unlustiger Gardisten in das Seminargebäude. Der alte Pförtner nickte nur müde, als Utz seinen Spruch aufsagte, und widmete sich wieder den Sportseiten der Zeitung. Der Seminarraum lag im zweiten Stock, die Fenster gingen zu einem spärlich begrünten Innenhof hinaus. Jetzt war davon nichts zu sehen. Commissario Donati hatte die Rollos heruntergezogen und war damit beschäftigt, einen Diaprojektor einsatzbereit zu machen. Im Licht der Neonröhren wirkte der Morgen noch trister.

Donati begrüßte sie mit knappen Worten, während er die letzten Vorkehrungen für den Unterricht traf. Seine Bewegungen waren effektiv, wenn auch ungelenk; sein linkes Bein bestand vom Knie an abwärts aus Aluminium oder etwas Ähnlichem. Das Bein aus Fleisch und Blut, das einmal dort gesessen hatte, war von einer Mafiabombe zerfetzt worden, acht Jahre zuvor in Mailand. Donati hatte damals in dem Ruf gestanden, einer der schärfsten und erfolgreichsten Mafiajäger Italiens zu sein. Die Autobombe hatte alles verändert. Donatis Frau und seine beiden Kinder waren umgekommen, er selbst erst nach langer Zeit in den Dienst zurückgekehrt, aber nicht nach Mailand. Jetzt unterrichtete er in Rom junge Polizisten und die Schweizergarde.
Donati war mit seinen Vorbereitungen fertig, drehte sich auf dem Absatz um und deutete auf Utz Rasser: »Warum beschützen Sie einen Tyrannen?«
»Wie?«, stammelte Utz.
»Ich möchte von Ihnen wissen, weshalb es Ihr Beruf ist, einen Tyrannen zu beschützen.«
Utz grinste Donati an. »Sie müssen mich verwechseln, Commissario. Ich diene in der Schweizergarde, nicht in der Waffen-SS.«
»Ich weiß, dass Sie ein Schweizergardist sind«, erwiderte Donati. »Beantworten Sie bitte meine Frage. Warum setzen Sie und Ihre Kameraden Ihr Leben aufs Spiel, um einen Tyrannen zu beschützen?«
»Aber … der Papst ist kein Tyrann!«
Donatis schmale Lippen verzogen sich zu einem schiefen Lächeln. »Ein potenzieller Attentäter wird das Gegenteil behaupten. Und gerade das macht ihn gefährlich. Wer

aus tiefster Überzeugung einem Menschen nach dem Leben trachtet, bewegt sich jenseits von Logik und Menschlichkeit. Damit müssen Sie immer rechnen, meine Herren!«

Der Polizist nahm einen Zettel von seinem Tisch auf und las vor: »*Ich bin verzweifelt. Und warum? Weil ich das getan habe, wofür Brutus geehrt worden ist und was Tell zu einem Helden gemacht hat. Aber ich, der ich einen größeren Tyrannen getötet habe, als sie ihn jemals kennen gelernt haben, werde als gemeiner Mörder angesehen.*« Donati legte den Zettel weg und blickte in die Runde: »Nun, was meinen Sie, wer hat das geschrieben?«

Die Gardisten schwiegen ratlos, einige rätselten laut: »François Ravaillac, der Mörder Heinrichs VI.?« – »Oder der Mörder Heinrichs III., dieser Dominikanermönch.« – »Ja, Jacques Clément hieß er doch.« – »Nein, den hat Heinrichs Garde nach dem Attentat aufgespießt. Der hatte gar keine Zeit mehr zum Schreiben.« – »Vielleicht war es dieser Gerard, der Wilhelm den Schweiger erschossen hat? Der wurde erst später hingerichtet.«

Als die Antworten verebbten, schaltete Donati den Diaprojektor ein. Die Leinwand zeigte das Abbild einer alten Schwarzweißzeichnung: fünf Personen in der Theaterloge. Im Vordergrund saßen eine Frau und ein Mann. Die Frau rang ergriffen die Hände, während der kinnbärtige Mann mit seinem Stuhl zur Seite kippte. Schräg hinter ihm stand ein Mann mit Schnurrbart und feuerte aus einem altertümlichen Derringer auf seinen Kopf. In der linken Hand hielt der Attentäter ein großes Messer. Hinter der verzweifelten Frau standen eine zweite, jüngere Frau und ein Offizier; beide wirkten höchst erschrocken.

»Ist die Situation bekannt?«, fragte Donati.
Der Feldweibel Kurt Mäder meldete sich: »Der Mord an Abraham Lincoln, vierzehnter April 1865, Ford-Theater in Washington.«
Donati nickte und zog einen Laserpointer aus der Jackentasche. Der rote Laserpunkt heftete sich an die Brust des Attentäters. »John Wilkes Booth hatte leichtes Spiel. Vor der Präsidentenloge stand keine Wache. Nach der Tat sprang er von der Loge auf die Bühne und schrie: *Sic semper tyrannis!* – So geschehe es allen Tyrannen!«
Der rote Punkt erlosch, und es herrschte Schweigen, bis Alexander sagte: »Dann ist die Sache klar. Booth ist derjenige, der sich für einen neuen Brutus oder Wilhelm Tell gehalten hat.«
»Aber Lincoln war doch kein Tyrann!«, entgegnete jemand im Halbdunkel hinter Alexander.
»Für die heutige Geschichtsschreibung nicht und auch nicht für die Mehrheit der öffentlichen Meinung damals, aber für Booth und seine Kumpane war er es«, erklärte Donati. »Sie waren glühende Anhänger der konföderierten Sache und bereit, alles zu tun, um den Siegeszug der Union ins Gegenteil zu verkehren. Was ich eingangs vorgelesen habe, schrieb Booth in sein Tagebuch, als er sich nach dem Mord an Lincoln vor seinen Häschern versteckte.«
Donati schob das nächste Dia zwischen Objektiv und Sammellinsen. Es war ein Foto des toten Mahatma Gandhi, der von Trauernden mit Blütenblättern geschmückt wurde.
»Gandhi war also auch ein Tyrann?«, fragte Utz und lachte trocken.
»In den Augen seines Mörders mit Sicherheit«, erwiderte Donati ohne jede Spur von Heiterkeit. »Der Hindu Nathu-

ram V. Godse, der Gandhi erschossen hat, hat in seinem Prozess erklärt, er und seine beiden Komplizen hätten in der Überzeugung gehandelt, dass Gandhi den Tod verdient habe, weil er das gewaltsame Vorgehen von Hindus gegen moslemische Mitbürger kritisiert habe. Selbstverständlich hielten die radikalen Hindus ihre Gewaltanwendung für legitim – und Gandhi für einen Tyrannen, weil er ihnen ihr vermeintliches Recht streitig machte. Diese Ansicht hat Godse und seine Komplizen zwar nicht vor dem Strick bewahrt, aber eben auch Gandhi nicht vor den tödlichen Kugeln. Die *Große Seele*, die durch ihre Lehre und ihr Beispiel den uralten Kreislauf von Hass und Gewalt durchbrechen wollte, wurde gerade dadurch zur Bedrohung – zum Tyrannen – in den Augen derer, die auf Hass und Gewalt setzten.«

Das dritte Dia zeigte ein Chaos aus Explosionen und Rauch. Ein Mann im hellen Hemd floh vor dem Inferno, direkt auf die Betrachter zu. Im Hintergrund, halb vom Rauch verhüllt, standen Luftabwehrraketen auf ihren Rampen. Dazwischen sah man einen Mann mit angelegtem Sturmgewehr.

»Wer kennt diese Szene?«, fragte Donati.

Ohne zu überlegen, antwortete Alexander: »Das Attentat auf Anwar as-Sadat, Kairo, am zehnten Oktober 1981.«

»Sechster Oktober«, berichtigte Utz.

»Korrekt«, lächelte Donati. »Wer weiß etwas über die Attentäter?«

Diesmal antwortete Utz wie aus der Pistole geschossen. »Ägyptische Soldaten. Sie hatten sich in die Militärparade eingeschmuggelt, die Präsident Sadat zur Feier der Kanalüberquerung von 1973 abhielt. Sie sind von ihrem Armeewagen gesprungen, haben Handgranaten geworfen und das Feuer eröffnet.«

»Gut«, lobte Donati. »Motiv?«

»1973 war Sadat für die Ägypter noch ein Kriegsheld gewesen und hatte sie im Jom-Kippur-Krieg über den Suezkanal geführt«, fuhr Utz fort. »Und dann wurde aus dem Falken eine Taube; er reiste sogar nach Jerusalem, um dort Golda Meïr und Moshe Dayan zu umarmen. Das passte den unversöhnlichen Judenfeinden in Ägypten nicht. Mit dem Friedensabkommen von Camp David hatte Sadat sein Todesurteil unterschrieben.«

»Sehr treffend formuliert«, sagte Donati und zeigte weitere Dias von Ermordeten: John F. Kennedy, Martin Luther King, Jizchak Rabin. »Sie alle haben sich für Frieden und Verständigung eingesetzt und sind damit für jene, die Hass und Gewalt predigen, zur Bedrohung, zu Tyrannen geworden.«

Er schaltete den Diaprojektor aus, das Licht wieder ein und schrieb die Namen an die Tafel: *Lincoln, Gandhi, Kennedy, King, Sadat, Rabin.* Und darüber schrieb er *Wer Frieden sät …*

»Männer wie diese sechs schweben in der größten vorstellbaren Gefahr. Die Feinde des Friedens sind von Natur aus gefährlich. Wenn sie sich aber in die Enge gedrängt fühlen, wenn aus Verblendung blinder Hass wird, ist mit dem Undenkbaren zu rechnen. Aus diesem Grund ist auch der Heilige Vater ständig vom Tod bedroht. Das Attentat, das Ali Agca auf Johannes Paul II. verübte, hat das eindrucksvoll demonstriert. Ihr Job, meine Herren, ist an Undankbarkeit kaum zu überbieten. Ihr Chef ist ein Friedenstyrann auf Lebenszeit. Niemand mag von mehr Menschen geliebt werden, aber niemand wird auch von mehr Menschen gehasst. Daran sollten Sie in jedem Augenblick Ihres Dienstes denken, ganz egal, wie eintönig Ihnen das tägliche Einerlei aus Wacheschieben, Auskunfterteilen und Posieren für Touristenkameras erscheinen mag. Die Bombe geht gerade dann hoch, wenn man am wenigsten damit rechnet. – Ich weiß, wovon ich spreche.«

Bei den letzten Worten hatte er die Hände in die Hosentaschen geschoben; Alexander glaubte bemerkt zu haben, dass sie zitterten.

Utz meldete sich zu Wort: »Wenn das vehemente Eintreten für den Frieden wirklich so gefährlich ist, müsste Jesus Christus so attentatsgefährdet gewesen sein wie all die anderen zusammen.«

»Ganz recht.« Als Donatis Blick sich auf Utz richtete, schien es, als kehrte er von einer langen Reise zurück. »Wir wissen verdammt wenig über den historischen Jesus, nicht wahr? Gut möglich, dass man häufiger versucht hat, ihn auf gewaltsame Weise aus dem Weg zu räumen. Wenn Sie es genau betrachten, werden Sie feststellen, dass der Verrat von Judas Iskariot nichts anderes war als ein Attentat, nur eins der ganz perfiden Art. Statt mit der blanken Klinge zuzustoßen, hat Judas sein Opfer geküsst. Er hat nicht selbst den Dolch gezückt, sondern die Drecksarbeit den von ihm herbeigeholten Schergen überlassen.«

Der Commissario drehte sich zur Tafel um und schrieb in großen, fetten Buchstaben unter die sechs Namen JESUS.

Mäder brummte: »Würde Jesus heute leben, käme er bestimmt nicht mit einem Kuss davon.«

Donati hatte ihn gehört und fuhr herum: »Gewiss nicht. Ohne Sie kränken zu wollen, meine Herren, aber die ganze Schweizergarde könnte ihn nicht beschützen. Würde der Messias zurückkehren, wäre er aufs höchste gefährdet. Er wäre für Millionen oder gar Milliarden von Menschen der Staatsfeind Nummer eins, und zwar nicht nur für Nichtchristen.«

»Wie meinen Sie das, Commissario?«, fragte Alexander.

»Die Christen haben oft genug untereinander Krieg geführt, ihre Kirchen sind gespalten. Vielleicht würde jede christliche Kirche versuchen, den wiedergekehrten Sohn Gottes für ihre Zwecke zu vereinnahmen. Die, denen das nicht gelänge, hätten allen Grund, ihn zu verteufeln – oder unschädlich zu machen.«

Donatis Worte über einen wiedergekehrten Messias beschäftigten Alexander noch, als sie wieder im Bus saßen und Utz verzweifelt versuchte, das Gefährt von dem zwischenzeitlich zugeparkten Stellplatz auf die Straße zu lavieren. Starker Regen klopfte gegen die Scheiben. Der blaue Kleintransporter stand noch an seinem Platz; die beiden Straßenreiniger pausierten entweder noch immer oder schon wieder.

Alexander sah, wie Donati unter einem großen Schirm aus dem Gebäude trat, in der Linken eine Aktentasche. Der einst gefürchtete Mafiajäger sah aus wie ein Finanzbeamter, der zur Mittagspause ging. Er steuerte auf seinen Tempra zu.

Alexander sprang auf und stieß die Schiebetür auf.

Utz sah ihn erstaunt an. »He?«

»Du brauchst bestimmt noch fünf Minuten, um hier rauszukommen. Ich habe noch eine Frage an Donati.«

Alexander lief zu dem weinroten Fiat. Donati hatte die Aktentasche unter den Arm geklemmt, um eine Hand für den Autoschlüssel frei zu haben.

»Auf ein Wort, Commissario.«

»Ja?«

Alexander drängte sich zu ihm unter den Schirm. »Ich bin der Neffe von Oberst Rosin.«

»Ich weiß. Mein Beileid.«

»Könnten Sie sich vorstellen, dass mein Onkel aus ähnlichen Gründen ermordet wurde wie … wie Gandhi, Sadat und die anderen?«

Donatis Stirn unter dem früh ergrauten Haar legte sich in Falten. »Ich dachte, einer von Ihren Kameraden hätte ihn wegen dienstlicher Querelen erschossen.«

»Das ist die offizielle Version«, erwiderte Alexander und sah aus dem Augenwinkel, wie sich die Türen des blauen Transporters öffneten.

Kurz zuvor war der Motor angesprungen. Zwei Männer in blauen Overalls stiegen aus. Jeder hielt ein seltsames Gerät in den Händen; auf den ersten Blick sah es aus wie jene Druckluftpistolen, mit denen Laub und Abfälle vor die Kehrmaschinen geblasen werden. Aber die Männer trugen keinen Ohrenschutz und hatten keine Pressluftbehälter auf dem Rücken. Und an ihren Geräten saßen keine Schläuche. Die Geräte waren etwa achtzig Zentimeter lang. Zwischen Griff und Schulterstütze hing eine große Trommel. Über dem Lauf befand sich ein zweigeteilter Tragegriff. Die Mündung sah aus wie das unten abgeschrägte Endstück eines Auspuffrohrs.

»Haben Sie Zweifel an der Darstellung des Pressespre …«

Weiter kam Donati nicht. Alexander sprang ihn an und riss ihn mit sich auf das schmutzige, nasse Pflaster. Sie rollten hinter den Toyota Corolla, der vor Donatis Fiat parkte. Der Commissario verlor seine Aktentasche, und sein Schirm verbog sich unter dem Gewicht der beiden Männer zu einem abstrakten Kunstwerk.

Keine Sekunde später vermischte sich ein Hagel aus Schrot und Glassplittern mit dem Regen, und die Scheiben des Tempras waren zerstört. Die trockenen Detonationen der beiden Gasdruckwaffen klangen wie das Kläffen altersschwacher Hunde. Auch die Scheiben des Corollas gingen zu Bruch, und etwas zerrte rau an Alexanders Kragen. Ein daumenlanges Stück seiner Wildlederjacke wurde weggefetzt.

»Mit der nächsten Salve erwischen sie uns!«, zischte Donati.

Er rollte zwei Meter zur Seite, hielt plötzlich eine Beretta mit beiden Händen im Anschlag und feuerte fünfmal kurz hintereinander aus liegender Position. Der Commissario war ein erfahrener Schütze. Wie im Lehrgang hatte er sein Körpergewicht ein wenig auf die rechte Seite verlagert, sodass der Kopf auf dem rechten Bizeps ruhte. Die optimale Schussposition für einen am Boden liegenden Rechtshänder.

Und er traf, wie Alexander sah. Er hätte besser den Kopf einziehen sollen, aber er spähte neugierig durch die Lücke zwischen den beiden beschädigten Fahrzeugen.

Einer der beiden Attentäter knickte zusammen und ging in die Knie. Der andere gab einen weiteren Schuss auf die Stelle ab, von der Donati geschossen hatte. Aber der Polizist war schon weitergerollt und kauerte im Eingang des Seminargebäudes. Die Schrotladung, die über das Pflaster spritzte, hätte ihn regelrecht durchsiebt.

Der Attentäter zog seinen verletzten Komplizen in den Kleintransporter und schwang sich auf den Fahrersitz. Der Wagen stieß so hastig zurück, dass er einen auf der anderen Straßenseite parkenden Lancia rammte. Der Motor heulte auf, und der Transporter preschte davon. Donati sandte ihm zwei Kugeln hinterher, ohne erkennbaren Erfolg.
Die Gardisten waren aus dem Kleinbus gesprungen, standen auf der Straße und starrten dem flüchtigen Wagen entgeistert nach. Nicht weniger konsterniert schaute der Pförtner drein, der auf die Straße gelaufen kam.
Donati zog sich an der Hauswand hoch und rief ihm zu: »Lösen Sie Alarm aus, Paolo!« Leiser fügte er hinzu: »Wenn es wohl auch zu spät ist.«
Das Einzige, was von dem Spuk übrig geblieben war, war die seltsam geformte Gasdruckwaffe des verwundeten Attentäters, die mitten auf der regennassen Straße lag.

»Eine automatische Gasdruckflinte der Pancor Corporation, Typenbezeichnung Jackhammer«, erklärte der kahlköpfige Waffenspezialist im Hauptquartier der römischen Polizei am Fuß des Quirinals. Voller Bewunderung betrachtete er die in Plastikfolie eingeschweißte Waffe. »Das Kunststoffgehäuse umfasst Rohr und Verschluss, gleichzeitig bildet es Pistolen- und Tragegriff. Dadurch wird die Waffe stabil und handlich.«
Seine Finger glitten fast liebevoll über das Gehäuse und blieben auf der Trommel liegen. »Eine Revolvertrommel für zwölf Schuss Zwölferschrotpatronen, wird einfach an die Waffe geklemmt. Die Schrotmunition hat auf eine Entfernung von bis zu vierzig Metern eine verheerende Wir-

kung. Ein Wunder, dass Sie beide nur ein paar Schrammen abbekommen haben.«

Alexander und Donati standen mit dem Waffenspezialisten in einem mufffigen Polizeibüro und starrten mit einer Mischung aus Faszination und Schrecken auf die klobig wirkende, aber erstaunlich leichte Waffe. Seit dem Attentat war eine Stunde vergangen, und bis jetzt gab es außer der Pancor Jackhammer und dem Kleintransporter keine Spur. Den Wagen hatte man vor einer Viertelstunde an der Stazione Termini, dem römischen Hauptbahnhof, gefunden. Ob die Täter mit einem anderen Fahrzeug, zu Fuß oder mit dem Zug verschwunden waren, blieb pure Spekulation. Die einzige Hoffnung für die fieberhaft fahndende Polizei war der Umstand, dass einer der Männer schwer verwundet sein musste und demzufolge vielleicht jemandem aufgefallen war. Der Beifahrersitz des Transporters war blutgetränkt.

»Wer benutzt so eine Waffe?«, fragte Donati.

»Wer wohl?« Der Kahlkopf lächelte dünn. »Profis. Sie haben es doch erlebt. Killer, die töten wollen, ohne Rücksicht auf Verluste. Diese Waffe trägt man nur für einen gezielten Einsatz bei sich. Sie ist zu groß, und auch die sperrige Schrotmunition lässt sich nicht in großer Zahl unauffällig mitführen, es sei denn, man läuft mit einem Rucksack durch die Gegend.«

Donati starrte auf die Gasdruckflinte. »Ist bekannt, ob die Organisierten diese Waffe verwenden?«

»O ja! Vor zwei Jahren hat es in Mailand einen Carabiniere beim Ausheben eines Mafianestes zerrissen. Ein flüchtender Organisierter hat als Abschiedsgruß eine Jackhammer-Trommel zurückgelassen.«

»Na und?«, fragte Alexander verständnislos.

Der Kahlkopf grinste wie ein Autoverkäufer, der die technischen Finessen des neuesten Luxusschlittens anpreist. »An der Trommel lässt sich ein Druckzünder befestigen, wirklich eine hübsche Idee von Pancor. Damit wird aus der Trommel, wenn man sie auf den Boden legt, eine Schützenmine. Als der Carabiniere drauftrat, sind alle zwölf Schrotpatronen auf einmal hochgegangen. Seine Einzelteile mussten förmlich von den Wänden gekratzt werden.«

»Ich erinnere mich an die Geschichte«, brummte Donati. Sein finsteres Gesicht verriet, dass er an ein anderes Mailänder Attentat dachte, eins, das sich vor acht Jahren ereignet hatte.

»Ich verschwinde mit dem Prachtstück.« Der Waffenspezialist griff nach der eingeschweißten Jackhammer und ging zur Tür. »Auf die ballistische Untersuchung freue ich mich schon.«

Donati war ans regenverschmierte Fenster getreten und sah hinunter auf das Verkehrsgewühl rund um das Polizeipräsidium, das von drei großen Straßen umgeben war. Als er sich umdrehte, bückte er sich und klopfte gegen seine Prothese. Es gab ein hohles Geräusch. »Selbst wenn man so etwas durchgemacht hat wie ich, wird man im Laufe der Jahre leichtsinnig. Die Organisierten wissen das und lassen sich Zeit. Hauptsache, sie kriegen einen. Acht Jahre. Wie lange solcher Hass schwelen kann …« Er setzte sich auf den Schreibtisch und starrte Alexander an. »Sie haben mir das Leben gerettet, Signor Rosin. Wieso haben Sie so schnell geschaltet?«

»Die beiden Killer saßen schon in dem Transporter, als

wir ankamen. Zwei Stunden sind ein bisschen viel für ein zweites Frühstück. Und gerade im dicksten Regen auszusteigen und mit der Arbeit zu beginnen ist so unitalienisch wie nur irgendetwas. Außerdem ist mir aufgefallen, dass sie vor dem Aussteigen den Motor angelassen hatten.«

»Sie haben Recht, das hätte ich auch bemerken müssen. Autos sind gefährlich!«

»Autos?«

Donati nickte. »Früher waren es Kutschen. Solange ein potenzielles Attentatsopfer sich zu Hause aufhält, vielleicht sogar unter Bewachung, kann es sich relativ sicher fühlen. Aber auf der Straße ist alles möglich. Heinrich IV. saß in einer offenen Kutsche, als Ravaillac auf ihn einstach. Johannes Paul II. fuhr im offenen Wagen durch die jubelnde Menge und bot Ali Agca ein herrliches Ziel. Heydrich hat es im Auto erwischt und auch den österreichischen Thronfolger Franz Ferdinand. Und natürlich John F. Kennedy. Noch gefährlicher als die Fahrt im Wagen ist allerdings das Ein- und Aussteigen.«

»Wieso?«

»Unordnung und Ablenkung. Zwei Faktoren, die Attentätern sehr gelegen kommen. Leibwächter müssen sich neu formieren, wenn die Schutzperson in den Wagen steigt oder herauskommt. Man streckt eine helfende Hand aus und achtet nicht auf die Umgebung. Das Opfer selbst ist ebenfalls abgelenkt. Im September 1975 schoss in San Francisco ein Attentäter auf den amerikanischen Präsidenten Gerald Ford, als der gerade in eine Limousine steigen wollte. Im März 1981 traf es in Washington Präsident Reagan, als er auf dem Weg von einem Hotel zum wartenden Wagen war. Wir können Bunker und gepanzerte Limousinen bauen, auch der Papst hat sein kugelsicheres Papamobil, aber der Weg von oder zu einem Wagen bleibt höchst gefährlich.«

Eine rothaarige junge Polizistin im zerknitterten Kostüm trat ein und berichtete, der blaue Kleintransporter sei der im Aventin ansässigen Reinigungsfirma an diesem Morgen gestohlen worden.

Als sie das Büro wieder verlassen hatte, fragte Donati: »Wie deutlich haben Sie die Killer gesehen, Signor Rosin?«

»Nicht sonderlich gut. Es ging alles sehr schnell, und dann der Regen. Ich habe vor allem auf die Waffen geachtet.«

»Geht mir ähnlich. Lassen Sie uns trotzdem versuchen, ob unser Botticelli etwas damit anfangen kann. Kommen Sie!«

Donati führte ihn ein Stockwerk tiefer in einen mit Computertechnik voll gestellten Raum. Alexander blieb unklar, ob der Spitzname »Botticelli« dem Computer galt oder dem Mann mit der hellen Künstlermähne, der mit Hilfe modernster Software Phantombilder erstellte. Routiniert steuerte er die Maus, um die Gesichter auf dem blauen Monitor nach den Angaben von Alexander und Donati zu verändern. Nasen und Ohren wuchsen und schrumpften, Haare wucherten und verschwanden in Sekundenbruchteilen. Zum Schluss hatten sie zwei Bilder von einer Genauigkeit, die Alexander verblüffte.

Beide Männer waren zwischen fünfundzwanzig und dreißig, beide bartlos. Der Verletzte hatte ein rundes Gesicht und ein fliehendes Kinn, der andere kantige Gesichtszüge und ein vorspringendes, tief eingekerbtes Kinn.

»Sieht ein bisschen aus wie Kirk Douglas«, meinte der Mann am Computer.

Die Abgleichung der Phantombilder mit den polizeieigenen Speichern sowie denen von Europol, Interpol und FBI brachte kein positives Ergebnis. Oder wie Donati es ausdrückte: »Die beiden sind offenbar unbeschriebene Blätter. Da kann man nichts machen.«

Als sie den Computerraum verlassen hatten, drehte er sich zu Alexander um. »Signor Rosin, Sie haben mich etwas gefragt, bevor die Killer uns unterbrachen.«

»Ja, wegen meines Onkels. Aber vielleicht ist jetzt nicht der rechte Zeitpunkt, um …«

»Wieso nicht? Ihr Onkel musste sterben. Wir haben es weit gehend unbeschadet überstanden. Worüber sollten wir uns also beklagen?«

Er zündete sich einen Zigarillo an, Alexander lehnte ab.

»Sie sprachen von der offiziellen Version. Was ist Ihre private Ansicht?«

»Ich habe keine Theorie, nur Zweifel.«

»Weshalb?«

Alexander erzählte, dass Daneggers Kleider trotz des starken nächtlichen Regens knochentrocken gewesen waren. Und er berichtete von dem Einbruch in die Waffenkammer, obwohl von Gunten befohlen hatte, den Vorfall geheim zu halten. Er vertraute Donati. Irgendjemandem musste er sich anvertrauen.

Der Commissario stieß zwei, drei dichte Rauchwolken aus. »Ich an Ihrer Stelle hätte auch Zweifel, Signor Rosin.«

»Ja, aber wer und was steckt dahinter, wenn Danegger es nicht getan hat?«

»Solange der wahre Schuldige sich nicht zu erkennen gibt,

können Sie ihm nur über das Motiv näher kommen. Sie haben mich gefragt, ob Ihr Onkel aus ähnlichen Gründen ermordet worden sein könnte wie die Männer, über die wir im Unterricht gesprochen haben. Warum?«

»Weil ich mich frage, ob der Anschlag meinem Onkel als Person gegolten hat oder vielmehr seiner Stellung und damit mittelbar auch dem Papst.«

»Eine sehr gute Überlegung.«

»Aber was sollte der Mord an meinem Onkel bewirken?«, fragte Alexander zweifelnd.

»Schwer zu sagen bei den wenigen Anhaltspunkten. Vielleicht war es eine Warnung.«

»Eine Warnung? An wen?«

»An den Papst. Eine eindringlichere Warnung kann man sich doch kaum vorstellen: Wir haben den Kommandanten deiner Leibgarde umgebracht und genauso können wir dich jederzeit umbringen.«

»Wenn das so wäre, was will der wahre Mörder mit seiner Warnung dann erreichen?«

»Finden Sie es heraus und Sie haben ihn.«

Während er im Scampolo auf Utz Rasser wartete, dachte Alexander über seinen Besuch beim Papst und sein Gespräch mit Donati nach. Wenn der Mord an seinem Onkel tatsächlich eine Warnung für Papst Custos darstellte, dann war es wahrscheinlich, dass der Heilige Vater etwas wusste oder ahnte. Warum hatte er Alexander zu sich kommen lassen? Um ihn zu warnen oder um herauszubekommen, ob er im Bilde war?

Das Scampolo war ein schummriges Lokal mitten im Borgo Pio, im »frommen Dorf«. Das urwüchsige Viertel direkt gegenüber dem Sant'Anna-Tor hatte allen Abriss- und Modernisierungsversuchen widerstanden. Selbst Mussolini hatte es nicht beseitigen können, als er ganze Straßenzüge niederwalzen ließ, um Platz für die Via della Conciliazione zu schaffen. Zahlreiche Lokale drängten sich in der alten Pilgersiedlung aneinander. In einigen aßen Mitarbeiter des Vatikans, andere waren zu Touristenfallen mutiert. Das Scampolo hatte seinen ursprünglichen Charme bewahrt. Der Wirt zählte mehr auf treue Stammkundschaft als auf durch Handzettel und Lockvögel herbeigeschaffte Touristenströme.

Alexander, der an einem im Halbschatten liegenden Ecktisch saß, nippte lustlos an seinem Grappa, sah zur Tür und dann auf die Uhr. Gleich halb neun, und um acht hatte Utz kommen wollen. Von Gunten hatte ihn gebeten, das verschwundene Waffenbuch aus dem Gedächtnis zu rekonstruieren, so gut es eben möglich war. Es konnte nur Flickwerk sein, und auch das nur für die letzten Wochen, aber Utz wollte es trotzdem versuchen. Anscheinend hielt ihn die Arbeit länger auf, als er geglaubt hatte.

Nach seiner Rückkehr in den Vatikan war Alexander zu von Gunten beordert und über den Anschlag auf der Piazza Farnese befragt worden. Der Oberstleutnant hatte sich erleichtert darüber gezeigt, dass Alexanders Name in den Medien nicht gefallen war: »Nach dem Mord an Oberst Rosin hat die Garde schon genug zwielichtige Schlagzeilen gemacht.«

Im Fernseher über dem Tresen lief ein Bericht über den heutigen Anschlag. Zum Glück waren Donati und die Gardisten schon fort gewesen, als das Kamerateam eintraf. Ausführlich wurden die beiden zerschossenen Wagen gezeigt, zersplitterte Scheiben, zerfetzte Armaturen, durch-

löcherte Polster. Der kahlköpfige Waffenspezialist hatte Recht gehabt: Es grenzte an ein Wunder, dass sie mit heiler Haut davongekommen waren.
Der Moderator im Studio berichtete, dass die Täter noch immer flüchtig seien und dass es keine näheren Hinweise auf ihre Identität gebe. Es werde aber angenommen, dass es sich um einen Racheakt der Mailänder Mafia gegen Commissario Donati handele.
Der folgende Filmbeitrag rollte die Ereignisse auf, die sich acht Jahre zuvor in Mailand zugetragen hatten. Ein Foto zeigte Stelvio Donati und seine Familie bei einem Straßenfest. Donati sah zwanzig Jahre jünger aus, sein Haar war dunkel, die Haut straff, seine Augen leuchteten. Selbst die jetzt so schmalen Lippen wirkten voller, lebendiger. Seine Frau war hübsch, ein wenig üppig, mit kurzen blonden Locken. Der Sohn schien nach ihr zu kommen, die kleine Tochter nach dem Papa.
Das nächste Foto zeigte die Zerstörung. Man sah nur das ausgebrannte Wrack eines Autos, aber das genügte, um einen Eindruck der schrecklichen Explosion zu bekommen. Es war nach einem Sonntagsausflug geschehen, Donati hatte etwas getrunken, und deshalb hatte seine Frau sich ans Steuer gesetzt. Er war noch nicht ganz eingestiegen, als sie den Zündschlüssel herumdrehte – und den Zünder der Bombe auslöste. Allein aus diesem Grund war er am Leben geblieben.
»Eine schreckliche Geschichte. Man sollte nicht glauben, dass Menschen zu so etwas fähig sind.«
Die junge Frau, die vor Alexander stand, war sehr attraktiv. Das kurz geschnittene dunkle, fast schwarze Haar, die ausgeprägten Wangenknochen und die dunkle Färbung

der Haut verliehen ihr ein südländisches Aussehen. Das Gesicht kam Alexander bekannt vor, aber er konnte es nicht einordnen. Die Frau wirkte außerordentlich groß, was an den hohen Absätzen ihrer schwarzen Pantoletten liegen mochte. Ihre langen, schlanken Beine steckten in engen schwarz-grauen Nadelstreifenjeans. Über dem hautengen pinkfarbenen Top trug sie einen zur Hose passenden Jeansblazer.

»Reichlich voll hier.« Sie warf einen verzweifelten Blick über die gut besetzten Tische. »Bei Ihnen ist nicht zufällig noch ein Platz frei?«

»Zufällig doch.« Alexander lächelte und fand es plötzlich gar nicht mehr bedauerlich, dass Utz sich verspätete. »Möchten Sie was trinken?«

»Gern. Eine Cola, bitte.«

Alexander rief es der Bedienung hinter dem Tresen zu.

»Ich heiße Elena.«

»Alexander.«

»Ihr Name klingt so wenig italienisch wie Ihre Aussprache. Gehören Sie zur Schweizergarde?«

Er lachte. »Sind Sie Hellseherin?«

Sie lachte auch. »Nein, nur mittelmäßig intelligent. Der Vatikan ist bloß einen Steinwurf entfernt. Ihr Alter und Ihr Haarschnitt, dazu Ihr Name und Ihr, Verzeihung, etwas gebrochenes Italienisch.«

Die Bedienung brachte die Cola, und der Fernsehmoderator berichtete, das heutige Attentat sei nach dem Sicherheitsunterricht für Angehörige der Schweizergarde verübt worden.

Elenas Augen weiteten sich. »Tatsächlich? Waren Sie etwa dabei?«

Alexander nickte.
»Und? Wie ist es gewesen?«
»Nicht schön.«
Weiter sagte er nichts, um klarzustellen, dass ihm das Thema nicht behagte.
Sie reagierte sofort. »Ich wollte nicht zu neugierig sein. Sprechen wir von etwas anderem. Wie wird man Schweizergardist?«
»Sie kämen nicht in Frage.«
»Weil ich eine Frau bin?«
»Ja. Außerdem sprechen Sie zu gut Italienisch und sind, wenn Sie Ihre Schuhe ausziehen, etwas zu klein für den Job.«
»Das heißt was?«
»Nur Schweizer können Schweizergardisten werden.«
»Klar, ist ja nicht die Fremdenlegion. Und weiter?«
»Voraussetzungen sind beste Gesundheit und eine Mindestgröße von einsvierundsiebzig. Ein Gardist muss seinen Militärdienst bei der Schweizer Armee abgeleistet haben. Er muss römisch-katholisch sein und die mittlere Reife oder eine abgeschlossene Berufsausbildung sowie einen untadeligen Ruf vorweisen.«
»Der letzte Punkt klingt lustig. Wie macht man das?«
»Man geht zu seinem Pfarrer und lässt sich den untadeligen Ruf schriftlich bestätigen.«
»Natürlich. Und weiter braucht es keine Voraussetzungen?«
»Ein Gardist muss ledig und darf nicht schwul sein.«
In Elenas grünen Augen blitzte es auf. »Das sind zwei besonders interessante Punkte, finde ich.«
»Die Kurie sieht das genauso.«

Wieder lachten sie beide. Alexander genoss es. Zum ersten Mal seit der Mordnacht fühlte er so etwas wie Normalität. Einmal nicht an Heinrich und Juliette denken, einfach nur unbeschwert sein, mit einer Frau lachen. Noch dazu mit einer, die ihm ausnehmend gefiel.
Deshalb war er, als Utz hinter Elena auftauchte, ganz und gar nicht begeistert. Verwirrt beobachtete er, wie Utz die Frau unsanft an der Schulter packte und vom Stuhl hochriss.
»Was suchen Sie hier?«, fuhr Utz sie an. »Lassen Sie uns in Ruhe!«
Sein Griff war so fest, dass Elena vor Schmerz das Gesicht verzog. Alexander sprang auf und stieß Utz von ihr weg. Die Bedienung und die übrigen Gäste starrten verwundert zu ihnen herüber.
»Bist du verrückt geworden, Utz?«
»Nein, du, dass du dieser Schnüfflerin Auskunft gibst!«
»Schnüfflerin?«
»Hat sie dir nicht gesagt, dass sie Journalistin ist?«
Plötzlich wusste Alexander, wo er Elena schon gesehen hatte. Sie war die Vatikanistin, die Monsignore Wetter-Dietz auf der Pressekonferenz nach dem Einbruch in der Waffenkammer gefragt hatte.
»Ich muss mich schon wieder entschuldigen«, sagte sie nun. »Ich hätte gleich mit der Wahrheit rausrücken sollen. Ich heiße Elena Vida und bin Redakteurin beim *Messagero.* Außerdem bin ich beim Pressesaal des Heiligen Stuhls akkreditiert.«
»Sie haben Ihren Spruch aufgesagt, jetzt können Sie gehen!«, brummte Utz.
Elena beachtete ihn nicht. Ihr Blick heftete sich auf Alex-

ander. »Bitte, reden Sie mit mir! Ich weiß, dass etwas nicht in Ordnung ist. Was genau ist vorletzte Nacht in der Waffenkammer vorgefallen?«

»Sie war auch am Sant'Anna-Tor und hat versucht, die Kameraden auszuquetschen«, erklärte Utz. »Sie hat sich nach dir erkundigt, Alex.«

Alexander sah Elena an. »Ist das wahr? Sie haben gewusst, wer ich bin?«

»Ja, aber ich ...«

»Gehen Sie jetzt bitte!«, unterbrach er sie. »Die Cola übernehme ich. Manch einer hat für seine Beschränktheit ein höheres Lehrgeld hinblättern müssen.«

Er fühlte sich gekränkt. Die heitere Seifenblase, in der er für kurze Zeit geschwebt und seine Sorgen vergessen hatte, war jäh zerplatzt. Unbeschwertheit hatte sich in Lüge und Misstrauen verwandelt.

Im Gehen wandte Elena sich noch einmal um. »Alexander, ich meine es gut mit Ihnen.«

»Natürlich«, antwortete er kalt. »Jedenfalls so lange, wie es Ihre Auflage hebt. Buona sera!«

Als sie allein waren, sagte Utz: »Da bin ich gerade noch rechtzeitig gekommen. Die Kleine dachte wohl, sie kann dich mit ihren Katzenaugen und ihrem Knackarsch um den Finger wickeln.«

»Fast wäre es ihr gelungen«, sagte Alexander leise.

»Kein Wunder, das Biest sieht verdammt gut aus.« Utz grinste verschwörerisch. »Trinken wir was?«

»Betrinken wäre mir lieber.«

»Das ist der beste Vorschlag, den ich heute gehört habe.« Utz wandte sich zur Theke um und bestellte eine Karaffe vom roten Hauswein.

Ein scharfer Abendwind pfiff um die alte Kirche in den Albaner Bergen. Das Blattwerk der Bäume raschelte unablässig im Auf- und Abschwellen einer geisterhaften Melodie. Oder war es das Rauschen seines eigenen Blutes, das er hörte, weil er die Hände gegen seine Ohren presste? Mit geschlossenen Augen, die Ellbogen auf die fleckige Platte des einfachen Holztisches gestützt, saß der einstige Monsignore da und versuchte, seine Gedanken zu ordnen. Einmal schreckte er hoch, weil er glaubte, das Brummen eines Motors gehört zu haben. Die weit heruntergebrannte Kerze auf dem Tisch, um die sich ein Kranz zerschmolzenen Wachses gebildet hatte, entriss nur einen Teil der Wohnküche dem Dunkel. Als der Geistliche zum Fenster ging, stolperte er über eine Kiste mit Äpfeln. Er drückte die Nase gegen das fleckige Fensterglas, aber draußen war nichts zu sehen. Kein Scheinwerferlicht, kein Strahl einer Taschenlampe. Nur die Schatten der Nacht, die im diffusen Mondlicht verschwammen. Wahrscheinlich war es kein Automotor gewesen, sondern nur der heftige Wind, der durch die Kronen der alten Eichen und Steinlinden fuhr.

Seine Unruhe war nur zu erklärlich. Zwei Abende zuvor hatte Heinrich Rosin ihn besucht, und jetzt war der Oberst tot. Der Geistliche zweifelte nicht daran, dass es einen Zusammenhang gab zwischen dem Mord und der mysteriösen Kassette, die der Oberst ihm zur Aufbewahrung gegeben hatte. Die Offiziellen im Vatikan mochten noch so viel von der Kurzschlusshandlung eines überforderten Gardisten faseln, der Pater erkannte die Handschrift des Ordens. Die Angehörigen jener unheilvollen Vereinigung, der er selbst einmal angehört hatte, waren noch nie zimperlich

gewesen, wenn es darum ging, ihre Interessen zu wahren. Er hatte aus dieser Erkenntnis die Konsequenzen gezogen – so wie jetzt Heinrich Rosin.
Abrupt wandte er sich um und starrte auf das gelbe Licht der Kerze. Was sollte er tun? Erst heute hatte er aus der Zeitung von Rosins Tod erfahren. Was auch immer der Gardekommandant gegen den Orden unternommen hatte, jetzt lag alles in den Händen des Paters. Und eine Entscheidung konnte er nur treffen, wenn er wusste, was Rosin ihm anvertraut hatte.
Er ging in seine spartanisch eingerichtete Schlafkammer, zog die Kassette unter dem rostigen Bettgestell hervor und trug sie zurück in die Küche, wo er sie auf den Tisch stellte. Dann knöpfte er seine zerschlissene Soutane auf und zog den Schlüssel aus einer Innentasche. Nach einem kurzen Augenblick des Zögerns steckte er ihn ins Schloss.
Ein Buch lag in der Kassette, ein verblüffend altes Buch. Es war jahrhundertealt, das sah er sofort. Die altertümliche Handschrift war in Deutsch abgefasst. Er beherrschte diese Sprache recht gut, konnte sie aber besser sprechen als lesen. Doch er hatte Zeit.

Geheimer Bericht
des Guardiknechts Albert Rosin aus Zürich
über die merkwürdigen Ereignisse,
deren Zeuge er
zu Zeiten der Heiligen Liga von Cognac
in Rom und andernorts wurde

Dessen erster Teil

Benvenuto Cellini, dieser eingebildete Narr von einem Goldschmied, trägt die Schuld an dem ganzen Unglück. Wäre er nicht mit seinen Schießkünsten so vorwitzig gewesen, hätte das Schlimmste verhindert werden können, das glaube ich sicher. Ohne den hitzköpfigen Florentiner wäre Tausenden von Menschen der qualvolle Tod, wäre etlichen Kaufleuten und Bankherren der Raub ihrer sämtlichen Habe, wäre unbescholtenen Jungfrauen der gewaltsame Verlust ihres allerhöchsten Gutes und wäre Rom, der Mutter aller Städte, die unbändige Verwüstung und Ausplünderung erspart geblieben. Elender, hochnäsiger Cellini!

Doch sollte ich diesen Bericht, der die bekannten Ereignisse von der Plünderung Roms verknüpft mit solchen Vorkommnissen, die nur wenige Eingeweihte bezeugen könnten, etwas früher beginnen, nämlich am fünften Mai Anno Domini 1527, als der heilige Tag des Herrn die langen Abendschatten über Rom sah – und vor seinen Toren

die endlosen Heerschlangen des zerlumpten Söldnerpacks, das zum Sturm auf die Ewige Stadt rüstete.
Begonnen hatte das Unglück mit dem unaufhaltsamen, verheerenden Marsch gen Rom jenes gewaltigen kaiserlichen Heeres, das entstanden war, als sich zu Beginn des Februars Frundsbergs deutsche Landsknechte bei Piacenza mit den italienischen und mehrheitlich spanischen Söldnern des heimatlosen Herzogs von Bourbon vereinigten. Kaiser Karl hatte den mächtigen Haufen von mehr als zwanzigtausend wüsten Reisläufern ausgesandt, um die Heilige Liga von Cognac zu bezwingen. So nannte sich das Bündnis, zu dem sich unser allergnädigster Papst Clemens VII. mit dem allerchristlichsten König Franz von Frankreich, mit dem Herzog von Mailand, mit Florenz und mit der Republik Venedig aus Sorge um den Frieden in der Christenheit und die Freiheit der italienischen Länder zusammengetan hatte. Das war ein Jahr vor jenem unheilvollen Sonntag gewesen, an dem das feindliche Heer vor Rom erschien.
Ich, der Zürcher Albert Rosin aus des Heiligen Vaters treuer Schweizer Leibwache, stand an jenem Sonntagabend nebst meinen Kameraden auf den Mauern des Vatikans und sah mit zunehmender Sorge, wie die Neronischen Wiesen sich mit den Kaiserlichen füllten. Selten hat man solch einen abgezehrten, zerrissenen Haufen erblickt. Kaum ein Mann, dessen Kleidung heil, dessen Rüstung vollständig war. Viele gingen barhäuptig, nur das verfilzte Haar über den hageren Gesichtern, deren vor Mordlust und Raubgier verblendete Augen gierig zu uns herüberstarrten. Mit ein wenig Erleichterung nahmen wir zur Kenntnis, dass der deutsch-spanische Heerhaufen weder

schweres Geschütz noch Belagerungsgerät mit sich führte. All das hatten die Landsknechte, die schon seit langem ihres Soldes harrten, wie unsere Kundschafter bereits berichtet hatten, zurück nach Ferrara geschickt, um möglichst schnell nach Rom zu gelangen, das sie reich an Schätzen und schwach an Verteidigern wähnten.

Zu Recht!

Ohne den Heiligen Vater eines Fehlers zeihen zu wollen, ist der Gedanke wohl nicht falsch, dass er unklug handelte, als er die zweitausend Recken des Giovanni dalle Bande und eine gleiche Zahl Eidgenossen aus seinen Diensten entließ. War es ihm wirklich so schwer gefallen wie dem stets mittellosen Kaiser Karl, den Sold aufzubringen? Jetzt fehlten uns die Männer wie einem Blinden das Licht.

Als die Kaiserlichen näher und näher gegen Rom vorrückten, hob der Papst eiligst Milizen aus und bat die Reichen und Edelblütigen um ihre Hilfe bei der Verteidigung der Stadt. Viele schickten ihre Bewaffneten nur zögerlich oder gar nicht, weil sie ängstlich waren und es vorzogen, sich im Schutz der Wachen in ihren Palästen zu verschanzen. Einer zwanzigtausendköpfigen Feindesschar standen drei- oder viertausend schlecht gerüstete Verteidiger gegenüber. Und wir Schweizer Guardiknechte, stolze wenige 189 Mann.

Die Sonne sank draußen an der Tibermündung ins Tyrrhenische Meer, müde des Anblicks immer neuer Heerscharen, die Rom wie eine lebendige Mauer umschlossen. Unterhändler des Herzogs von Bourbon ließen neue Hoffnung aufkeimen, dass Rom verschont werden möge. Ich stand neben dem geöffneten Tor, durch das sie zum Apostolischen Palast ritten. Unter den Hauptleuten bemerkte ich eine Gestalt, die vom Kopf bis zu den Füßen in einen dunklen Mantel gehüllt war und noch dazu einen Rapphengst ritt. Mantel und Fell waren von derselben Nachtschwärze, sodass mir Reiter und Ross als ein einziges Wesen erschienen, wie ein Kentauros. Und obgleich mir ein Blick in das Gesicht des schwarz Gewandeten verwehrt blieb, spürte ich Gefahr von ihm ausgehen. Mir war, als drücke ein unsichtbares Schwert gegen meine Kehle.

Als Knechte herbeigelaufen kamen, die Pferde zu halten, und die Unterhändler aus den Sätteln stiegen, verrutschte für einen Augenblick die Kapuze des Schwarzen, und es war ein Anblick, der mich schaudern machte. Ein hartes, entschlossenes Gesicht mit scharfen Kanten und tiefen Falten. Gnadenlos stachen zwei dunkle Augen, in denen ein Höllenfeuer loderte, aus dem erschreckenden Antlitz. Unsere Blicke kreuzten sich kurz, und ich senkte den meinen. Als ich erneut zu den Unterhändlern spähte, hatte der Fremde sein Gesicht wieder verhüllt.

Ich ließ die Furcht erregende Gestalt nicht aus den Augen, als wir die Gesandtschaft zu Papst Clemens führten. Unser Hauptmann höchstselbst, der mir wohlgesinnte Herr Kaspar Röist aus meiner Heimat Zürich, kommandierte die Begleitung.

Der Heilige Vater erwartete uns unter der Bewachung getreuer Kameraden, an deren Spitze Herkules Göldli stand. Clemens VII. verharrte ruhig unter dem Baldachin aus rotem Damast, von dem goldene Fransen hingen. In würdevoller Haltung saß er, umringt von Kardinälen und Bischöfen, edelblütigen Herren und Sekretären, auf seinem mit rotem Samt bezogenen Stuhl, die edlen Züge vollkommen gelassen. Fast spöttisch schienen seine Mundwinkel zu zucken, als die rauen Kriegsleute in seiner Gegenwart ihre Schritte verlangsamten, so als wüssten sie nicht recht, ob sie sich ihrem geistigen Oberhaupt oder dem Erzfeind ihres Kaisers gegenübersahen.

Keiner der Gesandten hatte, wie die Sitte es erfordert hätte, Mütze und Handschuhe im Vorzimmer abgegeben, und keiner war an der Schwelle zum Konsistorium auf die Knie gesunken. Jetzt aber, im Angesicht Seiner Heiligkeit, besannen sich zumindest einige der Feinde auf ihre Christenpflicht. Sie entblößten ihre Häupter, fielen vor dem Papst auf die Knie und küssten seine Füße, die auf einem roten Tuchkissen ruhten. Die das taten, waren durchweg spanischer und italienischer Abkunft, während die von Luthers Ketzereien verseuchten Deutschen dem Heiligen Vater die Ehrerbietung verweigerten.

Und auch der Vermummte traf keine Anstalten, das Haupt der Christenheit gebührend zu grüßen. Aufrecht und starr wie eine Säule stand er im Hintergrund, als ginge ihn all das nichts an.

Aus der Gruppe deutscher Hauptleute löste sich ein Mann von vielleicht dreißig Jahren und annehmbarem Aussehen, dessen Kleider trotz des langen Marsches recht sauber und heil erschienen. Er trat vor den Papst und stellte sich in durchaus verständlichem Italienisch als Sebastian Schertlin vor, was allgemeinen Eindruck machte. Ich hatte bereits von dem erfahrenen Soldaten gehört, der sein Handwerk beim alten Frundsberg erlernt hatte. Als studierter Mann verstand der Herr Schertlin sich auf den Umgang mit dem Federkiel ebenso wie auf die Handhabung des Schwertes – was ich mir selbst in aller Bescheidenheit auch zubilligen möchte. Er hatte bei der Vertreibung des

Herzogs Ulrich von Württemberg ebenso wie bei der Niederwerfung der deutschen Bauern mitgetan, hatte in den Türkenkriegen und bei Pavia gefochten und war für seine großen Taten in jener bekannten Schlacht zum Ritter geschlagen worden. Vor dem Papst war er so kühn wie im Felde, unverblümt verlangte er die Zahlung von dreihunderttausend Scudi »als Lohn für meine wackeren Soldaten und die Gefolgschaft meiner Kameraden hier«, wie er sich auszudrücken beliebte.

»Als Lohn, sagt Ihr?« Papst Clemens beobachtete ihn mit unverhohlenem Spott. »Nun, wir wüssten nicht, warum wir die Söldner entlohnen sollten, die Kaiser Karl angeworben hat, um den Frieden der Christenheit zu stören. Uns und der Kirche haben sie wohl kaum einen Dienst erwiesen.«

Der Hauptmann Schertlin erwiderte ruhig und ernst: »Nicht für einen bereits geleisteten Dienst verlangen wir den Lohn, sondern für einen, den wir noch erbringen werden.«

»Ihr sagt seltsame Dinge, Hauptmann.« Clemens blickte in die Runde und erntete von den Mutigsten seiner Gefolgschaft ein pflichtschuldiges Lächeln. »Gewiss könnt Ihr uns sagen, worin dieser wichtige zukünftige Dienst bestehen soll.«

»Das ist leicht erklärt: Wenn wir das geforderte Geld erhalten, das uns für Hunger, Kälte, Regen und Mühsal entschädigt, werden wir von Rom abmarschieren, ohne dass auch nur einem Menschen in der Stadt ein Leid geschehen ist.« Handelte es sich auch um bedeutungsschwere Worte, blieb Sebastian Schertlin dabei doch so ruhig, als habe er lediglich einen Becher Wein und ein Stück Fleisch bestellt.

Der Papst beugte sich vor, und ein lauernder Ausdruck trat in sein Gesicht. »Und was habt Ihr für den Fall anzukündigen, dass wir Eurer unverschämten Forderung nicht nachkommen?«

»Wir werden diese Stadt einnehmen und zerstören, und alle, die in ihr wohnen, werden sterben. Mit ihrem Hab und Gut ist unser Sold gesichert.«

»Und Ihr meint, wir werden uns nicht verteidigen?«

»Ihr werdet uns nicht lange standhalten«, antwortete Schertlin in einem Tonfall, in dem man unverrückbar feststehende Tatsachen verkündet. »Fünf oder zehn von uns kommen auf einen von euch. Wir haben nichts zu verlieren, sind hungrig und wollen endlich unseren Sold.«

»Wenn Ihr die Summe erhaltet, ist der Rückzug Eurer Truppen dann gewiss?«

Der Hauptmann nickte. »Der Prinz von Oranien und der Herzog von Bourbon verbürgen sich dafür.«

Clemens stieß einen schweren Seufzer aus. »Eure Forderung ist ungerecht und überzogen, aber wir wollen ein Blutvergießen vermeiden und erklären uns bereit, zweihunderttausend Scudi an Eure Männer auszuzahlen.«

»Dreihunderttausend!«

»Das ist zu viel!«, rief der Papst voller Wut. Jede Selbstbeherrschung war von ihm abgefallen.

»Eher zu wenig in Anbetracht der Strapazen, die wir auf uns nahmen, um nach Rom zu kommen.«

»Niemand hat Euch gerufen!«

»Und doch sind wir hier, und nur mit dreihunderttausend Scudi in den Taschen gehen wir wieder fort.«

»Ihr seid unverschämt!«

»Und in der Überzahl.«

Clemens sank auf seinen Stuhl zurück und sagte leise: »Dreihunderttausend Scudi können wir nicht aufbringen. Nehmt die angebotenen zweihunderttausend oder versucht Euer Glück in der Schlacht.«
»Das werden wir, und das Glück wird mit uns sein.«
»Aber nicht Gott!«, schrie der Heilige Vater durch den Saal, und es klang wie ein Fluch. Ein paar der spanischen und italienischen Hauptleute zuckten unübersehbar zusammen.
Da trat der Vermummte vor und streifte seine Kapuze ab. Der Anblick seiner harten Züge zog Kardinäle, Bischöfe, Ritter und Soldaten gleichermaßen in den Bann. Sie alle starrten ihn an wie eine Ausgeburt des Teufels. Und seine Stimme, kalt und klirrend wie zwei zusammentreffende Klingen, unterstrich diese Wirkung noch: »Eure Heiligkeit mögen gestatten. Es gibt für Euch eine Möglichkeit, die fehlenden hunderttausend Scudi auszugleichen.«
Der Auftritt des Mannes war umso wirkungsvoller, als er sich bislang völlig ruhig verhalten hatte. Es war, als sei ein Dämon aus dem Nichts aufgetaucht und mitten unter die Versammelten gefahren. Auch der Heilige Vater, unser Papst, war weit davon entfernt, seine ruhige, überlegene Haltung zurückzugewinnen.
»Sprecht!«, forderte er den Fremden, der sich nicht einmal vorgestellt hatte, mit krächzender Stimme auf.
»Verzeiht meine Vorsicht, aber was ich zu sagen habe, ist allein für die Ohren Eurer Heiligkeit bestimmt.«
Diese Worte trugen dem Mann in der dunklen Kutte missmutige, wenn nicht feindselige Blicke der kaiserlichen Hauptleute ein, doch keiner von ihnen wagte es, seinen Unmut in Worte oder gar Taten zu kleiden.

Auch das Gesicht des Papstes verfinsterte sich. »Ihr und Eure Begleiter habt mich schon genug verhöhnt, so braucht Ihr auch jetzt keine Rücksicht zu nehmen. Sagt ruhig vor allen, was Ihr vorzubringen habe.«

Statt zu antworten, trat der Unbekannte flink unter den Baldachin und beugte sich über den Heiligen Vater. Kaspar Röist, Herkules Göldli und ich sprangen augenblicklich hinzu, die beiden Erstgenannten mit gezücktem Schwert, ich mit der Hellebarde, deren Spitze ich gegen den Hals des Fremden drückte.

»Rührt Euch nicht, sonst stoß ich zu!«, fuhr ich ihn an und war bereit, meine Warnung mit Blitzesschnelle in die Tat umzusetzen.

Meine übrigen Kameraden hatten ihre Klingen gegen die Hauptleute gerichtet, und für bange Augenblicke sah es so aus, als sollte die Unterhandlung in einem Gemetzel enden.

Der schwarz Gewandete verzog den Mund zu einem schiefen, freudlosen Lächeln. »Deine Entschlossenheit ehrt dich, Schweizer, aber ich habe nicht vor, Seiner Heiligkeit Gewalt anzutun. Ich bin nicht einmal bewaffnet. Nur um zu vermeiden, dass meine geheimen Worte an unbefugte Ohren dringen, näherte ich mich dem Heiligen Vater.«

Langsam streckte er seine Hände aus den weiten Ärmeln, um zu zeigen, dass er keine Waffe in ihnen verborgen hielt.

»Wir danken dir, mein Sohn«, sprach Papst Clemens mich an. »Aber wir glauben diesem Fremdling. Wenn er seine Worte unbedingt flüstern will, so soll er es tun.«

Zögernd wich ich zurück und ebenso zögernd folgten mir

unser Hauptmann Kaspar Röist und sein Leutnant Herkules Göldli. Wachsam und mit Sorge beobachteten wir, dass der Schwarze sich über unseren Heiligen Vater beugte wie ein riesenhafter Rabe, der nach seiner Beute pickt. Für einen Augenblick meinte ich wirklich, der Fremde werde Seine Heiligkeit auf der Stelle verschlingen, und kalte Schauer rieselten mir über den Rücken.

Der Papst war unversehrt, als der Schwarze wieder neben die Hauptleute trat, jedenfalls äußerlich. Sein Gesicht aber war aschfahl geworden, die Augen flackerten wie die eines in die Enge getriebenen Wildes, und die Hände umfassten in krampfhaften Zuckungen die Armlehnen seines Stuhls. Jetzt blickte auch er den Fremden an wie den Leibhaftigen.

»Nun«, sagte der Unheimliche mit forderndem Unterton. »Wie steht Eure Heiligkeit zu dem Vorschlag?«

Unser Heiliger Vater rang nach Luft und musste mehrmals ansetzen, bis seine bebenden Lippen endlich die Worte formten: »Wer … wer seid Ihr? Und woher wisst Ihr das?«

»Mein Name ist nicht wichtig, doch wenn es Euch gefällt, so nennt mich Abbas de Naggera. Woher ich es weiß, ist ebenso wenig von Belang. Von Bedeutung ist nur, *dass* ich es weiß!«

»Ihr könnt es nur wissen, so Ihr mit den bösen Mächten im Bunde seid!«

Der Schwarze stieß ein triumphierendes Lachen aus. »Dann gebt Ihr also zu, dass ich die Wahrheit traf!«

Clemens biss auf seine Unterlippe und schwieg. Als er sich wieder gefangen hatte, sagte er: »Was Ihr sucht, befindet sich nicht hier. Ich habe es fortschaffen lassen, als der Heerhaufen in die Nähe von Rom gelangte.«

»Ihr solltet wissen, dass sich versündigt, wer lügt, Heiligkeit.«
Der Papst wollte etwas erwidern, aber der dreiste Kerl, der sich Abbas de Naggera nannte, schnitt ihm das Wort ab: »Ich weiß, dass Ihr lügt. Und meine Geduld ist am Ende. Also antwortet mir: Geht Ihr auf meinen Vorschlag ein oder nicht?«
Es gab niemanden im Konsistorium, dessen Augen nicht am Heiligen Vater gehangen hätten. Mochte auch keiner außer ihm und dem Herrn de Naggera wissen, worüber sie stritten, so waren zwei Dinge doch uns allen klar: Was der Schwarze vorgeschlagen hatte, war so ungeheuerlich, dass Clemens nicht darauf eingehen konnte. Und ging er nicht auf den Vorschlag ein, würde er Rom und womöglich alle Menschen in dieser Stadt der Raubgier und Mordlust des verwahrlosten Söldnerhaufens opfern.
Lange schien es, als könne der Papst sich nicht zu einer Entscheidung durchringen. Doch dann richtete er sich mit einer ruckartigen Bewegung auf, als wollte er aufspringen und seinen Widerpart zu Boden schmettern.
»Ich kann nicht tun, was Ihr verlangt!«
»Dann stirbt Rom«, erwiderte der andere.
»Vielleicht wird Rom sterben, aber eines ist sicher: Eure schwarze Seele wird niemals ins Himmelreich gelangen, nicht in tausend Jahren!«
»Ihr mögt Recht haben«, sagte Abbas de Naggera ernst. »Aber wo immer ich für meine Sünden büße, Ihr werdet nicht fern sein, Heiligkeit.«
Mit dieser Dreistigkeit wandte er sich zum Gehen, und die Hauptleute schlossen sich ihm an. Als wir die Gesandtschaft aus dem Vatikan reiten sahen, ahnte ich, dass uns

Schreckliches bevorstand. Aber noch lagen die Abendschatten zwischen uns und dem blutigen sechsten Mai. Dem Tag, an dem die meisten meiner Kameraden sterben und ich die Bekanntschaft des unglückseligen Goldschmieds Cellini machen sollte.

Lange nachdem die Gesandten des Herzogs von Bourbon längst jenseits unserer Mauern verschwunden waren, stand Papst Clemens der Schrecken noch ins Gesicht geschrieben. Nicht der Schrecken angesichts dessen, was Rom und uns allen drohte, sondern die Furcht vor dem, was Abbas de Naggera ihm zugeraunt hatte. Allen, die Zeugen dieser Begegnung gewesen waren – den Kardinälen und Bischöfen, den Sekretären und uns Guardiknechten –, verlangte er das Versprechen ab, darüber stillzuschweigen. Und wenn ich diesen Geheimen Bericht dennoch verfasse, so deshalb, weil ich glaube, die Kenntnis über die merkwürdigen Ereignisse im Jahre des Herrn 1527 könnte eines fernen Tages von Wichtigkeit sein. Ich ergreife die Feder in der festen Absicht, dass niemand diese Aufzeichnungen zu lesen bekommt außer meinen Söhnen und deren Söhnen. Sie mögen, so schwer sie auch an der Verantwortung vor sich und Gott dem Allmächtigen zu tragen haben werden, entscheiden, ob sie anderen davon künden sollen oder nicht.

Es ward Nacht, und der Heilige Vater und seine hohen Würdenträger beteten und sangen in der Sixtinischen Kapelle zu Gott dem Herrn um Gnade und Beistand. In bitterem Gegensatz zu ihren heiligen Gesängen stand der Lärm aus der Stadt, diesseits und jenseits der Mauern, wo Verteidiger und Belagerer ihre Vorkehrungen trafen. Vom Hügel des Janikulus, den die Landsknechte und Söldner eingenommen hatten, glomm der Schein unzähliger Feuer Unheil verkündend zu uns herüber. Wir schliefen wenig in dieser Nacht. Auch wer nicht Wache hielt, tat kaum ein Auge zu und dachte bang an das, was der Morgen unweigerlich über Rom bringen würde – den Ansturm der wüsten Meute.

Kaum schob sich blasses Morgenrot über die östlichen Dächer und Zinnen, da griff der Feind von allen Seiten an. Angetrieben von Trommelschlag und Flötenklang, von Kriegsgeschrei und Spottgesang, wälzte er sich in so großer Zahl und mit solcher Macht vorwärts, dass der Fall unserer Mauern nichts anderes war als eine Frage verrinnender Stunden.

Die Männer des Herzogs von Bourbon waren über Nacht nicht untätig gewesen und hatten sich aus Weidenruten und den Latten zerbrochener Zäune einfache, aber höchst nützliche Sturmleitern gebaut. Schnell erreichten sie den Tiber, und nur die braunen Fluten hielten sie dort auf. Trossknechte plünderten die Wassermühlen und schleppten schwere Getreidesäcke an Land, bevor sie Feuer an die Gebäude legten. Die Kaiserlichen brachten erbeutete Geschütze in Stellung und erwiderten unseren Beschuss, der große Lücken in ihre Reihen riss.

Doch Gott im Himmel schien uns verlassen zu haben. Er sandte dichten Morgennebel aus, der den Männern an unseren Geschützen das Zielen unmöglich machte. Verhüllt von den grauen Schwaden konnten die Feinde den Ponte Sisto überqueren und ins Borgo-Viertel eindringen. Nur der Kampf Mann gegen Mann hätte sie jetzt noch aufhalten können, doch dazu waren wir viel zu wenige. Und der

Morgennebel hatte sich noch nicht verzogen, als die Feinde der Christenheit in den Vatikan einfielen.
»Der Papst!«, schrie Hauptmann Röist, als die Angreifer Sankt Peter und den Vatikanpalast bedrängten. »Bringt unseren Heiligen Vater in Sicherheit, in die Engelsburg!«
Der trutzige Koloss von Castel Sant'Angelo reckte seine mächtigen Mauern durch den Nebeldunst wie ein ungeschlachter Riese. Schon einige Monate zuvor, als die aufrührerischen Herren von Colonna durch Rom zogen, hatte Seine Heiligkeit sich dort mit Erfolg verschanzt. In der Burg lagerten Vorräte und Munition für lange Zeit. Im Verlauf der letzten Nacht waren viele große Truhen mit den Habseligkeiten des Papstes und seiner Kardinäle in die Festung geschleppt worden. Alles war vorbereitet, das Haupt der Christenheit erneut an den sicheren Ort zu bringen.
»Wo ist Papst Clemens?«, fragte Kaspar Röist besorgt.
»Er betet in der Sixtinischen Kapelle, immer noch oder schon wieder«, antwortete Herkules Göldli.
»Dann geht zu ihm und bringt ihn zur Engelsburg«, befahl der Hauptmann. »Und benutzt den Passetto!«
Der Passetto, der kleine Korridor, war ein Teil der alten Stadtmauer Papst Leos IV., den Papst Nikolaus III. zu einem verdeckten Gang ausbauen ließ, welcher den Vatikan mit der Engelsburg verband. Oben standen römische Bogner und Arkebusiere auf der bezinnten Mauer und schleuderten Pfeile und Bleikugeln in die Menge der immer zahlreicher herandrängenden Feinde.
Während der Leutnant Göldli mit einer Schar von Guardiknechten zur Sixtinischen Kapelle eilte, warf der Hauptmann Röist sich den heranrückenden Landsknechten ent-

gegen. Dass es Deutsche waren, verriet das laute Geschrei, mit dem sie diesen Luther zum Papst ausriefen.
Ich selbst hatte von Röist den Befehl erhalten, mich mit einer Rotte Männer in Reserve zu halten, um mögliche Lücken in unserem schwachen Verteidigungsring zu schließen. Und das war auch bitter nötig, denn die Schar des Hauptmanns wurde rücklings von einer zweiten Gruppe Feinde eingeschlossen. Jetzt war es an meinen wenigen Männern und mir, den Hauptmann und die Seinen zu retten.
Es war ein wüstes Durcheinander, ein einziges Hauen und Stechen, und schon bald waren unsere Klingen und Rüstungen, unsere Hände und Gesichter blutverschmiert. Rings um mich herum starben die Kameraden mit der Tapferkeit wahrer Schweizer.
Als ich mir mit der Hellebarde einen Weg durch die Landsknechte gekämpft hatte, sah ich meinen Hauptmann. Aus mehreren Wunden blutend, war er in die Knie gesunken. Zwei Landsknechte, von denen einer den Bidenhänder und der andere den langen Spieß führte, bedrängten ihn, und er verteidigte sich mühsam mit Schwert und Dolch. Gerade hatte er die breite Klinge des Bidenhänders abgewehrt, da wollte der Spießer in seinem Rücken ihm den Todesstoß versetzen. Ich stürmte vor und stieß einen lauten Schrei aus, um seine Aufmerksamkeit von Kaspar Röist abzulenken.
Der rotbärtige Spießer bemerkte mich und ließ tatsächlich vom Hauptmann ab, um sich mir zuzuwenden. Das linke Bein vorgereckt, übte er einen Ausfall und streckte mir die blutige Eisenspitze seiner Waffe entgegen, als sei ich dumm genug, geradewegs hineinzurennen. Ich hatte den

Punkt genau berechnet, an dem ich meinen Ansturm beenden musste, um dem Stoß zu entgehen. Kaum stand ich, da sauste auch schon meine Hellebarde auf den Schaft des Spießes herab, und mein gekrümmter Reißhaken entriss dem erstaunten Landsknecht seine Waffe. Strauchelnd ging er zu Boden. Als er sich ächzend erhob und nach dem Schwert an seiner Seite fasste, war ich längst bei ihm. Das stählerne Beil meiner Hellebarde, das auf seinen Rücken krachte, spaltete den Plattenharnisch in zwei Teile. Wieder wurde der Rotbart auf den Boden geschleudert, bäuchlings lag er zu meinen Füßen. Mit dem nächsten Schlag drang meine Hellebarde so tief in seinen Rücken ein, dass ich die Knochen bersten hörte. Ein wildes Zucken lief durch seinen Leib, dann lag er still und tot vor mir.

Und Kaspar Röist?

Auch er lag am Boden, inmitten einer unaufhörlich größer werdenden Blutpfütze. Neben ihm war der Landsknecht niedergestreckt, der den Bidenhänder geführt hatte. Seine Hände umklammerten den Schwertknauf noch, aber in seiner Kehle klaffte eine tiefe Wunde.

Als ich mich über meinen Hauptmann beugte, schlug er, dessen Wunden nicht zu zählen waren, die Augen auf und fragte mit leiser, zitternder Stimme: »Wo ist der Heilige Vater?«

Ich blickte zum Passetto hinüber und sah Herkules Göldli mit den Seinen nahen. Bei ihnen befanden sich Kardinäle und Bischöfe sowie Papst Clemens, der auf einem großen Schimmel saß. Fabien Maurois, der französische Stallknecht des Heiligen Vaters, führte das Tier am Zügel. Vermutlich hatte man den Schimmel geholt, damit Seine Heiligkeit im Falle einer Gefahr leichter entkommen konnte. Ich hielt es dennoch für keinen guten Einfall, gab man Clemens auf diese Weise den Blicken des Feindes doch allzu deutlich preis.

»Er wird gleich in Sicherheit sein«, beruhigte ich den Hauptmann, um den es schlecht bestellt war. Nur sofortige Ruhe und Pflege konnten ihm noch helfen. Ihn durch den langen Fluchtweg bis zur Engelsburg zu bringen war zu gefährlich.

Gottlob hatten unsere Schweizer die Landsknechte samt und sonders niedergemacht, wenn auch um den Preis schrecklicher Verluste. Ich rief drei Männer herbei und beauftragte sie, den Hauptmann in sein Quartier und in die Obhut seiner Gemahlin, der Frau Elisabeth Klingler, zu bringen. Sie trugen ihn davon, und es war das letzte Mal, dass ich Kaspar Röist sah. Später kam mir zu Ohren, dass eine Meute Spanier den Verwundeten vor den Augen seiner Gemahlin auf grausame Weise niedergemetzelt hatte.

Diese spanischen Teufel!

Sie erwiesen sich als hundertmal schlimmer als die deutschen Landsknechte. So auch jetzt, als plötzlich eine Schar von ihnen der Gruppe um den Heiligen Vater entgegenstürmte, ohne Kriegsruf und Schlachtgesang, was sie noch viel unheimlicher erscheinen ließ. Und dann sah ich, was sie antrieb: Ein Mann in schwarzer Kutte, wohl kein anderer als Abbas de Naggera, stand hinter dem Haufen und zeigte mit ausgestrecktem Arm auf Seine Heiligkeit.

Herkules Göldlis Mannen gerieten in arge Bedrängnis, obschon der hünenhafte Leutnant, der den Namen des wackeren Halbgottes mit vollem Recht trug, den Bidenhänder in einem fort kreisen ließ und einen Angreifer nach dem anderen mit zerfetzter Brust, zerrissener Kehle oder abgeschlagenem Haupt niedermähte. Doch die Spanier kannten kein Zögern und kein Zaudern, als hätte der unheimliche Schwarze ihnen durch einen geheimen Zauber jede Furcht genommen. Vielleicht aber war der Schrecken, der von ihm ausging, auch viel größer als jede Todesfurcht.

Der Schimmel scheute und durchbrach mit lautem Wiehern die Reihen der unermüdlich Kämpfenden. Hätte Papst Clemens sich nicht an der Mähne festgehalten, wäre er wohl aus dem Sattel geschleudert worden. Einige Spanier verfolgten ihn.

Ich sammelte die wenigen Männer um mich, die aus meiner Rotte und des Kaspar Röists Schar noch übrig und zum Kämpfen in der Lage waren, und wir eilten dem Heiligen Vater entgegen.

Ein Spanier blieb stehen, legte die Armbrust an, zielte kurz und schoss. Schon glaubte ich den Heiligen Vater verloren, doch der Bolzen fuhr in den Hals des Schimmels. Das Ross strauchelte unter verzweifeltem Gewieher und kam zu Fall. Papst Clemens wurde aus dem Sattel geschleudert und stieß gegen eine Mauer.

Zwei Feinde sprangen über das kläglich schreiende, sich am Boden wälzende Ross und erreichten den sich mühsam aufsetzenden Papst als Erste. Ungehindert hätten sie mit ihren blutverschmierten Klingen sein Leben auslöschen können, aber seltsamerweise schienen sie das nicht zu wollen. Sie zerrten den Papst auf die Füße, wollten ihn offenbar lebendig fangen. Als Clemens das erkannte,

wehrte er sich und riss sich los. Er stolperte und fiel abermals an der Mauer zu Boden.
Mit zwei Gefährten, dem Hans Gutenberg aus Chur und dem Ueli Zaugg aus Glarus, erreichte ich den Schauplatz. Unsere Übermacht schien für den Heiligen Vater die Rettung zu sein. Da blieb der Ueli mit einem erstickten Aufschrei stehen, ließ sein Schwert fallen und fasste mit beiden Händen an seinen Kopf. Der spanische Armbruster hatte nachgeladen und seinen Bolzen meinem Kameraden ins linke Auge gejagt. Der Unglückliche fiel zu Boden und wand sich in heftigen Schmerzen. Der verwünschte Armbruster ließ die Waffe fallen und zog einen Katzbalger, um seinen Kameraden zu Hilfe zu eilen. Nun war die Übermacht auf deren Seite.
Der Gedanke an meinen verwundeten Gefährten machte mich rasend, und ich sprang dem Armbruster entgegen. Meine Hellebarde besaß eine größere Reichweite als sein Schwert. Noch bevor er seine Kameraden erreichte, durchtrennte meine Beilklinge seinen Hals, und sein Haupt rollte über den Boden. Der kopflose Spanier, aus dessen Hals das Blut sprudelte, blieb aufrecht stehen und hob noch den Katzbalger zum Schlag, bevor er endlich zusammenbrach und sein verdientes Ende nahm.
Hans Gutenberg musste derweil sich und den Papst gegen die beiden anderen Feinde verteidigen. Als er abermals die Hellebarde schwang, um den Schwerthieb des einen abzuwehren, erachtete der andere Spanier die Gelegenheit für günstig, den Hans mit seiner Partisane zu durchbohren. Ich kam gerade noch zur rechten Zeit und konnte den Partisanenschaft mit einem schnellen Hieb zerschmettern. Während der hohlwangige Söldner über-

rascht auf seine zerbrochene Waffe starrte, rammte ich ihm meine Stahlspitze in den Unterleib. Er brach zusammen und jaulte wie ein geprügelter Hund.
Nun hatte Gutenberg sich von dem zweiten Spanier gelöst und riss ihn mit dem Hellebardenschaft von den Füßen. Eine geschickte Drehung und ein daraus hervorgehender Schlag mit der Beilklinge, und er spaltete dem Söldner das Haupt.
Unser Heiliger Vater dankte Hans und mir mit überschwänglichen Worten.
Noch einmal hatten es unsere tapferen Schweizer Guardiknechte geschafft, den Feind zurückzudrängen. Der Weg zum Passetto war frei, der düstere Abbas de Naggera nirgends mehr zu erblicken. Als habe er sich in Luft aufgelöst, nachdem sein finsterer Plan fehlgeschlagen war. Tote und Verwundete bedeckten den heiligen Boden des Vatikans. Darunter viele, die manches Mal Seite an Seite mit mir gefochten hatten. Ein ganzer Haufen Gefallener lag nahe der Basilika rund um den großen Obelisken mit der goldenen Kugel, in der die Asche des Julius Caesar ruhte.
Vergebens suchte ich nach der Leiche des düsteren Spaniers und eine unheilvolle Ahnung beschlich mich: Er war weder gefallen noch geflohen, vielmehr hatte er sich zurückgezogen, um mit stärkerer Söldnermacht zurückzukehren. Abbas de Naggera wollte Papst Clemens zweifellos lebendig in seine Gewalt bringen, aus einem Grund, den wohl nur sie beide kannten.
Das laute Krachen einer Kanone irgendwo in unserer Nähe riss mich aus meinen Betrachtungen und ich rief: »Hans, wir müssen die Gelegenheit nutzen. Bringen wir Seine Heiligkeit in die Engelsburg!«

Mit meinem Schwert beendete ich die Qualen des Schimmels. Auch Ueli Zaugg lag noch wimmernd am Boden, die Hände vors Gesicht gepresst. Zögernd hielt ich das Schwert über ihn, doch dann stieß ich es zurück in die Scheide. Ich brachte es nicht über mich, den Waffenbruder zu erlösen. Wir konnten ihn nicht mit uns nehmen, mussten unsere ganze Aufmerksamkeit dem Papst widmen, dem jederzeit neue Gefahr drohen konnte.
Er hatte sich beim Sturz am Bein verletzt und Hans Gutenberg stützte ihn. Ich ging mit wachsam erhobener Hellebarde voran, und wir erreichten den Passetto gerade rechtzeitig, um einem neuen spanischen Sturmangriff zu entkommen.
Bevor ich in das kühle Gemäuer des Fluchtgangs eintauchte, erkannte ich draußen noch Abbas de Naggera, der jetzt im Sattel eines Rappen saß und seine Männer mit lautem Schreien antrieb. Er begriff, dass seine Beute ihm entwischt war, und sein zorniger Blick erschien mir schlimmer als das Mündungsfeuer einer Feldschlange.
Die Schützen über uns auf der Mauer hielten die Spanier auf, während unter dem Befehl des Herkules Göldli der Rest der Guardiknechte den Passetto betrat und den Fluchtweg hinter sich verschloss. Endlich erreichten wir die Engelsburg, wo sich Soldaten und geflohene Römer ängstlich zusammendrängten. Der Anblick des geretteten Papstes gab ihnen neuen Mut. Mir aber war elend ums Herz, als Herkules Göldli uns zum Zählappell antreten ließ: Von 189 Schweizern waren nur 42 übrig.

Der Vatikan war in Feindeshand, und über dem Palast wehte Kaiser Karls gelbe Flagge mit dem doppelköpfigen schwarzen Adler. Außer den festen Mauern der Engelsburg schien ganz Rom von den Kaiserlichen überrannt. Die Morgennebel hatten sich verzogen, als ich neben Herkules Göldli und Hans Gutenberg auf der Matthäus-Bastion stand und Ausschau hielt. Überall loderten Feuer und stiegen Rauchsäulen auf, die sich über Rom zu finsteren Wolken zusammenballten.

Vergebens trachteten die Feinde danach, auch die Engelsburg zu nehmen. Ohne Unterlass schlugen unsere Geschütze breite Breschen in die Scharen von Söldnern und Landsknechten. Das Haupttor der Burg stand offen und gewährte den Schutz suchenden Römern Einlass. Armselig und bemitleidenswert wirkten die verängstigten, von Wunden gezeichneten und vom Feuer geschwärzten Gestalten, die sich, oft mit letzter Kraft, durch den Toreingang schleppten.

Während unsere Bastionen mit ihren Hauptbüchsen, Kartaunen, Haufnitzen und Feldschlangen die Masse des Feindes von der Engelsburg fern hielten, versuchten kleine, teils berittene kaiserliche Stoßtrupps, die den Geschossen zu entgehen vermochten, im Schutz des Flüchtlingsstroms in unsere Festung einzudringen. Einer dieser Trupps – schon wieder die verwünschten Spanier – gelangte gar bis vor das Tor. Es war eine Reiterschar und in ihrer Mitte erblickte ich Abbas de Naggera. Er trug noch die schwarze Kutte, aber die Kapuze war ihm vom Haupt gerutscht.

Ich ließ Göldli und Gutenberg einfach stehen und rannte, einen unchristlichen Fluch ausstoßend, über den Wehr-

gang zum Tor, wo ich den Torhüter anbrüllte, er solle endlich das Fallgitter herunterlassen.
Tatsächlich hatte sich die Schar des finsteren Spaniers erklecklich vergrößert. Ein ganzer Haufen Fußkämpfer hatte sich, wie aus dem Nichts gekommen, zu ihm gesellt. Vermutlich hatten sie sich als Flüchtlinge ausgegeben. Allein unseren Armbrustern, die in den beiden Prozessionskapellen am Brückenkopf postiert waren und deren Bolzen reiche Ernte unter den Spaniern hielten, war es zu verdanken, dass die listigen Angreifer nicht durch das Tor kamen.
Endlich rasselte das Fallgitter zu Boden, und die letzten Flüchtlinge gelangten gerade noch hindurch. Das scharfe Gesicht des Herrn de Naggera, der abermals so kurz vor dem Ziel gescheitert war, verzerrte sich vor Wut.
Ich entriss einem Arkebusier zu meiner Linken, der gerade nachgeladen hatte, die Waffe und legte auf den Spanier an. Eins glaubte ich fest: Dieser Mann war ein Dämon, oder doch zumindest beinahe. Ihn vom Antlitz dieser Erde zu tilgen schien mir ein größeres Verdienst zu sein als das Töten von hundert Söldnern. Kaum sah ich den Schwarzen vor meinem Lauf, drückte ich ab.
Eine Pulverwolke hüllte mich ein und biss in meine Augen, dass sie tränten. Als ich wieder klar sehen konnte, hatte Abbas de Naggera alle Mühe, sein scheuendes, aufsteigendes Ross wieder unter seinen Befehl zu bringen. Offenbar war meine Kugel dicht bei dem Rappen eingeschlagen.
»Der Schuss war nicht schlecht, aber viel zu hastig ausgeführt«, posaunte eine muntere Stimme in meinem Rücken. Sie gehörte einem mit jungenhafter Frische auftre-

tenden Burschen, unter dessen schief sitzender Mütze sich unbändige Locken hervorkringelten. Seine eigentlich ausgesuchte Kleidung war schmutzig und an einigen Stellen zerrissen, sein Gesicht pulvergeschwärzt. In der Hand hielt er eine Arkebuse mit spiegelglattem Rohr. »Ihr habt alle Anlagen zu einem guten Schützen, mein guter Schweizer, aber Ihr müsst noch lernen, Euch nicht aus der Ruhe bringen zu lassen. Hättet Ihr ein wenig länger gezielt, hättet Ihr statt zwischen die Hufe des Rappen genau zwischen die Augen des Reiters getroffen. Ich nehme doch an, dass Ihr es auf den seltsamen Kauz im Kapuzenmantel abgesehen hattet.«

»Ja, das hatte ich«, brummte ich.

Es ärgerte mich, dass ich den Schuss vertan hatte. Abbas de Naggera hatte sein Ross wieder in der Gewalt und zwang es von unserer Burg fort in Richtung Vatikan. Seine Männer folgten ihm. Ich war sicher, dass ich ihm nicht zum letzten Mal begegnet war.

Zudem ärgerte es mich, dass der freche Kerl, der mit der letzten Flüchtlingsgruppe hereingelangt war, sich anmaßte, mir Ratschläge zu erteilen. Er war keineswegs ein Soldat, sondern ein Goldschmied und Bildhauer. Ich kannte sein Gesicht und seinen Namen, weil er für Papst Clemens arbeitete. Benvenuto Cellini stammte aus Florenz, wo er sich jedoch, wie man erzählte, wegen allerlei Händel nicht blicken lassen durfte.

Allerdings trug er die Arkebuse nicht zur Prahlerei mit sich herum. Er sollte ein beachtlicher Schütze sein und war während der großen Pest, um der verseuchten Stadt zu entfliehen, in die Ruinen gegangen, wo er seine Schießkünste bei der Jagd auf Tauben vervollkommnet hatte.

»Dieser seltsame Spanier auf dem Rappen scheint der Anführer der Meute gewesen zu sein, ein wichtiger Mann offenbar.« Cellini plauderte drauflos, als sei dies ein Tag wie jeder andere, als seien wir nicht von Tausenden Feinden umgeben. »Wirklich zu schade, dass Ihr nicht getroffen habt, sonst hätten diese Hunde da draußen heute zwei gewichtige Führer verloren.«

»Wie meint Ihr das?«, brummte ich unwillig.

»Nun, da Ihr so freundlich fragt, werde ich es Euch gern erzählen.« Er stellte sich in Positur, als wollte er seine Botschaft einer riesigen Menge verkünden. »Heute Morgen war ich im Haus des Alessandro del Bene, der mich und meine Freunde gebeten hatte, sein Anwesen zu bewachen. Mein Freund Alessandro und ich, wir gingen mit zwei Begleitern auf Kundschaft, um herauszufinden, wie weit die kaiserlichen Mörder vorgerückt waren – und wären am Campo Santo beinahe mitten unter sie geraten. Wir dachten daran, uns zu unserer Sicherheit zurückzuziehen, aber ich wollte das Feld nicht kampflos räumen und schlug vor, dem gottverfluchten Feind wenigstens eine hübsche Salve hinüberzuschicken. Es wurden sogar zwei Salven daraus, wobei ich auf einen Mann zielte, der sich trotz des Nebels deutlich über die anderen erhob. Vielleicht saß er zu Pferd, vielleicht sah ich ihn auch deshalb so deutlich, weil er ein weiß leuchtendes Gewand über seiner Rüstung trug. Der Mann fiel und seine Leute machten ein gehöriges Geschrei darum. Auf dem Rückzug teilte ein römischer Soldat uns mit, dass mein Blei in den heimatlosen Herzog gefahren war.«

»In den Herzog Karl von Bourbon?«, fragte ich atemlos.

Cellini lächelte selbstzufrieden. »In ebenden.«

»Und … ist er tot?«
»Seine Verwundung war so schwer, dass er ihr bald erlegen ist. Wenn Ihr mich fragt, hätte der Anführer dieser Schändermeute ruhig länger leiden können.« Cellini stieß einen tiefen Seufzer aus. »Sei's drum. Gottlob, und das ist die Hauptsache, ist er hinüber!«
Er schien sich wahrlich zu freuen, mir aber schwante Böses. Seit Georg von Frundsberg seine Landsknechte verlassen hatte, geriet der Söldnerhaufen immer mehr aus der Ordnung. Unsere Kundschafter hatten berichtet, dass Frundsberg im März vergeblich versucht hatte, seine über das Ausbleiben ihres Soldes erbosten Knechte zu beschwichtigen. Ihr Aufruhr hatte ihn derart erregt, dass ihn der Schlag getroffen hatte. Seiner Sprache und Kraft beraubt, hatte der alte Jörg zurück nach Ferrara gebracht werden müssen. Seitdem hatte Karl von Bourbon das Heer mehr schlecht als recht geführt. Die Männer schienen ihm nur zu gehorchen, weil es ihnen eben gefiel. Immerhin, er wäre wohl der Einzige gewesen, dessen Stimme sie von den schlimmsten Gräueltaten abgehalten hätte. Nun, da er nicht mehr war, sah ich jede Hoffnung für Rom schwinden. Und für uns.
Das dümmliche Grinsen Cellinis verriet, dass er die Tragweite seiner eitlen Tat nicht erfasste. Darum sagte ich zu ihm: »Wir müssen beide lernen. Ich schieße, ohne zu zielen, und Ihr, ohne zu denken.«
Ein merkwürdiger Blick traf mich, als brauche der Dummkopf Zeit, meine Worte zu verstehen. Sein Lächeln erstarb. »Ihr seid doch bloß neidisch, Schweizer. Am liebsten würde ich Euch fordern!«
Ich wies über die Brüstung hinaus zur anderen Seite des

Flusses. »Fordert lieber die da drüben. Die weisen Euch bestimmt nicht ab.«

»Neidhammel!«, keifte er, nahm seine Arkebuse hoch und stiefelte davon.

Ich blickte hinüber zum anderen Ufer des Tibers, wo die Kaiserlichen durch die Gassen strömten und unzählige Häuser in Rauch aufgingen. Mir dämmerte, dass dieser schreckliche sechste Mai erst der Anfang des Übels war. Doch ahnte ich nicht, welche Gefahren vor mir lagen und dass dieser Geck Cellini in meinem Abenteuer eine wichtige Rolle spielen sollte.

V

Mittwoch, 6. Mai

Irgendein kritischer Geist hatte einmal gesagt, wenn diese Halle den Eingang zum Himmelreich darstelle, dann brauche Gott dringend einen neuen Architekten. Von außen betrachtet wirkte die Nervi-Halle wie ein Kinoalbtraum von Steven Spielberg. Ein gigantisches Raumschiff schien zur Erde niedergeschwebt zu sein und den Vatikan als Landeplatz auserkoren zu haben. Die Ausmaße der Halle waren so gewaltig, dass sie mit zwei Dritteln ihrer Grundfläche über die Grenzen des vierundvierzig Hektar kleinen Stadtstaates hinausragte. Kalt, streng und funktional hoben sich ihre Mauern von den übrigen Gebäuden der Vatikanstadt ab. Das Vorhaben des Architekten Pierluigi Nervi, die von Papst Paul VI. in Auftrag gegebene größte Audienzhalle der Welt in ihr altehrwürdiges Umfeld zu integrieren, war gründlich fehlgeschlagen.

Den Pilgern, die sich in bis weit auf den Petersplatz reichenden Schlangen geduldig auf die Halle zubewegten, war das gleichgültig. Ihnen ging es einzig und allein darum, die erste Generalaudienz des neuen Papstes mitzuerleben. Petrus war gnädig mit den Schäfchen seines Nachfolgers: Seit einer Viertelstunde regnete es nicht mehr und durch die Lücken in der aufgerissenen Wolkendecke blitzten sogar ein paar vorsichtige Sonnenstrahlen.

Obwohl der Andrang in Anbetracht des neu gewählten Papstes und der Schlagzeilen über den Rosin-Mord besonders groß war, herrschte Routine vor. Straßenhändler, die Erfrischungen oder billigen religiösen Andenkenkitsch feilboten, klapperten die Menschenschlangen ab. Hin und wieder tauchten junge Männer und Frauen in den Schlangen ein, um Sekunden später einen Taschendieb in Handschellen zu einem der Polizeitransporter zu führen, die am Rand des Platzes standen.

Auch das war nichts Besonderes. Der Petersplatz gehörte zwar zum Staatsgebiet des Vatikans, aber aufgrund einer in den Lateranverträgen festgehaltenen Vereinbarung mit der italienischen Regierung sorgte hier die italienische Polizei für Sicherheit. Bewaffnete Uniformierte sollten ganz direkt abschreckend wirken, während ihre Kollegen in Zivil die unvermeidliche Plage der Taschendiebe bekämpften.

Vor dem Eingang der Audienzhalle suchten Angehörige der Vigilanza die Taschen der Pilger nach Waffen ab. Jeder musste seine Eintrittskarte vorweisen. Stichprobenartig verlangten die Vigilanzamänner das Vorzeigen der Pässe und überprüften, ob Name, Geburtsdatum und Passnummer auf der Eintrittskarte mit denen auf dem Ausweis übereinstimmten. Jeder, der an einer Generalaudienz des Papstes teilnehmen wollte, musste sich mindestens einen Tag vorher unter Angabe seiner Personalien um eine Eintrittskarte bemühen. Der Vatikan gab die Daten an die italienische Polizei weiter, und die schickte sie auf der Suche nach Terroristen und gewalttätigen Psychopathen durch ihre Fahndungscomputer.

Sobald sie die Kontrollposten passiert hatten, betraten die Gläubigen und die Neugierigen das Innere der Audienzhalle. Sie war einst zur Entlastung des Petersdoms gebaut worden, doch hatte sie mit einer Kirche wenig gemein. Einzig das bunte Glas der beiden ovalen Fenster in den Längswänden verbreitete einen Hauch alter Kirchenbaukunst. Ansonsten wirkte die weiträumige Konstruktion aus Spannbeton von innen genauso kalt und funktional wie von außen.

Zu beiden Seiten eines schräg abwärts führenden Ganges erstreckten sich endlose Reihen von Klappsitzen aus schwarzem und grauem Plastik, höhenmäßig abgestuft wie in einem Theater. Über sechstausend Menschen fanden hier üblicherweise Platz. Jetzt allerdings hatte man ein paar tausend Sitze abmontiert, um über eine größere Zahl an Stehplätzen eine Aufnahmekapazität von mehr als zwölftausend Menschen zu erreichen. Zwischen den zweiundvierzig kahlen Doppelbögen, die das gewellte Dach trugen, saßen unzählige kleine Fenster, die das Tageslicht in winzige Inseln diffuser Helligkeit verwandelten. Keine Kruzifixe, keine Fresken oder Wandteppiche mit religiösen Motiven schmückten den Raum.

Der Gang endete nach über achthundert Metern vor einer erhöhten Bühne mit einem Thron für den Papst und Stühlen für hohe geistliche Würdenträger. Nur hinter dem Thron gab es, abgesehen von den farbigen Seitenfenstern, einen Hinweis darauf, dass diese Halle ein Haus Gottes war: die größte Bronzestatue der Welt, das von Pericle Fazzini geschaffene Relief des *Auferstandenen Christus*.

Die Pilger drängelten nach vorn, um einen der Sitzplätze zu ergattern. Gendarmen der Vigilanza sorgten dafür, dass die für Ehrengäste und Kranke abgesonderten vorderen Sitzreihen frei blieben. Die Vatikanisten besetzten die in die Wand eingelassene Pressetribüne bis auf den letzten Platz. Auch jede der direkt neben der Tribüne liegenden Übertragungskabinen für Rundfunkreporter war belegt. Pressefotografen und Kamerateams verschiedener Fernsehsender tummelten sich am Rand der Bühne und konnten von der Vigilanza nur mühsam zurückgehalten werden. Sämtliche bedeutenden Fernsehkanäle wollten Bilder von der ersten Generalaudienz des neuen Papstes einfangen, einige übertrugen das Ereignis sogar live.

Die Gendarmen schlossen die Tore, als Oberstleutnant von Gunten mit sechs seiner Gardisten vor dem Eingangsbereich aufmarschierte. Die Ehrenwache für den Papst. Ihr gehörten auch Alexander Rosin und Utz Rasser an. Sie trugen Gala: die bunten Medici-Uniformen, weiße Handschuhe und die glänzenden Helme mit den roten Federbüschen. Die auf den ersten Blick sichtbare Bewaffnung bestand aus der Hellebarde und dem an der linken Seite hängenden Schwert. Nur wer genauer hinsah, entdeckte an ihren Gürteln neben kleinen Funkgeräten das Reizgasspray. Bei einer so gewaltigen Menschenmenge, wie sie an diesem Tag in der Audienzhalle versammelt war, musste man jederzeit mit einem Zwischenfall rechnen.

Riccardo Parada, der einen grauen Dreiteiler trug, trat auf die Gardisten zu und begrüßte von Gunten. »Wir lassen jetzt die Kranken und Behinderten ein. In fünf Minuten kann der Chef kommen. Ich bin gespannt, wie sein erster Auftritt in der Halle abläuft.«

»Ich auch.«

Anton von Gunten zeigte sich nicht nur wortkarg, er machte auch ein reichlich düsteres Gesicht. Alexander konnte ihn verstehen. Wahrscheinlich war es eine Qual für den kommissarischen Kommandanten, diesen Tag durchzustehen. Es war der sechste Mai, der Tag des Sacco di Roma, der Ehrentag der Schweizergarde. Nach altem Brauch wurden an diesem Tag die jungen Rekruten mit großem Pomp auf dem Damasushof vereidigt. Unter den Augen Hunderter Gäste, hoher Geistlicher, Politiker und Militärs, Vertreter der Schweizerischen Eidgenossenschaft und natürlich der stolzen Angehörigen schworen die Rekruten im vollen Grangala-Harnisch auf die Gardefahne, *dem regierenden Papst und seinen rechtmäßigen Nachfolgern treu, redlich und ehrenhaft zu dienen, bereit, wenn es erheischt sein sollte, das Leben für sie hinzugeben.* Auch Alexander hatte diesen Schwur geleistet. In diesem Jahr jedoch fiel die Jubelfeier aus. Zu drückend lastete der Mord am Gardekommandanten auf der Einheit und auf dem ganzen Vatikan. Erst gestern waren Heinrich und Juliette beigesetzt worden. Die Kurie hatte angesichts dessen eine fröhliche Feier für unangemessen erachtet. Die Rekruten würden ihren Eid am Abend nur im Beisein des Gardekaplans und des kommissarischen Kommandanten leisten.

»Ich bin wirklich gespannt«, wiederholte Parada, als sei ihm von Guntens Wortkargheit peinlich. »Die Kardinäle scheinen schon zu zittern, wenn sie nur an die unorthodoxen Methoden des Heiligen Vaters denken.«

Von Gunten erwiderte nichts. Offenbar hatte er nicht vor, sich auf eine Diskussion über das Verhältnis des Papstes zur Kurie einzulassen.

Frustriert wandte der Sicherheitschef sich ab und blickte hinüber zum Seiteneingang der Audienzhalle, durch den gerade die letzten Rollstühle geschoben wurden. Er zog ein Funkgerät aus der Jackentasche und sagte: »Tessari für Parada. Wir sind bereit. Der Chef kann kommen.«

Keine fünf Minuten später fuhr eine kleine Kolonne schwarzer Limousinen vor, darin die hohen geistlichen Würdenträger und der Papst. Er saß mit seinem Privatsekretär im Fond eines gepanzerten Mercedes, der von dem alten Ferdinando Zanni gesteuert wurde. Zanni, der zum Apostolischen Palast gehörte wie der Obelisk zum Petersplatz, hatte schon dem vorherigen Papst als Kammerdiener und Chauffeur gedient. Er galt als verlässlich und verschwiegen. Auf dem Beifahrersitz hatte Aldo Tessari Platz genommen.

Die Gardisten nahmen Haltung an, und von Gunten salutierte vor dem aussteigenden Papst. Custos strich sein weißes Gewand glatt und begrüßte Parada und von Gunten.

»Ziemlich viel los da drinnen, wie?«

»Ja, Heiligkeit«, antwortete Parada. »Die Halle platzt aus allen Nähten.«

Der Papst kratzte sich verlegen am Hinterkopf. »Möge der Herr geben, dass die Leute mit mir zufrieden sind.«

Aus der Limousine hinter dem Wagen des Papstes war Kardinal Musolino gestiegen. Der Staatssekretär war groß und hager. Sein längliches, faltiges Gesicht wirkte so düster wie seine schwarze Soutane. Musolinos Amtsführung war außerordentlich streng. Hinter vorgehaltener Hand sprachen seine Untergebenen und andere Mitarbeiter des Vatikans schon mal von »Mussolini« oder nannten ihn »Duce«.

Da der Staatssekretär sein Amt bis zum Tod des Papstes innehat, hatten nicht wenige im Vatikan die Hoffnung gehegt, mit dem neuen Papst werde auch ein neuer Kardinal an die Spitze des vatikanischen Staatssekretariats rücken. Doch Custos hatte Domenico Musolino in seinem Amt bestätigt. Vermutlich war es für einen Pontifex wie ihn, der keine große Hausmacht im Vatikan besaß, wichtig, einen erfahrenen und respektierten Premierminister – wie man den Staatssekretär häufig bezeichnete – zur Seite zu haben.

Alexander wusste nichts darüber, ob der Papst mit seinem Staatssekretär zufrieden war oder nicht. Doch es war ein offenes Geheimnis, dass die Äußerungen des Heiligen Vaters bei Musolino regelmäßig zu Wutausbrüchen führten. Auch die letzte Bemerkung des neuen Oberhirten hatte ihn offensichtlich vergrätzt. Er blickte gen Himmel, als wollte er einen stillen Stoßseufzer aussenden, doch dann folgte er dem Papst in die Audienzhalle.

Zwei Gardisten hielten an der Außentür Wache, zwei blieben am oberen Ende des Ganges zurück. Utz und Alexander begleiteten den Papst nach unten. Bei ihnen waren Shafqat, von Gunten, Parada und Tessari sowie ein Trupp der Vigilanza. Musolino und die anderen Würdenträger folgten in einigem Abstand.

Im Innern der Halle begann der Albtraum eines jeden Leibwächters. Tausende von Menschen sprangen jubelnd von ihren Sitzen auf und drängten an die Absperrgitter zu beiden Seiten des Mittelgangs. Fotoapparate klickten im Takt von Sekundenbruchteilen, Blitze zuckten durch die Halle. Die Scheinwerfer der Fernsehteams warfen dem Papst und seinen Begleitern blendende Lichtbündel entgegen. Nach jedem Schritt blieb Custos stehen, schüttelte Hände und streichelte Kinderköpfe, auf dem Gesicht ein Lächeln, das nicht nur geduldig wirkte, sondern zutiefst erfreut über die Begeisterung und Herzlichkeit, die man ihm entgegenbrachte.

Die Gardisten und Gendarmen hatten alle Mühe, die Gläubigen jenseits der Absperrungen zu halten. Den Papst dabei auch noch hundertprozentig vor einem Attentat schützen zu wollen war eine bloße Illusion. Jede der unzähligen vorschießenden Hände konnte ein verstecktes Messer oder ein Säurefläschchen halten. Alexander starrte in die Gesichter, in die Augen, wie er es bei Commissario Donati gelernt hatte. Ein Attentäter verriet sich zuerst durch seine Augen. Noch bevor die Hand mit dem Messer vorschnellte oder der Zeigefinger sich um den Abzug krümmte, richtete der Blick sich auf das Opfer – in jener seltsamen Starre, die den Entschluss zu töten begleitete. Wer das rechtzeitig bemerkte, hatte wichtige Sekundenbruchteile gewonnen, sich schützend vor den Heiligen Vater zu werfen oder ihn zu Boden zu reißen.

Doch sie schienen vergeblich nach jenem verräterischen Blick Ausschau zu halten. Ihre ganze Arbeit bestand darin, die jubelnde Menge zurückzudrängen. Besonders Ovasius Shafqat tat sich dabei hervor. Die Bärenpranken des kräftigen Geistlichen lösten immer wieder allzu fest zupackende Hände von den Armen des Papstes und schoben den Heiligen Vater mit sanfter Gewalt vorwärts.

Nach einer halben Stunde erreichte Custos endlich die Bühne. Als er auf dem Thron Platz nahm, verebbte das ohrenbetäubende Rufen, Singen und Händeklatschen. Gespannte Erwartung machte sich breit unter den Gläubigen, den Journalisten und den hohen Geistlichen, die zu beiden Seiten des Papstthrons auf der Bühne saßen. Rechts des Papstes hatten auch von Gunten, Parada und Tessari Platz genommen. Alexander nahm an dieser Seite Aufstellung, Utz links vom Thronpodest. Auf dem Podest saßen Musolino zur Rechten und der Kardinalprotodiakon Gianfranco Tamberlani zur Linken des Heiligen Vaters. Shafqat stand schräg hinter dem Thron und wollte dem Papst eine Hand voll Papiere reichen, Unterlagen für die Rede, aber Custos wies sie lächelnd zurück. Als er zu sprechen begann, sorgten die vor ihm aufgestellten Mikrofone dafür, dass seine Worte auch in der hintersten Ecke der gewaltigen Halle gehört wurden.

»Brüder und Schwestern, meine Kinder, mit freudigem Herzen habe ich euren Jubel und eure Begeisterung vernommen. Doch der heutige Tag erfüllt mich auch mit Trauer. Es ist der sechste Mai, der Tag des Sacco di Roma. Damals, an jenem verhängnisvollen sechsten Mai im Jahre des Herrn 1527, wurden Rom und der Heilige Stuhl ein Opfer von Hass und Gewalt. Heute will ich nicht von der Vernichtung so vieler wertvoller Kunstschätze sprechen und auch nicht vom grausamen Tod zahlreicher unschuldiger Frauen und Kinder, die den Plünderern in die Hände fielen. Sie alle haben unser ewiges Andenken verdient, doch ein schrecklicher Vorfall in jüngster Zeit lenkt unsere Aufmerksamkeit auf die Verteidiger der Freiheit der Kirche, auf die tapferen Männer der Schweizergarde.«

Auf dieses Stichwort schienen die Vertreter von Fernsehen und Presse nur gewartet zu haben. Sie drängten an die Bühne, und Alexander hatte das unbehagliche Gefühl, dass diesmal er, Utz und von Gunten die Objekte ihrer Begierde waren. Doch er ließ sich vom Blitzlichtgewitter nicht irritieren, verzog keine Miene und sah stur geradeaus in den Zuschauerraum.

»Treue bis in den Tod haben die Schweizergardisten dem Heiligen Vater geschworen«, fuhr der Papst fort. »Beim

Sacco di Roma haben sie bewiesen, wie ernst es ihnen damit ist. Hundertsiebenundvierzig Schweizer ließen ihr Leben, darunter ihr Hauptmann Kaspar Röist. Haben die Menschen seit jenen blutrünstigen Tagen etwas dazugelernt? Keine Woche ist es her, dass wieder ein Kommandant der Schweizergarde auf grausame, blutige Weise sein Leben verloren hat. Diesmal sieht es nicht so aus, als sei er für den Heiligen Stuhl gestorben. Einer seiner eigenen Männer soll der Täter sein, dienstliche Misshelligkeiten das Motiv. Ist der Tod von Oberst Heinrich Rosin deshalb weniger bedeutsam als der von Kaspar Röist?«

Custos legte eine bedeutungsschwere Pause ein, bevor er selbst die Antwort gab: »Ich sage nein, im Gegenteil. Wenn Oberst Rosin von einem seiner Untergebenen getötet wurde, dann zeugt diese schreckliche Tat davon, dass Unfriede und Uneinigkeit unsere Welt in Klauen halten. Klauen, die sogar tief in die christliche Kirche gefahren sind. In jenen wüsten Tagen, da Rom der Zerstörung anheim fiel, wurde noch etwas viel Wichtigeres zerstört: die Einheit der Kirche. Es kam zu einer Spaltung, die bis heute fortbesteht. Eine Welt, in der ein Christ nicht neben dem anderen steht und in der ein Schweizergardist den anderen mordet, kann nicht von Gott gewollt sein. Aber aus Zerstörung und Verzweiflung vermag Neues zu erwachsen. Die Plünderung Roms hat die Zeichen für eine Erneuerung der Kurie gesetzt, und die schreckliche Mordtat in den alten Mauern des Vatikans soll für uns alle ein Zeichen zur Besinnung und Umkehr sein. Dass der Bruder den Bruder und die Schwester die Schwester nicht ansieht, muss endlich ein Ende haben. Die Spaltung der christlichen Kirche, ein halbes Jahrtausend alt, muss überwunden werden. Und vielleicht wird die Wiedervereinigung der Christen ein Zeichen für die ganze Welt sein, nicht länger im Hass gegen andere Rassen und andere Glaubensrichtungen zu verharren. Darum verspreche ich an dieser Stelle, alles dafür zu tun und jedes Opfer zu erbringen, um innerhalb meiner Amtszeit die christliche Kirche wieder zu vereinigen!«

Der einsetzende Jubel war groß, aber durchaus nicht alle frohlockten. Viele der hohen Kleriker saßen mit versteinerten Gesichtern da. Kardinal Musolino ballte die Hände zu Fäusten und erweckte den Eindruck, sich mit aller Gewalt bezähmen zu müssen. Eine Wiedervereinigung der Katholiken mit den Protestanten mochte manchem kirchlichen Würdenträger so unwahrscheinlich vorkommen, wie es vor einigen Jahren noch die Wiedervereinigung Deutschlands gewesen war. Weitaus betroffener aber blickten die Kurialen drein, die dem Papst zutrauten, dass er sein Versprechen verwirklichte. Ein Zusammengehen beider Kirchen unter Opfern konnte nur eins bedeuten: das Aufgeben kirchlicher Dogmen, die Verringerung der eigenen Macht.

Im neuerlichen Trubel gelang es einem Kind, sich zwischen den Fotografen und Kameraleuten hindurchzuzwängen. Ein sechs oder sieben Jahre altes Mädchen in einem blauen Kleid kletterte vor Alexander auf die Bühne. Er wollte die Kleine festhalten, bevor sie das Papstpodest erreichte, aber Custos erhob sich mit einer unmissverständlichen Geste in seine Richtung. Der Schweizer sollte auf seinem Platz bleiben.

Der Heilige Vater beugte sich vor und setzte das Mädchen auf seinen Schoß. »Sag mir deinen Namen, Kind.«

Die Antwort kam zögerlich und leise: »Lea.«
Custos lächelte sie an. »Du möchtest mich also begrüßen, Lea.«
»Nein.«
Einige Zuschauer lachten und auch der Papst schmunzelte.
»Nein?«, fragte er. »Weshalb bist du dann zu mir gekommen?«
»Weil du gesagt hast, dass du der ganzen Welt helfen willst. Das stimmt doch, oder?«
»Ich will es versuchen, ja.«
Eine skeptische Falte bildete sich über der Nase des Mädchens. »Kannst du der Welt helfen oder nicht?«
»Das ist eine schwierige Aufgabe, besonders wenn die Welt sich nicht helfen lassen will. Siehst du das ein, Lea?«
Das Mädchen dachte angestrengt nach und nickte. »Natürlich ist das schwer. Aber du könntest es schaffen, nicht?«
»Mit ein wenig Glück und vor allem mit der Hilfe Gottes könnte ich das.«
»Die Welt ist ja auch groß und es gibt so viele Menschen«, seufzte Lea verständnisvoll. »Einzelnen Menschen zu helfen ist bestimmt einfacher.«
»Das ist es.«
»Gut.« Die großen braunen Augen des Mädchens blitzten auf. »Dann hilf bitte meiner Mama!«
»Wo ist sie denn?«
Lea zeigte in den Zuschauerraum. »Da unten.«
»Hat sie dich geschickt, damit du mich um Hilfe bittest?«
»Nein, ich bin einfach losgelaufen.«
»Und deine Mama konnte dich nicht festhalten?«

»Wie denn, wenn sie sich nicht bewegen kann?«

»Ich verstehe«, murmelte Custos. »Deine Mama ist krank, nicht wahr?«

»Ja. Sie ist gelähmt von dem Unfall, bei dem mein Papa gestorben ist. Er ist jetzt schon bei Gott, weißt du?«

»Sicher ist er da.« Der Papst setzte das Mädchen ab und erhob sich. »Bring mich zu deiner Mama, Lea.«

Fotografen und Kameraleute überschlugen sich fast, um einzufangen, wie der Papst mit dem kleinen Mädchen an der Hand von der Bühne stieg. Die Vatikanisten wären am liebsten von der Pressetribüne in den Zuschauerraum gesprungen. Alexander entdeckte Elena Vida auf der Tribüne und schaute rasch weg. Der Gedanke an die Begegnung mit der schönen Journalistin vor vier Tagen schmerzte ihn und lenkte ihn von seinen Aufgaben ab.

Leas Mutter war vom Hals an abwärts gelähmt. Ihr Rollstuhl stand zwischen anderen vor der vordersten Sitzreihe. Auf den Stühlen dahinter saßen die betreuenden Pfleger oder Angehörige. Custos beugte sich zu der gelähmten Frau hinunter und sprach leise mit ihr. Er nahm sich Zeit und schien die Anwesenheit der vielen tausend anderen Menschen ganz vergessen zu haben. Unvermittelt schloss er die Frau in die Arme und drückte sie gegen seine Brust, wie ein Vater, der sein Kind in inniger Umarmung liebkost.

Alexander verfolgte die Szene gebannt und konnte später nicht sagen, ob der Papst und die Frau eine Minute oder zehn in dieser engen Umarmung verharrt hatten. Irgendwann erfasste den Heiligen Vater ein heftiges Zittern. Es sah aus wie ein plötzlicher Anfall von Schüttelfrost. Noch immer hielt er die Frau fest. Das Zittern wurde stärker.

Nun hielt es Alexander nicht länger auf seinem Platz. Zeitgleich mit Don Shafqat sprang er von der Bühne – und kam gerade rechtzeitig, um den Papst aufzufangen. Wie von der Faust eines Unsichtbaren getroffen, löste Custos sich von der Frau im Rollstuhl und taumelte rückwärts. Hätte Alexander nicht die Hellebarde fallen gelassen und Seine Heiligkeit gehalten, wäre Custos zu Boden gegangen. Der Papst zitterte nach wie vor am ganzen Leib, ein dicker Schweißfilm bedeckte seine Stirn und sein Gesicht. Er schien sich vollkommen verausgabt zu haben.

Als Shafqat den Geschwächten von der anderen Seite stützte, fiel Alexanders Blick auf Leas Mutter. Auch sie zitterte am ganzen Körper. Aber das war verständlich, hatte sie sich doch aus ihrem Rollstuhl erhoben. Mit ungelenken Bewegungen trat sie zu ihrer Tochter und schloss sie in die Arme, wie es der Papst zuvor mit ihr getan hatte.

Fotografen und Kameramänner arbeiteten im Akkord, und der Saal war erfüllt von jubelnder Raserei. Jemand schrie: »Ein Wunder! Ein Wunder!«

Auch Utz Rasser hatte seinen Posten auf der Bühne verlassen. Er und Alexander stützten den geschwächten Papst auf dem Weg zum Hinterausgang. Don Shafqat setzte Fäuste und Ellbogen ein, um ihnen einen Weg durch die Pressemeute zu bahnen. Als sie den Saal verließen, tobte die Menge hinter ihnen noch immer vor Begeisterung.

Die Wagenkolonne stand inzwischen am Hinterausgang der Nervi-Halle. Ferdinando Zanni hielt eine Tür des gepanzerten Mercedes auf und sah den erschöpften Papst

besorgt an. Willenlos wie eine Puppe ließ Custos sich in den Fond des Wagens bugsieren.
Shafqat setzte sich neben ihn und herrschte Zanni an: »Los, fahren Sie schon! Seine Heiligkeit braucht Ruhe. Und die Presse kann jeden Moment hier auftauchen.«
Der Mercedes rauschte in Richtung Apostolischer Palast davon.
Würdenträger der Kurie traten aus dem Hinterausgang. Die Kardinäle Musolino und Tamberlani führten ein erregtes Gespräch mit Monsignore Wetter-Dietz.
»Wir müssen eine Erklärung abgeben«, stammelte der Pressesprecher. »Mein Gott, die Sache ist live über acht Fernsehsender gegangen. Der Rest der Welt wird es spätestens in den Abendnachrichten sehen. Eine offizielle Presseerklärung ist unumgänglich.«
»Sicher, aber nicht sofort.« Musolino klang, als müsse er sich gewaltsam zu Ruhe zwingen. »Wir werden ohne Hast überlegen, wie wir den Vorfall erklären. Jetzt nur keine Panik!«
»Sie haben gut reden, Eminenz«, erwiderte Wetter-Dietz verbissen.
»Ich rufe Sie an, Monsignore.« Musolino stieg in den dunkelblauen Lancia, in dem Tamberlani bereits Platz genommen hatte. Der Chauffeur vom vatikanischen Fahrdienst wollte die Tür schon zuschlagen, da blickte der Staatssekretär Alexander an. »Adjutant Rosin, begleiten Sie uns! Ich möchte mich mit Ihnen unterhalten.«
»Aber ... ich habe Dienst!«
»Als Kardinalstaatssekretär bin ich Ihr oberster Vorgesetzter, abgesehen von Seiner Heiligkeit, oder?«
»Ja, Eminenz.«

Musolino bedachte ihn mit einem kalten Lächeln. »Dann nehmen Sie es als Befehl, wenn Sie wollen. Steigen Sie ein!«

Alexander und Kardinal Musolino durchschritten endlose Säle voller christlicher Kunstwerke; man konnte den Eindruck gewinnen, das Staatssekretariat sei ein Teil der Vatikanischen Museen. Auf dem Damasushof hatte Musolino sich von Tamberlani verabschiedet und war mit Alexander in den Trakt des Apostolischen Palastes getreten, der im dritten Stock die Räumlichkeiten des Staatssekretariats beherbergte.

Bis jetzt hatte er kein einziges Wort mit dem Gardisten gesprochen. Das änderte sich, sobald sie in seinem Büro waren, das im Vergleich mit den Prachtsälen davor recht nüchtern wirkte. Ein großer Schreibtisch voller Akten und Papierstapel, ein Computer und mehrere Telefone zeigten an, dass in der Schaltzentrale der päpstlichen Verwaltung nicht repräsentiert, sondern gearbeitet wurde.

Musolino öffnete einen Wandschrank, der sich als kleine, aber feine Bar entpuppte, und ging mit einer Flasche Weinbrand und zwei Gläsern zu einer Sitzgruppe mit einem Glastisch. Dahinter stand eine einsame Zimmerkonifere. Er bot Alexander einen Platz an und setzte sich selbst, nachdem er ihnen eingeschenkt hatte.

Als der Kardinal ihm ein Glas zuschob, hob Alexander abwehrend die Hand. »Danke, Eminenz, aber ich bin im Dienst.«

»Ich auch. Trotzdem brauche ich einen Schluck auf den Schreck. Sie sehen so aus, als ginge es Ihnen nicht anders. Also trinken Sie schon.«

Alexander trank und genoss die Wärme, die sich in seinem Innern ausbreitete. Die Anspannung, die er seit der Begegnung des Papstes mit der gelähmten Frau gespürt hatte, fiel von ihm ab. Er lehnte sich in dem Lederpolster zurück und hätte fast vergessen, dass der Mann, der ihm gegenübersaß und sein Glas in großen Zügen leerte, der Stellvertreter des Heiligen Vaters war.

Es klopfte und ein korpulenter Mann in Priestertracht trat ein. Mit unsicherem Blick sah er Musolino an.

»Was gibt's, Failoni? Ich hatte doch gesagt, ich will nicht gestört werden.«

»Ich weiß, Eminenz, aber dauernd ruft der Pressesaal hier an. Die Leitungen brechen unter den Anfragen nach einer Stellungnahme zur Audienz zusammen.«

»Eine Stellungnahme wird es erst auf der Pressekonferenz geben.«

»Und wann wird die stattfinden, Eminenz?«

»Wenn ich mir eine Stellungnahme überlegt habe.«

Musolinos Mitarbeiter schoss das Blut in den Kopf. »Jawohl, Eminenz, ich werde Sie nicht mehr behelligen.«

Als Failoni gegangen war, wandte Musolino sich mit einem müden Lächeln an Alexander. »Wirklich eine dumme Geschichte. Als hätten wir im Augenblick nicht genug Ärger. Aber wem sage ich das? Sie sind von der traurigen Affäre ja direkt betroffen. Ihr Onkel und Ihre Tante, nicht wahr?«

»Ja, Eminenz.«

Alexander versteifte sich. Mit einem Schlag war die Anspannung wieder da. Er hatte das Gefühl, dass jetzt der ungemütliche Teil begann. Musolino kam ihm vor wie eine Schlange, die ihr Opfer in Sicherheit wiegt, bevor sie unvermutet zustößt.

»Wirklich tragisch«, seufzte der Staatssekretär. »Oberst Rosin war ein hervorragender Mann. Ich möchte Sie zu Ihrer Haltung in dieser Angelegenheit beglückwünschen, Adjutant. Sie haben große Disziplin bewiesen, auch gestern bei der Trauerfeier. Ich habe Sie beobachtet.«
»Warum?«
»Eine gute Frage.« Musolino füllte die Gläser auf. »Allein aufgrund Ihres Namens sind Sie kein gewöhnlicher Gardist. Seit fünfhundert Jahren dient Ihre Familie dem Heiligen Stuhl. Seine Heiligkeit hat heute vom Sacco di Roma gesprochen. Unter den Gardisten, die das Gemetzel überlebten und Papst Clemens in den Schutz der Engelsburg brachten, war Ihr Vorfahr Albert Rosin. Mit Ihrem Vater und Ihrem Onkel haben wir innerhalb weniger Jahre zwei der besten Kommandanten verloren, die die Schweizer je hatten. Wir – ich und viele andere im Kardinalskollegium – würden uns glücklich schätzen, wenn eines Tages wieder ein Oberst Rosin die Garde befehligte, vielleicht ein Oberst Alexander Rosin.«
Alexander war verwirrt. Er hatte einen Angriff erwartet und erhielt stattdessen eine Art Lob. Wollte Musolino ihn einlullen?
»Ich fühle mich geehrt, aber ich bin nur Adjutant und weiß nicht, welche Wege der Herr für mich bereithält.«
Musolinos dunkle Augen wurden starr. Alexander musste an den Blick eines Attentäters denken. »Sie sind berufen, Alexander, so wie Ihre Vorfahren berufen waren. Sonst hätten Sie sich gar nicht erst für den Dienst in der Garde entschieden. Gewiss werden Sie nicht der unmittelbare Nachfolger Ihres Onkels sein, aber eines Tages wird die Garde wieder auf das Kommando eines Rosin hören, da

bin ich mir sicher. Ihre vorzügliche Haltung in dieser Sache beweist es. Immerhin haben Sie einiges durchgemacht. Erst der Doppelmord an Ihren Verwandten, dann der Überfall in der Waffenkammer, und zu alledem werden Sie auch noch in das Attentat auf diesen Polizisten verwickelt. – Übrigens, glauben Sie noch immer, dass der Einbruch in der Waffenkammer etwas mit dem Mord an Ihrem Onkel und Ihrer Tante zu tun hat?«

Alexander griff zu seinem Glas, um Zeit zu gewinnen. Er fühlte sich wie auf dem Prüfstand, so als könne der Kardinal mit seinem starren Blick Gefühle und Gedanken lesen. Und er spürte, dass von seiner Antwort mehr abhing, als er im Augenblick ermessen konnte.

Er trank nur einen kleinen Schluck und erwiderte: »Vermutlich hat Oberstleutnant von Gunten Recht, wenn er sagt, dass die beiden Vorfälle nichts miteinander zu tun haben. Wer immer sich in der Waffenkammer zu schaffen gemacht hat – er hat den Aufruhr um die Morde genutzt und das Ausgabebuch für die Dienstpistolen mitgehen lassen, um den Anschein eines Zusammenhangs zu erwecken. Danegger ist schließlich tot und kann somit für den Vorfall in der Waffenkammer nicht verantwortlich sein.«

Musolino lächelte befriedigt. »Sie denken logisch und lassen sich nicht von irgendwelchen düsteren Gefühlen leiten, obwohl Sie allen Grund dazu hätten. Das gefällt mir sehr. Durch die leidige Vakanz der Kommandantenstelle wird es wohl bald zu einigen Beförderungen kommen. Ich denke, Sie sollten sich darauf einrichten, sich demnächst das Rangabzeichen eines Leutnants ans Barett zu heften.«

»Danke, Eminenz, Ihr Vertrauen ehrt mich.«

Alexander zwang sich zu unverbindlicher Freundlichkeit. Aus irgendeinem Grund gelang es ihm nicht, sich ehrlich über die in Aussicht gestellte Beförderung zu freuen.

Der Kardinal beugte sich vor wie ein Verschwörer. »Da wir gerade von Vertrauen reden, welchen Eindruck haben Sie von dem Vorfall in der Audienzhalle? Ganz unter uns natürlich, Sie können aufrichtig sein.«

»Ich verstehe nicht recht. Sie waren doch dabei, Eminenz.«

»Aber Sie haben den Heiligen Vater aufgefangen, standen ganz nahe bei ihm, haben ihn angefasst!«

»Ja … und?«

»Haben Sie eine seltsame Ausstrahlung gespürt, eine Kraft, die von ihm ausging?«

Allmählich verstand Alexander. »Sie meinen, ob es sich um eine Wunderheilung gehandelt hat?«

»Das fragt sich derzeit die ganze Welt. Und natürlich auch ich. Schließlich muss ich Monsignore Wetter-Dietz sagen, was er der Öffentlichkeit mitteilen soll. Ist der Papst ein Mann mit besonderen Kräften? Oder war die Frau gar nicht so krank, wie sie getan hat?«

»Ich denke, letzteren Punkt wird man durch ärztliche Atteste klären können.«

»Sicher. Aber was ist mit dem Heiligen Vater?«

»Das Einzige, was ich gespürt habe, war seine große Erschöpfung. Er war auf geradezu beängstigende Weise geschwächt.«

»Und sonst nichts?«

»Nein«, antwortete Alexander ehrlich.

Musolinos Kiefer mahlten, sein Blick ging durch Alexander hindurch. Offenbar stellte die Antwort ihn nicht zufrieden. Schließlich fragte er: »Was war eigentlich vor fünf Tagen?«

»Wie meinen Sie das, Eminenz?«

»Seine Heiligkeit ließ Sie in sein Privatbüro kommen. Sie waren sehr lange bei ihm.«

»Das stimmt.«

»Ich weiß, dass es stimmt.« Musolino wurde lauter. »Warum waren Sie so lange dort?«

»Das darf ich nicht sagen, Eminenz.«

Für einen Augenblick sah es so aus, als wollte der Kardinal aufspringen und ihn anbrüllen. Aber er beherrschte sich und fragte mit mühsam unterdrückter Erregung: »Warum dürfen Sie mir das nicht sagen, Adjutant Rosin?«

»Weil ich Seiner Heiligkeit versprechen musste, Stillschweigen zu bewahren.«

»Als Kardinalstaatssekretär bin ich die rechte Hand des Heiligen Vaters. Mein Wort kommt gleich nach seinem.«

Alexander hielt dem bohrenden Blick stand. »Sie sagen es, Eminenz.«

Musolino lief genauso rot an wie zuvor Failoni. Seine Mundwinkel zuckten, die Augen weiteten sich. Sekundenbruchteile später hatte er sich wieder unter Kontrolle. Er erhob sich und sagte kalt: »Ihre Treue zum Heiligen Vater ehrt Sie, Adjutant Rosin. Das ist der Geist, von dem schon vor fünfhundert Jahren der Gardist Albert Rosin erfüllt war. Ich werde es mir merken. Sollten Sie in irgendeiner Form Hilfe benötigen oder sich mir anvertrauen wollen, haben Sie keine Scheu. Ich bin immer für Sie da.«

Alexander stand auf und verabschiedete sich mit militärischer Knappheit. Unter den gegebenen Umständen konnte er mit dieser freundlichen Variante eines Rauswurfs mehr als zufrieden sein. Das Hilfsangebot des Staatssekretärs stimmte ihn angesichts der frostigen Wendung, die das Gespräch genommen hatte, allerdings skeptisch. Zumal er Ähnliches schon von Oberstleutnant von Gunten und von Monsignore Imhoof gehört hatte, und natürlich vom Heiligen Vater. Für seinen Geschmack gab es im Vatikan entschieden zu viele Menschen, die ihm behilflich sein wollten, ohne dafür einen erkennbaren Grund zu haben.

VI
Mittwoch, 6. Mai, nachmittags

Marcel Daneggers Beisetzung war nur ein Abglanz der Trauerfeier für Heinrich und Juliette Rosin, doch die Schweizergarde erwies auch dem toten Adjutanten ihren Respekt.

Die Särge des ermordeten Ehepaars waren, feierlich in der Peterskirche aufgebahrt, von etwa zwanzig Kardinälen und über dreißig Bischöfen umringt gewesen, und Kardinal Musolino höchstpersönlich hatte die Totenmesse zelebriert. Alexander hatte das Ganze erlebt wie einen seiner häufigen Träume, in denen er dem Tod begegnete: intensiv, bedrückend und doch unwirklich, als wäre er von den Särgen mit den Toten und von den vielen hundert Trauergästen durch eine dicke gläserne Wand getrennt. Er hatte Verwandte gesehen, die ihm nicht näher standen als die gesichtslosen Touristen, die er beim alltäglichen Wachdienst kontrollieren musste. Von einigen entfernten Onkeln, Tanten, Cousins und Cousinen wusste er kaum die Namen. Ihre Anwesenheit hatte ihm nur umso schmerzlicher bewusst gemacht, dass Heinrich und Juliette die beiden letzten Menschen gewesen waren, denen er sich enger verbunden gefühlt hatte. In die Leere des Verlustes hatte sich das nagende Schuldgefühl gemischt, und er war froh gewesen, als die Gräber endlich zugeschüttet waren und die Nacht ihr schwarzes Tuch über die Kuppeln und Dächer der Vatikanstadt warf.

An Marcel Daneggers Trauerfeier nahmen beileibe nicht so viele Menschen teil, auch keine Kardinäle und Bischöfe. Monsignore Imhoof hielt den Trauergottesdienst in der Gardekapelle San Martino ab. Begleitet vom Trommeln des Regens auf das Dach, sprach der hochwürdige Herr Kaplan von der Tat eines Verzweifelten und Verwirrten und von der Schuld, die ihre Erlösung in barmherziger Vergebung finde. Und er sprach von der Kameradschaft, die in der Schweizergarde hochgehalten werde und trotz der Bluttat auch dem Adjutanten gelte. Dass so viele Gardisten zugegen waren, bestätigte seine Worte. Hätte die Garde dem toten Kameraden die letzte Ehre verweigert, hätten nicht zwei auf große Bidenhänder gestützte Gardisten in Galauniform am Kopfende des Sarges gestanden und wäre der Sarg nicht am Ende des Gottesdienstes von sechs uniformierten Gardisten aus Daneggers Geschwader auf den Friedhof getragen worden.

Auch Alexander trug die Galauniform und im Gleichschritt mit den anderen folgte er dem Sarg. Wohl niemand hätte es ihm verübelt, wenn er an dieser Beerdigung nicht teilgenommen hätte, doch es fiel ihm nicht schwer, Danegger das letzte Geleit zu geben. Gestern, bei Heinrich und Juliette, war seine Brust wie zugeschnürt gewesen, und er hatte um jeden Atemzug ringen müssen. Heute war er beinahe gelassen, allenfalls spürte er drängende Neugier, aber weder Schmerz noch Hass. Denn er hielt Marcel Danegger nicht für schuldig, auch wenn ihm die konkreten Beweise fehlten. Als der Sarg ins Grab hinuntergelassen wurde, war Alexander, als werde hier nicht der Täter beerdigt, sondern ein weiteres Opfer.

Ein Gardist nach dem anderen trat an das Grab, um eine

Schaufel Erde auf den Sarg zu werfen. Ihnen folgten Angehörige und Freunde des Toten, die Erde und Blumen in die Tiefe warfen. Daneggers Eltern blieben lange vor dem Grab stehen, die Mutter in Tränen aufgelöst, der Vater mit steinernem Gesicht.

Ganz zum Schluss trat eine junge Frau im schwarzen Hosenanzug vor, und ihre Hände zitterten, als sie einen Rosenstrauß in das Erdloch fallen ließ. Sie war zierlich. Ihr langes blondes Haar war mit einer schwarzen Schleife zu einem Pferdeschwanz zusammengebunden. Einige Strähnen hatten sich gelöst und hingen ihr ins Gesicht. Ihre Augen waren verquollen, ihre Wangen gerötet; offensichtlich hatte sie viel geweint. Lange blieb sie vor dem Grab stehen, bis sie sich abrupt umdrehte und in den Reihen der Trauernden untertauchte.

Alexander wandte sich an Utz Rasser, der neben ihm stand. »Das Mädchen kommt mir irgendwie bekannt vor.«

Utz grinste schräg. »Du solltest deine Klamotten nicht immer in der Stadt kaufen. Danegger war cleverer und hat sie sich geangelt. Sie heißt Raffaela und arbeitet als Verkäuferin im Magazin.«

Daneggers Freundin! Alexander fühlte sich wie elektrisiert. Unterbewusst hatte er gehofft, auf der Beerdigung einen Hinweis zu finden, der ihn bei seiner Suche nach den wahren Hintergründen des Mordes weiterbrachte. Wenn diese Raffaela mit Danegger gegangen war, wusste sie womöglich Dinge von ihm, die er seinen Kameraden nicht anvertraut hatte.

Er ließ Utz einfach stehen und bahnte sich einen Weg durch die Menge. Eilig folgte er der Frau, deren schwarz gekleidete Gestalt hinter dem Regenschleier mit dem dunklen Fleck einer ausladenden Steineiche zu verschmelzen drohte. Er sah nur noch den blonden Schopf, der bei jedem Schritt auf und ab hüpfte. Mit der linken Hand das schlingernde Schwert an seiner Hüfte festhaltend, begann er zu laufen. Was seine Kameraden dachten, kümmerte ihn nicht. Vermutlich glaubten sie, er habe es nicht länger ausgehalten, am Grab des Mannes zu stehen, der seine Verwandten auf dem Gewissen hatte.

Als er die Steineiche erreichte, hatte er Daneggers Freundin aus den Augen verloren. Unter der belaubten Baumkrone blieb er stehen und suchte den Friedhof nach ihr ab. Er sah Bäume, Grabsteine und Statuen, aber keine Raffaela. Als eine heisere Stimme ihn von hinten ansprach, fuhr er zusammen.

»Beneide die Toten, die hier liegen, nicht um ihre Ruhe, mein Sohn. Viele von ihnen mussten vor ihren Schöpfer treten, ohne ihre diesseitigen Angelegenheiten geregelt zu haben. Bei aller Trauer solltest du dich freuen, dass du Gelegenheit hast, deine weltlichen Dinge ins Reine zu bringen.«

Alexander wandte sich um und erblickte einen durchnässten alten Mann in schwarzer Soutane. Er war mager, der Stoff seines viel zu weiten Gewandes warf zahllose Falten und verlieh ihm das Aussehen einer klerikalen Vogelscheuche. Das Gesicht lag halb im Schatten eines altertümlichen Priesterhuts, auf dessen breiter Krempe sich der Regen sammelte. Auf der schmalen Nase saß eine Brille mit lupendicken Gläsern.

»Monsignore Borghesi!«, entfuhr es dem überraschten Schweizer.

»Pater«, berichtigte der Geistliche mit seiner brüchigen

Stimme. »Den Monsignore habe ich abgelegt, als ich den Vatikan verließ.«

Giorgio Borghesi hatte zu den Benefiziaten gehört, den »Begünstigten«. Papst Bonifatius VIII. hatte den Orden nach dem Jubeljahr 1300 eingesetzt, um den Kanonikerorden beim religiösen Dienst in der Peterskirche zu unterstützen. Soweit Alexander wusste, war Borghesi, als er noch im Vatikan lebte, der Beichtvater seines Onkels gewesen. Das Letzte, was er über den Priestermönch gehört hatte, war das Gerücht, er habe sich in die Albaner Berge zurückgezogen. Umso erstaunter war er, dem Alten hier zu begegnen.

Alexanders Gesicht schien Bände zu sprechen, denn der Geistliche sagte: »Eigentlich wollte ich schon gestern kommen, zur Beerdigung von Oberst Rosin und seiner Gemahlin, aber ich bin aufgehalten worden. Vielleicht ist es besser so. Bei der Bestattung soll ein ziemlicher Auftrieb geherrscht haben.«

»Ja«, erwiderte der noch immer verwirrte Alexander. »Kardinal Musolino, die Kurienkardinäle und Bischöfe …«

»Gut, dass ich erst heute gekommen bin.« Borghesi blickte auf und sah Alexander an. Seine Augen wirkten hinter den dicken Brillengläsern seltsam verschwommen, aber vielleicht lag es auch nur an dem Schatten, den die Hutkrempe warf. »Was ich dir zu sagen habe, Alexander Rosin, ist nur für deine Ohren bestimmt. Und doch – eigentlich weiß ich nicht, ob ich es dir überhaupt anvertrauen darf …«

Alexander war plötzlich unwohl zumute. Die Szene hatte etwas Unheimliches. Der alte Benefiziat war wie ein Gespenst vor ihm aufgetaucht. Es war, als hätte der Regen

alle anderen Menschen verschluckt. Nur dumpf, wie aus einem der Gräber heraus, drang die Musik der Gardekapelle an Alexanders Ohren. Die Männer vom Musikgeschwader spielten das Lied vom guten Kameraden.
Er fuhr mit der behandschuhten Hand in seinen Kragen, um das Regenwasser fortzuwischen, und sagte härter, als er es eigentlich wollte: »Zum Rätselraten bin ich nicht aufgelegt, Hochwürden. Wenn Sie mir etwas zu sagen haben, ziehe ich klare Worte vor.«
»Es geht um deinen Onkel, vielmehr um sein Vermächtnis.«
»Sein Vermächtnis? Ich glaube, ich verstehe nicht ganz, Pater Borghesi.«
Statt sich näher zu erklären, blickte der Alte erschrocken über die Schulter, in die Richtung von Daneggers Grab. Jetzt sah auch Alexander die dunkle Gestalt, die sich undeutlich zwischen den Büschen abzeichnete. Der oder die Unbekannte kam auf sie zu.
»Ich kann jetzt nicht mehr sagen, es ist zu gefährlich. Außerdem sollte ich es dir besser zeigen. Bitte bewahr Stillschweigen über unsere Begegnung. Zu niemandem ein Wort, hörst du? Und besuch mich bald in Santa Maria a Lago di Albano!«
Eilig lief Borghesi davon, in dieselbe Richtung wie vorhin das Mädchen, und verschwand hinter Bäumen und Grabsteinen. Statt seiner sah Alexander nur noch die verwitterte Statue eines Engels mit mahnend erhobener Hand und sorgenvollem Gesicht.
Der Störenfried, der unter die Eiche trat, schützte sich durch einen großen, stark gewölbten Schirm vor dem Regen. Mit seiner dürren Gestalt und der Brille wirkte er wie

eine jüngere Ausgabe des alten Benefiziaten. Hätte es nicht das Gebot des Zölibats gegeben, hätte man ihn für Borghesis Sohn halten können.

»Sie hätten vielleicht doch nicht zu dieser Bestattung kommen sollen, Adjutant Rosin«, sagte Gardekaplan Imhoof besorgt. »Ich habe gesehen, wie Sie plötzlich davonliefen. Es war wohl zu viel für Sie.«

»Sie haben Recht, Monsignore. Ich habe die Belastung unterschätzt.«

»Ruhen Sie sich aus, Alexander. Niemand erwartet, dass Sie zum gemeinsamen Essen erscheinen.«

»Ich werde Ihren Rat befolgen. Danke, Hochwürden.«

Alexander wollte schon gehen, da fragte Imhoof noch: »Übrigens, mit wem haben Sie eben gesprochen? Von weitem sah er aus wie ein Geistlicher, aber ich konnte ihn nicht erkennen.«

»Ich kannte ihn auch nicht«, log Alexander. »Er hat sich nach dem nächsten Ausgang aus dem Vatikan erkundigt.«

»Dann kam er wohl nicht aus Rom?« In Imhoofs wässrigen Augen lag ein ungewohnt fester Blick, der etwas Prüfendes an sich hatte.

Alexander hielt dem Blick stand und antwortete: »Es hatte nicht den Anschein.«

Warum hatte er Monsignore Imhoof angelogen? Die Frage beschäftigte ihn auf dem Weg zur Kaserne ebenso wie die, was Pater Borghesi eigentlich von ihm gewollt hatte. Zermürbten die Ereignisse der letzten Tage allmählich seinen Verstand, sodass er niemandem mehr traute, nicht einmal dem Kaplan der Garde?

Außerdem wollte ihm einfach nicht in den Kopf, wieso der

Heilige Vater der gelähmten Frau vor aller Augen geholfen hatte. Ihn, Alexander, hatte er zu strengem Stillschweigen verpflichtet, was seine besonderen Kräfte anging, und jetzt zeigte er sie quasi vor der Weltöffentlichkeit! Irgendetwas musste in den vergangene fünf Tagen geschehen sein.

In seinem Zimmer zog Alexander die durchnässte Uniform aus und schlüpfte in einen Jogginganzug. Er schaltete den Fernseher ein und nahm sich eine Dose Eistee aus dem kleinen Kühlschrank. Nach zweimaligem Umschalten fand er einen Sender, der die außerordentliche Presseerklärung zur morgendlichen Generalaudienz übertrug.

Zu Beginn flimmerte ein Zusammenschnitt der Audienz über den Bildschirm. Der Schwerpunkt lag eindeutig auf der Begegnung des neuen Papstes mit dem kleinen Mädchen und seiner gelähmten Mutter. In Großaufnahme sah Alexander das überraschte, unendlich glückliche Gesicht der geheilten Frau. Wenn die Gefühle nur vorgetäuscht waren, hatte sie einen Oscar verdient. Die Kamera schwenkte auf den Papst, der von Alexander und Don Shafqat gestützt wurde. Das Gesicht des Heiligen Vaters war gezeichnet von der Erschöpfung, die Alexander aus nächster Nähe mitbekommen hatte.

Eine Moderatorin erklärte, noch immer habe man die Identität und die Krankheitsgeschichte der auf so wundersame Weise geheilten Frau nicht erhellen können. Sowohl der Vatikan als auch die römischen Behörden hüllten sich in Schweigen, teilte sie in vorwurfsvollem Ton mit. Und ein wenig schnippisch fragte sie, ob man nun vom Vatikansprecher Aufklärung erwarten dürfe.

Bernhard Wetter-Dietz saß auf dem gewohnten Platz im

Konferenzraum des Pressesaals und blickte mit unbewegter Miene auf Kameras und Vatikanisten. Die heftige Erregung seines Publikums prallte wirkungslos an ihm ab. In den gewohnt trockenen Worten berichtete er von der Generalaudienz und erwähnte fast beiläufig, dass Papst Custos einer im Rollstuhl sitzenden Frau beim Aufstehen geholfen habe. Die Vatikanisten bestürmten ihn mit Fragen nach dem wunderbaren Charakter dieses Vorgangs. Er warf einen kurzen Blick auf das vor ihm liegende Manuskript. Natürlich war er vorbereitet. Er gestattete sich ein dünnes, überlegenes Lächeln – für seine Verhältnisse schon eine Art Gefühlsausbruch.

»Es gibt echte Wunder, zu denen von Gott Auserwählte befähigt sind, und es gibt Ereignisse, die uns wie Wunder erscheinen und gleichwohl mit menschlichem Verstand zu erklären sind. In früheren Jahrhunderten glaubten die Menschen, in der Berührung eines Herrschers oder Kirchenfürsten oder auch nur seiner Kleidung liege eine Heil bringende Kraft. Selbst den Überresten von hingerichteten Verbrechern hat man diese Wirkung zugeschrieben, und das Öl, in denen solch Unglückliche zu Tode gesotten wurden, hat man als heilendes Mittel verkauft. Bei tief religiösen Menschen mag dieser Glaube auch heute fortwirken und im Verein mit der emotionalen Anspannung, die eine unmittelbare Begegnung mit Seiner Heiligkeit mit sich bringt, verloren geglaubte Kräfte in einem geschwächten Körper freisetzen.«

Für einen Augenblick schwiegen die Vatikanisten. Selbst die redegewandten Journalisten mussten die gedrechselte Erklärung erst verarbeiten. Dann prasselten Fragen über Fragen auf Wetter-Dietz ein, die ihn sämtlich unbeein-

druckt ließen. Seine Antworten klangen wie vorgefertigt: Nein, Hinweise auf wundersame Heilkräfte Seiner Heiligkeit lägen nicht vor. Selbstverständlich könne man den Vorfall während der Generalaudienz rational erklären, er habe es doch eben getan. Er bedaure, aber nähere Angaben über die Frau im Rollstuhl könne man schon aus Gründen des Datenschutzes nicht machen und natürlich auch deshalb nicht, weil Sitte und Anstand es verböten.
Es schien ganz so, als sei der Vatikansprecher nicht aus der Fassung zu bringen. Bis eine junge Frau sich erhob, den Kopf mit dem kurz geschnittenen Haar kämpferisch vorreckte und fragte: »Monsignore Wetter-Dietz, stimmt es, dass der Heilige Vater, als er noch Erzbischof von Marseille war, ähnliche angebliche Wundertaten vollbracht hat? Ich bin im Besitz von alten Pressemeldungen, die das belegen.«
Die starre Maske des Monsignore zerfiel. Für zwanzig, dreißig Sekunden zeigte sich Erstaunen in seinem Gesicht, Erschrecken. Die Hände, die er zuvor ruhig gefaltet hatte, zuckten unbeherrscht.
»Die Presseerklärung … ist beendet!«, brachte er schließlich stammelnd hervor. Dann erhob er sich und verließ den Raum wie von Dämonen gehetzt.
Eine Fernsehkamera zoomte auf die Fragestellerin. Ihre Mundwinkel waren spöttisch nach oben gezogen und ihre grünen Augen blitzten triumphierend auf. Es war Elena Vida.

Als er auf dem Glockenturm stand und durch eine der bogenförmigen Öffnungen nach Rom hinüberblickte, war er froh, wieder in den Bergen zu sein. Er hatte den kurzen

Aufenthalt im Vatikan als bedrückend empfunden, was nicht nur an dem Wolkengespinst lag, das sich über der Ewigen Stadt zusammenzog. Hier draußen schien die Abendsonne, aber trotzdem war ihm kalt ums Herz. Die Bedrohung, die vom Vatikan ausging, streckte ihre unsichtbaren Finger auch nach ihm aus, spätestens seit Heinrich Rosins überraschendem Besuch.

Pater Giorgio Borghesi bückte sich, hob die lose Bodenplatte an und zog die Metallkassette aus ihrem Versteck. Er hatte sie auf den Glockenturm gebracht, bevor er nach Rom fuhr. Seine Schlafkammer erschien ihm als Aufbewahrungsort nicht sicher genug. Natürlich hätte er das Buch auch mitnehmen und dem jungen Rosin übergeben können. Vielleicht wäre er dann aller Sorgen um Heinrich Rosins Vermächtnis ledig gewesen. Aber das hatte er zu riskant gefunden. Im Vatikan, im Herzen der Verschwörung, war Albert Rosins *Geheimer Bericht* nicht sicher. Gerade darum hatte Oberst Rosin die Kassette ja in die Berge gebracht.

Jetzt zweifelte der Pater an der Richtigkeit seines Handelns. Er war zu Alexander Rosin gefahren, weil er geglaubt hatte, das Buch aus dem sechzehnten Jahrhundert sei bei einem Angehörigen der Familie Rosin am besten aufgehoben. Was aber, wenn der Gardeadjutant sich als zu jung, zu wenig gefestigt erwies? Konnte der Neffe des ermordeten Kommandanten da bestehen, wo sein Onkel versagt hatte?

An jenem Abend, als er die Kassette geöffnet hatte, war Borghesi mit seiner Lektüre nicht über das erste Drittel der Aufzeichnungen hinausgekommen. So groß sein Drang, die ganze Geschichte zu erfahren, auch gewesen war, sei-

ne Angst vor dem Wissen um das Geheimnis Albert Rosins hatte gesiegt. Jetzt aber, da er erneut alles in Zweifel zog, hatte er sich entschieden, auch den Rest zu lesen. Wenn Alexander Rosin versagte, war es vielleicht an ihm, Giorgio Borghesi, dem Bösen entgegenzutreten.
Also öffnete er die Kassette abermals, schlug das Buch auf und vertiefte sich in Albert Rosins Bericht.

Geheimer Bericht des Guardiknechts Albert Rosin aus Zürich über die merkwürdigen Ereignisse, deren Zeuge er zu Zeiten der Heiligen Liga von Cognac in Rom und andernorts wurde

Dessen zweiter Teil

Armes, gebranntes, geschändetes Rom! Wer noch Tränen hatte, mochte weinen ob all der grausigen Untaten, die sich unter unseren Augen abspielten. Wir anderen standen Tag um Tag und Nacht um Nacht auf den Mauern der Engelsburg und mussten hilflos mit ansehen, wie der Stadt und ihren Bürgern Gewalt und Spott zuteil wurden. Ganze Straßenzüge gingen in Flammen auf. Nur die großen Paläste, in denen die Reichen und Edlen sich mit ihrem Gefolge verschanzt hatten, blieben verschont, bildeten steinerne Inseln in dem Meer aus Feuer. Das hatte seinen guten Grund, wie wir bald erfuhren. Die Eingeschlossenen wurden von den Belagerern um hohe Lösegelder erpresst, so mancher nicht nur einmal. Und viele Paläste wurden, wenn in ihnen nichts mehr zu holen war, schließlich doch gestürmt und verwüstet. Ein paar wenige Glückliche, die dem Mordbrand entkamen und in unsere Burg gelangten, berichteten davon.

Wir sahen das Leid der Menschen, die man auf offener Straße zu Tode quälte. Und noch des Nachts hörten wir die erbärmlichen Schreie der geschändeten Frauen, der adligen Töchter und der frommen Nonnen, die man aus den Klöstern gezerrt und zur bösen Freude der Besatzer zusammengetrieben hatte. Gaben die Spanier sich dem Foltern und Morden auf besonders grausame Weise hin, so war es den lutherischen Deutschen ein wahrer Heidenspaß, unseren Heiligen Vater den Papst zu verhöhnen. Zu lustigem Flötenklang führten sie vor unseren Mauern unheilige Prozessionen auf, bei denen ein Esel die Papstkrone trug und verlotterte Strolche sich in erbeutete Kardinalsgewänder hüllten. Sie sangen sündige Lieder und ergingen sich wieder und wieder darin, diesen verwünschten Luther zum Papst auszurufen.

Ihr schändliches Treiben beschäftigte die Plünderer in solchem Maß, dass sie die Engelsburg weit gehend unbehelligt ließen. Sie hatten die Festung mit Laufgräben umschlossen und gaben sich damit zufrieden, uns wachsam zu beäugen, wie auch wir nicht mehr tun konnten, als ihnen zuzusehen. Offenbar hielten sie Rom und den Vatikan für die leichtere Beute. Wir wiederum waren nur dreitausend an der Zahl, darunter viele nicht im Kampf erprobt, Herren aus dem geistlichen Stand, Schreiber und Sekretäre. Die Hoffnung auf Entsatz schwand zusehends dahin. Zwar lagerte der Herzog von Urbino mit dem Heer der Heiligen Liga von Cognac auf den Höhen vor Rom, doch traf er keine Anstalten, die Kaiserlichen zu vertreiben. Entweder war er nicht mit Mut gesegnet, oder er ließ sich, da er früher von den Päpsten viel zu erdulden gehabt hatte, mehr von seinem alten Groll als von seiner jetzigen Pflicht leiten.

Wagten sich doch einmal ein paar vorwitzige Belagerer

aus ihren Stellungen, brachte das treffliche Feuer unserer Geschütze sie rasch wieder zurück in die Gräben oder um den Kopf. Dieser Benvenuto Cellini, von dem ich bereits berichtete, mochte ein Prahlhans sein, doch prahlte er nicht ohne Grund. Aufs Schießen und vor allem aufs Treffen verstand er sich wahrhaftig. Bald stieg er zu unserem besten Bombardier auf, dem die fünf Hauptstücke auf der höchsten Bastion unterstellt wurden, droben beim Engel, von wo aus man in alle Himmelsrichtungen blicken und feuern konnte.

Als an einem sonnigen Morgen ein etwa zehnköpfiger Reisigentrupp im gemächlichen Schritt und ohne zum Angriff erhobene Waffen über die Engelsbrücke auf die Burg zuhielt, ließ Cellini zwei seiner Geschütze laden und auf die Reiter richten. Ich stand dicht bei den Geschützen und sah im hellen Morgenlicht, dass der vorderste Reiter die Parlamentärsfahne schwenkte.

»Haltet ein, nicht feuern!«, schrie ich Cellini zu. »Seht Ihr denn nicht des Unterhändlers Fahne?«

»Doch, doch, sie ist ein hervorragendes Ziel. Gleich kann der Schweinehund damit dem Teufel zur Begrüßung winken.«

Und er ließ sich tatsächlich eine Lunte geben, um seinen Vorsatz auszuführen. Eilig sprang ich hinzu, riss ihm die brennende Lunte aus der Hand und trat sie mit meinem Absatz aus. Cellini funkelte mich höchst erbost an, und wir gerieten in ein Handgemenge, bis hinter uns ein Ruf erscholl: »Was soll das? Warum ringt ihr miteinander statt mit den Feinden?«

Wir wandten uns um und erblickten einen stattlichen Herrn in edler Kleidung. Es war der Edelmann Antonio di

Santa Croce, dem unser Herr Papst sämtliche Bombardiere unterstellt hatte. Ich erklärte ihm den Grund unseres Streits und er gab mir Recht. Nachdem er Cellini den Beschuss der Unterhändler ausdrücklich untersagt hatte, was mir einen vernichtenden Blick des Getadelten eintrug, begab der Edelmann sich zum Quartier des Papstes, um ihn über die neue Entwicklung zu unterrichten. So kam es, dass die Reiter dank meines Eingreifens die Engelsbrücke ungeschoren überqueren konnten. Bald sollte ich mir wünschen, ich hätte den schießwütigen Narren gewähren lassen.

Weit über die Brüstung gebeugt, starrte ich auf die Reiter hinunter und erkannte mehrere Gesichter. Es waren viele der Hauptleute, die am Abend des fünften Mai als Unterhändler in den Vatikan gekommen waren. Auch der Herr Schertlin befand sich unter ihnen sowie der unheimliche Abbas de Naggera. Der Spanier war nicht länger in das Gewand eines Mönchs gehüllt, sondern trug Mütze, Wams und Hosen eines Kriegsmannes, aber alles in schlichtem Schwarz.

Wie sehr stach davon der Reiter an seiner Seite ab, auch er ein Spanier, der mir nur zu gut bekannt war. Rufino Ossori hieß der hagere Mann, der wenige Monate zuvor noch Seiner Heiligkeit als Sekretär gedient hatte. Dann hatte man ihn in der päpstlichen Schatzkammer ertappt und ihn als vermeintlichen Dieb mit Schimpf und Schande entlassen. Jetzt ritt er mit stolzgeschwellter Brust auf einem Falben mit brokatverziertem Zaumzeug einher, ganz in rosa leuchtendes Tuch gewandet und das blanke Schwert in großspurigem Gehabe quer vor die Brust geschnallt.

Die Unterhändler wurden in die Burg gelassen und zum

Papst geführt, wo sie wohl eine Stunde blieben. Dann traten die Hauptleute ins Freie zu ihren Pferden und schienen auf jemanden zu warten. Zwei von ihnen fehlten: die Spanier Abbas de Naggera und Rufino Ossori. Als auch sie endlich auf den Hof traten, waren ihre Gesichter verschlossen. Offenbar war ihre Unterredung mit Papst Clemens nicht zu ihrer Zufriedenheit ausgegangen. Nachdem sie ein paar Worte mit den wartenden Hauptleuten gewechselt hatten, saßen sie alle auf und ritten über die Engelsbrücke zum anderen Tiberufer hinüber. Das Funkeln in Cellinis Augen verriet, dass er nur zu gern ein paar Geschosse mitten in den Trupp gesandt hätte.

Während die Reiter sich jenseits der Brücke aufteilten und in verschiedene Richtungen zerstreuten, erhielten wir auf der Engelsbastion hohen Besuch. Clemens selbst erschien, an seiner Seite Herkules Göldli und Fabien Maurois, der vom Stallknecht zum engsten Berater des Papstes aufgestiegen war. Die Kardinäle waren ob unserer aussichtslosen Lage derart zerstritten, untereinander und mit dem Heiligen Vater, dass Maurois' Rat ihm mehr galt als alles, was seine Purpurträger vorzubringen hatten.

Clemens sah verzweifelt aus, niedergeschlagen und zornig zugleich. Der hoch gewachsene Mann ging gebeugt und erschien dadurch viel kleiner. Seine Wangen waren von einem Bart bedeckt, den er nicht mehr scheren ließ, seit Rom den Kaiserlichen in die Hände gefallen war.

»Ist der Verräter noch zu sehen?«, rief er mit vor Erregung bebender Stimme.

»Von wem sprecht Ihr, Heiliger Vater?«, fragten Cellini und ich wie aus einem Mund.

»Von diesem hinterhältigen Spanier, Rufino Ossori! Er

war kein Dieb, wie wir dachten, jedenfalls nicht im üblichen Sinn. Er war nicht auf Gold und Silber aus, sondern auf das Geheimnis ...«

Der Papst schwieg plötzlich, als habe er in seiner Erregung zu viel gesagt.

Ich hatte die Stirn mit der flachen Hand beschattet und Ausschau nach Ossori gehalten. Tatsächlich entdeckte ich ihn im Schatten der großen Handelsniederlassungen, wo er sich von seinen Begleitern getrennt hatte. Er hatte den Falben angehalten und redete unter großtuerischem Gestikulieren auf eine Gruppe Soldaten ein. In seiner rosafarbenen Geckentracht war er gut zu erkennen.

Als ich Seine Heiligkeit auf ihn aufmerksam gemacht hatte, wandte der Heilige Vater sich an den Goldschmied: »Könnt Ihr ihn treffen, Meister Cellini?«

»Ihr meint, mit meinen Geschützen?«

»Womit sonst?«, schnaubte der Papst.

Cellini beschattete ebenfalls seine Augen und starrte über den Tiber. »Es ist weit, aber es müsste möglich sein, vorausgesetzt, die Menge Pulver, die Schwere des Geschosses und die Ausrichtung des Geschützes stimmen.«

»Dann sorgt dafür, dass alles stimmt!«, befahl der Papst. »Fünfundzwanzig Scudi für Euch, wenn Ihr den Verräter trefft!«

Seine Augen glühten. In diesem Augenblick wirkte er nicht wie unser Heiliger Vater, sondern war ganz und gar ein zu allem entschlossener Feldherr des Hauses Medici. Einer, der gegen einen einzelnen Mann zu Felde zog.

Die in Aussicht gestellte Belohnung war fürstlich zu nennen. Für die Summe hatte ein einfacher Dienstbote zwei Jahre zu arbeiten. So ging Cellini denn auch mit wahrem

Feuereifer an seine Aufgabe und wählte unter seinen fünf Hauptstücken das geeignete Geschütz aus. Er erteilte den Männern an den Geschützen Befehle, als habe er sein Lebtag nichts anderes getan. Genau bemaß er die Pulvermenge, die mit der Ladeschaufel ins Rohr befördert wurde, und wählte eigenhändig unter den Eisenkugeln die richtige aus. Dann gab er Anweisungen, das Rohr durch das Eintreiben von Keilen zu richten, und erklärte dem Papst:
»Wegen der weiten Entfernung muss ich im hohen Bogen schießen, was ein schwieriges Unterfangen ist.«
»Aber Ihr werdet doch treffen?«, erkundigte Clemens sich besorgt.
»Ja, so Gott mit mir ist.«
»Das ist er, mein Sohn. Dieser Mann dort drüben hat die heilige Kirche und damit unseren Gott im Himmel verraten.«
»Na, dann will ich's ihm geben!«, knurrte der Goldschmied und legte die Zündrute mit der glimmenden Lunte an die Zündpfanne.
Mein Blick flog zwischen Cellini und Ossori hin und her, und eine eigenartige Spannung ergriff mich. Jeden Augenblick konnte der Spanier sich bewegen, mochte der Falbe durch ein Tänzeln seine Stellung verändern, und sämtliche Mühe wäre vergebens gewesen. Obgleich ich nicht wusste, welchen Verrat Ossori begangen hatte, schickte ich ein Stoßgebet gen Himmel, die Kugel möge ihr Ziel treffen.
Und dann krachte der Schuss. Eine Rauchwolke hüllte uns ein und nahm uns die Sicht. Wir wedelten mit den Händen, um den Rauch zu vertreiben, und starrten mit großen Augen zum anderen Ufer hinüber. Was wir sahen, war so

unglaublich, dass es nur auf eine Weise zu erklären war: Gott musste tatsächlich mit uns sein!
Der Falbe stieg aufgeschreckt mit den Vorderbeinen in die Luft und niemand hielt den Zügel. Nur der Unterleib mit den Beinen saß noch im Sattel, der übrige Teil des Spaniers fehlte. Als der Eisenkugel keine weiteren Geschosse folgten, kamen die kaiserlichen Soldaten langsam aus der Deckung und scharten sich aufgeregt um eine Stelle am Boden.
Der Papst starrte mit zusammengekniffenen Augen auf den Ort des Tumults und stellte mit befriedigtem Aufseufzen fest: »Gelobt sei der Herr, dort liegt der Rest des Verräters!«
Erstaunt wandte ich mich an Cellini: »Wie ist das nur möglich?«
Der Goldschmied selbst schien nicht minder überrascht. »Ich weiß nicht recht. Vielleicht war es das Schwert. Er hat es mit blanker Klinge getragen; mag sein, dass es, von der Kugel getroffen, den Mann durchgeschnitten hat.«
Im Lager der Spanier herrschte kein geringerer Aufruhr als bei uns. Es entsetzte sie, dass wir auf so große Entfernung einen ihrer Hauptleute in zwei Teile zerlegt hatten. In der Engelsburg hingegen, wo die Nachricht rasend schnell die Runde machte, brach lauter Jubel aus, als hätte Cellini mit seinem Schuss sämtliche Feinde erlegt.
Der Papst sah den Bombardier hochzufrieden an. »Kommt mit mir, Meister Cellini. Wir haben etwas zu besprechen.«
Als der Goldschmied an mir vorüberging, zwinkerte er mir mit einem Auge zu und flüsterte: »Fünfundzwanzig Scudi!«

Nach einer halben Stunde kehrte er auf die Engelsbastion zurück und wirkte gar nicht mehr so frohgemut.
»Was ist mit Euch?«, fragte ich. »Hat Seine Heiligkeit Euch den versprochenen Lohn vorenthalten?«
»Nein, ich habe mehr bekommen, als der Papst mir versprochen hat.«
»Dann solltet Ihr Euch freuen.«
»Was ich zusätzlich erhielt, ist kein Silber, sondern ein Auftrag.«
»Was für ein Auftrag?«
Cellinis besorgte Züge hellten sich auf und er bedachte mich mit einem vieldeutigen Grinsen. »Geht und fragt den Papst. Er selbst will es Euch sagen.«
»Der Papst? Was will er von mir?«
»Wenn Ihr so neugierig seid, Schweizer, dann nehmt die Beine in die Hand!«
Ich befolgte den Rat und traf Clemens in seinem Speisesaal, wohin Fabien Maurois mich führte. Der Franzose ließ uns allein, und der Papst unterbrach meine Ehrbezeugungen mit einer Handbewegung.
»Lass das, mein Sohn, wir sind unter uns. Setz dich und iss mit mir. Du musst dich stärken für das, was vor dir liegt.«
Der Tisch war in Anbetracht der Tatsache, dass es sich um die Tafel Seiner Heiligkeit handelte, einfach gedeckt: gebratenes Huhn, Brot, Bohnen, geschmorte Zwiebeln und Birnen in süßem Saft, dazu Wein und Wasser. Auch der Papst litt unter den Beschränkungen des Belagerungszustands. Da wir alle in den vergangenen Tagen spärlich gelebt hatten, hätte ich die Einladung wohl durch herzhaftes Zugreifen ausnutzen sollen. Jedoch verspürte ich keinen

rechten Appetit, was an der ungewohnten Tischgesellschaft liegen mochte, vor allem aber an der Ahnung, dass der Heilige Vater eine nicht unbedingt angenehme Mitteilung für mich hatte.
Während er Huhn und Zwiebeln aß, zeigte er wie beiläufig auf eine abgeschabte, eisenbeschlagene Holzschatulle und sagte kauend: »Hier drin ruht das größte Geheimnis der Christenheit, die Macht, die über unser aller Seelenheil entscheidet.«
Ich betrachtete den unscheinbaren Kasten, der nicht größer war als eine Hand. Ihn anzufassen wagte ich nicht. Zudem war er durch drei Schlösser gesichert, sodass ich den Inhalt nicht hätte erspähen können.
»Frag nicht, was es ist«, kam Clemens mir zuvor. »Deine Aufgabe ist nur, diese Schatulle zu beschützen und heil wieder zurückzubringen. Zusammen mit Meister Cellini.«
»Zurück? Aber …«
»Heute Nacht werdet ihr beide die Engelsburg verlassen«, fuhr mein Gastgeber unbeirrt fort. »Es ist eine gefährliche Mission, von der nicht nur unser aller Wohl und Wehe hier in der Burg abhängt, sondern auch der Fortbestand der Christenheit. Als du mir beim Rückzug in die Burg beigestanden hast, habe ich deinen Mut und deine Verlässlichkeit erkannt. Außerdem war ich es nicht allein, der dich für diese Aufgabe ausgewählt hat.«
»Wer denn noch?«, wagte ich zu fragen.
»Meister Cellini schlug dich vor. Er scheint ebenso angetan von dir wie ich.«
Cellini! In diesem Augenblick begriff ich den Grund seines unverschämten Grinsens und ich hätte ihn erwürgen mögen.

Vielleicht hätte ich Cellini tatsächlich erwürgt, wären nicht Fabien Maurois, Herkules Göldli und Hans Gutenberg bei uns gewesen. Zudem hatte ich Mühe mit dem schweren Leder der seltsamen Kleider, in die ich unbeholfen geschlüpft war. Jede Regung, gleich ob mit Arm oder Bein, geriet ungelenk. Ich konnte mich kaum bücken, um die Stiefel auszuziehen, deren Sohlen zu allem Überfluss auch noch mit Blei ausgegossen waren. Es gelang nur, weil Gutenberg mir Hilfe leistete. Sein bärtiges Gesicht wirkte, durch die beiden Sehgläser vor meinen Augen betrachtet, trübe. Selbst das Atmen fiel mir schwer. Schweiß bedeckte meine Stirn und mein Gesicht ob der ledernen Kappe, die mein Haupt umschloss. Schon zog Gutenberg mir die eigenartigen Handschuhe über, deren Finger durch dünne Lederhäute verbunden waren; meine Hände glichen den Füßen einer Ente.

»Was für ein Unsinn«, brummte ich, und meine Stimme klang dumpf unter der Lederhaube. »Wie soll unsere Flucht aus der Engelsburg gelingen, wenn wir uns kaum rühren können?«

Cellini, der die lederne Hose angezogen hatte, aber noch nicht das Wams mit der Haube, lächelte mir zu. »An Land mag diese Tracht hinderlich sein, aber unter Wasser wird sie unser Fortkommen beschleunigen, ja überhaupt erst ermöglichen.«

»Habt Ihr's ausprobiert?«, fragte ich.

»Bislang hat noch niemand die Anzüge erprobt«, antwortete Maurois. »Wir haben sie für einen Fall wie diesen aufbewahrt.«

»Woher wollt Ihr dann wissen, dass wir nicht elendig ertrinken?«, schnaubte ich.

»Meister Leonardo hat versichert, dass auf seine Entwürfe Verlass ist.«
»Meint Ihr diesen Leonardo aus Vinci, der lange Jahre in Mailand bei Ludovico il Moro und dann bis zu seinem Tod beim König von Frankreich in Diensten stand?«
»Den meine ich. Er war auch in Rom und hat damals dem Heiligen Vater diese beiden Anzüge als Dankesgeschenk überlassen.«
»Ein seltsames Dankesgeschenk! Wofür hat der Heilige Vater es erhalten?«
»Meister Leonardo durfte zu Studienzwecken Einblick in die Geheimsammlung des Vatikans nehmen.«
Meine Neugier in dieser Sache war weitaus größer als mein Verlangen, die lederne Unterwasserkleidung einer Tauglichkeitsprüfung zu unterziehen. Doch war jetzt auch Cellini in Wams und Haube gefahren und hatte die Schwimmhandschuhe übergestreift, sodass unserem Aufbruch nichts mehr im Wege stand. An den breiten Gürteln, die Wams und Hose verbanden, hingen große Dolche in ledernen Scheiden und mehrere Ausrüstungsgegenstände sowie bei dem Goldschmied zusätzlich ein lederner Beutel mit der geheimnisvollen Schatulle. Ich warf einen letzten Blick in die Runde. Das nackte, kalte Kellergewölbe erschien mir geradezu heimelig, dachte ich an das bevorstehende Abenteuer, das, so meinte ich, nur damit enden konnte, dass wir beide ertranken.
Cellini winkte uns zu, nahm von Göldli die Lanze mit der gebogenen Spitze entgegen und stieg als Erster in den Schacht, durch den bei Überschwemmungen das Wasser abfließen konnte. Ich wollte hinter dem Goldschmied nicht zurückstehen, griff nach meiner Lanze und schob

mich ebenfalls in die düstere Öffnung. Schon jetzt fiel mir das Atmen durch den Lederschlauch an meiner Kopfhaube schwer, wie sollte das erst unter Wasser werden!
Eiserne Sprossen, die in regelmäßigen Abständen in die gerundete Mauer geschlagen waren, erleichterten uns den Abstieg. Üblicherweise wurden sie von den Knechten benutzt, die den Schacht bei Verstopfung zu reinigen hatten. Erst kurz über dem Wasser hörten die Eisensprossen auf. Cellini tauchte vor mir unter, und misstrauisch beäugte ich, ob noch Leben in ihm war. In gebückter Haltung kroch er durch den Schacht. Ich tat es ihm nach und wäre am liebsten sofort umgekehrt, als das Ende meines Atemschlauchs unter Wasser geriet und sich dank Meister Leonardos ausgeklügelter Konstruktion verschloss. Solange wir uns in dem Abflussschacht befanden, mussten wir mit der wenigen Luft in unseren Hauben und Schläuchen auskommen.
Es war nun vollkommen dunkel, aber wir konnten uns nicht verlaufen. So schnell wie möglich krochen wir voran, und irgendwann war es mir gleichgültig, ob der Schacht jemals ein Ende nehmen würde. Meine Lungen, in die kaum noch frische Luft gelangte, brannten, und heftiger Schwindel überfiel mich wie ein Rausch. In diesem Rausch, der dem nach einem Übermaß an Wein ähnelte, wollte ich sterben.
Etwas packte mich und zog mich mit sich. Undeutlich nahm ich wahr, dass es aufwärts ging, dass ich mich nicht länger bücken musste wie der Höfling eines osmanischen Herrschers. Und endlich drang wieder Luft in meine Lungen, sodass ich gar nicht mehr aufhören wollte, schnell und heftig Atem zu schöpfen. Durch die nassen Sehgläser

erblickte ich Cellini, und obwohl sein Gesicht durch die Lederhaube verhüllt war, hätte ich schwören können, dass er grinste. Was mich weniger ärgerte als der Umstand, dass ich ausgerechnet ihm mein Leben verdankte. Hätte er mich nicht nach oben gezogen, wäre ich in dem gottverdammten Abflussrohr erstickt.

Eine Welle hob mich an, und mein Kopf wurde über die Wasseroberfläche getragen. Ich sah den Lederschlauch mit der handtellergroßen Korkscheibe, die das obere Schlauchende über Wasser hielt. Und ich sah die düsteren Mauern der Engelsburg, die weiter hinten mit dem Nachtdunkel verschmolzen. Vereinzelte Feuer hinter den Wällen sandten einen unwirklichen Lichtschein aus.

Meine behandschuhte Rechte griff nach einem steinernen Brückenpfeiler, die Strömung sollte mich nicht fortschwemmen. Der Pfeiler gehörte zu der Arkade, die der Burg am nächsten liegt. Zum anderen Ufer, wo das Licht zahlreicher Feuer von den Belagerern kündete, war es noch weit. Neben mir zeigte Cellini zum linken Ufer. Ich nickte zum Zeichen, dass ich bereit war, und wir begannen unseren ungewöhnlichen Marsch.

Unsere bleigefüllten Schuhe hielten uns am Grund des Flusses. Mal waren wir bis zum Kopf von Wasser eingeschlossen, dann wieder, wo der Tiber weniger tief war, lugten unsere Häupter hervor. Wir hielten uns im Schatten der Engelsbrücke, die uns auch unter Wasser Orientierung bot. Meine Bewunderung für den verstorbenen Meister Leonardo war grenzenlos. Schon dass Cellini und ich unter Wasser atmen konnten, war ein Wunder. Aber mehr noch, die schwere Lederkluft war im Wasser tatsächlich kaum hinderlich. Zwar konnten wir nicht so schnell laufen wie ein Mann an Land, doch kamen wir zügig voran. In einer Hand hielt ich die Lanzenstange, mit der ich den Boden vor mir nach abgründigen Tiefen untersuchte, mit der anderen fuhr ich, die Finger gespreizt, durchs Wasser, und die feinen Lederhäute, die sich zwischen den Fingern spannten, beschleunigten mein Vorankommen.

Nachdem wir die letzte Arkade erreicht hatten, bewegten wir uns von der Brücke fort. Am Brückenkopf hatten die Kaiserlichen eine starke Wache aufgestellt, was es selbst im Schutz der Nacht höchst unklug erscheinen ließ, ausgerechnet hier den Fluss zu verlassen. Für dieses Unterfangen wählten wir eine abgeschiedene Einbuchtung aus, deren dichter Bewuchs uns vor den Blicken der Landsknechte und Söldner schützte. Das Ufer war hier sehr steil und in den schweren Lederanzügen kaum zu erklimmen. Nun kamen uns die mitgeführten Lanzen zupass. Die gekrümmten Eisenspitzen fanden am Ufer Halt, sodass wir uns an den Schäften aus dem Wasser ziehen konnten.

Gerade wollte ich Gott dem Herrn für seine Gnade danken, da lösten sich vier Gestalten aus dem Schatten einiger Silberweiden. Drei Landsknechte schleppten eine junge, sich heftig sträubende Frau zum Ufer, entweder um ihr Gewalt anzutun oder um sie zu ersäufen. Als sie uns erblickten, blieben die Soldaten stehen, Augen und Münder weit aufgerissen. Wir mussten ihnen wie Fabelwesen erscheinen.

»Die Dämonen der Nacht entsteigen dem Fluss!«, stieß einer der Männer mit schwerer Zunge hervor und zog seinen Katzbalger. »Zeigen wir ihnen, wie wir Landsknechte kämpfen!«

Offenbar hatten die berauschenden Getränke ihren Mut geschürt oder, was oft dasselbe ist, ihren Verstand benebelt.
Während ein Mann die Frau festhielt, hob auch der dritte seine Waffe, einen Streithammer.
Ich trat, so schnell es mir in dem Lederanzug möglich war, nach vorn und holte mit der Hakenlanze aus. Der Haken verfing sich im Bein des Mannes mit dem Streithammer. Er fiel hin und rollte auf dem abschüssigen Boden direkt vor meine Füße. Ein zweiter Hieb, und der Haken fuhr in den Hals des Feindes, wo er eine tiefe Wunde hinterließ. Ich griff nach dem großen Dolch an meinem Gürtel, beugte mich über den heftig Blutenden und vollendete mein Werk, indem ich ihm die Kehle vollends durchschnitt.
Cellini war ebenfalls erfolgreich. Der Wein mochte die Angriffslust der Landsknechte beflügeln, aber er machte ihre Bewegungen auch langsam und fahrig. Cellini war dem wütenden Ansturm des Feindes ausgewichen, und jener fiel stolpernd in den Tiber. Jetzt stand der Goldschmied am Ufer und schlug wieder und wieder mit seiner Lanze auf ihn ein, bis der Landsknecht jämmerlich ersoffen war.
Der dritte Soldat ließ die Frau los und wollte davonlaufen. Falls es ihm gelang, Hilfe zu holen, waren wir in ernster Gefahr. Mit den schweren Stiefeln konnte ich ihn niemals einholen, also schleuderte ich meine Lanze zwischen seine Beine und brachte ihn dadurch zu Fall.
Mein Versuch, in der Unterwasserkleidung auch an Land schnell voranzukommen, endete höchst unglücklich: Ich kam ins Stolpern und fiel auf den Landsknecht, der sich eben hochstemmen wollte. Wir rangen miteinander, und als ich es immerhin geschafft hatte, mich auf die Knie zu

erheben, sah ich, wie Cellini sich mit gezücktem Dolch auf den Kaiserlichen stürzte und ihm den Garaus machte. Während der Soldat in seinem Blut verendete, zog ich die Handschuhe aus, löste den Gürtel und schälte mich aus Meister Leonardos ebenso nützlicher wie einengender Erfindung. Die Kleider, die ich darunter trug, waren nicht allein vom Schweiß durchnässt; gänzlich wasserdicht war der Anzug eben doch nicht. Auch Cellini legte das Lederzeug ab.

Die Frau betrachtete uns mit einer Mischung aus Neugier und Furcht. Hatten wir sie auch vor den Kaiserlichen gerettet, flößten wir ihr doch offensichtlich Angst ein. Dass ihr Gemüt so leicht zu erschüttern war, wunderte mich nicht. Ihr einstmals prachtvolles, jetzt verschmutztes und zerrissenes Kleid und die blutigen Schrammen in ihrem schönen Gesicht und auf ihren nackten Armen zeugten davon, dass sie einiges durchgemacht hatte.

Ihre Furcht war größer als ihr Vertrauen. Überraschend flink sprang sie auf und wollte die Uferböschung hinauflaufen. Cellini bekam gerade noch einen Fetzen ihres reich bestickten Samtkleides zu fassen, riss sie zu Boden, warf sich auf sie und hob den Dolch, an dessen breiter Klinge noch das Blut des Landsknechts klebte. Ich sprang hinzu und hielt den Waffenarm des Goldschmieds fest.

»Seid Ihr des Teufels?«, fuhr ich ihn im Flüsterton an. »Was hat das Kind Euch getan?«

»Das *Kind* ist eine Soldatenhure«, erwiderte Cellini finster. »Und wenn sie ihren Buhlen von uns erzählt, ist es im Handumdrehen aus mit uns.«

»Ihr habt Recht, ich bin für Geld zu kaufen«, sagte die dunkelhaarige Schöne mit bebender Stimme. »Aber ich gebe mich nicht dem Landsknechtspack hin. Diese drei sind mit Gewalt über mich hergefallen. Ich glaube, sie wollten mich ertränken.«

»Und warum?«, bellte Cellini.

»Vielleicht aus Hass auf meinen *Buhlen*, den Kaufmann Giacomo Felisatti, der es fertig brachte, mit seinen größten Schätzen aus Rom zu fliehen, bevor sein Reichtum in die Hände der Plünderer fiel.«

Der Name des Kaufmanns war uns wohl ein Begriff, gab es in ganz Rom doch keinen erfolgreicheren und bekannteren Weingroßhändler. Sein prächtiger Palast stand in jenem nahen Stadtteil, den man das Brückenviertel nennt und in dem auch unser Ziel lag.

Der Goldschmied sah die Frau noch immer zweifelnd an.

»Und Euch hat er nicht mitgenommen, Euer reicher Buhle?«

»Bei der Flucht war die Gemahlin ihm wichtiger als die Geliebte«, antwortete die Kurtisane mit einem bitteren Unterton.

»Wie heißt Ihr?«, fragte ich.

»Caterina Coscia.«

»Kennt Ihr Euch im Brückenviertel aus, Signorina Coscia?«

Sie nickte. »Besser als in meiner Heimatstadt Pisa, wo ich immerhin fünfzehn Jahre gelebt habe, bevor ich nach Rom kam.«

»Dann wisst Ihr auch, wo die Kaiserlichen in diesem Viertel ihre Wachen postiert haben?«

»Wie sollte ich das nicht wissen? Noch vor kurzem haben diese Wachen mich verhöhnt, als die drei Teufel mich verschleppten.«

»Sie wird uns führen!«, sagte ich zu Cellini in einem Ton, der keinen Widerspruch duldete. Die Kurtisane konnte uns in der Tat von Nutzen sein. Außerdem war sie viel zu schön, um zu sterben.
Der Goldschmied sah mich wütend an. »Wie Ihr wollt, Schweizer. Nehmt die Krähe meinethalben in Eure Obhut, aber jammert nicht, wenn sie Euch die Augen aushackt!«
Wir wickelten schwere Steine in die Unterwasseranzüge und warfen sie in den Fluss, damit sie nicht unseren Feinden zum selben Zweck dienen konnten wie uns. Und so versank die einzigartige Erfindung des Meisters Leonardo im trüben Tiberstrom, um nie mehr gesehen zu werden.
Bevor wir die beiden toten Landsknechte zu ihrem Kameraden ins Wasser warfen, beraubten wir sie ihrer Kleider. Die rochen zwar scheußlich, waren aber trockener als unser Zeug und mochten bewirken, dass die kaiserlichen Wachen uns in der Nacht für die Ihrigen hielten.
Als wir aufbrachen, erregte Signorina Coscia in ihrer zerfetzten, alles andere als wärmenden Kleidung mein Mitleid. Aber ihr jämmerlicher Aufzug kam uns gelegen. Sollten die feindlichen Wachen, denen wir womöglich begegneten, doch denken, wir führten eine Gefangene mit uns.
Glücklicherweise kam es nicht zu einem solchen Zusammentreffen, was wir der Kurtisane verdankten. Sie führte uns durch schmale, finstere Gassen weitab von den nächtlichen Feuern des Feindes. Ungeschoren erreichten wir unser Ziel, den vielleicht einzigen Palast im Brückenviertel oder gar in ganz Rom, der vor den Plünderern sicher war. Das großartige Eckgebäude war das Handelshaus der Fugger.

Wir stärkten uns mit Brot, Käse und kaltem Braten, und heißer Würzwein wärmte unsere kalten Leiber. Wir saßen beim Kamin, der eigens für uns beheizt wurde. Auch für Signorina Caterina Coscia wurde gesorgt, doch hielt sie sich in einem anderen Raum der großen Faktorei auf, wo eine Dienstmagd ihr zur Hand ging. Am Kamin der Stube mit dem reichen Wandschmuck saßen Benvenuto Cellini und mir nur die beiden Faktoren gegenüber, der hochwerte Herr Christoph Muelich aus Augsburg sowie der hochwerte Herr Engelhard Schauer aus Nürnberg.

»Eine Flucht aus der belagerten Engelsburg«, murmelte Muelich zum wiederholten Mal und schüttelte ungläubig sein Haupt. »Das ist ein Ding, dass man's überall erzählen möchte, wär's nicht so geheim!«

Schauer wirkte nicht so begeistert. Er saß mit hängenden Schultern vor seinem Weinpokal, den er noch kein einziges Mal angerührt hatte, und wiegte den schmalen Kopf mit der vorspringenden Stirn unentschlossen hin und her. Schließlich sah er erst uns und dann seinen Amtsbruder an. Die Augen waren unter den buschigen Brauen fast gänzlich versteckt, weshalb sein Blick düster und zugleich geheimnisvoll war.

»Ihr seid zwei verwegene Kerle, aber verwegen und gefährlich war es auch, zu uns zu kommen. Wir haben großes Glück gehabt, dass der wütende Sturm der Landsknechte und Söldner an uns vorüberfegte. Viele, die sonst den Besatzern in die Hände gefallen wären, haben in der Faktorei Unterschlupf gefunden, und täglich werden es mehr. Das alles bringt Ihr mit Eurer Tollkühnheit in Gefahr.«

Cellini sah den Herrn Schauer mit gefährlich blitzenden

Augen an. »Ihr habt verschwiegen, warum Eure Faktorei vor Raub und Mord verschont geblieben ist. Zu Euch kommen die Plünderer, um ihre schwere Beute gegen leichte Wechsel einzutauschen. So macht Ihr mit der Not derer, die Ihr in Eure Obhut nehmt, auch noch ein Geschäft!«
Schauer sprang mit einem solchen Ruck auf, dass sein Pokal umstürzte und der kostbare Wein die Tischdecke rot färbte. »Wir gewähren Euch Unterschlupf, trockene Kleidung, Wein und Essen, und Ihr macht uns Vorwürfe! Ist das eines Ehrenmannes Art?«
Obwohl Cellini ruhig sitzen blieb, wirkte er angespannt und auf dem Sprung. Mit einem kalten Lächeln erwiderte er: »Ich war nie der Meinung, dass sich nur Ehrenmänner in diesem Raum aufhalten.«
Als Schauer die Kränkung begriff, fuhr seine Rechte an die Seite. Doch vergebens, er trug keine Waffe bei sich. Muelich zog seinen Amtsbruder zurück auf die mit weichem Fell ausgelegte Sitzbank.
»Gemach, gemach, Ihr Herren«, sagte der Augsburger beschwichtigend und sah zu uns herüber. »Wir sind Kaufleute und unserem Dienstherrn, dem werten Anton Fugger, verpflichtet. Er erwartet einträgliche Geschäfte, das dürft Ihr uns nicht vorwerfen. Nähmen wir das, was die Soldaten uns bringen, nicht gegen Wechsel in Empfang, wäre diese Faktorei keinen Tag länger sicher und auch nicht die Menschen, die hier in ihrer Not Unterkunft gefunden haben. Und vergesst auch nicht, dass wir dem Papst ebenso in Geschäftsdingen verbunden sind wie dem allerkatholischsten König und Kaiser Karl.«
Muelich sprach nicht nur besänftigend, sondern auch wahr. Nur das weit gespannte Netz der Fugger'schen Fak-

toreien ermöglichte den reibungslosen Ablauf jenes Ablasshandels, mit dem unser Heiliger Vater der Papst den Neubau von Sankt Peter bestreiten wollte. Und dass König Karl ohne das Geld der Fugger nicht zum Kaiser gewählt worden wäre, wusste jedermann. Auf das Fugger'sche Geld waren alle angewiesen, wie feindselig sie einander auch gegenüberstehen mochten.

Es war der Grund dafür, dass die Faktorei eine ebenso sichere Festung war wie die Engelsburg. Und wohl auch dafür, dass Clemens VII. uns hierher gesandt hatte. Dies war ein neutraler Ort und, abgesehen von der Engelsburg, der einzige in Rom, an dem Cellini und ich uns sicher fühlen durften. Umso mehr erstaunte es mich, dass der Goldschmied unsere Mission nach dem glücklich bestandenen Fährnis der Tiberdurchquerung mit seinem herausfordernden Betragen grundlos gefährdete. An meiner Seite hing der Dolch, und am liebsten hätte ich das getan, was dem waffenlosen Herrn Schauer verwehrt war.

Zu meiner Erleichterung schien Cellini sich beruhigt zu haben. »Dann machen auch wir ein Geschäft«, schlug er vor und leerte einen Lederbeutel auf dem Tisch aus. In bunten Farben leuchtende Edelsteine rollten über das weiße Leinentuch. »Das gibt Euch der Papst, wenn Ihr uns ein Schiff zur Verfügung stellt.«

»Ein Schiff, wofür?«, fragte Schauer, während sein Blick gierig über die Edelsteine glitt.

»Um nach Venedig und zurück zu gelangen.«

»Und was wollt Ihr in Venedig?«

»Das, Herr Schauer, ist nicht Eure Sache«, versetzte Cellini hart.

»Das ist es sehr wohl, bringen wir uns doch in Gefahr, indem wir Euch helfen. Sollte die Gefahr groß sein, wäre das Doppelte an Edelsteinen angebracht.«

Nur mühsam wahrte Cellini die Beherrschung. »Werdet nicht unverschämt! Das ist genug, um ein Schiff zu *kaufen*«, erwiderte er.

»Nicht in diesen aufregenden Tagen.«

Cellini griff in einen anderen Lederbeutel und zog ein versiegeltes Papier hervor, das er über den Tisch schob. Ich erkannte auf dem Siegel das Fuggerwappen mit der doppelten Lilie.

»Das sendet Euch der Heilige Vater«, sagte er.

Muelich erbrach das Siegel, faltete das Papier auseinander und las es in Ruhe. Dann schob er die Edelsteine über den Tisch, sodass sie vor Cellini und mir lagen.

»Nehmt die Edelsteine zurück, Ihr bekommt Euer Schiff, ohne zu bezahlen.«

»Was?«, schrie Schauer auf und warf einen sehnsuchtsvollen Blick auf die im Licht des Kaminfeuers funkelnden Steine. Dann sah er seinen Amtsbruder mit grimmiger Miene an. »Wie könnt Ihr das entscheiden, ohne meinen Rat einzuholen?«

»Dies ist ein Schreiben des Herrn Anton Fugger, in dem er Seiner Heiligkeit dem Papst für erwiesene Dienste jedwede Hilfe in jedweder Lage für die Person zusichert, die das Schreiben vorlegt. Lest selbst!«

Schauer las und brummte dann: »So steht es hier, und die Unterschrift scheint echt. Aber was für Dienste sind das, von denen unser Herr spricht?«

Muelich hob ratlos die Hände. »Ich weiß es nicht und es geht uns auch nichts an. Fest steht nur, dass wir diesen beiden Herren zur Hilfe verpflichtet sind.«

»Aber in diesem Schreiben steht nicht, dass wir keine Bezahlung annehmen dürfen«, beharrte Schauer.

»Wir nehmen keine Bezahlung an, weil ich es so entschieden habe.« Muelich wandte sich uns zu und gab Cellini das Schriftstück zurück. »Ruht Euch ein paar Stunden aus, meine Gäste. Euer Schiff wird im Morgengrauen bereit sein.«

Als wir in dem Schlafraum, den ein Diener uns zugewiesen hatte, allein waren, schnürte der Goldschmied den Lederbeutel mit den Edelsteinen sorgfältig zu.

Ich beobachtete ihn und wunderte mich laut: »Ich dachte, der Papst hätte in der Engelsburg kaum noch Vermögen.«

Cellini klopfte auf den Beutel. »Dies ist ein gut Teil dessen, was er noch hat. Ich habe die Edelsteine aus sämtlichen Kronen und Verzierungen herausgebrochen und das Gold anschließend eingeschmolzen. Unser Heiliger Vater wird froh und dankbar sein, wenn wir ihm seinen Schatz zurückbringen.«

»Trotzdem wäre ich froh, wenn die Faktoren die Bezahlung angenommen hätten«, murrte ich.

Cellini blickte mich an wie einen Narren. »Froh? Weshalb?«

»Ich kann nicht glauben, dass ein Fugger'scher Faktor jemandem ohne Hintergedanken unentgeltlich zu Diensten ist. Wisst Ihr nicht, was man zu dieser Frage sagt?«

»Nein, was?«

»An dem Tag, da ein Fugger Geld ablehnt, bricht das Jüngste Gericht herein.«

Cellini lachte laut, während er sich in seine Decke einrollte. Gleich darauf ging sein Gelächter in ein lautes Schnarchen über. Ich aber lag lange wach und fand erst in den

Schlaf, als ich die beiden Faktoren aus meinen Gedanken verscheuchte und durch das schöne Antlitz der Kurtisane Caterina Coscia ersetzte.

Die Nachtruhe währte nur kurz. Die Morgensonne warf einen ersten blassen Schimmer über die Dächer Roms, als ein junger Diener uns weckte. Ich wähnte mich noch im Zwischenreich von Traumwelt und Wirklichkeit, erinnerte sein Gesicht mich doch überdeutlich an das der Kurtisane. Erst auf den zweiten Blick erkannte ich, dass tatsächlich die Geliebte des Kaufmanns Giacomo Felisatti vor uns stand. Sie hatte ihren wundervoll geformten Leib in die Kleider eines Mannes gezwängt und ihren schwarzen Haarschopf unter einer Wollmütze verborgen.

»Was soll der Aufzug?«, fragte ich. »Ich kann mir kaum denken, dass in der ganzen Faktorei keine Weiberkleidung zu finden ist.«

»Ich will nicht auffallen, wenn wir das Haus verlassen.«

»Ihr müsst das Haus nicht verlassen«, erwiderte ich. »Ich werde mit dem Herrn Muelich sprechen und Euch seinem Schutz empfehlen, bis die verdammten Plünderer Rom verlassen.«

Ein Schatten huschte über Caterinas Gesicht. »Nichts hält mich mehr in Rom. Wohin soll ich gehen? Wem soll ich vertrauen? In Eurer Obhut fühle ich mich sicherer.«

»Ihr täuscht Euch. Meister Cellini und ich befinden uns auf einer gefährlichen Mission. Außerdem wisst Ihr nicht, wohin es geht und was uns dort erwartet.«

»Und sie darf es auch nicht erfahren«, rief Cellini, der sich in seinem Bett aufrichtete. »Wir haben ihr schon mehr als genug geholfen.«

Ich bemerkte, wie das schöne Antlitz sich noch mehr verdüsterte. Das gefiel mir ebenso wenig wie der Umstand, dass Cellini ihr und mir etwas befehlen wollte. Außerdem fühlte ich mich in Caterinas Gesellschaft recht wohl und würde sie, obgleich ich sie erst seit wenigen Stunden kannte, sehr vermissen.

Aus all diesen Gründen sagte ich: »Sie kommt mit uns!«

»Ihr seid wohl toll!«, brüllte Cellini, und seine Hand fuhr zum Griff des Schwertes, das er mit ins Bett genommen hatte.

Ich fürchtete den Streit mit ihm keineswegs, war aber der Ansicht, dass ein Zwist unserer Sache nicht dienlich sein konnte. Deshalb versuchte ich es mit einer List. »Denkt doch mal in Ruhe nach«, sagte ich. »Wenn die Signorina hier zurückbleibt, wissen wir nicht, wem sie etwas über uns und unsere geheime Mission erzählt. Nur wenn wir sie mitnehmen, können wir sie überwachen.«

»Einfacher wär's, sie abzumurksen«, meinte Cellini und fügte hinzu: »Ihr ganz allein seid für das Täubchen verantwortlich!«

Ich lächelte zufrieden, denn das war mir nicht unlieb.

Christoph Muelich empfing uns mit einem fürstlichen Frühmahl. Engelhard Schauer blieb der Tafel fern und ich vermisste ihn nicht. Muelich teilte uns mit, dass am Tiberhafen ein Schiff auf uns warte. Wir sollten uns als Fugger'sche Bedienstete ausgeben, die eine Fracht von Schätzen, welche die Plünderer gegen Wechsel eingetauscht hatten, zum Augsburger Stammhaus der Fugger zu begleiten hätten.

Und so geschah es. Unangefochten gelangten wir auf das Schiff, und ungehindert fuhren wir unter der Flagge der

Fugger den Tiber hinab, bis das weite Tyrrhenische Meer sich vor uns im Sonnenlicht ausbreitete. Ich dankte dem Herrn im Himmel für seine Gnade und dachte bei mir, dass der Jüngste Tag vielleicht doch nicht angebrochen sei.

VII

Donnerstag, 7. Mai

Er stand Utz Rasser gegenüber und wartete auf den Angriff. Das Aufblitzen in Rassers Augen hatte ihm verraten, dass die Attacke unmittelbar bevorstand. Alexander versuchte, locker und gleichzeitig konzentriert zu bleiben, aber es wollte ihm nicht gelingen. Utz sprang vor und schlug die zur Faust geballte Rechte gegen Alexanders Hüfte. Alexander packte das kräftige Handgelenk, hielt es fest und zog den Gegner nach unten. Zugleich verlagerte er sein Gewicht auf das linke Bein und ließ das rechte vorschnellen, um Rasser den Fuß in den Leib zu rammen. Genau darauf schien dieser gewartet zu haben. Ruckartig befreite er seine Hand und packte, aus derselben Bewegung heraus, Alexanders Fuß. Er musste den Fuß nur noch verdrehen und schon verlor Alexander das Gleichgewicht. Er konnte sich gerade noch über die Schulter abrollen und empfand Dankbarkeit gegenüber den Matten, die den harten Boden bedeckten. Utz sprang auf ihn, gerade als er aufstehen wollte, und presste ihn zurück auf die Matte. Er hätte den Druck des linken Beins nur geringfügig erhöhen müssen, um Alexander das Genick zu brechen. Es lag ganz im Belieben des Siegers.

Mune-gatame!

So hieß der Haltegriff, den Utz anwandte und den Alexander allen Anstrengungen zum Trotz nicht zu sprengen

vermochte. Schweiß perlte auf seiner Stirn und er stieß einen lautlosen Fluch aus.
Er hatte das Aufblitzen in Rassers Augen gesehen, hatte den Angriff vorausgeahnt, und doch hatte Utz ihn besiegt, zum achten oder neunten Mal schon an diesem Vormittag. Einmal am Boden, im stählernen Griff des muskulösen Gegners, musste Alexander aufgeben. Seine Stärken waren Aufmerksamkeit und Gewandtheit, aber heute vermochte er sie nicht zu nutzen. Sein Verstand, ebenso wichtig für den Sieg wie die Muskeln, vielleicht sogar wichtiger, beschäftigte sich mit anderen Dingen.
»Aufstehen!«
Der kleine drahtige Mann, der die Anweisung im Kommandoton ausstieß, trug wie seine Schüler einen Judogi. Von allen sah er am ehesten aus wie jemand, der in den weißen Kampfanzug aus Baumwolle gehörte. Seine Gesichtszüge mit den schmalen Augen waren eindeutig asiatisch angehaucht. Der Nahkampflehrer hatte einen japanischen Vater und eine italienische Mutter, was ihm den blumigen Namen Floriano Funakoshi eingetragen hatte.
Rassers helfend ausgestreckte Hand zurückweisend, erhob Alexander sich keuchend und wischte mit einem der weiten Jackenärmel über sein schweißverklebtes Gesicht. Funakoshi musste den Kopf in den Nacken legen, um ihn anzusehen, und doch hatte Alexander den Eindruck, der kleine Mann sehe auf ihn herab.
Es war wieder ein trüber Tag, und in der Sporthalle der Schweizergarde waren die Neonleuchten eingeschaltet. In dem kalten Licht wirkte Funakoshi streng und gnadenlos wie ein mittelalterlicher Shogun, der kurz davor steht, einem unfähigen Samurai den Kopf abzuschlagen. Seine

Augen wurden noch schmaler, schienen die anderen Gardisten aus Alexanders Geschwader, die mit ihren Übungskämpfen beschäftigt waren, nicht mehr wahrzunehmen, konzentrierten sich ausschließlich auf Alexander.

»Signor Rosin, nicht wahr?«

Alexander schluckte und nickte.

»Ich habe ein gutes Gedächtnis für Namen.« Funakoshis einwandfreies Italienisch – er war in diesem Land aufgewachsen – verscheuchte den Eindruck eines gestrengen Shoguns. »Ich vergesse kaum einen Namen, obschon ich sehr viele Schüler habe. Es ist eine Sache des Willens, des Verstandes – des Geistes.« Die Pause, die er einlegte, unterstrich, dass es sich nicht um belangloses Geplapper handelte. »Sie haben die obligatorische Grundausbildung im Nahkampf längst hinter sich, die Teilnahme an meinen Kursen für Fortgeschrittene ist freiwillig, Signor Rosin. Weshalb haben Sie sich angemeldet und sind dann nicht anwesend?«

»Ich bin hier.«

»Hier ja, aber nicht anwesend. Ihr Körper ist nur ein Teil von Ihnen und, wie ich hoffe, nicht der wichtigste. Beim Judo jedenfalls kommt es auf den Verstand an, auf die Konzentration, und die hängt vom Willen ab. Wollen Sie Ihren Gegner nicht besiegen?«

»Doch«, sagte Alexander lahm.

»Warum tun Sie es dann nicht?«

»Ich … ich habe es versucht.«

»Das haben Sie nicht, nicht wirklich! Ihre Versuche, Signor Rassers Angriffe abzuwehren, waren genauso zögerlich wie jetzt Ihre Antworten. Ihr Körper hat zu spät und zu langsam reagiert, weil Sie in Gedanken woanders waren. Sie unterliegen schon in der Kuzushi-Phase und lassen sich zu leicht aus dem Gleichgewicht bringen. Entsprechend einfach hat es Ihr Gegner in der Tsukuri- und der Kake-Phase, seine Technik einzusetzen. Wenn Judo auch eine Kampfkunst ist, bei der es darauf ankommt, den gegnerischen Angriffen nachzugeben, muss man doch von vornherein den festen Willen zum Sieg haben. Das Nachgeben hat nur Sinn, wenn die Kraft des Gegners gegen ihn gewendet, wenn er durch seine eigene Kraft besiegt wird!«

Zur Mittagszeit war die Gardekantine erfüllt von schweren Essensdüften, von den Stimmen der Gardisten und vom leisen Gedudel eines Radiosenders, der italienischen Pop spielte. Alexander und Utz standen in der Ausgabeschlange und reichten ihre Teller den Schwestern der »Kongregation von der Göttlichen Vorsehung Baldegg«. Die Baldegger Schwestern waren längst eine Institution in der Gardekaserne und stellten, fortgeschrittenen Alters und jeder weiblichen Verschönerungskunst abhold, keine Versuchung dar. So bodenständig wie ihr Erscheinungsbild war auch ihre Küche. Die Portionen waren reichlich bemessen, der Speiseplan allerdings so wenig abwechslungsreich wie der tägliche Wachdienst, den die Garde im Vatikan versah.

Utz entschied sich für Sauerbraten mit Kartoffeln und Rotkohl, Alexander für Nudeln mit einer Hackfleischsauce – der ultimative Tribut, den die Schwestern der römischen Küche zollten. Utz ließ beim Cantiniere, dem pausbäckigen Feldweibel Villi Budjuhn aus dem Musikgeschwader, eine Karaffe mit dem goldfarbenen Gardewein füllen, der aus dem Gebiet der Castelli Romani kam. Er enthielt nicht viel mehr Alkohol als Fruchtsaft, schmeckte aber gut. Und war günstig.

In früheren Jahrhunderten, als etliche Schweizer Regimenter in der Fremde gedient hatten, war das Tavernenrecht ebenso legendär gewesen wie die Tapferkeit der Reisläufer. Der Wein für die Soldaten durfte mit keinerlei Zuschlägen belastet werden, ein Recht, auf das die Garde des Papstes noch heute pochte. Wie hatte ein Militärhistoriker mit nur halb zwinkerndem Auge geschrieben? *Kein Wein, keine Schweizer!*

»Nehmen wir den Ecktisch, da sind wir ungestört«, schlug Utz vor. »Ich denke, wir sollten miteinander reden.«

Der Vierertisch, den er gemeint hatte, war als einziger unbesetzt. An allen anderen Tischen saßen in kleinen Gruppen Gardisten in Zivil wie Alexander und Utz, im Arbeitsoverall, in der blaugrauen Alltagsuniform oder in der bunten Galauniform, über die sie zum Schutz gegen Verschmutzung blaue Kittel gestreift hatten. In der Regel setzten sich diese Gruppen aus Angehörigen ein und desselben Geschwaders zusammen. Sie waren Stubenkameraden oder hatten zumindest dieselben Interessen.

Die Einteilung nach Interessengebieten war bei dem engen Dienstplan unumgänglich, wollte man zu gemeinsamen Übungsstunden für die Fußballmannschaft oder den Musikzug kommen. Neben dem Musik- und dem Fußballgeschwader, dem Alexander und Utz angehörten, gab es auch noch das Romandgeschwader mit den Romands, den Gardisten aus den französischsprachigen Gebieten der Schweiz. Da es zwischen den Romands und den übrigen Gardisten öfter zu Streitereien kam, hatte es sich bewährt, die Welschschweizer von den Übrigen abzusondern.

Von seinem Platz aus konnte Alexander das große Gemälde von Robert Schiess sehen, das die Gästekantine schmückte. Es zeigte den Bischof von Sitten im Kanton Wallis, Kardinal Matthäus Schiner, der vielen als Vater der päpstlichen Schweizergarde galt, obwohl schon vor seiner Zeit Schweizer für den Papst gefochten hatten. Bereits im vierzehnten und fünfzehnten Jahrhundert hatten helvetische Söldner und Ehrenkompanien in päpstlichen Diensten gestanden, und das Jahr 1506, in dem Hauptmann Kaspar von Silenen 150 Schweizer, die neue Leibwache des Papstes Julius II., nach Rom geführt hatte, galt als offizielles Gründungsjahr der Garde. Aber ohne Kardinal Schiner und sein Eintreten für ein Bündnis zwischen der Schweiz und dem Vatikan hätte sie wohl nicht lange Bestand gehabt.

Das Bildnis zeigte ihn hoch zu Ross, in glänzender Rüstung, mit rot leuchtendem Mantel und Hut, umgeben von seinen Soldaten, die jene Waffen trugen, denen die Garde bis heute treu geblieben war: Schwerter und Hellebarden. Als die Spannungen zwischen Rom und Frankreich wuchsen, hatten die Frankreich zugeneigten westlichen Kantone der Eidgenossenschaft Schiner angefeindet. Er war nach Rom geflohen und dort zum Kardinal ernannt worden.

Es schien Alexander, als schwele der Streit zwischen den frankophonen Kantonen einerseits und den alten Kantonen Uri, Schwyz und Unterwalden andererseits bis heute fort, selbst innerhalb der Garde. Allein mit gesundem Menschenverstand war die Abneigung zwischen Romands und den anderen Gardisten nicht zu erklären. Aber konnte dieser irrationale Zwist den Romand Marcel Danegger dazu getrieben haben, seinen Kommandanten und dessen Frau zu ermorden?

»Meister Funakoshi hat Recht. Dein Körper ist zwar hier, aber geistig bist du sonst wo.« Rassers Bemerkung riss Alexander aus seiner Versunkenheit. Er hatte die Nudeln noch nicht einmal angerührt, während Utz mit gewohnt kräftigem Appetit seinen Teller schon halb geleert hatte.

»Dass es dir nicht gerade blendend geht, ist klar, Alex, aber schließlich gibt es Freunde, mit denen man über seine Sorgen reden kann.«

»Reden holt meinen Onkel und meine Tante nicht aus dem Grab zurück.«

Utz nahm einen ordentlichen Schluck vom Gardewein und wischte mit dem Handrücken über seine feuchten Lippen. »Aber Reden bewahrt dich vielleicht davor, mit deinen Gedanken bei den Toten festzukleben. Außerdem habe ich das Gefühl, dass dich noch mehr umtreibt. Vergiss nicht, dass wir uns schon ein paar Jährchen kennen. Gestern bei Daneggers Beerdigung bist du plötzlich weg wie ein geölter Blitz. Erst dachte ich, du hättest es einfach nicht länger ausgehalten. Aber dann bin ich draufgekommen: Du bist der kleinen Blonden nach, Daneggers Freundin, nicht? Und das bestimmt nicht, weil du scharf auf sie bist. Willst du dich quälen, indem du dir in allen Einzelheiten von ihr erzählen lässt, wie wütend Danegger auf den Oberst war?«

»Ich weiß nicht, was sie mir sagen kann. Ich habe sie nicht getroffen.«

Auch Alexander trank von dem Wein, der irgendwie schal schmeckte. Aber das lag wohl kaum an dem Getränk.
»Was denkst du denn, was du von ihr zu hören bekommst, wenn du sie triffst?«
Alexander hob die Schultern und ließ sie langsam wieder sinken.
»Antworten.«
»Antworten, die dir noch mehr wehtun werden.«
»Mag sein, aber vielleicht helfen sie mir trotzdem, zur Ruhe zu kommen.«
»Die Antworten dieser Frau werden banal sein und dich enttäuschen. Was soll sie dir sagen? Bei Danegger hat es ausgesetzt, er hat durchgedreht. Und leider hatte er eine geladene SIG zur Hand. Das ist die ganze Geschichte.«
Das eben bezweifelte Alexander, aber das sagte er nicht. Der Freund hätte ihn für verrückt erklärt und gesagt, er solle sich hüten, aus vagen Überlegungen etwas zu konstruieren, das man gut und gern eine Verschwörungstheorie nennen konnte. Noch hatte er nichts in der Hand, folglich brachte es nichts, darüber zu reden, auch nicht mit Utz. Erst musste er den wenigen Spuren nachgehen, die er sah.
Utz leerte sein Glas und grinste den Freund an. »Wir nutzen den dienstfreien Rest des Tages und machen Rom unsicher, okay? Das wird dich aus deinen trüben Gedanken reißen.«
»Ein Kerl wie du kann Rom allein unsicher machen, Utz.«
»Und du?«
»Ich brauche Zeit für mich.«
»Von der ewigen Grübelei kriegst du noch graue Haare«, maulte Utz.

Alexander wollte nicht grübeln, er wollte endlich etwas unternehmen. Seit dem Doppelmord an Heinrich und Juliette war er sich wie eine Schachfigur vorgekommen, von der Hand eines unbekannten Spielers nach dessen geheimer Strategie hin und her geschoben. Mochte der Unbekannte auch weiterhin seine Züge tun, er, Alexander, würde von nun an seine eigene Strategie verfolgen und nur noch scheinbar der dumme Bauer sein, der geopfert wurde. Oder wie Funakoshi es ausgedrückt hatte: *Das Nachgeben hat nur Sinn, wenn die Kraft des Gegners gegen ihn gewendet, wenn er durch seine eigene Kraß besiegt wird!*

Wieder in seinem Zimmer, griff Alexander nach dem Handy und fragte die Auskunft nach der Nummer des *Messagero*. Dort stellte ihn eine geschäftsmäßig freundliche Frau zur Redaktion durch, wo sich eine nicht ganz so freundliche Männerstimme meldete: »Pronto.«

»Signorina Vida, per favore.«

»Warten Sie einen Moment.« Es klickte und ein alter Celentano-Song dröhnte durch die Leitung. Dann war wieder der Mann am Apparat: »Elena ist zurzeit nicht da. Soll ich etwas ausrichten?«

»Ja, ich möchte sie sprechen, am besten heute noch.« Alexander hinterließ seinen Namen und seine Handynummer. Er streifte die Wildlederjacke über sein Baumwollhemd, steckte das Handy ein und verließ sein Zimmer. Bis Elena Vida sich meldete, würde er sich die blonde Raffaela vornehmen.

Der Himmel war nach wie vor verhangen, aber wenigstens regnete es nicht mehr. Es roch nach Frühling, wenn auch nach einem Frühling, der sich nicht recht hervorwagte.

Alexander ging auf der Via del Governatorato durch die Vatikanischen Gärten und berauschte sich am Anblick des üppigen Grüns und an der schweren feuchten Luft, die von Blütenduft erfüllt war. Die Gerüche erinnerten ihn an beinahe vergessene Jugendtage, an gemeinsam mit seinem Vater verbrachte Ferien. Wochen in freier Natur, die Markus und Alexander Rosin mit Fischen und Wandern, mit Bootspartien und Klettertouren ausgefüllt hatten. Nächte, in denen sie nebeneinander im Zelt gelegen hatten, einer dem Atem des anderen lauschend. Vater und Sohn nah beieinander und doch nie ganz zusammen. Und das würde auch nicht mehr kommen.

Bevor der Schmerz zu groß wurde, verdrängte der Anblick des Gouverneurspalastes Alexanders Erinnerungen. Das lang gestreckte Gebäude, vor dem zahlreiche Autos parkten, beherbergte die Verwaltung des Vatikanstaats. Es wäre auch Amtssitz des Staatsgouverneurs gewesen, hätte es einen solchen im Vatikan gegeben. Doch die letzten Päpste hatten keinen Gouverneur mehr ernannt und die Leitung der verwaltungstechnischen und wirtschaftlichen Dienste im Vatikan einer Kommission von Beamten anvertraut.

Alexander blieb stehen und betrachtete das überdimensionale Wappen, das verschiedenfarbige Blumen auf dem Abhang vor dem Palast bildeten. Die vatikanischen Gärtner, die gleichfalls dem Governatorat unterstanden, wechselten die Blumen im Jahresverlauf regelmäßig aus, sodass innerhalb der grünen Bordüre immer blühende Pflanzen wuchsen. Unter dem Vatikanwappen mit Tiara,

Kordel und den beiden Schlüsseln befand sich das persönliche Wappen des Papstes: In den blauen Grund von Leberblümchen war mit gelben Winterlingen eine Waage gezeichnet; auf der einen Waagschale lag ein Stein, auf der anderen stand eine brennende Kerze.

Zum ersten Mal nahm er das neue Wappen, das Papst Custos sich ausgesucht hatte, bewusst wahr. Für einen Gardisten, der eines Tages in den Offiziersrang aufsteigen wollte, war der Besuch von theologischen Seminaren Pflicht. Alexander kramte aus seinem Gedächtnis, was er über religiöse Symbole und ihre Bedeutung gehört hatte.

Blau galt als die am wenigsten materielle Farbe, als Medium der Wahrheit und Symbol der unbedingten Treue zur einmal erkannten Wahrheit. Das Gelb der Waage war schon schwieriger zu deuten. Es konnte für die Sonne stehen oder für Gold, das ewige Metall. Dann war es im Wappen die Farbe der Ewigkeit. Gelb war aber auch die Farbe der Missgunst und des Verrats, die Farbe des Judas, weshalb die verfolgten Juden früher gelbe Zeichen hatten tragen müssen. Aber diese negative Deutung passte nicht zu der Waage, die für Gerechtigkeit stand, für Klugheit und Maß. Die Kerze als Lichtsymbol stand für die Verflechtung von Geist und Materie. Wie das Wachs mit der Flamme verschmolz, so verschmolz die Materie mit dem Geist. Der Stein auf der anderen Waagschale jedoch gab Alexander Rätsel auf. Eine Waage mit drei Steinen galt als Symbol der Heiligen Dreifaltigkeit von Gottvater, Sohn und Heiligem Geist. Aber ein einzelner Stein? Dieses Zeichen war ebenso rätselhaft und geheimnisvoll wie der Träger des Wappens.

Während er noch über die Bedeutung des einzelnen Steins nachsann, umrundete er den Gouverneurspalast. Das *Magazzino economato*, in dem Daneggers Freundin arbeitete, befand sich im Souterrain, und der Eingang lag an der Rückseite des Gebäudes mit Blick auf das Äthiopische Kolleg. Neben der *Annona*, dem vatikanischen Supermarkt, bildete das Magazin, wie die Gardisten es der Einfachheit halber nannten, die zweite große und günstige Einkaufsmöglichkeit im Kirchenstaat. Hier gab es sämtliche Waren steuerfrei zu kaufen.

Alexander war als Schweizergardist nicht nur im Vatikan beschäftigt, was für eine Einkaufserlaubnis ausgereicht hätte, sondern für die Dauer seiner Dienstzeit auch Bürger des Vatikanstaats. Er zückte den Einkaufsausweis, den die Direktion der ökonomischen Dienste im Gouverneurspalast ausgestellt hatte, und der Gendarm am Eingang sah sich den Ausweis genau an, bevor er ihn durchließ. Immer wieder versuchten Leute, mit gefälschten oder abgelaufenen Ausweisen mehr als die erlaubte Menge in den vatikanischen Läden einzukaufen, um die günstig erworbenen Sachen mit beachtlichem Gewinn in Rom weiterzuveräußern.

Das Warenangebot im Magazin reichte von Kleidung für Männer, Frauen und Kinder über Schuhe und Lederwaren bis hin zu Tabakwaren und alkoholischen Getränken. Utz hatte etwas von Klamotten gesagt, also steuerte Alexander die Bekleidungsabteilung für Herren an. Im Gegensatz zu anderen Geschäften gab es im Magazin weder aufdringliche Werbeplakate noch jene akustische Berieselung, die angeblich zum Kaufen animierte. Umso mehr fiel das Trällern seines Handys auf. Alexander zog sich vor neugierigen Blicken in den engen Gang zwischen Jacketts und Oberhemden zurück und nahm den Anruf entgegen.

»Elena Vida hier. Sie wollten mich sprechen.«

»Das will ich immer noch, am besten heute.«

»Warum plötzlich so eilig?«

»Heute habe ich Zeit. Ich bin dienstfrei.«

»Oh. Und einen konkreten Anlass gibt es nicht?«

»Doch, es geht um Ihren Auftritt gestern bei der Pressekonferenz.«

»Was ist damit?«

»Wir sollten nicht am Telefon darüber reden.«

»Das stimmt. Ich habe noch einen Termin in der Nähe der Piazza Navona. Danach bin ich frei. Treffen wir uns dort, sagen wir, in drei Stunden?«

»Einverstanden. Und wo?«

»Café di Colombia«, sagte die Journalistin und beendete das Gespräch.

Zufrieden steckte Alexander das Handy zurück in die Jackentasche. Er setzte seine Suche nach Raffaela fort – und wäre fast mit ihr zusammengestoßen. Sie hatte am Boden gehockt und Ledergürtel aus einem großen Karton genommen. Als sie aufstand und sich Alexander gegenübersah, wich sie so abrupt zurück, dass sie über den Karton stolperte. Alexander konnte sie, bevor sie das Gleichgewicht verlor, gerade noch festhalten. Das war keine große Mühe, sie war ebenso leicht wie zierlich.

Auch heute trug sie das Haar zu einem Pferdeschwanz gebunden. Das dunkle Kleid, fast mehr ein Kittel, war von der tristen Einheitsfarbe, mit der alle Angestellten von Magazin und Annona bekleidet waren. An der Brust war ein Namensschild befestigt: *R. Sini*. Ihm fiel auf, dass Raffaela

Sini sich nicht geschminkt, noch nicht einmal Lippenstift aufgelegt hatte. Entweder war das Ausdruck ihrer Trauer oder eine Anweisung des Governatorats, die verhindern sollte, dass die Geistlichen beim Einkauf auf sündige Gedanken kamen. Als einzigen Schmuck trug sie ein silbernes Kreuz an einer feingliedrigen Halskette.

»Was wollen Sie von mir?« Raffaela sprach leise, mit vor Unsicherheit zitternder Stimme. Ihre geweiteten Augen starrten ihn furchtsam an.

Alexander ließ sie los und antwortete ruhig: »Ich möchte ein paar Antworten.«

»Auf welche Fragen?«

»Zum Beispiel auf die, warum Sie sich vor mir ängstigen.«

»Das tue ich nicht.«

»Ich habe einen anderen Eindruck. Und das war schon gestern so, auf dem Friedhof, als Sie vor mir fortliefen.«

Sie überlegte kurz: »Ich wüsste nicht, was ich Ihnen sagen könnte.«

»Ich schon. Immerhin waren Sie mit dem Mann befreundet, der meinen Onkel und meine Tante erschossen hat.«

»Befreundet ...«, hauchte sie. Es klang, als denke sie über den Begriff nach.

»Etwa nicht?«, fragte Alexander ein wenig lauter. »Ich spreche von Marcel Danegger, von dem Mann, in dessen Grab Sie gestern einen Rosenstrauß geworfen haben. Erinnern Sie sich, Signorina?«

»Ja, natürlich, Marcel ... Wir kannten uns.«

»Davon bin ich ausgegangen. Marcel und ich waren zwar Kameraden, aber Sie kannten ihn wohl besser als ich.«

»Ich weiß nicht.«

»Lassen Sie es uns herausfinden!«

Wieder weiteten sich ihre Augen. Diesmal galt ihr ängstlicher Blick nicht Alexander, sondern einem älteren, fast kahlköpfigen Mann in der tristen Uniform der Magazinangestellten, der hinter dem Gardisten aufgetaucht war.

»Ist etwas nicht in Ordnung, Raffaela?«, fragte er.

»Alles bestens, Signor Martini, danke.« Raffaela lächelte krampfhaft.

Nach einem langen misstrauischen Blick auf Raffaela und Alexander zog Signor Martini sich zu den Anzügen und Westen zurück. Bevor sein rundlicher Kopf hinter einer Anprobekabine verschwand, wandte er sich noch einmal zu ihnen um.

»Wir können jetzt nicht reden, nicht hier«, sagte Raffaela leise, beinahe flehentlich.

»In Ordnung. Wann und wo treffen wir uns?«

»Ich könnte heute Abend erst ab zehn.«

»Ist mir recht, bis Mitternacht ist Ausgang. Aber das wissen Sie ja wohl, Signorina. Wo finde ich Sie?«

»Ich habe im Trastevere zu tun. Treffen wir uns auf der hiesigen Seite des Ponte Sisto. Und jetzt gehen Sie, bitte!«

Er nickte und fischte einen braunen Gürtel aus dem Karton. Laut sagte er: »Den nehme ich. Danke für die gute Beratung, Signorina.«

Als er das Magazin verließ, war er sehr zufrieden. Raffaelas ängstliches Verhalten belegte, dass sie etwas zu verbergen hatte. Was genau, das würde er am Abend herausfinden. Außerdem war er mit der Journalistin verabredet. Der kleine Bauer machte seine eigenen Züge, und Zug um Zug gewann er die Initiative.

Ein ohrenbetäubendes Rattern ließ ihn zusammenzucken. Die Bauarbeiter, die mit dem Ausbau der Tiefgarage beschäftigt waren, hatten ihre ausgedehnte Mittagspause beendet und taten das durch den Einsatz zweier Pressluft-hämmer in der Nähe des vatikanischen Bahnhofs lautstark kund. Erst ein paar Jahre zuvor war die unterirdische Garage zwischen dem Bahnhof und der kleinen Kirche Santo Steffano degli Abissini gebaut worden, um das Gelände des Vatikans und besonders den Belvederehof von der ständig wachsenden Anzahl parkender Autos zu entlasten. Nun sollte eine weitere Etage ausgebaut werden, um die Kapazität auf fünfhundert Stellplätze zu verdoppeln. Das Gelände zwischen Stefanskirche und Bahnhof war mit Baufahrzeugen und Material voll gestellt. Statt des Atems des Heiligen Geistes wehte eine dichte, klebrige Staubwolke durch den Kirchenstaat.

In einem waren sich Römer und Touristen einig: Die Piazza Navona war der schönste Platz der Welt, zumindest wenn die Sonne schien. Aber selbst jetzt, wo graue Wolken schwer auf Rom lasteten, war der große Platz mit den drei Brunnen von besonderem Charme; es schien, als hätten die Gebäude rings um die ehemalige Arena des Kaisers Domitian für trübe Tage wie diesen warmes Sonnenlicht gespeichert. Die Fassaden der meisten Häuser waren in jenem typisch römischen, leicht verwaschenen, zuweilen ins Orange spielenden Ocker gehalten, das keine Sonne brauchte, um warm und heiter zu wirken.
Die fröhliche Stimmung sprang auf die Menschen über. Obwohl es für die Jahreszeit viel zu kühl war, tummelten sie sich rund um die Brunnen wie an einem heißen Sommernachmittag. Vor den Cafés standen Tische und Stühle. Man hatte sogar Sonnenschirme aufgestellt, unter deren

Dächern die pilzförmigen Gasheizer brannten und die Gäste mit wohliger Wärme einhüllten.
Alexander schlenderte quer über den Platz und genoss die gelöste Atmosphäre. Er hatte Zeit, war eine halbe Stunde zu früh dran. Erwartungsgemäß saß Elena Vida noch nicht im Café di Colombia. Er nahm draußen am Rand der Piazza Platz und bestellte eine Caffelatte. Das Café lag mittig an der östlichen Längsseite des Platzes, gegenüber dem Vierströmebrunnen und der Kirche Sant'Agnese in Agone, deren nach innen gewölbte Fassade die westliche Längsseite der Piazza prägte.
Er sah den Touristen und Einheimischen zu, die sich hier einträchtig entspannten, den Malern, die zwischen dem Vierströme- und dem Neptunbrunnen vor ihren Staffeleien auf Kundschaft warteten, und den Taschendieben, die auf der Jagd nach arglosen Opfern mit verstohlensuchenden Blicken hin und her tigerten, ein jeder auf dem engen Raum seines eifersüchtig verteidigten Reviers. Ab und zu flatterten von einem Brunnen Tauben auf, erschreckt von einer heftigen Bewegung oder angelockt von einem fallen gelassenen Stück Brot.
Ein Traum in Weinrot verstellte Alexander den Blick, als er den letzten Rest seines Milchkaffees trank. Elena Vidas Termin hatte offenbar nicht gerade in niedersten Kreisen stattgefunden, sonst hätte sie kaum das elegante Wollkostüm mit dem farblich passenden Top gewählt. Lässig und doch schmeichelnd umspielte der Stoff ihren wundervollen Körper. Ihre Pumps hatten dieselbe Farbe wie das Kostüm und in ihrer Halskette wechselten sich Silberglieder mit rötlichen Holzperlen ab. Selbst der Lippenstift war weinrot.

»Darf ich mich setzen, Signor Rosin?«
Er sprang auf, rückte ihr einen Stuhl zurecht und sagte: »Sie waren schon mal bei Alexander, Signorina.«
»Und Sie sollten sich an Elena gewöhnen, Alexander.« Sie lächelte unverbindlich und kramte in ihrer schwarzen Umhängetasche. »Ich habe mich etwas verspätet, aber als ich an dem Spielzeugladen hinten am Mohrenbrunnen vorbeikam, konnte ich nicht widerstehen. Ist er nicht süß?« Sie zog einen zwanzig Zentimeter großen Teddybären hervor, einen Winnie-the-Pooh, der ein blauweiß gestreiftes Nachthemd und eine Schlafmütze mit demselben Muster trug. Unter dem rechten Arm klemmte ein Kissen, mit der linken Pfote winkte er fröhlich. Elena nahm eine kleine Schere aus einem schwarzen Etui und schnitt das Preisschild ab. Strahlend hielt sie den Teddy hoch. »So, mein Kleiner, jetzt brauchst du nicht mehr zu fürchten, dass du umgetauscht wirst!«
Als sie Alexanders irritierten Blick bemerkte, gluckste sie: »Mein Hobby, ein Spleen, wenn Sie so wollen. Haben Sie keine Hobbys, Alexander?«
»Derzeit habe ich für Hobbys weder Zeit noch Laune.«
Elena legte Winnie-the-Pooh sorgsam zurück in die Tasche und bestellte eine Cola.
»Zwei«, rief Alexander dem Kellner nach.
Als er sich wieder der Journalistin zuwandte, war jede Fröhlichkeit aus ihren Zügen verschwunden. Neugierig, aber kühl schaute sie ihn an,
»Mein Auftritt gestern bei der Presseerklärung hat Sie also irritiert. Warum?«
»Nun, Ihre Bemerkung über diese früheren Vorfälle, bei denen der Heilige Vater, hm, sagen wir, seltsame Fähig-

keiten gezeigt haben soll, war ja wohl reichlich irritierend, selbst für den Vatikansprecher.«

»In der Tat.« Elena grinste schelmisch. »Monsignore Wetter-Dietz persönlich hat nach seinem abgebrochenen Auftritt beim Herausgeber des *Messagero* angerufen und sich über mich beschwert.«

»Mit Erfolg?«

»Klar.« Ihr Grinsen wurde breiter. »Mein Herausgeber hat mich ermuntert, tiefer zu graben. Wetter-Dietz' Anruf hat ihm gezeigt, dass ich auf der richtigen Fährte bin.«

»Auf welcher Fährte?«

Sie zog die Stirn in Falten. »Haben Sie den *Messagero* heute nicht gelesen?«

»Ehrlich gesagt, nein.« Alexander war etwas verlegen. »Daran habe ich gar nicht gedacht.«

»Wie wollen Sie zu richtigen Schlussfolgerungen kommen, wenn Sie sich nicht mit den Fakten vertraut machen?«, fragte sie kopfschüttelnd und mit gespielter Strenge.

Dann griff sie erneut in ihre Tasche, zog eine Zeitung hervor und entfaltete sie vor Alexander. Ihrem Bericht über die erste Generalaudienz des neuen Papstes gehörte die Titelseite mit der fetten Schlagzeile IST DER PAPST EIN HEILIGER?

»Ich kann mir vorstellen, dass das bei Wetter-Dietz und den Kardinälen der Kurie nicht auf Wohlwollen stößt«, meinte Alexander und vertiefte sich in den Artikel. Den ersten Teil, der sich mit der Audienz beschäftigte, überflog er nur. Er war dabei gewesen, näher am Geschehen sogar als Elena. Interessant war für ihn der zweite Teil mit der Überschrift *Auch als Bischof schon ein Wundertäter:*

Zum ersten Mal wurden die ungewöhnlichen Kräfte des Heiligen Vaters öffentlich, als er noch Jean-Pierre Gardien hieß und Erzbischof von Marseille war. Vor zehn Jahren brach der schwer herzkranke Kaufmann Henri L., damals 58, bei einer von Bischof Gardien zelebrierten Messe zusammen. Bevor der eilends herbeigerufene Notarzt erschien, kümmerte der Bischof sich um den Mann und barg ihn auf seinem Schoß. Als der Arzt eintraf, war Monsieur L. wohlauf und behauptete, es gehe ihm blendend. Eingehende Untersuchungen im Krankenhaus ergaben, dass sein vorher so schwaches Herz stark und gesund war wie nie zuvor.
Der nächste in der französischen Presse dokumentierte Vorfall ereignete sich zwei Jahre später während einer Pfingstprozession. Die 56-jährige Bäuerin Hermine F., die an schwerem Asthma litt, brach mit akuter Atemnot vor den Füßen des Bischofs zusammen. Wieder kümmerte Gardien sich persönlich um die Kranke, und wieder fühlte sie sich beim Eintreffen zweier Sanitäter so wohl wie nie zuvor. Über ihre weitere Krankengeschichte ist nichts bekannt.
Wieder zwei Jahre später, kurz bevor Gardien von Marseille zur Kurie nach Rom wechselte, wurde er in einen Verkehrsunfall verwickelt. Sein Chauffeur fuhr ein neunjähriges Mädchen an, das einem Ball hinterher auf die Straße gelaufen war. Augenzeugen berichteten von einer schweren Kopfverletzung bei dem Kind, es sei blutüberströmt gewesen. Bischof Gardien sprang sofort aus dem Wagen und beugte sich über die Schwerverletzte. Als die Ambulanz ein-

traf, waren die Wunden weitgehend verheilt, das Mädchen nur noch etwas benommen.
Sind Wunderheilungen möglich? Ist der neue Papst ein Heiliger? Was sagt der Vatikan dazu? Lesen Sie weiter auf Seite 2.

Alexander legte die Zeitung auf den Tisch. »Gibt es noch mehr Vorfälle, die Seine Heiligkeit als Wundertäter ausweisen?«
»Ich recherchiere noch. Es gibt Anzeichen dafür, dass weitere Wundertaten vertuscht worden sind. Auffällig ist, dass alle drei von mir erwähnten Fälle, obwohl sie sich in breiter Öffentlichkeit ereigneten, in der französischen Presse ein erstaunlich geringes Echo fanden. Kaum mehr als ein Bericht pro Fall und dann keine weitere Erwähnung. Als hätte jemand eiligst den Deckel auf den Topf gedrückt, bevor die Suppe überkochte.«
»So wie Wetter-Dietz Ihren Herausgeber einschüchtern wollte.«
»Exakt. Aber menschliche Neugier und journalistische Recherche sind stärker als jede Heimlichtuerei.« Elena trank einen Schluck, lehnte sich zurück und legte ihre Beine übereinander, was den knielangen Rock zwei Handbreit nach oben rutschen ließ. Trotz dieser lässigen Pose wirkte sie konzentriert, und ihr Blick ruhte unverwandt auf ihrem Gegenüber. »Wie ist das bei Ihnen, Alexander? Was treibt Ihre Neugier an? Warum interessiert Sie, welche unerklärlichen Taten Papst Gardien vollbracht hat?«
Elena nannte den Papst, wie es in Rom alter Brauch war, einfach bei seinem Familiennamen. Alexander nahm das

nur unterschwellig wahr. Er suchte nach einer Antwort, die Elena zufrieden stellen würde.

»Ich gehöre zur Leibwache des Heiligen Vaters. Um seinen Schutz zu gewährleisten, muss ich alles Ungewöhnliche wissen, das mit ihm zusammenhängt.«

»Wollen Sie mich verscheißern?«, fragte Elena kühl. »Die Schweizergarde besteht aus hundert Mann, aber nur einer sitzt hier vor mir. Warum Sie?«

»Glauben Sie nicht an den Zufall, Elena?«

»Ein kluger Mensch hat mal gesagt, der Zufall sei das vereinzelte Faktum. Häufen sich aber die Zufälle und steht man vor einem Berg von Fakten, ist man ein Narr, wenn man sich mit Verweisen auf den Zufall abspeisen lässt.«

Alexander setzte sein betörendstes Lächeln auf. »So kluge Gedanken in einem so hübschen Kopf.«

»Die Macho-Tour zieht bei mir nicht.«

Er seufzte. »Also gut. Nennen Sie mir Ihre gehäuften Zufälle.«

Elena hielt ihre rechte Hand hoch und streckte bei jedem Punkt einen der schlanken Finger aus, deren Nägel kurz geschnitten und farblos lackiert waren. »Erstens: Der Kommandant der Schweizergarde und seine Frau werden ermordet. Ihr Neffe heißt Alexander Rosin. Zweitens: In derselben Nacht wird in die Waffenkammer der Garde eingebrochen und ein Gardist von den unbekannten Tätern niedergeschlagen. Sein Name ist Alexander Rosin. Drittens: Am übernächsten Tag scheitert auf offener Straße nur knapp ein Mordanschlag, ausgeführt in bester Mafiamanier. Offizielles Opfer ist ein Polizist und ehemaliger Mafiajäger, Commissario Stelvio Donati. Neben ihm steht ein Schweizergardist namens Alexander Rosin. Viertens: Bei seiner ersten Generalaudienz entpuppt Papst Custos sich als Wundertäter. Und wer interessiert sich brennend für den Vorfall? Der Gardist Alexander Rosin. So viel zum Thema Zufall!« In ihrer Stimme mischten sich Triumph, Vorwurf und Spott.

Alexander beugte sich zu ihr und fragte leise: »Wer hat Sie über den Vorfall in der Waffenkammer informiert?«

»Berufsgeheimnis. Eine einmal preisgegebene Quelle versiegt. Sie bestätigen den Vorfall also?«

»Ja, verdammt!«

»Ist etwas gestohlen worden?«

»Das Ausgabebuch für die Handfeuerwaffen.«

Elenas Nasenflügel bebten. »Ich verstehe. Jetzt kann niemand mehr nachprüfen, wie Marcel Danegger an die Mordwaffe gekommen ist. Vorausgesetzt, die bei ihm gefundene Pistole ist die Mordwaffe. Was nicht heißen muss, dass er der Mörder ist.«

Bei dem letzten Satz fühlte Alexander sich wie vom Blitz getroffen.

»Wie kommen Sie darauf, dass Danegger unschuldig sein könnte?«, fragte er mit nur mühsam unterdrückter Erregung.

»Die ganze Sache stinkt doch wie der Tiber im Hochsommer. Der Vatikan hätte, um den Vorfall restlos aufzuklären, jedwede Unterstützung der italienischen Behörden haben können. Aber der Heilige Stuhl, in der Untersuchung von Mordfällen so erfahren wie ein Kardinal im Kinderkriegen, klärt die Sache allein auf und kommt schneller zu einem Abschluss der Untersuchung, als Sherlock Holmes ›Watson, reichen Sie mir das Vergrößerungsglas‹ sagen kann. Und was ist Daneggers angebliches Motiv? Dass er sich im Dienst zurückgesetzt fühlte!«

»Was passt Ihnen daran nicht?«

»Würde jeder, der sich in seinem Job zurückgesetzt fühlt, seinen Vorgesetzten erschießen, hätten wir in den Büros und Fabrikhallen dieser Welt mehr Leichen als Lebendige.«

»Nicht jeder hat eine Pistole zur Verfügung und nicht jeder hat einen psychischen Blackout.«

»Und Danegger soll so durchgeknallt sein, dass er gleich die Frau des Kommandanten mit um die Ecke brachte?«

»Sie war ihm wohl einfach im Weg.«

Indem er sich naiv stellte, wollte Alexander herausfinden, was Elena dachte, und vielleicht der Wahrheit ein Stück näher kommen.

»Aber Juliette Rosin hatte Danegger nichts getan«, wandte Elena ein.

»Vielleicht wollte er schlicht eine Zeugin beseitigen.«

»Wozu, wenn er sich gleich darauf selbst die Kugel gab?«

»Dann war es eben eine Affekthandlung. Danegger war nicht Herr seiner Sinne.«

»Was das bewusste Beseitigen einer Zeugin ausschließt«, trumpfte Elena auf. »Aber es sieht auch nicht nach einer Affekthandlung aus. Er musste Ihre Tante bis ins Wohnzimmer verfolgen, um sie zu töten. Erst als das erledigt war, hat er sich selbst umgebracht. Wenn wirklich sein Zwist mit Ihrem Onkel der Auslöser des Mordes gewesen wäre, hätte Danegger mit Oberst Rosins Tod zufrieden sein müssen.«

»Vielleicht hat er alle gehasst, die den Namen Rosin trugen.«

»Weshalb hat er dann Sie verschont, Alexander? Sie wissen keine Antwort? Die ergibt sich, wenn man unterstellt, dass Danegger nicht Täter, sondern selbst Opfer ist. Ein Sündenbock, hingeschlachtet, um den oder die wahren Schuldigen zu decken. Vielleicht geht es tatsächlich um die Familie Rosin, nicht nur um den Oberst. Dann wird der Tod der Frau verständlich und auch der Anschlag auf Ihr Leben.«

»Von welchem Anschlag ...«

»Spielen Sie nicht den Scheinheiligen, Alexander!« Elena war jetzt richtig in Fahrt. »Haben Sie wirklich nicht daran gedacht, dass die beiden Killer auf der Piazza Farnese es auf Sie und nicht auf den Commissario abgesehen haben könnten?«

»Doch, das habe ich«, gestand Alexander. »Aber ich habe vergeblich nach einem Grund gesucht.«

»Vielleicht reicht Ihrem Feind, dass Sie den Namen Rosin tragen. Immerhin, die Familie steht seit fünfhundert Jahren im Dienst des Heiligen Stuhls. Könnte sie sich in dieser langen Zeit nicht Feinde geschaffen haben, Todfeinde?«

»Die sich an den Nachkommen rächen? Glauben Sie das allen Ernstes?« Alexander starrte Elena ungläubig an. »Das klingt nach dem alttestamentarischen Gott, der Rache übt bis ins dritte und vierte Glied.«

»Vielleicht geht es gar nicht um Rache.«

»Sondern?«

»Hassen und töten kann man auf vielerlei Weise, aber in den Motiven gibt es nur wenige Variationen. Was treibt einen Menschen zum Äußersten? Habgier, Furcht, Eifersucht.«

»Ich bin nicht reich und bin mir auch nicht bewusst, für irgendjemanden eine Gefahr darzustellen.«
»Sie sind ein gut aussehender Mann«, sagte Elena mit einem hintergründigen Lächeln. »Wie wär's mit dem Motiv der Eifersucht?«
Vielleicht zögerte er ein wenig zu lange mit seiner Antwort: »Ich wüsste nicht, wer dazu einen Grund haben sollte.«
In gewisser Hinsicht stimmte das auch, jedenfalls seit einigen Tagen. Er war erleichtert, dass Elena sein Zaudern nicht bemerkt hatte.
»Dann muss es doch etwas sein, das mit Ihrer Familie und deren Geschichte zusammenhängt. Rom ist voller Geheimnisse, geschickt verborgen hinter dem Offensichtlichen. So wie dieser friedliche Platz mit seinen kunstvollen Ausschmückungen Missgunst und Eifersucht nur unzulänglich verdeckt.«
»Sie werden kryptisch, Elena.«
Sie zeigte quer über den Platz zur anderen Seite. »Sehen Sie sich doch nur den Vierströmebrunnen und dahinter die Kirche der heiligen Agnes an. Kann es ein schöneres Beispiel für die offensichtlichen Geheimnisse geben? Die beiden Bauwerke sind Symbole des römischen Barock und zugleich des unerbittlichen Wettstreits seiner beiden hervorragendsten Architekten. Francesco Borromini, der eine unüberwindliche Abneigung gegen gerade Linien hegte, entwarf die Kirche mit der konkaven Fassade. Zu seiner Zeit, da das Ausnutzen des Raumes zur Maxime erhoben war, eine geometrische Revolution. Die zahlreichen Spötter, zu denen auch sein Konkurrent Giovanni Lorenzo Bernini gehörte, ein entschiedener Verfechter der klaren Komposition, befürchteten, die Kirche könnte je-

den Augenblick einstürzen. Sehen Sie sich Berninis Brunnen direkt vor der Kirche gut an. Die Statuen, die sich um den Obelisken ranken, verkörpern die Flussgötter der größten Ströme der vier damals bekannten Kontinente: Donau, Ganges, Nil und Rio de la Plata. Der Gott des Nils hat sein Haupt verhüllt.«

»Darüber habe ich gelesen«, warf Alexander ein. »Bernini hat die Figur so dargestellt, weil die Quellen des Nils zu seiner Zeit noch nicht bekannt waren.«

»Das ist die eine Version.« Elena lächelte hintergründig. »Man sagt aber auch, der Nilgott verhülle sein Antlitz, weil er Borrominis schlimme Konstruktionsfehler und Stilbrüche in Sant'Agnese nicht ertragen könne. Und sehen Sie, wie der Gott des Rio de la Plata abwehrend seine Hand erhebt? Es heißt, er wolle den Einsturz der Kirche verhindern. Borromini wiederum soll die Statue der heiligen Agnes an den rechten Glockenturm gestellt haben, um zu beweisen, wie fest sein Bauwerk steht.«

»Der Lauf der Jahrhunderte hat ihn bestätigt.«

Ohne auf Alexanders Bemerkung einzugehen, fuhr Elena fort: »Und warum dieser Zweikampf? Haben Bernini und Borromini einander wirklich so sehr gehasst, dass ein Bauwerk das andere befehdet? Wenn ja, welche Geheimnisse mögen noch in ihren Werken stecken? Rom ist voll von solchen Geschichten und verborgenen Rätseln, die auf den ersten Blick nur amüsant scheinen, dann aber, wenn man tiefer in sie eindringt, Gefahr und Schrecken verströmen.«

»Gefahr und Schrecken verströmen in meinen Augen eher skrupellose Killer, die mit überdimensionalen Schrotflinten rumballern.«

»Das eine schließt das andere nicht aus. Die Vergangenheit hinterlässt der Gegenwart mehr als nur toten Stein, als Brunnen und Kirchen.«
Mit einer ausholenden Armbewegung zeigte Alexander über die ganze Piazza. »Woher wissen Sie das alles, Elena? Haben Sie Architektur studiert?«
»Nein, Sprachen. Aber ich interessiere mich für den Ort, an dem ich lebe. Wie soll der Mensch sonst eine Heimat bekommen?« Sie sprach das Wort »Heimat« mit einem seltsam sehnsüchtigen, traurigen Unterton aus.
Bevor Alexander sie danach fragen konnte, lenkte ihn ein lautes Räuspern des Kellners ab. Der Mann bedachte ihren Tisch mit den schon längere Zeit leeren Gläsern mit vorwurfsvollen Blicken.
Auch Elena hatte das bemerkt. »Tun wir ihm den Gefallen? Das Eis hier ist sehr gut, um nicht zu sagen, fantastisch.«
Alexander nickte und sie bestellten zwei große Eisbecher.
»Ich habe durch Sie einiges über diesen Platz gelernt, über Bernini und Borromini. Aber was hat das mit mir zu tun, mit dem Heiligen Vater und mit Marcel Danegger?«
»Um das zu erfahren, müssen wir hinter das Geheimnis Ihrer Familie kommen.«
»Es gibt kein Geheimnis. Die Rosins sind eine alte Soldaten- und Reisläuferfamilie. Sie haben ihren Herren treu gedient und sind immer mehr oder minder gut damit gefahren. Auch hatten sie nie viel zu sagen. Mein Vater und mein Onkel waren die ersten Rosins, die zu Kommandanten der Garde ernannt wurden.«
»Ja, Ihr Vater. Auch er ist keines natürlichen Todes gestorben, nicht wahr?«

»Sie haben gut recherchiert.«

»Mein Job.« Elena schenkte dem Kellner, der das Eis brachte, ein knappes Lächeln.

»Mein Vater ist bei einem Flugzeugabsturz über dem Ärmelkanal umgekommen. Die einmotorige Maschine stürzte ab und mit ihr die beiden Insassen, der Pilot und Markus Rosin.«

»Weshalb saß Ihr Vater in der Maschine?«

Alexander lehnte sich zurück und erwiderte ihren forschenden Blick. »Ich muss Sie enttäuschen, wenn Sie an eine geheime Mission im Dienst des Vatikans denken. Er wollte einfach nur Urlaub machen, auf Guernsey, sich entspannen. Es war nicht das erste Mal, dass er auf die Kanalinseln flog.«

»Seine Leiche ist nie gefunden worden, richtig?«

»Richtig. Die des Piloten ebenso wenig. Riechen Sie ein weiteres Geheimnis?«

»Alles, was nicht geklärt ist, birgt ein Geheimnis.«

»Ist das die Philosophie, mit der man Schlagzeilen zaubert, Elena?«

»Es ist die Philosophie, die Skandale aufdeckt und schon mehr als einen Big Boss in den Orkus gespült hat. Womit wir wieder bei Ihrem derzeitigen Boss wären, Papst Gardien. Sie haben mir noch nicht erzählt, warum Sie sich für seine Wunderheilungen interessieren.« Als sie sein Zögern bemerkte, fuhr sie fort: »Nur wenn wir offen zueinander sind, können wir uns gegenseitig helfen.«

»Wenn ich Ihnen gegenüber offen bin, dann nur unter der Voraussetzung, dass es nicht morgen im *Messagero* steht.«

»Einverstanden.«

»Ehrenwort?«

»Galaktisch großes Pfadfinderundklosterschülerinnenehrenwort.«

»Auch ich habe die heilenden Kräfte Seiner Heiligkeit schon gespürt«, sagte Alexander leise. »Und das ist alles, was ich Ihnen darüber sagen darf. Jedes Wort mehr wäre der Bruch eines Ehrenworts, das ich meinerseits gegeben habe.«

»Wem?«

»Seiner Heiligkeit.«

»Puh«, machte Elena und riss die Augen auf. »Und niemand weiß davon?«

»Niemand, obwohl man mich an höchster Stelle ausgefragt hat.«

»Wer hat Sie ausgefragt?«

»Der Staatssekretär.«

»Kardinal Musolino?«

»In Person.«

»Und Sie haben geschwiegen?«

»Selbstverständlich.«

»Und mir wollen Sie nicht mehr über die Sache sagen?«

»Ich darf es nicht.«

»Sie sind sehr misstrauisch, Alexander.«

»Mein Job.«

Nur die Nacht, die Zeit der Wunder und Verwandlungen, schaffte es, die endlosen Autoschlangen, die sich träge durch Roms verstopfte Straßen quälten und mit ihren Abgasen das steinerne Erbe von drei Jahrtausenden binnen weniger Jahrzehnte auffraßen, in romantisch glitzernde Lichterketten zu verzaubern. Während er am westlichen Kopf des Ponte Sisto stand und auf Raffaela Sini wartete, betrachtete er die dicht aneinander gereihten Lichtpunkte auf beiden Seiten des Tibers und fragte sich, wie viele der Menschen, die sich da mühsam Meter um Meter vorankämpften, wirklich ein Ziel hatten.

Auch er war ziellos durch die Straßen und Gassen gegangen, nachdem er sich gegen sechs von Elena Vida getrennt hatte. Sie wollten in Kontakt bleiben und einander über alles unterrichten, was sie in Erfahrung brachten. Und was sie anderen mitteilen durften, schränkte Alexander insgeheim für sich selbst ein, wissend, dass die Journalistin es nicht anders halten würde. Sie waren Zweckverbündete, keine Freunde. Letzteres hatte er sich, durchaus mit einigem Bedauern, noch einmal klargemacht. Elena war ebenso gescheit wie attraktiv, aber wie konnte er ihr, einer Journalistin, vertrauen?

Sein scheinbar zielloser Weg hatte ihn nach Trastevere geführt, in jenes alte Viertel, das wie der Vatikan jenseits des Tibers lag und in dem die engen, labyrinthischen Gassen das einfache Leben vergangener Jahrzehnte konserviert hatten. Verwitterte, pflanzenumrankte Balkone und Wäscheleinen, die quer über die Gassen gespannt waren, beschworen die Bilder alter Kinomärchen herauf, und unversehens hielt man Ausschau nach der jungen Sophia Loren oder nach der Lollobrigida. Und irgendwo über den schiefen Dächern schwebte der Geist von Fellini.

Erst als Alexander vor dem versteckten kleinen Hotel stand, mit dem die quälende Erinnerung an schöne Stunden verbunden war, Stunden, die noch nicht lange vergangen und doch unendlich weit entfernt waren, begriff er, dass seine Wanderung keineswegs ziellos gewesen

war. Hastig entfernte er sich von dem Hotel und verdrängte den Schmerz.
Irgendwann wurde er hungrig und suchte eines der vielen einfachen Lokale auf, in denen mehr Einheimische als Touristen speisten und in denen man nicht dazu verdonnert war, zwei Gänge zuzüglich Vor- und Nachspeise zu ordern. Er bestellte eingelegte Auberginen und Spaghetti alla carbonara und trank nur Wasser, um für das Treffen mit Daneggers Freundin einen klaren Kopf zu bewahren.
Zehn Minuten vor der Zeit war er am Ponte Sisto eingetroffen. Das war jetzt eine halbe Stunde her, und noch immer gab es keine Spur von Raffaela Sini. Allmählich fürchtete er, dass sie es sich vielleicht anders überlegt und ihn versetzt hatte. Jedes Mal, wenn sich ein Schatten aus dem Gerüstgewirr der Fußgängerbrücke löste, blickte Alexander ihm neugierig entgegen, und jedes Mal wurde er enttäuscht. Die alte Brücke, die Trastevere mit dem römischen Zentrum verband, war gänzlich eingerüstet; sie sollte renoviert, die Bausubstanz erhalten werden. Bis hinunter ins Wasser reichte das Konglomerat aus metallenen Pfeilern, Verstrebungen, Leitern und Trittgittern.
Als Alexander zum Tiber hinuntersah, fiel ihm ein seltsamer Gegenstand auf, der knapp über dem Fluss am Gerüst hing. Eine Art Pendel, das in unregelmäßigem Takt hin und her schlug und dabei mit dem unteren Ende durchs Wasser strich. Etwa so groß wie ein Mensch. Das Licht der zigtausend Lampen, die Rom nächtlichen Glanz verliehen, drang kaum bis in den Schatten der Brücke vor. Alexander war kein Fachmann für die Renovierung alter Brücken, doch er konnte sich beim besten Willen nicht vorstellen, wozu dieser Gegenstand dienen sollte.

Eine unheilvolle Ahnung erfasste ihn, und er ging eilig zum Ufer hinunter, bis das Wasser um seine Schuhe plätscherte. Von hier sah er den eigenartigen Gegenstand genauer, und seine Ahnung wurde zur schrecklichen Gewissheit.

Er kletterte auf das Gerüst, der Brückenmitte entgegen. Sein Herz klopfte, sein Atem ging schneller. Vielleicht konnte er noch etwas ausrichten, wenn er nur schnell genug war. Die rauen Kanten der Verstrebungen fügten seinen Händen mehrere Schnittwunden zu. Er achtete nicht darauf. Nur an zwei Dinge dachte er: daran, den Halt nicht zu verlieren, und an das Pendel, das kein Pendel war.

Jetzt, da er es fast erreicht hatte, sah er es deutlich. Zwei Füße strichen immer wieder durch das Tiberwasser, der eine beschuht, der andere nur mit einem dunklen Strumpf bekleidet. Darüber ein Körper in einem einfachen, weit geschnittenen Kleid. Zwei Arme, die kraftlos an den Seiten hingen. Leblos wie der Kopf mit dem blonden Haar, das lang und wirr auf die Schultern fiel. Ein paar Strähnen kräuselten sich in dem schmalen Gesicht. Die Augen, die Alexander am frühen Nachmittag im Magazin so ängstlich angesehen hatten, blickten starr auf den Fluss. Um Raffaela Sinis Hals lag ein dicker Strick, dessen anderes Ende etwa einen Meter über ihr an einer Gerüstverstrebung verknotet war.

Vorsichtig, als könne er ihr schaden, streckte Alexander eine Hand nach Raffaelas Gesicht aus. Die Haut war noch warm, aber Mund und Nase entströmte nicht der leiseste Atemhauch. Die Gegenwart des Todes zog ihn in ihren Bann, ließ ihn alles um sich her vergessen. Er sah die toten Gesichter von Heinrich und Juliette vor sich, und die Bilder seines stets wiederkehrenden Albtraums suchten ihn heim: das abstürzende Flugzeug, das endlose Wasser, Explosion und Vernichtung.

Er nahm das lauter werdende Motorengeräusch nur unterschwellig wahr. Erst die elektronisch verstärkte Stimme riss ihn aus den Klauen des Todes: »Polizei! Springen Sie ins Boot! Machen Sie sonst keine Bewegung oder wir schießen!«

Zwei blauweiße Polizeiboote schwammen auf dem Tiber, ein größeres vor der Brücke, ein kleineres mit Außenbordmotor und stumpfem, leicht aufwärts gebogenem Bug direkt unter ihr, unter Alexander und der Toten. Der Uniformierte mit dem Megaphon hockte in dem kleinen Boot, neben ihm zwei Kollegen. Einer hielt eine Automatik und der zweite eine MP auf Alexander gerichtet.

»Springen Sie!«, wiederholte der Polizist, den er auch ohne Megaphon deutlich verstanden hätte. Vielleicht benutzte der Mann den Verstärker nur, damit seine Kollegen auf dem größeren Boot hörten, was vor sich ging.

Langsam löste Alexander die Hände vom Gerüst und ließ sich fallen. Er landete in dem kleinen Polizeiboot. Seine Hände wurden unsanft nach hinten gerissen. Handschellen schlossen sich mit leisem Klicken um seine Handgelenke.

Der Mann mit dem Megaphon drehte sich zu dem großen Polizeiboot um und meldete: »Doppeltreffer! Wir haben an der Brücke eine Leiche und den Mörder gleich dazu.«

VIII

Freitag, 8. Mai

Er hatte jedes Zeitgefühl verloren. Es war früh am Morgen, so viel war gewiss, mehr aber auch nicht. War die Sonne schon aufgegangen über Rom? Die fensterlose Zelle wurde von einer gittergeschützten Neonröhre erleuchtet. Alexander lag auf der schmalen Pritsche, dem einzigen Einrichtungsgegenstand überhaupt, und starrte in einer reflexartigen Bewegung immer wieder auf sein linkes Handgelenk. Doch die Uhr hatte man ihm schon auf der Tiberinsel abgenommen, genauso wie Geld, Papiere und seinen Gürtel. Als befürchteten die Polizisten, ihr vermeintlicher Mörder könnte es seinem Opfer gleichtun.
Irgendwann nach Mitternacht hatte ein Polizeitransporter Alexander von der Wache auf der Tiberinsel zum Quirinal gebracht. Zumindest vermutete er, dass er hier im Polizeihauptquartier war. Der Aufbau des Gefangenentransporters hatte kein Fenster gehabt und am Ziel in einer Tiefgarage gehalten. Mehr als Vermutungen anstellen und warten konnte Alexander nicht.
Hin und wieder schloss er die Augen, um das Neonlicht und die trostlose Ödnis der kleinen Zelle auszublenden. Doch die geschlossenen Augen sahen weitaus Schlimmeres: die tote Raffaela Sini, die unter dem Brückengerüst baumelte wie ein von den Arbeitern vergessenes Werkzeug. Nur ihre Augen schienen nicht tot, warfen ihm anklagende Blicke zu.

Nach endlosem Liegen und Warten wurde die schwere Stahltür schließlich geöffnet, und Alexander sah sich drei Männern gegenüber. Zwei waren uniformiert, der dritte trug Zivil, einen zerknitterten beigefarbenen Anzug. Sein Kinn und seine Wangen waren stoppelig, er sah übernächtigt aus und genervt, weil er hier Dienst schieben musste, statt daheim im warmen Bett zu liegen.

»Signor Rosin, folgen Sie mir.« Auch seine Stimme klang müde, leidenschaftslos.

»Wer sind Sie?«

»Commissario Bazzini. Ich leite die Untersuchung in diesem Fall.«

»Wohin bringen Sie mich?«

»Wenn Sie mitkommen, sehen Sie es.«

Vorsichtig trat Alexander aus der Zelle und wartete vergeblich darauf, dass man ihm Handschellen anlegte. Die beiden Uniformierten in seinem Rücken schienen sich ihrer Sache sicher. Er folgte dem Commissario zu einem Lift und musste unterwegs seine Jeans hochziehen. Jetzt hätte er den Gürtel, den er im Magazin gekauft hatte, gut gebrauchen können.

Es ging aufwärts, in den dritten Stock, und dort in ein verräuchertes Büro, in dem Commissario Stelvio Donati saß, einen halb aufgerauchten Zigarillo im Mundwinkel. Das linke Bein stand in einem unnatürlichen Winkel von seinem Körper ab. Er begrüßte den Schweizer mit einem knappen Nicken. Zartes Morgenrosa, das durch die schlierige Fensterscheibe schimmerte, fiel auf den massigen Quader des Palazzo delle Esposizioni, in dem wechselnde Kunstausstellungen gezeigt wurden. Alexander hatte richtig vermutet, er befand sich im Hauptquartier der römischen Polizei.

Die beiden Uniformierten blieben an der Tür stehen. Bazzini bot Alexander einen Stuhl an, hockte sich auf die Schreibtischkante und fragte: »Haben Sie das Mädchen am Ponte Sisto umgebracht?«

»Vielleicht bin ich schuld an Raffaela Sinis Tod, aber ich habe nicht Hand an sie gelegt.«

»Sie kannten die Kleine also?«

»Ich hatte mich mit ihr am Ponte Sisto verabredet. Als ich ankam, muss sie schon unter der Brücke gehangen haben.«

»Glück für Sie, dass Sie dafür einen Zeugen haben.« Bazzini brachte das reichlich übellaunig hervor.

Alexanders fragender Blick huschte zwischen den beiden Kommissaren hin und her. »Wer ist der Zeuge?«

Bazzini wandte sich zur Tür. »Bringen Sie die beiden rein.«

Einer der Uniformierten verließ das Büro und kehrte kurz darauf in der Begleitung eines Mannes und einer Frau zurück. Der große kräftige Mann war Alexander unbekannt, die Frau, die einen gestreiften Blazer und schwarze Jeans trug, nicht.

»Sie sind meine Zeugin?«, fragte Alexander und starrte sie verblüfft an.

»Nein, er«, sagte Elena Vida und zeigte auf ihren Begleiter. Der trug das dunkle Haar in einer offenen Lockenmähne, die ihn wie den Helden aus einem alten Sandalenfilm aussehen ließ. Mit seinem kräftigen Körperbau und dem breiten, unbewegten Gesicht erinnerte er Alexander an Victor Mature in *Samson und Delilah*.

»Spartaco Negro, ein Mitarbeiter von mir.«

»Ich kenne Signor Negro nicht und weiß nicht, wie er meine Unschuld bezeugen kann.«
»Ich habe Sie beobachtet«, sagte Negro mit volltönender Stimme.
»Wann?«
»Den ganzen Nachmittag und Abend, von der Piazza Navona bis zum Ponte Sisto.«
»Was? Warum?«
»Auftrag von Elena.«
Nach drei Sekunden des Verdauens sprang Alexander auf und fuhr die Journalistin an: »Sie haben mir nachspioniert? Sie trauen mir wohl nicht!«
Sie blieb ruhig. »Ich traue Ihnen so weit, wie Sie mir vertrauen, Alexander. Von Ihrer Verabredung mit dem Mädchen haben Sie mir nichts erzählt. Im Übrigen sollten Sie froh sein, dass ich misstrauisch war. Ohne Spartacos Aussage stünden Sie jetzt unter Mordverdacht.«
»Die Zeit in der Zelle hat mir gereicht. Wieso hat es überhaupt so lange gedauert?«
»Signorina Vida und Signor Negro haben sich erst kürzlich bei Commissario Donati gemeldet«, erklärte Bazzini gereizt. Auch er schien über den Ablauf der Dinge wenig erfreut.
»Elena hatte mich beauftragt, also musste ich ihr erst berichten«, sagte Negro.
»Und ich habe beschlossen, mich an Commissario Donati zu wenden«, fügte Elena hinzu. »Weil ich wusste, dass Sie mir ihm bekannt sind, Alexander.«
»Sehr fürsorglich«, brummte Bazzini. »Nur gut, dass Signor Rosin einen Bekannten bei der römischen Polizei und nicht bei der in Peking hat. Sonst hätten wir noch ein

paar Tage auf Signor Negros Aussage warten dürfen. Apropos Aussage, haben Sie die zu Protokoll gegeben?« Er starrte Negro an.

»Ist gerade geschehen, Signor Commissario.«

»Dann können Sie und Ihre fürsorgliche Auftraggeberin jetzt gehen.«

Elena trat einen Schritt vor und funkelte Bazzini an. »Aber ich möchte hören, was Alexander zu sagen hat.«

»Ja, selbstverständlich doch, Signorina.« Bazzini stand auf und bedachte sie mit einem falschen Lächeln. »Ist Ihnen dieses Büro genehm oder wünschen Sie für das Verhör eine Suite im Hassler? Vielleicht möchten Sie auch, dass wir das Fernsehen informieren, damit die Weltöffentlichkeit die Vernehmung live erleben kann?«

Elena ließ sich nicht provozieren. »Ich sehe keinen Grund für Ihre Häme.«

»Ich auch nicht mehr, sobald Sie und Ihr Freund mein Büro verlassen haben. Buon giorno!«

Auf seinen Wink hin geleiteten die beiden uniformierten Polizisten Elena und Negro hinaus. Elenas letzter Blick galt Alexander. Täuschte er sich oder las er Besorgnis darin?

Bazzini wandte sich zu ihm um. »*Jetzt* können Sie loslegen, Signor Rosin. Was wollten Sie von der Toten?«

»Ich wollte nur etwas von der lebenden Raffaela Sini. Sie war die Freundin von Marcel Danegger.«

»Wer ist das?«

»Der Mann, der erst Signor Rosins Onkel und Tante und dann sich selbst erschossen hat, wenn der Bericht aus dem Vatikan stimmt.« Zum ersten Mal ergriff Donati das Wort.

Bazzini nickte. »Die Freundin des Mannes also, der Ihre

Angehörigen ermordet hat. Was zur Hölle wollten Sie von ihr, Rosin?«

»Ich wollte mit ihr sprechen, um zu verstehen, warum Danegger das getan hat.«

»Warum schon?« Bazzini setzte sich wieder auf den Schreibtisch. »Dienstliche Gründe, sagt man.«

»Sagt man, eben. Ich wollte es genauer wissen.«

»Und deshalb haben Sie sich zu später Stunde an einem so romantischen Ort mit der Kleinen verabredet?«

»Sie hat Ort und Zeit vorgeschlagen«, erwiderte Alexander und berichtete von ihrem Zusammentreffen im Magazin. »Ich weiß nicht, was sie in Trastevere zu tun hatte.«

»Wir wissen es auch noch nicht«, warf Donati ein. »Gewohnt hat sie bei den Weißen Tauben an der Via Appia. Doch dort konnte man uns nicht weiterhelfen.«

»Was nun wieder für Tauben?«, seufzte Alexander.

»Eine Art Orden von Laienschwestern oder wie immer man das nennt.« Bazzini grinste. »Hört sich an wie ein Heim für gefallene Mädchen, ist aber eins für Waisenkinder. Da wir gerade bei Mädchen sind: Wieso hat Signorina Vida Sie beschatten lassen? Warum haben Sie sich auf der Piazza Navona getroffen?«

»Darüber möchte ich nicht reden.«

Ein Zucken lief durch Bazzinis ganzen Körper. »Sie sollten ein wenig kooperativer sein, Signor Rosin! Bis vor kurzem standen Sie noch unter Mordverdacht.«

»Bis vor kurzem, Sie sagen es, Commissario.«

»Seien Sie nicht zu selbstsicher. Dieser Negro kommt mir reichlich spanisch vor. Wenn seine Aussage sich als wacklig erweist, sind Sie ruck, zuck wieder Verdächtiger Nummer eins.«

»Bis dahin hätte ich gern meine Brieftasche, meine Uhr und vor allen Dingen meinen Gürtel zurück.«
Bazzini schien ihn nicht gehört zu haben. »Wenn Sie das Mädchen nicht ermordet haben, wer war es dann?«
»Das herauszufinden ist Ihr Job.«
»Vielleicht war es Selbstmord«, sagte Donati, allerdings in einem Tonfall, als glaube er selbst nicht daran.
Bazzinis Gesicht hellte sich plötzlich auf und er grinste Alexander verschlagen an. »Fragen wir doch Dr. Gearroni!«

Dr. Gearroni war eine kleine Frau in den Fünfzigern, ihr Reich war die gerichtsmedizinische Abteilung im Keller des großen Polizeigebäudes, von den Polizisten schlicht »Leichenkeller« genannt. Anfangs, als Donati, Bazzini und er im Lift nach unten fuhren, hatte Alexander geglaubt, der verärgerte Commissario wolle ihn wieder in die Zelle sperren. Tatsächlich suchten sie den Gefängnistrakt auf, doch nur, damit Alexander seine Sachen zurückerhielt. Als es dann in den Leichenkeller ging, war er zunächst verwundert, dass er, der nicht zur Polizei gehörte, mitkommen durfte. Aber als er vor Raffaela Sinis Leichnam stand und auf Bazzinis Gesicht erneut jenes Grinsen sah, wusste er, dass dies zur Taktik des Polizisten gehörte. Der Anblick der Toten sollte ihn weich klopfen. Es war ein Anblick, auf den er gern verzichtet hätte.
In obszöner Nacktheit lag die Tote auf dem Untersuchungstisch aus rostfreiem Edelstahl, der zu Füßen der Leiche in ein großes Spülbecken überging. Alexander hatte die Vision, dass der letzte Rest Leben, der möglicherweise noch in Raffaela steckte, in diesen Abfluss sickerte.

Aber das war natürlich Unsinn. Da gab es keinen Rest; sie war tot.

Dr. Gearroni blickte ihnen erstaunt entgegen. Ihre behandschuhte Linke fuhr zum Gesicht und streifte den Mundschutz ab. Sie stand am Kopf der Toten und hielt eine kleine elektrische Säge in der Rechten.

»Also wirklich, Bazzini, ein wenig Zeit müssen Sie mir schon lassen, um meinen Bericht anzufertigen! Sie verwechseln Nachtarbeit mit Hexerei. Ich wollte gerade das Schädeldach öffnen und nach Blutungen in der Gehirnhöhle sehen.«

Bazzini zeigte auf den Leichnam und erwiderte in ebenso vorwurfsvollem Ton: »Sie haben sie ja noch nicht mal angeschnitten, Dottoressa! Dabei haben Sie die Kleine schon seit ein paar Stunden.«

Die Frau im grünen Pathologenkittel legte den Kopf in den Nacken und reckte angriffslustig das Kinn vor. »Commissario, Ihre Leiche ist nicht die einzige in dieser Nacht, und sie ist nicht mit einem Prioritätsvermerk versehen.«

»Dann sind wir umsonst heruntergekommen«, grunzte Bazzini. »Natürlich können Sie uns noch nichts darüber sagen, ob das Mädchen umgebracht wurde oder Selbstmord begangen hat.«

»Natürlich *kann* ich das!«, versetzte Dr. Gearroni und jedes Wort hallte wie ein Peitschenschlag durch den Leichenkeller. »Auch wenn es nicht meine Aufgabe ist zu präjudizieren, lässt sich doch nach der äußeren Untersuchung der Toten schon sagen, dass sie durch Fremdeinwirkung gestorben ist.«

»Warum wollen Sie Raffaela dann noch aufschneiden?«, entfuhr es Alexander, und ein Schauer überfiel ihn bei dem Gedanken, wie die Elektrosäge sich durch die Schädeldecke fraß.

»Zur Verifikation natürlich.« Irritiert blickte Dr. Gearroni erst ihn und dann Bazzini an. »Wer ist das überhaupt?«

»Der Mörder.« Als die Pathologin ihre Augen noch weiter aufriss, setzte Bazzini hinzu: »Der ursprünglich als Mörder Verdächtigte, der jetzt durch eine Zeugenaussage entlastet ist.« Nur mühsam verschluckte er ein »Leider«.

Donati trat an den Untersuchungstisch. »Erläutern Sie uns bitte Ihre bisherigen Erkenntnisse, Dottoressa.«

Die Pathologin legte die Säge neben die Waage auf den langen Tisch am Kopf der Toten und zeigte auf Raffaela Sinis Hals. »Den Fotos vom Fundort der Leiche und den Beschreibungen des Fundorts zufolge hat die Tote, berechnet vom Fixpunkt des Seils, einen Fallweg von ziemlich genau eineinhalb Metern zurückgelegt. Von den dafür typischen Verletzungen im Halswirbelbereich fehlt aber jede Spur. Bänder, Muskeln und Knochen sind unversehrt. Folglich hat die Frau sich nicht erhängt.«

»Also ist sie nicht an dem Strick unter der Brücke gestorben«, schlussfolgerte Bazzini.

»Aber ja! Jedenfalls deutet alles darauf hin.«

»Gerade eben haben Sie das Gegenteil behauptet, Dottoressa.«

»Habe ich nicht! Ich sagte nur, sie hat sich nicht erhängt. Vielmehr ist sie erhängt worden, wenn ich nicht vollkommen irre, und das habe ich noch nie getan. Sehen Sie nur diesen doppelten Eindruck rings um den Hals. Die typische Spur eines Seils, das jemandem über den Kopf gestreift und dann zugezogen wird. Sie ist vermutlich erst danach an die Brücke gehängt worden. Um sicherzugehen, dass sie auch wirklich tot war, hat der Täter kräftig an ihren Füßen gezogen. Man sieht die Druckmale hier an den Fußgelenken.«

»Wer das getan hat, muss in einem Boot gestanden haben«, überlegte Donati. »Mit diesem Boot hat man die Tote oder Bewusstlose wohl zu der Stelle gebracht, an der Signor Rosin sie gefunden hat. Für eine Selbstmörderin ohnehin ein recht absurder Ort.«

»Aber warum der Umstand, wenn ein Selbstmord vorgetäuscht werden sollte?«, fragte Alexander.

»Vielleicht war das gar nicht beabsichtigt«, antwortete Donati. »Der Mörder könnte damit gerechnet haben, dass Sie an der Brücke nach Signorina Sini suchen und die Tote entdecken. Und damit, dass man Sie für den Mörder hält.«

»Diese Fragen müssen Sie klären.« Dr. Gearroni sah ihn ungnädig an. Offenbar fühlte sie sich in ihrem Vortrag gestört. »Kommen wir noch einmal zu dem Seil zurück. Als es ihr übergestreift wurde, muss sie sich gewehrt haben, darauf weisen diese Hautabschürfungen im Bereich der Wangenknochen hin. Was ich nicht verstehe, sind die starken Eindrücke an den Oberschenkeln, die allerdings älter sind und somit wohl bedeutungslos für unseren Fall.«

»Diese Male an Raffaela Sinis Oberschenkeln – sie stammen von Bußgürteln«, sagte Alexander, als er neben Stelvio Donati in dessen Fiat saß. Der Wagen war repariert und wies keine Spuren des fehlgeschlagenen Schrotattentats mehr auf. Alexander hatte das Angebot des Polizisten, ihn zum Vatikan zu fahren, gern angenommen. Auch weil er mit Donati unter vier Augen sprechen wollte. »Raffaela Sini muss sehr fromm gewesen sein.«

»Woher wissen Sie das?« Der Commissario warf ihm nur einen kurzen Blick zu und sah dann wieder nach vorn. Obwohl es noch früh am Morgen war, herrschte auf der Via Nazionale schon reger Verkehr.

»Der Leichnam meines Onkels wies ähnliche Spuren auf, allerdings im Hüftbereich.«

»Und warum haben Sie das vorhin im Leichenkeller nicht erwähnt?«

»Hätte ich die Sache mit meinem Onkel vor Bazzini und Dr. Gearroni ausbreiten sollen?«

»Und zu mir haben Sie mehr Vertrauen?«

»Ich glaube, für Sie ist Raffaela Sini nicht bloß eine Akte, die Sie möglichst schnell schließen wollen.«

»Sie ist nicht mein Mordfall, wenn Sie das meinen.«

»Nein, das meinte ich nicht. Sie sind ein Mensch, der sich um andere Menschen sorgt.«

»Warum glauben Sie das?«

»Weil Sie hier sind.«

»Ich stehe in Ihrer Schuld, schon vergessen? Sie haben mir das Leben gerettet.«

»Inzwischen neige ich mehr zu der Annahme, dass Ihr Leben erst durch meine Anwesenheit gefährdet war.«

Der Fiat stand vor einer roten Ampel, und Donati sah Alexander an. »Um ehrlich zu sein, der Gedanke ist mir auch schon gekommen. Ich habe überlegt, ob es einen Zusammenhang zwischen dem Anschlag und den beiden Mordfällen geben könnte.« Die Ampel sprang auf Grün, und der Wagen rollte an. Donati sah wieder auf die Straße. »Ihre Beobachtungen mit dem Bußgürtel erhärten diesen Verdacht natürlich. Können Sie mir wirklich nicht mehr über die Tote verraten, Alexander?«

»Ich weiß nur, dass sie wahnsinnige Angst hatte. Aber vor was oder wem – keine Ahnung. Vielleicht hätte sie es mir am Ponte Sisto gesagt.«
»Was ist mit der Journalistin?«
»Sie steht dem Untersuchungsbericht, den der Vatikan zum Mordfall Rosin/Danegger herausgegeben hat, ebenso skeptisch gegenüber wie ich. Wir wollten uns bei unseren Nachforschungen gegenseitig unterstützen.«
»Nachforschungen?«, sagte Donati und betonte jede Silbe. »Seien Sie bloß vorsichtig und lassen Sie sich den Tod des Mädchens eine Warnung sein! Für Ermittlungen ist die römische Polizei zuständig.«
»Nicht im Vatikan.«

Feldweibel Marc Tanner vom Romandgeschwader war Wachhabender am Sant'Anna-Tor. Dass er Alexander augenblicklich zu Oberstleutnant von Gunten schickte, war nicht verwunderlich. Der Feldweibel konnte gar nicht anders: Erstens hatte Alexander die Ausgangszeit gleich um mehrere Stunden überschritten, zweitens war er in einen Mordfall verwickelt. Alle polizeilichen Vorkommnisse, an denen Schweizergardisten beteiligt waren, wurden dem Gardekommando gemeldet.
Da Alexander unschuldig eingesperrt gewesen war, konnte der Oberstleutnant ihm das Überschreiten der Ausgangszeit nicht vorwerfen. Aber dass er sich mit Daneggers Freundin verabredet hatte, schien von Gunten nicht zu schmecken.
»Der Fall ist abgeschlossen, ganz offiziell!«, bellte der kommissarische Gardekommandant. »Das gilt auch für Sie, Adjutant Rosin! Haben Sie verstanden?«

»Der Gardeadjutant Rosin hat Sie verstanden, Herr Oberstleutnant.«
Misstrauisch blickte von Gunten aus seinem Stuhl zu ihm auf. »Warum drücken Sie sich so gedrechselt aus? Was wollen Sie damit sagen, Rosin?«
»Als Adjutant der Garde betrachte ich den Fall als offiziell abgeschlossen.«
»Ah ja. Und als Privatmann?«
»Bei allem Respekt, Herr Oberstleutnant, aber das geht Sie nichts an.«
Das gefährliche Funkeln in von Guntens Augen verschwand nach wenigen Sekunden, und er sagte nur: »Gehen Sie an Ihren Dienst, Adjutant Rosin.«
Als Alexander das Büro verließ, wusste er, dass er von Gunten provoziert hatte. Und genau das war seine Absicht gewesen.

Nachts träumte Alexander von Elena Vida. Sie war nackt und zog ihn in ihre Arme. Er ließ es willig geschehen, wollte die Wärme und Süße ihres schönen Körpers genießen.
Aber er fröstelte bei der Berührung. Ihre Haut war kalt wie – der Tod. Und tot blickten die Augen der Frau, die auf einem blanken Metalltisch lag. Er schaute in die Augen von Raffaela Sini. Er sah die Würgemale an ihrem Hals und war überrascht, als die Tote die Arme ausstreckte und ihn fest an ihren Leib presste, an kaltes, lebloses Fleisch. Er wollte sich aus dem Griff befreien, doch der Druck wurde immer stärker. Etwas stach in seine Haut wie die Dornen eines Bußgürtels. Er wollte schreien, konnte es aber nicht. Sein Hals fühlte sich an wie mit einem Seil zugeschnürt.

Als er die Frau wieder ansah, hatte ihr Gesicht sich abermals verändert. Jetzt war es das der Geliebten, die er verloren hatte. Verloren auf immer und ewig. Denn auch ihre Augen waren tot.

IX

Sonntag, 10. Mai

Leise und dumpf war in der Tiefgarage das Glockengeläut aus einer der vielen vatikanischen Kirchen oder Kapellen zu hören. Alexanders Schritte auf dem Betonbelag hallten laut von den Wänden wider. Es war noch früh am Morgen und die Garage menschenleer. Da es Sonntag war, standen die schweren Maschinen der Bauarbeiter unbenutzt herum. Er sah hinter den Absperrgittern die Gruben, die zur Erweiterung der Garage ausgehoben worden waren. Die Luft hier unten war ein schweres, Übelkeit erregendes Gemisch aus Benzingeruch und aufgewirbeltem Staub.

Wegen der Absperrungen für die Bauarbeiter standen die geparkten Fahrzeuge enger zusammen als gewöhnlich. Auf den meisten lag eine dicke Schmutzschicht. Die Kennzeichen begannen fast alle mit den Buchstaben SCV *(Stato della Città del Vaticano,* Staat der Vatikanstadt) – wenn es Dienstfahrzeuge des Vatikans waren – oder CV *(Città del Vaticano,* Vatikanstadt) – wenn es sich um Privatfahrzeuge von Vatikanbürgern handelte. Die spottlustigen Römer hatten sich für das SCV längst eine andere Bedeutung überlegt: *se Cristo vedesse,* »wenn Christus das sähe«. Und in Umdrehung der Buchstaben fügten sie hinzu: *vi cacciarebbe subito,* »verjagte er euch«.

Der dunkelblaue Lancia mit dem Nummernschild CV-154 stand, reichlich verdreckt wie von einer Geländefahrt, eingeklemmt zwischen einer Mercedes-Limousine und einem Betonpfeiler. Der Wagen hatte Heinrich und Juliette Rosin gehört. Sie hatten Alexander den Schlüssel gegeben und ihm erlaubt, den Wagen zu benutzen. Seit dem Tod der beiden stand das Fahrzeug, scheinbar vergessen, hier unten.

Alexander zog den Autoschlüssel aus einer Tasche seiner Wildlederjacke, öffnete die Hecktür und fand die Rolle Küchenpapier zwischen Starthilfekabel und Abschleppstange. Unter Zuhilfenahme der Scheibenwaschanlage reinigte er die Scheiben, so gut es eben ging.

Als er einstieg, musste er an Juliette denken, die den Wagen häufig benutzt hatte. Sie war immer montags bis donnerstags zum E.U.R.-Viertel gefahren, wo sie einen gut bezahlten Job bei einem Unternehmen für Software-Entwicklung gehabt hatte. Er meinte, noch einen Hauch ihres Parfüms zu riechen, und schloss die Augen. Für kurze Zeit war Juliette wieder am Leben. Der Traum verflog mit dem blumigen Duft, den er bald nicht mehr wahrnahm, der wohl nichts als Einbildung gewesen war. Er startete den Motor und verließ die Tiefgarage und den Vatikan.

Seit Freitagmorgen hatte er weder von Stelvio Donati noch von Commissario Bazzini oder Elena Vida etwas gehört. Und er war darüber fast froh gewesen. Der Anblick von Raffaela Sinis Leiche war ein Schock, den er noch immer nicht ganz überwunden hatte. Ihr Tod hatte ihn fast härter getroffen als der von Heinrich und Juliette, weil er ahnte, dass sie seinetwegen gestorben war. Die Vermutung, dass jemand Raffaela Sini daran hatte hindern wollen, mit ihm zu sprechen, war alles anderes als abwegig. Er musste das alles überdenken und für sich verarbeiten, ganz allein. Auch Utz Rassers Angebot, über die Sache zu sprechen, hatte er abgelehnt. Er hatte seinen Dienst verrichtet und sich danach sofort in sein Zimmer zurückgezogen.

Aber er hatte keinen Abstand zu den Toten gewonnen. Im Gegenteil, je länger er grübelte, desto drängender wurde sein Wunsch, endlich Licht in die mysteriöse Angelegenheit zu bringen. Und so hatte er sich entschlossen, seinen nächsten freien Tag, diesen Sonntag, für einen Ausflug in die Albaner Berge zu nutzen. Vielleicht brachte Pater Giorgio Borghesi ihn auf eine neue Spur.

Es war noch nicht einmal acht Uhr. Zu der frühen sonntäglichen Stunde waren die Straßen Roms ausnahmsweise frei von Staus. Wieder verbarg die Sonne sich hinter schweren Wolken, so als habe sie sich endgültig von den Menschen abgewandt, aber wenigstens regnete es nicht. Als er an der lang gestreckten Wiese, die vor zweitausend Jahren der berühmte Circus Maximus gewesen war, vor einer roten Ampel wartete, trat ein dunkelhäutiger Mann in schmutzigen Kleidern an den Wagen und hielt seinen Scheibenputzer hoch. Alexander nickte dankbar und bezahlte gut.

Er fuhr durch den Rundbogen der Porta San Sebastiano hinaus auf die Via Appia Antica, die ab Mittag für den Kraftverkehr gesperrt werden würde, damit die Sonntagsausflügler unbehelligt wandern und Rad fahren konnten. Zur Linken huschte die Kirche Domine Quo Vadis an ihm vorbei. An diesem Ort, so wollte es die Legende, war der aus Rom geflohene Petrus dem auferstandenen Messias begegnet und dadurch zur Rückkehr bewegt worden. Alexander dachte an den Roman von Henryk Sienkiewicz

und an die Hollywoodversion: Robert Taylor, Deborah Kerr und der wahrhaft göttliche Peter Ustinov in bonbonbunten Kostümen und bombastischen Kulissen. Wagenrennen und Schwerterklirren.
Die alte Königin der Straßen, die das antike Rom mit Capua, Benevent, Torent und Brindisi verbunden hatte, war der geeignete Ort, um die Vergangenheit lebendig werden zu lassen. Die Steinruinen der Grabmäler, die reiche Römer für ihre Familien und sich selbst hatten errichten lassen, erhoben sich zwischen Pinien und Zypressen zu beiden Seiten der Straße wie eine Prätorianergarde, die über den Schlaf der Toten wachte. Das Verbot, die Toten innerhalb der Stadtmauern zu beerdigen, hatte das Gebiet rund um die Via Appia zu einer riesigen Ansammlung von Familien- und Gemeinschaftsgräbern, Mausoleen und Katakomben werden lassen, und den heidnischen Leichen waren bald christliche gefolgt.
Plötzlich hüpfte der Lancia auf und nieder, und Alexander wurde kräftig durchgeschüttelt – er fuhr unaufmerksamerweise mit zu hohem Tempo über ein weiteres Relikt der einstigen römischen Weltmacht: ein kurzes Wegstück aus den robusten, aber nicht sonderlich stoßdämpferfreundlichen Basaltplatten, mit denen einst die Straßen gepflastert worden waren. Er drosselte die Geschwindigkeit, nicht nur wegen der Stoßdämpfer, sondern weil er den zweiten Anlass, der ihn neben dem Ausflug in die Albaner Berge zur Via Appia geführt hatte, nicht verpassen wollte.
Fast wäre er doch an dem verwitterten Torbogen mit den beiden darauf thronenden Tauben vorbeigefahren, von denen eine ihren Kopf verloren hatte. Das ausladende Geäst einer alten Pinie verdeckte das etwas abseits der Stra-

ße liegende Tor. Er parkte und ging an der von Efeu umrankten hohen Mauer entlang zurück. Es gab keine Klingel und schon gar keine Sprechanlage. Und kein noch so winziges Schild wies darauf hin, dass hier die Weißen Tauben ihr Refugium hatten. Er war schon einige Male über die Via Appia gefahren, ohne zu wissen, was sich hinter dem Tor verbarg. Erst Commissario Bazzinis Erwähnung der Weißen Tauben hatte ihn darauf gebracht. In der Gardebibliothek hatte er in einem Verzeichnis römischer Orden und Kongregationen genauere Informationen gefunden.

Das doppelflügelige Gittertor war nicht verschlossen. Er trat hindurch und fragte sich, ob die steinernen Tauben zufällig auf dem gemauerten Bogen hockten. Sie waren weitaus älter als die Kongregation der Weißen Tauben, die fünfzig Jahre zuvor mit der Absicht gegründet worden war, mittellosen Waisenkindern ein Heim und eine christliche Erziehung zu bieten. Die Taube als Zeichen des Heiligen Geistes und des himmlischen Friedens war kein schlechtes Wahrzeichen für einen solchen Zweck. Wenn das Tor ursprünglich der Eingang zu einem frühchristlichen Friedhof gewesen war, was Alexander vermutete, standen die Tauben allerdings für die Seelen der Toten, denen man himmlischen Frieden wünschte.

Starker Baumbewuchs und dichtes Unterholz verwehrten den Blick auf das Waisenheim. Als er undeutlich eine leise Stimme hörte, irgendwo zur Rechten, verließ er den unbefestigten Weg und drang in den Dschungel aus Pflaumenbäumen, Beereneiben und fast hüfthohem Gras ein. Jetzt hörte er es deutlicher: die Stimme eines Mädchens, das ein Lied summte.

Der Boden unter seinen Füßen gab schneller nach, als Alexander nach einem Halt suchen konnte. Er brach ein und schlug schmerzhaft mit der linken Seite auf. Erdreich und Steine rieselten auf ihn herab.
Mit dem Handrücken wischte er sich den Schmutz aus den Augen. Er war in ein etwa drei Meter tiefes Loch gefallen. Als er nach oben zu klettern versuchte, gab das Erdreich erneut nach, und er plumpste in die Grube zurück. Wie ein umgestürzter Maikäfer lag er auf dem Rücken und stieß einen lauten Soldatenfluch aus.
»Haben Sie gerufen, Signore? Wer sind Sie? Was tun Sie hier?«
Er hörte die Stimme, als er den zweiten Versuch unternahm, nach oben zu kommen. Eine junge Frau stand am Rand der Erdgrube und sah neugierig zu ihm herab. Sie war keinesfalls älter als sechzehn, ihr weites Kleid ebenso hoffnungslos altmodisch wie die Zöpfchenfrisur, die sie ihrem rabenschwarzen Haar angetan hatte. Das hübsche Gesicht war ungeschminkt.
»Ich bin in dieses Loch gefallen«, erklärte Alexander überflüssigerweise, aber irgendetwas musste er schließlich sagen.
»Man muss vorsichtig sein hier an der Via Appia. Zu beiden Seiten der Straße liegen alte Gräberfelder.«
»Was Sie nicht sagen, Signorina. Vielleicht könnten Sie mir behilflich sein, hier herauszukommen?«
»Gern. Aber wie?«
»Ich klettere rauf und Sie strecken mir die Hand entgegen. Keine Angst, Sie müssen mich nicht nach oben ziehen. Ich brauche nur für einen Moment Halt, um über die lockere Erde hier hinauszukommen.«

Sie schien unsicher. »Sind Sie der neue Gärtner?«
»Ja«, log er, um die Prozedur abzukürzen. »Und es sieht so aus, als gäbe es hier jede Menge Arbeit für mich.«
»Also gut, warten Sie.«
Sie kniete sich hin und streckte den rechten Arm in die Grube. Alexanders Plan ging auf; wenig später fand er sich neben der jungen Frau im hohen Gras wieder.
»Danke«, keuchte er. »Ich heiße Alexander.«
»Das ist kein italienischer Name und Sie hören sich nicht an wie ein Italiener.«
»Das liegt wohl daran, dass ich Schweizer bin.«
»Aus den Schweizer Alpen?«, fragte sie interessiert.
»Fast. Genau genommen kommt meine Familie aus Zürich. Und wie heißen Sie?«
»Loredana.«
»Ein ungewöhnlicher Name, aber er gefällt mir.«
Täuschte er sich, oder errötete sie wirklich bei diesem harmlosen Kompliment? Verlegen strich sie sich eine imaginäre Haarsträhne aus dem Gesicht. Dabei fiel der silberne Anhänger ihrer Halskette aus dem Ausschnitt. Es war ein kleines Kreuz, und er hatte es schon einmal gesehen. Zumindest eins, das diesem exakt glich.
»Was haben Sie, Signore? Warum sehen Sie mich so seltsam an?«
»Ich kenne diesen Anhänger. Raffaela Sini hat auch so einen getragen.«
»Jedes Mädchen, das bei den Weißen Tauben aufgenommen wird, bekommt eine Kette mit so einem Anhänger geschenkt. Es ist der einzige Schmuck, den wir tragen dürfen. Er soll uns stets daran erinnern, dass wir die Gebote des Herrn zu beachten haben.« Sie rückte ein Stock von

ihm ab. »Woher kennen Sie Raffaela? Sie sind doch neu hier, und Raffaela ist … tot.«
»Ich habe sie im Vatikan getroffen.«
Abrupt stand Loredana auf. Misstrauen flackerte in ihren Augen und Furcht. Dieselbe Furcht, die auch in Raffaelas Blick gelegen hatte, als er sie im Magazin ansprach?
»Im Vatikan? Ich glaube nicht, dass Sie der neue Gärtner sind!«
»Okay, ich habe gelogen.«
»Warum?«, fragte sie und wich zwei Schritte zurück.
»Weil ich unbedingt mit Ihnen sprechen muss, über Raffaela.«
»Über … Raffaela?«, keuchte sie, und Panik verzerrte ihr Gesicht. »Lassen Sie mich in Ruhe. Kommen Sie bloß nicht näher!«
Zu spät, Alexander hatte schon einen Schritt auf Loredana zu gemacht. Sie drehte sich um und lief ins Unterholz, ohne auf die Zweige zu achten, die ihr ins Gesicht peitschten und an ihrem Kleid und ihrem Haar zerrten. Dabei kreischte sie immer wieder etwas, das Alexander nur sehr undeutlich als »Mööördeeer!« identifizierte.
Hier konnte er nichts mehr gewinnen. Er lief zurück zu seinem Wagen, suchte ein paar endlose Sekunden nach dem Schlüssel und war froh, als der Motor beim dritten hastigen Startversuch ansprang. Mit quietschenden Reifen schoss der Lancia auf die altehrwürdige Via Appia, und Alexander stieß einen ganzen Schwall von Flüchen aus.

Als er den Flughafen Ciampino passierte, von dem der Papst zu seinen Auslandsreisen aufbrach, hatte er sich weit gehend beruhigt. Er hatte seinen Vornamen genannt und sich als Schweizer zu erkennen gegeben, na und? Selbst wenn das Mädchen oder die Heimleiterin sich an die Polizei wandte, hatte er nichts zu befürchten. Er konnte seinen Abstecher zu den Weißen Tauben begründen; dass er dort gewesen war, änderte nichts an dem Alibi, das dieser Spartaco Negro ihm verschafft hatte.

Auf der gut ausgebauten Fernstraße 7, in die sich die Via Appia verwandelt hatte, fuhr er den Bergen entgegen, einer Reihe dunkler Riesen, deren Umrisse im milchigen Licht verschwammen. Wäre es weniger bewölkt gewesen, hätte er zur Rechten das Meer gesehen. Immer wieder säumten Relikte der Aquädukte, die das antike Rom mit frischem Wasser aus den Albaner Bergen versorgt hatten, die Straße, Teilstücke altrömischer Baukunst, die im Morgendunst etwas von versteinerten Dinosauriern hatten. Noch vor Castel Gandolfo bog er nach links von der 7 ab und suchte sich an mehreren kleinen Bergdörfern vorbei einen Weg zu der Panoramastraße, die rund um den Lago Albano führte. Die Dörfer wirkten ausgestorben, die in Ocker und Orange gehaltenen Häuser wie seit den Tagen der Cäsaren verlassen. Er umrundete das Nordufer des Vulkansees und lenkte den Lancia, als die eben noch gut befahrene Straße in mehreren kleinen Wegen versickerte, auf einen grobkiesigen Seitenstreifen.

Um ein wenig frische Luft zu schnappen und sich zu orientieren, stieg er aus. Als er sich reckte und streckte, merkte er erst, wie verkrampft er seit seiner überstürzten Abfahrt vom Heim der Weißen Tauben hinter dem Lenkrad gesessen hatte. Überall an seinen Kleidern klebten Erdreich und Gras. Notdürftig klopfte er sich ab, dann blickte er suchend über den See. Aus dem glatten silbergrauen Gewässer, das einem beschlagenen Spiegel ähnelte, stieg Nebel auf, der mit den dicht bewaldeten Hängen zu einer dunklen, bedrohlichen Masse verschmolz.

Gegenüber, am südwestlichen Ufer, lag Castel Gandolfo, die päpstliche Sommerresidenz. Oft hatte er dort Wache gestanden, wenn der Heilige Vater die kühlere Bergluft der drückenden Sommerhitze, die in Roms Straßen brütete, vorgezogen hatte. Bei gutem Wetter konnte man von hier aus nicht nur das Bergdorf mit der alles überragenden Papstresidenz sehen, sondern dahinter in der Ferne auch die Ewige Stadt. Doch der Papst, den Alexander hierher begleitet hatte, war tot, Rom von einer dunklen Wolke verschluckt und Castel Gandolfo nur ein verschwommener Fleck, die blanke Kuppel der päpstlichen Sternwarte kaum zu erahnen.

Sosehr er sich auch anstrengte, er konnte die Kirche Santa Maria a Lago di Albano, die irgendwo am westlichen Kraterhang liegen musste, nicht ausmachen. Es war sogar schwierig gewesen, sie auf Landkarten zu finden. Auch hierbei hatte ihm ein Besuch in der Gardebibliothek geholfen. Auf alten Karten und in alten Verzeichnissen war Santa Maria noch eingetragen, mal als Dorfkirche, mal als klösterliches Heim für alte Kanoniker und Benefiziaten. Ein Vermerk besagte, das Heim sei vor elf Jahren geschlossen worden.

Er stieg wieder in den Wagen und versuchte, anhand einer fotokopierten älteren Landkarte den Weg zu Pater Borghesis Refugium zu finden. Als er sich endlich auf der richtigen Straße wähnte, die sich am inneren Kraterrand entlangschlängelte, tauchte hinter einer Biegung eine Baustelle mit einer Straßensperre auf. Da es Sonntag war, standen Bulldozer, Schaufelbagger, Schottermaschine, Straßenwalze und eine transportable Bauhütte verlassen am Straßenrand. Alexander wollte soeben auf die Bremse treten, als er neben der Sperre die schmale Durchfahrt dicht am Abgrund bemerkte, gerade breit genug für ein Fahrzeug. Nachdem er den Lancia am Abhang vorbeilaviert hatte, folgte er den Windungen der Bergstraße noch etwa einen Kilometer, dann schob sich links vor ihm unvermittelt ein wie an den Hang geklebtes baufälliges Gemäuer aus dem Grün von Bäumen und Buschwerk.

Santa Maria a Lago di Albano. Er wusste es sofort, obwohl er zum ersten Mal hier war. Der von einem großen Kreuz geschmückte Glockenturm und die Statue der Muttergottes mit dem Jesuskind über dem Kirchenportal sprachen eine deutliche Sprache. Jüngere Anbauten, nicht weniger verkommen als die Kirche selbst, duckten sich in ihrem Schatten. Die Gebäude stammten vermutlich aus der Zeit, als die Kirche zu einem Heim für alte Mönche umfunktioniert worden war. Alexander hielt vor dem Portal und stieg aus. Der ganze Komplex wirkte verlassen. Der zarte Hauch eines Glockenklangs kam nicht aus dem brüchigen Turm, der sich über ihm erhob, sondern wurde vom sanften Morgenwind aus einem fernen Dorf über den See geweht. Irgendwo im nahen Wald war ein eifriger Specht am Werk.

Gerade wollte Alexander sich den Anbauten zuwenden, da hörte er leise Geräusche aus der Kirche. Seine Wildlederschuhe knirschten auf dem Kies, als er sich dem madonnengekrönten Portal näherte. Es war nur angelehnt und quietschte gedehnt, als er einen Flügel aufzog. Aus dem Halbdunkel, in das nur durch die kleinen bunten Fenster ein wenig Licht fiel, schlug ihm abgestandene süßliche Luft entgegen, ein seltsames Gemisch aus Weihrauch und menschlichen Ausdünstungen.

Jetzt hörte er die Geräusche deutlicher, ein gelegentliches Klatschen – wie der lustlose Applaus eines Theaterbesuchers, der ein schlechtes Stück gesehen hat. Dazu murmelte eine Stimme, hin und wieder von einem Seufzen oder Stöhnen unterbrochen, lateinische Worte. Er musste genauer hinhören, um den Singsang zu erkennen: *»Totus tuus, Domine. Hic iacet pulvis, cinis et nihil. Mea culpa, mea culpa, mea maxima culpa.«* – »Vollkommen der Deine, Herr. Hier liegen Staub, Asche und nichts. Durch meine Schuld, durch meine Schuld, durch meine übergroße Schuld.«

Für einen Augenblick erschauerte Alexander. Die Kirchenbänke vor ihm waren leer, bedeckt von einer dicken Staubschicht. Keine der Kerzen brannte, der Altar war verwaist, und doch hatte er das Gefühl, mitten in eine Messe geraten zu sein.

Er gab sich einen Ruck und schritt an den Reihen wurmstichiger Holzbänke entlang, bis er rechts einen Lichtschein bemerkte, der wie die Worte und die Gerüche aus einer kleinen Kapelle kam. Langsam und leise, um die fremde Andacht nicht zu stören, trat er in den Durchgang zur Kapelle, und es verschlug ihm den Atem. Die Szene, die sich ihm bot, hätte eher ins Mittelalter gepasst.

Zwei bis drei Dutzend Kerzen brannten ringsum an den mit stockfleckigen Teppichen geschmückten Wänden des kleinen Raums und erfüllten ihn mit einer Wärme, die bei Alexander augenblicklich zu einem Schweißausbruch führte. Auf dem kleinen Altar, dessen ihm zugewandte Seite von einem Mosaik des dornengekrönten Messias geziert wurde, stand ein Weihrauchfass, aus dem dichter Rauch quoll. Auf dem rauen Steinboden vor dem Altar kniete ein Mann, nackt wie Adam vor dem Sündenfall, und sprach wieder und wieder die Litanei. Alle zehn Sekunden schlug er seinen bereits blutigen Rücken mit einer Geißel. Unermüdlich bissen die fünf am Ende in kleine Knoten auslaufenden Lederstreifen, obgleich schon blutgetränkt, in das aufgerissene Fleisch.

Der schwere Geruch von Blut und Schweiß verursachte Alexander Übelkeit, von dem Weihrauch musste er husten. Erschrocken hielt der Büßer inne und blickte über die Schulter. Giorgio Borghesi trug keine Brille und kniff die Augen zusammen, um den Störenfried zu erkennen. Es schien ihm nicht zu gelingen. Er reckte Hals und Kopf wie eine Giraffe in Alexanders Richtung.

»Ich bin es, Pater, Alexander Rosin.«

»Rosin!«, stieß Borghesi überrascht hervor. »Was willst du hier?«

»Auf Marcel Daneggers Beerdigung haben Sie mich eingeladen. Erinnern Sie sich?«

Borghesi nickte langsam und ein Schweißtropfen löste sich von seinem Kinn. »Ja, aber ich wusste nicht, dass du heute kommen würdest.«

»Und ich wusste nicht, dass ich Sie störe bei …«

Alexander verstummte. Er fand kein Wort, das in seinen Ohren nicht grotesk geklungen hätte.

»Bei meiner Demutsbezeugung? Für dich mag die Kastei-

ung ein ungewohnter Anblick sein, aber uns Dienern des Herrn hilft sie, unsere körperlichen Belange im Einklang mit den geistlichen Regeln zu halten. Je regelmäßiger man sie übt, desto besser. Es ist wie in der Welt draußen mit dem Krafttraining, dem Joggen oder dem Aerobic.«
Ein Ton bemühter Heiterkeit – soweit Borghesi überhaupt so etwas wie Humor besaß – schlich sich in seine Stimme, als wollte er sein Tun herunterspielen. Es klang nach einer hastigen Ausflucht.
Der Anblick des klapprigen alten Mannes, nackt und schwitzend, mit blutigem Rücken, aufgerissener Haut und rohem Fleisch in den Wunden, war für Alexander abstoßender, als ein aufgepumpter Bodybuilder oder eine dürre Aerobic-Ziege es je hätte sein können. Borghesis Selbstauspeitschung hatte etwas Obszönes. Konnte der Herr im Himmel wollen, dass ein Mensch sich für ihn in Fetzen schlug?
Noch immer verspürte Alexander ein flaues Gefühl der Übelkeit. Er war froh, als der Pater sagte: »Warte bitte draußen auf mich!«
Mit eiligen Schritten verließ er Kapelle und Kirche, lehnte sich rücklings an den Lancia und sog die frische Luft tief in seine Lungen. Noch immer stand das Bild des nackten Geistlichen vor seinen Augen. Er hatte da noch etwas gesehen: einen roten Striemen rund um Borghesis Hüften, ähnlich den Bußgürtelabdrücken bei seinem Onkel und Raffaela Sini.
Lautes Vogelgezwitscher hatte sich zu dem Hämmern des Spechts gesellt. In den Wäldern rings um die Kirche tummelten sich Geschöpfe, die nicht von dem Zwang besessen waren, sich für eine Gottheit zu zerfleischen. Das grü-

ne Seeufer erschien Alexander ungleich anziehender als das muffige Innere der Kirche. Wenn das, was den Menschen vom Tier unterschied, die Fähigkeit zu denken, nur Schmerz und Blutvergießen hervorbrachte, dann war sie keine Gnade, sondern vielmehr ein verhängnisvoller Irrtum.

Pater Borghesi rief ihn. Der Geistliche stand in der Tür eines Anbaus, mit einer um seinen dürren Leib flatternden Soutane bekleidet und die dicke Brille auf der Nase. Als Alexander zu ihm kam, sagte er: »Ich habe uns etwas zu essen gemacht. Ich nehme an, du hast noch nicht gefrühstückt.«

Alexander folgte dem Pater in eine große Küche, wo ein grob zusammengezimmerter Tisch mit Brot, Butter, Käse und einem Topf Pflaumenmus gedeckt war. Borghesi brachte noch zwei große Becher Milchkaffee. Die Wolken hatten sich etwas geöffnet und ein winziger Sonnenstrahl fiel durch die Fensterscheibe mit dem großen Sprung. Zu der religiösen Obsession, deren Zeuge Alexander geworden war, stand die heimelige Atmosphäre des Frühstücks in einem so krassen Gegensatz, dass sie ihm wie ein Täuschungsmanöver erschien.

Ihn beschlich das dumpfe Gefühl, dass der Geistliche, der hier so zurückgezogen lebte, einen bestimmten Grund für seine Geißelungen hatte. Eine schwere Verfehlung, für die er büßen wollte?

Krampfhaft suchte Alexander nach Worten, um das Schweigen zu brechen: »Falls ich Sie erschreckt habe, Hochwürden, tut es mir Leid. Sie leben sehr einsam hier draußen.«

»Wer Zwiesprache mit Gott hält, ist nicht einsam.«

»Im Vatikan wird auch fleißig Zwiesprache mit Gott gehalten. Aber die Geistlichen dort führen doch ein etwas anderes Leben als Sie hier.«

Borghesis Züge verhärteten sich. »Wo die Menschen, mögen sie sich auch Diener des Herrn nennen, sich gegenseitig auf die Füße treten, findet man schwer die Ruhe zur Zwiesprache mit dem Schöpfer.«

»Haben Sie den Vatikan deshalb verlassen?«

»Auch deshalb.« Es klang ausweichend. »Die Männer dort wollen Gott dienen und verstricken sich doch in ihre kleinen, armseligen Streitereien und Eifersüchteleien. Selbst den neuen Papst feinden sie an, weil sie glauben, er könnte ihnen die angestammten Privilegien entreißen.«

Alexander biss mit großem Appetit in ein Käsebrot und sagte mitten im heftigen Kauen: »Man kann allerdings nicht leugnen, dass Papst Gardien ein ungewöhnlicher Oberhirte ist. Das fängt bei dem Vorfall in der Nervi-Halle an und hört bei seinem Wappen auf.«

»Ich habe sein Wappen noch nicht gesehen. Was ist damit?«

»Ich kann mir über seine Bedeutung nicht so recht klar werden«, antwortete Alexander und trank von seinem Milchkaffee.

»Beschreib es mir, auch die Farben.«

Alexander kam der Bitte nach und lieferte seine Deutung des Wappens gleich mit. »Nur der einzelne Stein auf der Waage bereitet mir Kopfzerbrechen. Drei Steine würden für die Heilige Dreifaltigkeit stehen, das ist klar. Aber nur einer?«

»Was weißt du über die Dreieinigkeit oder Dreifaltigkeit?«

»Was jeder weiß. Es ist der zentrale Punkt der christlichen Gotteslehre. Drei sind in Einem Gott: Vater, Sohn und Heiliger Geist.« Alexander streckte nacheinander Daumen, Zeigefinger und Mittelfinger der linken Hand aus und umschloss die drei Finger dann mit der Rechten. »Gottvater, der Schöpfer. Sein Sohn Jesus Christus, das Wort. Und der Geist, der schon im Alten Testament auf dem Wasser schwebt und in den Menschen wohnt. Dieser Lehrsatz besteht seit den Tagen der Alten Kirche.«

Der Pater nickte energisch. »Er grenzt das Christentum von anderen Religionen ab. So halten die Juden und die Anhänger des Islam die Trinität gar für Blasphemie, für einen Verrat an der Lehre vom Einen und Einzigen Gott. Wollte unsere Kirche sich diesen Religionen jemals annähern, müsste sie auf das Trinitätsdogma verzichten.«

»Was hat das alles mit dem Wappen des Heiligen Vaters zu tun?«, fragte Alexander.

»Bist du darauf wirklich noch nicht gekommen?«

»Wäre ich ein Ketzer, würde ich sagen, der Heilige Vater stellt die Dreifaltigkeit Gottes in Frage.«

»Das ist wohl kaum der treffende Ausdruck. Ein Wappen stellt nichts in Frage, es drückt etwas aus.«

Alexander, der gerade seinen Becher zum Mund führen wollte, hielt in der Bewegung inne und starrte Borghesi fassungslos an. »Soll das heißen, ich habe es getroffen?«

»Ich wüsste keine andere Erklärung für den einzelnen Stein. Drei Steine in der Waagschale sind ein feststehendes Zeichen. Wenn der Heilige Vater für sein Wappen nur einen Stein gewählt hat, muss das bedeuten, dass er Gottes Dreifaltigkeit verneint.«

»Wie kommt er dazu?«

Borghesi stieß, ohne im Mindesten zu lächeln, ein heiseres Lachen aus. »Vermutlich weiß er etwas, das wir nicht wissen. Oder zumindest glaubt er, es zu wissen.«

»Über Gott?«

»Über Gott, über Jesus oder über den Heiligen Geist. Wobei mir die zweite Möglichkeit als die wahrscheinlichste erscheint. Gott hat noch keiner begreifen können. Und das Dogma der Trinität ist letztlich aus dem Streit über die Göttlichkeit Jesu entstanden.«

»Das Konzil von Nicaea im Jahr 325«, entfuhr es Alexander.

Der Pater nickte. »Als Konstantin der Große sich entschlossen hatte, das Christentum mit seiner immensen Integrationskraft zur Staatsreligion im Römischen Reich zu erheben, setzte er alles daran, diese Religion zu stärken. Deshalb berief er das Konzil von Nicaea ein, auf dem der Streit über Jesu Beziehung zu Gott entschieden werden sollte. Hochrangige Kirchenvertreter, darunter der alexandrinische Priester Arius und Konstantins bischöflicher Chronist Eusebius, vertraten die Ansicht, Jesus sei seinem göttlichen Vater nachgeordnet. Vorausgegangen war der Streit über die Frage, ob Jesus überhaupt göttlich oder – eingedenk der Einzigartigkeit Gottes – nur ein einfacher Mensch, allenfalls ein Zwischenwesen sei. Arius gestand Jesus zwar den Status eines Gottes zu, verneinte aber seine Wesensgleichheit mit Gott. Vielmehr, meinte er, habe Jesus seit Ewigkeit dem Gottvater innegewohnt, sei das höchste aller Geschöpfe, aber eben doch nur eine Schöpfung Gottes. Das war vielleicht die ketzerischste Behauptung, die man unserer Kirche entgegenschleudern kann.«

»Warum?«, fragte Alexander. Seine theologischen Kurse

hatten ihn nicht tief genug in die Materie eingeführt, um ihn die volle Tragweite der Streitfrage ermessen zu lassen.

»Wer Jesus zu einem Geschöpf Gottes erklärt, wenn auch zum allerhöchsten, greift den Kernpunkt des christlichen Glaubens an, die Versöhnung zwischen Gott und Mensch. Dann wäre Gott nicht mitten unter den Menschen erschienen, hätte sich ihnen nicht offenbart. Der Mensch könnte nicht durch die Eucharistie am Leib Gottes teil haben. Die ganze christliche Lehre geriete ins Wanken.«

»Aber in Nicaea ist anders entschieden worden«, sagte Alexander.

»Und das mit überwältigender Mehrheit. Fast alle der zweihundertfünfzig anwesenden Bischöfe sprachen sich für die Wesensgleichheit von Gott und Jesus aus. Nur zwei verweigerten ihre Unterschrift unter dieses Glaubensbekenntnis und wurden, wie Arius, aus der Kirche ausgeschlossen. Der Streit schwelte lange fort, die Langobarden hingen der Lehre des Arius noch im siebten Jahrhundert an. Arius selbst starb allerdings schon elf Jahre nach Nicaea, als ihn mitten auf dem Konstantinsforum in Konstantinopel ein im wahrsten Sinne des Wortes mörderischer Durchfall heimsuchte. Nach Ansicht der Kirche war das Gottes Strafe für den Ketzer.«

»Ein mörderischer Durchfall? Das klingt eher nach einer Vergiftung.«

»Ja. Das behaupten die Anhänger des Arius, aber es hat ihnen nichts genützt.«

»Für einen Geistlichen sagen Sie erstaunliche Dinge, Hochwürden.«

»Hier kann ich das, im Vatikan müsste ich den Mund halten.«

Alexander beugte sich weit über den Tisch und bat: »Erzählen Sie mir mehr über den Vatikan und über den neuen Papst!«
»Wie sollte ich etwas darüber wissen, wo ich hier oben in den Bergen lebe, in völliger Abgeschiedenheit?«
»Keine Ahnung, wie. Aber ich weiß, *dass* Sie etwas wissen!«
Mit einer ruckartigen Bewegung stand der Pater auf. »Bist du gesättigt? Gut, dann lass uns vor die Tür gehen. Ein wenig klare Bergluft kann bei so vielen verwirrenden Gedanken ganz nützlich sein.«

Sie überquerten die schmale Straße und kamen auf eine Lichtung direkt am Hang. Von hier aus eröffnete sich ein weiter Blick über den See. Der Nebel hatte sich verzogen, die Wolkendecke war aufgerissen. Immer wieder reflektierte der Wasserspiegel einzelne Sonnenstrahlen mit einem irisierenden Blitzen. Castel Gandolfo war jetzt deutlich zu erkennen, aber über der fernen Stadt kauerte weiterhin die düstere Wolke wie eine fette Spinne, die entschlossen ist, nicht von dem einmal ergriffenen Opfer zu lassen.
»Ist das nicht seltsam?« Borghesi zeigte über den See, und Alexander wusste, dass er das wolkenverhangene Rom meinte. »Wir haben längst Mai, aber das Wetter ist schlechter als im *marzo pazzo*, dem verrückten März. Weißt du, was die Leute hier in den Bergen sagen? Sie halten das ungewöhnliche Wetter für ein Zeichen Gottes – oder auch Satans, da sind sie nicht so genau. Jedenfalls verstehen sie es als böses Omen, zumal es mit einem Wechsel auf dem Heiligen Stuhl einhergeht.«

»Ein Omen für was?«
»Für das Ende des Papsttums, das Ende Roms, das Ende der Menschheit.«
Alexander wandte sich zu dem alten Mann um. Borghesis Gesicht war ausdruckslos, als kümmere ihn das mögliche Ende der Menschheit nicht im Mindesten.
»Und Sie, Hochwürden, was sagen Sie dazu?«
»Ich weiß nicht, ob Gott eine schwarze Wolke benötigt, um die Menschen zu erschrecken.« Ein wenig verlegen sah der Pater an seiner Soutane hinab. »Nur eins weiß ich sicher: In Rom und im Vatikan sind Mächte am Werk, denen man besser aus dem Weg geht.«
»Zum Beispiel, indem man sich in eine verlassene Kirche zurückzieht?«
»Zum Beispiel.«
»Wenn die Menschheit untergeht, wird diese alte Kirche Sie nicht schützen, Hochwürden.«
»Weißt du das so genau, mein Sohn?« Ein nachdenklicher, prüfender Blick traf Alexander. »Schau hinüber nach Castel Gandolfo! Den Palast des Heiligen Vaters hier in den Bergen sieht man deutlich, Rom mit dem Vatikan und der Peterskirche hingegen ist verborgen – vielleicht schon ausgelöscht von der Macht der schwarzen Wolke.«
»Wir sehen Castel Gandolfo deutlich, weil es viel näher liegt als Rom«, wandte Alexander ein.
»Das war schon immer so, schon damals, als die Gründer Roms, Romulus und Remus, geboren wurden. Die Sage erzählt, sie seien die Söhne des Gottes Mars und der schönen Rhea Silvia, der Tochter des Königs Numitor von Alba Longa. Und das mythische Alba Longa stand da, wo sich heute Castel Gandolfo erhebt. Jener Ort ist die Mutter

Roms, wie die Leute hier in den Bergen sagen. Und sie sind überzeugt davon, dass die Bergbewohner hier die so genannte Ewige Stadt überdauern werden, um aus ihrem Schoß ein neues Rom, eine neue Welt zu gebären.«

»Jeder Ort hat seine Legenden.«

»Man hat die Gräber des alten Alba Longa unter den Mauern von Castel Gandolfo gefunden«, entgegnete Borghesi mit Nachdruck. »Warum wohl hat der Heilige Vater gerade hier oben seine Zuflucht gewählt, warum zog es die großen Papstfamilien schon seit dem sechzehnten Jahrhundert in diese Berge? Und nicht nur sie, auch die römischen Adelsgeschlechter haben sich hier Paläste gebaut. Um der Sommerhitze unten in der Tiberstadt zu entkommen? Oder steckt mehr dahinter, haben die Mächtigen sich hier ein Refugium geschaffen, in dem sie das Ende Roms, des Hauptes der Welt, zu überdauern gedachten? Schon die Römer der Antike haben hier Villen und Tempel errichtet.«

»Spekulieren kann man viel. Die Ruinen geben keine eindeutigen Antworten.«

»Ob du es glaubst oder nicht, Alexander Rosin, diese Berge sind ein magischer Ort!«

Alexander betrachtete den Pater mit zunehmender Skepsis. Erst der merkwürdige Auftritt bei Daneggers Beerdigung, dann die Selbstgeißelung und nun die seltsamen Geschichten über die Albaner Berge. Hatte sich in der Einsamkeit der verfallenen Kirche der Geist des ehemaligen Benefiziaten verwirrt?

»Sie glauben also, Hochwürden, die Magie dieses Ortes wird Sie vor dem … dem Ende der Welt beschützen?« Er bemühte sich, bei diesen Worten nicht zu grinsen.

»Was der Heilige Vater und andere in den Bergen suchen, weiß ich nicht. Ich brauche keinen Schutz. Wozu auch? Aber hier oben habe ich Muße, zu mir selbst zu finden. Und der beschwerliche Weg hält lästige Menschen von mir fern.«

»Vielen Dank für die Blumen«, knurrte Alexander. »Mir ist immer noch nicht klar, weshalb eine Schlechtwetterphase das Ende der Menschheit bedeuten soll.«

»Manche, die den alten Weissagungen glauben, sagen, es sei an der Zeit für Gottes Ebenbild auf Erden, sich dem höchsten Richter zu stellen. Das Jüngste Gericht stehe unmittelbar bevor.«

»Alte Weissagungen?«

Borghesi setzte sich auf einen Felsvorsprung und starrte zum See hinunter. »Sagt dir der Name Malachias etwas?«

»Ein schottischer Abt aus dem Mittelalter, dem hellseherische Fähigkeiten zugeschrieben werden, richtig?«

»Fast. Malmedoic O'Morgar, genannt Malachias oder Malachäus, wurde Ende des elften Jahrhunderts im nordirischen Armagh geboren und war später Erzbischof dieser Stadt. Der heilige Bernhard von Clairvaux, mit dem Malachias befreundet war und in dessen Armen er bei einer Romreise im Jahr 1148 starb, hat uns die seherische Begabung seines Freundes überliefert. Malachias wird auch die Prophezeiung über das Papsttum von Cölestin II. bis zum Ende der Zeiten zugeschrieben.«

»Zugeschrieben ist eine treffende Bezeichnung«, sagte Alexander »Ich habe gelesen, dass diese angebliche Prophezeiung erst ein paar Jahrhunderte später entstanden sein soll.«

»Selbst wenn es so wäre – muss sie deshalb unwahr sein?

Vielleicht hat man sie auch dem glaubwürdigen Malachias zugeschrieben, um ihren Ernst zu betonen? Immerhin waren die Voraussagen für die zukünftigen Päpste erstaunlich zutreffend.«
»Also gut, nennen wir sie die Prophezeiung des Malachias«, seufzte Alexander, dem angesichts der immer neuen und immer fantastischer werdenden Geschichten des Paters der Kopf zu schwirren begann. »Hat unser nebulöser Malachias auch diese Wolke über Rom vorausgesagt?«
»Nicht die Wolke über Rom, aber die über dem Christentum. Nach seiner Aufzählung ist unser neuer Papst der letzte Oberhirte der Christenheit. Dieser Heilige Vater wird seine Herde laut Malachias durch mannigfache Leiden führen. Danach wird die Stadt der sieben Hügel der Zerstörung anheim fallen und der Schreckliche Richter wird über die Menschen Gericht abhalten. Der schrecklichste, weil allmächtige Richter ist Gott!«
Borghesi sprach mit einer Inbrunst, wie sie nur einem von seiner Sache Überzeugten innewohnt – oder einem Besessenen.
Alexander wollte sich nicht von dem Wahn mitreißen lassen und erwiderte bewusst distanziert: »Vielleicht hat dieser Malachias oder Pseudo-Malachias sich einfach verzählt.«
Der Pater schüttelte den Kopf. »Auch das Übrige stimmt. Malachias nannte den letzten Papst *Petrus Romanus,* Peter aus Rom. Und es gibt andere Weissagungen, denen zufolge der zweite Oberhirte, der den Namen Petrus trage, der letzte Papst sein wird.«
»Aber der Heilige Vater hat sich Custos genannt, nicht Petrus, und er ist Franzose!«

»Er hat sechs Jahre lang als Kurienkardinal in Rom gelebt«, entgegnete Borghesi sachlich. »Und sein Taufname Jean-Pierre heißt nichts anderes als Johannes-Peter. Ein Peter, lateinisch Petrus, hat in Rom gelebt und den Heiligen Stuhl bestiegen.«

Seine Stimme begann zu zittern, unverwandt starrte er zu der riesigen, düsteren Wolke hinüber. »Der Engel des sechsten Siegels ist gekommen! *Und ich sah, als es das sechste Siegel aufbrach, da kam ein großes Erdbeben, und die Sonne wurde finster wie ein schwarzes Trauerkleid, und der ganze Mond wurde wie Blut.*«

»Das ist aus der Offenbarung des Johannes, nicht wahr?«, fragte Alexander unsicher.

»Ja. In der Apokalypse des Johannes bringt der Engel des sechsten Siegels Finsternis, Blut und Zerstörung. Und er rechnet mit denen ab, die den falschen Weg eingeschlagen haben. Willst du es als Zufall bezeichnen, dass unser Papst nicht nur Peter, sondern auch Johannes heißt?«

Alexander trat auf den Pater zu und hätte ihn am liebsten kräftig geschüttelt. Hatten zu viele Peitschenhiebe nicht nur seine Haut zerbissen, sondern auch sein Gehirn?

»Erst nennen Sie den Heiligen Vater den zweiten Petrus, jetzt ist er auch noch der Johannes der Apokalypse oder ein Engel! Was noch?«

Borghesis Augen hinter den dicken Gläsern schienen Alexander direkt ins Herz zu blicken. »Du willst es nicht begreifen, mein Sohn. Alles hängt zusammen und nur so ergibt sich der Sinn. In der Offenbarung des Johannes und im Alten Testament, in den Prophezeiungen des Ezechiel, ist die Rede von dem, der das Verlorene suchen und das Versprengte zurückholen wird. Von einem Engel, der die

Siegel des lebendigen Gottes trägt. Und schon seit vielen Jahrhunderten erwarten Propheten und Theologen – von Joachim von Fiore bis zu Girolamo Savonarola – immer wieder den *Papa Angelicus*, den Engelspapst!«

»Den Engelspapst?«, wiederholte Alexander ungläubig. »Papst Custos?«

»Es ist der engelsgleiche Papst, der von unserm Herrn zur Erde gesandt wird, um die wahre Lehre Jesu wieder in Erinnerung zu bringen bei denen, die vorgeben, Gott anzubeten, und sich doch ihre eigenen Gesetze machen. Es soll nicht länger im Namen Christi Unrecht verübt, Leid und Entsetzen unter das Volk gebracht werden. Der Engelspapst wird seine Herde zurück auf die Weide des Herrn führen, und die Schrecken der Apokalypse werden diejenigen verschlucken, die harten Herzens sind.«

Borghesi sprach in einem seltsamen, leiernden Tonfall, als verkünde er nur das, was eine fremde Stimme ihm eingab. Alexander konnte sich nicht länger zurückhalten. Er packte den Geistlichen bei den Schultern, rüttelte ihn und sagte aufgebracht: »Wie können Sie behaupten, unser Heiliger Vater sei dieser Engelspapst?«

»Aber ich habe es dir doch eben erklärt, mein Sohn. Alle Zeichen stimmen, auch sein Name. Und was heißt Gardien? Der Hüter, der Aufseher, der Wächter, der Beschirmer. *Ange gardien* ist im Französischen der Schutzengel. Und Custos heißt nichts anderes als Gardien! Verstehst du noch immer nicht? Als Kardinal Gardien seinen Papstnamen erwählte, übertrug er nur seinen eigenen Namen ins Lateinische. Er brauchte keinen neuen Namen zu suchen, denn er ist der Erwartete, der Hüter des wahren Glaubens!«

Alexander wollte protestieren, aber ihm gingen die Argumente aus. Was sollte er auch sagen eingedenk seiner eigenen wundersamen Erlebnisse mit dem Heiligen Vater? Und wenn Elenas Recherchen stimmten, gab es noch mehr Beweise seiner heilenden Kräfte.

»Dein Verstand weigert sich anzunehmen, was dein Herz längst begriffen hat«, stellte Borghesi fest. »Ich sehe es dir an. Du selbst hast das Wappen des Papstes gedeutet. Das Blau, das für die Wahrheit steht. Die Waage als Symbol der Gerechtigkeit und die Kerze als Verkörperung des göttlichen Lichts. Und dann der einzelne Stein, die Verneinung der von Menschen behaupteten Dreifaltigkeit Gottes. Es gibt nur einen Gott und es gibt nur eine Wahrheit über Jesus Christus. Der Engelspapst wird die wahre Lehre wiederherstellen, wenn dabei auch Schrecken und Not über die verirrte Christenheit kommen.«

»Aber … was ist die Wahrheit?«

»Der auf dem Heiligen Stuhl weiß es.«

»Und warum Schrecken und Not?«

»Die vermeintliche Wahrheit wird durch eine andere ersetzt. Das hat in jedem Fall eine Veränderung der Wirklichkeit zur Folge, und davor fürchten sich die Menschen am meisten. Der Engelspapst wird gegen mächtige Feinde antreten müssen. Die, die im Namen Jesu und seines Vaters ihre eigenen Gesetze verkünden, werden sich dagegen wehren, die Macht aus den Händen zu geben. Mit allem, was ihnen zur Verfügung steht. Aber vielleicht gibt es Menschen, die das Schlimmste verhindern können, vielleicht …«

Pater Borghesi entglitt Alexanders Griff und sackte auf dem Felsblock in sich zusammen. Er drehte sich von dem

Schweizer weg, und abermals verließ sein Blick das Hier und Jetzt. Er schien alles gesagt zu haben und nicht gewillt, auch nur noch ein Wort hinzuzufügen.

Eine ganze Weile stand Alexander starr und stumm neben Borghesi und bemühte sich, Ordnung in seine Gedanken zu bringen. Der Pater hatte in kurzer Zeit mehr auf ihn einprasseln lassen als ein ganzes Jahr theologischer Kurse. Mehr, Verwirrenderes und Beängstigenderes. Alexander suchte nach logischen Argumenten, nach einem Schwert, mit dem er das Gespinst aus Prophezeiungen und Deutungen zerschlagen konnte, aber falls es in Borghesis Ausführungen einen wunden Punkt gab, fand er ihn nicht.

Irgendwann erhob sich der alte Geistliche und sagte: »Der Wind frischt auf, mich fröstelt. Lass uns zurückgehen. Du bist gekommen, um das Vermächtnis deines Onkels zu empfangen.«

Entgegen Alexanders Erwartung ging der Pater nicht in die Kirche. Er steuerte auf den Glockenturm zu und zog einen großen, rostigen Schlüssel aus einer Tasche seiner Soutane. Es knarrte und knackte in dem alten Schloss, als Borghesi die Turmtür aufsperrte. Myriaden von Staubteilchen tanzten im einfallenden Licht, aufgewirbelt von dem Luftzug. Sie kitzelten Alexanders Nase und reizten ihn zum Niesen, während er dem Pater über eine bröckelige Treppe nach oben folgte.

Das Vermächtnis seines Onkels verborgen in einem alten Glockenturm? Er hätte es als grotesk empfunden, wäre das, was Borghesi ihm während der letzten beiden Stunden erzählt hatte, nicht tausendmal grotesker gewesen.

Der Geistliche blickte sich kein einziges Mal zu ihm um, bis er endlich im Glockenstuhl stehen blieb, über sich das bronzene Ungetüm von Kirchenglocke, das schon seit langem keine Gläubigen mehr zur Messe gerufen hatte. Der Pater bückte sich und machte sich an einer der hölzernen Bodenplatten zu schaffen, die er hochhob und neben sich ablegte. Darunter befand sich ein Hohlraum, in dem ein schmuckloser Metallkasten ruhte. Mit dem am Deckel sitzenden Griffring ähnelte er einer Geldkassette. Als Borghesi sich mit dem Kasten erhob, war seine Soutane an Ärmeln und Knien voller Staub.

»Das hat dein Onkel mir zur Aufbewahrung gebracht.«

»Mit dem Auftrag, mir die Kassette zu übergeben, falls ihm etwas zustößt?«

»Davon hat er nichts gesagt. Aber wem sollte ich sie geben, wenn nicht dir?«

»Was ist da drin?«

Borghesi schien kurz zu zögern und sagte dann: »Keine Ahnung.«

Alexander wollte den Deckel hochheben, aber die Kassette war verschlossen.

»Wo ist der Schlüssel, Hochwürden?«

»Vermutlich hatte Oberst Rosin ihn. Mir hat er ihn nicht anvertraut.«

»Hat er wirklich nichts über den Inhalt gesagt?«

»Kein Wort.«

»Wie kam er dazu, diesen Kasten ausgerechnet Ihnen zu geben?«

»Ich war einmal sein Beichtvater, wie du weißt. Er hat jemanden gesucht, dem er vertrauen konnte. Und es war ihm wichtig, dass dieser Jemand nicht im Vatikan lebt.«

»Und wann hat er Ihnen die Kassette überlassen?«
»Am vorletzten Donnerstagabend. Da hat er mich überraschend besucht.«
»Aber das war der Abend, an dem er starb!«
»Ja.«
»Und Sie haben der Polizei nichts davon gesagt, Hochwürden?«
»Welcher Polizei? Die römische Polizei hat mit Oberst Rosins Tod nichts zu schaffen, und da ich nicht mehr im Vatikan lebe, habe ich mit der Vigilanza nichts zu tun. Wenn diese Kassette etwas enthält, das du den Sicherheitsbehörden im Vatikan vorlegen willst, dann tu es.«
Alexander nahm ihm die Kassette ab und sah sich suchend im Glockenstuhl um. »Gibt es hier Werkzeug, vielleicht ein Brecheisen?«
Borghesis Gesicht verfinsterte sich. »Nein, öffne sie nicht hier. Nimm sie mit, so wie sie ist!«
»Wollen Sie nicht wissen, was sie enthält?«
»Ich weiß schon viel zu viel«, murmelte der Pater und hob den Kopf. »So viel, dass der Herr mir schwerlich verzeihen kann.«
In diesem Augenblick fuhr ein kräftiger Windstoß durch das Gestühl und setzte das Glockenwerk in Bewegung. Es gab einen einzigen, heftigen Glockenschlag, der ihnen in den Ohren dröhnte. Dann ruhte die alte Glocke, nur noch leise vibrierend, wieder über ihren Häuptern.
»Geh, geh!«, keuchte Borghesi, offensichtlich verängstigt. »Es ist Zeit für dich!«
Den kalten, staubigen Metallkasten im Arm, stieg Alexander die Treppe hinab. Borghesi blieb oben stehen und sah ihm nach.

X

Giorgio Borghesi stand noch auf dem Turm, als unten der Motor ansprang. Er trat an ein scheibenloses Fenster und blickte nach draußen. Der blaue Lancia, mit dem Oberst Rosin vor zehn Tagen hergekommen war, wendete auf dem kleinen Kirchenvorplatz und rollte im Schritttempo auf die schmale Straße, wo er hinter einer mit Steineichen und Myrtensträuchern bewachsenen Biegung verschwand.

Erst als das Motorengeräusch in der Ferne verklungen war, verließ auch der Geistliche den Glockenturm. Er verschloss das Tor sorgfältig, als wäre das in irgendeiner Weise wichtig. War überhaupt noch etwas wichtig angesichts dessen, was der Welt bevorstand?

Borghesi blickte auf die Straße, auf der sich die Reifenspuren des Lancias abzeichneten. Hätte er den Schweizer deutlicher warnen, hätte er ihn einweihen sollen in das, was er wusste? Seine Hand glitt an der Soutane entlang, bis sie den Schlüssel ertastete. Er hatte Alexander verschwiegen, dass er die Kassette geöffnet und Albert Rosins Bericht gelesen hatte. Gewiss, er hätte dem jungen Rosin einiges erzählen können. Aber hätte das dem Gardisten geholfen? Vermutlich hätte er ihm nicht einmal geglaubt, ihm nicht glauben wollen. Auch Borghesi an seiner Stelle hätte gezweifelt, geflucht, geschrien. Nein, der Schweizer musste den Bericht selbst lesen,

musste aus eigener Kraft zu den richtigen Schlüssen gelangen!
Borghesi gab sich einen Ruck und ging mit energischen Schritten zum Kirchenportal. Nur die Buße konnte ihm noch helfen. Buße für das, was er gesagt, und für das, was er verschwiegen hatte. Warum hatte er seinem Besucher überhaupt so viel erzählt? Konnte er ernsthaft hoffen, dass ein einzelner Schweizergardist in der Lage war, das Verhängnis abzuwenden? Und wenn es sich zehnmal um einen Rosin handelte – es war doch zu unwahrscheinlich. Vielleicht hatte er einfach sein Gewissen erleichtern wollen. Viel zu lange hatte er die schreckliche Last schweigend mit sich herumgetragen.
Die halbdunkle Kirche spendete ihm Trost. Vor dem Altar fiel er auf die Knie, bekreuzigte sich und lobpreiste den Herrn. Als ihm einfiel, dass jedes Kreuzzeichen auch eine Bestätigung der göttlichen Dreifaltigkeit war, fühlte er sich noch unwohler. Er musste büßen, rasch!
Eiligst suchte er die kleine Kapelle auf, deren Luft noch von Weihrauch geschwängert war, und steckte mit fingerlangen Zündhölzern die Kerzen an. Er streifte die Soutane ab und das härene Büßerhemd, das er darunter trug. Auch die schweren Schuhe zog er aus, um sich vollkommen nackt vor den Altar zu knien.
Er blickte das Mosaik mit dem dornengequälten Erlöser an, schlug inbrünstig mit der Geißel auf seinen Rücken und sagte nach jedem Schlag: *»Totus tuus, Domine. Hic iacet pulvis, cinis et nihil. Mea culpa, mea culpa, mea maxima culpa.«*
Das Aufklatschen der Lederschnüre auf seiner Haut und seine leiernde Stimme waren die einzigen Geräusche, die

er vernahm. Die leisen Schritte auf dem Boden der Kirche gingen darin unter. Und da er zum Altar gewandt kniete, bemerkte er auch den Schatten nicht, den das Kerzenlicht in den Kapellendurchgang warf.

Der Engelspapst!

Der Begriff wollte Alexander nicht aus dem Kopf, als er langsam die Bergstraße zurückfuhr. Er hatte es nicht eilig, es war noch früh am Tag. Und es gab viel, worüber er auf seiner Fahrt zurück nach Rom nachzudenken hatte. Aber Rom hatte Zeit. Vorher würde er an einer abgelegenen Stelle halten und mit einem der Werkzeuge, die in der Ledertasche hinten im Wagen lagen, die Metallkassette öffnen, die auf dem Beifahrersitz stand.

Immer wieder sah er den unscheinbaren Kasten an und versuchte zu erraten, was seinem Onkel so wichtig erschienen sein mochte, dass er es dem seltsamen Geistlichen in Verwahrung gegeben hatte. In der Kiste klapperte es dumpf, wenn der Lancia durch ein Schlagloch holperte, was nicht selten vorkam.

Die verlassene Baustelle tauchte vor ihm auf, und er bremste, um eine unfreiwillige Talfahrt hinunter zum See zu vermeiden. Etwas kam ihm verändert vor. Vermutlich lag es daran, dass er sich dem Ort jetzt aus der entgegengesetzten Richtung näherte und dass es heller war als zwei Stunden zuvor.

Er ließ den Wagen ganz langsam auf den rutschigen Kies der Durchfahrt rollen. Rechts waren Erdhaufen aufgeschichtet, links gähnte der Abgrund. Ein paar Meter entfernt standen die schweren Baumaschinen wie stählerne Hüter dieses öden Ortes.

Plötzlich wusste er, was sich verändert hatte: Obwohl weit und breit kein Mensch zu sehen war, stand die Straßenwalze nicht mehr zwischen Bulldozer und Schaufelbagger, sondern etwas abseits, nahe der provisorischen Durchfahrt. Er hatte der Baustelle auf der Herfahrt keine große Beachtung geschenkt, und doch war er ziemlich sicher, dass er sich nicht irrte.
Seine inneren Alarmglocken schrillten – zu spät. Im Rückspiegel sah er, wie die Straßenwalze sich in Bewegung setzte und dem Lancia folgte. Dass sie dabei eine Absperrung platt walzte, schien den Fahrer, dessen Umrisse sich undeutlich im Spiegel abzeichneten, nicht zu stören. Genauso, wie die mächtige Walze die Absperrung zermalmt hatte, würde sie es auch mit dem Lancia tun, wenn Alexander nicht schneller war.
Als er Gas gab, schnappte die Falle zu. Etwa fünfzehn Meter vor ihm schwenkte der Bulldozer mit aufröhrendem Motor auf die Durchfahrt ein und kam ihm entgegen. Der Fahrer hob die Schaufel gerade so weit an, dass sie den Lancia vor sich herschieben würde. Gegen die Walze!
Alexander war auf einen Schlag schweißnass. Er hatte nur Sekunden und keinen Raum zum Ausweichen. Instinktiv trat er das Bremspedal bis zum Anschlag durch. Der abrupte Wechsel vom Beschleunigen zur Vollbremsung brachte den Wagen ins Schlittern. Er drehte sich halb um sich selbst und verfehlte den tödlichen Abgrund nur um zwei, drei Zentimeter. Als der Lancia zum Stehen kam, war er von einer großen Staubwolke eingehüllt.
Das Aufstoßen der Fahrertür und ein heftiges Zurückzucken waren für Alexander eine Bewegung. Unmittelbar

neben ihm begann der Abhang, so steil, dass er auf dieser Seite kaum heil aus dem Wagen gelangen konnte.

Er kletterte über den Beifahrersitz, öffnete die zweite Vordertür und ließ sich auf die Straße fallen. Der aufgewirbelte Staub biss in seine Augen, er konnte kaum etwas erkennen. Da er aber wusste, dass der einzige Weg in Sicherheit von dem Lancia wegführte, sprang er auf und rannte einfach los.

Bei den Erdhügeln stolperte er und fiel hin. Kaum hatte er sich Staub und Tränen aus dem Gesicht gewischt, spritzte vor ihm Erde auf, und ein trockenes Knallen mischte sich in das Dröhnen der Motoren. Kein Zweifel, auf ihn wurde geschossen!

Der Schatten löste sich aus seiner Erstarrung und schob sich langsam auf den knienden Pater zu. Der betete seinen immer gleichen Singsang und schwang die Bußgeißel so heftig, dass der Luftzug die Kerzenflammen wild zucken ließ. Der Schatten tanzte mit den Flammen, aber nicht der Mann, der ihn warf.

Als er dicht hinter Borghesi stand, schossen seine Hände vor und hielten die blutigen Lederriemen der Geißel fest. Ein starker Ruck riss den überraschten Geistlichen nach hinten. Vergeblich nach einem Halt suchend, fiel er zur Seite und lag dem anderen, der ihm die Geißel entwunden hatte, zu Füßen.

Borghesi schreckte zurück. Im ersten Augenblick wähnte er sich einem Dämon gegenüber, der ausgesandt war, den Sünder zu bestrafen. Dann erkannte er das menschliche Gesicht, das ein wenig spöttisch auf ihn herabsah. Der Mann war groß, stattlich – und stark.

Letzteres spürte Borghesi, als er aufstehen wollte. Ein Fußtritt traf ihn am Kinn und warf ihn nach hinten. Sein Hinterkopf krachte gegen den Altar.

»Bleib am Boden, wo du hingehörst!«, sagte der Unbekannte und verzog das Gesicht zu einem schiefen Grinsen. »Es gefällt dir doch, vor mir zu kriechen. Ist doch viel besser, als sich immer nur selbst zu geißeln, nicht?«

Borghesi schluckte und stotterte: »Wer ... bist du?«

Eine schnelle Handbewegung des Fremden, und die Lederknoten der Geißelschnüre rissen Borghesis linke Wange auf.

»Ich bin der, der die Fragen stellt. Und du wirst sie beantworten! Was hattest du so lange mit Alexander Rosin zu besprechen?«

Als Borghesi nicht antwortete, schlug der Fremde ihn wieder ins Gesicht. Seine Wangen brannten, aber Borghesi nahm es hin. Er hatte Strafe verdient und schwieg auch, als der Unbekannte seine Frage wiederholte.

Neue Schläge und immer wieder dieselbe Frage, aber Borghesi verriet nichts. Er lag am Boden, erduldete die Hiebe und murmelte: »*Totus tuus, Domine. Hic iacet pulvis, cinis et nihil. Mea culpa, mea culpa, mea maxima culpa.*«

»Ist deine eigene Schuld, wenn du gleich toter Staub und tote Asche bist«, drohte der Unbekannte. »Ein totes Nichts!«

Er beugte sich über den Geistlichen, wand die Lederschnüre der Geißel um dessen dürren Hals und zog sie zusammen, bis die Atemzüge in einem verzweifelten Röcheln erstarben. Fast sah es so aus, als wollte der alte Pater sich erdrosseln lassen. Doch plötzlich, als das schon verlöschende Leben noch einmal die Oberhand gewann, rollte er wild mit den Augen und stieß ein undeutliches, von heftigem Würgen begleitetes Gestammel aus.

»Na endlich!« Der Unbekannte lockerte die Schnüre. »Beantworte meine Frage und du bleibst am Leben! Was ist mit Alexander Rosin?«

Borghesi lehnte sich mit dem blutigen Rücken gegen das Jesusmosaik am Altar und keuchte: »Alexander Rosin ist …«

»Ja?«

»… ein guter Mann!«, rief Borghesi und stieß sich mit aller Kraft, über die er noch gebot, vom Altar ab.

Er hatte den anderen durchschaut. Er war doch ein Dämon, und zwar der schlimmste von allen – ein Mensch. In dem Gesicht standen Verachtung und Mitleidlosigkeit geschrieben. Was auch immer er diesem Mann sagte, der würde ihn nicht am Leben lassen. Er hing nicht am Leben, doch zumindest sah er jetzt einen Sinn in seiner Existenz: Er musste Alexander Rosin warnen!

Mochte der Unbekannte auch viel kräftiger sein, Borghesis Ausbruch war so überraschend erfolgt, dass der Mann das Gleichgewicht verlor und nach hinten taumelte. Er stieß mehrere der gusseisernen Kerzenständer um, sodass sie mit lautem Klirren auf die Steinplatten fielen. Augenblicklich fingen die alten Wandteppiche Feuer.

Borghesi wollte weglaufen, aber eine Hand schoss vor und packte ihn am Fußgelenk. Der Pater schlug hart mit der Stirn auf den Boden und für einen Augenblick war nur Schwärze um ihn herum. Als er wieder einigermaßen klar sehen konnte, züngelten bereits an allen Wänden Flammen empor. Von den Teppichen sprangen sie auf das alte, trockene Gebälk über.

Der Dämon erhob sich und griff nach einem Kerzenständer.

»Du hast deine Chance verspielt, alter Narr! Und was nützt es dir? Du stirbst, und Rosin haben wir auch.«

Immer wieder schlug er mit dem schweren Eisen zu, bis der Pater ein regloser Fleischklumpen war.

Inzwischen hatte sich die Kapelle in ein Flammenmeer verwandelt. Der große Mann ließ den Kerzenständer fallen und lief hinaus, bevor die Feuerzungen auch nach dem Holz der Kirche leckten.

Eine schwarze Rauchwolke stieg aus dem Krater empor. Kurz nachdem Alexander aus dem Lancia gesprungen war, hatte der Bulldozer den Wagen erreicht und in den Abgrund gestoßen. Eine Explosion hatte das Fahrzeug zerstört – und mit ihm Heinrich Rosins geheimnisvolles Vermächtnis, wurde es Alexander schmerzlich bewusst.

Dem Fahrer des Bulldozers war wegen der großen Staubwolke offenbar entgangen, dass der Schweizer den Wagen verlassen hatte. Aber der Mann auf der Straßenwalze hatte es mitbekommen. Er hatte den Stahlkoloss gestoppt und schoss, eine Automatik im Beidhandanschlag, aus dem Führerhaus auf ihn.

Alexander widerstand dem ersten Impuls, hinter dem nächsten Erdhaufen Deckung zu suchen. Was dann? Unbewaffnet, wie er war, hätte er zuschauen müssen, wie seine Gegner zur Treibjagd auf ihn bliesen. Also tat er etwas, das den Mann mit der Automatik so verwirrte, dass er für einige Sekunden das Feuer einstellte. Alexander sprintete in geduckter Haltung zurück über die Kiesstraße, geradewegs auf den ockerfarbenen Bulldozer zu.

Dessen Fahrer, der sein Gefährt vor dem Abgrund angehalten hatte, begriff erst jetzt, als er die aufgeregten Zeichen seines Kumpans sah, dass etwas nicht stimmte, dass Alexander nicht mit dem Wagen in die Tiefe gestürzt war. Bei dem Dröhnen des Bulldozermotors und dem Krachen der Explosion hatte der Mann im offenen Fahrerhaus die Schüsse nicht gehört. Nun, da er die Gefahr erkannte, fuhr seine Rechte hastig unter die offene Windjacke.

Alexander aber war schneller. Er sprang auf eine der metallenen Raupenketten, beugte sich vor, packte den rechten Arm des anderen und schlug den Ellbogen hart gegen eine Metallkante neben dem Fahrersitz. Die Pistole, die der Mann – ein sehniger, dunkelhäutiger Typ mit lockigem Haar und ungewöhnlich breitem Mund – hatte ziehen wollen, fiel zwischen seine Füße. Dass er sich nach der Waffe bückte, war ein Fehler. Ein Handkantenschlag ins Genick warf ihn vom Bulldozer. Sein Mund verzog sich zu einem überraschten Schrei, als er in den Abgrund fiel.

Befriedigt dachte Alexander, dass das Nahkampftraining bei Meister Funakoshi sich doch lohnte, hob die Waffe auf, eine Beretta 84 mit einem Dreizehnermagazin im klobigen Griffstück, lud sie durch und entsicherte sie. Dabei kam er mit dem Unterarm an einen der schwarzen Steuerhebel im Führerstand, und die Schaufel des Bulldozers ging unter lautem Brummen in die Höhe. Das rettete sein Leben. Eine Kugel prallte an der Schaufelfläche ab und pfiff davon.

Der zweite Killer war von der Straßenwalze gesprungen, stand breitbeinig mitten auf der Kieshahn und hielt seine Waffe mit beiden Händen auf den Schweizer gerichtet. Die Schaufel hatte sich jetzt so weit gehoben, dass Alexander seinen Gegner in dem Spalt zwischen Schaufel und Motorverkleidung erkennen konnte. Er ging in die Hocke, stieß die Rechte mit der Beretta vor und zog dreimal kurz hintereinander den Abzug durch. Diese Art zu schießen bot keine große Treffergenauigkeit, aber er musste dem anderen zuvorkommen.

Tatsächlich riss es den von den Füßen, und er landete rücklings im aufspritzenden Kies. Als Alexander neben ihm stand, sah er, dass mindestens zwei seiner Kugeln die Brust getroffen hatten. Die Wunde war zu groß für ein einzelnes Geschoss. Der hagere blonde Mann musste sofort tot gewesen sein.

Alexander bedauerte nur, dass er ihn nicht mehr nach dem Grund für den Anschlag fragen konnte. Mit Killern hatte er kein Mitleid. Vielleicht war der Tote vor ihm der wahre Mörder von Heinrich und Juliette, von Raffaela Sini und von Marcel Danegger.

Er fand bei der Leiche eine schwarze Brieftasche mit Papieren auf den Namen Livio Montuori, wohnhaft in Ravenna, und steckte sie ein. Seine Waffe, auch eine Beretta 84, nahm er ebenfalls an sich. Dann wollte er sein Handy aus der Jackentasche ziehen, um die Polizei zu verständigen, aber seine Finger fuhren in Plastik- und Metallsplitter. Vermutlich war er bei dem Sprung aus dem Lancia auf dem Telefon gelandet.

Die Beretta noch immer schussbereit in der Rechten, trat er an den Rand des Abhangs, um nach dem Besitzer der Waffe zu sehen, der durchaus noch am Leben sein konnte. Er war nirgends zu entdecken; das dichte Buschwerk schien ihn verschluckt zu haben.

Das Wrack des Lancias lag, umzüngelt von Flammen,

fünfzig Meter weiter unten auf einem Felsvorsprung. Dicker schwarzer Rauch kroch am Hang herauf und trug beißenden Brandgeruch an Alexanders Nase, vermischt mit dem Gestank von Benzin und geschmolzenem Kunststoff.

Als Alexander sich umdrehte, stieß sein Fuß mit einem metallischen Klirren gegen etwas Hartes. Ungläubig starrte er die Kiste an; da war das Vermächtnis seines Onkels! Die Kassette war unversehrt, hatte nicht einmal eine Delle abbekommen. Beim Zusammenstoß mit dem Bulldozer musste sie aus der offenen Beifahrertür geschleudert worden sein. Alexander hob sie auf- und nahm dabei eine dunkle Rauchwolke wahr, die nicht aus dem Krater unter ihm kam, sondern aus der Richtung, in der die alte Kirche lag.

Das konnte nichts Gutes bedeuten. Er musste zurück!

Die Baufahrzeuge waren zu langsam und für die gewundene Bergstraße ungeeignet. Den Wagen, mit dem die Killer hergekommen sein mussten, konnte er nirgends entdecken. Also klemmte er die Kassette unter den Arm und lief querfeldein, um die Serpentinen der Straße abzuschneiden.

Mitten im Wald hörte er das lauter werdende Brummen eines Motors. Er blieb stehen und sah zur etwa dreißig Meter entfernten Straße hinüber. Die schilfgrüne Karosserie eines Pkws schimmerte undeutlich durch Bäume und Büsche. Der Wagen musste von der Kirche kommen. Gehörte er dem Pater? Ehe Alexander noch auf sich aufmerksam machen konnte, war das Fahrzeug in Richtung Baustelle verschwunden. Nach kurzem Zögern setzte er seinen Weg zur Kirche fort.

Noch bevor er sie erreichte, ahnte er das Verhängnis. Bis in den Wald hinein war die Hitze zu spüren, die von Santa Maria ausging. Wo das Grün sich zwischen den Baumkronen lichtete, wurde der Himmel von der sich immer mehr ausbreitenden Rauchwolke verdunkelt.

Alexander trat aus dem Wald – und erstarrte. Vor ihm tobte ein Flammenchaos, das fast die ganze Kirche mitsamt den Nebengebäuden erfasst hatte und seine gierigen Finger jetzt nach dem Glockenturm ausstreckte. Die wabernde Lohe schien fest entschlossen, von Santa Maria a Lago di Albano absolut nichts übrig zu lassen.

Rauch biss in seine Augen und Lungen. Er wischte die Tränen fort, und als er wieder klarer sah, meinte er, es müsse sich um eine optische Täuschung handeln. Von der Kirche widerstand nur noch der Eingangsbereich mit dem halb geöffneten Portal dem wütenden Flammentanz, doch aus der Öffnung kam eine Kreatur hervorgekrochen wie eins der Untiere in der Johannes-Offenbarung. Eine Art riesiger Feuerkäfer, der, Brand und Zerstörung bringend, über die Erde glitt. Oder eine Schlange, die sich in Feuerzuckungen wand. Wie ein vom Schöpfer verfluchtes Wesen. *Auf deinem Bauche sollst du kriechen und Dreck fressen dein Leben lang.*

Alexanders Entsetzen wurde noch größer, als er in der kriechenden Kreatur einen Menschen erkannte. Oder was davon übrig war. Schwarze, verbrannte, blasige Haut, auszumachen an den wenigen Stellen, wo der Unglückliche nicht in Flammen stand. Er war vollkommen nackt, so als hätte die Hitze seine Kleider weggesengt. Obwohl der Mann sich vor dem Portal hin und her wälzte, gelang es ihm nicht, die Flammen zu löschen.

Mit weiten Sprüngen, dabei die Wildlederjacke abstreifend, rannte Alexander zu ihm und versuchte fieberhaft, das Feuer mit der Jacke zu ersticken. Dabei rollte er den Verbrannten hin und her wie ein Fass. Er musste ihn grob anfassen, wollte er ihm schnell genug helfen.

Als die letzten Flammen an dem zitternden Leib gelöscht waren, zog Alexander den bedauernswerten Mann zu einer Senke, die ein wenig Schutz vor der mörderischen Hitze bot. Inzwischen hatte das Feuer auch das Kirchenportal erfasst, leckte über die Statue von Maria und Jesus und fraß sie von den Füßen her auf.

Die Brandwunden, die den Mann von Kopf bis Fuß bedeckten, waren so schwer, dass Alexander kaum eine Hoffnung für ihn sah. Sämtliche Haare waren den Flammen zum Opfer gefallen und auch der größte Teil der Haut. Der Mann war so entstellt, dass keine Gesichtszüge zu erkennen waren, nur verworfenes Fleisch und zwei wie irre flackernde Augen. Der Anblick war ebenso schwer zu ertragen wie der Gestank verbrannten Fleisches, der jeden anderen Geruch auslöschte.

Eine kohlschwarze Klaue, die einmal eine Hand gewesen war, richtete sich auf Alexander, und der Mann öffnete den brandblasigen Mund. »Du hättest nicht hierher zurück …«

Dem Verbrannten fehlte die Kraft fortzufahren, doch Alexander hatte die Stimme bereits erkannt.

»Sprechen Sie nicht, Pater. Ich werde sehen, dass ich Hilfe für Sie hole.«

»Nein … zu spät!«, brachte der Geistliche undeutlich hervor. »Der Dämon hat mich geru …« Borghesis Stimme wurde leiser, schien wie sein Leben zu verlöschen.

Alexander sah die verkohlte Klaue zucken. Er beugte sich über Borghesi und legte ein Ohr an die zitternden Lippen.
»Der Hort des Bösen … unter Sankt Peter …«, hörte er undeutlich. »Frag die Katzennärrin!«
Schon sah es aus, als habe das Leben Borghesi endgültig verlassen, da bäumte sich der geschundene Leib noch einmal auf, die schwarze Hand verkrallte sich in Alexanders Hemd, und der Pater schrie mit sich überschlagender Stimme: »Ich … ich habe ihn gesehen, er lebt!«
Dann ließ er Alexander los und sackte kraftlos auf den Boden. Ein schwarzes Bündel aus Knochen und verbranntem Fleisch. Tot wie die im Feuer zusammenbrechende Kirche, aus der er gekrochen war.

XI

Sonntag, 10. Mai, abends

»*Was sind* Sie, Signor Rosin, eine Art Todesengel? Bringen Sie allen, mit denen Sie zusammenkommen, ein grausames Ende?«

»*Sie* leben noch, Commissario«, erwiderte Alexander. Insgeheim musste er sich entsetzt eingestehen, dass ihm Bazzinis Frage gar nicht so absurd erschien. Der Tod war ihm zu Raffaela Sini gefolgt und zu Pater Borghesi. Und hätte er an der Baustelle nicht geistesgegenwärtig bewiesen, dass ein Schweizergardist mehr war als ein Zinnsoldat, hätte es ihn selbst erwischt. Nach den Erlebnissen dieses Tages war er sich so gut wie sicher, dass die Attentäter auf der Piazza Farnese ihn gemeint hatten und nicht Commissario Donati.

Der Mann mit der Beinprothese saß schweigend neben seinem Kollegen Bazzini, in dessen Büro das Verhör stattfand. Aufgrund der sich häufenden Morde war Donati jetzt offiziell mit dem Fall betraut und leitete zusammen mit Bazzini die Untersuchungskommission. »Meine unerwartete Rückkehr in den aktiven Dienst« hatte er es genannt, als er Alexander zwei Stunden zuvor im Polizeihauptquartier begrüßte. Und er schien darüber nicht unglücklich zu sein.

Draußen wurde es allmählich dunkel. Im Licht der großen Scheinwerfer, die ihn anstrahlten, schimmerte der Palazzo delle Esposizioni bleich wie ein gigantischer, eckiger Totenschädel.

Bazzini stand auf und näherte sich dem Stuhl, auf dem Alexander saß. »Vielleicht sind Sie wirklich ein Todesengel. Jemand, der heute zwei Menschen getötet hat. Und fast wären es drei geworden.«
»Ich musste den Kerl von dem Bulldozer stoßen, er wollte mich umbringen.«
Den zweiten Killer hatte man nicht gefunden. Alexander vermutete, dass der Fahrer des schilfgrünen Wagens – Borghesis Mörder – ihn aufgesammelt hatte. Sie mussten Komplizen sein. Auf einer kleinen Waldlichtung dreihundert Meter vor der Kirche hatte die Polizei Reifenspuren des Wagens gefunden. Hier hatte der dritte Killer gewartet, bis Alexander den Pater verließ.
»Ich spreche nicht von dem großen Unbekannten, sondern von einer Signorina Loredana Addobatti«, fauchte Bazzini. »Sagt Ihnen der Name etwas?«
»Ich habe heute Morgen mit einer jungen Frau namens Loredana gesprochen, als ich an der Via Appia das Heim der Weißen Tauben besuchte. Geht es ihr nicht gut?«
Ein abfälliger Ausdruck trat auf Bazzinis grobporiges, vor Erregung gerötetes Gesicht. »Wie soll es schon einer Frau gehen, die in letzter Sekunde ihrem Mörder entkommen ist? Zum Glück war der Kerl dumm genug, sich als Schweizer namens Alexander vorzustellen.«
»Wie das Mörder so tun, damit wir es mit ihnen nicht allzu schwer haben«, sagte Donati.
»Also, Signor Rosin, was ist wirklich zwischen Ihnen und dieser Signorina Addobatti vorgefallen?«
Alexander schilderte wahrheitsgetreu seinen kurzen Besuch bei den Weißen Tauben. »Das Mädchen geriet in Panik und lief schreiend davon. Mehr war nicht. Vor allen

Dingen bin ich kein Mörder. Der einzige Mensch, den ich getötet habe, ist der blonde Killer, Livio Montuori aus Ravenna.«

»Sein Name war wohl kaum Livio Montuori«, entgegnete Bazzini, der sich wieder hingesetzt hatte. »Und für ebenso unwahrscheinlich halte ich es, dass er aus Ravenna kam.«

»Aber sein Pass!«

»Eine sehr gute Arbeit«, seufzte Bazzini. »Unsere Spezialisten haben lange gebraucht, um die Fälschung zu erkennen. Aber die Fakten sprechen für sich. Der einzige Livio Montuori, der in Ravenna gemeldet ist, ist neunundsiebzig und liegt mit einer schweren Herzattacke im Krankenhaus. Unter der im Pass angegebenen Adresse gab es einen Puff, der letztes Jahr seine Pforten geschlossen hat. Der Fälscher scheint ein Mann mit Humor zu sein. Im Gegensatz zu mir. Singen Sie endlich Ihre Arie, Mann!«

»Ich habe Ihnen alles erzählt«, erklärte Alexander und hoffte, dass er überzeugend klang.

Er hatte der Polizei nichts von der Metallkassette gesagt, die er vor dem Eintreffen der Feuerwehr im Wald bei der Kirche versteckt hatte. Den genauen Inhalt seines Gesprächs mit Pater Borghesi hatte er ebenso für sich behalten wie die seltsamen letzten Worte des Geistlichen und den Umstand, dass Borghesi ihn bei Marcel Daneggers Beerdigung aufgesucht hatte.

Bazzini wirkte wie der Vesuv kurz vor der Eruption. »Sie fahren also eines Sonntags hinaus in die Albaner Berge, um in Ihrer Trauer um Ihren Onkel dessen Beichtvater aufzusuchen, und kurz darauf wird der Pater auf ähnlich grausame Weise getötet wie Raffaela Sini, mit der Sie ebenfalls ein Rendezvous hatten. Und wir sollen Ihnen glauben, dass Sie damit nichts zu tun haben?«

»Das wäre schön.«

Bazzini sprang so hektisch auf, dass sein Stuhl umkippte. Hätte sich in diesem Moment nicht sein Telefon mit einem melodiösen Klingeln gemeldet, hätte er sich wohl auf Alexander gestürzt.

Nach dem kurzen Telefonat verkündete der Commissario: »Das war Dr. Gearroni. Bevor Pater Borghesi verbrannte, wurde er schwer misshandelt. Er hatte kaum einen heilen Knochen im Leib. Die Dottoressa meint, er wäre seinen inneren Blutungen erlegen, wäre das Feuer nicht schneller gewesen.«

»Das muss der Mann in dem grünen Wagen gewesen sein«, sagte Alexander. »Oder die Männer.«

»Ja, mysteriöse Unbekannte haben wir reichlich in dem Fall«, stellte Bazzini mit bitterem Spott fest und heftete seinen Blick wieder auf den Gardisten. »Und einen Zeugen, der uns nichts Handfestes mitteilen kann – oder will!«

Alexander war froh, als Donati das Wort ergriff: »Immerhin haben wir einen toten Killer. Wir haben die Reifenspuren von dem fremden Wagen und die Spuren auf der Baustelle. Das alles trägt zu Signor Rosins Entlastung ebenso bei wie die Tatsache, dass ich selbst Zeuge eines Anschlags auf ihn war.«

Bazzini blickte seinen Kollegen prüfend an. »Sie glauben also nicht mehr, dass das Organisierte waren, die man auf Sie angesetzt hat, Stelvio?«

»Organisierte vielleicht, es sind gewiss keine Amateure. Aber nach allem, was geschehen ist, glaube ich ziemlich fest, dass der Anschlag Signor Rosin gegolten hat. Jemand will ihn aus dem Weg räumen, sei es mit Gewalt, sei es mit falschen Anschuldigungen.«

»Die letzte Bemerkung verstehe ich nicht, Commissario«, sagte Alexander.

»Das Polizeiboot, das Sie vom Ponte Sisto gepflückt hat, war nicht zufällig dort«, erklärte Donati. »Bei der Polizeistation auf der Tiberinsel war ein anonymer Anruf eingegangen, unter der Brücke seien eine Leiche und ihr Mörder zu finden. Wer konnte das wissen außer dem wahren Mörder?«

Bazzini machte eine Handbewegung, als wolle er fuderweise Dreck aus seinem Büro fegen. »Verschwinden Sie, Rosin, es hat ja doch keinen Sinn! Geben Sie Ihre Aussage zu Protokoll. Und viele Grüße an den Papst.«

»Vorher hätte ich noch eine Bitte.«

»Was?«

»Ich möchte den toten Killer sehen.«

»Sie haben ihn doch schon gesehen, oben in den Bergen«, wunderte Bazzini sich.

»Ja, schon, aber nicht nackt.«

»Wird das jetzt üblich, dass die Tatverdächtigen ihrem Opfer noch einen Abschiedsbesuch im Leichenkeller abstatten?«, fragte Dr. Gearroni spitz, als sie die beiden Polizisten und Alexander zu der langen Wand führte, wo die Toten wie Akten in Schubfächern gelagert waren. »Oder genießt dieser Verdächtige eine Sonderbehandlung?«

»Letzteres«, antwortete Bazzini mit einem düsteren Seitenblick auf Donati.

Schwungvoll zog die Pathologin das Wandfach mit der Leiche heraus. Die beiden Einschusslöcher saßen dicht

am Herzen. In Anbetracht der Situation extrem gut getroffen, stellte Alexander befriedige fest.
Auch jetzt empfand er nicht das geringste Mitleid mit dem Toten. Auf dem Seziertisch lag der verkohlte Leichnam, der vor einigen Stunden noch Pater Borghesi gewesen war. Ihm, der auf so elende Weise umgekommen war, gehörte jedes Mitgefühl, nicht dem Killer, der es, gemessen an Borghesis Qual, viel zu leicht gehabt hatte.
Nur kurz ruhte Alexanders Blick auf den Einschusslöchern. Viel mehr interessierten ihn die roten Abdrücke an beiden Oberschenkeln.
»Wie bei Raffaela Sini«, sagte Bazzini. »Spuren eines Bußgürtels, wie mir Kollege Donati erläutert hat.«
»Ähnliche Spuren um die Hüften habe ich bei Pater Borghesi gesehen, als er sich geißelte«, erklärte Alexander.
Bazzinis Kopf ruckte zu ihm herum. »Woher haben Sie gewusst, dass der Killer einen Bußgürtel benutzte?«
»Nicht gewusst, nur geahnt«, korrigierte Alexander. »In letzter Zeit sterben die bußfreudigen Menschen wie die Fliegen.«
»Sehr richtig«, knurrte Bazzini. »Und zwar immer dann, wenn Sie in der Nähe sind, Rosin!«

Die Straßenlampen brannten schon, als Alexander die Via Nazionale entlangschritt. Er hatte Donatis Angebot, ihm ein Taxi zu rufen, abgelehnt, um während eines langen Fußmarsches seine Gedanken zu ordnen. Im Vatikan würde es vermutlich seine erste Pflicht sein, Oberstleutnant von Gunten Rede und Antwort zu stehen. Im Augenblick fiel ihm nichts ein, worauf er weniger Lust hatte.
Doch er hatte nicht länger als nötig bei Donati bleiben

wollen. Es gefiel ihm nicht, den Commissario belogen zu haben. Bazzini war ihm gleichgültig, aber Donati fühlte er sich verpflichtet. Weil sie das Attentat auf der Piazza Farnese zusammen durchgestanden hatten? Oder weil Donati ihn immer wieder vor Bazzinis Wutausbrüchen in Schutz nahm?

Er wusste selbst nicht genau, warum er bei der Polizei nicht alle Karten auf den Tisch gelegt hatte. Die Entscheidung war schon am Albaner See gefallen, als er über Pater Borghesis Leiche gekniet und durch das Knistern der Flammen die Sirenen der Feuerwehr gehört hatte. Da hatte er gewusst, dass Heinrich Rosins Vermächtnis nicht für die Öffentlichkeit bestimmt war, jedenfalls nicht, solange er selbst den Inhalt der Kassette nicht kannte. Und was Borghesi ihm anvertraut hatte, schien irgendwie mit diesem Vermächtnis zusammenzuhängen.

Zahlreiche flanierende Pärchen auf der Via Nazionale zwangen ihn immer wieder zum Ausweichen. Der Autoverkehr floss auf der Einbahnstraße in Alexanders Richtung. Als er ein wütendes Hupen hörte, fiel ihm ein kleiner Wagen auf, der mit Schrittgeschwindigkeit etwa zehn, zwölf Meter hinter ihm herfuhr und alle anderen Fahrzeuge mit seiner Langsamkeit zu Überholmanövern zwang. Es war ein Fiat 500, ein Modell, das schon seit Jahrzehnten nicht mehr gebaut wurde. Außer in Italien und einigen osteuropäischen Ländern war er nirgends mehr zu finden. Die Windschutzscheibe reflektierte das Licht der Straßenlampen und Schaufenster, weshalb Alexander den Fahrer nur als Silhouette sah. Aber er war sich sicher, den Fiat schon bemerkt zu haben, als er aus dem Polizeigebäude trat.

Mit schnellen Schritten verließ er die Straße und bog in einen schmalen Weg ein, der auf den uneleganten Klotz des Ausstellungspalastes zuführte und für den Kraftverkehr gesperrt war. Die meisten Autos hätten ohnehin nicht zwischen die engen Mauern gepasst – der 500er schon. Zielstrebig befuhr der Fiat den Weg und stoppte, als der Schweizer im Scheinwerferlicht auftauchte.
Alexander sah es, ging auf den Wagen zu und riss die Beifahrertür auf. »Bin ich der Polizei so unwichtig, dass man mich mit einer derart alten Mühle beschattet? Ich hätte …«
Er verstummte, als er die Fahrerin erkannte.
Lächelnd klopfte Elena Vida auf den leeren Beifahrersitz. »Ich hatte schon Angst, Sie würden vor mir davonlaufen. Steigen Sie ein!«
Alexander zwängte sich in den engen Wagen. Elena fuhr rückwärts auf die Via Nazionale, wobei sie einen dicken BMW zur Vollbremsung und zu einer Hupkanonade veranlasste.
»Braucht man für dieses Ding keinen Führerschein?«, fragte Alexander, der reflexhaft beide Füße gegen das Bodenblech stemmte.
»Fährt in Rom irgendjemand, als besäße er einen Führerschein?«
Sie winkte dem Mann am Steuer des BMWs huldvoll zu und fädelte sich in den Verkehr ein.
»Woher wussten Sie, wo ich zu finden bin, Elena?«
»Ich habe meine Informanten.«
»Die Sie natürlich nicht preisgeben dürfen.«
»Sie lernen schnell.«
»Nicht unbedingt«, entgegnete er leise und dachte an die rätselhaften letzten Worte, die Pater Borghesi im Todes-

kampf ausgestoßen hatte. »Sonst hätte es heute vielleicht keine Toten gegeben.«

»Ach ja, die Sache in den Bergen«, sagte Elena beiläufig.

»Heben Sie sich das Heucheln für die Beichte auf, Sie sind doch nur wegen dieser Vorfälle hier!«

»Nun, immerhin sind wir Verbündete. Soll ich mich nicht für das interessieren, was Ihnen am Albaner See widerfahren ist?«

»Außerdem gibt das einen knackigen Artikel für den *Messagero*, hm?«

»Der *Messagero* bezahlt mich nicht für meine bloße Existenz. Was ist in den Bergen geschehen?«

»Was wissen Sie bereits?«

»Dass es zwei Tote gibt, eine abgebrannte Kirche und einen Schweizergardisten namens Alexander Rosin, der wohl nicht ganz zufällig in die Sache verwickelt ist.«

Er lieferte ihr einen kurzen Abriss der Ereignisse, während sie den Fiat in Richtung Tiber lenkte, und fügte hinzu: »Ich habe es nicht eilig, zum Vatikan zu kommen. Mitternacht reicht.«

»Wir fahren nicht zum Vatikan, sondern zu mir. Sie sehen so aus, als hätten Sie mächtigen Hunger und das Bedürfnis, sich ein wenig frisch zu machen.«

»Falls der *Messagero* journalistischen Scharfblick belohnt, haben Sie eine Gehaltserhöhung verdient«, grinste Alexander, der jetzt erst merkte, wie sein Magen sich zusammenzog. Seit dem Frühstück bei Pater Borghesi hatte er nichts mehr zu sich genommen. Er war viel zu aufgewühlt gewesen, aber jetzt, da er etwas zur Ruhe kam, fühlte er sich hungrig wie ein ganzes Gardegeschwader.

Jenseits des Tibers fuhren sie den grünen Gianicolo-Hügel

hinauf, der sich über Trastevere erhob. Ein schmaler, von Traubeneichen und Orangenbäumen gesäumter Weg führte zu einem Palazzo im Renaissancestil, der etwas versteckt in den Hang hineingebaut war und eine prächtige Aussicht über Trastevere und das auf der anderen Tiberseite liegende Rom bot. Die Dächer der Stadt verschmolzen in der Dämmerung mit den sich am Horizont erhebenden Gipfeln des Apennins zu einem einzigen riesenhaften Wesen, das mit den tausend Augen erleuchteter Fenster zu ihnen heraufstarrte.

Die Straße schien hoffnungslos zugeparkt, aber Elena quetschte ihren Fiat, die Schnauze voran, in die enge Lücke zwischen einem japanischen Minibus und einem alten Treppenaufgang, der im Grün des dicht bewachsenen Hügels verschwand.

»Was ich an dieser *alten Mühle* so schätze«, sagte Elena beim Aussteigen, »ist der Umstand, dass ich nie lange nach einem Parkplatz suchen muss.«

Als Alexander ihr zu dem Palazzo folgte, stieß er einen anerkennenden Pfiff aus. »Der *Messagero* muss Ihren journalistischen Scharfblick hoch einschätzen, wenn Sie sich hier eine Wohnung leisten können.«

»Es ist nicht so teuer, wie es aussieht. Der Hauseigentümer hält nicht viel davon, in Renovierungsarbeiten zu investieren. Ein Teil des Dachbodens stand schon länger leer, als ich auf Wohnungssuche war. Deshalb habe ich mein kleines Reich zu sehr günstigen Konditionen bekommen.«

Ihr *kleines Reich* entpuppte sich als geräumige Dachwohnung, in der es dank der schrägen Wände sehr behaglich war. Wo die Schrägen es zuließen, standen Bücherregale, die vor Fülle aus den Fugen zu geraten drohten. Und wo

keine Regale standen, saßen, lagen und kauerten Teddybären und andere Stofftiere in allen Farben und Formen.
»Sind die alle adoptiert?«, staunte Alexander.
»Selbstverständlich.«
»Und wo hat Winnie-the-Pooh seinen Platz gefunden?«
Elena öffnete ihre Umhängetasche und zog den kleinen Bären mit der Zipfelmütze und dem blauweiß gestreiften Nachthemd hervor. »Er begleitet mich, damit ich nicht so allein bin in der großen Stadt.«
»Eine wichtige Aufgabe«, befand Alexander und sah zu, wie Winnie wieder in der Tasche versenkt wurde.
»Jetzt aber ab unter die Dusche!«, befahl Elena mit gespielter Strenge und rümpfte die Nase. »Sie stinken, als hätten Sie mit Nero den Brand von Rom gelöscht.«
»Ich dachte, Nero hätte den Brand gelegt.«
»Nur im Film. In Wahrheit hat er bei den Löscharbeiten geholfen. Aber das macht sich im Drehbuch nicht so gut.«
Die Dachwohnung war genau genommen ein einziger großer Raum mit integrierter Küche. Nur das Bad, ebenfalls sehr geräumig, war separat. Als Alexander unter der Dusche stand und den Wechsel von heißen und kalten Schauern genoss, hörte er, durch das Rauschen des Wassers gedämpft, die Tür klappern und sah Elenas Schatten jenseits des mit violetten Spiralen verzierten Duschvorhangs. Er achtete nicht weiter auf sie, gab sich ganz dem Wasser hin, um nicht nur Schweiß, Schmutz und Gestank loszuwerden, sondern auch die Erinnerung an den sterbenden Benefiziaten. Doch die verkohlte, mehr an einen Affen als an einen Menschen erinnernde Gestalt wollte ihm ebenso wenig aus dem Kopf gehen wie Borghesis rätselhafte Worte.
Als er den Vorhang zur Seite schob und unter der Du-

sche hervortrat, waren seine Kleider verschwunden. Auf dem Plastikhocker lag statt ihrer ein weißer Bademantel aus dickem Frottee, und vor dem Hocker standen blaue Badelatschen. Damit bekleidet, betrat er den Wohnraum, der vom verlockenden Duft gebratener Kartoffeln erfüllt war. Dazu gab es in Wein geschmorte Rindfleischstreifen und Rucola mit Granatapfelkernen und in dünne Scheiben gehobeltem Parmesan. Zu Alexanders Hunger gesellte sich ein gewaltiger Durst, den er mit mehreren großen Gläsern Rotwein und Mineralwasser löschte.

Er berichtete in allen Einzelheiten von den Geschehnissen in den Bergen und erzählte auch das, was er der Polizei verschwiegen hatte. »Und weil ich auf dem Präsidium, sagen wir, nicht die ganze Wahrheit gesagt habe, hatte ich vorhin ein schlechtes Gewissen und glaubte, Sie wären ein Polizeispitzel.«

Sie lächelte. »Ich danke Ihnen für Ihr Vertrauen, Alexander. Womit habe ich das verdient?«

»Vielleicht war mir einfach nach Beichten zumute. Auch wenn ich sie nicht getötet habe – ich fühle mich doch irgendwie verantwortlich für das, was mit Raffaela Sini und Pater Borghesi geschehen ist.«

»Und der Kasten von Ihrem Onkel? Wo haben Sie ihn versteckt?«

»In der Nähe der abgebrannten Kirche, aber doch weit genug entfernt, dass er bei den Löscharbeiten nicht entdeckt werden konnte.«

»Wo genau, wollen Sie mir nicht sagen?«

»Nein, aber Sie können mich hinbringen. Mein Wagen, vielmehr der meines Onkels und meiner Tante, liegt in Einzelteilen am Albaner See.«

»Wann?«, fragte Elena wie elektrisiert.

»Mein nächster freier Tag ist Mittwoch, falls ich nicht zu Sonderdiensten eingeteilt werde. Wenn ich erst wieder im Vatikan bin, wird man mir gehörig den Kopf waschen.«

Elena machte eine beschwichtigende Handbewegung. »Ach, die haben nach Papst Gardiens Ankündigung sicher andere Sorgen.«

»Wovon sprechen Sie?«

Eine Falte an Elenas Nasenwurzel kündete von ihrer Überraschung. »Haben Sie wirklich noch nichts vom heutigen Sonntagsgebet des Heiligen Vaters gehört? Die Nachrichten sind voll davon.«

»Ich hatte weiß Gott keine Gelegenheit, Nachrichten zu hören.«

Elena sprang von dem kleinen Zweiersofa auf und griff nach der Fernbedienung, die zwischen einem Teddybären und einem Stoffhasen auf einem Beistelltisch lag. Hastig stellte sie den Fernseher an und spulte eine Kassette zurück, die noch im Videorecorder lag.

»Das habe ich aus einer Nachrichtensendung mitgeschnitten. Es ist eine Aufnahme vom Mittagsgebet des Papstes.«

Sie hielt das leise sirrende Videoband an und drückte *Play*. Das schmachtende Liebespaar aus einer Fernsehschnulze, das eben noch den Bildschirm ausgefüllt hatte, machte dem Heiligen Vater Platz, der im Fenster seines privaten Arbeitszimmers im Apostolischen Palast stand, sich an die Menge unten auf dem Petersplatz wandte und das traditionelle Sonntagsgebet sprach. Als Custos das Gebet beendete, erwartete Alexander, dass eine andere Kamera Platz und Palast in der Totalen zeigen würde, während ein Off-Kommentator den Beitrag mit einem der üblichen lapidaren Sätze ausklingen ließ. Doch stattdessen hob Custos die Hände in Schulterhöhe und zog mit dieser Geste erneut die Aufmerksamkeit der Menge und des Fernsehteams auf sich.

»Rom liegt unter einer schwarzen Wolke«, sagte der Papst mit seiner wohlklingenden und dennoch eindringlichen Stimme, und die Lautsprecher ließen seine Worte über den Petersplatz schallen. »Und viele von euch mögen den Gerüchten über ein böses Omen Glauben schenken. Andere wundern sich vielleicht über das, was letzten Mittwoch in der Audienzhalle geschah. Zahlreiche Berichte in Presse, Rundfunk und Fernsehen mögen euch erstaunt und zu der Frage veranlasst haben, was für ein Mann das ist, der da den Stuhl Petri bestiegen hat. Es liegt in der Natur des Menschen, dass er sich durch Taten stärker beeindrucken und überzeugen lässt als durch Worte. Darum mögt ihr euch, meine Brüder und Schwestern, noch drei Tage gedulden bis zur nächsten Generalaudienz. Ausdrücklich lade ich die Schwerkranken und Behinderten Roms zur Audienz ein – und die Vertreter der Medien, die auf Sensationen leider oft mehr erpicht sind als auf die Wahrheit. Am kommenden Mittwoch werde ich euch zeigen und erklären, was für ein Mann ich bin. Haltet bis dahin an eurem Glauben fest, fester denn je, und fürchtet die schwarze Wolke über euch nicht!«

Elena schaltete Fernseher und Recorder aus. »Mehr hat er nicht gesagt, aber das war auch genug. Die Menschen auf dem Petersplatz und an den Fernsehern haben sich nach dieser seltsamen Ankündigung gar nicht mehr eingekriegt. Offensichtlich hat es auch die engsten Mitarbeiter von Custos mal wieder eiskalt erwischt. Der Pressesaal blockt alle Anfragen ab, und Monsignore Wetter-Dietz lässt sich verleugnen. Ich schätze, er wäre jetzt am liebsten auf den Bahamas oder in der Wüste Gobi.«

»Was hat Papst Gardien vor?«, fragte Alexander, ratlos auf den dunklen Bildschirm des Fernsehers starrend.

»Was schon, wenn er ausdrücklich die Schwerkranken und Behinderten zur Audienz lädt? Sieht ganz so aus, als wollte er den predigenden Wunderheilern im amerikanischen Fernsehen Konkurrenz machen.« Elena blickte durch ein Fenster hinaus aufs nächtliche Rom. »Seltsam, dass er die schwarze Wolke erwähnt hat, von der auch Ihr Pater Borghesi sprach. Glauben Sie, dass es damit etwas auf sich hat, Alexander?«

»Mittlerweile bin ich bereit, an alles Mögliche und Unmögliche zu glauben«, seufzte er.

»Dann sind Sie der ideale Katholik.«

»Glauben *Sie*, dass es da einen Zusammenhang gibt, Elena?«

»Zumindest glaube ich, dass Pater Borghesi nicht ganz so durchgeknallt war, wie er Ihnen vorkam. Allmählich fügen sich die Puzzleteile zusammen, wenn auch zu langsam.« Sie sah ihm tief in die Augen. »Sie müssen mir sagen, was Sie mit dem Papst erlebt haben!«

Alexander schüttelte den Kopf. »Ich darf es nicht, Seine Heiligkeit hat mein Wort.«

»Davon, dass wir wirklich offen zueinander sind, kann einiges abhängen, vielleicht das Schicksal der Menschheit.«

Er stöhnte auf. »Fangen Sie jetzt auch damit an? Wer ist hier durchgeknallt?«

»Ich sage Ihnen, was ich denke, weil ich Ihnen gegenüber ehrlich sein will.«

»Trotzdem hat der Papst mein Wort.«
»Sturer Bock!«, zischte sie. »Aber ein Team sind wir doch?«
»Natürlich. Hätte ich Ihnen sonst all das erzählt, was ich der Polizei verschwiegen habe?«
Elena holte seine Kleider herein, die sie zum Lüften auf die Wäscheleine vor ihren Fenstern gehängt hatte. »Ziehen Sie sich an. Um unseren Pakt zu besiegeln, werden wir einen Ausflug machen.«

Es ging immer am rechten Tiberufer entlang, bis Elena auf den Ponte Palatino abbog. Auf der anderen Seite des Flusses hielt sie auf der leeren Piazza Bocca della Verità, stieg aus und ging auf die alte romanische Kirche Santa Maria in Cosmedin zu, hinter deren verschlossenen Gittern längst die Nachtruhe eingekehrt war.
»Was suchen wir hier?«, fragte Alexander. »Der Eingang ist verschlossen.«
»Gleich nicht mehr.« Elena zog einen Bund mit mehreren Dietrichen aus einer Tasche ihrer weiten Allwetterjacke und hatte mit dem dritten Nachschlüssel Glück. Das Gittertor vor dem Portikus sprang mit leisem Quietschen auf. »Dieses Werkzeug ist in meinem Beruf sehr hilfreich. Schließlich hat man als Journalistin nicht überall ungehindert Zutritt.«
»Dieben geht es auch nicht anders«, brummte er. »Ich glaube nicht, dass das erlaubt ist.«
»Geschenkt. Es ist die einzige Möglichkeit, die Bocca della Verità zu besuchen, ohne von ganzen Busladungen japanischer Touristen erdrückt zu werden.«
Da hatte sie nicht Unrecht. Alexander wusste von mehre-

ren Besuchen auf der Piazza, wie es hier tagsüber zuging, wenn der Platz mit Autos und Reisebussen voll geparkt war. Menschenschlangen drängten sich vor der berühmten Kirche, wobei es vor allem um das Wahrzeichen der Piazza in der Vorhalle des Gotteshauses ging. Im Sekundentakt klickten die Kameras und wechselten die bemüht lächelnden Menschen, die neben dem Steingesicht standen und eine Hand in den legendären Mund der Wahrheit steckten.
Er folgte Elena in die Vorhalle, wo sie stehen blieb und das große, in eine Wand eingelassene Gesicht versonnen betrachtete. Im ungewissen Dämmerlicht wirkte das von wallendem Haar umgebene Antlitz gar nicht mehr so harmlos wie bei Tag, wenn der Lärm der Touristen jede Andacht zerstörte. Die schwarzen Öffnungen, die Augen, Nase und Mund bildeten, schienen mehr zu sein als bloße Löcher im Stein; sie schienen zu leben.
»Weißt du, was das ist?«, fragte Elena.
Er war für einen Augenblick irritiert, weil sie zum vertraulichen Du übergegangen war. Aber er fühlte sich sehr wohl dabei und antwortete: »Ein antiker Kanaldeckel.«
»Banause!«, schnaubte Elena. »Ein wahrer Römer glaubt, dass es sich um ein Zauberwesen Vergils handelt. Ein Triton, ein Meeresdämon, halb Mensch, halb Fisch, der jedem Lügner oder Eidbrüchigen die Hand abbeißt. Im Mittelalter soll es tatsächlich vorgekommen sein, dass unaufrichtigen Leuten, die frech genug waren, sich der Probe zu stellen, hinterher ein paar Finger fehlten.« Sie lächelte ihn an. »Aber uns kann ja nichts passieren, weil wir so aufrichtig sind, stimmt's?«
Sie schob die rechte Hand in das düstere Steinmaul und

sagte: »Ich, Elena Vida, schwöre bei der Unversehrtheit meiner Hand, dass ich dich, Alexander Rosin, nicht belügen und keine Geheimnisse vor dir haben werde.«

Er wusste nicht recht, ob er über den feierlichen Ernst, mit dem Elena ihren Eid sprach, lachen oder staunen sollte.

Langsam zog sie die Hand wieder hervor und tat, als atme sie erleichtert auf. »Noch alles dran! Jetzt bist du an der Reihe, Alexander.«

»Alex reicht«, sagte er, machte aber keine Anstalten, sich dem Mund der Wahrheit zu nähern. »Du weißt, dass ich dir über das, worüber zu schweigen ich dem Papst versprochen habe, nichts sagen darf.«

»Okay, Alex, das ist vom Schwur ausgenommen. Jetzt aber los!«

Schon als er Elena einen wahrheitsgetreuen Bericht über die Vorfälle in den Bergen erstattete, hatte er beschlossen, ihr zu vertrauen. Weil er eine Verbündete brauchte und weil er sie mochte.

Also trat er neben sie und erklärte: »Ich, Alexander Rosin, schwöre bei der Unversehrtheit meiner Hand, dass ich dich, Elena Vida, nicht belügen und keine Geheimnisse vor dir haben werde – außer der Sache mit dem Papst.«

»Hübsch gesagt, aber du hast vergessen, die Hand in den Mund der Wahrheit zu stecken.«

Zögernd schob Alexander die Rechte in den kalten Stein. Ein seltsames Kribbeln lief von der Hand den ganzen Arm hinauf, und ihm war unwohl zumute. Er fühlte sich Elena verbunden, und doch hütete er tief in seinem Herzen ein Geheimnis vor ihr, das nichts mit dem Papst zu tun hatte.

XII

Montag, 11. Mai

Täuschte Alexander sich, oder setzte Adjutant Walter Stückelberger aus dem Musikgeschwader beim Betrachten des Urlaubsscheins eine skeptische Miene auf? Es war, als kenne er den eigentlichen Grund für Alexanders Sonderurlaub.

An der Porta Sant'Anna herrschte die übliche vormittägliche Geschäftigkeit von Klerikern, Nonnen und Angestellten des Vatikans, die in beide Richtungen durch das weit geöffnete schmiedeeiserne Tor drängten. Der Adjutant und der Wachtmeister an seiner Seite, beide in der blaugrauen Dienstuniform, hatten mit dem Kontrollieren der Passierscheine gut zu tun, weshalb Alexander seinen von Oberstleutnant von Gunten persönlich unterzeichneten Urlaubsschein schnell zurückerhielt.

Die Fußgängerampel am Zebrastreifen sprang auf einen grünen Pfeil um, und ein Verkehrspolizist stoppte mit gebieterischer Geste den Autoverkehr auf der stark befahrenen Via di Porta Angelica. Alexander nutzte die dreifache Sicherung, die angesichts römischer Verkehrssitten mehr als angebracht war, und ging über den Zebrastreifen zum Beginn des Borgo Pio, wo Elenas kleiner Fiat in Ermangelung eines legalen Parkplatzes zwischen einer Bar und einem kleinen Lebensmittelgeschäft auf dem Bürgersteig stand.

Elena kam mit einer randvollen Papiertüte, aus der Bananen und Äpfel lugten, aus dem Laden und drückte sie Alexander in die Hände.

»Unsere Verpflegung«, sagte sie lächelnd und schloss den Wagen auf. »Ich freue mich schon auf das Picknick.«

Sie sagte das, als ginge es zu einer harmlosen Spazierfahrt hinauf in die Albaner Berge. Doch Alexander hatte sie angerufen, weil er Heinrich Rosins Vermächtnis aus dem Versteck holen wollte. Er hatte nicht gedacht, dass es so schnell gehen würde, aber aufgrund seines überraschenden Sonderurlaubs konnten sie heute schon fahren.

»Bist du beurlaubt oder vom Dienst suspendiert?«, fragte Elena, als hätte sie seine Gedanken gelesen. Sie lenkte den Fiat an der hohen mittelalterlichen Schutzmauer, dem Passetto, entlang in Richtung Engelsburg.

»Offiziell habe ich Urlaub, aber der ist mir quasi verordnet worden.«

Noch vor dem Frühstück hatte von Gunten, von der Polizei über die Ereignisse am Albaner See informiert, ihn in die Kommandantur rufen lassen und ihm in ziemlich harschem Ton die Leviten gelesen. Was er sich einbilde, auf eigene Faust Untersuchungen fortzuführen, die der vatikanische Untersuchungsrichter längst abgeschlossen habe? Ob er die Schweizergarde in Verruf bringen wolle? Gerade jetzt, wo die Spekulationen über den neuen Papst schon mehr als genug für Unruhe im Vatikan sorgten! Ob er nicht wisse, dass der Name Rosin einen Gardisten zu besonderer Sorgfalt verpflichte? Ob sein Pflichtgefühl denn nicht stärker sei als der persönliche Schmerz über den Verlust?

Dann war die Stimme des Oberstleutnants unerwartet weich geworden und er hatte ihm einen bis Mittwoch einschließlich geltenden Urlaubsschein überreicht. »Bummeln Sie ein wenig durch Rom und ruhen Sie sich aus, Alexander, Ihre Nerven müssen ja angegriffen sein. Und sehen Sie zu, dass Sie sich von diesen blutgierigen Journalisten fern halten!«

»Blutgierig?«, wiederholte Elena empört. »Das hat er gesagt?«

»Hat er.«

»Und da wagst du es, zu mir ins Auto zu steigen? Ist das nicht eine glatte Befehlsverweigerung?«

»Erstens war das kein Befehl, sondern ein Ratschlag, und zweitens hat er von *den* Journalisten gesprochen, nicht von einer einzelnen hübschen Journalistin.«

»Ah.« Sie grinste verschwörerisch. »Na gut.«

Als sie sich durch den dichten Verkehr am protzigen Viktor-Emanuel-Denkmal wühlten, fragte Alexander: »Warum mitten durch die Stadt? Es gibt schnellere Wege raus in die Berge.«

»Aber nicht, wenn man vorher noch zum Kolosseum will.«

»Wer will das?«

»Wir.«

»Warum?«

»Weil Spartaco da ist. Ich will ihn bitten, während unserer Abwesenheit einiges zu recherchieren.«

»Mein lockenköpfiger Entlastungszeuge«, brummte Alexander unwillig. »Warum rufst du ihn nicht einfach an?«

»Weil er zurzeit schlecht telefonieren kann.«

Das verstand er erst, als sie den Fiat unerlaubterweise hinter einer Imbissbude zwischen Forum Romanum und Kolosseum abgestellt hatten und den belebten Vorplatz des

antiken Rundbaus betraten. Eigentlich war das Kolosseum ein Oval, die Bezeichnung »Rundbau« das Ergebnis einer optischen Täuschung. Droschkenkutscher, dunkelhäutige Männer, die Spielzeug, Lederwaren und Modeschmuck feilboten, sowie als römische Legionäre Verkleidete, die sich für Erinnerungsfotos zur Verfügung stellten, buhlten im Schatten der riesigen Ruine um Aufmerksamkeit und das Geld der Touristen. Aber die meisten Besucher scharten sich um eine etwas abseits gelegene Wiese. Elena und Alexander drängten sich durch den dichten Ring aus schreienden und klatschenden Menschen und wurden Zeugen eines Schauspiels, wie es vor zweitausend Jahren in der Arena des flavischen Amphitheaters wohl unzählige Male stattgefunden hatte.
Auf dem freien Platz, den die begeisterten Zuschauer umringten, kämpften zwei muskulöse Männer in der spärlichen Kleidung antiker Gladiatoren mit Speer und Schild gegeneinander. Die schweißglänzenden Oberkörper waren nackt, breite Ledergürtel um die Hüften hielten die kurzen Hosen zusammen. Über den in Sandalen steckenden Füßen bedeckten Beinschützer aus Eisen die Unterschenkel bis hinauf zu den Knien. Die Oberschenkel waren ungeschützt. Den nackten linken Arm bedeckte ein kleiner Rundschild, der rechte Arm war mit Lederbandagen umwickelt, und die Hand hielt den Speer. Beide Männer trugen einen goldglänzenden Helm mit geschlossenem Visier, sodass die Gesichter vor Verletzungen geschützt und vor den Zuschauern verborgen waren. Der Helm des einen Gladiators war oben mit der metallischen Nachbildung eines Fisches verziert, der des anderen mit einem violetten Federbusch.

Die schnellen, kräftigen Bewegungen ließen, ebenso wie das Keuchen und Stöhnen, darauf schließen, dass die Gladiatoren dem Publikum einen möglichst realistischen Eindruck bieten wollten. Als Alexander die vielen kleinen blutigen Schrammen bemerkte, kamen ihm Zweifel, ob es sich wirklich nur um einen Schaukampf handelte.
Elena stand bei einem kahlköpfigen Mann im feinen Zwirn, der mit seiner großen Sonnenbrille demonstrierte, dass ihn die Wolken am Himmel nicht beeindruckten. Sie steckte ihm etwas zu. Alexander fragte sie danach, als sie zu ihm zurückkehrte.
»Ich habe ein hübsches Sümmchen gewettet.«
»Auf wen?«
»Auf den da!«
Elena zeigte auf den Gladiator mit dem Federbusch. Der wirbelte seinen Speer in einer rasanten Attacke derart herum, dass sein Gegner nicht wusste, wohin er schauen sollte.
»Heißt das, es ist ein echter Kampf?«, rief er aus.
»Schon, aber natürlich nicht auf Leben und Tod.« Elena setzte ein bezauberndes Unschuldslächeln auf. »Er währt, bis einer der beiden aufgibt.«
»Ist so ein Kampf erlaubt?«
Sie blickte ihn tadelnd an. »Ach, Alex, man könnte glauben, du bist erst seit gestern in Rom.«
Nachdem er den anderen Gladiator völlig aus dem Konzept gebracht hatte, änderte Elenas Favorit seine Taktik der schnellen Bewegungen. Von einer Sekunde auf die andere blieb er mit leicht gespreizten Beinen stehen und stieß dem Gegner das stumpfe Speerende in den Magen. Der Getroffene stöhnte laut auf, kippte nach vorn und fiel

bäuchlings in das zertretene Gras. Der Helm rutschte ihm vom Kopf und enthüllte ein vollbärtiges, mit Schweißperlen überzogenes Gesicht.

Der Gegner stand über ihm und bedrohte ihn mit der Speerspitze, bis der Vollbärtige mit missmutiger Miene eine Hand hob, wobei er Daumen und Zeigefinger ausstreckte. Das Zeichen der Kapitulation.

»Gewonnen!«, jubelte Elena. »Ich habe gewonnen!«

Und schon stürzte sie auf den Mann mit der Sonnenbrille zu, um ihren Gewinn einzustreichen.

Der siegreiche Gladiator, von allen Seiten beglückwünscht, nahm seinen Helm ab und trat auf Elena und Alexander zu.

»Er?«, entfuhr es Alexander. »Warum tut er das?«

»Das ist *sein* Spleen«, sagte Elena. »Außerdem beteiligen die Buchmacher den Sieger am Umsatz.«

Der Mann mit dem starren Victor-Mature-Gesicht zeigte zwei Reihen perlweißer Zähne. »Ave, Freunde, der Todgeweihte grüßt euch.«

»Glückwunsch, mein Todgeweihter«, lachte Elena. Sie schlang ihre Arme um seinen Nacken, zog ihn zu sich herunter und küsste ihn auf den Mund.

Während sie stadtauswärts fuhren, hockte Alexander schweigend auf dem Beifahrersitz und dachte an den muskulösen Mann in der Gladiatorentracht. Sein Bild vermischte sich mit dem eines anderen, ebenfalls kräftigen Mannes, dessen Gesicht von einer schwarzen Biwakmütze verhüllt war – wie das des Gladiators von seinem Helmvisier. Beide Männer waren unerhört geschickt im Umgang mit alten Stangenwaffen. Der eine hatte es vor zehn Tagen mit einer Hellebarde in der Waffenkammer der Garde gezeigt, der andere vorhin mit dem Gladiatorenspeer am Kolosseum. Hatte sich unter der Biwakmütze dasselbe Gesicht verborgen wie hinter dem goldglänzenden Visier?

Wenn das so war, stand Alexander vor einem weiteren Rätsel: Der Mann, der ihn in der Waffenkammer fast umgebracht hätte, war nach Raffaela Sinis Tod bei der Polizei als sein Entlastungszeuge aufgetreten. Warum? Und wenn Spartaco Negro mehr war als eine Nebenfigur, ein unwichtiger Bauer, wo war dann Elenas Platz auf dem Spielbrett?

»Du siehst mich an, als käme ich vom Mars«, sagte Elena unvermittelt. »Woran denkst du, Alex?«

»Oh, an diesen Kerl«, stammelte er.

»Wen meinst du?«

»Den, den du vorhin geküsst hast und dem du etwas zugeflüstert hast.«

»Spartaco?« Sie lachte schallend. »Ich konnte ihm doch nicht inmitten der Menge zubrüllen, was er für mich erledigen soll. Oder wurmt dich eher der Kuss?«

»Geht mich ja nichts an«, murmelte er und sah aus dem Seitenfenster auf die hohen Hecken an der Via Appia Antica, hinter denen sich die luxuriösen Landsitze abgetakelter Filmschauspielerinnen und anderer VIPs versteckten.

»Aber es scheint dich doch zu interessieren«, kicherte sie. »Zu deiner Aufklärung: Spartaco ist für mich wie ein großer Bruder.«

»Ich hatte nie einen großen Bruder, aber hätte ich einen, ich würde ihn bestimmt nicht auf den Mund küssen.«

»Das ist unter Männern ja auch nicht üblich, es sei denn,

sie sind schwul oder kommunistische Politiker. He, bist du eifersüchtig?«

Er warf ihr einen langen Blick zu. »Würde dir das gefallen, Elena?«

»Darüber muss ich mal nachdenken.«

Sie sah angestrengt auf die Straße und erwiderte seinen Blick auch nicht für einen Sekundenbruchteil.

Erst als der 500er mit einer Lässigkeit, die angesichts seines Alters erstaunte, über die Fernstraße 7 schnurrte, nahm Alexander das Gespräch wieder auf – aber nicht das Thema. »Da ich letzte Nacht sowieso nicht schlafen konnte, habe ich mir ein paar Bücher aus der Gardebibliothek geholt, um über die Offenbarung des Johannes und die Prophezeiung des Malachias nachzulesen. Leider kann ich nicht behaupten, dass mich das klüger gemacht hätte.«

»Geht mir genauso. Nur habe ich die halbe Nacht online verbracht, statt in verstaubten Büchern zu blättern.«

Sie sagte das mit milder Herablassung, weshalb er entgegnete: »Ich besitze ein Notebook, wie die meisten meiner Kameraden auch. Das Internet ist die beste Verbindung zur Heimat. Aber wenn man etwas sucht, kann es auch nerven. Man stößt auf so unendlich viel Quatsch.«

»Stimmt leider«, seufzte sie. »Ich habe letzte Nacht vor allem die verquasten Spinnereien von Esoterik-Freaks und Hobby-Apokalyptikern auf den Schirm bekommen. Zwei Zusammenhänge scheinen allerdings zwischen der Johannes-Offenbarung und der Malachias-Prophezeiung zu bestehen. Man kann so ziemlich alles hineininterpretieren, was man möchte. Und niemand weiß genau, wer die Visionen wirklich niedergeschrieben hat.«

»Ist der Evangelist Johannes nicht derselbe wie der mit der Offenbarung?«

Sie blickte ihn kurz an wie eine Lehrerin einen Schüler, der etwas unsäglich Dummes von sich gegeben hat. »Mir scheint, das Internet ist doch etwas kirchenkritischer eingestellt als die Bibliotheken im Vatikan. Erstens weiß man überhaupt nicht sicher, wer die vier Evangelisten wirklich waren. Zweitens scheint trotz gegenteiliger Behauptungen in vielen frommen Büchern festzustehen, dass der Offenbarungs-Johannes mit dem Evangelisten nicht identisch ist.«

»Was die ganze Sache für mich eher verdunkelt als erhellt«, versetzte Alexander. »Aber du hast eine Gemeinsamkeit zwischen den beiden Weissagungen vergessen. Sowohl Johannes als auch Malachias, bleiben wir bei den Namen, sagen Ereignisse einer Zeit voraus, in der die Menschen und ihre Kirche schweren Prüfungen unterzogen werden. Prüfungen, aus denen sie geläutert, aber auch schwer angeschlagen hervorgehen.«

»Na, dann wissen wir ja das meiste«, bemerkte Elena spitz. »Wenn auch höchst ungenau.«

Er kniff die Lippen zusammen und schwieg. Sie hatte ja Recht. In die Prophezeiungen ließ sich alles hineinlesen. Vielleicht würden sie nie erfahren, ob Pater Borghesis Worte Wahn oder Wahrheit gewesen waren. Möglicherweise brachte Heinrich Rosins Vermächtnis Licht ins Dunkel, doch angesichts der Visionen des Johannes und des Malachias war Alexander sich nicht sicher, ob er das hoffen sollte.

Die Baustelle, die fast zur tödlichen Falle für Alexander geworden wäre, war in eine große Staubwolke gehüllt. Die Motoren der schweren Fahrzeuge dröhnten so laut, dass die Arbeiter sich mehr mit Handzeichen verständigten als mit Zurufen. Ein Mann in verstaubter Arbeitsjacke und mit gelbem Kunststoffhelm winkte den Fiat über die Kiesdurchfahrt. Während Elena den Wagen langsam am Abgrund entlanglenkte, blickte Alexander aus dem Seitenfenster und sah unter sich die verstreuten Reste des explodierten Lancias. Die Vorstellung, dass er um ein Haar auch dort unten gelandet wäre, ließ ihn erschauern.

»Da vorn links die Lichtung«, sagte er, als die Baustelle längst hinter ihnen lag. »Halt da. Vielleicht treibt sich bei der Kirche noch Polizei herum.«

»Der du nicht erklären möchtest, warum du schon wieder hier bist.«

Er nickte. »Bazzini und seine Leute würden denken, den Täter zieht es an den Tatort zurück.«

Als der Fiat so hinter Kirschsträuchern verborgen stand, dass er von der Straße aus nicht zu sehen war, bemerkte Elena: »Das muss die Lichtung sein, auf der auch Borghesis Mörder seinen Wagen abgestellt hat.«

Sie gingen durch den Wald zur Kirche. Noch immer lag schwerer Brandgeruch in der Luft und beschwor die schrecklichen Bilder des Vortages in Alexander herauf. Plötzlich fragte er sich, ob es richtig war, Elena mitzunehmen. Jeder in seiner Nähe schien von einem grausigen Tod bedroht. Er hätte nicht nur die Kassette, sondern auch eine der erbeuteten Berettas verstecken sollen, statt beide Waffen der Polizei zu übergeben.

Bevor sie die Kirche erreichten, hörten sie laute Stimmen.

Vorsichtig schlichen sie durchs Unterholz und versteckten sich am Waldrand zwischen Farn und Buschwerk. Von Santa Maria waren nur noch die rußgeschwärzten Grundmauern übrig. Auch der Glockenturm war eingestürzt. Die schwere Glocke war über den Boden gerollt und lag in der Senke, in der Pater Borghesi gestorben war.

Mehrere Feuerwehr- und Zivilfahrzeuge standen am Straßenrand. Männer und Frauen stapften durch die Ruinen und schienen sich zu vergewissern, dass es keinerlei Brandherd mehr gab. Einige trugen Feuerwehruniformen, andere Zivil. Ob sich unter Letzteren Polizisten auf Spurensuche befanden, konnte Alexander nicht feststellen.

Er tippte Elena auf die Schulter und sie zogen sich wieder in den Wald zurück. Sein Ziel war eine alte Steineiche, deren armdicke Wurzeln sich aus dem Boden wölbten. Zwei Wurzeln waren mehrfach ineinander verschlungen wie Liebende, die nicht voneinander lassen wollen. Unter ihnen begann Alexander mit bloßen Händen zu graben. Bald hatte er eine dünne Schicht aus Laub und Erde zur Seite geschoben, und etwas Metallisches kam zum Vorschein. Kurz darauf war das Loch groß genug, dass Alexander die Kassette an ihrem Griff unter den Wurzeln hervorziehen konnte. Er reinigte sie mit seinem Taschentuch so andächtig, als halte er eine kostbare Reliquie in den Händen. Und wer konnte schon sagen, ob der unscheinbare Kasten nicht etwas Ähnliches enthielt?

»Öffnen werden wir sie woanders«, sagte Alexander mit einem misstrauischen Seitenblick in Richtung der abgebrannten Kirche. »Ich habe das Ding nicht hier vergraben, damit die Bullen uns dabei über die Schulter gucken.«

Sie gingen zu Elenas Wagen und fuhren den Weg zurück,

den sie gekommen waren. Etwa drei Kilometer hinter der Baustelle hatte die Straße sich ein gutes Stück vom Abhang entfernt. Auf Alexanders Wunsch hin lenkte Elena den Fiat über einen äußerst holprigen Feldweg, der nicht für Autos gedacht war und für ein größeres Fahrzeug auch viel zu schmal gewesen wäre. Immer wieder peitschten die Äste von Erdbeerbäumen, die den Wegesrand säumten, gegen Scheiben und Karosserie. Plötzlich öffnete sich das Buschwerk und Elena konnte gerade noch rechtzeitig bremsen. Der Fiat stand auf einem kleinen Vorsprung direkt am Abhang über dem See. Einen Meter weiter, und der Wagen wäre im wahrsten Wortsinn über das Ziel hinausgeschossen.

Sie stiegen aus und blickten hinunter in den Talkessel, auf den vom Wind leicht gekräuselten See. Ein einsames Segelboot kreuzte gemächlich auf dem Wasser. Am Ufer, direkt unterhalb des felsigen Vorsprungs, standen ein paar einzelne Gebäude, dem Anschein nach Urlaubs- oder Wochenendhütten. Aus einem Schornstein stieg eine dünne graue Rauchfahne, die sich nach und nach im Wind auflöste. Alexander stellte sich vor, dass Boot und Hütte zusammengehörten und dass, wenn der Segler heimkehrte, ein kräftiger Imbiss auf ihn wartete. Wer auch immer die Menschen da unten waren, sie konnten Alexander und Elena nicht stören. Der Höhenunterschied von mehr als hundertfünfzig Metern war wie eine Kluft zwischen zwei Welten.

Elena öffnete die Fronthaube des Fiats und kramte eine kleine Werkzeugtasche hervor. »Hier drin müssten wir etwas finden, womit wir den Kasten aufkriegen.«

Alexander nahm einen dünnen Schraubendreher aus der

Ledertasche und versuchte, damit das Kassettenschloss zu knacken. Vergebens.

»Was sieht Plan zwei vor?«, fragte Elena, als er mit einem entnervten Seufzer das Werkzeug fallen ließ und missmutig auf das zerkratzte Schloss starrte.

Mit einem gequälten Lächeln antwortete er: »Und bist du nicht willig, so brauch ich Gewalt.«

Entschlossen nahm er einen großen Schraubenschlüssel und einen zweiten, stärkeren Schraubendreher aus der Werkzeugtasche. Den Schraubenschlüssel gebrauchte er als Hammer, den Schraubendreher als Meißel. Bei jedem Schlag erzitterte der Kasten und gab ein metallisches Klirren von sich, das sich wie ein Schmerzensschrei anhörte. Der Inhalt klapperte dumpf und geheimnisvoll. Auch diese Methode schien ungeeignet, und Alexander schlug immer heftiger zu – bis schließlich ein hartes Knacken ertönte und der Deckel aufsprang.

Er legte die Werkzeuge weg und starrte die Kassette an wie eine Giftspinne. Nach all der Mühe, die er sich gemacht hatte, das Ding vor der Polizei zu verbergen und heimlich zu öffnen, beschlichen ihn jetzt Skepsis und Furcht. Wegen dieses Kastens waren vermutlich mehrere Menschen ermordet worden. Und da sollte er so einfach hineinschauen?

Seine Finger glitten über das kühle Metall wie die eines Blinden, der eine Sache tastend erkunden muss. Er wollte nicht enden wie der Titanide Epimetheus, »der hinterher Überlegende«. Trotz der Warnung seines bedachtsamen Bruders Prometheus, keine Geschenke von Zeus anzunehmen, hatte Epimetheus sich von der schönen Pandora einwickeln lassen und mit ihr die Büchse geöffnet, aus der alle Krankheiten und Übel über das Menschengeschlecht kamen, bis in der Büchse nur noch die Hoffnung blieb.

Ob Alexander nun wollte oder nicht, er befand sich in einer ähnlichen Lage. Niemand zwang ihn, die Kassette seines Onkels zu öffnen, aber wenn er es tat, konnte er es nicht mehr ungeschehen machen. Er hatte keine auch nur ansatzweise klare Vorstellung von ihrem Inhalt, doch wenn so viele Menschen deswegen gestorben waren …

Er blickte hinunter zum See und verspürte den Drang, die Kassette im hohen Bogen hinunterzuschleudern. War das nicht das Beste, was man mit einem derart verhängnisvollen Gegenstand tun konnte? Doch er bekämpfte den Impuls, sich auf so einfache Art der Verantwortung zu entziehen. Denn letztlich wäre es nichts anderes gewesen. Die Erleichterung, sich Heinrich Rosins Vermächtnis entledigt zu haben, würde nur kurz währen. Dann würden Zweifel und Selbstvorwürfe kommen. Vielleicht würde er ohne diese Kassette niemals herausfinden, weshalb es zu all diesen Morden gekommen war.

Und noch ein Gedanke quälte ihn: Was war, wenn es noch mehr Tote gab? Er musste dem einmal eingeschlagenen Weg folgen, nur so konnte er sich Gewissheit verschaffen.

Mit einer ruckartigen Bewegung klappte er den Deckel hoch und starrte, auf alles gefasst, in den Kasten. Was er sah, enttäuschte ihn. Es lag lediglich ein Buch darin, im Oktavformat, gebunden in fleckiges braunes Leder. Der Einband wies keinen Titel und auch sonst keine Kennzeichnung auf, wie Alexander erkannte, als er das Buch langsam herausnahm. Es lag schwer in seinen Händen.

Als er es aufschlug und die Seiten aus dickem, hellem Papier umblätterte, stellte er fest, dass es kein Druckwerk war, sondern handgeschrieben. Eine Art Tagebuch wohl. Es waren Aufzeichnungen in deutscher Sprache, und sie stammten zweifellos aus einem längst vergangenen Jahrhundert. Mühsam entzifferte er den Titel auf der ersten Seite.

Erregung packte ihn. Der Verfasser war Albert Rosin, sein Ururahn aus den Anfangszeiten der päpstlichen Schweizergarde!

Er blätterte um und versuchte, sich an die altertümliche Handschrift zu gewöhnen. Mit angezogenen Knien auf dem Boden hockend, den Rücken gegen den Fiat gelehnt, begann er zu lesen …

Geheimer Bericht
des Guardiknechts Albert Rosin aus Zürich
über die merkwürdigen Ereignisse,
deren Zeuge er
zu Zeiten der Heiligen Liga von Cognac
in Rom und andernorts wurde

Dessen dritter und letzter Teil

War Rom wirklich das Haupt der Welt? Als wir in Venedig eintrafen, begann ich daran zu zweifeln. Noch nie hatte ich eine Stadt wie diese erblickt. Häuser und prachtvolle Paläste, die geradewegs aus dem Wasser wachsen, Kanäle statt Straßen und darauf selbstredend keine Fuhrwerke, sondern Hunderte und Aberhunderte von Barken und Gondeln, wie die eigentümlichen Boote dort heißen. Auf den Wassern der Stadt herrscht eine Geschäftigkeit, wie ich sie zu Lande nirgends erlebt habe. Das blaue Meer der Adria, von den Venezianern einfach nur der Golf genannt, und der Himmel über der Lagune vereinigen sich bei strahlendem Sonnenlicht zu einem riesigen Lapislazuli, der die Serenissima umschließt. Doch alles Jubeln vermag nur einen schwachen Abglanz zu bieten, und so sei ein jeder aufgefordert, mit eigenen Augen das Wunder dieser Stadt zu schauen.
Zu der Zeit, als wir in Venedig ankamen, fielen jedoch Schatten auf die glänzende Pracht, denn auch die Lagu-

nenstadt bekam die Auswirkungen des Krieges zu spüren. Aus den Landstrichen, die Kaiser Karls Horden verwüstet hatten, ergossen sich Flüchtlingsströme nach dem reichen Venedig hin. Der Reichtum litt unter den Störungen des Handels, die der Krieg mit sich brachte. Zwar beschloss man, die Hilfesuchenden mit einer Geldsumme abzufinden und aus der Stadt zu weisen, doch ihre Zahl in der Serenissima wuchs beständig.

Hinzu kam der Schrecken der Pest, die unter den Verwahrlosten wütete und auch die Reichen nicht verschonte. Die allerorten geübte Wohltätigkeit vermochte die Zahl von Bettlern und Verhungernden nicht zu verringern. Auch im Fondaco dei Tedeschi, dem Speicherhaus der deutschen Kaufleute, übte man sich in Mildtätigkeit und teilte täglich Suppe an die Armen aus. Ich kann das bezeugen, denn Cellini, Caterina und ich kamen als vermeintliche Bedienstete der Fugger in dem großen neuen Bauwerk am Canal Grande unter.

Des Nachts teilten wir uns ein Zimmer, bei Tage sahen wir uns kaum. Auf Cellinis Geheiß, Wunsch konnte man es nicht nennen, blieb die als Mann verkleidete Kurtisane auf unserem Zimmer. Ich begleitete den Goldschmied Tag für Tag auf einer Gondelfahrt durch die verwinkelten Kanäle. Mehrmals wechselten wir die Gondel, woraus ich ersah, dass Cellini uns keineswegs in Sicherheit wähnte.

Als ich ihn darauf ansprach, warf er mir mit säuerlicher Miene vor: »Ihr musstet die Krähe unbedingt mitschleppen. Jetzt gilt es zu vermeiden, dass sie ein paar Jagdfalken auf uns hetzt.«

»Ihr misstraut Caterina und haltet sie für eine Spionin?«, fragte ich empört.

»Ihr nicht, Signor Rosin?«

»Nein.«

»So hat Plutarch Recht«, sagte er mit einem bitterbösen Lächeln.

»Womit?«

»Damit, dass Liebe blind macht für den geliebten Gegenstand.«

Mir war viel Zeit gegeben, über die Worte des Spötters nachzudenken. Unsere tägliche Gondelfahrt führte uns in einen höchst düsteren und ärmlich wirkenden Winkel der Stadt. Nicht einmal die Bettlerhorden ließen sich hier blicken, wohl in dem Glauben, dass an diesem Ort nichts zu holen sei. Was der Goldschmied in dem heruntergekommenen Gebäude tat, das er jeden Vormittag aufsuchte und in dem er bis zum Abend blieb, wusste ich nicht. Er ließ mich vor dem Haus Wache halten, ohne mir mehr über den seltsamen Auftrag des Papstes mitzuteilen, der ihn hierher geführt hatte. So hockte ich Stunde um Stunde auf einem alten Wasserfass oder ging auf und ab, damit meine Glieder nicht einschliefen, und sann über Caterina Coscia nach.

War es ein Zufall, der sie in unsere Obhut getrieben hatte? Oder folgte sie einem geheimen Befehl, uns auszuspionieren? Dann stand sie in den Diensten der Kaiserlichen, und die drei Landsknechte, die dank Cellinis und meiner Tatkraft im Tiber versunken waren, hatten ihre finsteren Absichten bloß vorgetäuscht. Wenn Caterina tatsächlich eine Spionin war, was wusste sie? Und was hatte sie vor, was bereits unternommen?

Mir fiel dazu nichts Rechtes ein, was nicht verwunderlich war, da Cellini sich über seine Mission in Schweigen hüllte. Mein Zorn auf ihn war um ein Vielfaches größer als meine Zweifel an der Kurtisane. Plutarch war ein sehr weiser Mann.

Am vierten Tag sollte ich zu der schmerzhaften Erkenntnis gelangen, dass auch der Goldschmied mit Weisheit gesegnet war, mit größerer als ich auf jeden Fall. Der Tag war so ereignislos verlaufen wie die vorangegangenen, und die länger werdenden Schatten verhießen ein Ende des stumpfsinnigen Wartens, ein sättigendes Mahl und das heiß ersehnte Wiedersehen mit Caterina. All das sah ich plötzlich gefährdet, als aus den Schatten der eng zusammenstehenden Häuser drei schwarz gewandete Gestalten wuchsen. Finster wie sie selbst war auch ihre Absicht. Wie sonst sollte ich die Waffen in ihren Händen – Schwert, Dolche und Keule – deuten?

Ich selbst hatte nur einen Dolch unter meinem Umhang versteckt, denn das offene Tragen von Waffen war in Venedig untersagt. Die finsteren Gesellen umkreisten mich lauernd, die Waffen vorgereckt, siegessicher aufgrund ihrer Übermacht. Ich stand mit dem Rücken an der Wand und wusste, dass nur ein schneller Ausfall mich noch retten konnte.

Mit gezücktem Dolch sprang ich dem Mann entgegen, der seine Schwertklinge vor mir kreisen ließ. Mit der Linken streifte ich den Umhang ab und warf ihn über seinen Kopf. Während er den schweren Stoff abzuschütteln suchte, fuhr mein Dolch auf sein Schwert nieder, und mit einer der zur Spitze gebogenen Parierstangen erfasste ich die Schwertklinge. Ich drehte meine Dolchhand, versetzte ihm einen kräftigen Tritt in den Leib und vermochte ihn so zu entwaffnen. Noch immer in meinen Umhang verstrickt, fiel er rücklings zu Boden. Rasch wechselte ich den Dolch in die linke Hand und hob mit der Rechten das Schwert auf. Nun war mir wohler.

Doch schon war der nächste Gegner heran, und er hielt in jeder Hand einen Dolch. Ich wirbelte herum und rammte ihm die Spitze des erbeuteten Schwerts in den Hals. Einen Blutschwall ausspuckend, ging er vor mir auf die Knie.

Der dritte Angreifer war schneller. Ich konnte nur noch den linken Arm hochreißen, um dem Schlag mit dem stählernen Streitkolben die Wucht zu nehmen. Statt meines Kopfes traf er meine Schulter – mit solcher Kraft, dass ich zu Boden ging. Ein heftiger Schmerz raste wie ein Feuer durch meine linke Körperseite, die gleich darauf wie gelähmt war.

Zwei Feinde standen über mir, der Mann mit dem Streitkolben und eine zweite Gestalt mit gezücktem Dolch. Ich erkannte das Gesicht, und Entsetzen packte mich. Es war Caterina, die Verräterin und bald wohl auch meine Mörderin!

Seltsamerweise zögerte der Kerl mit dem Streitkolben. Caterina dagegen kannte kein Zaudern. Tief rammte sie die Dolchklinge in die Brust meines Widersachers.

Ich schämte mich meines Trugschlusses. Für einen Augenblick, den ich mir niemals würde vergeben können, hatte ich Cellini geglaubt und Caterina misstraut.

Der Mann, dessen Schwert ich an mich gerissen hatte, war inzwischen wieder auf die Füße gekommen und starrte zu uns herüber. Als er seine Gefährten fallen und mich unerwarteten Beistand erhalten sah, rannte er in eine der krummen Gassen, deren Schatten ihn rasch verschluckten.

Mit Caterinas Hilfe stand ich auf und biss die Zähne zu-

sammen. Jede Bewegung meines linken Arms bereitete mir Höllenqualen. Ich zwang mich zu einem tapferen Lächeln und bedankte mich bei meiner Retterin.
»Ist es sehr schlimm?«, fragte sie besorgt. »Bei der heiligen Maria Magdalena, was bin ich froh, dass ich noch rechtzeitig gekommen bin!«
»Ich auch«, stöhnte ich und fragte, vielleicht einen Rest von Zweifel im Herzen: »Wie konntet Ihr von dem Anschlag wissen?«
»Als Ihr vor drei Tagen das Speicherhaus mit Cellini verlassen habt, bemerkte ich, dass eine Gondel der Euren folgte. Vor zwei Tagen desgleichen. Nun folgten Euch zwei Gondeln. In der zweiten saß ich, um Eure Verfolger auszuspähen. Sie verloren Eure Spur, nachdem Ihr mehrere Male die Gondel gewechselt hattet, und legten an. Ich musste an ihnen vorbeifahren, wollte ich nicht ihr Misstrauen wecken. So verlor ich sie aus den Augen. Gestern war es das gleiche Spiel. Erst heute folgten die Fremden Euch bis hierher – also auch ich.«
»Und weshalb habt Ihr uns nicht eher gewarnt?«, rief ich erbost.
»Weil ich neugierig war und hinter Eure Heimlichtuerei kommen wollte. Ich hätte Euch sicher gewarnt, hätte ich geahnt, dass Eure Verfolger derart gefährlich sind. Das war sehr dumm. Verzeiht mir!«
Natürlich verzieh ich ihr. Sie hatte mir das Leben gerettet und – man denke an Plutarch.
Die beiden Angreifer, die unsere Klingen geschmeckt hatten, waren tot, der dritte spurlos verschwunden.
»Waren es nur diese drei, die Ihr verfolgt habt?«, fragte ich Caterina.

»Ja.«
»Trotzdem könnten sie Helfer haben«, überlegte ich. »Geheimnis hin oder her, wir müssen zu Cellini!«
Also betraten wir das Haus, vor dem er mich jeden Tag warten ließ. Anfangs dachte ich schon, es sei unbewohnt. Niemand ließ sich blicken, nichts war zu hören. Bis wir auf einem langen Flur stehen blieben und angestrengt lauschten. Aus einem Raum am Ende des Ganges drangen leise Stimmen zu uns. Wir fanden die Tür von innen verriegelt und ich klopfte laut. Als sie endlich einen Spalt weit aufsprang, erblickte ich Cellini mit gezücktem Dolch.
»Ihr, Rosin, und die Kurtisane? Und weshalb habt Ihr ein blutiges Schwert in der Hand?«
Ich erklärte es ihm in kurzen Worten und er ließ uns eintreten. Es war ein großer Raum, angefüllt mit den unterschiedlichsten Werkzeugen: Hämmer, Meißel, Feilen, Sägen und dergleichen mehr. Die Gerätschaften waren in der Mehrzahl klein und zierlich, wie Goldschmiede oder Graveure sie benutzen.
An einem großen Tisch am Fenster saß ein weißhaariger Mann und hielt einen Smaragd in einer fein gearbeiteten Goldfassung gegen das Licht.
»Unsere Zusammenarbeit hat sich bewährt, Meister Cellini«, sagte er mit heiserer Stimme. »Wer das Original nicht gesehen hat und nur aus der Beschreibung kennt, wird die Fälschung nicht bemerken.«
»Fälschung?«, fragte ich ungläubig und starrte Cellini an. »Das ganze Abenteuer nur, um einen falschen Smaragd herzustellen?«
»Nein, der Stein ist echt«, erklärte Cellini. »Ein echter Smaragd, aber mit einer falschen Gravur.«

Er trat zu dem Tisch und nahm dem Weißhaarigen den Edelstein aus der Hand, um ihn in die Schatulle zu legen, die ich erstmals im päpstlichen Speisesaal der Engelsburg gesehen hatte. Ein zweiter Smaragd lag in dem mit rotem Samt ausgeschlagenen Kasten, in Farbe, Form und auch in der goldenen Einfassung dem anderen vollkommen gleich, wie mir schien. Cellini klappte den Deckel rasch zu, sodass mir ein zweiter Blick verwehrt blieb. Er zog eine dünne Kette mit drei Schlüsseln hervor und verriegelte die drei Schlösser der Schatulle.

»Seid Ihr so in Eile?«, wunderte der Weißhaarige sich. Er schien Caterina und mich erst jetzt zu bemerken und deutete eine Verbeugung an. »Meister Lorenzo, Edelsteinschleifer, zu Euren Diensten.«

»Nach allem, was ich von meinem Begleiter gehört habe, drängt die Zeit«, unterband Cellini weitere Förmlichkeiten. »Unsere Vorsichtsmaßnahmen waren leider nicht ausreichend.«

»Wir haben alles erledigt«, sagte Meister Lorenzo, und auf seinem faltigen Gesicht zeigte sich Befriedigung. »Bis auf meinen Lohn.«

»Den sollt Ihr sofort erhalten«, erwiderte Cellini und rammte den Dolch, den er noch in der Rechten hielt, dem Alten in die Brust.

Mehrmals drehte er die Klinge herum. Lorenzo starrte ihn aus weit aufgerissenen Augen an, während er von seinem dreibeinigen Schemel auf den Boden rutschte.

»Tot«, stellte Cellini befriedigt fest. »Er hätte einen besseren Lohn verdient, aber er wusste zu viel.«

»Gehört das auch zum Auftrag Seiner Heiligkeit?«, fragte ich angewidert.

»Zum Auftrag des Heiligen Vaters gehört vollständige Geheimhaltung. Die war nicht länger gegeben, nachdem unsere Feinde Meister Lorenzos Haus kennen. Sie hätten ihn ausgefragt. Sei es unter Zwang oder gegen Entlohnung, irgendwann hätte er ihnen geantwortet. Es ist nicht gut, zu viele Fremde einzuweihen.«

Bei den letzten Worten starrte er Caterina an. Langsam ging er auf sie zu, den Dolch zum Stoß bereit. Meine Schwertspitze an seiner Brust hielt ihn auf.

»Noch einen Schritt, Cellini, und Ihr erhaltet denselben Lohn wie Meister Lorenzo!«

Er sah mich wütend an. »Ihr stellt Euch gegen den Papst, Schweizer?«

»Nein, nur gegen Euch.«

»Aber ohne mich ist die Mission Seiner Heiligkeit nicht auszuführen.«

»Warum nicht? Ich denke, Eure Arbeit hier ist erledigt. Was noch bleibt, ist, die Schatulle zurück zu Papst Clemens zu bringen, habe ich Recht? Das vermag ich ebenso gut wie Ihr.«

Die Wut in Cellinis Antlitz wich einem dünnen Grinsen. »Hüte sich ein jeder vor den Schweizern, wenn sie zu denken beginnen. Und zu lieben.«

Er trat zurück, reinigte seine Klinge an Lorenzos Hemdsärmel und steckte den Dolch in das verborgene Futteral. Dann verstaute er die Schatulle in einem Lederbeutel an seinem Gürtel und sagte: »Verschwinden wir, bevor es hier ungemütlich wird!«

Vor dem Haus lagen noch die beiden Toten. Nicht weit davon entfernt nahmen wir eine Gondel, die uns auf schnellstem Weg zum deutschen Speicherhaus bringen sollte.

Das Fugger'sche Schiff wartete darauf, uns zurück nach Rom zu bringen.

»Ich frage mich, woher die Kerle wussten, dass wir in Venedig sind«, sagte Cellini mit düsterer Miene. »Vielleicht hat jemand von der Besatzung unseres Schiffes geplaudert.«

»Es könnte auch der Faktor gewesen sein«, warf Caterina ein. »Am Morgen unserer Abreise, als ich Euch wecken ging, sah ich den Faktor Schauer das Haus verlassen. Er tat sehr geheimnisvoll und hatte sein Gesicht unter einer Mütze verborgen.«

»Wie ich bereits sagte: Fuggern, die Bezahlung ablehnen, sollte man nicht trauen«, knurrte ich.

»Dieser Schauer hätte die Edelsteine Seiner Heiligkeit nur zu gern genommen«, meinte Cellini. »Jetzt hat er sich wohl einen Judaslohn bei den Kaiserlichen verdient.«

Unsere Unterhaltung fand ein plötzliches Ende, als aus einem Seitenkanal eine Gondel hervorschoss. Unser Gondoliere musste alle Geschicklichkeit aufbringen, um einen Zusammenprall zu vermeiden. Während der Mann noch fluchte, heftete sich die andere Gondel an unser Heck.

Eine Hand voll Bewaffneter hockte darin, und ich war froh, das erbeutete Schwert nicht weggeworfen zu haben. Doch mein Mut sank, als ich unter den Männern die harten Züge des Herrn Abbas de Naggera erblickte. Sein kalter Blick war so fest auf uns gerichtet, als könne er uns allein dadurch an der Flucht hindern.

»Erkennt Ihr ihn, Cellini?«, keuchte ich.

Er nickte nur und wies den Gondoliere an, mit dem Rudern aufzuhören. Während wir ruhig durch den schmalen Kanal glitten, kam das Verfolgerboot schnell näher.

Cellini zückte seinen Dolch, holte kurz aus und schleuderte die Waffe mit einer eleganten Bewegung zur anderen Gondel hinüber. Schon sah ich das Ende des finsteren Spaniers gekommen, aber die Klinge bohrte sich in die Brust des Gondoliere, der neben ihm stand.
Der stürzte mit einem Aufschrei ins Wasser und verriss dabei das Ruder, das bei dieser Art von Booten derart sonderbar an der rechten Heckseite angebracht ist, dass der Gondoliere es im Stehen bedienen muss. Das Gefährt unserer Häscher kam vom Kurs ab und schrammte an der Kanalmauer entlang. Dabei schwankte es so heftig, dass zwei der Insassen dem verwundeten oder toten Gondoliere folgten.
Auf Cellinis Befehl begann unser Gondoliere wieder zu rudern.
»Nein, nicht zum Canal Grande!«, rief Cellini, als die Verfolger nicht mehr zu sehen waren.
»Aber dort liegt der Fondaco dei Tedeschi«, protestierte der Gondoliere.
»Das Speicherhaus ist nicht länger unser Ziel«, beschied ihm Cellini.
»Wohin soll ich Euch dann bringen, Herr?«
»Das ist mir gleich«, knurrte Cellini. »Nur schnell fort von hier!«

Wir sahen den geheimnisvollen Spanier, der sich Abbas de Naggera nannte, zu Beginn des Monats Juni wieder, als wir nach einer beschwerlichen und an Gefahren reichen Reise quer durch das von den Kaiserlichen heimgesuchte Land endlich das einst so stolze Rom erreichten. Nach dem Zwischenfall mit jener Gondel, in der er uns verfolgt hatte, kehrten wir nicht ins deutsche Speicherhaus zurück. Noch am selben Abend verließen wir die Serenissima auf dem Landweg, nachdem der Gondoliere uns zu einer abgelegenen Stelle der Lagune gerudert hatte. Erleichtert atmete ich auf, als Cellini ihn mit Gold und nicht mit blankem Stahl bezahlte. Gleichwohl hatte ich während unserer gesamten Reise ein wachsames Auge auf ihn und achtete darauf, dass er niemals mit Caterina Coscia allein war.

Getarnt als streunende Bettler, gelangten wir ungehindert nach Rom. Der Anblick der verbrannten und zerstörten Paläste machte die Augen weinen, das Klagegeschrei der Hungernden und Geschändeten die Ohren schmerzen, der Gestank nach Tod und Verwesung den Magen rebellieren. So fleißig die Kaiserlichen im Töten gewesen waren, so faul waren sie im Beseitigen ihrer Opfer. Allerorts lagen die Toten auf offener Straße, auf dass die Krähen und Geier, die Ratten und Würmer sich an ihnen gütlich taten. Fauliger Pesthauch wehte über die Stadt, als habe Satan seinen bösen Atem gegen Rom gesandt.

In die Engelsburg zurückzukehren erwies sich als einfach im Vergleich zu dem Weg, den wir beim Verlassen der Festung hatten nehmen müssen. Zwar war die Burg noch immer belagert, doch hatte sich der Eifer der Belagerer an der Standhaftigkeit der Belagerten abgerieben. Auch schien mir die Besetzung der Gräben und Wälle viel spärlicher, was wohl damit zusammenhing, dass tagtäglich Söldner und Landsknechte freiwillig ihren Abschied nahmen, um der Pest zu entfliehen.

Im Schutze der Nacht schlichen wir uns zur Burgmauer zwischen Matthäus-Bastion und Markus-Bastion und riefen ein vereinbartes Losungswort hinauf. Daraufhin ließ man eine Strickleiter zu uns herab, über die wir in die Burg gelangten. Obwohl es tiefste Nacht war, wurde der Goldschmied augenblicklich zum Papst gerufen, derweil ich mich um ein sicheres Quartier für Caterina kümmerte.

Nur zwei Tage später erschienen abermals kaiserliche Unterhändler in der Burg. Die Abordnung der Hauptleute wurde von den Kardinälen empfangen, nicht aber der Herr de Naggera. Fabien Maurois führte ihn – und nur ihn – zu Seiner Heiligkeit dem Papst.

Ich war sehr erstaunt, als kurz darauf der Franzose mit Cellini zu mir kam und mich aufforderte, ihnen zu folgen. Wir begaben uns in den päpstlichen Speisesaal, wo Clemens den Spanier mit Wein und Früchten bewirtete. Zum ersten Mal seit unserer Rückkehr begegnete ich Seiner Heiligkeit, und der Anblick des sorgenzerfurchten Gesichts erschreckte mich. Immerhin verdeckte der ungehindert wuchernde Bart gnädig einen Teil der Sorgenfalten.

»Da sind ja die Mörder!«, rief de Naggera bei unserem Eintreten aus. »In Venedig töteten sie meinen Gondoliere, zwei Freunde von mir und einen Edelsteinschleifer.«

»Ist das wahr?«, fragte der Papst.

»Wir haben nichts getan, was nicht in Eurem Sinn gewesen wäre, Eure Heiligkeit«, antwortete Cellini. »Was die beiden Freunde dieses spanischen Herrn betrifft, so hat sich unser tapferer Freund Rosin nur seiner Haut erwehrt.«

»Die Toten sind nicht wichtig«, schnaubte der Spanier. »Ich verlange nur zu wissen, weshalb Ihr diese beiden Männer nach Venedig gesandt habt, Heiliger Vater.«

Clemens hielt seinem herausfordernden Blick stand und

erwiderte kühl: »Es gibt keinen Grund dafür, den ich Euch nennen müsste.«
»Vielleicht doch. Venedig beherbergt bekanntlich hervorragende Edelsteinschleifer. Dass Eure Gesandten sich bei einem der Besten der Zunft herumgetrieben haben, lässt ihre Mission mehr als nur verdächtig erscheinen. Was, wenn Ihr mich hintergehen wollt?«
»Überzeugt Euch doch selbst!«, forderte der Papst und zeigte auf eine mit weißen Perlen besetzte Silberschatulle, die in etwa so groß war wie der von Cellini auf unserer Reise gehütete Holzkasten.
Der Spanier griff nach der Schatulle, öffnete sie und nahm einen Smaragd heraus. Sonst enthielt sie nichts.
Als er den Stein ins Licht hielt, erkannte ich das eingeschliffene Bildnis. Es war ein Haupt, das sich dem Betrachter in der Seitenansicht darbot, und sofort wusste ich, wem die edlen Züge gehörten. Nur der Sohn Gottes auf Erden konnte von solcher Reinheit sein. Ein makelloses Bildnis und ein betörend schöner Smaragd.
Abbas de Naggera jedoch schien gar nicht erbaut und sah den Heiligen Vater wütend an. »Ihr wollt mich betrügen, ich habe es geahnt! Dies ist nicht der Stein, nach dem ich gesucht habe.«
»Ihr habt etwas gesucht, das es nicht gibt«, erwiderte der Papst. »Dies ist der Stein, den man die *Wahre Ähnlichkeit Christi* nennt. Es ist nicht meine Schuld, dass er Euren Erwartungen nicht entspricht.«
Die zur Faust geballte Rechte des Spaniers umschloss den Smaragd, als wollte er ihn zerquetschen.
»Aber es ist Eure Schuld, wenn Ihr auf dieser Burg verschimmelt!«, fuhr er den Papst an. »Ich hätte Euch Freiheit

und Macht zurückgeben können. Aber wer mich hintergeht, hat nichts von mir zu erwarten.«
»Ihr wollt den Stein also nicht?«, erkundigte Clemens sich.
»O doch, ich behalte ihn.«
»Und was gebt Ihr dafür?«
»Ich nehme den Stein nicht als Erfüllung unseres Abkommens an mich, sondern als Beweis Eurer Falschheit, *Heiligkeit*.« Das letzte Wort sprach der Spanier mit solcher Verachtung aus, dass ich nahe daran war, zum Schwert zu greifen, um die Ehre und Würde des Papstes zu verteidigen. »Verkriecht Euch nur in Eurer Burg. Denn falls Ihr auch nur die Nasenspitze hervorstreckt, werde ich zuschlagen!«
Wütend verließ er, den Smaragd in der fest geschlossenen Rechten, den Saal. Da der Papst mir kein Zeichen gab, ließ ich den Herrn de Naggera passieren. Es war, als griffe sein Zorn wie eine unsichtbare Faust nach mir.

An diesem und den folgenden Tagen verhandelten der Papst und seine Kardinäle mit den kaiserlichen Hauptleuten und ihrem neuen Oberbefehlshaber Philipp von Oranien. Der Kriegszustand wurde aufgehoben, aber Rom blieb von den Plünderern besetzt, und Clemens verharrte unter strenger Bewachung auf der Engelsburg. Diese Bewachung übernahmen Landsknechte und Söldner unter den Hauptleuten Schertlin, Wehingen und Alarcon.
Letzterer kam aus Spanien, und einmal sah ich ihn vor den Mauern der Burg in der Abenddämmerung mit Abbas de Naggera zusammentreffen. Woraus ich schloss, dass Alarcon in unserer Festung Auge und Ohr des finsteren Spaniers war.

Benvenuto Cellini verließ die Engelsburg bald nach unserer Rückkehr und ich war darüber sehr erleichtert. Seine Gegenwart hatte ich als ständige Gefahr für Caterina empfunden, seine aufbrausende Art als unschicklich und seine Mordlust als unehrenhaft. Wie man hört, soll er zurück nach Florenz gegangen sein, was mir für die Florentiner Leid tut.

Der Papst hatte die Reste seiner Schatzkammern zu leeren und dem Feind alles auszuliefern. Mit den Schätzen verließ auch die wackere Schweizergarde die Burg. Die Kaiserlichen hatten die Auflösung unserer Truppe zur Bedingung gemacht. Nur zwölf Guardiknechte durfte der Heilige Vater zu seinem persönlichen Schutz behalten, und ich schätzte mich glücklich, zu den Auserwählten zu zählen.

Wie gut Seine Heiligkeit daran getan hatte, auf zumindest einer kleinen Leibwache zu bestehen, zeigte sich in einer Nacht gegen Ende des Monats November. Es war jene Nacht, bei deren Einbruch ich von den Burgzinnen aus die bereits erwähnte Zusammenkunft von Abbas de Naggera und Hauptmann Alarcon an der Engelsbrücke beobachtet hatte.

Als ich zwei Stunden später den Hauptmann Alarcon in der Nähe der päpstlichen Gemächer erblickte, war ich gewarnt und schickte den Hans Gutenberg, der mit mir Wache stand, Verstärkung herbeizuholen. Die übrigen Guardiknechte kamen gerade noch rechtzeitig, um ein halbes Dutzend vermummter Bewaffneter abzufangen; die Strolche hätten mir sonst wohl ebenso den Garaus gemacht wie dem Papst.

Zwei von ihnen überlebten das Gefecht, doch erschien recht plötzlich Alarcon mit einer Söldnerschar und nahm sie in seine Obhut. Ihr Verhör blieb angeblich ohne Ergebnis, aber ich nehme an, dass Alarcon gar nichts von ihnen hören wollte, sondern in Wahrheit ihr Auftraggeber war. Er und dieser neunmal verfluchte Abbas de Naggera.

Dieser Ansicht war auch der Papst, der es an der Zeit fand, dem Einfluss des spanischen Herrn zu entfliehen. Immer mehr Kaiserliche hatten das geplünderte Rom verlassen, um andernorts ihr Glück zu versuchen oder einfach nur um mit lebendigem Leib aus der pestverseuchten Stadt zu gelangen. Kaum einer würde sich uns draußen noch in den Weg stellen, so es uns nur gelang, den Bewachern auf der Burg zu entrinnen.

Auf die Spanier durften wir dabei nicht zählen. Sie standen mit Abbas de Naggera im Bunde, und der schien Papst Clemens mehr zu hassen als sämtliche Dämonen der Hölle. Daher versuchten wir es bei dem Hauptmann Schertlin, dem der Ruf eines außerordentlich geschäftstüchtigen Mannes vorauseilte. Mit den letzten zusammengekratzten Edelsteinen und Goldstücken erkaufte der Heilige Vater das Wohlwollen des Hauptmanns und die Blindheit seiner Landsknechte.

Und so schlich der Papst in der Nacht zum achten Dezember Anno Domini 1527 mit seinem engsten Gefolge und unter der Bedeckung von nur zwölf Schweizern aus der zum Kerker gewordenen Fluchtburg. Unser Ziel war Orvieto, das Schutz versprach mit seiner festen Burg und dem in der Nähe stehenden Heer der Heiligen Liga.

Die Mauern Roms lagen längst hinter unserer kleinen Kolonne, da meldete die Nachhut Hufgetrappel. Es war nur ein einzelner Reiter, der schnell zu uns aufschloss, indem er das Letzte aus seinem Tier herausholte. Der Braune blieb zitternd und schnaubend vor uns stehen. Schaumflocken flogen von seinem Maul, während er gierig nach Atem rang. Die großen Radsporen des gnadenlosen Reiters hatten die Flanken blutig getreten.

»Wo ist der Satanspapst?«, schrie Abbas de Naggera. »Er kann mir nicht entfliehen! Die Wahrheit wird siegen über ...«

Da brach das arme Pferd vor Erschöpfung zusammen. Der Spanier, aus dem Sattel geworfen, kroch auf allen vieren über den Boden, erhob sich und griff nach seinem Schwert.

Wahrlich, ich hatte viel Geduld mit ihm gehabt. Aber als er von neuem anfing, den Papst als Satansdiener zu verhöhnen, hob ich meine Hellebarde und schlug mit aller Kraft zu. Der Hieb spaltete dem Lästerer das Haupt. Als er endlich mit zerschmettertem Schädel vor mir lag, konnte ich nichts Bedrohliches mehr an ihm finden.

Der Papst, der herbeigeeilt war, schien beim Anblick des Toten über alle Maßen erleichtert. Er erteilte mir sogleich Absolution und versicherte mir, ich hätte ein gutes Werk getan und der Kirche einen unschätzbaren Dienst erwiesen.

Als Abbas de Naggera tot vor mir lag, glaubte ich, von der seltsamen Angelegenheit mit dem Smaragd – oder den beiden Smaragden, um genau zu sein – würde ich nie wieder etwas hören. Das war einer der vielen Irrtümer in meinem Leben.

Das, was ich zum Schluss berichten will, geschah im November Anno Domini 1528. Nach fast einem Jahr der Verbannung in Orvieto und Viterbo war Papst Clemens im

Vormonat nach Rom zurückgekehrt und hatte wieder im Vatikan Einzug gehalten, der noch allzu deutlich von der Verwüstung gezeichnet war. Aber die Plünderer hatten das Feld geräumt und der Kaiser schien zum Frieden gewillt. Fast schien es, als sei mit dem Herrn Abbas de Naggera auch die treibende Kraft des Feindes dahingeschieden.

Wir zwölf verbliebenen Schweizer waren überaus stolz, als der Papst uns – und nur uns – in einer Novembernacht zu einer geheimen Versammlung rief. Fabien Maurois, der selbst nicht an der Zusammenkunft teilnahm, führte uns zu ihm und ermahnte uns zu strengstem Stillschweigen über alles, was wir sehen, hören und sprechen würden. Dieses Stillschweigen verlange ich auch von dir, der du diese Worte liest.

Durch einen Gang unter dem Vatikan gelangten wir in eine geheime unterirdische Kapelle von funkelnder Schönheit. Sie war so überreich mit Edelsteinen verziert, dass die kaiserlichen Truppen, hätten sie davon gewusst, wohl zu einer erneuten Plünderung geblasen hätten. Der Papst stand vor einem kleinen Altar, auf dem jene schlichte Holzschatulle stand, die Cellini nach Venedig und zurück getragen hatte.

Und er sprach zu uns: »Wohl und Wehe der Kirche liegen in dieser Schatulle. Nie darf sie in unbefugte Hände fallen, nie dürfen andere Augen ihren Inhalt schauen als die des Heiligen Vaters. Dafür zu sorgen, habe ich die zwölf tapfersten und treuesten Männer auserkoren, euch. Tretet näher, meine Schweizer, bildet einen Kreis um den Altar und sprecht mir nach: Wir, die wir den Zirkel der Zwölf bilden, geloben bei unserer Ehre, unserem Seelenheil und

der Gnade Gottes, das Geheimnis um die *Wahre Ähnlichkeit Christi*, das uns anvertraut ist, zu bewahren!«
Also schworen wir.
Und der Papst sprach weiter, dass es immer zwölf sein sollten wie die Apostel des Herrn, die das Geheimnis zu hüten hätten. Und er sagte, am besten und sichersten gehe die Pflicht vom Vater auf den Sohn über.
Deshalb schreibe ich, Albert Rosin aus Zürich, zum Osterfest Anno Domini 1529 diesen Bericht nieder, jetzt, da meine geliebte Frau Caterina der allerbesten Hoffnung ist und ich den festen Glauben hege, dass du, mein Sohn Kaspar, der du auf den Namen unseres tapferen Hauptmanns getauft wirst, und deine Nachkommen einst dem Zirkel der Zwölf beitreten werdet. Denn du sollst wissen, dass der Träger des Namens Rosin diesem Zirkel mit besonderem Recht angehört.
Ein Rosin hat geholfen, die *Wahre Ähnlichkeit Christi* vor dem Zugriff dämonischer Feinde zu beschützen, und ein Rosin soll dieses Amtes mit Gottes Hilfe auch in Zukunft walten!

XIII
Montag, 11. Mai, nachmittags

Verwirrt klappte Alexander das alte Buch zu. In seinem Kopf schwirrten tausend Fragen umher, und seine Stimme klang heiser, nachdem er sämtliche drei Teile gelesen und gleich für Elena, die kein Deutsch verstand, Satz für Satz ins Italienische übersetzt hatte. Er schwitzte und zog seine Jacke aus. Lag das an der Sonne, die ein paar kleine Lücken in die Wolkendecke gerissen hatte und einige wenige, dafür aber umso intensivere Strahlen zur Erde sandte? Wo sie auf den Albaner See trafen, funkelte das Wasser, als kämen dort Edelsteine zum Vorschein. Das Segelboot war fort, aus dem Schornstein quoll kein Rauch mehr.

Vielleicht war ihm auch der Schweiß ausgebrochen, weil ihn Albert Rosins Bericht gepackt hatte wie noch kein Buch zuvor. Der blutige Sacco di Roma, das abenteuerliche Abtauchen aus der Engelsburg, der unheimliche Abbas de Naggera und die Reise nach Venedig standen Alexander lebhaft vor Augen. Nicht nur, weil der Verfasser des Berichts sein Vorfahr war, sondern auch, weil es zwischen den Ereignissen aus den Jahren 1527/28 und den Morden der vergangenen Tage einen Zusammenhang geben musste. Wie sonst war die Heimlichtuerei um das Vermächtnis von Heinrich – oder eigentlich von Albert – Rosin zu verstehen?

Alexander blickte zu Elena hinüber. Sie hockte fünf Meter

entfernt auf einem kürbisgroßen Stein, den sie mit ihrer Jacke gepolstert hatte. Das Kinn auf die ineinander verschränkten Hände gestützt, starrte sie ihn aus großen Augen an. Erwartungsvoll und verletzlich wie ein Kind, das noch eine Gutenachtgeschichte erbettelt, in Wahrheit aber Gesellschaft in und Schutz vor der finsteren, Schrecken erregenden Nacht sucht. Eine unbestimmte Furcht, die sonst unter ihrem burschikosen Auftreten verborgen war, sprach aus ihrem Gesicht. Sie schien ein schmerzhaftes Geheimnis mit sich herumzutragen.

Er verspürte den Wunsch, sie in die Arme zu nehmen, ihren Kopf an seine Brust zu drücken und sie vor allem Bösen zu beschützen. Gleichzeitig kam er sich lächerlich vor. Indem er mit ihr hierher gekommen war, brachte er sie ja erst in Gefahr. Und war er in dieser vertrackten Geschichte nicht viel mehr auf ihre Hilfe angewiesen als sie auf die seine?

»Was sagst du?«, fragte er und tippte auf das Buch.

»Ich habe Hunger.«

Schwungvoll stand sie auf und jeder Anflug von Verletzlichkeit oder Furcht fiel von ihr ab. Als sie zum Wagen ging und die Obsttüte von der Rückbank nahm, war sie wieder ganz die selbstbewusste, energische Journalistin.

»Ist das der berühmt-berüchtigte investigative Journalismus?«, fragte er mit gespielter Empörung. »Ich lese dir eine absolut wilde Geschichte vor, und dich verlangt es nur nach ein paar Bananen?«

»Nach einem Apfel«, korrigierte sie ihn, nahm einen rot glänzenden Apfel aus der Tüte und biss herzhaft hinein.

»Dann gib mir die Bananen.«

Als er Elena mit Genuss kauen sah, wurde er hungrig. Das

Frühstück in der Gardekantine hatte nur aus einem Milchkaffee und einem Marmeladenhörnchen bestanden und lag an die sieben Stunden zurück. Er schob sich die erste Banane im Zeitraffertempo in den Mund und schälte sofort die zweite. Noch während er kaute, packte ihn das schlechte Gewissen.

»Was hast du?«, fragte Elena, die sich wieder auf ihrem Stein niedergelassen hatte. »Du guckst, als hättest du ein Gespenst gesehen.«

»Viele Gespenster, die Geister der Vergangenheit. Ich musste gerade an den Sacco di Roma denken und habe versucht, mir vorzustellen, welche Entbehrungen die Belagerten in der Engelsburg zu ertragen hatten.«

»Immerhin konnten sie ihr Leben retten – im Gegensatz zu vielen anderen.« Sie spuckte einen Apfelkern aus. »Scheißkrieg.«

»Krieg ist immer Scheiße, selten nützlich und nie logisch zu erklären.«

Elena lachte laut auf und sah ihn erstaunt an. »Das sagst ausgerechnet du, ein Soldat?«

»Die Schweizergarde führt keine Kriege. Gegen wen auch? Selbst Liechtenstein oder Monaco wären uns militärisch überlegen, falls es dort Streitkräfte gäbe. Unsere Aufgabe ist es, den Papst zu beschützen.« Leise fügte er hinzu: »Auch wenn es so aussieht, als könnten wir nicht einmal die Sicherheit unseres Kommandanten garantieren.«

»Und was tut ihr, wenn eine fremde Armee den Vatikan angreift?«

»Dann vertrauen wir auf das militärische Schutzbündnis des Vatikans mit dem italienischen Staat, was auch ganz sinnvoll ist. Denn jeder ausländische Aggressor müsste zunächst durch Italien, um zum Vatikan zu gelangen. Es hat seine Vorteile, nur ein Stadtstaat zu sein.«

»Dein Ururgroßvater, oder was auch immer er war, schien dem Krieg nicht so abgeneigt. Er hatte keine Bedenken, von der Waffe Gebrauch zu machen.«

»Auch ich habe einen Menschen getötet, erst gestern«, sagte er mit harter Stimme.

»Das war Notwehr, du bist angegriffen worden.«

»Und Albert Rosin hat getötet, um den Papst zu verteidigen. Sein Eid und seine Pflicht haben das verlangt. Ich würde genauso handeln, wäre Papst Custos in Gefahr.«

Sie spielte die Zerknirschte. »Zugegeben, ich war unfair, was deinen …«

»Ururgroßvater war gar nicht verkehrt«, fiel er ihr ins Wort. »Wenn auch noch einige Urs davor müssten. Mein Stammbaum reicht zurück bis zu Albert Rosin und seiner Frau Caterina. Allerdings wusste ich bis heute nicht, dass diese Caterina mit Mädchennamen Coscia hieß und das älteste Gewerbe der Welt ausübte. Wie auch immer, sie gebar Albert Rosin tatsächlich einen Sohn, der den Namen Kaspar erhielt und auch zu meinen Urs zählt.«

»Es muss schön sein, eine solche Familientradition zu haben«, sagte Elena versonnen und wirkte für einen flüchtigen Moment wieder sehr verletzlich. »Aber ich bin mir nicht sicher, ob ich unbedingt aus einer Soldatenfamilie stammen möchte.«

Er setzte ein zynisches Grinsen auf. »Wer im Zivilleben tötet, ist ein Mörder, die Uniform macht einen ehrbaren Beruf daraus. Aber ernsthaft, für einen Schweizer war es zu jenen Zeiten absolut nichts Ungewöhnliches, den Waffenrock anzulegen und in fremden Diensten zu fechten. Wo sollten die ganzen Bauernburschen auch hin? Das kleine Land Ihrer Väter war nicht beliebig aufteilbar. Also haben sie in der Ferne Lohn und Brot gesucht. Engel waren sie bestimmt nicht, ich denke, sie hatten mächtig Spaß beim Fressen, Saufen, Huren und Plündern. Aber sie brachten ihrer Heimat auch einige Vorteile. Nicht nur das Pensionsgeld, das fremde Staaten für jeden Schweizer in ihren Diensten zu zahlen hatten. Wohl selten ist in früher Zeit ein Volk auf so breiter Basis mit fremder Lebensart in Berührung gekommen. Und so widersinnig es sich anhören mag, der Kriegsdienst in fremden Ländern hat der Schweiz ihre Neutralität und damit ihren Frieden gesichert. Alle ausländischen Mächte hatten gern Schweizer in ihren Diensten und hüteten sich deshalb, mit den Kantonen Streit anzufangen.«

Ein spöttisches Funkeln blitzte in Elenas Augen. »Frei nach dem Motto: Hau in der Fremde Köpfe ein, dann ist's zu Hause nett und fein.«

»Ich habe dir bereits gesagt, was ich von Kriegen halte. Aber du solltest bedenken, dass die Kriege nicht von den Schweizern angezettelt wurden, sondern von ihren Dienstherren.«

»Jaja, wie bei der Waffenindustrie. Nicht die Kanone tötet, sondern der Böse, der sie abfeuert. Und wenn nicht wir unsere Waffen gegen schönes Geld an die Dritte Welt verkaufen, machen unsere Nachbarn den Reibach.« Mit Unschuldsmiene fügte sie hinzu: »Wir haben die Kanone nur gebaut. Wie konnten wir ahnen, dass jemand damit schießt?«

»Soldaten sind leider notwendig, und sei es zur Abwehr feindlicher Angriffe. Hätte Clemens VII. mehr Soldaten zur Verfügung gehabt, wäre Rom ein schlimmes Schicksal erspart geblieben.«

»War der Papst denn so unschuldig an dem Debakel?«

»Nein, das nicht. Im Gegenteil, er hat sich als rechter Medici erwiesen und politisch so hemmungslos taktiert, dass er mit seinen wechselnden Bündnissen schließlich selbst in die Zwickmühle geriet. Und dann war der Feind plötzlich in Rom.«

»Und was wollte er dort?«

»Gute Frage.« Alexander sah über den Albaner See zum Westufer, wo sich in weiter Ferne Rom unter der schon obligatorischen Wolkendecke verbarg. »Das damalige Italien hat die Begehrlichkeit der großen Mächte geweckt, namentlich Habsburgs und Frankreichs. Beide, der allerchristlichste König Franz sowie der allerkatholischste König und Kaiser Karl, wollten sich Italien unter den Nagel reißen. Es erschien ihnen als leichte Beute, weil es durch die Aufteilung in viele kleine Staaten schwach war. Für Franz und Karl war es eine leckere Torte, die man sich Stück für Stück einverleiben wollte. Um nicht unterzugehen, mussten die italienischen Staaten mit der einen oder anderen Seite paktieren, wobei die Seiten durchaus mehrmals gewechselt wurden. Auch Clemens VII. war mit Kaiser Karl verbündet gewesen, bevor er sich mit Franz I. einließ. Das hat er wohl bitter bereut. Er und seine Nachfolger hatten lange am Wiederaufbau Roms zu knabbern.«

»Also ist am Ende für niemanden etwas dabei herausgesprungen?«

Alexander nickte. »Wie das bei Kriegen so ist.«

»Du kennst dich gut aus mit dem Sacco di Roma.«

»Kunststück! Das Erste, was ein Garderekrut eingebläut

bekommt, ist, des sechsten Mais 1527 zu gedenken und der Tapferkeit, mit der die Schweizer an jenem Tag in den Tod gegangen sind. *Die Garde stirbt, aber sie ergibt sich nicht!*«

»Wie war das eigentlich mit der Garde? Warum gibt es sie heute noch, obwohl sie 1527 aufgelöst wurde?«

»Papst Paul III. hat sie 1548 wieder aufgestellt. Während der Wirren nach der Französischen Revolution und der Besetzung Roms durch Napoleon ist sie dann mehrmals aufgelöst und neu formiert worden. Seitdem besteht sie mit unterschiedlichen Strukturen, Aufgabenzuweisungen und Truppenstärken bis heute fort.«

»Und die Rosins waren immer dabei.« Es war eine Feststellung, keine Frage. »Alter Schweizer Soldatenadel.«

»Adel gerade nicht. Deshalb gab es auch böses Blut, als erst mein Vater und dann mein Onkel zum Kommandanten ernannt wurde. Und ich frage mich, ob das ein Motiv für den Mord sein könnte.«

»Der Adel tötet den unwürdigen Bürger aus Standesgründen?« Elena kicherte. »Für mich klingt das absurd. Außerdem passt diese Theorie kaum zu den anderen Morden und steht in keinem ersichtlichen Zusammenhang mit den Ereignissen, die dein Vorfahr in seinem *Geheimen Bericht* schildert.«

»Leider gibt es da kaum einen Zusammenhang außer …« Alexanders Stimme erstarb, während die Erinnerung an den sterbenden Pater Borghesi übermächtig wurde.

»Woran denkst du?«, fragte Elena sanft.

»Als Borghesi starb, sagte er: *Der Hort des Bösen … unter Sankt Peter.*«

Er musste seinen Gedankengang nicht erklären. Sich an

Albert Rosins Bericht erinnernd, sagte Elena leise: »Der Zirkel der Zwölf, der Schwur in jener geheimnisvollen Kapelle unter dem Petersdom. Hat Borghesi die gemeint, als er vom Hort des Bösen sprach?«

»*Frag die Katzennärrin!* Das hat er gesagt.«

»Ich weiß«, seufzte Elena und nickte. »Du hast es mir erzählt. Wie lauteten seine letzten Worte noch mal genau?«

»*Ich habe ihn gesehen, er lebt!*«

»Wer?«

»Vielleicht der Engelspapst«, antwortete Alexander wenig überzeugt. »Von dem Thema schien er geradezu besessen zu sein.«

»Der Engelspapst.« Sie klang nachdenklich. »Möglicherweise ist er die Verbindung zwischen der Plünderung Roms und den Geschehnissen der letzten Tage. War Clemens VII. am Ende der Engelspapst, der den Kirchenstaat durch die dunklen Tage des Krieges geführt hat?«

»Borghesi hat Custos für den Engelspapst gehalten.«

»Muss das ein Widerspruch sein?«, fragte Elena. »Der Begriff *Papa Angelicus* ist im Laufe der Jahrhunderte auf verschiedene Päpste bezogen worden. Vielleicht erschien Clemens zu seiner Zeit als Retter der Kirche?«

»Das vielleicht, aber wohl kaum als Erneuerer oder gar Reformator des Christentums.« Alexanders Finger strichen über den Ledereinband des alten Buches, als könnte er ihm dadurch sein Geheimnis entlocken. »Ich fürchte, wir wissen zu wenig über die Hintergründe von Albert Rosins Bericht, um ihn richtig zu würdigen. Wir können nicht einmal mit Sicherheit sagen, ob diese Aufzeichnungen echt sind.«

»Lass uns zurück nach Rom fahren«, schlug Elena vor.

»Dort gibt es jemanden, der uns weiterhelfen kann.« Sie blickte aufs Wasser hinaus und sagte: »Vielleicht kann wirklich nur der See die Kirche reformieren.«

»Wie meinst du das?«

»Kennst du die Geschichte nicht? An einem schönen Sonntagnachmittag unternahmen sämtliche Kurienkardinäle eine Bootspartie über den Albaner See. Aber das Ausflugsboot kenterte plötzlich, und keiner der geistlichen Würdenträger konnte schwimmen. Wer wurde gerettet?«

»Keine Ahnung«, gestand er nach kurzem Überlegen. »Wer?«

»Die Kirche.«

XIV

Auf der Fahrt zurück nach Rom wechselten sie kaum ein Wort. Beide hingen ihren Gedanken nach und versuchten, den Bericht Albert Rosins aus dem sechzehnten Jahrhundert mit den aktuellen Geschehnissen in Einklang zu bringen.

Irgendwann, als der Fiat über die Via Appia holperte, setzte leichter Nieselregen ein, der sich verstärkte, je näher sie der Metropole kamen. Die unermüdlich arbeitenden Scheibenwischer verursachten ein regelmäßiges leises Summen und Klacken und verteilten bräunliche Schlieren auf der Windschutzscheibe, die von der Fahrt durch die Baustelle und über unbefestigte Wege verschmutzt war. Die Bäume und Mauern links und rechts der Straße hatten durch die Schlieren etwas Schemenhaftes, Unwirkliches wie Geisterwesen. So wenig greifbar wie der Zusammenhang zwischen dem Sacco di Roma und dem Heute, nach dem Alexander krampfhaft suchte.

In der Stadt lenkte Elena den kleinen Wagen das linke Tiberufer hinauf. Jenseits des Flusses reckten sich die Mauern der Engelsburg ins trübe Grau des Himmels. Hinter den alten Verteidigungswällen erhob sich der mächtige Rundbau mit den von einer Engelsstatue gekrönten Aufbauten. Die Bronzestatue zeigte den Erzengel Michael, wie er sein Schwert in die Scheide steckte. Ein Symbol für den Namen der Festung, der auf Papst Gregor den Großen

zurückging. Der hatte im pestgeplagten Jahr 590 die Vision eines Engels gehabt, der über dem Bauwerk erschien und das Ende der tödlichen Seuche ankündigte, indem er das Schwert in die Scheide gleiten ließ. Tatsächlich war Rom am nächsten Tag von der Plage befreit gewesen und seither trug das Gemäuer den Namen Engelsburg.
Vor Alexanders geistigem Auge füllten sich die Türme und Wehrgänge mit Soldaten, Schweizer Guardiknechten und römischen Milizionären. Er stellte sich vor, wie sie die Burg mit Schwert und Hellebarde, mit Armbrust und Arkebuse gegen die anstürmenden Landsknechte und Söldner verteidigten. Dabei war das Gebäude ursprünglich gar keine Festung gewesen, sondern ein kaiserliches Mausoleum. Im zweiten Jahrhundert war es unter Kaiser Hadrian begonnen und von Kaiser Septimius Severus vollendet worden. Die Umwidmung zur Festung war in den darauf folgenden Jahrhunderten unter dem Druck der Germaneneinfälle erfolgt. Von der Engelsburg aus ließ sich der nördliche Stadtzugang kontrollieren. Später war sie aufgrund ihrer Nähe zum Vatikan zur päpstlichen Fluchtburg geworden. Zu Albert Rosins Zeit, als Rom viel kleiner gewesen war, musste die Festung ungleich mächtiger gewirkt haben. Auch fehlte heute die fünfeckige Umfassungsmauer, die das Castel Sant'Angelo einst als äußerer Befestigungsring umgeben hatte.
Als Elena nach links auf den Ponte Umberto I. einbog, erkundigte Alexander sich nach dem Ziel.
»Wir fahren zur Engelsburg«, antwortete Elena mit einem hintergründigen Lächeln. »Wie es der Zufall so will, wohnt und arbeitet der Professor dort.«
»Der Professor?«

»Ja, wohl der letzte Universalgelehrte unserer Zeit. Sein besonderes Interessengebiet ist die römische Renaissance und alles, was damit zusammenhängt. Er kann uns bestimmt ein paar erhellende Antworten geben.«

»Das halte ich für keine gute Idee«, sagte Alexander schroff. »Als Wissenschaftler verfasst er sofort eine Abhandlung über die Sache, um sich wichtig zu machen.«

»Er ist kein Wissenschaftler im herkömmlichen Sinn. Ich würde ihn eher als Privatgelehrten bezeichnen.«

Alexander konnte sich nicht vorstellen, wozu die Verwaltung der Engelsburg einen Privatgelehrten angestellt haben sollte, aber er übte sich in Geduld. Bald darauf parkte Elena im Schatten der alten Burg.

Es war Montag, Ruhetag in den meisten römischen Museen, auch in der Engelsburg. Wegen des starken Regens hatte Alexander das Buch mit Albert Rosins Bericht unter seine Jacke geschoben, die von schwarzen Brandflecken übersät war; das einzige Resultat seines kläglichen Versuchs, Pater Borghesi zu retten.

An dem verschlossenen Gittertor, durch das an anderen Tagen die Touristen strömten, presste Elena den Daumen auf einen einsamen Klingelknopf, neben dem ein kleines vergilbtes Schild mit der Aufschrift PORTINAIO hing. Das heißt so viel wie »Pförtner« oder »Hausmeister«, schoss es Alexander durch den Kopf.

Außer dem Professor würde also auch noch der Pförtner von ihrem Besuch Wind bekommen, und das war ihm gar nicht recht.

Nach zwei oder drei Minuten des Wartens im unerbittlichen Regen kam ein Mann unter einem riesigen braunen Schirm betont gemächlich zum Tor geschlendert. Als wollte er durch seine Lässigkeit die unerwünschten Besucher, die im Gegensatz zu ihm nicht vor dem Regen geschützt waren, für ihre Klingelei bestrafen. Alexander schätzte den untersetzten Mann mit dem sich lichtenden grauen Haar auf etwa sechzig. Das Gesicht wurde von einer riesigen Brille beherrscht, deren sechseckige Gläser kaum weniger dick waren als Borghesis.

»Heute ist geschlossen!«, schimpfte der Pförtner, der eine Strickjacke mit lederfleckenbesetzten Ellbogen, eine abgewetzte Cordhose und zerknautschte Lederschuhe trug, alles erdbraun wie sein Schirm. Als Alexander und Elena keine Anstalten machten, sich zu entfernen, wiederholte er seine unerbetene Auskunft auf Deutsch, Englisch und Französisch.

»Aber Sie haben doch den Schlüssel«, rief Elena und wandte dem Pförtner ihr regennasses Gesicht zu.

Der Mann mit der großen Brille blieb stehen und sah überrascht durchs Gitter. »Elena! Sie sind's! Warum haben Sie das nicht gleich gesagt?«

»Sie haben mich ja nicht zu Wort kommen lassen.«

»Entschuldigen Sie, entschuldigen Sie«, murmelte er, nestelte einen Schlüsselbund unter seiner Strickjacke hervor und öffnete das Gittertor. »Also wirklich, wie soll ich wissen, dass Sie es sind?«

»Vielleicht sollte die Museumsleitung Ihnen eine Gegensprechanlage spendieren«, sagte Elena, als sie und Alexander die Engelsburg betraten.

Hinter ihnen verschloss der Pförtner das Tor wieder sorgfältig.

»Darf ich vorstellen, mein Freund Alexander Rosin«, sagte Elena fast förmlich, als stünden sie nicht im strömenden

Regen, sondern auf einem offiziellen Empfang. »Und das ist Signor Remigio Solbelli, der Kastellan der Engelsburg.« Sie benutzte tatsächlich den altertümlichen Ausdruck *Kastellan*, und Solbelli verbeugte sich wie eine den verknöcherten Diener spielende Knallcharge in einem alten Kostümschinken. Fehlte nur noch, dass er in huldvollem Ton sagte: »Ich heiße Sie in dieser altehrwürdigen Festung willkommen, mein Herr.« Oder etwas in der Art.

Stattdessen sagte er schlicht: »Hallo, Elenas Freunde sind auch die meinen. Folgt mir, schnell! Dieser verdammte Regen!«

Er nahm sie unter seinen Schirm, weshalb Alexander kaum etwas von der Burg erkennen konnte. Zwar hatte er sie schon dreimal besichtigt, aber nach der Lektüre von Albert Rosins Aufzeichnungen sah er sie in einem neuen Licht. Das heißt, er hätte sie in einem neuen Licht gesehen, hätte er den Blick nicht unentwegt auf den unebenen Boden richten müssen, um nicht in eine der großen Pfützen zu treten.

Elena schien mit dem Professor gut bekannt zu sein, wenn der Kastellan sie zu ihm führte, ohne dass sie überhaupt nach ihm gefragt hatte. Alexander atmete ein wenig auf. Wenn sie sich so gut kannten, bestand Hoffnung, dass der Professor tatsächlich Stillschweigen bewahrte.

Solbelli war nicht nach links gegangen, wo das Ticketbüro lag und der offizielle Rundgang durch die Engelsburg begann. Er umrundete die steinerne Rotunde, die den Mittelpunkt der Anlage bildete, zur Rechten und führte sie vorbei an der Lukas-Bastion und dem dreistöckigen Gebäude, in dem Verwaltungsbüros und die Buchhandlung untergebracht waren. Sie passierten die am Ruhetag geöffneten

Drehkreuze, die das Ende des Rundgangs markierten und an den anderen Tagen den Weg in diese Richtung versperrt hätten. Als sie an dem flachen Anbau mit den penetrant riechenden Besuchertoiletten vorbeikamen, beschleunigten alle drei wie auf einen geheimen Befehl ihren Schritt. Nicht weit entfernt stand ein kleines zweistöckiges Haus, das an Verputz und Dachform eindeutig als neuerer Bau zu erkennen war, allenfalls hundert Jahre alt. Als Solbelli sie hineinführte, schoss Alexander der Gedanke durch den Kopf, dass dies für einen Professor ein recht bescheidenes Heim war. Der Kastellan schüttelte die Regentropfen von seinem großen Schirm, stellte ihn zum Trocknen aufgespannt in die Diele und geleitete sie in eine kleine Küche, die von einem Wandkalender mit Renaissancegemälden beherrscht wurde. Diesen Monat verbreitete Tizians *Venus von Urbino* mit ihrer unbefangenen Nacktheit eine für den Raum überraschende Sinnlichkeit.

Solbelli ging zu dem alten Gasherd und griff nach einem fleckigen Wasserkessel. »Ich mache uns erst mal einen Tee. Das ist bei dem Werter genau das Richtige.«

Während die blaurote Flamme unter dem Kesselboden züngelte, holte Solbelli einen halben Kirschkuchen aus der Speisekammer, stellte ihn auf den schmalen Ecktisch und kümmerte sich um Teller, Besteck und Tassen. Als der Tee in den Tassen dampfte und jeder ein großes Kuchenstück vor sich hatte, ermunterte der Kastellan seine Besucher, kräftig zuzulangen.

Da Alexander Hunger verspürte, ließ er sich nicht lange bitten. Im Stillen fragte er sich allerdings, wo der Professor stecken mochte.

»Ich freue mich immer, wenn Sie mich besuchen, Elena«,

sagte Solbelli mit breitem Lächeln. »Doch darf ich wohl annehmen, dass Ihr Interesse nicht in erster Linie einem alten Mann gilt.«

»Stapeln Sie nicht tief«, erwiderte Elena in demselben spielerischen Tonfall; die beiden wirkten wie alte Freunde, die humorig ein erprobtes Begrüßungsritual zelebrierten. »Sie wissen sehr wohl, dass jede Unterhaltung mit Ihnen nicht nur ein Gewinn, sondern auch ein Genuss ist. Aber Sie haben Recht, ich bedarf wieder einmal Ihrer Hilfe. Alex, zeig dem Professor doch mal das Buch!«

»Das Buch … dem Professor …«, stammelte er überrascht und starrte den alten Mann in der Strickjacke an. »Er ist der Professor?«

Solbelli machte eine abwehrende Handbewegung. »Ich bin kein Professor. Elena kann es nur nicht lassen, mich so zu nennen.«

»Oho, da bin ich aber keineswegs die Einzige«, protestierte Elena. »Ich kenne einige hochrangige Wissenschaftler, die sich ganz offiziell Professor nennen dürfen und diesen Professor genauso anreden. Denn es gibt Fragen, die nur er beantworten kann.«

»Nun ist aber Schluss!«, befahl der Kastellan, den man Professor nannte. »Was hat es mit diesem Buch auf sich?«

Das Buch steckte noch immer unter Alexanders Jacke. Als er zögerte, es hervorzuholen, zog Elena einen Flunsch und erklärte Solbelli: »Er hat Angst, Sie könnten ein Plappermaul sein, Professor. Dabei habe ich ihm versichert, dass Sie schweigsam sind wie eine Mumie.«

»Wie zwei Mumien.« Der Professor grinste Alexander an. »Vertrauen Sie mir, und ich will sehen, was ich für Sie tun kann.«

Alexander gab ihm schließlich das Buch und sagte: »Zunächst wüsste ich gern, ob es echt ist.«
Solbelli betrachtete den Einband sorgfältig und ließ seine knotigen Finger behutsam über das Leder gleiten, als liebkose er seine Geliebte. Dann schlug er das Buch auf, blätterte die ersten Seiten um, sah sie sich genau an und hielt sie gegen das Tageslicht, das durch ein schmutziges Fenster hereinfiel.
»Es ist echt«, stellte er fest. »Echt in dem Sinne, dass Papier und Schrift aus dem sechzehnten Jahrhundert stammen. Natürlich kann ich ohne einen Schriftvergleich nicht sagen, ob Ihr Vorfahr tatsächlich der Verfasser dieser Zeilen ist.«
Alexander musterte ihn durchdringend. »Woher wissen Sie, dass Albert Rosin mein Vorfahr war?«
»Elena hat Ihren Namen genannt, der mir nicht unbekannt ist. Die Geschichte mit Ihrem Onkel und Ihrer Tante ging durch sämtliche Medien. Der Name Albert Rosin ist mir ebenfalls geläufig. Sie wissen vielleicht, dass die Renaissance meine Leidenschaft ist. Besonders interessiere ich mich für das Rom jener Epoche, und hier hat es mir aus nahe liegenden Gründen die Engelsburg angetan. Ich weiß aus alten Unterlagen, dass Albert Rosin zu den wenigen Guardiknechten gehörte, die den Sacco di Roma überlebten. Und dass Sie und Ihr verstorbener Onkel Ihre Abstammung auf jenen Albert Rosin zurückführen, stand nach dem Mord auch in jeder Zeitung.«
»Zuerst im *Messagero*«, betonte Elena.
»Verzeihen Sie mein Misstrauen«, bat Alexander. »In letzter Zeit geschieht so viel – ich bin wohl nervlich etwas angeschlagen. Darf ich noch etwas fragen?«

»Deshalb sind Sie hier.«
»Wie können Sie die Echtheit des Buches behaupten, ohne es chemischen Analysen unterzogen zu haben?«
»Chemische Analysen sind nur erforderlich, wenn man Zweifel hat. Aber die habe ich nicht.«
»Ich hätte arge Zweifel, auch wenn ich kein Fachmann bin«, bekannte Alexander. »Schon allein die Weiße des Papiers bei einem so alten Buch macht mich stutzig.«
»Gerade das spricht für die Echtheit«, erklärte Solbelli mit dem Lächeln eines nachsichtigen Lehrers. »Das Buchpapier aus dieser Zeit vergilbt längst nicht so schnell wie das billige Zeug, das heute bedruckt wird. Auch wenn damals niemand an den Schutz der Umwelt gedacht hat, wurde doch weitgehend holzfreies Papier verwendet. Die ligninfreie Zellulose wurde aus Leinen- und Baumwollresten gewonnen.«
»Aber es könnte doch auch neueres Papier sein, so neu, dass es deshalb noch nicht vergilbt ist.«
»Kaum«, beschied der Professor. Er schlug die erste Seite auf und hielt sie gegen das Fenster. »Sehen Sie sich das Papier genau an, Signor Rosin. Erkennen sie die feinen horizontalen und vertikalen Linien?«
»Ja, sieht aus wie ein Netz.«
»Ein Sieb, um genau zu sein. Mit einem Schöpfsieb holte man einen Teil des Papierrohstoffs aus der Bütte. Indem man das Sieb schüttelte, ließ man das überschüssige Wasser abfließen, und die Zellulosefasern verfilzten sich. Dieser Brei wurde auf einen saugstarken Wollfilz gedrückt und mit einem weiteren Filz bedeckt. So kam Schicht auf Schicht, und das Ganze wurde noch weiter entwässert. Für uns ist wichtig, dass sich das charakteristische Muster

des Schöpfsiebs im Papier wiederfindet. So wie hier. Die ganz feinen waagerechten Linien stammen von den Rippen des Bronzesiebs, die etwas gröberen senkrechten von den Stegen.«

»Man nennt es Rippbüttenpapier, nicht wahr?«, meinte Elena, und der Professor nickte anerkennend. »Aber wird dieses Muster nicht bei modernen Edelpapieren nachgeahmt?«

»Sie haben Recht, Elena, das geschieht mit entsprechend strukturierten Walzen. Doch dies ist kein modernes Papier. Ich könnte Ihnen jetzt einen Vortrag halten über Dicke, Steifigkeit, Farbe, Rippen- und Stegabstände, aber das will ich Ihnen ersparen. Stattdessen mache ich Sie nur auf den Fisch aufmerksam. Sehen Sie hier!« Sein Zeigefinger wies auf ein Wasserzeichen im Papier, einen Fisch mit sehr großer Schwanzflosse und weit aufgerissenem Maul. »Fast jeder Papierhersteller hatte sein eigenes Wasserzeichen, das, aus Draht geformt, auf dem Schöpfsieb befestigt war. Dieser Fisch gehörte einem gewissen Bonizo Pescatore, dessen Tätigkeit in Rom zwischen ungefähr 1515 und 1550 nachgewiesen ist.«

»Pescatore heißt Fischer«, murmelte Alexander auf Deutsch. Laut und auf Italienisch sagte er: »Wenn man die Siebmuster fälschen kann, dann wohl auch die Wasserzeichen.«

»Natürlich, gerade mit dem von Bonizo Pescatore hat man es mehrfach versucht, aber es ist niemandem gelungen. Geben Sie Acht!« Solbelli bewegte die aufgeschlagene Buchseite langsam vor dem Fenster hin und her, und etwas kaum Glaubliches geschah mit dem Wasserzeichen. Es sah aus, als bewege der Fisch sein Maul. Es schloss und öffnete sich wie auf der Jagd nach Futter. »Ein eigenartiger Effekt, nicht?«

»In der Tat!«, staunte Alexander. »Wie hat dieser Pescatore das hinbekommen?«

»Das fragt sich die Fachwelt auch. Leider ist keines seiner Schöpfsiebe erhalten geblieben. Alle Versuche, die Herstellung des Zeichens zu rekonstruieren, sind gescheitert. Wer den Effekt nachahmen will, muss die Zeichnung zwangsläufig verändern, dem Maul neue Linien hinzufügen. Das ist bei dem Wasserzeichen auf diesen Blättern nicht geschehen. Es stammt eindeutig aus der Werkstatt von Bonizo Pescatore.«

»Gut, das Papier ist also echt», sagte Alexander. »Aber trifft das auch für die Schrift zu?«

»Vorbehaltlich einer chemischen Analyse, die Sie gleich wieder einfordern werden, würde ich das bejahen. Schreibweise und Stil sprechen absolut dafür.«

»Der Stil? Aber …«

»Ich kann lesen, Herr Rosin«, sagte der Professor auf Deutsch. »Ich beherrsche die deutsche Sprache recht gut.«

Alexander erntete einen halb belustigten, halb triumphierenden Blick von Elena, der ihm zu sagen schien, dass der Professor noch mehr Überraschungen in petto habe.

»Haben Sie Zeit und Lust, das Buch zu lesen, Professor?«, frage Alexander. »Es würde mich sehr interessieren, was Sie von den Aufzeichnungen meines Urahns halten.«

Elena war sichtlich überrascht, und die Augen des Professors leuchteten auf wie die eines Kindes, das am Geburtstag vor seinem Gabentisch steht.

»Ich würde mich glücklich schätzen«, versicherte er. »Eine unbekannte Quelle aus der Zeit der Liga von Cognac! Es gibt Wissenschaftler, die dafür einen Finger opfern würden.«

»Lesen Sie es einfach«, sagte Alexander.

Er stand auf und trat vor die Haustür. Der Regen hatte nachgelassen. Nur noch vereinzelte Tropfen fielen zur Erde; das Wolkenmonster, das sie ausspuckte, hing so dicht und schwer über Rom, als wollte es die Stadt nie mehr aus seinen feuchten, wabernden Klauen lassen. Alexanders Blick wanderte weiter zu dem großen Bronzeengel auf der Rotunde, der ihm den Rücken zukehrte und über den Tiber mit der Engelsbrücke blickte. Mit seinem vorgeneigten Haupt sah Erzengel Michael müde aus, als könne er der Wolkenlast, die auf seine Schultern drückte, kaum noch standhalten. Seine halb ausgebreiteten Flügel wirkten wie ein letztes, hilfloses Aufbäumen gegen das Verhängnis, das unaufhaltsam vom Himmel niederkam.

Eine unerwartete Berührung ließ Alexander zusammenfahren. Als er sich umdrehte und Elena sah, atmete er erleichtert auf und schämte sich seiner Schreckhaftigkeit. Ihre Hand lag noch auf seiner Schulter und er empfand Dankbarkeit dafür. Eine unerklärliche Kraft strömte von ihr aus. Vielleicht war es einfach nur das Wissen, nicht allein zu sein, das ihn stärkte. Und in manchen Augenblicken glaubte er zu spüren, dass sie ähnlich empfand wie er.

»Ich wollte dich nicht erschrecken«, sagte sie mit einem entschuldigenden Lächeln.

»Nicht du hast mich erschreckt, sondern das da.« Er zeigte nach oben, zum düsteren Himmel über der Rotunde.

»Der Engel?«

»Nein, das Ungeheuer. Die Wolken.«
Jetzt verstand sie. »Glaubst du an das, was Borghesi dir erzählt hat?«
»Wäre er noch am Leben, würde ich jetzt vielleicht lachen. Aber sein Tod ist sein bester Bürge.«
»Vielleicht kann der Professor Licht in diese finstere Angelegenheit bringen. Er ist mit dem Lesen fertig. Du hast ihm damit einen großen Gefallen erwiesen.«
»Er tut mir einen großen Gefallen«, erwiderte Alexander, als er sich umwandte, um Elena in die Küche zu folgen.
Bevor er die Haustür schloss, warf er einen letzten zweifelnden Blick gen Himmel. Er hatte nicht bemerkt, wie lange er hier draußen gestanden hatte. Als hätte eine unbekannte Macht die Zeit aufgehoben.

»Phantastisch, das ist phantastisch!« Mit diesen Worten empfing ihn der Professor, das Buch wie einen Schatz in Händen haltend.
»Freut mich, dass es Sie so begeistert, Professor. Aber halten Sie es immer noch für echt?«
»Absolut. Vieles fügt sich ins Bild der offiziellen Geschichtsschreibung. Und wo das nicht zutrifft, passt es zu den weniger bekannten Fakten, mit denen ich mich seit langem beschäftige. Außerdem – eine so irre Geschichte kann sich niemand ausdenken!«
»Also …« Alexander schluckte und setzte erneut an: »Sie halten das für den authentischen Erlebnisbericht meines Vorfahren Albert Rosin?«
»Das würde ich jederzeit beeiden.«
»Aber die vielen Unglaubwürdigkeiten«, widersprach

Alexander kopfschüttelnd. »Zum Beispiel diese Flucht unter Wasser.«
Der Professor wischte ein paar Kuchenkrümel beiseite und legte das Buch auf den Küchentisch. »Kommen Sie mit, ich will Ihnen etwas zeigen.«
Sie folgten ihm in einen Nebenraum, der so groß war, dass er den gesamten Rest des Erdgeschosses einnehmen musste. Es war eine Mischung aus Bibliothek, Museum und Rumpelkammer. Die Wände waren vom Boden bis zur Decke mit breiten Regalen zugestellt, die sich unter der Last alter und neuerer Bücher förmlich bogen. Auch auf dem Boden türmten sich Bücherstapel. Dazwischen standen alte Skulpturen, Antiquitäten jeder Art und, wie eine riesige braune Murmel, eine große hölzerne Weltkugel.
Solbelli steuerte eine der Bücherwände an. Die Bände standen auf jedem Regalbrett zwei oder drei Reihen tief, und darauf lagen noch mehr Bücher, sodass jeder Millimeter Raum ausgefüllt war. Die einfachen Winkelhaken schienen die hoffnungslos überlasteten Borde kaum halten zu können. Vielmehr sah es so aus, als würde jedes Brett durch die unter ihm gestapelten Bücher gestützt und ein falscher Griff könne das labile System zum Einsturz bringen. Doch der Professor streckte mit traumwandlerischer Sicherheit eine Hand in das Büchergewirr und zog einen schweren Folianten hervor.
Als er den Band zu einem runden Tisch trug, auf dem sich wiederum Bücher stapelten, las Alexander auf dem Buchrücken in verschnörkeltem Golddruck: *Leonardo da Vinci*.
Solbelli beugte sich über das Buch und blätterte darin, bis er die gesuchte Stelle fand. Er sah über die Schulter zu Alexander und Elena. »Hier, sehen Sie sich das an!«

Natürlich hatte Alexander schon Zeichnungen von Leonardo da Vincis technischen Erfindungen gesehen. Das Universalgenie der italienischen Renaissance hatte so ziemlich alles konstruiert, was in späteren Jahrhunderten tatsächlich gebaut worden war, ob nun ein Fahrrad, ein Auto, einen Helikopter, eine Hinterladekanone oder einen Panzerkampfwagen. Die aufgeschlagene Doppelseite zeigte in der für den Meister typischen Detailfreudigkeit einen Hafenbagger, einen Schwimmbagger, ein Boot mit Schaufelradantrieb – und einen Taucheranzug.
»Das ist er«, stieß Solbelli erregt hervor. »Sehen Sie, das Modell für den Anzug, den Albert Rosin beschrieben hat!«
Da war eine menschliche Gestalt skizziert, wie aus einem Katalog für Sadomaso-Freaks, von Kopf bis Fuß in Leder gekleidet. Daneben sah man in größerem Maßstab ein Paar schwere Stiefel mit Haltekrallen unter den Sohlen und eine Stange mit gekrümmter Klinge, wie Albert Rosin sie als »Hakenlanze« beschrieben hatte. Der Ledermensch hielt ein Seil mit einem Haken in der Rechten. Von seiner Kopfhaube führte ein langer, gewundener Schlauch nach oben, an dessen Ende so etwas wie eine Korkscheibe saß.
»Der Schnorchel ist natürlich zu lang«, dozierte Solbelli. »Wenn man den auseinander zieht, ist er mindestens so lang wie der Taucher. Bekanntlich ist es für Taucher aber wegen der Druckverhältnisse gefährlich, durch Schnorchel zu atmen, die länger sind als sechzig Zentimeter. Das hat Leonardo wohl später auch festgestellt und bei der Herstellung der Anzüge, die Albert Rosin und Benvenuto Cellini getragen haben, berücksichtigt.«
»Wenn Sie es sagen«, erwiderte Alexander leidenschaftslos.

»Sie scheinen nicht überzeugt, Signor Rosin.«
»Bislang habe ich immer geglaubt, Leonardos kühne Konstruktionen seien nichts als graue Theorie gewesen.«
»Deshalb sind Albert Rosins Aufzeichnungen ja so wichtig. Sie widerlegen diese Annahme, und nicht nur diese. Ich werde Ihnen noch etwas zeigen. Wenn Sie das sehen, werden Sie Ihrem Vorfahren ebenso glauben wie ich.«
Sie gingen hinaus in die Diele, wo Solbelli einen großen Schlüsselbund von einem eisernen Wandhaken nahm. Aus einer Küchenschublade holte er eine Taschenlampe. Es ging nach draußen in den Nieselregen, über Rampen und Stiegen an der Rotunde entlang, bis der Professor mit einem Schlüssel von dem großen Bund eine schmale Seitentür öffnete. Wenige kleine Notleuchten warfen spärliches Licht in die labyrinthischen Gänge, und Alexander war dankbar, dass Solbelli mit seiner Lampe nachhalf. Wieder ging es über Treppen und Rampen, jetzt allerdings abwärts. Die Luft wurde merklich kühler und feuchter. Zwei weitere Türen schloss Solbelli auf dem Weg nach unten auf. Die zweite führte in einen gänzlich unbeleuchteten Raum, der ohne die Taschenlampe ein finsteres Loch geblieben wäre. Nicht einmal eine Notbeleuchtung schien es hier zu geben.
Der Professor richtete den gelben Lichtkegel auf eine zweiflügelige Bodenklappe aus rostüberzogenem Eisen und drückte Alexander die Lampe in die Hand. »Halten Sie doch mal.«
Aus einer dunklen Ecke holte er einen Eisenhaken, mit dem er die Flügel der Bodenklappe einen nach dem anderen anhob. Darunter tat sich ein Schacht auf, aus dem ihnen muffiger Gestank entgegenschlug. In das steinerne

Rund der Schachtwand waren eiserne Steigeisen geschlagen.

»Das ist der Schacht, durch den Albert Rosin und Cellini zum Tiber hinuntergestiegen sind. Er wurde erst vor einigen Jahre entdeckt und kommt in der Literatur über die Engelsburg nicht vor. Wenn der Bericht gefälscht sein sollte, hätte der Verfasser kaum davon wissen können.«

»Irre!«, entfuhr es Elena. »Das reicht für ganze Artikelserien.«

»Ich weiß nicht recht«, murmelte Alexander. »Warum hätte Leonardo da Vinci dem Papst zwei Taucheranzüge schenken sollen?«

»Vergessen Sie nicht, dass diese Anzüge damals Wunderwerke von unschätzbarem Wert waren«, sagte Solbelli. »Außerdem hatte der Papst sehr wohl eine praktische Verwendung dafür, wie die Flucht von Albert Rosin und Cellini gezeigt hat.«

Alexander war noch immer nicht zufrieden, zu unwahrscheinlich erschien ihm all das. »Das Geschenk war also kostbar, schön, aber was war die Gegenleistung? Nur, dass Leonardo zu Studienzwecken Einblick in die Geheimsammlung des Vatikans erhielt?«

»Der Vatikan hütet Geheimnisse, die wir nicht ermessen«, erwiderte Solbelli.

»Wem sagen Sie das, Professor«, seufzte Alexander.

»Vielleicht hat der Papst sich mit Leonardo da Vinci eine Laus in den Pelz gesetzt«, fuhr Solbelli fort. »Unter dem Vorwand, Studien zu betreiben, könnte Leonardo im Geheimarchiv des Vatikans spioniert haben. Seine berühmten Gemälde und Konstruktionen lassen die meisten Menschen, auch die Wissenschaftler, vergessen, dass das

Genie auch eine dunkle, bis heute kaum erforschte Seite hatte. Einige Überlieferungen sagen Leonardo häretische Äußerungen nach. Er soll zu den Katharern gehört und für die Ketzer geheime Missionen ausgeführt haben.«

»Einfach irre«, sagte Elena noch einmal. »Warum habe ich darüber noch nichts gelesen?«

»Weil Historiker, wie alle anderen ernsthaften Wissenschaftler, die Spekulation meiden wie die Pest; das wäre unseriös. Außerdem gibt es Kreise, die solche Erkenntnisse mit aller Macht unterdrücken.«

»Wen meinen Sie damit?«, fragte Alexander. »Die Ketzer oder die Kirche?«

»Beide kommen in Frage. Diametrale Zielsetzungen können durchaus übereinstimmende Maßnahmen erfordern.«

»Geschichtsfälschung nenne ich aber eine ziemlich einschneidende Maßnahme«, empörte Elena sich.

Solbelli lächelte wissend. »Geschichte wird nun mal von denen gemacht, die sie schreiben.«

»Und die Fugger?«, fragte Alexander, als sie wieder in der Küche saßen. »Welche Rolle haben die beim Sacco di Roma gespielt?«

Solbelli kam mit einer Kanne frisch aufgebrühten Tees an den Tisch.

»Was Albert Rosin über die hiesige Faktorei der Fugger berichtet, deckt sich mit den Erkenntnissen der Historiker. Die Niederlassung der Fugger drüben am anderen Tiberufer war so ziemlich der einzige Ort in ganz Rom, den die Plünderer verschont haben, denn dort erhielten sie Wechsel für ihre Beute. Aber die Fugger standen auch in enger Beziehung zu Karl V. Ihr Geld hat bei der Kaiserwahl für

die nötigen Stimmen gesorgt, und auch danach stand Karl ständig mit Riesensummen bei ihnen in der Kreide.«
Elena, die ihre Hände an der Teetasse wärmte, fragte: »Weshalb haben die Faktoren dann gegen die Interessen des Kaisers gehandelt und Albert Rosin und Cellini geholfen?«
»Mit dieser Frage berühren Sie genau das Geheimnis des Fugger'schen Erfolgs«, sagte der Professor und nahm sich noch ein Stück Kirschkuchen. »Die Augsburger waren vielfältig engagiert und haben auch mit der Kirche gute Geschäfte gemacht. Der gesamte Ablasshandel für den Neubau von Sankt Peter lief über die Fuggerbank und bis 1524 haben die Fugger auch die päpstliche Münze verwaltet.«
»Also hatten sie gar kein Interesse am Untergang des Papsttums«, schlussfolgerte Elena. »Sie haben vom Gleichgewicht der Kräfte profitiert.«
»So kann man es ausdrücken«, nuschelte Solbelli, den Mund mit Kuchen voll gestopft. »Die Fugger hatten überall ihre Finger drin. Auch die Anwerbung der ersten Schweizergardisten von Julius II. wurde mit siebentausend Fugger'schen Dukaten bezahlt.«
»Das ist mir neu«, warf Alexander ein, der geglaubt hatte, sich in der Gardegeschichte gut auszukennen. »Vergessen wir nicht den Brief Anton Fuggers. Er scheint in der Schuld des Papstes gestanden zu haben.«
Solbelli tupfte sich mit einer weißen Papierserviette den Mund ab. »Gut möglich. Anton Fugger, der zu Beginn des Jahres 1527 die Gesamtleitung des Handelshauses übernahm, hatte 1524 in der römischen Faktorei gedient. Dort geriet er in Geldschwierigkeiten, über deren Hintergründe

man nichts weiß. Auffällig ist nur, dass der Papst den Fuggern im selben Jahr entgegen den geschlossenen Verträgen das päpstliche Münzrecht nahm.«

»Klingt so, als hätte die römische Fuggerniederlassung sich in derben Schwierigkeiten befunden, so dass es dem Papst ratsam schien, kein zu enges Verhältnis mit den Kaufleuten einzugehen«, meinte Elena. »Offenbar stand Anton Fugger schon tief in seiner Schuld und hat ihm dafür eine Art Freibrief ausgestellt, der dann Albert Rosin und Cellini sehr hilfreich war.«

»Gibt es darüber keine Unterlagen?«, fragte Alexander. »Geschäftliche Transaktionen sind damals doch ebenso dokumentiert worden wie heute.«

»In der Augsburger Fuggerei sind alle Akten penibel gehortet worden«, antwortete Solbelli. »Kurz nach dem Sacco di Roma, noch im Jahr 1527 hat Anton Fugger die römische Niederlassung geschlossen. Seltsamerweise sind die Geschäftsakten nicht nach Augsburg überführt worden und heute gelten sie als verschollen.«

»Anton Fugger wollte etwas verbergen!« Elena schnippte mit den Fingern. »Vielleicht den Grund seiner Geldnot drei Jahre zuvor.«

»Kann schon sein, doch genau werden wir das nie wissen.«

Auf Solbellis Gesicht lag ein schmerzlicher Ausdruck.

»Warum hat Anton Fugger die römische Niederlassung überhaupt geschlossen?«, fragte Elena.

»Die Geschäfte gingen schlecht. Die Römer hatten nicht vergessen, dass die Fugger den Plünderern ihre Beute abgekauft hatten. Mag sein, dass auch Engelhard Schauers Verrat an den Gesandten des Papstes bei der Schließung eine Rolle gespielt hat. Der Faktor hat nicht nur Rosin und Cellini hintergangen. Vielmehr hat er sich offen auf die Seite der Kaiserlichen geschlagen. Er ließ durch sie kostbares Silbergerät aus dem Vatikan und anderen Kirchen rauben und prägte daraus auf eigene Kosten Münzen. Anton Fugger wurde fuchsteufelswild, als er davon hörte, und entließ ihn fristlos.«

»Immer wieder Cellini«, sagte Alexander und dachte daran, wie zwiespältig Albert Rosin dem berühmten Goldschmied gegenübergestanden hatte. »Welche Rolle hat er bei der ganzen Sache gespielt? In seiner Lebensbeschreibung schildert er zwar seine Tätigkeit als Bombardier auf der Engelsburg, aber er berichtet nichts von der geheimen Mission in Venedig.«

»Aus verständlichen Gründen, da Papst Clemens ihm und Albert Rosin strengstes Stillschweigen auferlegte.« Solbelli lehnte sich auf dem Küchenstuhl zurück. Er fühlte sich in der Rolle des Dozenten sichtlich wohl. »Aber vielleicht hat nicht nur Rosin einen geheimen Bericht über das venezianische Abenteuer verfasst. Die von Ihnen erwähnte Lebensbeschreibung Cellinis war ursprünglich viel umfangreicher. Cellini selbst hat berichtet, dass er einen Teil seiner Aufzeichnungen zerrissen und ins Feuer geworfen hat, um es sich nicht mit den Mächtigen zu verderben.«

»Und was hat er uns verschwiegen?«, wollte Elena wissen. »Was haben Cellini und dieser Edelsteinschleifer, Meister Giuseppe Lorenzo, heimlich getrieben?«

»Albert Rosin gibt uns die Antwort«, sagte er, nahm das Buch zur Hand, suchte eine bestimmte Stelle und las vor: »›Unsere Zusammenarbeit hat sich bewährt, Meister Cellini‹, sagte er mit heiserer Stimme. ›Wer das Original nicht gesehen hat und nur aus der Beschreibung kennt, wird die Fälschung nicht bemerken.‹«

Der Professor blickte auf. »Die Sache ist klar. Der Edelsteinschleifer Lorenzo musste eine Kopie des Smaragds herstellen, und der Goldschmied Cellini hat diese Kopie in die Goldfassung gesetzt, die er nach der des originalen Edelsteins angefertigt hatte.«

»Der Stein, den man die *Wahre Ähnlichkeit Christi* nennt«, sagte Alexander.

»Ein berühmter Smaragd, der seit dem Sacco di Roma als verschollen gilt«, erläuterte Solbelli. »Er kam 1492 nach Rom, als Geschenk des osmanischen Sultans Bajasid II. an Papst Innozenz VIII., zusammen mit vielen tausend Goldddukaten und einer berühmten Reliquie, der heiligen Lanze. Geschenke waren es offiziell, in Wahrheit handelte es sich um Bestechungsgelder. Der jüngere Bruder und Thronrivale des Sultans, Prinz Dschem, war vor Bajasid geflohen und befand sich in der Obhut des Vatikans. Genau genommen war es eine komfortable Haft, und Bajasid wollte vermeiden, dass Dschem auf freien Fuß kam.«

»An dem Smaragd muss etwas Besonderes gewesen sein, wenn Papst Clemens VII. und dieser geheimnisvolle Abbas de Naggera so viel Aufhebens darum gemacht haben«, stellte Elena fest.

»Der Name des Smaragds verrät es und auch Albert Rosin erwähnt es in seinem Bericht«, sagte der Professor. »Der verschollene Edelstein soll ein Gesicht im Profil gezeigt haben, und zwar das Gesicht von Jesus Christus.«

»Na und?« Alexander runzelte die Stirn. »Auf der ganzen Welt gibt es Millionen von Jesus-Bildnissen, geschliffen, gemalt, gezeichnet, geschnitzt oder modelliert.«

»Sicher«, räumte Solbelli ein. »Aber das auf dem Smaragd galt als das einzige Porträt, das nach dem lebenden Modell entstanden war.«

Für eine kleine Ewigkeit herrschte Schweigen. Der Professor genoss den Eindruck, den seine Worte auf Alexander und Elena gemacht hatten.

»Nach dem lebenden Modell?«, wiederholte Alexander schließlich. »Das Porträt ist zu Jesu Lebzeiten angefertigt worden und zeigt sein wahres Gesicht?«

Solbelli lächelte. »Eben darum nennt man den Smaragd die *Wahre Ähnlichkeit Christi*.«

Elena stellte eine Frage, die auch Alexander beschäftigte: »Warum hätte der Papst eine Kopie von dem Porträt anfertigen lassen sollen?«

»Abbas de Naggera war hinter dem Stein her wie der Teufel hinter der armen Seele«, antwortete der Professor. »Offenbar wollte der Papst verhindern, dass der Spanier die *Wahre Ähnlichkeit Christi* zu sehen bekam, und deshalb hat er ihm ein gefälschtes Porträt angedient. So sehe ich es.«

»Aber warum sollte Naggera das Bild nicht sehen?«, fragte Elena weiter. »Was war daran so gefährlich?«

»Um das zu erfahren, müsste man den Smaragd wohl erst finden«, meinte Solbelli. »Aber den hat seit fast fünfhundert Jahren niemand mehr gesehen.«

»Kunststück, wenn er in einer geheimen Kapelle unter dem Vatikan liegt«, befand Elena und sah Alexander an. »Weißt du nichts darüber? Ihr Rosins gehört doch zu den Hütern dieses bemerkenswerten Edelsteins.«

»Das ist mir erst seit heute bekannt. Wenn ich wüsste, wie man zu der unterirdischen Kapelle kommt, würde ich sie mir sofort ansehen.«

»Davon weiß ich nichts«, sagte der Professor ehrlich bekümmert. »Allerdings bezweifle ich, dass es die Kapelle überhaupt noch gibt. In den vergangen Jahrhunderten sind unter dem Vatikan viele Grabungsarbeiten vorgenommen worden. Ich will nicht in eure Geheimnisse dringen, aber falls ihr tatsächlich vorhabt, den Smaragd aufzuspüren, dann nehmt euch in Acht.« Er klopfte auf das Buch. »Schon vor fünfhundert Jahren mussten Menschen wegen der *Wahren Ähnlichkeit Christi* ihr Leben lassen, womöglich viele Tausende.«

»Professor!«, rief Elena. »Wollen Sie etwa andeuten, die Kaiserlichen hätten Rom nur überfallen, um in den Besitz des Smaragds zu kommen?«

»Die Landsknechte und Söldner wollten nur ihre Beute und ihre derben Vergnügungen. Aber dieser Abbas de Naggera scheint beim Sturm auf Rom eine treibende Kraft gewesen zu sein. Und man könnte vermuten, dass er nichts anderes im Sinn hatte als den Smaragd.«

»Wenn das wahr ist«, sagte Alexander, »wenn der Spanier wirklich nur wegen dieses Edelsteins Tausende in den Tod geschickt hat, dann kann ich meinen Urahn nur dazu beglückwünschen, dass er ihm den Schädel gespalten hat.«

»Vielleicht hat Albert Rosin damit die Bedrohung aus der Welt geschafft, vielleicht aber auch nicht«, sagte Solbelli düster. »Denkt an meine Warnung: Was immer ihr vorhaben mögt, seid vorsichtig!«

XV
Montag, 11. Mai, abends

»***Er hat*** ihn eingekerkert!«, rief Alexander.
»Wer? Und wen?«, fragte Elena, die den Tisch deckte.
»Der Papst hat Cellini eingesperrt. Das hat der Goldschmied nicht aus seiner Autobiographie gestrichen.«
Er tippte auf den abgegriffenen Einband des Buches, in dem er eben gelesen hatte, *Leben des Benvenuto Cellini*. Es war eine deutschsprachige Ausgabe, übersetzt von keinem Geringeren als Goethe. Solbelli hatte den Lebensbericht aus einem seiner Regale gefischt und Alexander geliehen. Im Gegenzug hatte dieser ihm Albert Rosins Aufzeichnungen dagelassen.
Der Professor, der versprochen hatte, das alte Buch wie seinen Augapfel zu hüten, wollte sich intensiv damit auseinander setzen und nach versteckten Hinweisen suchen, die mehr Licht auf die Hintergründe von Albert Rosins Erlebnissen warfen. Alexander hatte Vertrauen zu dem kauzigen Privatgelehrten gefasst. Wenn einer weitere Informationen aus dem Bericht herauskitzeln konnte, dann er. Außerdem war das Buch bei Solbelli relativ sicher – hoffte Alexander zumindest. In seinem Zimmer in der Gardekaserne wollte er es nicht aufbewahren und bei Elena auch nicht. Wenn der unbekannte Feind sie zusammen gesehen hatte, mochte er auf die Idee verfallen, Elenas Wohnung zu durchsuchen.
Die gerösteten und mit Öl beträufelten Weißbrotscheiben

verbreiteten einen köstlichen Duft. Dazu gab es eine Creme von schwarzen Oliven und einen Tomaten-Mozarella-Salat.

Elena goss Chianti in die Gläser, setzte sich zu Alexander und sagte: »Ich bin ganz Ohr. Warum hat Papst Clemens seinen hilfreichen Goldschmied eingebuchtet?«

»Nein, nicht Clemens, sondern sein Nachfolger, Paul III. alias Alessandro Farnese. Er hatte heftige Schwierigkeiten mit Cellini. Und unser Goldschmiedemeister musste ausgerechnet in der Engelsburg brummen, bis er, dem Tode nahe, angeblich göttliche Erscheinungen hatte.«

»Aber wieso musste er brummen?«, frage Elena, während sie Olivencreme auf eine Weißbrotscheibe strich.

»Tja, das schildert er reichlich verworren. Mal hat Papst Paul etwas gegen ihn, dann wieder ist Pier Luigi Farnese, der Sohn des Papstes, die treibende Kraft. Es liest sich fast so, als wollte Cellini den wahren Anlass seiner Kerkerhaft verschleiern. Und später, als er wieder auf freiem Fuß war, wollte sein angeblicher Todfeind Pier Luigi Farnese ihn sogar in seine Dienste nehmen.« Er trank einen Schluck und fuhr fort: »Vielleicht waren Vater und Sohn Farnese auch hinter der *Wahren Ähnlichkeit Christi* her.«

»Warum, wenn der Stein im Vatikan verwahrt wurde?«

»Möglicherweise hat Clemens VII. seinem Nachfolger nichts von dem Versteck in der unterirdischen Kapelle verraten. Damals waren die Feindseligkeiten innerhalb der Kurie nicht kleiner als heute. Übrigens, ich habe eben einen Blick ins Lexikon geworfen: Pier Luigi Farnese wurde 1547 in Piacenza ermordet, mit einiger Wahrscheinlichkeit im Auftrag Karls V. Vielleicht war der Kaiser noch immer auf der Jagd nach dem Smaragd.«

»Möglicherweise, wahrscheinlich, vielleicht!« Elena stieß einen Laut des Unwillens aus. »Solange wir uns auf der Ebene reiner Spekulation bewegen, werden wir kaum vorankommen. Was ist, wenn dieser ominöse Smaragd überhaupt nichts mit den Morden der letzten Tage zu tun hat?«

»Das ist auch nur Spekulation, Elena. Wir haben leider nur einige Teile des Puzzles und müssen sie so lange kreuz und quer schieben, bis sich wenigstens die Umrisse eines Bildes ergeben.«

Elena grinste. »Hört sich an, als hättest du die poetische Begabung deines Urahnen geerbt. Steckt in dir noch mehr von Albert Rosin, vielleicht auch seine Fähigkeit, ein Geheimnis zu bewahren?«

Er biss herzhaft in sein Brot und sagte: »Jetzt müsste ich schon wieder spekulieren, wenn ich mir einen Reim auf deine Frage machen sollte.«

»Dann will ich deutlicher werden, Alex. Ich denke, du kannst dich glücklich schätzen, dass du noch sämtliche Finger hast. Oder glaubst du, ich hätte dein Zögern beim Mund der Wahrheit nicht bemerkt?«

Nur mit Mühe konnte er seine Erregung verbergen. »Darf man nicht zögern, wenn man die Hand in den Rachen eines Dämons steckt?«

»Du weichst mir aus«, sagte sie ernst, den Blick fest auf ihn gerichtet. Er fühlte sich wie ein ertappter Sünder. Elena fuhr fort: »Die Geschichte nimmt langsam Dimensionen an, die mir Angst machen. Wenn wir da gemeinsam durchkommen wollen, sollten wir wirklich ehrlich zueinander sein. Und wenn du nicht damit anfangen willst, dann tue ich es eben.«

»Du weißt etwas, das ich nicht weiß?«

»Totus tuus, Domine. Hic iacet pulvis, cinis et nihil. Mea culpa, mea culpa, mea maxima culpa.«
Sie sprach die Büßerworte mit großem Ernst, so als hätten sie eine geheime, schreckliche Bedeutung.
Alexander hörte auf zu essen. Die Veränderung, die mit Elena vor sich ging, beunruhigte ihn. Ohne dass er es an äußeren Anzeichen festmachen konnte, wirkte sie, als falle eine Maske von ihr ab. Dahinter kam die Schutz suchende Frau zum Vorschein, die er für kurze Zeit schon in den Bergen wahrgenommen hatte. Angst und Trauer beherrschten ihre Züge, aber da war noch mehr: Verzweiflung, Wut – Zorn.
»Die Menschen, die sich mit diesen Worten geißeln, gehören einem religiösen Orden an«, sagte sie. »Einem geheimen, dadurch aber umso mächtigeren Orden. Er nennt sich Totus Tuus, weil seine Mitglieder sich selbst aufgeben müssen, um ganz für den Herrn da zu sein. Oder für das, was der Orden für gottgefällig erklärt.«
»Tut mir Leid, von solch einem Orden habe ich noch nie gehört.«
»Totus Tuus wäre kein geheimer Orden, wenn alle Welt von ihm gehört hätte. Und doch könntest du ihm gut angehören, denn außer Geistlichen, Ökonomen und Politikern sind in seinen Reihe viele Militärs, was wohl mit seiner Entstehungsgeschichte zusammenhängt.«
Sie schloss die Augen und schwieg fast eine Minute, wie um sich zu besinnen. Oder wie um einen großen Schmerz niederzuringen.
Als sie die Augen wieder öffnete, sagte sie: »Im neunzehnten Jahrhundert war der Kirchenstaat starken Erschütterungen ausgesetzt. Erst von Napoleon Bonaparte aufge-

löst, dann auf dem Wiener Kongress völkerrechtlich wiederhergestellt, sah er sich zunehmend von den nationalen Bestrebungen der italienischen Bevölkerung bedroht. Schließlich konnte der Papst seinen weltlichen Machtanspruch nur noch mit Hilfe ausländischer Schutztruppen behaupten, darunter kurioserweise französische Soldaten, die Bonapartes Neffe, Kaiser Napoleon III., zur Verfügung stellte. Als Napoleon die Truppen für den Krieg gegen Deutschland abzog, marschierte im September 1870 die Armee des Königreiches Italien in Rom ein. Per Volksabstimmung wurde die päpstliche Herrschaft für erloschen erklärt. Das Gebiet des Kirchenstaats wurde dem italienischen Königreich einverleibt und Rom zu dessen Hauptstadt bestimmt. Papst Pius IX., der sich kurz zuvor, auf dem Ersten Vatikanischen Konzil, noch für unfehlbar hatte erklären lassen, sah sich jeglicher weltlicher Macht beraubt. Er und seine Nachfolger haben sich schmollend im Vatikan verschanzt, den man ihnen gnädigerweise gelassen hatte. Doch ein autonomes, wenn auch winzig kleines, Staatsgebiet wurde der Vatikan erst 1929 durch die Faschisten, die mit dem Abschluss der Lateranverträge ihre eigene Bedeutung herausstreichen wollten.«

Alexander applaudierte gemessen. »Ein hübsches Referat. So ähnlich bekommen es die Rekruten der Schweizergarde an ihrem ersten Unterrichtstag auch erzählt. Aber was hat das alles mit diesem Geheimorden zu tun?«

»Die Auflösung des Kirchenstaats war die Geburtsstunde von Totus Tuus. Nicht alle Italiener waren mit den politischen Umwälzungen einverstanden. Aus denen, die den Kirchenstaat wiederherstellen wollten, speiste sich der Orden. In der ersten Stunde waren es vornehmlich papsttreue Verwaltungsbeamte, die ihre Posten verloren hatten, Kirchenfürsten, die sich um ihren Einfluss und ihre Pfründe gebracht sahen, und viele Angehörige der päpstlichen Streitkräfte. Die wurden aufgelöst, natürlich mit Ausnahme der Schweizergarde.«

»Natürlich«, nickte Alexander und fügte säuerlich hinzu: »Und mit Ausnahme einer Kompanie päpstlicher Gendarmen.« Er sah Elena skeptisch an. »Mir scheint, die Gründung von Totus Tuus wurde vorrangig von weltlichen Motiven bestimmt.«

»Die Philosophie des Ordens ist einfach: Um ihren geistigen Machtanspruch geltend zu machen, braucht die Kirche weltliche Macht.«

»Dann war der Orden nicht sonderlich erfolgreich. Der Kirchenstaat ist bis heute nicht wieder erstanden.«

»Mir der Zeit haben die führenden Ordensmitglieder, wie auch die Päpste, begriffen, wie unrealistisch dieses Ziel war. Also haben sie angefangen, ihre weltliche Macht auf andere Weise zu strukturieren. Bischöfe waren nicht länger die Herren über Städte und Länder. Aber wer kann das schon von sich behaupten in einer Zeit, in der Staatsgrenzen immer unwichtiger werden und globale Wirtschaftskonzerne die Geschicke der Welt bestimmen?«

»Die Bosse dieser Wirtschaftskonzerne«, sagte Alexander.

»So ist es. Und genau hier hat Totus Tuus angesetzt, in weiser Voraussicht, wie sich heute zeigt. Die Mitglieder des Ordens sind in Industrieorganisationen und Führungsetagen großer Konzerne eingedrungen. Sie sind in der Politik und in Kulturverbänden vom Symphonieorchester bis zum Fußballverein vertreten. Und natürlich befinden sich auch hochrangige Militärs und Kleriker unter ihnen. Sie hatten fast anderthalb Jahrhunderte Zeit, ein starkes weltweites Netzwerk aufzubauen.«

»Alles mit dem Ziel, die Macht der Kirche zu stärken?«, fragte Alexander ungläubig.

»Mit diesem Ziel wurde der Orden gegründet; heute wird das vielschichtiger sein. Trotz aller vorgeblichen Selbstaufgabe sind die Mitglieder von Totus Tuus auch nur Menschen. Manch einer wird die Mitgliedschaft angestrebt haben, um seine persönlichen Pläne effektiver voranzutreiben. Es ist wohl wie in jeder großen Vereinigung. Die Organisation benutzt ihre Mitglieder, und die Mitglieder hoffen, ihren Nutzen aus dem Zusammenschluss zu ziehen. Welches oberste Ziel Totus Tuus heute verfolgt, habe selbst ich trotz aller Bemühungen noch nicht herausgefunden.«

»*Selbst* du nicht? Was heißt das?«

Elena leerte ihr noch halb volles Glas in einem Zug, so hastig, dass ein roter Chiantitropfen über ihr Kinn lief. Es sah aus wie Blut. Oder wie eine Träne. Sie stand auf und streifte ihr blaues Shirt über den Kopf. Darunter trug sie ein eng anliegendes weißes Bustier, das etwa drei Finger breit über dem Bauchnabel endete.

Alexander bekam einen trockenen Mund, der geradezu ausdörrte, als Elena begann, die Spaghettiträger von ihren Schultern zu streifen. Natürlich begehrte er sie. Voller Erregung sah er zu, wie sie das Bustier über ihre Brüste nach unten schob, bis zum Bauchnabel, so dass es wie ein handbreiter Gürtel um ihre Jeans lag.

Er unterdrückte den Impuls, die Hände nach dem verlockenden, straffen Fleisch auszustrecken. Elenas Gesichtsausdruck hielt ihn ab. Ihre ernsten Züge strahlten nichts

Einladendes aus, zeigten weder Lust noch Scham. Beinahe wirkte sie abwesend.

Langsam drehte sie sich um und wandte ihm den Rücken zu. Einen Rücken, der mit langen dünnen Narben übersät war. Ein Netzwerk durchlittener Schmerzen.

Jetzt war Alexanders Kehle trocken wie die Sahara, aber nicht vor Lust. Seine Erregung hatte sich in Bestürzung verwandelt. Mit einem Krächzen fragte er: »Woher … stammt das?«

»Aus einer Zeit, als es Elena Vida noch nicht gab. Damals hieß ich Paolina Orfei, doch meistens wurde ich Schwester Paolina genannt.«

»Totus tuus, Domine. Hic iacet pulvis, cinis et nihil. Mea culpa, mea culpa, mea maxima culpa.«

Die am Ende verknoteten Lederriemen beißen scharf in Paolinas Fleisch, doch sie nimmt den Schmerz nur unterschwellig wahr. Ihre weit aufgerissenen Augen sind fest auf das zwei Meter hohe Kruzifix vor ihr gerichtet, als suche sie Trost im Anblick des Gekreuzigten. Nackt kniet sie auf dem kalten, rauen Stein und schwingt die Geißel, regelmäßig wie ein Roboter. Wenn der Schmerz doch einmal deutlicher wird, verstärkt sie ihre Konzentration. Sie muss es aushalten! Nicht dem Erlöser zu Gefallen, der doch nur Schmerzen bringt, sondern für sich selbst. Nur der größte Schmerz kann sie von ihrer Qual erlösen.

Eine kalte Stimme dringt durch die Monotonie ihres Bußspruches und des klatschenden Leders: »Es ist gut, Paolina. Der Herr sieht mit Wohlgefallen, welch große Pein du für ihn erträgst.«

Paolina lässt die zum nächsten Schlag erhobene Geißel

sinken und dreht sich um. Schräg hinter ihr steht Mutter Assunta, die Oberin des Mädchenhorts zu Gottes großer Gnade. In ihrem engen schwarzen Kleid sieht sie aus wie ein dunkler Engel, ein Wesen der Finsternis. Die Züge ihres alterslosen Gesichts sind scharf. Niemals in all den Jahren hat Paolina die Oberin auch nur einmal gütig lächeln sehen, nie hat in Mutter Assuntas Stimme auch nur ein Hauch von Wärme und Mitgefühl mitgeschwungen. Die Oberin scheint kalt und tot wie der schmucklose Stein, aus dem das Waisenhaus in den östlichen Ausläufern der Abruzzen erbaut ist.

»Reinige deine Geißel, den Boden und dich selbst«, befiehlt die Oberin mit jener Stimme, die im selben Tonfall die größte Strafe oder eine kleine Vergünstigung aussprechen kann. »Und dann komm in mein Büro.«

Sie dreht sich um und schwebt aus der kleinen, schmucklosen Bußkapelle wie ein böser Traum, der sich beim Erwachen verflüchtigt.

Eine Viertelstunde später steht Paolina in dem mit religiösen Gemälden und einem silberglänzenden Kruzifix geschmückten Büro der Mutter Oberin. Sie trägt das knöchellange dunkelblaue Kleid, das alle Mädchen hier anhaben. Darunter schauen weiße Kniestrümpfe und flache schwarze Schuhe hervor. Ihr langes dunkles Haar hat sie vorschriftsmäßig zu einem Zopf geflochten. Vollkommen still steht sie da. Die Hände liegen, wie bei einem Soldaten, an den Außenseiten der Schenkel. Der Blick ist züchtig gesenkt. Nur hin und wieder schaut sie für einen Sekundenbruchteil zu Mutter Assunta auf, die hinter ihrem Schreibtisch sitzt und in einer Akte blättert. In Paolinas Akte.

»Du hast dich gebessert, Paolina.« Erst als die Oberin das Wort an sie richtet, wagt Paolina es, ihr in die Augen zu sehen. »Eine Zeit lang dachte ich, du wolltest dich dem Leben in Gott widersetzen. Aber in den letzten Jahren hast du eine staunenswerte Disziplin und Frömmigkeit gezeigt. Du bist jetzt in einem Alter, in dem du die große Gnade, in diesem Haus leben zu dürfen, durch ein wenig Arbeit entgelten kannst. Weil du dich beim Lernen, Beten und Büßen so sehr anstrengst, wird dir eine Vergünstigung gewährt: Du darfst dir die Arbeit aussuchen.«

»Danke, ehrwürdige Mutter.« Paolina spricht leise und schüchtern, wie Mutter Assunta es von ihren Schäfchen, wie sie die Mädchen zuweilen nennt, erwartet.

»Nun? Wo möchtest du arbeiten?«

»Hier, ehrwürdige Mutter.«

Für einen Moment kommt Bewegung in das starre Gesicht. Mutter Assunta zieht die Augenbrauen hoch.

»Hier?«

»Ja, ehrwürdige Mutter. Ich möchte Ihnen bei der Führung der Bücher und der Büroarbeit helfen. Früher hat das Schwester Elisabetta getan, aber sie ist schon zwei Monate fort.«

Mädchen, die nicht von Pflegeeltern aus dem Waisenhaus geholt werden, verlassen es, sobald sie das zwanzigste Lebensjahr vollendet haben. Von einem Tag auf den anderen sind sie fort, und niemand hört mehr etwas von ihnen. Manche verschwinden schon früher sang und klanglos. So ist es auch mit Schwester Elisabetta gewesen.

Mutter Assunta sieht Paolina streng an, prüfend, fast tadelnd. »Du weißt, dass es ein großer Vertrauensbeweis wäre, dich bei der Verwaltungsarbeit helfen zu lassen.«

»Ja, ehrwürdige Mutter«, antwortet Paolina kleinlaut und blickt wieder zu Boden. »Verzeihen Sie meinen Übermut. Ich weiß, dass ich eine so große Gnade nicht verdiene. Zur Buße werde ich heute Nacht nackt auf dem Fußboden schlafen.«

»Tu das. Und morgen melde dich nach dem Frühstück bei mir, damit ich dich in die Büroarbeit einweisen kann.«

Nur mühsam unterdrückt Paolina die in ihr aufsteigende Freude. Am liebsten würde sie sie laut hinausschreien. Aber sie hat gelernt zu schweigen. Nicht das kleinste Lächeln schleicht sich in ihre Züge, als sie sich bei der Oberin bedankt. In dieser Hinsicht ist Mutter Assunta ein gutes Vorbild gewesen.

Nachts liegt Paolina nackt auf dem Boden, aber sie schläft nicht. Zu groß ist ihre Freude. Sie lauscht auf die regelmäßigen Atemzüge ihrer schlafenden Treuschwester Bianca und auf das aufgeregte Klopfen ihres eigenen Herzens, wartet drauf, dass endlich der Morgen seine blassroten Finger durch das schmale, vergitterte Fenster schiebt. Der erste Schritt in ein neues Leben, in die Freiheit, ist getan!

In den folgenden sechs Monaten lernt Paolina viel. Sie stellt sich geschickt an, aber Fehler sind bei einer so gestrengen Lehrmeisterin wie Mutter Assunta unvermeidlich. Manchen Abend verbringt Paolina unter Selbstgeißelungen in der Bußkapelle und manche Nacht liegt sie nackt und frierend auf dem Boden. Sie beklagt sich nicht, beschwert sich nicht einmal insgeheim bei Gott, denn sie weiß, wofür sie das alles auf sich nimmt.

Mit der Zeit lässt die strenge Beaufsichtigung durch Mutter Assunta nach. Paolina handelt immer selbständiger, nimmt der Oberin manche zeitraubende Routinearbeit ab.

Und Mutter Assunta überlässt ihr tagsüber den Schlüssel für den stets verschlossenen Aktenschrank.
Eines Tages, als Paolina die Oberin draußen in den Gärten weiß, die eine blühende Oase zwischen dem Steinblock des Waisenhauses und dem hohen Gitterzaun bilden, sieht sie die Akten der Waisenmädchen durch. Ganz vorsichtig, damit Mutter Assunta nichts merkt.
Sie findet, was sie sucht: die gelbe Karte mit ihrem Namen, Paolina Orfei. Ihr Geburtsdatum und der Geburtsort Castelfidardo nahe Ancona stehen da und die Namen ihrer Eltern, Claudio und Gabriella Orfei. Beide sind bei einem Autounfall ums Leben gekommen, als Paolina noch kein Jahr alt war. Merkwürdig erscheint ihr ein Zusatz auf der Rückseite der Karte: *Dolores Machado, Jundiai durch W. A. Rodrigues.*
Neugierig sieht sie sich andere Karten an. Auffällig ist, dass alle Mädchen schon als Babys in den Hort zu Gottes großer Gnade gekommen sind. Fast bei allen sind beide Elternteile einem Unfall oder einer Krankheit zum Opfer gefallen. Und auf der Rückseite der Karten finden sich andere Namen und Orte mit ausländischem Klang. Immer wieder liest sie *Jundiai, durch W. A. Rodrigues*. Auf einigen Karten ist der Name auch ausgeschrieben: *William Antonio Rodrigues*.
Kaum hörbare Schritte auf dem Flur schrecken Paolina auf. So leise und energisch zugleich, man könnte es hoheitsvoll, nennen, schreitet nur Mutter Assunta durchs Haus. Im letzten Augenblick kann Paolina die Karteikarten in Ordnung bringen und den Schrank verschließen.
Als die Oberin das Büro betritt, sitzt Paolina wieder an ih-

rem Schreibtisch und geht die Lebensmittelabrechnungen des vergangenen Monats durch. Sie bemüht sich, ruhig zu atmen, und hofft, dass ihr die große Erregung nicht anzumerken ist. Tatsächlich sagt die schlanke Frau in Schwarz nichts.

Was Paolina auf den Karteikarten gelesen hat, lässt sie nicht zur Ruhe kommen. Sie grübelt und grübelt darüber nach, bis der Verdacht zur Gewissheit wird. Für die Einträge auf den Rückseiten gibt es nur eine Erklärung, und die droht Paolina den Boden unter den Füßen wegzuziehen. Sie kann ihren ungeheuren Verdacht nicht länger für sich behalten, muss sich jemandem anvertrauen, braucht eine Verbündete bei dem Plan, der immer festere Gestalt annimmt. Und wer sollte ihr Vertrauen mehr verdienen als ihre Treuschwester Bianca, mit der sie die seltenen Augenblicke unbeschwerter Fröhlichkeit teilt?

Bianca ist zwei Jahre älter als Paolina, wird bald neunzehn. Sie wohnen in einem gemeinsamen Zimmer, seit Schwester Elisabetta, Biancas frühere Treuschwester, das Waisenhaus verlassen hat. Fürsorglich kümmert Bianca sich um Paolinas wunden Rücken, wenn diese aus der Bußkapelle kommt. Und manchmal, wenn Paolina morgens auf dem Fußboden aufwacht, liegt eine Wolldecke über ihrem nackten Leib. Sie dankt das Bianca umso mehr, als sie weiß, dass die Schwester dafür am nächsten Abend in die Bußkapelle gehen wird.

In einer kalten Dezembernacht, als der Wind heulend durch die Bergwelt der Abruzzen tobt, berichtet Paolina ihrer Treuschwester von dem ungeheuerlichen Verdacht. Flüsternd, als würde die auf- und abschwellende Stimme des Windes nicht jedes Wort verschlucken.

»Wir sind nicht die, für die wir uns halten, Bianca. Ich glaube, wir stammen noch nicht mal aus Italien. Ist dir nicht aufgefallen, wie viele von uns eine bräunliche Haut haben?«

»Und?« Schwester Bianca streicht ihr kastanienbraunes Haar zurück. »Wir arbeiten oft im Garten, sind viel an der Sonne.«

»Du hast schon eine ziemlich helle Haarfarbe«, fährt Paolina unbeirrt fort. »Achte mal darauf, auf eine Blonde hier im Hort kommen zwanzig Dunkelhaarige.«

»Vielleicht ist das normal», meint Bianca, die, einen Ellbogen auf ihr Kopfkissen und den Kopf in die Handfläche gestützt, ihre Zimmergenossin skeptisch anblickt.

»Normal?« Paolina muss an sich halten, um nicht schrill aufzulachen. Sie dreht sich auf die Seite und beugt sich ein wenig vor, um Bianca im Dämmerlicht besser erkennen zu können. »Für hier drinnen ist das vielleicht normal. Aber selbst hier gibt es Bücher und Zeitschriften, und sonntags dürfen wir einen Film sehen. Da gibt es mehr Blonde als bei uns.«

»Und?«, fragte Bianca wieder, in dieser Nacht offenbar viel begriffsstutziger als sonst.

»Die Orte, die hinten auf den Karten notiert sind, liegen sämtlich in Südamerika.« Paolina sagt es beschwörend und sieht Bianca eindringlich an. Sie will die Schwester unbedingt überzeugen; das würde ihre eigene Gewissheit stärken und ihr die Kraft verleihen, ihren Plan zu verwirklichen. »Ich habe im Atlas und im Lexikon nachgesehen. Jundiai ist eine brasilianische Industriestadt in der Nähe von Sao Paulo.«

Ein ungläubiges Lächeln zieht über Biancas Engelsge-

sicht. »Du spinnst! Du willst doch nicht behaupten, du kommst aus diesem …«
»Jundiai. Aber doch, nur das ergibt Sinn!« Paolina fällt fast aus dem Bett, so weit lehnt sie sich zu ihrer Treuschwester vor. »Wir alle kommen aus Südamerika, und wir haben falsche Namen. Ich heiße – Dolores Machado.«
Als sie den Namen ausspricht, gibt sie ihrer Stimme einen fremdländischen, exotischen Klang, aber es will ihr nicht ganz gelingen. So wie sie sich auch nicht recht an das Ergebnis ihrer eigenen Überlegungen gewöhnen kann.
»Und jetzt?« Bianca sieht Paolina entgeistert an, als sei diese vom Wahnsinn befallen. »Was willst du tun?«
»Was wohl? Ich haue ab von hier!«
Am nächsten Tag fragt Mutter Assunta zum wiederholten Mal: »Das hat sie gesagt?«
Schwester Bianca nickt eifrig: »Ja, ehrwürdige Mutter, genau das waren Schwester Paolinas Worte: *Ich haue ab von hier!*«
»Gut gemacht.« In einer nie gesehenen Geste streichelt die Mutter Oberin Biancas Wange, und das Mädchen erschauert. »Du wirst ab heute Paolinas Arbeit übernehmen.«
Paolina steht bitter enttäuscht daneben. Sie fühlt sich gedemütigt. Ihr Plan ist verraten, nur weil sie Schwester Bianca vertraut hat. Und Paolina fragt sich, ob Schwester Elisabetta etwas Ähnliches widerfahren ist.
Bald treiben scharfe Lederzungen ihr jede Trauer, aber auch jede Reue aus. Diesmal geißelt sie sich nicht selbst. Während sie nackt vor dem hölzernen Kruzifix kniet, stehen hinter ihr zwei Erzieherinnen und schlagen im schnellen Wechsel auf ihren Rücken ein. Mutter Assunta steht starr daneben. Nur die Augen der Oberin sind leben-

dig, bei jedem Peitschenhieb flackert ein Feuer in ihnen auf. Kein Zweifel, sie genießt das Schauspiel.

Paolinas Rücken brennt wie mit siedendem Öl übergossen. Aber sie beißt die Zähne zusammen, um Wimmern und Schreien zu unterdrücken. Sie will Mutter Assunta keine zusätzliche Befriedigung bereiten. Schlag um Schlag zerfetzt ihr Fleisch, und Paolina murmelt mechanisch: *»Totus tuus, Domine. Hic iacet pulvis, cinis et nihil. Mea culpa, mea culpa, mea maxima culpa.«*

Als Elena mit ihrer Erzählung endete, war Alexander schwindlig. Er wusste nicht, was ihn mehr verstörte: ihr Schicksal oder die Tatsache, dass sie davon sprach, als gehe sie das alles nichts an. Ebenso emotionslos musste die Stimme der Oberin geklungen haben.

Während ihres Berichts war Elena langsam im Zimmer auf und ab gegangen, das einzige Zeichen innerer Erregung. Schon sehr bald hatte Alexander nicht mehr auf ihre entblößten Brüste gestarrt. Sie war von der begehrenswerten Frau zu einem bemitleidenswerten Geschöpf geworden, dem Waisenkind Paolina. Jede einzelne der zahllosen Narben auf ihrem zerschundenen Rücken erschien ihm wie ein stummer Schrei nach Hilfe. Oder nach Rache.

Jetzt, als Elena schweigend vor ihm stand, erhob er sich und trat dicht vor sie. Mit langsamen Bewegung zog er das Bustier nach oben, so vorsichtig, als könnte er sie mit jeder Berührung verletzen. Und vielleicht war es so. Der Rücken sah aus, als würde er niemals aufhören zu schmerzen. Für einen Augenblick war er versucht, sie an sich zu ziehen, um ihr Liebe und Wärme zu geben. Doch sie kam ihm so zerbrechlich vor, dass er es sein ließ und sich wieder auf die kleine Couch setzte. Er wollte etwas trinken, aber sein Glas war leer.

»Was ist geschehen?«, fragte er. »Wieso bist du heute Elena Vida?«

»Ich bin schließlich doch getürmt. Zwei Tage lang haben sie mich ausgepeitscht, morgens, mittags und abends. Ich habe wirklich geglaubt, ich würde es nicht überleben. Sie haben mich in der Bußkapelle eingesperrt, wo ich auf dem blutbesudelten Stein lag und auf sie wartete. In der Nacht nach dem zweiten Tag meiner Bestrafung weckte mich ein Klacken im Türschloss. Erst dachte ich, der dritte Tag der Prügelstrafe sei angebrochen, aber es kam niemand herein. Irgendwann habe ich mir ein Herz gefasst und die Tür aufgestoßen. Sie war tatsächlich offen. Irgendwer im Heim musste ein schlechtes Gewissen gehabt haben. Vermutlich eine Erzieherin. Von den Mädchen wäre kaum eins an den Kapellenschlüssel gelangt. Wer es war, habe ich nie erfahren. Damals war es mir gleichgültig. Hauptsache, jemand wollte mir die Qualen ersparen oder sich nicht mitschuldig machen, falls ich dabei zugrunde ginge. Ich konnte fliehen, auch das Tor im Gitterzaun war unverschlossen. Es war dunkel und kalt, und die Bergwelt war mir fremd. Ich bin einfach losgelaufen, immer weiter, nur weg von dem Hort zu Gottes großer Gnade.«

Schwer atmend hielt Elena inne und setzte sich auf den Rand der Couch. Sie wirkte erschöpft, als habe sie ihre nächtliche Flucht noch einmal durchlebt.

Vielleicht hätte Alexander sie in Ruhe lassen sollen. Aber er war von ihrer Erzählung derart in den Bann gezogen, dass er fragte: »Was geschah dann?«

»Entweder hatte ich einen Schutzengel oder einfach nur

Glück. Nach einigen Stunden überholte mich ein Auto, ein Streifenwagen. Erst wollten die Polizisten mir nicht glauben, aber als ich ihnen meinen Rücken zeigte, wurden sie blass. Die Telefondrähte glühten in dieser Nacht und früh am nächsten Morgen fuhr ein ganzer Polizeikonvoi am Waisenhaus vor.«

»Lass mich raten: Mutter Assunta und ihre so genannten Erzieherinnen waren verschwunden.«

Elena nickte. »Nicht nur das. Sie hatten auch einige der Mädchen mitgenommen, ein paar ganz junge und einige ältere, darunter Schwester Bianca.«

»Hat man sie gefunden?«

»Nie.«

Alexander stieß einen Fluch aus und füllte beide Gläser mit Wein. Er trank einen großen Schluck, Elena aber rührte ihr Glas nicht an.

»Was ist mit diesem William Antonio Rodrigues?«, erkundigte er sich. »Welche Rolle hat der gespielt?«

»Du wirst es nicht glauben.« Zum ersten Mal, seit sie mit ihrer Erzählung begonnen hatte, lächelte sie. »Er war Jugendrichter in Jundiai, allerdings ein sehr ungewöhnlicher. Er entschied seine Fälle schneller, als du ›zack‹ sagen kannst. Jedenfalls dann, wenn es darum ging, Eltern das Sorgerecht zu entziehen, weil sie angeblich nicht in der Lage waren, sich um ihre Kinder zu kümmern, oder weil sie die Kinder, ebenso angeblich, misshandelten. Ein anonymer Anruf hat Richter Rodrigues gereicht, um Eltern ihre Kinder wegzunehmen.«

»Und diese Kinder fanden sich mit neuem Namen und gefälschter Herkunft im Hort zu Gottes großer Gnade wieder.«

»Dort und anderswo«, bestätigte Elena. »Rodrigues wurde nach einer langwierigen Untersuchung seines Amtes enthoben, war aber kurz darauf schon wieder als Verkehrsrichter in São Paulo tätig. Ähnlich erging es den anderen Vermittlern, an deren Namen ich mich aus den Akten erinnerte. Totus Tuus hält seine schützenden Hände über die Seinen.«

»Erklär mir das genauer«, bat Alexander. »Welche Rolle spielte Totus Tuus bei dieser Sache?«

»Die tragende. Das Waisenhaus hat ebenso zum Orden gehört wie Richter Rodrigues. Er vertrat die Meinung, er habe ein gutes Werk getan, indem er die Kinder vor dem Schicksal bitterer Armut bewahrte und sie ins reiche Europa bringen ließ.«

»Was hatte der Orden wirklich mit ihnen vor?«

»Je mehr Menschen auf das Wort von Totus Tuus hören, desto größer wird seine Macht. Und wer ist besser zu beeinflussen als ein Kind, das nichts anderes kennt als die strengen Regeln in einem angeblich christlichen Waisenhaus?«

»Wie hast du das alles herausgefunden? Und was wurde aus dir ...«

»Elena Vida, die Vatikanistin? Ich bin auf eine Organisation gestoßen, die seit langem gegen die Praktiken von Totus Tuns kämpft. Auch der Professor gehört ihr an. Er und seine Mitstreiter haben dafür gesorgt, dass ich einen neuen Namen erhielt, meinen dritten. Denn der Orden verfolgt die, die sich gegen ihn stellen, unbarmherzig.«

»Wolltest du nicht deinen ursprünglichen Namen annehmen?«

»Natürlich dachte ich daran, zu Dolores Machado zu werden. Ich habe sogar Portugiesisch gelernt und bin nach Jundiai geflogen, um meine Mutter kennen zu lernen. Meine angeblichen Eltern Claudio und Gabriella Orfei hat es ebenso wenig gegeben wie ihren tödlichen Autounfall. Meine Mutter heißt Iracema Machado; mein Vater hat sie noch vor meiner Geburt verlassen und sie hat ihn nie wieder gesehen. Sie arbeitet als Verkäuferin in einem Schuhgeschäft am Stadtrand von Jundiai und verdient gerade genug, um ihre kleine Mietwohnung zu bezahlen und ihren Lebensunterhalt zu bestreiten. Vielleicht war sie sogar erleichtert, als Rodrigues mich damals durch die Polizei abholen ließ. Als ich ihr gegenüberstand, war sie mir vollkommen fremd.«

»Du hast mir ihr gesprochen?«

»So kann man es nicht nennen. Ich bin in das Schuhgeschäft gegangen und habe mir von ihr Sandalen zeigen lassen. Bevor ich ihr sagte, wer ich bin, wollte ich mir erst einmal ein Bild davon machen, wie sie ist und wie sie denkt. Stattdessen habe ich etwas über mich erfahren, das mich sehr erschreckt hat: Ich hege keinerlei Gefühl für die Frau, die meine Mutter ist. Als mir das klar wurde, verließ mich der Mut. Ich habe ein paar Sandalen gekauft und bin gegangen. Am nächsten Tag bin ich nach Rom zurückgekehrt.«

»Warum Rom?«

»Wegen Totus Tuus! Ich will Rache. Damals, als die Erzieherinnen auf mich einschlugen, habe ich Gott – oder vielleicht auch mir selbst ein Versprechen gegeben. Wenn ich das alles lebend überstand, wollte ich dafür sorgen, dass der Spuk, der da im Namen des Herrn betrieben wird, ein Ende findet. Ich weiß nichts Genaues über die Spitze des

Ordens, aber alle Fäden scheinen in Rom zusammenzulaufen, dem Zentrum der Christenheit.«

»Und du bist Vatikanistin geworden, um in genau dieses Zentrum einzudringen.«

»Ja«, sagte sie leise und schlang die Arme um den halb nackten Oberkörper. »Mich friert. Wärm mich, Alex, bitte!«

Sie blickte ihn flehend an.

Er zog sie an sich und streichelte sanft ihre Arme. Sie hatte tatsächlich eine Gänsehaut. Er drückte sie, und ihre Lippen vereinigten sich zu einem langen Kuss. Seine Erregung kehrte zurück, Wärme und Begierde stiegen in ihm auf. Schon bei ihrer ersten Begegnung hatte er Elena begehrenswert gefunden. Und inzwischen war so viel hinzugekommen, nicht nur die schöne Hülle bezauberte ihn. Er fühlte sich angezogen von Elenas ganzem Wesen, von der energischen Vatikanistin ebenso wie von dem schutzbedürftigen Mädchen, das einmal Paolina Orfei gewesen war. Vielleicht war es gerade dieser innere Widerstreit, der ihn so faszinierte. Sie war eine Frau, die einem Mann eine starke Partnerin sein konnte, die aber auch den männlichen Beschützerinstinkt weckte, einem das Gefühl vermittelte, gebraucht zu werden.

So wie jetzt, da sie sich an ihn schmiegte, als wollte sie in ihm versinken. Ihr Gesicht ruhte an seiner Schulter. Ihr heißer Atem streifte seine Wange, ihr Haar duftete nach frischen Kräutern. Zärtlich strichen seine Hände über ihre nackten Arme, immer und immer wieder, bis die Gänsehaut verschwunden war. Lange hatte er sich danach gesehnt, für einen Menschen da zu sein, gebraucht und geliebt zu werden. Ein nie gekanntes Glücksgefühl durchströmte ihn bei dem Gedanken, diesen Menschen endlich gefunden zu haben. Es war, als sei er nach langer Irrfahrt zu Hause angekommen.

Sie schien ähnlich zu empfinden, denn sie hob den Kopf und öffnete ihre Lippen zu einem zweiten Kuss. Der Geschmack ihrer Zunge, ihres Mundes war süß und seltsamerweise ein wenig bitter zugleich, als habe der Zwiespalt ihrer Seele hier einen Ausdruck gefunden. Fast glaubte er, in ihrem Mund Tränen zu schmecken, Tränen des Glücks und Tränen der Verbitterung. Ihre Hände verkrallten sich in seinen Rücken, sie presste ihn an sich, als wollte sie ihn nie mehr loslassen. Nur kurz fuhren auch seine Hände über ihren Rücken. Die Erinnerung an die Narben unter dem dünnen Stoff des Bustiers ließ seine Bewegung, ließ ihn erstarren.

Elena zog den Kopf zurück und sah ihn an, überrascht und auch ein wenig ängstlich. »Was hast du, Alex?«, fragte sie leise. »Gefalle ich dir nicht?«

Er umklammerte ihre Oberarme und sah ihr tief in die Augen. »Niemand gefällt mir so wie du, Elena. Gerade deshalb möchte ich dir nicht wehtun. Dein Rücken …«

»Der hat schon mehr ausgehalten. Du bist für meinen Schmerz nicht verantwortlich. Und es ist nicht mein Rücken, der schmerzt – hier drin tut es weh.« Sie legte die linke Hand auf ihre Brust. »Da hat es sich festgebrannt. Lass es nicht auch noch zwischen uns kommen!«

»Niemals!«, versprach er und hob sie hoch.

Wie ein Vater, der sich um seine müde Tochter sorgt, trug er sie zu dem niedrigen Bett, das unter einer Dachschräge stand. Er legte sie sanft auf die Matratze, wobei ein paar der zahlreichen Stofftiere auf den Boden purzelten. Er kniete sich neben Elena und knöpfte ihre Jeans auf. Seine Finger zitterten leicht, als er die Hose nach unten zog und immer mehr von ihrer zarten Haut entblößte. Plötzlicher Zorn wallte in ihm auf, als er an ihren vernarbten Rücken dachte, an die Schändungen dieser Schönheit. Schließlich zog er ihr die Schuhe aus und streifte die Hose über ihre Füße.

Sie trug nur noch das Bustier und einen knappen weißen Slip. Reglos lag sie auf dem Rücken und starrte ihn mit großen Augen an. Ihre Brust hob und senkte sich im schnellen Rhythmus ihres Atems. Er sah in ihrem Blick und ihrer Haltung eine eigenartige, erregende Mischung aus Angst, Erwartung und Herausforderung.

Als er sich ausgezogen hatte, streckte sie die Arme aus und zog ihn zu sich, zwischen ihre Beine, die sie für ihn öffnete. Zärtlich erst, dann immer fester strichen ihre Hände über seine Brust und seinen Bauch, um in kreisenden Bewegungen tiefer zu gelangen, bis sie seinen Unterleib erreichten. Schauer durchströmten ihn und er stöhnte leise.

Ein Glitzern trat in Elenas Augen und sie lächelte. »Ich will dich bei mir spüren, Alex, in mir, die ganze Nacht … für immer …«

Mit festem Griff zog sie seinen Unterleib zu ihrem. Zwischen ihrer beider Fleisch war nur noch der Slip, den Alexander mit einem Ruck zerriss. Dann entspannte er sich und drang in sie ein, so sanft er nur konnte. Er wollte ihr keine Schmerzen bereiten, nicht einmal, wenn sie mit Lust verbunden waren.

XVI

Dienstag, 12. Mai

Elenas Handy weckte die beiden mit einem fröhlichen Trällern, als durch die Dachfenster schon Tageslicht hereinfiel. Erschöpft waren sie in den zerwühlten Laken eingeschlafen, nachdem sie sich endlos geliebt hatten, mal zärtlich, mal heftig. Es war wie ein Rausch gewesen, den sie beide herbeigesehnt hatten. Und als Elena schließlich in seinen Armen eingeschlafen war, hatte Alexander keine Enttäuschung gespürt. Im Gegenteil, er war sogar froh gewesen, sich nicht mit der Geliebten unterhalten zu müssen. So brauchte er ihr *sein* Geheimnis nicht zu offenbaren, hatte zumindest einen Aufschub gewonnen.
Elena stieg aus dem Bett und durchwühlte ihren Kleiderhaufen nach dem unermüdlich piepsenden Handy. Alexander betrachtete ihre wohlgeformten Rundungen. Sein Lächeln gefror, als sein Blick höher glitt, zu dem narbigen Rücken. Endlich fand sie den kleinen schwarzen Nervtöter und meldete sich mit einem knappen »Pronto«. Während sie dem Anrufer lauschte, hellten sich ihre Züge auf, und sie bedankte sich überschwänglich.
Dann drehte sie sich zu Alexander um und sagte mit einem breiten Lächeln: »Das war Spartaco.«
»Wie schön für dich«, erwiderte er missmutig.
»Auch für dich, hoffe ich. Er hat nämlich die Katzennärrin ausfindig gemacht!«
Eine schnelle Dusche und einen Cappuccino später fuhren

sie in Elenas kleinem Fiat den Gianicolo hinab und Alexander fragte: »Was genau ist eigentlich eine Treuschwester?«

»Das Gleiche wie ein Treubruder, nur mit weiblichen Geschlechtsmerkmalen.«

»Das hätte ich jetzt nicht gedacht«, gähnte er.

»Das System der Treuschwestern und Treubrüder ist so ziemlich das Perfideste, was die Köpfe von Totus Tuus sich zur Überwachung der Mitglieder ausgedacht haben«, erklärte Elena, während sie mit einem eleganten Schlenker einem wüst hupenden Mülltransporter auswich. »Besonders zum Tragen kommt es bei den Mädchen und Jungen, die der Orden in Heime steckt, um sie zu wahrhaft ordentlichen Gefolgsleuten heranzuzüchten. Es ist nur natürlich, dass ein junger Mensch, der ohne Eltern und unter strengen Regeln heranwächst, in seiner Umgebung eine Bezugsperson sucht, im Allgemeinen einen Zimmergenossen oder eine Zimmergenossin. Diese einzige Möglichkeit, sich einen Rest von Privatleben zu bewahren, kalkulieren die Heimleiter ein. Von den beiden Bewohnern eines Zimmers ist einer dem Orden bereits treu ergeben, was der andere aber nicht weiß. Wenn er sich dem Zimmergefährten mit seinen intimsten Gedanken anvertraut, weiß es am anderen Morgen die Heimleitung.«

»Wie bei Schwester Bianca«, nickte Alexander. »Woher aber stammt der Ausdruck?«

»Totus Tuus treibt die Perfidie auf die Spitze, indem die Zimmergenossen ausdrücklich angehalten werden, einander als Treubrüder und -schwestern anzusehen. Sie sollen treu zueinander stehen oder sich gegenseitig betreuen, ganz wie du willst. Jeder soll mit seinen Sorgen und Nöten zum anderen kommen und stets ein offenes Ohr bei ihm finden. Das funktioniert natürlich auf doppelte Weise. Zum einen zieht sich der Orden dadurch perfekte Spione heran, zum anderen werden die noch nicht Überzeugten durch ihre Treugeschwister mit Totus-Tuus-Weisheiten geimpft. Was die angeblich so treu sorgenden Zimmergenossen als ihre innersten Gedanken ausgeben, ist in Wahrheit die in genießbare Portionen aufgeteilte Propaganda des Ordens. Und sobald ein neuer Anhänger gewonnen ist, gibt er selbst einen idealen Spion und Verführer für Totus Tuus ab.«

»Ob Raffaela Sini auch eine Treuschwester hatte, der sie sich am Tag ihrer Ermordung leichtsinnigerweise anvertraute?«

»Gut möglich, wenn nicht sogar wahrscheinlich. Ich habe noch keine konkreten Beweise, hege aber die Vermutung, dass Totus Tuus hinter den Weißen Tauben steht. In Trastevere gibt es eine von Totus Tuus geleitete ›Organisation zur christlichen Unterweisung junger Frauen‹. Die Polizei hat herausgefunden, dass Raffaela dort an einer Bibelstunde teilgenommen hat, bevor sie ermordet wurde.«

»Womit wir eine Verbindung zwischen dem Orden und Marcel Danegger hätten und damit auch zu dem Mord an meinem Onkel und meiner Tante.« Er stieß einen schrillen Pfiff aus. »Ein heißes Ding, aber leider wieder nur Vermutungen.«

»Wir arbeiten daran, es genauer herauszufinden«, erwiderte Elena, ohne ihn anzusehen.

Der starke Morgenverkehr beanspruchte ihre Aufmerksamkeit. Durch Geschicklichkeit und Wagemut konnte sie den 500er auf den Ponte Garibaldi zwängen, um über den Tiber zu kommen. Sie fuhren nach Norden, vorbei am gewaltigen Steinkoloss des Justizministeriums, die breite Via Arenuela entlang, bis vor ihnen einer der ungewöhnlichsten Plätze in ganz Rom auftauchte. Es war ein Ort, an dem der Zusammenprall von Geschichte und Moderne in der Tiberstadt überdeutlich zu spüren war.

Der große Platz des Largo di Torre Argentina war eine der meistbefahrenen Kreuzungen Roms. Zum Autoverkehr gesellten sich Straßenbahnen und mehr als ein Dutzend Buslinien. Mitten in dem Gewühl aus Blechschlangen, auf allen Seiten von Straßen umgeben, lag eine idyllische Insel aus antiken Mauerresten und sich aus ihnen erhebenden Säulen, deren großteils abgebrochene Spitzen von den Kronen schlanker, im Vergleich zu den Säulen schmächtig erscheinender Pinien beschattet wurden. Der Ort wirkte, als habe eine altrömische Gottheit ihn mit einem Zauber belegt, um ihn vor allen Anfechtungen der Zeit zu bewahren.

Alexander wusste, dass es nicht so war. Nicht ohne Grund lag der alte Tempelbezirk einige Meter unterhalb des Straßenniveaus. Er hatte Jahrhunderte unter der Erde geschlummert und war erst in den zwanziger Jahren des zwanzigsten Jahrhunderts freigelegt worden. Eine archäologische Sensation. Die vier Tempel aus republikanischer Zeit, deren spärliche Überreste beklagenswert kümmerlich und beeindruckend zugleich waren, zählten zu den ältesten erhaltenen römischen Sakralbauten.

Elena parkte auf dem Fußweg am Rand des Tempelbezirks und legte ein großes Schild hinter die Windschutzscheibe: MEDIZINISCHER NOTFALL – DRINGENDE MEDIKAMENTE.

»Wir sind da«, rief sie und stieß die Fahrertür auf. »Komm schon!«

Zielstrebig steuerte sie die Treppe an, die zum Tempelbezirk hinunterführte. Als Alexander ihr folgte, sah er, dass die Ruinen durch einen Zaun abgesperrt waren. Die zahlreichen Katzen, die im hohen Gras zwischen Mauerresten und Pinienstämmen faulenzten, störte das nicht. In den unterschiedlichsten Farben schimmerte das Katzenfell: braune, schwarze, weiße, graue und rötliche Sprenkel im Gras. Je länger er hinschaute, desto mehr dieser Flecken entdeckte er. Es mussten Dutzende von Katzen sein.

Und noch etwas sah er: Am Fuß der Treppe führten mehrere Türen, einige verschlossen, einige offen, in den Untergrund. Davor standen Blech- und Plastiknäpfe mit Wasser und Futter für die Katzen. Große Tafeln informierten Besucher darüber, dass sie für Roms Katzen spenden und auch Patenschaften übernehmen konnten. Bargeld sei ebenso willkommen wie Schecks oder Banküberweisungen. Für den letzten Fall war ein Konto bei der Banca Nazionale del Lavoro angegeben.

Elena war zuerst unten und rief mehrmals laut »Hallo!« in die geöffneten Türen. Als Alexander sie einholte, schälte sich aus dem Zwielicht hinter einer der Türen eine Gestalt, die dem Märchen von Hänsel und Gretel zu entstammen schien. Die steinalte Frau mit dem krummen Rücken, die sich auf einen schwarzen Krückstock stützte, war der Prototyp einer Hexe. Ihr verhärmtes, runzliges Gesicht war von Altersflecken und Warzen übersät. Auf ihrer Schulter saß eine ziemlich große Katze mit grau-schwarz gestreiftem Fell, die Alexander und Elena misstrauisch musterte.

Elena bedachte die alte Frau mit einem Lächeln. »Wir suchen Signora Adriana del Grosso.«

»Sie haben sie gefunden. Wie viel möchten Sie spenden?«

»Wir sind nicht zum Spenden hier«, erwiderte Elena, und das Gesicht der Alten verfinsterte sich. »Wir sind Journalisten und möchten gern über Ihre Arbeit berichten.«

»Journalisten?« Signora del Grosso kniff die Augen zusammen und blickte genauso misstrauisch drein wie die Katze auf ihrer Schulter. »Fernsehen, Radio oder Zeitung?«

»Zeitung«, antwortete Elena und zückte ihren Presseausweis.

»Il Messagero.«

»Ah, immerhin. Drucken Sie die Nummer meines Spendenkontos ab?«

Elena nickte gewissenhaft. »Selbstverständlich, Signora.«

Die unzähligen Falten in dem greisen Gesicht verzogen sich zu etwas, das wohl eine Art Lächeln darstellen sollte, und die Alte winkte mit dem Krückstock. »Also gut, kommen Sie rein.«

Der nur von einer schmutzigen Glühbirne beleuchtete Raum, in den sie ihren Besuch führte, war ein ebenso ungewöhnlicher Ort wie die Tempelanlage draußen. Zu gleichen Teilen Wohnung, Tierheim und Museum. Der Stein der unverputzten Wände schien noch aus alten Römertagen zu stammen, und die Säulen, die aus ihm hervortraten, verstärkten diesen Eindruck. Fenster gab es nicht. Sie befanden sich in einer Höhle; ob natürlich oder von Menschenhand geschaffen, war nicht auszumachen. Auf den zerschlissenen Möbeln, die aussahen wie vom Sperrmüll geholt, tummelten sich zahlreiche Katzen. Zwei oder drei liefen der alten Frau entgegen und strichen schnurrend um ihre Beine.

»Setzen Sie sich.« Die Signora zeigte mit dem Stock auf einen wackligen Tisch, über den graziös eine schlanke Katze mit blauschwarzem Fell und stechenden gelben Augen stolzierte. Die Alte nahm auf einem Holzstuhl Platz und zog die Blauschwarze auf ihren Schoß. Nach einem kurzen Blick auf die Katzengenossin gab die Gestreifte auf Signora del Grossos Schulter sich wieder gleichgültig. »Wie sind Sie auf mich gekommen?«

Alexander hielt sich bewusst zurück. Elena hatte ihn hergeführt, also sollte sie antworten. Es war ihr Spiel.

»Wer sich die alten Tempel ansieht, muss einfach auf die vielen Katzen aufmerksam werden«, sagte die Journalistin.

»Leider nicht«, entgegnete die alte Frau. »Die meisten wollen nur den Bus oder die Bahn erwischen. Früher, als die große Anna sich noch um die Katzen kümmerte, war das anders.«

Wie von selbst ruckte ihre knotige Rechte hoch, und der Stock wies auf ein Wandbrett, an das mehrere vergilbte Fotos geheftet waren. Es zeigte Frauen unterschiedlichen Alters und in den verschiedensten Kostümierungen. Bei genauerem Hinsehen erkannte Alexander, dass es immer ein und dieselbe Frau war, offenbar eine Schauspielerin in diversen Rollen. Dunkle Haare umwallten ein herbes Gesicht, das von einer zu langen Nase beherrscht wurde. Der Mund wirkte dagegen unangemessen klein. Obwohl das Gesicht so gar nicht dem von Kino und Werbefernsehen geprägten Schönheitsideal entsprach, strahlte die Frau eine ungeheure Lebenslust und Sinnlichkeit aus.

»Das ist Anna Magnani!«, entfuhr es Elena.

»Das *war* sie. Vor vielen Jahren. Sie hat sich um die Katzen gekümmert, auch als sie alt und krank war. Ich war damals um einiges jünger und habe ihr geholfen.«

Alexander stand auf, um die Fotos aus der Nähe zu betrachten. Eine Katze, auf die er fast getreten wäre, floh mit einem schnellen Sprung. Unter den Fotos war ein alter, fast gänzlich vergilbter Zeitungsartikel befestigt. Gerade mal die Überschrift war noch zu entziffern: *Filmstar füttert Katzen.*

Auf dem dazugehörigen Foto sah man die alte Anna Magnani und eine hübsche Frau in den Dreißigern. Er musste zweimal zum Tisch und wieder auf das Foto schauen, um in der jüngeren Frau Signora del Grosso zu erkennen. Die Bildunterschrift lautete: *Für Roms Straßenkatzen im Einsatz – Schauspielerin Anna Magnani und eine hilfreiche Katzennärrin.*

»Annas berühmter Name hat viele Brieftaschen geöffnet«, fuhr Signora del Grosso fort. »Nach ihrem Tod wurde es immer schwieriger, Geld für die Katzen zu bekommen.«

Alexander setzte sich wieder und fragte: »Weshalb leben Sie … hier unten?«

»In dieser Ruine, wollten Sie sagen«, stellte die Katzennärrin fest und bleckte die wenigen gelblich schwarzen Zähne, die ihr geblieben waren. »Dafür gibt es zwei gute Gründe. Zum einen ist es sehr billig hier, ich zahle nämlich keine Miete. Vielleicht hat die Stadtverwaltung mich einfach vergessen, vielleicht sind sie aber auch ganz froh, eine unbezahlte Nachtwächterin für die Tempel zu haben. Und zum anderen muss ich hier sein, weil die Katzen hier sind.«

»Erklären Sie uns das bitte, Signora«, bat Elena.

Die Katzennärrin streichelte das Tier auf ihrem Schoß. »Es gab Zeiten, da wurden diese herrlichen Geschöpfe von den Menschen sehr verehrt. Im alten Ägypten hat man zur Katzengöttin Bastet gebetet. Auf das Töten einer Katze stand die Todesstrafe. Der Körper einer gestorbenen Katze wurde mumifiziert, und ihr Besitzer rasierte sich zum Zeichen der Trauer die Augenbrauen. In der Spätantike haben ägyptische Mönche die Katze als Haustier überall im Morgenland verbreitet. Während der Kreuzzüge stellten die abendländischen Ritter erstaunt fest, dass die gegnerischen Krieger Katzen außerordentlich schätzten; also haben die Soldaten Christi die ihnen weitgehend unbekannten Tiere in ihre Heimat mitgebracht, als Geschenk für die Damen, aber auch als Jäger von Mäusen und Ratten. Als König Ferdinand von Neapel einmal sämtliche Katzen auf der Insel Procida töten ließ, weil er ihre Konkurrenz bei der Fasanenjagd fürchtete, wurde die Insel von einer Rattenplage heimgesucht. Da hat Ferdinand schleunigst wieder Katzen auf Procida ansiedeln lassen.«

Signora del Grosso hatte auf die blauschwarze Katze geblickt. Jetzt sah sie zu ihren Besuchern auf und seufzte schwer. »Die Menschen vergessen schnell. Im Zeitalter der zubetonierten Städte glauben sie, auf die Katzen nicht mehr angewiesen zu sein. Dabei hält Beton keine Ratten ab und ein Computer ersetzt kein lebendes Wesen. Die aus den Häusern verbannten Katzen haben sich hier, unter der Stadt der Menschen, ein eigenes Reich geschaffen und warten darauf, dass sie wieder gebraucht werden.«

»Ein eigenes Reich?« Alexander sah die alte Frau an wie eine geistig Verwirrte.

»Wie würden Sie eine Welt nennen, die nur den Katzen gehört?«, fragte sie zurück. »So ist es wirklich, glauben Sie mir. Nur ein Bruchteil der antiken Überreste Roms ist freigelegt. Das meiste schlummert noch unter modernen Bauten und asphaltierten Straßen. Unterirdische Gänge und

Gewölbe, zu großen Teilen eingestürzt. Aber für die geschmeidige Katze gibt es Wege, wo der schwere, ungelenke Mensch nicht weiterkommt. Verbindungen zwischen zahlreichen Trümmerstätten wie dieser. Man findet die Katzen von Rom im Kolosseum, in den Ruinen der alten Gladiatorenschule, beim Pyramidengrab des Gaius Cestuis und an hundert anderen Plätzen. Manchmal ist eine meiner Lieben für Wochen und Monate verschwunden. Irgendwann taucht sie wieder bei mir auf, zurückgekehrt durch ein Netzwerk unterirdischer Wege, das nur die Katzen kennen.«

Die Blicke von Alexander und Elena kreuzten sich, und sie waren sich wortlos einig: Die unterirdischen Gänge mussten das sein, was Pater Borghesi mit seinen letzten Worten gemeint hatte: *Der Hort des Bösen … unter Sankt Peter … Frag die Katzennärrin!*

»Das klingt wirklich interessant«, versicherte Elena der alten Frau. »Dieser Aspekt Ihrer Arbeit ist bislang wohl zu kurz gekommen. Vermutlich wissen Sie mehr über diese unterirdischen Verbindungswege als mancher Archäologe.«

»Vermutlich«, sagte die Katzennärrin knapp.

»Können Sie uns Näheres darüber erzählen, Signora del Grosso?«

»Nein!«, presste die Signora zornig hervor und ihre alten Augen funkelten böse.

Ihr plötzlicher Sinneswandel hatte sich auf die blauschwarze und auf die gestreifte Katze übertragen. Die Blauschwarze sprang wie elektrisiert vom Schoß ihrer Herrin und flitzte quer durch den Raum unter einen niedrigen Polstersessel. Die Gestreifte war standhafter. Mit ei-

nem misstrauischen Gesichtsausdruck richtete sie sich neben dem Kopf der Alten auf und krümmte den Leib zu einem Buckel. Das Fell sträubte sich und sie zeigte mit einem bedrohlichen Fauchen ihre scharfen Fangzähne.
Elena sah ihre Gastgeberin verwundert an. »Was haben Sie denn, Signora?«
Die Katzennärrin zeigte mit ihrem Stock zum Ausgang. »Hinaus! Verlassen Sie unser Heim! Sofort!«
Sie sagte tatsächlich »*unser* Heim«, als spreche sie auch für die Katzen.
Als Elena noch einmal versuchte, eine Erklärung für den Rauswurf zu erhalten, stand Signora del Grosso auf und holte mit dem Stock aus. Alexander sprang ebenfalls auf und packte den Krückstock dicht unter dem Griff, um Elena vor dem Hieb zu bewahren.
Plötzlich hing etwas vor seinem Gesicht, und ein scharfer Schmerz fuhr durch seine linke Wange. Er taumelte zurück und griff nach dem Wesen, das ihn verletzt hatte. Es entwand sich seiner Hand und landete mit einem geschickten Sprung auf dem Tisch. Dort krümmte die Gestreifte abermals ihren Rücken und schoss eine wahre Fauchkanonade auf ihn ab.
»Ruhig, Tiger«, sagte die Katzennärrin und hob die Linke zu einer beschwichtigenden Geste.
Sofort stellte das Tier, offenbar ein Kater und keine Katze, sein Fauchen ein. Aber es beobachtete Alexander weiterhin aus wachsamen Augen.
Signora del Grosso schien sich ein wenig beruhigt zu haben. Mit einem entschuldigenden Lächeln erklärte sie: »Tiger ist mein Leibwächter.«
»Das habe ich gemerkt«, knurrte Alexander und fuhr mit

einer Hand vorsichtig über die Wunde, die Tigers Krallen gerissen hatten. Die Handfläche war mit Blut bedeckt.

»Katzen können sehr gefährlich sein«, sagte die alte Frau überflüssigerweise. »Ein Wissenschaftler hat sie mal als perfekte Tötungsmaschinen beschrieben. Oder wie Victor Hugo sagte: Gott erschuf die Katze, damit der Mensch einen Tiger zum Streicheln hat. Deshalb und natürlich auch wegen seines Fells habe ich meinen kleinen Beschützer Tiger genannt.«

»Sehr interessant«, sagte Alexander giftig und zog ein Taschentuch aus seiner Jacke. Das hielt er unter einen rostigen Wasserhahn und tupfte die Wange ab. Über dem Waschbecken hing ein halb blinder Spiegel. Die Risse in seiner Haut waren tief.

»Ich nehme an, dass Sie diesen Vorfall in Ihrer Zeitung nicht erwähnen werden«, sagte Signora del Grosso gelassen. »Denn ich glaube nicht, dass Sie überhaupt einen Artikel schreiben wollen.«

»Wie kommen Sie darauf?«, fragte Elena.

Wieder trat ein wütender Ausdruck in das runzlige Antlitz. »Meinen Sie, nur weil ich alt und wunderlich bin, bin ich auch dumm? Ich habe Ihre seltsamen Blicke durchaus bemerkt. Außerdem finde ich es reichlich merkwürdig, dass Sie sich weder Notizen machen noch ein Aufnahmegerät benutzen. Komische Journalisten sind Sie!«

»Ich arbeite wirklich für den *Messagero*«, sagte Elena mit einer Spur Empörung.

Die Alte wandte sich zu Alexander um. »Und Sie?«

»Ich diene in der Schweizergarde.«

Die Augen der Katzennärrin wurden größer. »Wirklich? In der Schweizergarde des Papstes?«

Er lächelte dünn. »Ich glaube, heutzutage gibt es nur die eine.«

»Und wenn schon.« Signora del Grosso zuckte mit den Schultern. »Sie haben mich belogen. Also machen Sie, dass Sie fortkommen!«

»Schade«, seufzte Alexander und trat zu Elena. »Offenbar haben wir uns von Pater Borghesis Hinweis zu viel versprochen.«

»Sagten Sie Borghesi?«, fragte die Signora. »Giorgio Borghesi?«

»Ganz recht.«

Sie starrte ihn prüfend an. »Sie haben Monsignore Borghesi gekannt?«

»Er ist in meinen Armen gestorben. Und er sagte mir, ich solle die Katzennärrin fragen. Das waren seine letzten Worte.«

»Fragen? Wonach?«

»Nach dem Hort des Bösen, der sich angeblich unter Sankt Peter befinden soll.«

»Warum hat der Monsignore Ihnen gegenüber davon gesprochen?«

»Er wollte mir etwas Wichtiges mitteilen oder mich warnen. Leider konnte er mir nicht mehr alles sagen. Wer auch immer für seinen Tod verantwortlich ist, er wollte Borghesi zum Schweigen bringen.«

»Ja, ich habe gelesen, dass es Mord gewesen sein soll«, sagte die Signora leise. Sie setzte sich wieder hin und starrte nachdenklich ins Leere. Schließlich sagte sie: »Hören Sie zu, ich will Ihnen eine Geschichte erzählen ...«

Krieg!
Dieses Wort hat ihre kleine Welt verändert. Die Welt heißt Vatikan und war früher sehr ruhig. Die kleine Adriana, Tochter des vatikanischen Gärtners Emilio Vivarelli und seiner Frau Maria, die in der vatikanischen Wäscherei arbeitet, hat lange zu den ganz wenigen Kindern gehört, die hinter den Mauern des Kirchenstaates leben. Sie ist sogar hier auf die Welt gekommen.
Die Vivarellis leben in einer kleinen Wohnung unter der Sixtinischen Kapelle. Man hatte ihnen eine größere Wohnung im Vatikanpalast in Aussicht gestellt, aber dann durften sie doch nicht dort einziehen. Auch daran ist der Krieg schuld. Er hat viele fremde Menschen in den Vatikan gebracht, Männer, Frauen und Kinder. Flüchtlinge, die sich erst vor den Faschisten verstecken mussten und dann vor den Deutschen. Alle müssen zusammenrücken und die Vivarellis können froh sein, dass sie ihre kleine Wohnung behalten dürfen.
Adriana ist den Faschisten und den Deutschen gar nicht so böse. Die Fremden bringen Aufregung und Abwechslung in ihre Welt. Und mit den vielen neuen Kindern lässt sich wunderbar spielen. Ganz besonders mit Nuccio. Nuccios Vater hat Flugblätter verteilt, in denen er zum Widerstand gegen die Faschisten aufgerufen hat. Deshalb musste er mit Frau und Sohn in den Vatikan fliehen.
Die Tage gehen dahin und bald ist in Adrianas Leben auch der Krieg nichts Besonderes mehr. Bis zu jenem Tag, als sie mit Nuccio zwischen Mosaikwerkstatt und Bahnhof Verstecken spielt. Das Gelände ist hügelig und mit üppigem Gebüsch bewachsen. Adrianas Vater muss es sich in diesem Jahr noch vornehmen, der Krieg hat sei-

nen Arbeitsplan durcheinander gebracht. Aber gerade deshalb haben die Kinder sich diesen Ort für ihr Spiel ausgesucht.

Adriana hat langsam bis zehn gezählt und macht sich auf die Suche. Mehrmals ruft sie Nuccio, aber der fällt nicht auf den plumpen Trick herein. Sie läuft zwischen den Büschen hindurch und schaut in jedes nur mögliche Versteck.

Das leise Knacken eines Zweigs lässt sie anhalten und ihr Kopf ruckt nach links. Aus dieser Richtung ist das Geräusch gekommen. Aber jetzt ist wieder alles still. Da, hinter einem mannshohen Ginsterstrauch, ist das nicht Nuccios auffälliger rotblonder Haarschopf? Sie muss grinsen – sie hat ihn gefunden!

Wieder will sie seinen Namen rufen, will ihm sagen, dass er entdeckt ist, aber ihr Ruf geht in ohrenbetäubendem Motorenlärm unter. In Sekundenschnelle schwillt das Dröhnen an und der Schatten eines Riesenvogels verdunkelt den Himmel. Ein Flugzeug, sehr tief und direkt über dem Vatikan!

Seit Krieg ist, hat Adriana viele Flugzeuge am Himmel über Rom gesehen, aber keins ist so dicht über den Kirchenstaat hinweggeflogen. Keins.

Sie bekommt Angst, und die Angst wächst, als etwas aus dem Bauch des Flugzeugs fällt. Es sieht aus wie ein brutmüder Vogel, der seine Eier abwirft.

Bomben!

Sie weiß, dass Bomben schlimm sind. Auch auf Rom sind schon welche gefallen. Sie zerstören Häuser, töten und verstümmeln Menschen.

Ohne lange zu überlegen, lässt sie sich fallen und stößt einen warnenden Schrei aus. Aber Nuccio wird sie kaum hören können. Das laute Brummen des Flugzeugs verschluckt jedes Geräusch.

Ein schrilles Pfeifen mischt sich in den Motorenlärm, wird lauter und lauter, obwohl Adriana, die bäuchlings im Gras liegt, die Hände über ihren Kopf hält und die Unterarme gegen die Ohren presst. Sie drückt die Augen fest zu, als könnte sie das drohende Unglück dadurch vertreiben.

Mehrere Explosionen erfolgen so rasch hintereinander, dass sie zu einem einzigen Donner verschmelzen. Ein Laut, der alles durchdringt und alles verschluckt, der jedes andere Geräusch auslöscht. Adriana spürt noch einen heftigen Schlag gegen den Hinterkopf.

Das ist das Letzte, woran sie sich erinnert, als sie wieder zu sich kommt.

Haben die Bomben ihr das Augenlicht genommen? Sie sieht nichts. Aber sie spürt etwas: heftige Kopfschmerzen und einen Druck, der auf ihrer Brust lastet.

Sie liegt auf dem Rücken und tastet ihren Oberkörper ab. Steine und Erde liegen darauf. Adriana räumt die Last beiseite und befühlt ihren Kopf. Als ihre Hände klebrig sind, weiß sie sofort, dass es Blut ist. Ihr Blut.

Sie will aufstehen, schlägt aber mit dem Kopf an, und der Schmerz in ihrem Schädel vervielfacht sich. Sie stößt einen Schmerzensschrei aus, der in ein Jammern übergeht. Niemand scheint sie zu hören, auch nicht, als sie wieder lauter ruft. Immer wieder schreit sie Nuccios Namen in die Finsternis. Nichts.

Sie muss sich in einer Art Höhle befinden, immerhin hoch genug, dass sie sich auf allen vieren fortbewegen kann.

Ein Gedanke schießt ihr durch den Kopf: Wie wird ihre Mutter schimpfen, wenn sie so verdreckt heimkommt! *Falls* sie heimkommt.
Die schlimmsten Vorstellungen ergreifen Besitz von ihr. Vielleicht ist sie unter einer so dicken Schicht von Erdreich und Gestein begraben, dass niemand sie hier finden kann. Was wird dann geschehen? Wird sie ersticken, verhungern oder verdursten? Werden die Ratten an ihr nagen?
Sie tastet die unebene Decke ab und versucht vergeblich, sie zu durchstoßen, um ein Loch nach oben zu bohren, in die Freiheit. Also kriecht sie an den Wänden ihres Gefängnisses entlang, bis sie ein leises Geräusch vernimmt. Sie verharrt einen Augenblick, hält den Atem an und lauscht. Da ist es wieder, das Miauen einer Katze!
Adriana kriecht in die Richtung, aus der der Laut kommt, und spürt plötzlich einen Luftzug im Gesicht. Aufgeregt schiebt sie sich schneller voran, bis sie enttäuscht gegen eine weitere Wand stößt. Ihre Hände ertasten grobe, unbehauene Steine. Aber dann findet sie eine Lücke. Dort liegt loses Geröll. Sie räumt es in fieberhafter Hast beiseite, ohne darauf zu achten, dass sie sich die Haut an Händen und Armen abschürft und dass ihre Fingernägel abbrechen.
Endlich ist die Lücke groß genug, dass Adriana sich hindurchzwängen kann. Dabei berührt sie etwas Weiches, das zurückspringt und ein erschrockenes Fauchen ausstößt.
»Hab keine Angst, Kätzchen«, sagt Adriana, leise, um das Tier nicht noch mehr zu erschrecken. »Vielleicht können wir uns gegenseitig helfen. Kennst du einen Weg, der nach oben führt?«

Die Antwort besteht aus einem Miauen, von dem sie nur hoffen kann, dass es »ja« heißt.

Die Katze läuft weg, und Adriana folgt ihr hastig, noch immer auf allen vieren. Dann wird der Gang größer, so dass sie erst in geduckter Haltung laufen und sich schließlich ganz aufrichten kann.

Der Luftzug ist stärker geworden. Irgendwann sieht sie vor sich ein winziges Licht. Es ist nur ein Glimmen und doch ein gewaltiger Hoffnungsschimmer, denn es bedeutet auch, dass sie nicht erblindet ist.

Wieder hört sie die Katze miauen. Es klingt wie eine Aufforderung: »Komm schon, Adriana, folge mir!«

Als Adriana um eine Ecke biegt, wird das Licht heller. Es ist ein seltsames Leuchten von unwirklichem Glanz. Bestimmt kein Tageslicht. Aber sie kennt auch keine Lampe, die in einer solchen Vielfalt blauer, roter und grüner Farbtöne leuchtet. Am ehesten lässt es sich mit von Kerzen beleuchteten Kirchenfenstern vergleichen, wie man sie sieht, wenn man abends durch den Vatikan streift.

Beim Weitergehen, dem magischen Leuchten entgegen, sieht sie zum ersten Mal die Katze, die zu ihrer Führerin durch die unterirdische Welt geworden ist. Ein mageres Tier mit dunklem, struppigem Fell. Für Adriana, die schon glaubte, niemals mehr ein lebendiges Wesen zu sehen, ist es die schönste Katze der Welt. Dankbar folgt sie ihr. Die Hoffnung, einen Weg aus dem unterirdischen Gefängnis zu finden, lässt sie jeden Schmerz vergessen.

Noch eine Biegung, und sie bleibt überrascht stehen, vor sich die Quelle des seltsamen Lichts. Es ist ein unglaublicher Anblick. Der unterirdische Raum ähnelt einer Kapelle, obwohl solch ein Gotteshaus sich im ganzen Vatikan nicht findet, jedenfalls nicht über der Erde. Auf dem kleinen Altar stehen rund um einen hölzernen Kasten mehrere Kerzen. Einige sind erloschen, andere brennen. Ihr Licht wird von den Wänden zurückgeworfen, wodurch das unwirkliche Leuchten entsteht. Denn die Wände sind mit Hunderten von Edelsteinen geschmückt, deren Farben sich vermischen: Das Grün von Smaragden, das Rot von Rubinen, das Blau von Saphiren und das Violett von Amethysten.

Alles ist so fremdartig, so verwirrend, dass Adriana für kurze Zeit vergisst, in welcher Zwangslage sie sich befindet. Staunend betrachtet sie die Wände und erkennt, dass die Edelsteine Muster bilden. Hinter dem Altar formen unzählige Amethyste ein Kreuz, so groß wie ein Mensch. Wer hat diesen Raum geschaffen, wer die Kerzen entzündet?

Und dann denkt sie: Wenn jemand hierher kommt und sich um die Kerzen kümmert, muss es einen Weg nach draußen geben. Einen Weg in die Freiheit!

Vorhin, in dem dunklen Gang, ist sie an einigen Abzweigungen vorbeigekommen. Aber sie weiß nicht, wohin diese Wege führen, ob sie nicht wiederum an einer Mauer enden.

Die Katze schlüpft durch ein Eckloch dicht über dem Boden. Mit Mühe und Not kann Adriana, die eine Kerze vom Altar mitnimmt, sich ebenfalls durch die Öffnung quetschen. Dabei zerreißen ihre Kleider, aber sie denkt jetzt nicht an die tadelnden Worte ihrer Mutter.

Wieder muss sie kriechen, etlichen Windungen folgen, bis der Gang endlich weiter wird. Luftiger. Heller.

Frische Luft und Tageslicht!

Sie beginnt zu laufen, stolpert, fällt, rappelt sich wieder hoch und rennt weiter. Bis sie im Freien steht. Endlich! Das Licht ist so grell, dass ihre Augen tränen. Durch den nassen Schleier erkennt sie ihre Führerin, die sich zu anderen Katzen gesellt. Sie aalen sich im hohen Gras einer Wiese die von Ruinen umgeben ist.

»Hier, bei den republikanischen Tempeln, bin ich herausgekommen«, schloss Signora del Grosso ihren Bericht. »Die Katze hat mir das Leben gerettet.«

»Dann haben Sie unter der Erde eine Strecke von fast zwei Kilometern zurückgelegt«, staunte Alexander. »Und Ihr Weg hat unter dem Bett des Tibers entlanggeführt.«

»So ist es«, sagte die Katzennärrin leichthin. »Aber die Carabinieri, die mich fanden, wollten mir auch nicht glauben. Sie haben mich in ein Krankenhaus gebracht und am nächsten Tag zurück in den Vatikan, wo ich Nuccio wieder sah.«

»Er hatte den Bombenangriff also auch überlebt?«, fragte Elena.

»Ja, aber es hatte ihn schwer erwischt. Es war wohl mein Glück im Unglück, dass ich in die Höhlen gefallen bin, die von den Explosionen erst aufgerissen und dann wieder verschüttet wurden. Das hat mir weitere Verletzungen erspart. Der arme Nuccio wurde von mehreren Bombensplittern getroffen. Einer saß so dicht an seinem Herzen, dass er nicht herausoperiert werden konnte. Nuccio del Grosso hatte immer darunter zu leiden. Als wir 1960 heirateten, wussten wir beide, dass es keine lange Ehe sein würde, aber wir haben nicht damit gerechnet, dass er schon in den Flitterwochen stirbt. Seitdem bin ich allein

und versuche, den Katzen von Rom meinen Dank abzustatten.«
»Was war das für ein Bombenangriff?«, fragte Alexander. »Der Vatikan war im Zweiten Weltkrieg doch neutrales Gebiet.«
»Das war der Bomberbesatzung und ihrem Befehlshaber egal.«
»Ihrem Befehlshaber?«, wiederholte Alexander. »Heißt das, der Vatikan wurde gezielt bombardiert?«
»Offiziell ist das nie geklärt worden. Sowohl die Deutschen als auch die Alliierten haben jede Verantwortung abgelehnt. Ich habe an dem Flugzeug keine Hoheitszeichen gesehen, aber damals wusste ich noch nicht mal, was Hoheitszeichen sind. Allerdings kam dann einige Tage später ein Prälat aus dem Staatssekretariat in unsere Wohnung und zeigte mir ein Heft mit Darstellungen verschiedener Flugzeuge. Er wollte wissen, ob ich den Bomber erkennen würde. Tatsächlich habe ich eine entsprechende Flugzeugform in dem Heft gefunden. Ich weiß noch, dass es auf den Seiten mit den britischen Maschinen war.«
Alexander hörte gespannt zu und beugte sich weit über den Tisch. »Was geschah dann?«
»Der Prälat wurde blass und sagte, ich solle darüber strengstes Stillschweigen bewahren. Danach habe ich nie wieder etwas über die Sache gehört.«
»Haben Sie jemandem von der unterirdischen Kapelle erzählt?«
Die Frage kam von Elena, die vermutlich dasselbe dachte wie Alexander: Der edelsteingeschmückte Raum unter der Erde musste identisch sein mit dem Ort, an dem Papst Cle-

mens VII. einst dem Zirkel der Zwölf den Eid abverlangt hatte.

»Nein. Als die Carabinieri mir schon nicht glauben wollten, dass ich unter der Erde vom anderen Tiberufer herübergekommen war, hielt ich es für besser, die Kapelle nicht zu erwähnen. Nur Nuccio habe ich davon berichtet, als er aus dem Krankenhaus kam. Vielleicht hätte ich die Kapelle selbst irgendwann für eine Einladung meines überreizten Verstandes gehalten, hätte ich sie viele Jahre später nicht noch einmal gesehen.«

Elena stieß einen Laut der Überraschung aus. »Sie waren noch einmal dort, Signora?«

»Wir mussten lange nach dem Weg suchen. Damals, als ich der Katze folgte, habe ich ihn mir natürlich nicht eingeprägt. Und es gibt viele alte Stollen und Schächte unter Rom.«

»Wer ist *wir*?«, fragte Elena.

»Monsignore Borghesi und ich. Als ich ihn vor acht oder neun Jahren kennen lernte, lebte er noch als Benefiziat im Vatikan. Wie Sie beide kam auch er unter irgendeinem Vorwand zu mir. Er täuschte Interesse an meiner Arbeit vor und versprach, Kollekten für die herrenlosen Katzen Roms durchzuführen. Aber ich habe schnell gemerkt, dass er etwas anderes wollte. Nicht Signora del Grosso interessierte ihn, sondern die kleine Adriana Vivarelli, die als Kind im Vatikan einen unterirdischen Gang entdeckt hatte. Borghesi hatte irgendwo darüber gelesen und fragte mich, ob ich etwas von einem geheimen Versammlungsort unter der Erde wüsste, so eine Art Kirche.«

»Und Sie haben ihm die Edelsteinkapelle gezeigt«, schlussfolgerte Alexander.

»Es hat ihn eine beachtliche Spende gekostet.«

»Und? Was wollte Borghesi dort?«

»Ich habe nicht die geringste Ahnung. Ich war nur seine Führerin. Es war ein seltsames Erlebnis. In der Kapelle hatte sich nichts verändert, als wären seit dem Bombenangriff nur Tage und nicht Jahrzehnte vergangen. Die Kerzen brannten wie ehedem auf dem Altar, aber außer uns war niemand dort. Wer immer sich um die Kerzen kümmerte, glaubte wohl, die Stollen, durch die wir gekommen waren, hätten keinen Ausgang, und rechnete daher nicht mit ungeladenem Besuch. Borghesi hat sich nicht lange in der Kapelle aufgehalten. Er hat sich ein paarmal fassungslos um sich selbst gedreht und dann den Altar angestarrt. Die vielen Edelsteine schienen ihn gar nicht zu interessieren. Irgendwann stand ihm plötzlich der Schweiß auf der Stirn und er sah ängstlich aus. So schnell wie möglich wollte er die Kapelle wieder verlassen.«

Elena zwinkerte der Katzennärrin zu. »Haben Sie nicht ein paar Edelsteine mitgenommen, Signora? Damit hätten sie eine Menge Katzenfutter kaufen können.«

Hastig schlug die alte Frau ein Kreuz. »Gott bewahre mich vor solcher Dummheit! Diese Kapelle ist entweder verflucht oder ein heiliger Ort. Auf jeden Fall bringt es nichts Gutes, von dort etwas zu stehlen.«

Alexander ging die ganze Zeit etwas im Kopf herum. »Stand der Holzkasten bei Ihrem letzten Besuch in der Kapelle noch da? Hat Borghesi deshalb so auf den Altar gestarrt?«

»Ich habe nicht darauf geachtet«, antwortete Signora del Grosso zu seiner Enttäuschung. »Und ich habe Borghesi auch nie wieder zur Kapelle begleitet.«

»Er war noch öfter dort?«, fragte Elena.
»Drei- oder viermal, immer nachts. Ganz überraschend tauchte er hier auf und erkaufte sich mit einer Spende den Durchgang zu den Stollen. Er kam mir immer sehr aufgeregt vor, ängstlich geradezu.«
»Warum?«, wollte Elena wissen.
»Ich habe ihn nicht nach dem Grund gefragt. Das ging mich nichts an.«
Alexander brauchte nur einen Blick mit Elena zu wechseln, um zu erkennen, dass sie dasselbe dachte wie er. Also sprach er es aus: »Signora, würden Sie uns zu der Kapelle führen? Selbstverständlich gegen eine Spende für Ihre Katzen.«
Die alte Frau lachte gackernd. »Ich kann mich kaum noch bewegen, und da soll ich durch die engen Gänge kriechen? Vielen Dank! Schon damals, als ich Monsignore Borghesi führte, hatte ich Mühe.« Sie legte eine bedeutungsvolle Pause ein und raunte dann: »Außerdem spukt es unter der Erde! Manchmal höre ich von ferne Stimmen, mal sprechen sie, dann singen sie.«
»Hier unten?«, hakte Elena nach.
Die Katzennärrin bejahte. »Wenn man den unterirdischen Gängen in Richtung Vatikan folgt, hört man es manchmal.«
»Ah«, machte die Journalistin. »Etwa dort, wo die Edelsteinkapelle liegt?«
»Ganz genau. Dort treffen sich die Geister!«
»Können Sie uns den Weg wenigsten beschreiben, Signora?«, bat Elena.
»Warum beschreiben? Folgen Sie einfach den Kreidepfeilen, die Borghesi damals an die Felsen gezeichnet hat!«

XVII

Alexander lenkte den Lichtstrahl der alten Taschenlampe auf sein linkes Handgelenk und sah, dass der große Zeiger seiner Armbanduhr den kleinen vollkommen verdeckte. Draußen erreichte die Sonne gerade den Zenit, was jedoch für die Römer nur von Belang war, falls die Wolken einen Blick auf die Sonne freigaben. Hier unten wäre es stockfinster gewesen ohne die Lampe, die Signora del Grosso ihnen, selbstredend gegen eine »Spende«, mitgegeben hatte. Die Katzennärrin hatte sie ein kurzes Stück in das unterirdische Netzwerk geführt, bis sie den ersten halb verblassten Kreidepfeil entdeckten. Von da an waren sie allein weitergegangen.

Fast eine Stunde war das jetzt her, und er fragte sich, wie lange sie noch bis zur Edelsteinkapelle unterwegs sein würden. In der Luftlinie mochten es vom Largo di Torre Argentina bis zum Vatikan nur knapp zwei Kilometer sein, aber das unterirdische System alter Gänge folgte seinen eigenen, verwinkelten Gesetzen. Hinzu kam, dass es ein beschwerlicher Weg war. Immer wieder mussten sie sich bücken, besonders niedrige Stellen sogar auf allen vieren passieren.

Borghesi hatte sich mit dem Anbringen der Wegmarkierungen keine große Mühe gegeben. Sollten sie einmal die richtige Abzweigung verpassen, konnte das üble Folgen haben. Es war durchaus möglich, dass sie sich rettungslos verirrten oder in einen Schacht stürzten und sich sämtliche Knochen brachen. Alexander war sich nicht sicher, ob Signora del Grosso sich die Mühe machen würde, Schritte zu ihrer Rettung zu unternehmen. Gespendet hatten sie schließlich schon. Einmal durchzuckte ihn der beunruhigende Gedanke, dass die Alte sie absichtlich auf einen Irrweg geschickt haben mochte. So wie die Hexe Hänsel und Gretel in eine Falle lockt?

Und dann hörte der Gang, dem sie seit der letzten Abzweigung, seit knapp fünf Minuten, folgten, plötzlich auf. Als im selben Augenblick die Taschenlampe zu flackern begann, stieß Alexander einen Fluch aus. Sofort schaltete er die Lampe aus, um die schwache Batterie für den Rückweg zu schonen.

»Gute Nacht, Marie«, knurrte er und dachte an die Geldscheine, die er der Alten in die Hand gedrückt hatte. »Man kann wirklich sagen, unser Ausflug war für die Katz.«

»Vielleicht haben wir einen Pfeil übersehen«, sagte Elena.

»Oder wir haben übersehen, dass unsere Katzennärrin wahrhaftig närrisch ist. Wenn man sein halbes Leben und mehr hier unten verbringt, muss man ja wunderlich werden. Ich hatte aber …«

»Still!«, zischte sie. »Ich höre etwas.«

Alexander verstummte, hörte aber nichts.

»Eben waren da Geräusche«, sagte Elena so leise, als könne jemand sie belauschen. »Schritte und Stimmen.«

»Wo?«

»Hinter dieser Wand. Warte!«

Als er die Lampe kurz aufflammen ließ, sah er Elena die Wand abtasten.

»Wir sind doch auf dem richtigen Weg«, stellte sie befrie-

digt fest. »Hier muss in den letzten Jahren ein Erdrutsch runtergegangen sein. Die Steine sind relativ lose. Man könnte versuchen, sie wegzuräumen.«
In diesem Augenblick hörten sie etwas, das Alexander bei Signora del Grosso stumme Abbitte leisten ließ. Der seltsame, dumpfe Gesang klang tatsächlich wie von Geisterstimmen hervorgebracht. Alexander spürte Elenas Hand an seinem Arm. Bei genauerem Hinhören erkannte er, dass es kein eigentlicher Gesang war, sondern ein monotones Gemurmel mehrerer Stimmen.
»Wohl und Wehe der Kirche liegen in dieser Schatulle. Nie darf sie in unbefugte Hände fallen, nie dürfen andere Augen ihren Inhalt schauen als die der Gott Ergebenen. Dafür zu sorgen, sind die zwölf tapfersten und treuesten Männer zusammengekommen. Wir, die wir den Zirkel der Zwölf bilden, geloben bei unserer Ehre, unserem Seelenheil und der Gnade Gottes, das Geheimnis um die *Wahre Ähnlichkeit Christi*, das uns anvertraut ist, zu bewahren!«
Alexander war sprachlos. Hier in der Finsternis, irgendwo unter dem Vatikan – das vermutete er jedenfalls –, schienen sich Gegenwart und Vergangenheit zu vermischen. Es waren beinahe dieselben Worte wie in Albert Rosins Aufzeichnungen. Worte, die Papst Clemens VII. vor fast fünfhundert Jahren gesprochen hatte. Konnte es wirklich sein, dass dieses Ritual ein halbes Jahrtausend überlebt hatte?
Oder saßen sie einem gewaltigen Täuschungsmanöver auf, einem Schabernack, der eigens für ihn und Elena veranstaltet wurde? Aber niemand außer der Katzennärrin wusste, dass sie hier waren. Und die Alte hatte die Grotes-

ke, die jenseits der Geröllmauer veranstaltet wurde, kaum in so kurzer Zeit inszenieren können. Oder doch?

Auch Elenas Erregung wuchs, was er am stärker werdenden Druck ihrer Hand erkannte. Keiner von ihnen sagte etwas. Gebannt lauschten sie dem Geschehen hinter dem Geröll, auch wenn es schlecht zu verstehen war.

»Ich heiße euch an dem heiligen Ort unserer Gründung willkommen, Brüder des heiligen Zirkels«, sagte eine Stimme, die Alexander seltsam berührte. Sie klang einerseits vertraut und doch wieder so dumpf und fremd, dass er sie nicht einordnen konnte.

»Deine treuen Brüder grüßen dich, Haupt der Zwölf«, antworteten mehrere Stimmen wie aus einem Mund. »Mögen aus unserem Zirkel Stärke und Weisheit erwachsen.«

Als der Anführer des Zirkels wieder sprach, überlegte Alexander krampfhaft, woher er die Stimme kannte.

»Unser Kreis ist unvollständig. Einer fehlt in unseren Reihen. Er musste von uns gehen, weil Stärke und Weisheit ihn verlassen hatten. Er ist vom Pfad der Wahrhaftigkeit abgewichen und hat den Treueschwur gebrochen. Besonders schmerzlich ist das, weil er mein Stellvertreter war. Ein anderer muss an seine Stelle treten, und dazu habe ich nach alter Tradition ein Mitglied der Garde erkoren. Wenn ich nicht bei euch sein kann, wird Bruder Anton das Haupt unseres zwölfgliedrigen Körpers sein. Nimmst du die Pflicht auf dich, Bruder?«

»Ich erkenne die Bürde und gelobe, sie zu tragen«, lautete die Antwort.

Selbst durch die Steine hindurch hörte Alexander deutlich, dass es sich um eine raue Stimme handelte, eine befehlsgewohnte Stimme. Ihm ging auf, dass Bruder Anton kein anderer war als Oberstleutnant Anton von Gunten. Umso mehr konzentrierte er sich nun auf die Stimme des Anführers, der jetzt wieder das Wort ergriff.

»Unsere Zahl soll die der Apostel sein, so will es das Gebot. Und am getreulichsten befolgen wir es, wenn die Pflicht vom Vater auf den Sohn übergeht. Ich hatte gehofft, es so halten zu können, aber wie ich höre, ist mein Wunsch weit davon entfernt, in Erfüllung zu gehen.«

»Leider zeigt Alexander sich sehr verschlossen gegenüber unseren Interessen«, sagte eine neue Stimme, die er auf Anhieb erkannte. Ein kalter Schauer lief ihm über den Rücken, während er weiter lauschte: »Ich habe immer wieder versucht, ihn in Gesprächen für unsere Wertvorstellungen und Ziele zu begeistern, aber er ist nicht darauf eingegangen. Es tut mir Leid.«

»Mir auch«, erwiderte der Anführer. »Ich weiß allerdings nicht, was mich mehr erschüttert, Alexanders Uneinsichtigkeit oder die Tatsache, dass Anschläge auf sein Leben verübt worden sind.«

Die Stimme hatte einen vorwurfsvollen Klang angenommen. Einen Klang, an den Alexander sich erinnerte. Und da wusste er, wer der Anführer, das Haupt der Zwölf, war. Er wusste es, aber er konnte es nicht glauben, wollte es nicht wahrhaben.

»Es gab einige Kommunikationsstörungen«, erklärte von Gunten ungewohnt kleinlaut. »Aber die Schuld liegt nicht nur auf unserer Seite. Alexander wird zunehmend gefährlich für uns. Ich habe ihm Sonderurlaub verordnet, damit er uns in dieser kritischen Phase nicht noch mehr auf den Pelz rückt. Er steckt seine Nase in unsere Angelegenheiten, ohne auf unserer Seite zu stehen.«

»Wir sollten versuchen, ihn auf unsere Seite zu ziehen«, entgegnete der Anführer. »Das ist deine Aufgabe, Bruder Utz.«

»Ich werde mich bemühen, sie zu erfüllen, Haupt der Zwölf.« Es war die Stimme von Utz Rasser, die Alexander eben einen Schauer über den Rücken gejagt hatte.

Er fühlte sich verraten und verkauft, hatte er Utz doch für seinen besten Freund gehalten. Nun ahnte er, dass er die ganze Zeit getäuscht worden war.

»Alexander Rosin ist vielleicht ein Problem, aber bei weitem nicht das drängendste«, mischte sich eine weitere Stimme ein. »Der Anlass unserer außerordentlichen Zusammenkunft ist der Mann, der den Heiligen Stuhl besetzt und sich Papst Custos nennt.«

»Der Usurparor ist der Antichrist«, rief die Stimme eines alten Mannes.

»Davon müssen wir leider ausgehen«, sagte düster der, der zuvor gesprochen hatte, und Alexander erkannte den Staatssekretär des Vatikans, Domenico Kardinal Musolino. »Und wenn er morgen auf der Generalaudienz seine Ankündigung verwirklicht, besteht kaum noch eine Aussicht, ihn vom Stuhl Petri zu verjagen.«

»Wie sollen wir das verhindern?«, fragte die alte Stimme, und auch zu ihr fiel Alexander ein Gesicht ein, das des Kardinalprotodiakons Gianfranco Tamberlani.

»Ich werde es verhindern.« Das war zweifellos Riccardo Parada, der Sicherheitschef des Vatikans. Energisch fuhr er fort: »Der, der sich Heiliger Vater nennt, wird die Audienzhalle nicht erreichen, nicht lebend. Ich habe bereits entsprechende Vorkehrungen getroffen und brauche nur das Einverständnis des Zirkels.«

»Wann … soll es geschehen?«, fragte die monotone Stimme von Monsignore Wetter-Dietz.

»Kurz bevor er die Audienzhalle betritt«, antwortete Parada.

»Also in der Öffentlichkeit?« Wetter-Dietz klang erschrocken. »Etwa ein Attentat?«

»Warum nicht?«, entgegnete Parada. »Wenn ein Papst so kurz nach seiner Wahl stirbt, wuchern die Gerüchte sowieso in alle nur denkbaren Richtungen. Das Wort ›Attentat‹ wird in jeder Zeitung und jeder Nachrichtensendung fallen. Warum nicht gleich ein Attentat inszenieren und die Schuld durch fingierte Indizien den Feinden des Glaubens in die Schuhe schieben?«

»Der Glaube hat viele Feinde«, versetzte Musolino mit leichtem Sarkasmus.

»Ich spreche von den Moslems. Gardien hat die Aussöhnung mit dem Islam angekündigt. Den strenggläubigen Anhängern des Propheten Mohammed schmeckt das ebenso wenig wie uns. Was liegt näher, als der Welt einen radikal fundamentalistischen Moslem als Papstmörder zu präsentieren?«

»Ein guter Gedanke«, lobte das Haupt der Zwölf. »Und ein guter Plan, falls er funktioniert.«

»Dafür verbürge ich mich«, sagte der Generalinspektor des Vigilanzakorps.

»Wer ist dafür, dass wir Bruder Riccardo mit der Bereinigung dieser Angelegenheit betrauen?«, fragte das Haupt der Zwölf und erhielt ein vielstimmiges »Ich« zur Antwort.

»Dann ist es beschlossen, dass Bruder Riccardo uns von dem Teufel im Papstrock befreien soll!«

Dann ist es beschlossen, dass Bruder Riccardo uns von dem Teufel im Papstrock befreien soll!

Der Satz hallte Alexander noch in den Ohren wider, als sie das unterirdische Labyrinth längst verlassen hatten und in einem Café am Corso Vittorio Emanuele saßen. Draußen floss träge der Autoverkehr dahin. Geschäftsleute im Anzug oder eleganten Kostüm und mit Kamera und Stadtplan bewaffnete Touristen eilten an den großen Fenstern vorüber. Dicke Regentropfen klopften schwer und dumpf gegen die Scheiben. Die Welt hatte ihn und Elena wieder, aber sie kam ihm unwirklich vor. Sie hatten soeben eine andere Welt kennen gelernt, die nur ein paar Meter unter ihnen lag. Dort hatten ein paar Männer über das Schicksal der oberen Welt beratschlagt. Und entschieden.

Die Erinnerung an die Stimmen, die er erkannt hatte, schnürte ihm die Kehle zu. Obwohl er sehr durstig war, rührte er sein Bitter Lemon kaum an. Er konnte einfach nicht. Die Gesichter der Männer, der Verschwörer gegen den Papst, die im Vatikan einflussreiche Posten innehatten, zogen an ihm vorüber: Der neue Kommandant der Schweizergarde, der Sicherheitschef, der Staatssekretär, der Kardinalprotodiakon und Vorsitzende des Obersten Gerichtshofs, der Pressesprecher – die Verschwörer schienen an alles gedacht und alle wichtigen Posten besetzt zu haben.

Aber die Ohnmacht, die er angesichts dessen verspürte, war nicht das Schlimmste. Dass er von seinem Freund Utz verraten und benutzt worden war, wog für ihn sehr viel schwerer. Doch am meisten machte ihm der Anführer des Zirkels zu schaffen, das Haupt der Zwölf. Sobald er nur an die Stimme und das Gesicht – *an ihn!* – dachte, wurde

Alexander schlecht. Tische, Stühle und Menschen begannen sich um ihn zu drehen. Sein Magen revoltierte.
Er sprang auf, lief zur Toilette und erbrach sich. Danach hielt er seinen Kopf lange unter den Kaltwasserhahn. Am liebsten hätte er die Erinnerung an das, was er in den letzten Stunden erfahren hatte, einfach weggespült. Der Zwiespalt der Gefühle drohte ihn zu zerreißen. Er wünschte, er hätte die unterirdischen Stollen nie betreten.
»Du siehst schlecht aus«, sagte Elena, als er sich wieder zu ihr an den Ecktisch setzte. »Kein Wunder nach allem, was wir gehört haben. Dich muss es besonders getroffen haben. Mit diesem Utz Rasser bist du gut befreundet, nicht?«
»Das dachte ich – bis heute.«
Seine Stimme klang kratzig. Seit sie im flackernden Licht der schwächer werdenden Taschenlampe das Stollensystem verlassen hatten, hatte er kaum ein Wort gesagt. Kurz nachdem der Beschluss, den Papst morgen zu töten, gefasst worden war, hatte die Versammlung sich aufgelöst. Vorher hatte Alexander noch die Stimmen von Gardekaplan Franz Imhoof und drei Gardisten identifiziert: Oberleutnant Roland Schnyder, Adjutant Walter Stückelberger und Feldweibel Kurt Mäder. Kameraden, mit denen er Seite an Seite gedient hatte und die ihn – wie er jetzt annehmen musste – in jeder Sekunde ausspioniert hatten.
Am Ende der Zusammenkunft hatten alle dieselbe Eidesformel gesprochen wie zu Beginn. Daraufhin hatten auch Alexander und Elena die unterirdische Welt verlassen. Mit der erlahmenden Lampenbatterie wäre es zu gefährlich gewesen, einen Umweg zur Edelsteinkapelle zu suchen – falls es überhaupt einen gab.
»Utz war für mich wie ein Bruder«, sagte er hilflos.

»Vielleicht sollte er genau das sein. Dein Treubruder!«

»Du meinst …«

»Ich habe den Eindruck, dass es zwischen Totus Tuus und dem Zirkel der Zwölf einige Gemeinsamkeiten gibt. Auch ich habe mich so elend gefühlt wie du, damals, als ich von Schwester Bianca verraten wurde. Totus Tuus und der Zirkel wenden offensichtlich ähnliche Methoden an. Dir ist doch klar, dass Rasser auf dich angesetzt war, oder?«

»Ja«, sagte er matt.

»Und klar scheint auch zu sein, dass dein Onkel ebenfalls zu den Verschwörern gehörte. Aber wohl nicht mit ganzem Herzen, sonst hätten sie ihn nicht als Verräter bezeichnet. ›Er musste von uns gehen, weil Stärke und Weisheit ihn verlassen hatten. Er ist vom Pfad der Wahrheit abgewichen und hat den Treueschwur gebrochen.‹ So hat das so genannte Haupt der Zwölf es doch ausgedrückt.«

»Ich weiß.« Es lag auf der Hand, dass der Anführer damit Heinrich Rosin gemeint hatte.

»Der Zirkel der Zwölf hat Oberst Rosin eiskalt liquidiert. Und das Gleiche soll morgen mit dem Papst geschehen.«

Elena schüttelte den Kopf. »Verrückt! Ich komme mir vor wie im Irrenhaus.«

»Willkommen im Club.«

In Elenas Gesicht trat ein entschlossener Ausdruck. »Wir müssen etwas unternehmen! Wir kennen die Namen der Verschwörer, jedenfalls zum Teil. Wir müssen sie auffliegen lassen. Heute noch.«

»So? Und wer soll das übernehmen? Anton von Gunten und die Schweizergarde etwa? Oder die Vigilanza unter Riccardo Parada? Du kannst natürlich auch die Kurienkardinäle informieren. Ich schätze, man wird dich entweder an Musolino oder an Tamberlani verweisen.«

»Die Polizei! Wir werden die Polizei verständigen.«

»Die hat im Vatikan keine Befugnis, es sei denn, sie wird von dort zu Hilfe gerufen«, sagte Alexander. »Aber das werden Musolino und Parada zu verhindern wissen.«

»Die Polizei könnte den Vatikan informieren.«

»Und würde wieder an Musolino oder Parada geraten. Gib es auf, Elena! Der Zirkel der Zwölf verfügt über alle Schaltstellen.«

»Verdammt, wenn ich aufgeben wollte, hätte ich das damals getan, als Mutter Assunta mich blutig peitschen ließ! Ich habe mich für den anderen Weg entschieden. Du weißt, dass ich mir geschworen habe, Totus Tuus das Handwerk zu legen, um jeden Preis. Und ich würde meinen Kopf darauf verwetten, dass der Zirkel der Zwölf mit dem Orden in Verbindung steht. Wenn es gar nicht anders geht, sorge ich dafür, dass der *Messagero* in einer Sonderausgabe über das geplante Attentat auf den Papst berichtet.«

»Deine Bosse würden dich auslachen und dir erläutern, was für Konsequenzen eine solche Verunglimpfung hochrangiger Personen aus dem Vatikan nach sich zöge. Selbst wenn eine Sonderausgabe gedruckt würde, wäre Wetter-Dietz sofort mit einem Dementi zur Stelle. Du vergisst, dass wir nichts beweisen können, Elena. Nichts.«

Ihre Faust ließ den leichten Kunststofftisch tanzen, was ihnen ein paar neugierige Blicke einbrachte. »Das können wir doch! Der verschüttete Weg zur Edelsteinkapelle lässt sich freiräumen.«

»Und was dann? Selbst wenn wir die Kapelle der Öffentlichkeit präsentieren und einen Verbindungsweg zwischen der Kapelle und dem Vatikan entdecken – das ist noch lange kein Beweis für das, was wir gehört haben. Zumal ich nicht glaube, dass der Geheimgang ausgerechnet in Musolinos oder Tamberlanis Schlafzimmer endet.«

Elena sah ihn durchdringend an. »Dann musst du es tun, Alex. Der Papst hat schon einmal mit dir gesprochen. Du könntest versuchen, ihn zu warnen.«

»Seine Handynummer hat er mir nicht gegeben. Der Zirkel der Zwölf hat mich schon auf der schwarzen Liste, wie du selbst gehört hast. Meinst du, Musolino und Konsorten würden in dieser Situation zulassen, dass ich zu Seiner Heiligkeit vordringe?«

»Ich glaube fast, du willst dem Papst nicht helfen«, sagte Elena sichtlich enttäuscht.

Zu ihrer Überraschung erwiderte er: »Damit liegst du vielleicht gar nicht so falsch.«

»Aber du hast den Treueeid auf ihn geleistet!«

»Haben von Gunten und Utz das nicht auch getan?«

»Was ist mit dir los, Alex? Du redest, als wärst du einer aus diesem grotesken Verschwörerzirkel.«

»Vielleicht bin ich das ja. Vielleicht hätte ich auf der anderen Seite der Geröllmauer sein sollen, in der Kapelle. ›Unsere Zahl soll die der Apostel sein, so will es das Gebot. Und am getreulichsten befolgen wir es, wenn die Pflicht vom Vater auf den Sohn übergeht.‹ Das hat er doch gesagt, oder?«

»Ja. Und?«

Alexander hatte auf die Tischplatte gestarrt. Unendlich langsam hob er den Kopf und sah Elena traurig an. »Der Anführer, das Haupt der Zwölf, ist mein Vater.«

Als sie zum Gianicolo zurückkehrten, hörte es auf zu regnen. Sie machten einen Spaziergang. Ein kräftiger Wind trug die vielfältigen Gerüche der Metropole vom Tiber herüber.

Alexander sah auf die Stadt wie die kaiserlichen Landsknechte und Söldner, die am fünften Mai 1527 hier oben kampiert hatten. In den Wirren, die auf die Plünderung Roms folgten, war der Zirkel der Zwölf entstanden; Albert Rosin hatte es in seinem *Geheimen Bericht* beschrieben. In der fünfhundert Jahre zurückliegenden Vergangenheit fanden sich die Wurzeln der ungeheuerlichen Ereignisse dieser Tage, bis hin zu dem Mord an Heinrich Rosin und der Verschwörung gegen Papst Custos. Aber sosehr er sich auch bemühte, Alexander bekam die Wahrheit nicht zu fassen. Zu vieles lag noch im Dunkeln.

»Was ist mit dem Zirkel der Zwölf geschehen? Warum wendet er sich gegen den Papst?«

Dass er laut gedacht hatte, merkte er erst, als Elena antwortete: »Wir haben es doch gehört. Für den Zirkel ist Jean-Pierre Gardien nicht der rechtmäßige Papst. Die Männer dort unten haben ihn Usurpator und Antichrist genannt. Teufel im Papstrock haben sie gesagt.«

»Aber warum? Weil er die verkrusteten Kirchenstrukturen reformieren will?«

Elena, die sich auf eine Bank gesetzt hatte, stand auf und trat an seine Seite. »Es muss damit zusammenhängen. Die Verschwörer haben jedenfalls eine Heidenangst vor der Audienz morgen. Was immer Papst Gardien dort vorhat, für sie scheint es der reinste Horror zu sein. Alex, willst du mir wirklich nicht mehr über deine Begegnung mit dem

Papst erzählen? Es könnte wichtig sein. Du musst nicht glauben, dass …«

»Dass du es im *Messagero* bringst? Nein, das glaube ich nicht.« Er dachte an das Versprechen, das er dem Heiligen Vater gegeben hatte, aber auch an den heiligen Eid, den er geleistet hatte, nämlich den Papst zu beschützen. Und er spürte, dass die Verpflichtung durch den Eid stärker war. »Seine Heiligkeit sagte etwas von intensiven Gesprächen mit meinem Onkel. Sie seien einander nahe gekommen, und es sei schwer, ihn zu verlieren.«

»Sehr interessant«, fand Elena. »Klingt ganz so, als hätte Oberst Rosin dem Papst etwas über den Zirkel der Zwölf erzählt. Der Zirkel muss es erfahren und daraufhin seine Ermordung beschlossen haben.«

»Das würde passen, aber es bringt uns auch nicht weiter.«

»Immer mit der Ruhe, Alex. Was war noch? Du sagtest, der Papst hätte dich seine heilenden Kräfte spüren lassen.«

Er berichtete von seinem Schwächeanfall und davon, wie er frei von allen Schmerzen in den Armen des Papstes wieder zu sich gekommen war. »Ich habe ihn gefragt, ob er mir die Schmerzen genommen hätte, und er sagte etwas von einem Familienerbe. Darauf bin ich nicht weiter eingegangen, was ihn irgendwie zu enttäuschen schien. Aber ich kann mich irren. Der ganze Vorfall war höchst verwirrend.«

»Ein Familienerbe? Das hat er gesagt?«

»Genau das war der Ausdruck, den er benutzte. Warum?«

»Das wäre ein Ansatz zum Recherchieren.«

»Wir haben keine Zeit zum Recherchieren, Elena. Morgen stirbt der Papst!«

»Nur, wenn wir es nicht verhindern.«

Später saßen sie zwischen all den Kuscheltieren in Elenas Dachwohnung und stocherten lustlos in einem Bohnensalat herum, den sie auf die Schnelle aus ihren Vorräten gezaubert hatte. Zuvor hatte sie Spartaco angerufen und ihn mit einer Recherche betraut. Er sollte herausfinden, ob Jean-Pierre Gardiens Vorfahren durch irgendwelche Wunderheilungen aufgefallen waren. Nach dem Gespräch hatten Elenas schlanke Finger unentschlossen über der Telefontastatur geschwebt.

»4686 ist das Polizeipräsidium, und Donatis Durchwahl ist die 372«, hatte Alexander gesagt. »Aber es bringt nichts.«

Elena hatte es eingesehen und auf den Anruf verzichtet.

Jetzt sprachen sie über Alexanders Vater und suchten vergeblich nach einem Grund, warum er seinen tödlichen Unfall über dem Ärmelkanal nur vorgetäuscht hatte. Als sie damit nicht weiterkamen, wechselte Elena das Thema, wohl auch, um Alexander von seinem düsteren Brüten abzulenken. Sie erzählte, dass es gerade unter dem Vatikan zahlreiche Stollen und Schächte geben musste.

»Der Zirkus des Nero befindet sich unter dem Vatikangelände und man hat diverse Nekropolen dort gefunden. Vielleicht wurde der Gang zu den republikanischen Tempeln als geheimer Fluchtweg angelegt, als ein unterirdisches Gegenstück zum Passetto.«

Alexander hörte nur mit halbem Ohr zu. Eine andere Frage beschäftigte ihn, und er sprach sie aus: »Was wusste Pater Borghesi? In welcher Verbindung stand er zum Zirkel der Zwölf?«

»Es könnte doch sein, dass er ihm einmal angehört hat. Schließlich haben wir heute erfahren, dass der Zirkel

nicht mehr nur aus Angehörigen der Schweizergarde besteht.«
»Du meinst, er war ein Abtrünniger?« Alexander war skeptisch.
»Warum nicht? Er ist ermordet worden wie dein Onkel.«
»Aber Borghesi lebte seit Jahren in den Bergen. Da musste es schon damals, als er den Vatikan verließ, zu einem Bruch mit ... mit was oder wem auch immer gekommen sein.«
»Vielleicht hat er dem Zirkel auch nicht angehört. Aber er könnte durch Zufall etwas erfahren haben. Als Benefiziat von Sankt Peter ist er den Verschwörern möglicherweise auf die Spur gekommen und hat dann weitergeforscht.« Elena stieß ihre Gabel in den Salat, führte sie aber nicht zum Mund. »Allerdings mag ich keine Zufälle. Schließlich war er der Beichtvater deines Onkels. Auf diese Weise kann der Zusammenhang entstanden sein.«
»Über Totus Tuus?«
Elena nickte. »Als er sich geißelte, hat er die Bußformel des Ordens benutzt. Und er muss von deinem Vater gewusst haben. Jedenfalls ergäben seine letzten Worte dann einen Sinn: *Ich habe ihn gesehen, er lebt!*«
Hätte er Freude darüber empfinden müssen, dass sein Vater lebte? Was er Markus Rosin bei der Zusammenkunft des Zirkels hatte sagen hören, dämpfte jedes Glücksgefühl. Alexander wusste nicht, was ihn mehr betrübte: dass sein Vater sich gegen den Papst verschworen hatte oder dass er dem eigenen Sohn vorgaukelte, er sei tot.
Er erzählte Elena von seinem Vater und von seiner Einsamkeit. »Vater erschien mir immer fremd. Ich glaube, er hat Mutters Tod nie ganz verwunden und mir, wenn auch

nur unterbewusst, die Schuld gegeben. Immerhin ist sie bei meiner Geburt gestorben. Oft habe ich ihn verwünscht, wenn er mich nach einem Ferienausflug wieder allein ließ. Erst als ich von seinem tödlichen Unfall erfuhr, habe ich gespürt, wie viel er mir bedeutete. Vielleicht gerade, weil ich so wenig von ihm hatte. Wäre meine Mutter am Leben gewesen, hätte sie das sicher etwas ausgeglichen.«

Elena hörte ihm zu wie sein bester Freund, den er heute verloren – nein, den er nie gehabt hatte. Sanft streichelte sie seinen Arm und seine Wange wie die Mutter, die er nicht gekannt hatte. Und irgendwann lag sie in seinen Armen wie die Geliebte, die er schmerzlich vermisste.

Eng umschlungen taumelten sie zu dem noch von der letzten Nacht zerwühlten Bett. Alexander sank rücklings auf die Matratze. Hastig zog Elena ihre Jeans und den Slip aus und schwang sich rittlings auf ihn. Sie öffnete seine Hose und führte ihn in ihren Schoß. Ihre Schenkel umklammerten ihn mit ungeahnter Kraft, und er überließ ihr willig die Führung. Mit geschlossenen Augen genoss er die Erregung, in die sie ihn versetzte, und auf dem gemeinsamen Höhepunkt stieß er voller Leidenschaft den Namen der Geliebten aus: »Juliette!«

Von einer Sekunde zur anderen zog Elena sich von ihm zurück und rutschte zur Seite. Als er sie ansah, lag nicht Enttäuschung in ihrem Blick, sondern die Aufforderung an ihn, sich zu erklären.

Er wusste, daß der Zeitpunkt gekommen war, an dem er sein Geheimnis preisgeben musste. Den Grund für seinen tiefen Schmerz über das, was die Medien als »Gardemord« bezeichneten. Seine Erinnerung wanderte sieben Jahre zurück zu einem heißen Sonntag im August …

Fregene!
An überhitzten Sommertagen ein Zauberwort für die Römer. Jedenfalls für die, die den Zauber bezahlen können. Die Masse der Römer, die sich kein Sommerhaus in den Bergen leisten oder die Stadt aus beruflichen Gründen in den heißesten Wochen des Jahres nicht verlassen kann, flüchtet am Wochenende an den hoffnungslos überfüllten Strand von Ostia. Wer hier im Meer badet, in das die Abwässer Roms und Ostias gespült werden, ist mutig. Die anderen drängen sich dicht an dicht an dem langen, verschmutzten Strand, über dem sich das Gedudel zahlloser Radiorekorder mit dem Schreien und Kreischen unzähliger Kinder zu einem dicken Teppich betäubender Töne verknüpft.
Fregene ist anders. Leiser, ruhiger, sauberer, erholsamer, intimer.
Als junger, spärlich entlohnter Gardist hätte Alexander kaum Zugang zu einer der kleinen privaten Badebuchten. Daher hat er das Angebot seiner Tante, sie nach Fregene zu begleiten, nur zu gern angenommen. Sein Onkel Heinrich hat an diesem Sonntag wieder einmal zu viele dienstliche Angelegenheiten zu regeln, als dass er den Vatikanstaat verlassen könnte.
»Ist es auch kein zu großes Opfer für dich, den Sonntag ausgerechnet mit deiner Tante zu verbringen?«, hat Juliette gefragt, als sie den Lancia aus der vatikanischen Tiefgarage lenkte. »Noch kannst du es dir überlegen. Du musst mir keinen Gefallen tun.«
»Du tust mir einen Gefallen«, hat er geantwortet, und es war ehrlich gemeint.
Er mag Juliette, in der er eher eine Freundin sieht als seine

Tante. Die spontane, lebenslustige Art der attraktiven Frau zieht ihn an, und manchmal vergisst er vollkommen, dass sie zwanzig Jahre älter ist als er. Seinen Onkel erlebt er anders, sehr ernst und in sich gekehrt. Vielleicht ist das die Voraussetzung, um die Schweizergarde des Papstes zu befehligen.

Alexander fragt sich oft, ob er eines Tages sein wird wie sein Onkel und sein Vater, ob er in die Fußstapfen der beiden treten wird. Sollte es so kommen, dann erst in vielen Jahren. Noch genießt er es zu leben, ohne sich ständig den Kopf über Dienstpläne, Beförderungsvorschläge und Sicherheitsmaßnahmen zu zerbrechen. Heute hat das ungezwungene Leben einen Namen: Fregene.

Er liegt im Schatten einer einzelnen Pinie auf der Parzelle, die Juliette für diesen Sonntag vom Besitzer der privaten Badeanstalt gemietet hat. Die einzelnen Parzellen sind von kleinen Kanälen umgeben, an deren Böschungen das Schilfrohr so hoch aufragt, dass es die Sonnenanbeter vor neugierigen Blicken schürzt. Die Hände im Nacken verschränkt, liegt Alexander auf einer flauschigen Decke und starrt durch seine Sonnenbrille in den blauen Himmel, über den winzige weiße Wölkchen ziehen, allein zu dem Zweck, das tiefe Sommerblau nur noch mehr zu betonen.

Die Parzelle hat nur zwei Zugänge. Einen dort, wo ein Fahrweg über einen der Kanäle führt. Der Lancia verstellt die Einfahrt. Durch die getönten Brillengläser sieht es so aus, als verschmelze die dunkelblaue Lackierung mit dem Himmel. Die andere Öffnung führt zum Meer; gerade ist Juliette noch einmal baden gegangen. Große Schilder an der Einfahrt der privaten Badebucht versichern, dass mo-

derne Filtersysteme das Wasser sauber halten. Wie Alexander seine Tante einschätzt, wäre sie so oder so schwimmen gegangen.
Ein Schatten fällt auf ihn, und tausend winzige Wassertropfen spritzen auf seinen nur mit einer Badehose bekleideten Körper. Er zuckt zusammen und rollt sich zur Seite. Juliette steht lachend über ihm.
Es gibt kein Entkommen. Er bleibt still liegen und bewundert sie. Der schwarze Badeanzug mit dem tiefen Rückenausschnitt bringt ihre Figur wunderbar zur Geltung. Ihr Bauch ist flach, ihre Haut straff und zart wie die einer jungen Frau.
»Es war herrlich. Du hättest noch mal mit reinkommen sollen, Alexander. Jetzt wirst du eh nass!«
Sie lacht noch immer, hell und klar, als sie sich auf ihn sinken lässt, um ihn ganz mit ihrer Feuchtigkeit zu bedecken. Er liegt wie erstarrt unter ihr. Dieser Körperkontakt hat eine Reaktion zur Folge, die ein Neffe seiner Tante gegenüber nicht zeigen sollte.
Juliette hebt ihre dünnen schwarzen Brauen. »Aber was seh ich denn da! Hat der ungezogene Junge schmutzige Gedanken?«
Ehe er es verhindern kann – in Wahrheit will er es gar nicht verhindern –, greift sie in seine Hose. Ihre schlanken Finger umschließen sein Fleisch. Er ist in ihrer Hand und genießt es, wie sie ihn presst und knetet. Mit der anderen Hand nimmt sie ihm die Sonnenbrille ab und lässt sie achtlos ins Gras fallen. Ihr Gesicht ist dicht über seinem, ihre Augen brennen sich in seinen fest. Sie will seine Reaktionen in sich aufsaugen wie ein ausgetrockneter Schwamm das Wasser. Seine Lust, seine Jugend, seine Be-

gierde, an allem will sie teilhaben und es bis zum Grund auskosten.

Sie lacht nicht mehr, lächelt nicht einmal. Ihr ernster Ausdruck und ihr starrer Blick sind wie eine Hypnose, der er sich nicht entziehen kann und nicht entziehen will. Ihr Atem geht schneller und streift seine Wangen, heiß wie ein Wüstenwind. Ihr Kopf hängt wie der einer Schlange über ihm, bereit zum Zustoßen, falls er, die Beute, eine falsche Bewegung macht. Aber es gibt nur eine Bewegung für ihn: Sein Körper windet sich in dem Rhythmus, den Juliette bestimmt.

Er hat das Gefühl, seine Hose müsse zerreißen. Juliette spürt die Feuchtigkeit in ihrer Hand. Blitzschnell zuckt ihr Kopf zurück, und ihre Hände streifen seine Badehose nach unten. Ihre feucht glänzenden Lippen, die eben noch halb geöffnet über seinem Gesicht schwebten, schließen sich um sein pulsierendes Fleisch und saugen sich fest.

Nur kurz denkt Alexander daran, dass sie seine Tante ist und dass es falsch ist, was sie tun. Seine Lust und seine Begierde sind ungleich stärker als jeder Zweifel. Er spürt Juliette, die ihn mit ihrem warmen Mund umschließt, und in diesem Augenblick will er nichts mehr als das. Selbst das Kitzeln ihres Haars an seinen Schenkeln steigert seine Erregung. Beide wissen, dass sie einander schon lange unterschwellig begehren. Als sie ihm diesen Ausflug nach Fregene vorschlug, hat Alexander insgeheim gehofft, dass sie ihrem Verlangen nachgeben würden. Er hätte den ersten Schritt nicht gewagt, nicht bei der Frau seines Onkels. Aber das ist sie für ihn nicht mehr. Jetzt ist sie seine Geliebte.

Die kleinen Wolken ziehen in Richtung Horizont, und der Schatten der Pinie wird länger und länger, ohne dass sie es bemerken. Sie kennen nur noch einander und ihre gemeinsame Lust. Sie liegen sich in den Armen, bis die Sonne als roter Ball im Meer versunken ist. Als eine frische Brise ihre erhitzten Körper kühlt, spüren sie ihren Hunger. In einem der zahlreichen Strandclubs, *Gilda on the Beach*, essen sie gegrillten Fisch und Muschelsalat, bevor sie zurück nach Rom fahren. Unterwegs biegt Juliette in einen Feldweg ab, hält an und knöpft ihr leichtes Sommerkleid auf. Darunter ist sie nackt. Er greift nach ihren kleinen Brüsten und streichelt sie, bis die Warzen ganz hart sind. Juliette stößt die Wagentür auf und rutscht vom Sitz. Ihre Hände öffnen seine Hose, und sie vergräbt den Kopf in seinem Schoß. Noch einmal bereitet sie ihm und damit auch sich selbst höchste Lust, bevor der magische Tag erlischt.

»Bist du in Gedanken bei ihr, wenn wir … zusammen sind?«
Alexander zögerte lange mit der Antwort. Er wollte weder Elena etwas vormachen noch sich selbst.
»Manchmal«, sagte er schließlich. »Es ist dann, als würde sich ein Bild vor das andere schieben. Ich empfinde viel für dich, Elena, aber ich habe auch viel für Juliette empfunden. Du und ich, wir kennen uns erst seit ein paar Tagen. Mit Juliette verband mich« – er suchte nach dem richtigen Wort, ohne es zu finden – »eine lange Zeit.«
Elena nickte leicht, beinahe verständnisvoll. Sie schien erleichtert darüber, dass er ehrlich war. »Ging das die ganzen Jahre hindurch?«
»Ja. Im Sommer sind wir oft zu unserer Bucht in Fregene gefahren. Sonst haben wir uns in einem kleinen, verschwiegenen Hotel in Trastevere getroffen.«

Er blickte aus dem Fenster, als könne man das Hotel von Elenas Wohnung aus sehen. Aber die Dächer von Trastevere bildeten in der einsetzenden Dämmerung ein undurchdringliches Gewirr aus sich auflösenden Konturen und Schatten. Von hier oben sah es aus wie eine Traumlandschaft, unwirklich wie jener ferne Sommertag am Meer.
»Und dein Onkel? Hat er nie etwas gemerkt?«
»Keine Ahnung. Wenn er es wusste oder ahnte, hat er es sich nicht anmerken lassen. Auf der Rückfahrt an dem bewussten Sonntag hat Juliette mir erklärt, dass ihr Liebesleben seit ein paar Jahren praktisch erloschen war. Sie gab Heinrich die Schuld, sagte, er habe urplötzlich kein Interesse mehr am Sex gehabt. Vielleicht war er sogar froh, dass ich in dieser Hinsicht seinen Part übernommen habe.«
»Das riecht nach Totus Tuus. *Vollkommen der Deine, Herr*, und nicht ein Sklave des Fleisches. So lernt man es bei den Verführern.«
»Mag sein«, sagte Alexander. »Aber ganz war er den Verführern offenbar nicht verfallen. Sonst hätte das Haupt der Zwölf, mein Vater, nicht den Befehl gegeben, ihn und Juliette zu ermorden.«
Seine Stimme war frostig geworden und doch nicht kalt. Zorn schwang in ihr mit, Hass.
»Was hast du vor?«, fragte Elena.
»Mein Vater hat alle verraten. Mich, als er seinen Tod vortäuschte. Heinrich und Juliette, als er sie ermorden ließ. Und jetzt den Papst, den er ebenfalls umbringen will. Ich muss ihn aufhalten. Und ich muss ihn bestrafen.«
»Alex, was meinst du damit?«
»Ich werde ihn töten!«

XVIII

Mittwoch, 13. Mai

Alexander stand im strömenden Regen und starrte auf den Eingang zur Nervi-Halle. Die Vigilanzagendarmen vor der Halle und die römischen Polizisten drüben auf dem Petersplatz waren zahlreicher vertreten als sonst. Trotzdem hatten sie alle Hände voll zu tun, die Enttäuschten davon abzuhalten, die Audienzhalle zu stürmen. Die Halle war zum Bersten voll.

Noch nie hatte Alexander so viele Behinderte und Schwerkranke versammelt gesehen. Natürlich waren nicht nur Römer zur Generalaudienz erschienen. Die Medien hatten das Sonntagsgebet des Papstes über die ganze Welt verbreitet. Schon am Montagmorgen hatten Reisebüros auf allen Kontinenten Kurztrips nach Rom angeboten – zu der erwarteten Wunderheilung.

Der Heilige Vater musste mit solch einem gewaltigen Ansturm gerechnet haben. Dass er seinen Aufruf an die Kranken, zur Mittwochsaudienz zu kommen, trotzdem unters Volk gebracht hatte, zeigte nur, wie wichtig ihm sein Anliegen war. Welcher Art dieses Anliegen auch sein mochte, eins stand für Alexander fest: Der Einsatz seiner heilenden Kräfte war für Custos nur das Mittel zum Zweck.

Die Ordnungskräfte kämpften den Eingangsbereich der Audienzhalle frei. Auf dem Petersplatz herrschte mittlerweile genau solches Gedränge wie in der Halle. Die vielen tausend und abertausend Menschen, die zwischen den Kolonnaden standen und auf die noch weißen Großbildschirme starrten, konnten kaum einen Finger rühren. Und das war noch nicht alles. Die breite Via della Conciliacione war heute für den Autoverkehr gesperrt. Erwartungsvolle Menschen füllten die Straße fast bis zum Tiber. Schirme, tief ins Gesicht gezogene Kapuzen und das Plastik von billigen Regencapes, so weit das Auge reichte.

Obwohl die Gendarmen die enttäuschten Pilger zurückgedrängt hatten, ging es vor der Nervi-Halle mehr als lebhaft zu. Viel mehr Presse als sonst war erschienen. Ü-Wagen standen Stoßstange an Stoßstange, unzählige Kameras und Mikrofone waren aufgebaut. Schon die Ankunft des Papstes sollte als großes Spektakel live um den Erdball gehen. Custos persönlich hatte die Anweisung gegeben, allen interessierten Medien eine Sonderakkreditierung zu erteilen. Was immer er vorhatte, der Welt sollte auch nicht eine Sekunde seines Auftritts vorenthalten werden.

Die Last der Verantwortung, die Alexander spürte, wurde ein wenig erträglicher, als er sich klarmachte, dass der Heilige Vater sich wahrscheinlich auch dann nicht von seinem Vorhaben hätte abbringen lassen, wenn es gelungen wäre, ihn vor dem Attentat zu warnen.

Gleichwohl war Alexander, der neben Elena und Spartaco Negro inmitten der Medienmeute stand, von großer Unruhe erfüllt. Immer wieder fragte er sich, ob Seine Heiligkeit die Halle überhaupt erreichen würde. Wohl nicht, wenn es nach dem Zirkel der Zwölf ging.

Und seine Unruhe wuchs, als er von Guntens verschlossenes Gesicht sah. Der neue Gardekommandant wirkte angespannt wie ein Feldherr am Morgen der Schlacht. Auch die Ehrenwache, mit der von Gunten aufmarschierte, war alarmierend. Laut Dienstplan hätte an diesem Tag das Romandgeschwader die Wache stellen müssen, aber der Oberstleutnant hatte das kurzfristig geändert. Es waren Deutschschweizer, Angehörige der beiden anderen Geschwader, die selbst bei trübem Wetter leuchtende Galauniformen angelegt hatten. Drei Mitglieder des mysteriösen Zirkels waren unter ihnen: Utz Rasser, Walter Stückelberger und Kurt Mäder. Ob die andere Hälfte der Ehrenwache mit dem Zirkel in Verbindung stand oder gar in den Attentatsplan eingeweiht war, blieb Alexander schleierhaft.

Aber er musste damit rechnen. Wenn der Verdacht zutraf, dass der Zirkel der Zwölf und Totus Tuus in irgendeiner Weise miteinander in Verbindung standen, war es nicht unwahrscheinlich, dass weitere Gardisten zu den Verschwörern gehörten. Dann bildete der Zirkel nur die Spitze des Eisbergs.

Eine groteske Vorstellung ergriff von ihm Besitz: Er sah die Ehrenwache auf den Papst zustürzen. Ihre Hellebarden und Schwerter hieben auf den Heiligen Vater ein, bis nur noch blutige Fleischklumpen von ihm übrig waren. – Aber nein, so plump würde der Zirkel nicht vorgehen. Was hatte Riccardo Parada doch bei der unterirdischen Zusammenkunft gesagt: *Was liegt näher, als der Welt einen radikalfundamentalistischen Moslem als Papstmörder zu präsentieren?*

Alexander zerbrach sich den Kopf, wie der Anschlag ablaufen würde. Er erinnerte sich an den Unterricht bei Stelvio Donati: *Die Feinde des Friedens sind von Natur aus gefährlich. Wenn sie sich aber in die Enge gedrängt fühlen,*

wenn aus Verblendung blinder Hass wird, ist mit dem Undenkbaren zu rechnen. – Die Bombe geht gerade dann hoch, wenn man am wenigsten damit rechnet.
War es im Wortsinn eine Bombe, die Papst Custos beseitigen sollte? Dann würden viele andere mit ihm sterben oder schrecklich verstümmelt werden. Dieser Gedanke war nicht einmal abwegig, der Zirkel der Zwölf schien keine Skrupel zu kennen. Und da die Sicherheitsvorkehrungen für die Audienz Riccardo Parada oblagen, durfte es für die Attentäter keine Schwierigkeit darstellen, an geeigneter Stelle einen Sprengsatz zu platzieren.
Alexander sah zum Sicherheitschef des Vatikans hinüber. Parada, in einen Trenchcoat mit hochgeschlagenem Kragen gehüllt, sprach angeregt mit von Gunten. Erörterten sie gerade die letzten Details des Anschlags? Es zerrte an Alexanders Nerven, zur Untätigkeit verdammt zu sein. Er hatte einen Eid geschworen, den Papst zu beschützen, und konnte doch nichts tun. Er war beurlaubt, trug nicht die Gardeuniform und fühlte sich ausgeschlossen, verloren. Andererseits konnte er froh sein, dass er dem Zirkel, den Verschwörern und Attentätern, nicht angehörte.
Stimmte das denn? Immer wieder ertappte er sich bei der Vorstellung, wie es wäre, mit seinem Vater Seite an Seite zu stehen. Die Sehnsucht nach dem Vater und der Hass auf den Mann, der ihn verraten und Juliette getötet hatte, stritten erbittert in ihm, wollten ihn schier zerreißen. Ein Gedanke ließ ihm keine Ruhe, drang immer tiefer in ihn wie ein Wurm, der sich in sein Gehirn bohrte: Standen Markus Rosin und der Zirkel der Zwölf womöglich auf der richtigen Seite? War Jean-Pierre Gardien tatsächlich ein Usurpator? War er der Antichrist?

Von Gunten drehte sich um, und ihre Blicke begegneten sich. Ahnte der Oberstleutnant, dass der Gardist, den er in den Urlaub abgeschoben hatte, mehr wusste? Alexander ballte die Hände. Er war kurz davor, sich auf seinen Kommandanten zu stürzen und die Wahrheit aus ihm herauszuprügeln.

Die ganze Wahrheit! Wie das Attentat ablaufen sollte. Warum Papst Custos für den Zirkel der Antichrist war. Welche Pläne die Zwölf verfolgten. Ob er seinen Vater lieben oder hassen sollte.

»Ruhig, Alexander, wir können nichts tun, noch nicht!« Elena stand neben ihm und flüsterte ihm die beschwichtigenden Worte ins Ohr. Ihre Nähe tat ihm gut, besänftigte ihn. Er hatte keine Ahnung, was aus ihm werden würde. Seit sie von Juliette wusste, hatten sie sich nicht mehr geliebt. Falls Elena sich von ihm verraten fühlte, konnte er es ihr, die mit Verrat aufgewachsen war, nicht verübeln. Er mochte sie ehrlich und hoffte sehr, sie würde zu ihm zurückfinden. Auch wenn er nicht sicher war, ob er Juliette ganz würde verdrängen können.

Spartaco warf ihm einen skeptischen Blick zu. Eine dicke Kamera hing vor seiner Brust, geschützt durch eine Regenplane. Er ahnte nichts von dem Attentat. Elena hatte ihm nur gesagt, er solle auf alles gefasst sein. Alexander hegte noch immer Misstrauen gegenüber dem Freizeitgladiator, aber zumindest hielt er ihn nicht mehr für den Einbrecher in der Waffenkammer. Nach dem, was sie gestern mit angehört hatten, nahm er an, dass er da gegen einen Gardisten gekämpft hatte. Vielleicht konnte er mit Spartaco nicht recht warm werden, weil er in ihm einen Rivalen um Elenas Gunst sah.

Die Wolken hatten sich immer dichter zusammengezogen. Obwohl es zehn Uhr vormittags war, herrschte ein diffuses Dämmerlicht. Ein grell gezackter Lichtfinger, der in mehreren Verästelungen plötzlich auf die Ewige Stadt niederfuhr, sorgte wenige Sekunden lang für unerwartete Helligkeit. Sie war noch nicht ganz erloschen, als der grollende Donner folgte, so laut, dass die Menschen zusammenzuckten. Gleich darauf leckte ein weiterer Blitz über Roms Dächer und tauchte die Wagenkolonne, die mit Schrittgeschwindigkeit vor die Audienzhalle rollte, für einen Moment in kaltes Licht. Die aufgeregten Rufe der Pressemeute und von Guntens Befehle wurden vom zweiten Donnerschlag übertönt.

Sämtliche Kameras richteten sich auf den schweren Mercedes, in dem der Papst mit Ovasius Shafqat, Aldo Tessari und dem Chauffeur Ferdinando Zanni saß. Der Wagen hielt vor der Ehrenwache, die stocksteif im Regen stand. Tessari, der eine Regenjacke über seinem Anzug trug, stieß die Beifahrertür auf und spannte noch im Aussteigen einen großen schwarzen Schirm auf.

Hektisch blickte Alexander in die Runde. Nur zu genau erinnerte er sich an das Gespräch, das er vor elf Tagen mit Donati geführt hatte: *Autos sind gefährlich! – Noch gefährlicher als die Fahrt im Wagen ist allerdings das Ein- oder Aussteigen. – Unordnung und Ablenkung. Zwei Faktoren, die Attentätern sehr gelegen kommen. – Wir können gepanzerte Limousinen bauen, aber der Weg von oder zu einem Wagen bleibt höchst gefährlich.*

Unordnung und Ablenkung. Genau das geschah im Augenblick. Aldo Tessari, der eigentlich den Papst hätte beschützen sollen, war vollauf mit seinem Schirm beschäftigt. Vielleicht spielte das keine Rolle, er konnte ja durchaus auch zu den Verschwörern gehören. Vielleicht war es aber auch die Gelegenheit, auf die die Feinde des Papstes gewartet hatten. Nun, da der Papst ausstieg und sich, gefolgt von Don Shafqat, unter den Schirm begab.

Aber wie sollte Alexander einen Attentäter erkennen? Das trübe Licht und der Regen verschleierten die Gestalten. Die Presseleute hatten die Mützen tief in die Stirn gezogen. Kameras wurden vor die Gesichter gehalten.

Bei einem Kameramann stutzte er. Der Mann trug eine grüne Allwetterjacke mit der Aufschrift *World News* auf dem Rücken. Alexander kannte den Sender nicht. Das dunkle, zum Teil von einer seltsam länglichen Kamera verdeckte Gesicht mit dem schwarzen Vollbart war ihm unbekannt und schien ihm doch seltsam vertraut. Als er genauer hinsah, hellte seine Erinnerung die Gesichtsfarbe auf, und der Bart verschwand. Auf einmal wusste Alexander, dass der Bart ein vorspringendes, eingekerbtes Kinn kaschierte.

Und er sah eine andere, ebenfalls von Regen getränkte Szene vor sich. Die Piazza Farnese vor dem Seminargebäude der römischen Polizei; zwei Männer, die aus dem Wagen einer Straßenreinigungsfirma stiegen; einer mit kräftigem, eingekerbtem Kinn. Ihre seltsamen Geräte waren keine Reinigungsapparate, sondern Gasdruckwaffen. Ähnlich der »Kamera«, die der Bärtige dort auf den Papst richtete. All das schoss Alexander in wenigen Sekundenbruchteilen durch den Kopf, und er hörte die Stimme des Waffenspezialisten: *Eine automatische Gasdruckflinte der Pancor Corporation, Typenbezeichnung Jackhammer. – Die Schrotmunition hat auf eine Ent-*

fernung von bis zu vierzig Metern eine verheerende Wirkung.

Keine zehn Meter trennten den Papst von dem »Kameramann«.

Ungefähr dieselbe Entfernung lag zwischen Alexander und dem Attentäter.

Es ging um Mikrosekunden.

Er spurtete los und sah zeitlupenartig, wie der Bärtige seinen Zeigefinger um den Abzugshebel krümmte.

In Alexanders Kopf flogen die Gedankensplitter durcheinander wie eine von der Jackhammer ausgespuckte Schrotladung: *... eine Warnung an den Papst ... Feinde des Friedens ... schwebt der Heilige Vater ständig in der größten denkbaren Gefahr ...*

Die letzten Meter. Alexander setzte zu einem Sprung an, den er bei Meister Funakoshi gelernt hatte.

Unordnung und Ablenkung ... gefährlicher ist das Ein- oder Aussteigen ... Revolvertrommel für zwölf Schuss Zwölferschrotpatronen ... verheerende Wirkung ...

Sein rechter Fuß berührte die linke Schulter des Attentäters in dem Augenblick, als die Schrotladung aus der Mündung jagte.

Zu spät, durchfuhr es Alexander wie ein jäher Schmerz. Einen Sekundenbruchteil zu spät!

Das trockene Geräusch der Detonation ging in dem überraschten Aufschrei des vermeintlichen Kameramanns unter. Alexanders Angriff riss ihn von den Füßen. Die Gasdruckflinte fiel mit hellem Scheppern zu Boden, und die Plastikteile der Kameraverkleidung sprangen von der Waffe ab. Die beiden Männer wälzten sich im Zweikampf auf dem regennassen Asphalt.

Alexander warf einen Blick zur Papstlimousine. Der alte Ferdinando Zanni hatte seine Chauffeursmütze verloren und war über dem Lenkrad zusammengesunken. An seiner rechten Schläfe klaffte ein blutiges Loch. Da die Wagentüren geöffnet waren, hatte die Panzerung ihn nicht schützen können.

Don Shafqat war von der Schrotladung halb ins Fahrzeug geworfen worden. Nur seine Beine ragten nach draußen. Stöhnend wälzte er sich vor der Rückbank hin und her.

Vor dem Fahrzeug lag Tessari, das Gesicht zur Hälfte weggerissen. Noch im Tod hielt der Vizeinspektor der Vigilanza den Schirm umklammert.

Neben ihm lag der Heilige Vater. Reglos. Das weiße Gewand von roten Flecken gesprenkelt.

Die Erkenntnis, dass er versagt hatte, ließ Alexander erstarren. Der Attentäter nutzte die Gelegenheit. Sein rechter Fuß traf den Schweizer mitten im Gesicht. Der Schmerz war mörderisch. Alexander war, als würde ihm die Nase ausgerissen. Schwarze und rote Blitze tanzten vor seinen Augen. Ein Blutstrom ergoss sich aus der misshandelten Nase über Mund und Kinn. Alexander hustete und spuckte.

Der Attentäter sprang auf und rannte zu einem grünen Ü-Wagen mit der Aufschrift *World News*.

Zwei Schemen huschten an Alexander vorbei und nahmen die Verfolgung auf: Elena und Spartaco.

Alexander wollte Elena rufen und sie zurückhalten, weil er um ihr Leben fürchtete, aber er verschluckte sich an seinem Blut und brachte nur ein klägliches Würgen hervor.

Der Motor des Ü-Wagens sprang an, während der Attentä-

ter sich ins offene Heck rettete. Spartaco war fast bei dem Fahrzeug. Ein Gesicht erschien im heruntergelassenen Beifahrerfenster, dann Arm und Hand mit einer schwarz glänzenden Automatik. Zwei Schüsse, unmittelbar hintereinander abgefeuert, und Spartaco sackte zusammen.
Nun hatte Elena das Heck des Wagens erreicht, und Alexander atmete auf. Sie befand sich für den Schützen im toten Winkel. Hoffentlich blieb sie dort!
Da tauchte der Attentäter wieder auf, streckte die Arme aus dem Heck und zog Elena in den Wagen. Eine Sekunde später schlug ein Komplize die Heckklappe zu.
Der Ü-Wagen schoss aus der Parkreihe, schrammte an zwei anderen Fahrzeugen entlang und raste mit aufheulendem Motor davon. Zwei echte Kameramänner, die das Geschehen gebannt und doch routiniert aufzeichneten, konnten gerade noch zur Seite springen.
Alexander stockte der Atem. Taumelnd kam er auf die Beine und wischte sich mit dem Jackenärmel das Blut aus dem Gesicht. Obwohl es aussichtslos war, stolperte er dem kleiner werdenden Ü-Wagen hinterher.
Elena!
Er musste ihr helfen.
»Alexander Rosin will fliehen!«, rief hinter ihm von Gunten. »Er ist der Komplize des Mörders. Ergreift ihn!«
Aus dem Chaos wild durcheinander schreiender, hin und her laufender Menschen und aufheulender Alarmsirenen lösten sich die Männer der Ehrenwache. Als sie, allen voran Utz Rasser, mit erhobenen Hellebarden auf ihn zustürmten, begriff Alexander den tödlichen Ernst seiner Lage. Der Zirkel der Zwölf wollte ihn beseitigen!
Zwei Fiats der Vigilanza, die den Ü-Wagen verfolgen woll-

ten, krachten hinter Alexander ineinander und versperrten seinen Verfolgern den Weg. Er nutzte den Vorsprung und rannte am Palast des Heiligen Offiziums entlang hinaus auf die Piazza Sant'Uffizio.

Noch herrschte allgemeine Verwirrung, auch unter Gendarmen und Gardisten. Niemand traf Anstalten, ihn aufzuhalten. Das einzige Hindernis war die unüberschaubare Masse der Pilger, durch die er sich mit harten Ellbogen kämpfte. Der Ü-Wagen, der sich ebenfalls mit Gewalt einen Weg gebahnt haben musste, war nicht mehr zu sehen.

Gerade hatte Alexander die letzten Absperrgitter hinter sich gebracht, da hörte er laute Rufe und wusste sofort, dass sie ihm galten. Die federbuschbesetzten Helme der Ehrenwache ragten aus der Menge empor. Von Gunten mit gezücktem Säbel, Rasser und Mäder mit ihren Hellebarden. Die restlichen Schweizer hingen ein Stück zurück.

Endlich erreichte Alexander die Via di Porta Cavalleggeri. Da die Straße für den normalen Autoverkehr freigegeben war, verlor sich hier der Pilgerandrang. Er konnte sich frei bewegen, aber wohin?

Von Gunten und die anderen kamen näher. Hatte er überhaupt eine Chance?

Ein weinroter Fiat Tempra schoss heran und hielt mit quietschenden Reifen vor ihm an. Der Fahrer hatte so scharf gebremst, dass es nach verbranntem Gummi roch. Nun beugte er sich herüber und stieß die Beifahrertür auf.

»Steigen Sie ein, schnell!« Es war Stelvio Donati.

Alexander war klar, dass er sich später wundern musste, wenn er den Häschern entkommen wollte. Von Gunten,

Rasser und Mäder kamen bereits im Laufschritt näher. Also schwang er sich in den Wagen und saß noch nicht ganz, als Donati schon einen wahren Kavaliersstart hinlegte. Nur mit Mühe konnte Alexander die Tür zuziehen. Die Verfolger verschwanden im Rückspiegel, wie auch der ganze Vatikanstaat.
Doch die quälende Erinnerung blieb. Das Bild, wie Elena in den Ü-Wagen gezerrt wurde.
Und das Bild von Papst Custos, der in seinem Blut lag.

Sämtliche Schleusen des Himmels waren geöffnet, und die Welt löste sich in Regen auf. Hilflos rasten die Scheibenwischer auf der Windschutzscheibe hin und her, gegen die dicken Wasserschleier vermochten sie kaum etwas auszurichten. Straße und Gebäude verschwammen zu schemenhaften Umrissen. Die siebzig bis achtzig Stundenkilometer, die Stelvio Donati fuhr, erschienen Alexander geradezu halsbrecherisch. Seine einzige Hoffnung war, dass der Wolkenbruch nicht nur ihre Fahrt zu einem lebensgefährlichen Unternehmen machte, sondern auch mögliche Verfolger behinderte.
Der Commissario blickte unverwandt auf die wasserüberspülte Fahrbahn und lenkte den Wagen über eine breite Straße, die Alexander als Via Gregorio VII. identifizierte. Es ging nach Westen. Das war auch schon alles, was er über ihr Ziel wusste. Donati schwieg eisern und Alexander wollte seine Konzentration nicht stören. Er saß mit zurückgelegtem Kopf da und drückte ein Taschentuch gegen seine blutende Nase.
Donati hatte das Autoradio eingeschaltet. Ein Regionalsender berichtete über das Attentat, durchsetzt von einem

ständigen Knattern, das auf die atmosphärischen Störungen durch das Gewitter zurückging: »… überstürzen sich die Meldungen aus dem Vatikan. Die heutige Generalaudienz, von der ganzen Christenheit mit Spannung erwartet, hat sich zu einer blutigen Tragödie entwickelt. Einzelheiten sind noch nicht bekannt. Dem Vernehmen nach hat ein Attentäter mit einer Schrotflinte in dem Moment auf die Papstlimousine geschossen, als der Heilige Vater ausstieg. Mehrere Personen wurden getötet oder verletzt. Zu den Opfern zählt auch Papst Gardien. Nach neuesten Meldungen soll er tödlich getroffen sein. Der Attentäter, der mehrere Helfer hatte, konnte in einem Ü-Wagen mit der Aufschrift *World News* entkommen. Polizei und Carabinieri sperren zur Stunde Rom nach allen Richtungen ab. An sämtlichen Ausfallstraßen werden Kontrollen eingerichtet, die …«

»Gut, dass wir Rom nicht verlassen wollen«, brach Donati endlich sein Schweigen. »Wir sind bald am Ziel.«

Er bog auf eine schmalere Straße ab, die Alexander auch bei besserer Sicht nicht erkannt hätte. Allmählich wurde die Bebauung spärlicher. Eichen und Pinien säumten den Straßenrand. Der Regen fuhr mit Urgewalt auf die Bäume nieder und riss zahlreiche Äste ab. Einer schlug mit lautem Krachen aufs Autodach.

Der Radiosprecher berichtete mit sich vor Aufregung fast überschlagender Stimme: »Soeben erreicht uns die Meldung, dass zu den Helfern des Attentäters ein Schweizergardist gehören soll, der ebenfalls flüchtig ist. Seine Beteiligung an dem Mordanschlag könnte erklären, wie es möglich war, dass die Attentäter dem Heiligen Vater so nahe gekommen sind. Der Name des flüchtigen Gardisten ist Alexander Rosin. Es handelt sich um den Neffen des vor zwei Wochen im Vatikan ermordeten Gardekommandanten Oberst Heinrich Rosin. Spekulationen über eine Verbindung zwischen den beiden Anschlägen dürften nicht unberechtigt sein.«

»Ganz bestimmt nicht«, stieß Alexander hervor und lachte bitter. Ein neuerlicher Hustenanfall schüttelte ihn. Bittersüßer Blutgeschmack füllte seinen Mund. Er würgte den Auswurf in sein ehemals weißes Taschentuch, das jetzt dunkelrot war.

»Gleich haben wir es geschafft«, erklärte Donati, ohne ihn anzusehen. »Dann erhalten Sie ärztliche Hilfe.«

»Wo? Im Polizeikrankenhaus?«

»Nein.«

Der Tempra ruckelte über einen unbefestigten Weg, der von Bäumen und Büschen gesäumt wurde. Vom Regen herabgerissenes Astwerk zerbarst unter den Rädern. Donati bremste und hielt schließlich vor einem drei Meter hohen Eisentor. Zu beiden Seiten des geschlossenen Tores erstreckte sich eine nicht minder hohe Steinmauer, die mit Stacheldraht und Glasscherben bewehrt war. Ein Schild neben dem Tor verkündete: *Clinica Privata. Professore R. Orlandi.*

Eine Privatklinik. Donati hatte offenbar nicht zu viel versprochen. Weshalb der Polizist ihm, dem gesuchten Attentäter, bei der Flucht half, anstatt ihn festzunehmen, blieb Alexander allerdings ein Rätsel.

Der Commissario hämmerte auf seine Hupe ein. Ein Wachmann kam aus seinem Häuschen jenseits der Mauer, sah kurz zu dem Wagen und betätigte einen verborgenen Schalter. Das Tor glitt zur Seite und verschwand in der Mauer. Als der Fiat durch die Einfahrt rollte, bemerkte Alexander eine an der Mauer installierte Videokamera, die ihren Weg verfolgte.

Der Wachmann, der eine einfache dunkle Uniform und darüber ein Regencape trug, winkte, was Donati mit einem knappen Nicken quittierte. Das Tor glitt zurück in seine alte Position. Der Tempra fuhr um eine buschbewachsene Biegung, und die Mauer, die mehr an ein Gefängnis als an eine Klinik erinnerte, verschwand aus Alexanders Blickfeld.

»Was für eine Klinik ist das?«, fragte er. »Was wird hier behandelt?«

»Alles Mögliche.«

»Meinen Sie nicht, dass Sie mir eine Erklärung schulden?«, versetzte Alexander säuerlich.

»Dafür, dass ich Sie gerettet habe?«

»Zum Beispiel. Ich bin Ihnen sehr dankbar, Commissario, aber ich glaube nicht, dass Ihre Handlungsweise mit Ihren dienstlichen Pflichten in Einklang steht.«

»Es gibt höherrangige Pflichten«, sagte Donati.

Er schien die Unterhaltung mit dieser geheimnisvollen Äußerung als beendet anzusehen. Stumm lenkte er den Wagen durch einen verlassenen Park. Alexander fühlte sich an eine der Villen erinnert, die mit ihren weitläufigen Grünanlagen einst vom Renaissance-Adel als Lustschlösser errichtet worden waren und heute den Bürgern Roms Entspannung und Erholung boten. Nur dass diese Anlage der Öffentlichkeit zweifellos nicht zugänglich war. An Rosenhecken, großen Springbrunnen und antiken Statuen vorbei ging es zu einem imposanten vierstöckigen Renaissancebau.

Donati hielt auf einem unbefestigten Vorplatz. Mehrere Fahrzeuge parkten da rund um eine Statue von Jupiter Fulgur, dem Gott des Blitzes. Die alte Himmelsgottheit schien nur auf ihre Ankunft gewartet zu haben. Grell fuhr ein Blitzstrahl aus den Wolken und beleuchtete die Statue, die drohend einen stilisierten Blitz in der Hand hielt. Das untere Ende des Marmorblitzes war abgebrochen, und Jupiter fehlte das halbe Gesicht, was Alexander schmerzlich an den niedergeschossenen Aldo Tessari erinnerte. Dem Blitz folgte dumpfes Donnern und das zerfetzte Gesicht versank im Dämmer dieses lichtlosen Tages.

Über aufgeweichten Schlammboden liefen sie zum zweiflügeligen Hauptportal. Ein Dreiecksgiebel, der auf Säulen nach ionischem Vorbild ruhte, schützte den Eingangsbereich vor dem Regen. Als Alexander sich umblickte, sah er direkt in eine Überwachungskamera.

Ein Torflügel schwang auf. Eine blonde Frau in eng sitzender Schwesterntracht bat sie herein und musterte Alexander besorgt.

»Sie sehen aber gar nicht gut aus, Signore.«

»Ihm geht's auch gar nicht gut, Ilaria«, ahmte Donati ihren fürsorglichen Tonfall nach. »Wäre gut, wenn der Professor sich Signor Rosin ansehen könnte. Ich muss den Wagen in die Garage fahren. Vielleicht ist er schon zur Fahndung ausgeschrieben.«

»Ich werde den Professor verständigen und mich um Signor Rosin kümmern«, versprach Schwester Ilaria mit einem verheißungsvollen Lächeln.

Donati wandte sich wortlos um und hinkte wieder in den Regen hinaus.

Was für eine Klinik dies auch sein mochte, unter anderen

Umständen hätte Alexander sich hier mit Freuden einweisen lassen. Jetzt aber achtete er kaum auf Ilarias verführerischen Hüftschwung, als er ihr durch weitläufige Gänge folgte. Die Wände waren mit Fresken geschmückt, die im Glanz frischer Restaurierungen erstrahlten. Professor Orlandi musste gut betuchte Patienten haben.

Die blonde Frau, deren Alter er auf etwa fünfunddreißig schätzte, führte ihn in ein Ordinationszimmer, in dem moderne medizinische Apparate eine halbwegs gelungene Symbiose mit antiken Möbeln, großen Ölgemälden und schweren Brokatvorhängen eingingen. Die Fenster hinter den Vorhängen waren durch starke Gitterstäbe gesichert. Als Alexander versuchte, sich den Anblick der Klinik von außen zu vergegenwärtigen, erinnerte er sich, dass die Fenster, soweit er sie hatte sehen können, alle vergittert waren. Er hatte den Eindruck, sich im komfortabelsten Gefängnis der Welt zu befinden.

Schwester Ilaria sprach leise ein paar Worte in ein Telefon, dann säuberte sie vorsichtig sein Gesicht. Die sanfte Berührung ihrer Hände und der schwere Duft ihres Parfüms übten eine beruhigende Wirkung auf ihn aus. Er schloss die Augen, atmete tief durch und genoss Ilarias Nähe und Wärme. Der Wahnsinn der letzten Stunde fiel von ihm ab. Er hätte sich halbwegs entspannt gefühlt, hätten ihm nicht die Trauer um Papst Custos und die hämmernde Sorge um Elena auf der Seele gelegen.

»Willkommen in meinem Haus, Signor Rosin«, sagte eine hohe, dünne Männerstimme und riss ihn aus dem kurzen Traum falscher Geborgenheit. »Ich bin Renato Orlandi.«

Die Nonchalance des hoch gewachsenen, dünnen Mittfünfzigers im altmodischen grauen Dreiteiler verblüffte

Alexander. Donati war schweigsam gewesen wie eine Sphinx. Der Professor und seine Schwester dagegen verhielten sich, als sei er mal eben zur Sprechstunde hereingeschneit. Sie mussten doch wissen, dass der Papst erschossen worden war und dass ihr Patient als Komplize des Mörders gesucht wurde.

Er ergriff die ausgestreckte Rechte des Professors und schüttelte sie matt. Der gescheiterte Versuch, den Papst zu beschützen, und die anschließende Flucht hatten ihn erschöpft. Vielleicht ließ er deshalb alles mit sich geschehen. Was sonst hätte er auch tun sollen? Sich der Polizei stellen? Von Gunten und Parada hätten schon dafür gesorgt, dass man ihm nicht glaubte.

Orlandi hob die Brauen und sah ihn an wie einen dummen Jungen. »Na, wo drückt der Schuh?«

»Der Schuh hat in mein Gesicht gedrückt«, brummte Alexander. »Ich dachte, das sieht man.«

»In der Tat.«

Als Orlandi sich über ihn beugte, kitzelte der Geruch von Pfeifentabak Alexanders Nase. Immerhin konnte er noch riechen.

Der Professor stieß einen kurzen Seufzer aus. »Da werde ich wohl am besten gleich operieren.«

»Operieren?«, rief Alexander. »Was? Wozu?«

»Die Nase natürlich. Damit Sie wieder frei atmen können. Außerdem wollen Sie doch nicht für den Rest Ihres Lebens aussehen wie Belmondo.« Orlandi wandte sich zu Ilaria um. »Schwester, bereiten Sie alles vor.«

»Ja, Herr Professor.«

Nachdem sie den Raum verlassen hatte, zog Orlandi die Jacke aus und hängte sie sorgfältig über einen Stuhl. Dann krempelte er die Ärmel seines blütenweißen Hemdes bis über die Ellbogen hoch und machte sich an einem Schrank mit Arzneifläschchen zu schaffen.

»Sie sollten sich auf die Liege dort legen und Jacke und Hemd ausziehen«, sagte er, als er sich wieder zu Alexander umdrehte. In der rechten Hand hielt er einen kleinen, durchsichtigen Plastikzylinder, der in einer langen Nadel auslief. »So kann ich Ihnen die Spritze am besten geben.«

»Jetzt auch noch eine Spritze?«

»Nur keine Angst, mein Bester. Die Operation wird schmerzhaft. Sie werden für die Betäubung noch dankbar sein.«

Als die Nadel in seinen Oberarm fuhr und das Zimmer kurz darauf vor seinen Augen zu verschwimmen begann, fragte Alexander sich, ob er richtig gehandelt hatte, als er zu Stelvio Donati in den Wagen stieg. Bleierne Müdigkeit senkte sich über ihn. Ein panischer Versuch, gegen das betäubende Schweregefühl anzukämpfen, scheiterte kläglich. Sein letzter Gedanke, bevor um ihn her alles finster wurde, galt Elena.

XX

Donnerstag, 14. Mai

Der Anblick des Krankenzimmers hatte etwas Deprimierendes. All das klinisch saubere Weiß und die hochmodernen Apparaturen mit ihrem wichtigen Tuten und Piepen konnten nicht darüber hinwegtäuschen, dass dies das Vorzimmer zum Jenseits war. Ob zum himmlischen Frieden oder zum Fegefeuer, darüber machte er sich im Augenblick keine Gedanken. Zur Zeit ging es schlichtweg um Leben und Tod. Fast meinte er, durch den eigentümlichen aseptischen Geruch der Krankenstation den süßlichen Hauch des Todes, der Verwesung, wahrzunehmen.

Der Patient lag reglos in seinem Bett, wie er es den ganzen letzten Tag und die Nacht hindurch getan hat, hilfloses Objekt in den behandschuhten Händen der Ärzte. Sie beugten sich über ihn, tuschelten hinter ihren Mundschutzmasken miteinander und betrachteten stirnrunzelnd die grünen und gelben Monitore der lebenserhaltenden Geräte.

Ein kleiner, stämmiger Mann drehte sich um. Schweiß perlte auf seiner Stirn. Als er den Mundschutz mit einer müden Bewegung abstreifte, enthüllte er ein teigiges Gesicht, das durch den Stoppelbart etwas unpassend Verwegenes erhielt. Dr. Salvatore Secchi, der Leiter des vatikanischen Gesundheitsdienstes und Leibarzt des Papstes, hatte seit vierundzwanzig Stunden um das Leben seines Patienten gekämpft.

Jetzt schüttelte er traurig den Kopf und sagte mit brüchiger Stimme: »Es ist sinnlos, der Papst ist tot.«
Ovasius Shafqat fühlte sich wie vor den Kopf geschlagen. Natürlich hatte er damit rechnen müssen, und doch – gerade dieser Papst hätte leben sollen!
Der Privatsekretär des toten Papstes taumelte zurück, als könne er Dr. Secchis Auskunft negieren, indem er auf Distanz zu dem Arzt ging. Dabei stieß er mit dem linken Arm, der bandagiert war und in einer Schlinge steckte, gegen einen Medizinschrank. Ein höllischer Schmerz durchzuckte seine ganze linke Seite, aber das war bedeutungslos im Vergleich zu seiner Verzweiflung.
Es gab gewiss mutigere Männer als ihn, aber er hätte sein Leben gegeben, um Jean-Pierre Gardien zu retten. So viel hing von diesem Mann ab. Welche Hoffnungen hatten die Auserwählten mit seiner Wahl zum Papst verbunden, Hoffnungen für die ganze Welt!
Warum nur hatte die Schrotladung des Attentäters den Papst mit voller Wucht getroffen und ihn, Shafqat, nur am Arm verletzt? Wäre er für den Papst gestorben, so wie Tessari und Zanni, es wäre der beste Tod gewesen, den er sich wünschen konnte. Dieses Ende aber war die schlechteste Möglichkeit des Weiterlebens.
»Es sind zu viele Schrotkugeln nahe beim Herzen eingedrungen.« Shafqat hörte Secchis Worte wie aus weiter Ferne. »Wir mussten die Kugeln entfernen, damit Seine Heiligkeit überhaupt eine Lebenschance hatte. Aber diese Chance war gering. Zu gering.«
Shafqat konnte den Anblick des Krankenbetts nicht länger ertragen. Die reglose Gestalt des Ermordeten mit den Schläuchen und Elektroden an seinem Körper wirkte wie

ein Hohn auf den Mann, der als Papst Custos angetreten war, um die Welt zu verändern. Benommen wandte der Ire sich ab und sah aus dem Fenster über die Dächer und Gärten des Vatikans, die sich hinter dem Apostolischen Palast erstreckten. Die Morgendämmerung mit ihrem unwirklichen Licht und den langen Schatten ließ den Stadtstaat noch bizarrer erscheinen, als er es ohnehin war.

War es richtig gewesen, Gardien hier zu behandeln, innerhalb dieser abgeschlossenen, konservativen, in vielerlei Dingen rückständigen Welt? Er zweifelte nicht an den Fähigkeiten von Dr. Secchi und seinem Team, aber in der Gemelli-Klinik hätten mehr Ärzte mit ihrem gesammelten Wissen zur Verfügung gestanden.

Papst Johannes Paul II. hatte man damals, als er durch den Attentäter Ali Agca schwer verwundet worden war, ins Gemelli-Krankenhaus gebracht, und er hatte überlebt. Andererseits hatte gerade dieser Vorfall den Anstoß gegeben, im Apostolischen Palast ein eigenes kleines Krankenhaus einzurichten. Ein Krankentransport durch Roms verstopfte Straßen kostete wertvolle Zeit und ein Aufenthalt des Papstes in einem römischen Krankenhaus wäre für die Medien ein gefundenes Fressen gewesen.

Shafqat wischte seine Bedenken beiseite. Die apostolische Krankenstation war zwar klein, aber medizintechnisch auf dem neuesten Stand. Und die Ärzte des vatikanischen Gesundheitsdienstes arbeiteten hauptberuflich an den großen Kliniken Roms und verfügten daher über reiche Berufserfahrung.

Die meisten Kurienkardinäle hatten Domenico Musolinos Entscheidung, Papst Custos im Vatikan zu behandeln, begrüßt. Nicht wenige unter ihnen hätten es einfach unschicklich gefunden, wenn der Heilige Vater sich unter tausend gewöhnlichen Sterblichen in einem öffentlichen Krankenhaus hätte betreuen lassen. Eine Einstellung, die auf frühere Jahrhunderte zurückging, als die häusliche Pflege für einen Kranken tatsächlich die beste gewesen war. Dass sich seither manches verändert hatte, wollte nicht in die kurialen Betonköpfe hinein. Nicht umsonst hatte einmal ein Journalist geschrieben, einige Kardinäle seien so steif, dass sie beim Sprechen knarrten und quietschten.

»Der Heilige Vater ist gestorben. Rufen wir alle zusammen, die anwesend sein müssen, wenn die Hammerfrage gestellt wird.«

Das sagte Musolino, der dem Papst schon am Vortag die Letzte Ölung erteilt hatte. Der Kardinalstaatssekretär war, wie auch Kardinalprotodiakon Tamberlani, seit dem Attentat nicht von der Seite des Schwerverletzten gewichen.

Shafqat sah Übermüdung, aber keine Trauer in dem faltigen Gesicht des Staatssekretärs. Im Gegenteil, die tief liegenden Augen versprühten eine Energie, die in diesem Moment höchst unpassend wirkte. Vielleicht hing es damit zusammen, dass Musolino neben dem Amt des Staatssekretärs auch das des Camerlengos der heiligen römischen Kirche bekleidete. Ein Amt, dessen wahre Bedeutung erst zum Tragen kam, wenn ein Heiliger Vater verschieden war. In der Sedisvakanz, der Zeit zwischen dem Tod eines Papstes und der Wahl des neuen, leitete der Camerlengo die Kirche – und er organisierte die anstehende Papstwahl. Das war eine schwierige Aufgabe, die ein großes Maß an Energie und Durchsetzungskraft erforderte.

Doch Musolino strahlte noch mehr aus. Jede Faser seines Körpers wirkte angespannt. Er schien sich geradezu auf die vor ihm liegende Aufgabe zu freuen.

Die Hammerfrage!

Es war alte Tradition, sie nach dem Tod eines Papstes zu stellen. Shafqat wusste das. Doch alles in ihm sträubte sich gegen die Vorstellung, dass die Prozedur auf die leblose Gestalt dort im Krankenbett angewendet wurde. Damit würde Jean-Pierre Gardien endgültig tot sein.

Als ein dunkelhäutiger Monsignore aus dem Staatssekretariat, der stumm in einer Ecke gesessen hatte, zur Tür ging, um den Befehl seines Herrn auszuführen, stellte Shafqat sich ihm in den Weg.

»Nicht, bitte!« Er sah zu Musolino hinüber. »Eminenz, warten Sie noch mit der Hammerfrage. Gewähren Sie mir ein paar Minuten allein mit Seiner Heiligkeit.«

Verwunderung malte sich in Musolinos sonst so beherrschten Zügen. »Das sieht das Protokoll nicht vor, Don Shafqat.«

»Ich weiß, aber trotzdem …«

Shafqat war sich der Kläglichkeit seines Vorstoßes bewusst und brachte den Satz nicht zu Ende. Er fühlte sich überfordert. Er war schwach, ein Sünder. Warum hatte Gardien gerade ihn zum Vertrauten erkoren?

Wenn doch nur John Kembles Hand käme! Schon gestern Mittag hatte er sie in einem heimlichen Telefonat angefordert. Die Aussichten standen zwar schlecht, aber vielleicht konnte er Gardien auf diese Weise doch helfen.

»Die Formalitäten müssen erledigt werden«, sagte Musolino weihevoll. »Es ist an der Zeit, die Hammerfrage zu stellen.«

Das Aufblitzen in seinen Augen zeigte deutlich, dass es ihm um mehr ging als um Formalitäten.
Als der dunkelhäutige Monsignore auf Musolinos Wink hin den Raum verließ, schwanden Shafqats Hoffnungen.

Schwester Ilaria trat ein, und Alexander hoffte, endlich Neuigkeiten zu erfahren. Er war erst vor wenigen Minuten aufgewacht und hatte mit Schrecken festgestellt, dass es schon dämmerte. Das Gewitter hatte sich gelegt, nur noch schwach klopfte der Regen gegen die vergitterten Fensterscheiben. Er hatte aufstehen wollen, doch war das einfacher gedacht als getan. Er fühlte sich unendlich müde und matt, als habe ein Sukkubus sämtliche Lebensenergie aus ihm herausgesaugt. Jetzt versuchte er noch einmal, sich im Bett aufzurichten, und merkte, dass noch etwas anderes ihn zurückhielt. Er war an Armen und Beinen festgeschnallt!
»Guten Morgen, Signor Rosin«, flötete Ilaria und stellte ein schwer beladenes Tablett auf den Nachttisch. »Sie haben die Nacht hoffentlich gut überstanden?«
»Was soll das?«, knurrte er und zerrte an den straffen Lederriemen. »Bin ich ein Gefangener?«
»Professor Orlandi hielt es für besser. Sie durften sich nach der Operation nicht aufs Gesicht legen. Einen Moment.«
Während sie sich über das Bett beugte, um die Riemen zu lösen, kam ihm eine beunruhigende Erkenntnis. Das diffuse Licht, das durchs Fenster hereinfiel, stammte nicht von der *Abend*dämmerung.
»Was haben Sie eben gesagt, Schwester? Guten Morgen?«
»Etwas dagegen?«

»Welchen Tag haben wir denn?«

»Den vierzehnten natürlich.«

»Dann habe ich fast vierundzwanzig Stunden geschlafen!«

Ilaria hatte den letzten Riemen geöffnet und lächelte ihn an. »Das hat Ihnen gut getan, nicht wahr? Der Professor hat Ihnen ein starkes Schlafmittel gegeben, weil er meinte, das sei bei Ihrer physischen und psychischen Erschöpfung das Beste.« Sie rückte das Tablett zurecht. »Und jetzt frühstücken wir ordentlich!«

Er verspürte nicht den geringsten Hunger. Dafür bedrängten ihn hundert Fragen. »Was ist mit Elena? Ist der Papst wirklich tot? Und der Attentäter, ist er …«

»Später«, säuselte Ilaria. »Das können Sie alles später klären, Signor Rosin. Jetzt wollen wir frühstücken.«

Sie goss aus einem verzierten Kännchen dampfenden Tee in eine Tasse mit demselben Dekor. Wütend schlug er sie ihr aus der Hand. Die Schwester taumelte zurück und riss dabei das ganze Tablett zu Boden. Die teure Kanne zersprang. Brötchen, Margarine, Marmelade, Wurst und Käse verteilten sich auf dem Parkett.

»Ich habe keinen Hunger! Begreifen Sie das?«

»Ich schon.« Sie machte einen Schmollmund. »Aber dass der Professor dafür Verständnis aufbringen wird, bezweifle ich.«

»Rufen Sie ihn her und fragen Sie ihn!«, verlangte Alexander. Die Unterhaltung mit Schwester Ilaria brachte ihn nicht weiter; er hoffte, dass Orlandi seine Fragen beantworten würde.

»Wie Sie wünschen, Signore.«

Sie griff nach dem Hörer des Telefons, das neben seinem Bett an der Wand hing.

Er stand langsam auf und bekämpfte ein Schwindelgefühl, das die Wände ins Kreiseln bringen wollte. Beiläufig stellte er fest, dass er einen blauen Pyjama trug. Auf nackten Füßen wankte er durch das luxuriöse Krankenzimmer zum Fenster. Vor einem Wandspiegel, eingefasst in einen aufwendig geschnitzten Rahmen, blieb er stehen. Im ersten Augenblick glaubte er, eine Mumie glotze ihn aus dem Spiegel an. Sein Gesicht war bandagiert. Nur Augen, Mund und ein Stück Nase schauten hervor.

Als seine Hände unwillkürlich zum Gesicht fuhren, sagte Ilaria streng: »Lassen Sie das besser! Professor Orlandi wird Ihnen schon sagen, wann Sie den Verband abnehmen können. Übrigens wird er gleich hier sein. Sie legen sich am besten wieder hin.«

Aber er ging weiter zum Fenster und blickte auf den Vorplatz der ominösen Privatklinik. Der Park dahinter sah chaotisch aus. Der Sturm hatte Äste geknickt und abgerissen, Bäume und Buschwerk halb entlaubt. Der unbefestigte Platz war ein Meer aus Schlamm, durch das sich Reifenspuren zogen. Bei seiner Ankunft hatte ein halbes Dutzend Wagen dort geparkt, jetzt waren es doppelt so viele. Donatis Fiat befand sich nicht darunter. Es war noch immer stark bewölkt. Das Unwetter hatte sich nicht verzogen, sondern nur eine Pause eingelegt. Vor dem Haus stand Jupiter Fulgur und schwang den zerstörerischen Blitz.

Zwei Männer betraten den Raum, Orlandi und Donati.

»Hinlegen oder wenigstens ins Bett setzen, aber nicht mit nackten Füßen hier herumstehen!«, befahl der Professor.

Alexander gehorchte, um langwierige Diskussionen zu vermeiden. Orlandi schickte Ilaria, die inzwischen das verschüttete Frühstück und die Scherben aufgesammelt hatte, hinaus.

»Sie haben wohl ein paar Fragen«, meinte der Professor. »Aber sagen Sie mir erst, wie es Ihnen geht.«

»Ein leichtes Schwindelgefühl, und mein Gesicht ist ganz taub.«

»Wunderbar«, befand Orlandi. »Dann ist alles normal.«

Alexander konnte nicht länger an sich halten und fragte: »Hat man Elena gefunden?«

Donati trat an sein Bett und setzte eine betrübte Miene auf. »Leider nicht. Sie und der Attentäter sind spurlos verschwunden. Die Kollegen haben nur den Ü-Wagen gefunden.«

»Etwa wieder an der Stazione Termini?«

»Nein«, antwortete der Commissario. »Der Wagen stand verlassen auf dem Hinterhof einer stillgelegten Schreinerei am Westhang des Gianicolo. Ich komme gerade aus dem Präsidium. Zum Glück stehe ich nicht unter Verdacht. In dem Chaos und bei dem Wolkenbruch gestern hat sich niemand das Kennzeichen meines Wagens gemerkt.«

»Wie schön für Sie!«, brummte Alexander.

Er machte sich schwere Vorwürfe, weil er Elena nicht aus der Sache herausgehalten hatte. Aber wie hätte er das tun können? Obwohl er sich immer wieder sagte, dass Elena sich ohnehin nichts vorschreiben ließ, fühlte er sich verantwortlich für das, was mit ihr und Spartaco geschehen war. Er erkundigte sich nach Negro.

»Er ist mit einem blauen Auge davongekommen«, sagte Donati. »Genauer ausgedrückt, mit einem leichten Streifschuss am Bein.«

Er berichtete, dass auch Ovasius Shafqat nur leicht verletzt war. Tessari und Zanni waren auf der Stelle tot gewesen, aber das hatte Alexander nicht anders erwartet. Hatten die Verschwörer mit Tessari einen der Ihren geopfert, um ihr Ziel zu erreichen? Und falls Tessari nicht zu ihnen gehörte, musste sein Tod Riccardo Parada umso gelegener kommen. Der Vigilanzachef würde wohl dafür sorgen, dass Tessaris Nachfolger zum Kreis der Verschwörer zählte.

»Und der Papst?«, fragte er mit belegter Stimme.

»Obwohl ihn etliche Kugeln getroffen haben, war noch Leben in ihm. Da ein Transport ins Krankenhaus zu gefährlich erschien, hat man ihn auf die Krankenstation im Apostolischen Palast gebracht. Nach unseren Informationen besteht wenig Hoffnung, wenn auch …«

Das leise Klingeln des Telefons unterbrach Donati.

Orlandi nahm ab und lauschte dem Anrufer. Bestürzung lag auf seinem Gesicht, als er den Hörer mit einer mechanischen Bewegung einhängte. Sein Blick pendelte zwischen Donati und Alexander.

»Sprechen Sie ruhig, Professor«, sagte Donati. »Wenn wir vorankommen wollen, müssen wir einander vertrauen.«

»Ich fürchte, es gibt kein Vorankommen mehr.« Orlandis Stimme klang noch heiserer als gewöhnlich. »Der Anruf kam aus dem Vatikan. Musolino will die Hammerfrage stellen.«

Sie alle wussten, was das bedeutete.

Eine Tradition, viele Jahrhunderte älter als die Intensivstation im Apostolischen Palast, wurde in dem Krankenzimmer befolgt. Über das Gesicht des Heiligen Vaters war ein weißes Tuch gedeckt. Bis auf Dr. Secchi hatten alle

Ärzte und Schwestern den Raum verlassen. An ihre Stelle waren kirchliche Würdenträger getreten, deren rote und schwarze Farben einen starken Kontrast zum allgemeinen Weiß der Krankenstation bildeten. Die Tradition verlangte, dass die Hammerfrage in Anwesenheit des Päpstlichen Zeremonienmeisters, der Geheimsekretäre und des Kanzleivorstehers der Apostolischen Kammer gestellt wurde. Sie alle und weitere hohe Geistliche drängten sich um das Krankenbett, das zum Totenlager geworden war.

Für Ovasius Shafqat, der mit den Kardinälen Musolino und Tamberlani am Kopfende des Bettes stand, war es eine Szene wie aus einem Albtraum. Und er konnte kaum hoffen, daraus zu erwachen.

Der dunkelhäutige Sekretär Musolinos, der eine Stunde zuvor gegangen war, die kurialen Würdenträger zusammenzurufen, hielt seinem Herrn einen kleinen schwarzen Koffer hin. Nach einem Blick in die Runde erledigte Musolino seine erste Pflicht als Kardinalcamerlengo. Er nahm das weiße Tuch vom Gesicht des Papstes und reichte es Tamberlani. Musolino klappte den Koffer auf und nahm einen kleinen silbernen Hammer heraus.

Er beugte sich über den Pontifex, schlug leicht mit dem Hammer gegen dessen Stirn und fragte mit lauter Stimme: »Jean-Pierre Gardien, lebst du, oder bist du tot?«

Genauestes befolgte er die Tradition, die es verlangte, dass der Papst mit seinem bürgerlichen Namen angesprochen wurde.

Sosehr Shafqat es auch ersehnt hatte, Gardien antwortete nicht. Auch dann nicht, als Musolino den Vorgang zweimal wiederholte, wie es die geheiligte Regel vorschrieb.

Nachdem die Frage zum dritten Mal unbeantwortet geblieben war, richtete der Camerlengo sich auf, drehte sich zu den anderen um und sagte feierlich: »Wahrhaftig, der Papst ist tot.«

Alles war verloren! Shafqat war speiübel und er rang nach Atem.

Dennoch registrierte er, dass nur in einigen der ihn umgebenden Gesichter Trauer und Beklemmung standen. Papst Gardien hatte sich durch seine unkonventionelle Art und durch seine verwegenen Pläne zur Erneuerung der Kirche in seinem engsten Umfeld alles andere als beliebt gemacht. Manch einer schien sogar erleichtert, dass es gestern nicht zu der weltweit mit Spannung erwarteten Audienz gekommen war.

Eifrig gingen der Camerlengo, die Angehörigen der Apostolischen Kammer und Dr. Secchi daran, die Identität des Toten zu beurkunden und den Totenschein auszustellen. Mit dem negativen Ausgang der Hammerfrage galt Custos für die Kirche als tot, sein Pontifikat war erloschen.

Jetzt galt es, sich auf die Wahl des nächsten Papstes zu konzentrieren. Shafqat hätte Gift darauf genommen, dass es diesmal kein Reformer wie Gardien sein würde, sondern im Gegenteil ein erzkonservativer Kardinal. Als er die Geschäftigkeit beobachtete, mit der Gardiens Ableben beurkundet wurde, kam ihm ein Satz in den Sinn, der nach dem Tod des vorherigen Papstes in der Presse gestanden hatte: *Wenn ein Papst stirbt, macht man eben einen neuen.*

Der Raum leerte sich. Man hatte das Wichtigste gesehen und gehört und brannte darauf, die Neuigkeit nach draußen zu tragen. Es war ein offenes Geheimnis, dass mancher Monsignore, Erzbischof und auch Kardinal einem Vatikanisten als Informant diente. Dafür gab es Gegenleistungen der unterschiedlichsten Art – von einem guten Essen bis hin zu anderen fleischlichen Genüssen. Bevor Monsignore Wetter-Dietz das Ende von Custos' Amtszeit offiziell bekannt gab, würde es in Rom schon die Runde machen: »*Il Papa è morto!*« – »Der Papst ist tot!« Und alle Kirchenglocken würden läuten.

Ein Mann in der Uniform der Vatikanpost schob keuchend einen kleinen Wagen mit einem schweren Paket durchs Gedränge und rief: »Eine Eilsendung für Don Shafqat! Ist eben angeliefert worden.«

Musolino warf dem Postbeamten einen strafenden Blick zu. »Hat der Herrgott Sie verlassen, Mann? Jetzt ist wohl kaum der richtige Augenblick, die Post auszuteilen!«

»Aber Don Shafqat hat mich beauftragt, ihm das Paket unter allen Umständen sofort zu bringen«, rechtfertigte der Postbeamte sich. Im Angesicht der hohen Würdenträger zog er sein schweißfleckiges hellblaues Hemd glatt und strich die dunkle Krawatte zurecht.

»Das stimmt«, mischte Shafqat sich ein.

Eilig trat er zu dem Postler und betrachtete die Sendung. Tatsächlich, sie kam aus England! Seine fast schon erloschene Hoffnung loderte wieder auf.

»Eine Unterschrift bitte, Hochwürden.«

Der Postbeamte hielt ihm Klemmbrett und Kugelschreiber unter die Nase, und er bestätigte den Empfang.

Mit fliegenden Fingern öffnete Shafqat das Paket. Unter zwei Schichten dicken Packpapiers kam eine mit Styroporkugeln gefüllte Metallkiste zum Vorschein. In das Styropor war sorgsam ein Kasten aus Eichenholz gebettet.

Hastig überflog er den beiliegenden Brief des Bischofs von Hereford, bevor er den Holzkasten öffnete.
Die Kurialen, die sich neugierig um ihn geschart hatten, stöhnten auf und wichen zurück, als sie den Inhalt erblickten. Shafqat dagegen war kein bisschen erschrocken. Er hatte gewusst, was ihn erwartete, hatte es früher schon einmal gesehen. Die schwärzliche, mumifizierte Klaue mochte aussehen wie aus dem Fundus eines Gruselkabinetts, aber sie war eine Reliquie. Bevor sie abgehackt wurde, hatte die Hand dem Priester John Kemble gehört, der anno 1679 hingerichtet und 1970 heilig gesprochen worden war.
Als Shafqat die Klaue aus dem Kasten hob, traten die Kurialen noch weiter zurück. Andächtig starrte er auf das mumifizierte Stück Mensch und rätselte, ob das Wunder, das er vor vielen Jahren erlebt hatte, sich wiederholen würde.
»Was ist das, Don Shafqat?«, fragte Musolino in demselben unduldsamen Ton, in dem er mit dem Postbeamten gesprochen hatte.
»Eine Hand.«
»Wir sind nicht hier, um uns von Ihnen zum Narren halten zu lassen«, wies der Staatssekretär ihn zurecht.
Shafqat hielt die Hand hoch, sodass alle sie sehen konnten. »Das ist die Hand des John Kemble, eine anerkannte Reliquie unserer Kirche in England. Ich habe den Bischof von Hereford gebeten, sie uns zu schicken, weil ich hoffe, damit Seiner Heiligkeit helfen zu können.«
»Helfen?«, krähte der alte Tamberlani. »Ja, wie denn das?«
»Ich habe schon einmal erlebt, wie Kembles Hand Wunder gewirkt hat«, sagte Shafqat, der auf einmal eine merk-

würdige Gelassenheit verspürte, so als übertrage die Reliquie eine geheime Kraft auf ihn. »Damals war ich ein junger Priester an der Kirche St. Francis Xavier in Hereford, wo diese Reliquie aufbewahrt wird. Als Pater Christopher Jenkins von St. Francis Xavier nach einem Schlaganfall in ein tiefes Koma fiel, sahen die Ärzte keine Chance mehr für ihn. Ich war dabei, als Jenkins' Stellvertreter, Pater Tumelty, die Hand vom Altar holte und auf Pater Jenkins' Stirn legte. Kurz darauf erwachte Jenkins aus dem Koma, und nach einiger Zeit verschwanden auch die durch den Schlaganfall verursachten Beeinträchtigungen.«

Ein Detail hatte Shafqat den Kurialen verschwiegen: Er, Pater Ovasius Shafqat, hatte den Pater in den Armen gehalten, als Anthony Tumelty ihm die Kemble-Hand auf die Stirn legte.

»Ob die Hand das Wunder vollbracht hat oder nicht, spielt keine Rolle«, rief Tamberlani, offenbar verärgert über Shafqats Aktionismus. »Der Fall in Hereford war anders gelagert. Damals ging es um einen Priester, der im Koma lag. Unser Heiliger Vater aber ist tot!«

»Was kann es dann schaden, wenn ich die Reliquie zu ihm bringe?«

»Die Medien werden davon erfahren«, schnaubte der Kardinalprotodiakon. »Wir machen uns lächerlich!«

»Geistliche der heiligen römischen Kirche machen sich lächerlich, wenn sie die Reliquie eines Heiligen benutzen?«, fragte Shafqat. »Wie kann das möglich sein, Eure Eminenz?«

Musolino machte eine beschwichtigende Handbewegung gegenüber Tamberlani, der kurz vor einem cholerischen Anfall stand, und sagte: »Lassen wir Don Shafqat gewäh-

ren. Er hat ganz Recht, wir sollten über den Hohn der Medien erhaben sein. Außerdem soll man uns nicht nachsagen, wir hätten irgendetwas unversucht gelassen, um Papst Custos zu retten. Die Medizin hat ihre Chance gehabt, legen wir das Schicksal des Pontifex also mit der Kraft und Gefasstheit unseres Glaubens in Gottes Hand.«
Einige der Anwesenden grinsten unverfroren. *In Gottes Hand.* Ein paar gaben durch Gesten zu erkennen, dass sie Shafqat für einen Spinner hielten. Ein Sekretär der Apostolischen Kammer führte ein unsichtbares Glas zum Mund, woraufhin einige in der Runde über den irischen Trunkenbold kicherten.

Von all dem unbeeindruckt, trat Ovasius Shafqat mit der schwarzen Hand zum Krankenbett. Jetzt würde sich erweisen, ob Jean-Pierre Gardien den richtigen Mann zu seinem Privatsekretär erwählt hatte. Und ob Shafqats Kraft, sein Glaube, stark genug war.

Trotz seiner Sorge um Elena und der Trauer um den Papst fühlte Alexander sich etwas besser, als er Schwester Ilaria durch mehrere Gänge und über eine breite Steintreppe mit kunstvoll verziertem Geländer ins oberste Stockwerk folgte. Er sah weder andere Schwestern noch Patienten. An ein Krankenhaus erinnerte hier nichts als Ilarias weiße Tracht, die sich über ihren verführerischen Formen spannte. Zweimal hörte er undeutliche Stimmen hinter verschlossenen Türen.

Er hoffte, gleich mehr über dieses Haus und die hier versammelten Menschen zu erfahren; Donati und Orlandi hatten es ihm zugesagt. Er hatte geduscht und das zweite Frühstück, das Ilaria ihm brachte, brav verzehrt. Seine

Entschuldigung hatte sie mit einem verständnisvollen Lächeln akzeptiert. Das taube Gefühl in seinem Gesicht wich allmählich, und seine Lebensgeister erstarkten. In den frischen Kleidern, die Ilaria ihm gebracht hatte, hätte er sich ganz normal gefühlt, wäre nicht der Verband um sein Gesicht gewesen.

Sie führte ihn in einen Salon, dessen altertümliche Ausstattung hundert Jahre alt sein musste. Hinter den Rauchschwaden, die das riesige Zimmer durchzogen, entdeckte er klobiges Mobiliar und protzige Ölschinken. Drei Männer saßen um einen runden Tisch und rauchten, was das Zeug hielt. Donati zog an einem halb heruntergebrannten Zigarillo, Orlandi an einer abgegriffenen Bruyèreholzpfeife, und der dritte Mann, der in einem ledergebundenen Buch las, hatte sich eine filterlose Zigarette zwischen die Lippen geklemmt. Ihn hatte Alexander hier nicht erwartet.

»Setzen Sie sich zu uns, Signor Rosin«, sagte Orlandi. »Bei einer Parlamentärspfeife und einem Glas Feuerwasser lässt sich's besser reden.«

»Danke nein, ich bin praktizierender Nichtraucher«, entgegnete Alexander und starrte noch immer ungläubig auf den Mann mit dem Buch.

Der erwiderte seinen Blick durch große, dicke Brillengläser und sagte auf Deutsch: »Guten Tag, Herr Rosin. Schade, dass wir uns unter solchen Umständen wieder sehen. Ich hoffe, Sie haben nichts dagegen, dass ich meine Freunde mit dem Inhalt dieses Buches vertraut gemacht habe.«

»Ihre Freunde?« Alexander setzte sich in einen der ausladenden Clubsessel und musterte Remigio Solbelli skeptisch. »Ich glaube, jetzt sind ein paar Erklärungen fällig.«

»Verständlich, dass Sie Fragen haben«, sagte der Privatgelehrte jetzt auf Italienisch. »Doch zunächst müssen Sie uns ein paar Antworten geben.«
Alexander versteifte sich, er war das Rätselraten leid. »Nicht ein Wort bekommen Sie von mir zu hören, wenn Sie mir nicht Rede und Antwort stehen.«
Donati rutschte unwillig in seinem Sessel herum. »Ich habe Sie vor Ihren Gardekameraden gerettet und Professor Orlandi hat Ihre Nase zusammengeflickt. Dafür schulden Sie uns die Bereitschaft zu kooperieren, Rosin.«
»Wenn Sie das glauben, machen Sie sich mit dem Gedanken vertraut, dass Sie an einen höchst zahlungsunwilligen Schuldner geraten sind.«
»Aber bitte, meine Herren, so kommen wir nicht weiter.« Orlandi fuchtelte mit seiner Pfeife herum wie ein Dirigent mit seinem Stab, als wollte er einen anderen Takt vorgeben. »Lassen Sie uns höflich sein und Signor Rosins Fragen beantworten, dann wird er auch höflich sein. Wir sitzen in einem Boot. Und wir müssen einen Plan entwickeln. Auch wenn unser Bruder Gardien tot ist, dürfen wir nicht aufgeben. Retten, was noch zu retten ist – das muss jetzt die Parole sein.«
Er fragte Alexander, was er trinken wolle. Schwester Ilaria brachte ihm einen mit Wasser verdünnten Whiskey und verließ den Raum.
»Stellen Sie also Ihre Fragen, Signor Rosin«, bat Orlandi.
»Wer sind Sie?«, fragte Alexander. »Und was sind Ihre Ziele?«
»Das nenne ich auf den Punkt kommen«, sagte Orlandi. »Und ich will Ihnen genauso knapp und präzise antworten. Wir sind ein Kreis von Christen, die sich *Electi* nen-

nen, die Auserwählten. Warum? Weil wir wissen, dass und wie die Lehre Christi im Laufe zweier Jahrtausende verfälscht wurde. Unser Ziel ist es, Christi Wort wieder zur Maxime des kirchlichen und christlichen Handelns zu machen. Jean-Pierre Gardien, der zu unserem Kreis gehörte, hätte als Pontifex der heiligen römischen Kirche dieses Ziel verwirklichen können. Jetzt ist es wieder in weite Ferne gerückt.«

»Also hat der Zirkel Recht«, entfuhr es Alexander. »Gardien war tatsächlich ein Usurpator auf dem Heiligen Stuhl. Der Antichrist!«

»So ein Blödsinn«, sagte Orlandi scharf. »Wie kann jemand der Antichrist sein, der Christi wahre Lehre vertritt? Und wie kann jemand ein Usurpator sein, der ordnungsgemäß zum Papst gewählt worden ist. Sicher haben wir bei der Wahl ein wenig Politik hinter den Kulissen gemacht, aber das tun andere in der Kurie auch. Schon lange haben wir uns bemüht, einen der Unseren auf den Stuhl Petri zu setzen. Dass die Kardinäle des rechten und des linken Flügels sich bei der letzten Wahl nicht auf einen Kandidaten einigen konnten, hat uns endlich zum Durchbruch verholfen. Entnervt von der langen Prozedur haben viele für Gardien gestimmt, der bislang unauffällig war und ihnen harmlos erschien, wie eine gut zu führende Marionette.«

Solbelli beugte sich vor. »Haben Sie eben vom Zirkel der Zwölf gesprochen, Alexander?«

»Das habe ich«, sagte Alexander in dem fatalen Bewusstsein, dass schon wieder er es war, der die Antworten gab. »Nach fast fünfhundert Jahren existiert der Zirkel noch oder schon wieder.«

»Das wissen wir«, unterbrach der Privatgelehrte ihn zu seinem Erstaunen. »Aber was wissen Sie davon?«
»Elena und ich haben ein Geheimtreffen des Zirkels belauscht und mit angehört, wie das Attentat auf den Papst beschlossen wurde.«
»Warum haben Sie uns nicht sofort verständigt?«, bellte Donati. »Wir hätten Gardien retten können!«
»Wen hätte ich verständigen sollen? Professor Orlandi, den ich noch gar nicht kannte? Signor Solbelli, den Kastellan der Engelsburg? Oder Sie, Commissario, der Sie mir offensichtlich auch nicht alles über sich erzählt haben? Was hatten Sie gestern beim Vatikan zu suchen?«
»Viele von uns waren dort, um Gardien im Notfall beizustehen«, erwiderte Donati. »Er hatte etwas Großes vor, und niemand wusste genau, wie es ausgehen würde.«
Solbelli beugte sich vor. »Alexander, erzählen Sie uns alles, was Sie über den Zirkel erfahren haben!«
Nach kurzem Überlegen kam Alexander der Bitte nach. Er brauchte Verbündete, wenn er Elena helfen wollte. Also erzählte er den drei *Auserwählten* alles, sagte ihnen sogar, wer das Haupt der Zwölf war.
»Dann liegt der Smaragd noch immer in der unterirdischen Kapelle«, stellte Solbelli fest und klopfte auf das Buch. »Seit fünfhundert Jahren womöglich. Wie Albert Rosin es beschrieben hat.«
»Was zur Hölle hat es mit diesem Smaragd nur auf sich?«, rief Alexander; der Whiskey hatte ihm die Zunge gelöst. Offenbar machte ihm das Betäubungsmittel, das Orlandi ihm gegeben hatte, auch für kleine Alkoholmengen anfällig. Er fragte sich, ob der Professor ihm deshalb einen Drink angeboten hatte.

»Man müsste den Stein in Händen halten, um das genau zu sagen«, murmelte Solbelli, mehr zu sich selbst.
»Warum nicht?«, fragte Donati. »Signor Rosin kann uns zu der Kapelle führen.«
»Das ist es!« Orlandi schnippte mit den Fingern und richtete sich auf. »Das ist der Plan, mit dem wir unser Ziel doch noch erreichen könnten. Wir müssen die *Wahre Ähnlichkeit Christi* in unseren Besitz bringen!«
»Warum?« Alexander war skeptisch.
»Das ist eine lange Geschichte, zu deren Erörterung uns jetzt die Zeit fehlt«, antwortete Solbelli. »Ich will versuchen, Ihnen das Wichtigste in einer Kurzfassung zu erzählen.«

Ein starker, unbekannter, süßlicher Duft stieg in seine Nase. Wenn er die Augen schloss, meinte er, sich in einem überirdischen Rosengarten aufzuhalten. War das der Duft der Heiligkeit? Christliche Chroniken berichteten von einem unerklärlichen Duft, den spätere Heilige und ihre Reliquien verströmt haben sollten. Ging dieser Duft auch von Kembles Hand aus, die er, vor dem Krankenbett kniend, auf Jean-Pierre Gardiens Stirn drückte?
Unsinn, sagte sich Shafqat, das muss Einbildung sein. Er hatte so viel über Heilige und ihre Reliquien gelesen, dass er den Geruch wahrzunehmen *glaubte*. Er wusste, dass es nur eine Kraft gab, auf die er setzen konnte: seine eigene.
Er umarmte den leblosen Papst und sprach leise das Vaterunser in lateinischer Sprache. Letzteres tat er, damit die umstehenden Kurialen glaubten, die Umarmung geschehe zum Zwecke des Gebets. In Wahrheit verhielt es sich genau umgekehrt: Er betete, um Gardien möglichst nahe zu

kommen. Seine Kraft musste auf den Papst übergehen. Darauf richtete er all sein Denken und Wollen, seine ganze Konzentration.

Auch Kembles Hand war nur ein Vorwand. Wirklich? War Pater Jenkins damals nur aus dem Koma erwacht, weil er seine, Shafqats, heilende Kräfte verspürt hatte? Vielleicht war die schwarze Klaue doch mehr als ein mumifiziertes Stück Fleisch und Knochen, besaß sie die Macht, verborgene Kräfte zu wecken und zu verstärken.

Nach all den Jahren wusste Shafqat noch immer nicht, ob er froh sein sollte, dass er Jenkins hatte helfen können. Für die Öffentlichkeit hatte John Kembles Hand das Wunder gewirkt. Doch die Medienberichte hatten die Aufmerksamkeit einer kleinen Gruppe, die sich *Electi* nannte, auf ihn gelenkt.

Die *Auserwählten* hatten ihn als einen der Ihren erkannt. Was er von ihnen erfuhr, hatte ihn in eine so tiefe Glaubenskrise gestürzt, dass er seine Zweifel an der Kirche, an Jesus und an Gott im Alkohol zu ertränken suchte. Er war nahe daran gewesen, sich zu Tode zu saufen, als ein Auserwählter mit besonders starken Kräften seinen angegriffenen Körper heilte. Und in langen Gesprächen hatte derselbe Mann auch seine Seele gestärkt: Jean-Pierre Gardien.

Jetzt hatte Shafqat Gelegenheit, seine Schulden bei Gardien zu begleichen. Eine ungeheure Wärme durchströmte den Iren, verbunden mit einem Kribbeln, als lade er sich elektrisch auf. Als er es kaum noch ertragen konnte, spürte Shafqat, wie etwas aus seinem Körper in den des Papstes strömte, eine Art abfließende Energie. Er schwitzte wie in der heißesten Sauna und fühlte sich von Sekunde zu Sekunde schwächer. Irgendwann rutschte er von Gardiens Bett auf den Boden.

Undeutlich vernahm er Tamberlanis Stimme: »Da haben wir's. Er hat sich zu sehr in seinen Heiligenwahn hineingesteigert. Ich glaube, Sie sollten sich um Don Shafqat kümmern, Dr. Secchi.«

Der Arzt erwiderte: »Ich glaube, ich sollte mich eher um Seine Heiligkeit kümmern!«

Kräftige Hände packten Shafqat und zogen ihn zur Seite, bis er mit dem Rücken gegen eine Wand lehnte. Er fühlte sich wie von dichtem Nebel umgeben, schwach und nur halb bei Sinnen. Schattenhafte Gestalten in Weiß eilten durch den Raum und verständigten sich mit knappen Zurufen. Er hörte viele lateinische Ausdrücke. Es war nicht das Latein der Kirche, sondern das der Mediziner.

Wie seine Augen bloß Schemen wahrnahmen, so hörten seine Ohren nur Gesprächsfetzen: »… Lebensfunktionen stärker … Atmung stabilisiert sich … Herzrhythmus regelmäßig … komatöser Zustand … unmöglich, ihn wach zu bekommen …«

Jemand griff Shafqat unter die Arme und zog ihn auf die Füße. Verschwommen sah er Secchis stoppelbärtiges Gesicht.

»Sie müssen sich ausruhen, Don Shafqat«, hörte er die Stimme des Arztes, merkwürdig verzerrt wie das Heranrollen und Verebben einer Meeresbrandung. »Mehr Wunder kann der Glaube nicht vollbringen. Jetzt ist wieder die medizinische Wissenschaft gefragt.«

Das bezweifelte Shafqat, aber er schwieg. Eine Krankenschwester und ein Monsignore führten ihn hinaus. Langsam kehrten seine Kräfte zurück. Er musste die anderen informieren, unbedingt!

Alexander schob das halb leere Whiskeyglas beiseite. Der Alkohol bekam ihm nicht. Er hatte Schwierigkeiten, sich zu konzentrieren. Schwerfällig sagte er: »Wenn ich Sie richtig verstanden habe, Signor Solbelli, lässt sich mit der *Wahren Ähnlichkeit Christi* beweisen, dass die kirchlichen Dogmen Jesu Lehre verdreht haben. Deshalb also sind die Päpste so peinlich darauf bedacht, den Stein zu behüten. Aber warum haben sie ihn nicht einfach vernichtet?«

»Wer zerstört schon, was ihm einmal nützlich werden könnte?« Solbelli zerdrückte den Stummel einer Zigarette in einem schweren Marmoraschenbecher. »Bedenken Sie, dass es in früheren Jahrhunderten etliche Gegenpäpste gab. Während des großen abendländischen Schismas konnten die Christen gleich unter drei Päpsten wählen. Es war jederzeit denkbar, dass eine solche Situation wieder entstand. Wer über die *Wahre Ähnlichkeit Christi* verfügte, konnte seine Rivalen ausstechen, indem er sich als einzig wahrer Pontifex ausgab, der zum rechten Glauben zurückgekehrt war. Außerdem zerstört man das einzige Abbild des Erlösers nicht so einfach, mag man sich von seiner Lehre auch noch so weit entfernt haben. Das wäre, als würde ein Sohn, der sich mit seinem Vater zerstritten hat, das einzige Foto von ihm verbrennen.«

Der letzte Satz brachte Alexander zum Bewusstsein, dass er sich in einer ähnlichen Lage befand. Allerdings hatte er beschlossen, mehr als die Erinnerung an seinen Vater auszulöschen. Als er Elena gesagt hatte, er werde das Haupt der Zwölf töten, war er sich seiner Sache sicher gewesen. Sein Vater war ein Verräter, ein Verschwörer, ein Mörder. Je länger er aber darüber nachdachte, desto schwankender wurde er. Vielleicht hatte Markus Rosin gute Gründe für das, was er getan hatte. Und wer, wenn nicht sein eigener Sohn, sollte ihm eine Gelegenheit bieten, sich zu rechtfertigen?

Alexander fuhr sich über die Stirn, als könne er so die quälenden Gedanken beiseite schieben, und sagte: »Päpste und Gegenpäpste waren also gleichermaßen an diesem Smaragd interessiert. Auf welcher Seite stand Abbas de Naggera?«

Solbelli stieß einen schweren Seufzer aus und runzelte die Stirn. »Auf der unseren, fürchte ich. Ich kann mir denken, dass Sie das verwirrt. Aber vergessen Sie nicht. Die Jagd nach der *Wahren Ähnlichkeit Christi* währt schon Jahrhunderte. Damals herrschten raue Sitten.«

»Nicht nur damals«, sagte Alexander düster, während er in seiner Erinnerung noch einmal das Attentat vor der Nervi-Halle durchlebte.

»Im Laufe der Jahrhunderte haben auch die Auserwählten ihre Ziele und Methoden geändert«, fuhr Solbelli fort. »Heute würden wir keinen Sacco di Roma mehr anzetteln, um an den Smaragd zu kommen.«

»So viel zu den Methoden.« Alexander blickte Solbelli herausfordernd an. »Was ist mit den Zielen? Sie haben einen der Ihren zum Papst gemacht. Ist das nicht genau das, was die Auserwählten schon vor fünfhundert Jahren erreichen wollten?«

»Damals war es das Ziel, heute ist es das Mittel zum Zweck. Vor Jahrhunderten, als die Menschen noch zutiefst vom Glauben an Gott durchdrungen waren, hätte ein Papst aus unseren Reihen ihnen den rechten Glauben verhältnismäßig leicht verkünden können. Heute, da den großen Kirchen Legionen von U-Boot-Gläubigen angehören, die nur zu Ostern und zu Weihnachten zum Gottesdienst auftauchen, da die wahren Götter der Neuwagen und der Jahresurlaub sind, da Jesus Christus mit Pop- und Filmstars konkurriert, ist ein Wandel im Glauben nicht einfach herbeizuführen. Wäre Gardien ein langes Pontifikat beschieden gewesen, hätte er vielleicht etwas bewegen können, aber nur langsam und bedächtig.«

»Seine großartige Ankündigung, sich bei der Audienz als Wunderheiler zu betätigen, sah mir aber nicht nach bedächtigem Vorgehen aus.«

Solbelli blickte noch bekümmerter drein als zuvor. »Da bin ich Ihrer Meinung, Signor Rosin. Nicht alle von uns waren mit diesem Vorpreschen einverstanden. Gardien fühlte sich durch die sich überstürzenden Ereignisse dazu getrieben, glaubte, auf diese Weise unsere Feinde von weiteren Untaten abhalten zu können. Ein tragischer Irrtum. Er hat die größte Untat damit erst herausgefordert.«

»Wollte mein Onkel ihm den Smaragd übergeben?«

Der Universalgelehrte nickte. »Heinrich Rosin stand kurz davor. Er hat mit Gardien lange Gespräche geführt.«

»Was ist mit Leonardo da Vinci? Gehörte er zu den Ihren?«

»Sagen wir, er war ein Verbündeter. Wie die Heilige Römische Kirche haben auch die *Electi* im Laufe ihrer Geschichte innere Krisen und Abspaltungen erlebt. So sind mehrere Gruppen entstanden, die zwar dasselbe Ziel verfolgten und auch häufig zusammenarbeiteten, aber doch verschiedene Methoden anwandten.«

Ein verrückter Gedanke schoss Alexander durch den Kopf: »Waren es etwa auch Auserwählte, die im Zweiten Weltkrieg den Vatikan bombardiert haben?«

Solbelli schien am liebsten im Boden versinken zu wollen. »Nicht gerade eine unserer Ruhmestaten, ich weiß. Aber die Situation war verfahren. Hitler hielt Rom besetzt und hatte mehr als ein begehrliches Auge auf den Vatikan geworfen. Er hatte mehrere Pläne ausarbeiten lassen, um den Papst zu entführen – und um die *Wahre Ähnlichkeit Christi* an sich zu bringen. Glücklicherweise hatten einige Auserwählte großen Einfluss im britischen Bomberkommando. Wir haben versucht, den Schaden möglichst gering zu halten. Ganz gezielt wurde der Teil des Vatikans bombardiert, wo wir den Eingang zum unterirdischen Versteck des Smaragds vermuteten.« Er stockte und fingerte am Gestell seiner Brille herum. »Wir mussten es tun. Hätte Hitler den Vatikan überfallen und sich des Smaragds bemächtigt, hätte er der Welt einen eigenen Papst präsentiert und einen Glauben verkündet, der nur seinen Zielen gedient hätte. Die Katholiken in den alliierten Staaten wären verunsichert gewesen, hätten als verlässliche Soldaten gegen das Nazi-Regime kaum noch getaugt. Vielleicht wäre es zwischen Katholiken und Protestanten sogar zu bürgerkriegsähnlichen Unruhen gekommen.«

»Das klingt nach den Phantasien eines Thriller-Schreibers«, sagte Alexander.

»Es gibt schriftliche Unterlagen über einen Plan mit dem seltsamen Namen ›Rabat-Föhn‹. SS-Truppen in italienischen Uniformen und mit italienischen Waffen sollten nachts in den Vatikan einfallen und unter den hohen Kurialen ein Massaker anrichten. Die Panzerdivision Hermann Göring wäre als Retter in der Not aufgetaucht und hätte den Kirchenstaat besetzt. Papst Pius XII. wäre entweder im Laufe der Kämpfe *umgekommen* oder in deutsche *Schutzhaft* genommen worden. Pius muss darüber zumindest vage unterrichtet gewesen sein, denn er hat schriftlich seinen Rücktritt für den Fall verfügt, dass er gegen seinen Willen in Gewahrsam genommen wird.«

»Und woher wusste Hitler von der *Wahren Ähnlichkeit Christi*?«

Solbelli zuckte mit den Schultern. »Genaues weiß ich nicht. Die Nazis hatten bekanntlich einen starken Hang zu allem Mystischen und Okkulten. Himmler, der sich für den reinkarnierten König Heinrich I. hielt, ist das beste Beispiel. Er hat nach dem Heiligen Gral und anderen mystischen Gegenständen suchen lassen. Gut möglich, dass die Nazis dabei zufällig auf den Smaragd gestoßen sind.«

Alexander hielt es für wahrscheinlich, dass italienische Totus-Tuus-Mitglieder zu den Faschisten gehört hatten, zu Hitlers Verbündeten. Sein Schädel brummte. Er fragte sich, ob das die Nachwirkungen der Operation waren, der Whiskey oder die wilden Geschichten, die Solbelli ihm auftischte. Er hielt den Privatgelehrten nicht für einen Lügner und doch schien ihm hier die Grenze zwischen Wahrheit und Phantasie fließend zu sein. Wer konnte nach so vielen Jahrhunderten des geheimen Kampfes schon sagen, wer was genau aus welchen Motiven heraus getan hatte? Abbas de Naggera und Albert Rosin, Leonardo da Vinci und Hitler waren Geschichte. Aber Markus Rosin lebte – ihn konnte er fragen.

Er verdrängte die sich immer wieder in den Vordergrund schiebenden Gedanken an seinen Vater und stellte die

Frage, die allen anderen zugrunde lag: »Was hat es mit dem rechten Glauben auf sich, den die Auserwählten propagieren?«

Solbelli hob zu einer Antwort an, doch da klingelte das Telefon.

Orlandi nahm den schweren Hörer von der Gabel des altertümlichen Apparats. Sein ohnehin längliches Gesicht wurde während des Telefonats immer länger. Er stellte nur knappe Fragen: »Wie das?« – »Und sein jetziger Zustand?« – »Was sagen die Kardinäle?« – »Und die Presse?« Dann berichtete er kurz vom Zirkel der Zwölf und nannte die Namen, die er von Alexander erfahren hatte.

Nachdem er das Gespräch mit einem »Gute Arbeit, halten Sie uns unbedingt auf dem Laufenden!« beendet hatte, wandte er sich den anderen zu und sagte mit belegter Stimme: »Gardien … er lebt! John Kembles Hand ist vor einer Stunde im Vatikan eingetroffen. Es hat gewirkt! Gardien befindet sich in einem relativ stabilen Zustand, aber er liegt im Koma. Shafqat fürchtet um die Sicherheit des Papstes, wenn er im Vatikan bleibt. Und nach allem, was wir von Signor Rosin über den Zirkel der Zwölf gehört haben, ist diese Furcht nur zu begründet. Wir müssen schleunigst handeln!«

»Wie gut, dass ich schon einen Plan habe. Signor Rosins Bericht hat mich darauf gebracht«, sagte Donati und stemmte sich aus dem Sessel, um mit steifen Schritten zur Tür zu gehen. »Ein Angriff auf den Vatikan hat nur Aussicht auf Erfolg, wenn er überraschend kommt – und wenn er von innen erfolgt. Ich werde das Nötige sofort veranlassen.«

Die Hand schon auf der eisernen Türklinke, drehte er sich

noch einmal um. »Falls Sie uns beistehen könnten, Signor Rosin, wäre das von unschätzbarem Vorteil.«
»Ich habe unter Eid geschworen, das Leben des Papstes zu beschützen«, sagte Alexander. »Natürlich werde ich Ihnen beistehen.«
Doch insgeheim fragte er sich, ob dasselbe Blut, das in Vater und Sohn floss, nicht ein dickeres Band war als ein Eid.

XX
Freitag, 15. Mai

Mitternacht war schon vorüber, und die Dunkelheit hatte den Tempelbezirk am Largo di Torre Argentina verwandelt. Die antiken Säulen wirkten keineswegs kläglich und verloren inmitten des Verkehrsgewühls. Auch jetzt brummten Motoren und stöhnten vereinzelte Hupen in die Nacht, aber all das schien weit entfernt, hatte nichts zu tun mit der Welt aus jahrtausendealtem Stein. Die Lichtkegel der Autoscheinwerfer, die hin und wieder über die Säulen und Pinien huschten, waren Blitze, von zornentbrannten Göttern geschleudert, die Rache verlangten für die Verödung ihrer Heiligtümer. Und die Baumkronen schaukelten unter dem erbosten Götteratem, der als kräftiger Wind in die Menschenwelt fuhr.

Immer wieder sah Alexander hinaus auf das Ruinenfeld, während er auf Adriana del Grosso einredete. Natürlich hätten er und seine Begleiter sich den Zugang zu den unterirdischen Gängen erzwingen können. Aber er wollte nicht, dass dieser seltsame Krieg noch mehr unschuldige Opfer forderte. Die Katzennärrin hatte Elena und ihm geholfen, auch deshalb wollte er fair zu ihr sein. Er berichtete ihr von der Gefahr, in der Papst Custos schwebte, und sagte ihr, dass sie helfen könne, den Heiligen Vater zu retten.

»Ich lese Zeitung, und ich weiß, dass Sie als Komplize des Attentäters gesucht werden«, erwiderte die Signora. »Aber

ich lese auch Gesichter, und in Ihrem stehen Wahrhaftigkeit und große Sorge geschrieben. Die Attentäter haben Ihre Freundin entführt. Ich habe schon bei Ihrem ersten Besuch gespürt, dass Sie viel für die Journalistin empfinden. Sie würden niemals etwas tun, das ihr schaden könnte. Deshalb werde ich Ihnen helfen. Gehen Sie mit Ihren Freunden in die Höhlen, und tun Sie alles, um Seine Heiligkeit zu retten.« Ihre Hand strich über das gestreifte Fell von Tiger, der in ihrem Schoß lag und Alexander wachsam anblinzelte. »Ich habe erfahren, wie wichtig es in der Not ist, Freunde zu haben.«
»Man wird vielleicht herausfinden, an welcher Stelle wir in die Gänge eingedrungen sind, und Sie verhören.«
Die Signora setzte ein schiefes Gangsterlächeln auf. »Ich weiß von nichts. Ich werde sagen, man hätte mich im Schlaf überwältigt und gefesselt.«
»Danke, Signora.« Alexander reichte ihr die Hand.
Sechs Männer bewegten sich im Licht starker Handscheinwerfer durch die Stollen: Alexander, Orlandi, Donati und drei kräftige junge Kerle, von denen er nur die Vornamen kannte.
Alexander hatte Einwände dagegen erhoben, dass Donati sich an dem Unternehmen beteiligte. Mit seinem steifen Bein war der Commissario nicht der beste Mann für den beschwerlichen Weg.
Der aber hatte nichts davon hören wollen und erwiderte: »Meine Erfahrung und mein Training ersetzen mehr als ein Bein.«
Vielleicht hatte er Recht, dachte Alexander, als er sich daran erinnerte, wie schnell und effektiv Donati bei dem Anschlag auf der Piazza Farnese reagiert hatte.

Sie folgten den Kreidemarkierungen bis zu der Trennwand zwischen Gang und unterirdischer Kapelle. Bereits hier kam Donatis Erfahrung zum Tragen. Er holte Plastiksprengstoff aus seinem Rucksack und befestigte ihn mit geschickten Fingern in der Geröllwand.

»Wird die Explosion nicht oben zu hören sein?«, fragte Alexander.

»Ich hoffe nicht«, antwortete der Commissario, ohne seine Arbeit zu unterbrechen. »Es ist nur eine kleine Ladung, wohl dosiert. Mit diesem neuen Zeug – eine Weiterentwicklung des guten alten Semtex – lässt sich ein Korken von der Flasche sprengen.«

»Und wenn durch die Sprengung noch mehr einstürzt? Wir alle könnten hier unten verschüttet werden.«

»Darüber mache ich mir keine Gedanken, sonst wäre ich nicht hier.«

Als sie hinter der nächsten Krümmung des Stollens in Deckung gingen, sagte Alexander dem Commissario, wie sehr er seine Gelassenheit bewundere.

»Sie täuschen sich, Rosin, in Wahrheit bin ich sehr aufgeregt. Ich brenne darauf zu erfahren, was hinter der Trennwand liegt.«

Im nächsten Moment drückte er auch schon auf den Knopf des handtellergroßen Funksenders.

Der Sprengzünder empfing das Signal, und die Druckwelle der Explosion rollte durch den Stollen. Ob der dumpfe Donner ein paar Meter weiter oben gehört wurde, war schwer zu sagen. Staub drang in Augen, Nasen und Münder. Die Männer spuckten und husteten.

Alexander reinigte sein Gesicht mit einem Taschentuch und spürte dabei ein schmerzhaftes Ziehen seiner um die

Nase herum angeschwollenen Haut. Vor ihrer Fahrt zum Largo di Torre Argentina hatte Orlandi ihm den grellweißen Verband abgenommen. Das hautfarbene Pflaster, das jetzt auf der Nase klebte, fiel bei flüchtigem Hinsehen kaum auf.

Langsam schoben die sechs Männer sich um die Biegung und richteten ihre Scheinwerfer auf die Geröllwand. Als der Nebel aus aufgewirbeltem Staub sich verzogen hatte, entdeckte Donati als Erster das Loch in der Wand. Es hatte nur einen halben Meter Durchmesser, aber es war ein Loch.

Mit bloßen Händen erweiterten sie es, ganz vorsichtig Stein für Stein, damit nicht loses Geröll nachrutschte. Endlich war die Öffnung groß genug, dass sie sich hindurchzwängen konnten. Einer nach dem anderen schob erst den Rucksack mit der Ausrüstung und dann sich selbst durch die Lücke. Und dann standen sie in dem Raum, in dem der Zwölferzirkel seine geheimen Treffen abhielt, in der Edelsteinkapelle.

Ovasius Shafqat fragte sich, ob Jean-Pierre Gardien wirklich am Leben war. Vielleicht verliehen ihm nur die unablässig summenden und piependen Geräte, an die er angeschlossen war, den Anschein von Leben. Der Papst lag noch genauso still und – scheinbar? – leblos im Bett wie einige Stunden zuvor, als die Ärzte ihn totgesagt hatten.

Am liebsten hätte Shafqat sich noch einmal über ihn gebeugt, sich mit ihm verbunden, um ihn aus dem Koma zu reißen. Doch dieser Wunsch war unsinnig. Er allein war viel zu schwach, seine Kräfte reichten an die Gardiens nicht heran. Der Papst war der Stärkste von ihnen, ein

Ausnahmefall. Schon sein erster Kontakt zu dem vermeintlich Toten, dessen letzte Lebensenergien er geweckt hatte, hatte Shafqat völlig entkräftet. Nur gemeinsam konnten die Auserwählten ihrem Bruder helfen.

»Sie sollten endlich schlafen gehen, Don Shafqat«, sagte der selbst hoffnungslos übermüdete Dr. Secchi. Unter den Augen des Arztes hatten sich tiefe Ringe eingegraben, fast noch schwärzer als seine kräftig sprießenden Bartstoppeln.

»Sie auch«, erwiderte der Ire.

Secchi lächelte schwach. »Sie haben Ihre Arbeit getan, ich noch nicht. Apropos, wie haben Sie das hingekriegt?«

»Fragen Sie bei Ihrem nächsten Gebet den heiligen John Kemble, Doktor.«

»Das werde ich. Und ich werde ihn bitten, jeder Intensivstation auf dieser Welt eine solche Hand zu spenden.«

Shafqat sah auf das schwarze Zifferblatt seiner Armbanduhr. Einige Minuten nach Mitternacht; er musste aufbrechen. Nur ungern ließ er Gardien allein. Aber solange Secchi Wache hielt, würde der Papst sicher sein – hoffte er.

»Sie haben Recht, Doktor, etwas Schlaf könnte mir nicht schaden. Gute Nacht. Und stopfen Sie nicht zu viele Pillen in sich rein, um wach zu bleiben.«

Secchi versprach es, und Shafqat verließ nach einem letzten Blick auf den Bewusstlosen die Krankenstation. Allerdings suchte er nicht seine kleine Wohnung im Apostolischen Palast auf. Zielstrebig durcheilte er das weitläufige Gebäude und trat durch eine versteckte Tür, die eigentlich hätte verschlossen sein müssen und die er schon vor Stunden mit einem Dietrich geöffnet hatte, auf die Piazza del Forno hinaus.

Im Schatten der Sixtinischen Kapelle blieb er stehen und atmete tief durch. Der kühle Wind, der vom Tyrrhenischen Meer nach Rom herüberwehte, tat ihm gut und trocknete den Schweiß auf seiner Stirn. Hinter ihm ragte der Apostolische Palast auf, ein finsterer Riesenklotz in wolkenverhangener Nacht. Vor ihm verband sich die üppige Bepflanzung der vatikanischen Gärten mit den verschiedenen Gebäuden, die wie zufällig hingesetzt wirkten, zu einem undeutlichen Gespinst ineinander verschlungener Formen. Ein paar Laternen beleuchteten die Straßen und Plätze des kleinen Staates eher spärlich. Die meisten Fenster waren dunkel. »Beten und arbeiten« hieß hier die Devise, und es wurde früh zu Bett gegangen.

Das weltliche Rom mit seinem Gewirr aus Geschäftshäusern und Wohnblocks starrte mit Hunderten erleuchteter Fenster über die hohe Umfassungsmauer, die den Vatikan von der nahen und doch so fernen Außenwelt abschirmte. Hier galten andere Regeln. Auch der Lauf der Zeit schien im Vatikan verändert. Das Leben wurde immer noch von Gesetzen und Traditionen aus längst vergangenen Tagen bestimmt, im äußeren Erscheinungsbild genauso wie in den geheimen Motiven der Menschen. Hier einen Wandel herbeizuführen, die Kernsätze kirchlicher Lehren gar umzudrehen, war eine Aufgabe, die selbst Herkules mit Schrecken erfüllt hätte.

Er hegte eine enorme Bewunderung für den Mann, der sich dieser Aufgabe gestellt hatte und dessen Lohn nun darin bestand, in einem Reich zwischen Leben und Tod dahinzudämmern. Mehr als einmal hatte er Gardien, nachdem er zum Papst gewählt worden war, gebeten, sich einen neuen, stärkeren Privatsekretär und Vertrauten zu

suchen. Die Antwort war stets gleich ausgefallen: »Niemand kann stärker sein als derjenige, der seine tiefen Zweifel, seine Krankheit an Seele und Körper, überwunden und den wahren Glauben gefunden hat.«
So groß sein Respekt für Jean-Pierre Gardien auch war, in dieser Angelegenheit bezweifelte Shafqat dessen Urteilskraft. Sicher hatte er seine Zweifel und seine Schwäche überwunden, aber er hatte sie nicht ausgelöscht. Tief in seinem Innern kauerte die an Körper und Seele nagende Bestie und wartete darauf, mit einem Panthersatz hervorzubrechen. In diesen Tagen der Prüfungen spürte er seine Schwäche, gegen die anzukämpfen an seinen Kräften zehrte. Noch wenige Stunden zuvor hätte er den Kampf um ein Haar verloren.
Er hatte in seinem Bett gelegen und versucht, sich ein wenig auszuruhen. Aber der Schlaf, den er so dringend brauchte, wollte nicht kommen. Immer stärker wurde sein Verlangen. Sein Atem rasselte, die rechte, nicht durch einen Verband gestützte Hand zitterte in einem wilden Takt. Als er sich aus dem Bett schwang, gab es für ihn nur eine Erlösung aus der Qual, nur einen Weg, Kraft zu schöpfen.
Mit einer Hand, die seinem Willen kaum noch gehorchte, öffnete er den kleinen Schrank mit der jungfräulichen Whiskeyflasche. Seit seiner Heilung hatte er keinen Tropfen mehr angerührt, so schwer es zuweilen auch gefallen war. Um seinen Widerstandswillen zu stärken, bewahrte er seitdem die Flasche mit irischem Whiskey auf. Jeden Morgen nahm er sie in die Hände, starrte sie an und sagte ihr – und sich selbst –, dass er sie nicht brauche.
Aber jetzt, in diesen schweren Stunden, brauchte er sie!

Es war doch nichts Verwerfliches, seinem entkräfteten Leib eine Stärkung zu gönnen. Hatten Mönche und Ärzte nicht schon im Mittelalter Branntwein als Medizin verkauft, als *aqua vita* – Lebenswasser? Und im siebzehnten Jahrhundert hatte man an der Sorbonne wissenschaftliche Untersuchungen über die gesundheitsfördernde Wirkung der Trunkenheit angestellt. Gerade einem Mann aus einem Land mit langer Whiskeytradition konnte ein kräftiger Schluck doch nicht schaden.

Mit diesen Überlegungen lullte er seinen Verstand ein. Es war wie eine Vorwegnahme des erlösenden Rausches. Die schwere Flasche gab seiner Hand ein wenig Ruhe zurück. Andächtig strichen seine Finger über das glatte Glas. Fast hätte er die Flasche geküsst wie eine Reliquie. Was sie enthielt, war für ihn heilsamer als jede abgehackte Heiligenhand.

Hastig machte er sich daran, den Verschluss aus dünnem Blech aufzuschrauben; dabei sagte er sich, dass er es schließlich nicht nur für sich tue. Nur wenn er stark war, konnte er Jean-Pierre Gardien weiterhin beistehen. Gardien, der ihn geheilt hatte von seinen Zweifeln, seinem Irrglauben, seiner Trunksucht.

Ein klarer Gedanke schob sich schwach, aber hartnäckig durch den dichten Nebel von Beschönigungen: Der Griff zur Flasche war das Letzte, was Gardien gutheißen würde. Shafqat war im Begriff, Gardiens mühsam errungenen Erfolg zu zerstören. Und redete sich selbst auch noch ein, nur so könne er dem Freund helfen.

Er wollte diese Klarsicht nicht und drehte umso schneller an dem widerspenstigen Verschluss, der im Lauf der Jahre regelrecht eingerostet zu sein schien. Vielleicht war es auch deshalb so schwierig, weil ihm nur eine Hand zur Verfügung stand.

Ein stechender Schmerz in seinem Daumen ließ ihn innehalten. Er hatte sich an dem Blech geschnitten. Ein dicker Blutstropfen quoll aus der Wunde und lief, eine rote Spur hinterlassend, über Hand und Unterarm. Der Anblick erinnerte ihn an das Attentat. An all das Blut, das von einer Sekunde zur anderen überall gewesen war. An den Papst, der nur noch ein regloser blutüberströmter Körper war. An den Verrat, der innerhalb der Vatikanmauern verübt wurde. An den Verrat, den er selbst in diesem Augenblick beging.

Angewidert ließ er die Flasche los, und sie zerplatzte auf dem Parkett. Glassplitter und Whiskey spritzten nach allen Seiten. Der starke Geruch des Alkohols breitete sich im Zimmer aus und weckte Erinnerungen an selige, alle Schmerzen auslöschende Räusche. Er fiel auf die Knie und war kurz davor, die erlösende Flüssigkeit ungeachtet der Splitter vom Boden aufzulecken. Doch dann dachte er an Gardien und widerstand der Versuchung. Taumelnd erhob er sich und wankte ins Badezimmer, wo er den Kopf unter einen kalten Wasserstrahl hielt.

So wie in jener schwachen Stunde das Wasser half ihm jetzt der Nachtwind, einen klaren Kopf und einen festen Willen zu bewahren. Kurz nach seinem Ringen mit sich selbst hatte Orlandi angerufen und ihn über den Plan zu Gardiens Rettung informiert. Wäre Shafqat betrunken gewesen, wäre er für die Rolle, die Orlandi und Donati ihm zugedacht hatten, nicht in Betracht gekommen.

Er verließ die Piazza del Forno und umrundete auf der Via delle Fondamenta den Petersdom, der geheimnisvoller und erhabener wirkte als bei Tag, wenn Tausende lärmender und fotografierender Touristen jede Andacht zerstörten. Hoch über der Hauptapsis ragte die mächtige Halbkugel der von Michelangelo entworfenen Peterskuppel empor und reckte das goldene Kreuz, das ihre Spitze zierte, wie zur Abwehr böser Mächte den dunklen Wolken entgegen. Schafqat konnte in dem Anblick nichts Beruhigendes finden; zu viele Schandtaten waren im Zeichen des Kreuzes begangen worden.

Er hörte Stimmen und erstarrte. Zwei Schatten lösten sich aus dem Durchgang zwischen Stephanskirche und Tribunalspalast. Schnell sprang er hinter eine der Zypressen, die sich um die Apsis erhoben. Er hoffte, dass seine schwarze Soutane und der Baum ihn davor bewahrten, entdeckt zu werden. Zwar war ein nächtlicher Spaziergang in den Gärten dem Privatsekretär Seiner Heiligkeit nicht verboten, aber er wollte seine Mission nicht gefährden, indem er Neugier erregte.

Dass er richtig gehandelt hatte, erkannte er, als er die Vigilanza-Uniformen der beiden langsam dahinschlendernden Männer sah. Bemerkten sie ihn, würden sie vielleicht Meldung machen. Und zwar ihrem Generalinspektor, Riccardo Parada. Und seit gestern wusste Shafqat durch Orlandi, dass der Sicherheitschef des Vatikans zu ihren Gegnern zählte.

Vigilanza und Schweizergarde hatten das Attentat zum Anlass genommen, ihre Wachen zu verstärken. Offiziell, um weitere Anschläge zu verhindern. Nur wenige Männer aus den vatikanischen Sicherheitskräften wussten wohl, dass sie in Wahrheit für die Hintermänner des Attentats arbeiteten.

Die Gendarmen kamen dicht an Shafqat vorbei, sie gingen seinen Weg in umgekehrter Richtung. Mit angehaltenem Atem wartete er, bis sie außer Hörweite waren. Er dankte dem Herrn, dass die beiden mehr an ihrer Unterhaltung interessiert waren als daran, die Augen offen zu halten. Sie rechneten wohl nicht wirklich mit einem nächtlichen Eindringling.
Vorsichtig, sich immer wieder nach allen Seiten umblickend, ging er zu der Baustelle an der Tiefgarage und stieg die Fußgängertreppe hinunter. In regelmäßigen Abständen brannten Lampen in der Garagendecke. Weitere Leuchten hingen an den Absperrungen der Bauzonen. Aber wo in dem Gewirr aus Baumaschinen, geparkten Autos und Betonpfeilern lag der Eingang zu dem unterirdischen Labyrinth?
Orlandi hatte ihm in aller Kürze mitgeteilt, dass der Einstieg vermutlich in der Garage zu finden sei. Auf dieses Gebiet waren im Zweiten Weltkrieg die ominösen Bomben gefallen. Wenn Orlandi Recht hatte, musste Shafqat nach einer versteckten Stelle suchen.
Im hinteren Teil der Garage, abgetrennt durch eine Ziegelmauer, führte eine Wendeltreppe noch ein Stück tiefer. Ein großes Schild hing über dem Treppengeländer:

WARTUNGS- UND DEPOTRÄUME
ZUTRITT NUR FÜR BEFUGTE

Shafqat hielt sich in diesem Fall zu allem befugt und stieg die metallenen Treppenstufen hinab. Falls er den Eingang fand, sollte er versuchen, ihn zu öffnen. Orlandi hatte nicht vorhersehen können, wie schwierig es sein würde, sich unter der Erde zu orientieren. Gelang es Shafqat nicht, ihnen entgegenzukommen, sollte er auf sie warten, um sie zum Papst zu führen.

Der enge Gang, in den der untere Treppenabsatz mündete, war nur schwach beleuchtet. Mehrere Türen zu beiden Seiten, nummeriert mit römischen Zahlen, waren verschlossen. Er zog den Dietrich, mit dem er schon die Nebentür im Palast geöffnet hatte, unter der Soutane hervor.

Ein metallisches Klirren drang an seine Ohren, gerade als er den Nachschlüssel ins Schloss der ersten Tür stecken wollte. Das Geräusch kam von der Wendeltreppe, wo er die schattenhaften Umrisse eines Mannes erspähte. Wieder ertönte das helle Scheppern, als etwas gegen das Treppengeländer stieß. Vergebens sah er sich nach einer Deckung um. Sein Herz schlug schneller, sein Atem rasselte wie zuvor, als das Verlangen nach Alkohol ihn fast übermannt hatte. Es gab nur eine Möglichkeit, sich zu verstecken: die Abstellräume.

In fieberhafter Eile versuchte er die Tür zu öffnen, die mit der Ziffer I gekennzeichnet war. Seine schweißnasse Hand zitterte. Der Dietrich entglitt ihm und fiel in eine mit Werkzeugen gefüllte Plastikkiste. Das klirrende Geräusch, viel leiser als das auf der Treppe, klang in Shafqats Ohren wie ein Trompetenstoß.

Er bückte sich, griff in die Werkzeugkiste des Wartungsdienstes und durchwühlte sie, bis er den Nachschlüssel endlich fand. Als er sich wieder aufrichtete, stand der andere Mann nur drei Schritte vor ihm. Er trug die blaugraue Dienstuniform der Schweizergarde. Das große Barett überschattete sein Gesicht.

Die rechte Hand des Schweizers fuhr zur linken Hüfte,

und Shafqat erkannte, was da klirrend gegen das Treppengeländer gestoßen war: das Schwert des Gardisten. Er zog es aus der Scheide und erhob es wie zum Schlag. Dabei fiel das Licht aus einer der kleinen Deckenlampen auf die Klinge, und der tödliche Stahl blitzte auf.

Blitze in glühenden Farben flammten im Licht der Handscheinwerfer auf. Funkelnde Edelsteine schmückten die Wände, zu mannsgroßen religiösen Symbolen zusammengefügt, ganz wie die Katzennärrin es beschrieben hatte. Die Wände waren so überreich verziert, dass bloßes Felsgestein kaum zu erkennen war. Die Männer kniffen die Augen zu, so ungewohnt, ja schmerzhaft war das überirdische Aufblitzen bei jedem noch so kleinen Schwenk der Scheinwerfer.
Vor Alexander erstrahlte, eingefasst von einem rubinroten Kreis, auf saphirblauem Untergrund ein rubinrotes Kreuz, und gleich daneben sah er ein rubinrotes Dreieck mit saphirblauer Innenfläche. Beide Zeichen waren Symbole der Dreifaltigkeit. Als er den Kopf wandte, erblickte er ein Meer aus Saphiren, aus dem ihn ein großer Smaragdfisch, Zeichen des getauften Christen, mit seinem Amethystauge anblinzelte.
Die Katzennärrin hatte beide Male, als sie in der Edelsteinkapelle gewesen war, Kerzen brennen sehen. Ihr Licht war verlöscht, aber es roch nach Feuer und Wachs. Vermutlich hatte die Druckwelle der Explosion die Flammen erstickt.
Die eigenartige Kapelle wäre Grund genug gewesen, von Spannung und Aufregung erfüllt zu sein. Aber Alexander fühlte sich eher erleichtert, so als habe die Sprengung ei-

nen Felsblock von seiner Brust gerollt. Die ganze Zeit über hatte er sich gefragt, was geschehen würde, wenn sie Wachen aus dem Zirkel der Zwölf in der Kapelle antrafen. Er hatte keine Angst vor einer gewaltsamen Auseinandersetzung. Wovor er sich fürchtete, war eine Begegnung mit seinem Vater. Als er eingewilligt hatte, den Auserwählten zu helfen, war er seinem Gewissen gefolgt. Auge in Auge mit seinem Vater würde sich erweisen, ob die Stimme des Blutes stärker war. Bei aller Erleichterung wusste er doch, dass die Entscheidung nur aufgeschoben, nicht aufgehoben war.

Bislang hatten die Männer überwältigt geschwiegen. Jetzt sagte Orlandi: »Da ist es!«

Sein Scheinwerfer beleuchtete einen Holzkasten auf dem Altar. In ihrer Schlichtheit schien die Schatulle nicht an diesen Ort zu gehören. Doch sie alle wussten, dass ihr Inhalt wertvoller war als sämtliche leuchtenden Edelsteine an den Wänden.

Ganz langsam, als fürchte er, durch übergroße Hast einen geheimen Zauber zu zerstören, ging Orlandi zum Altar und legte seinen Scheinwerfer auf die Steinplatte. Ehrfürchtig tastete er den Kasten ab. Sein Blick war verklärt.

Donati trat näher. »Auch wenn die *Electi* Jahrhunderte auf diesen Augenblick gewartet haben – wir sollten uns beeilen. Wir haben in dieser Nacht noch einiges vor uns.«

Orlandi nickte. »Sie haben Recht, Bruder Donati. Ich kann es nur kaum fassen. Es fällt mir unsagbar schwer, mich schon wieder von diesem Smaragd zu trennen.«

»Noch wissen wir nicht, ob er überhaupt in dem Kasten ist«, entgegnete der Commissario.

Orlandi wollte den Deckel hochklappen, aber der war

durch drei Schlösser gesichert. Donati zog eine Brechstange aus seinem Rucksack und reichte sie dem Professor. Schon beim zweiten Versuch hebelte Orlandi den Kasten auf. Langsam öffnete er den Deckel und sah hinein.
Seltsamerweise fühlte sich keiner der anderen gedrängt, ihm über die Schulter zu blicken. Als sei allein Orlandi befugt, den Stein zu betrachten.
»Er ist es!« Orlandi klappte den Deckel wieder zu. »Die *Wahre Ähnlichkeit Christi*!«
»Damit wäre Punkt eins unseres Plans nahezu erledigt«, sagte Donati in einem geschäftsmäßigen Ton, der nichts mit Orlandis Ergriffenheit gemeinsam hatte. »Jetzt bist du an der Reihe, Silvio.«
Einer der drei jüngeren Männer trat vor und verstaute den Holzkasten in seinem Rucksack. Er sollte zu den Tempelruinen zurückkehren und die Beute mit dem Lieferwagen, mit dem sie gekommen waren, in Sicherheit bringen. Als Silvio durch das Sprengloch kroch und im Dunkel dahinter verschwand, fragte Alexander sich, ob er den geheimnisvollen Smaragd jemals zu Gesicht bekommen würde.

Der Schweizer trat einen Schritt vor, ins Lichtfeld einer Deckenlampe, sodass Shafqat sein Gesicht sehen konnte. Es war ein breites Gesicht, genau passend zu dem großen, kräftigen Mann, der seine Uniform mit jeder Bewegung zu sprengen schien. Was Shafqat erschreckte, war der kalte und feindselige Ausdruck. Ein Blick genügte, um zu begreifen, dass der Gardist zum Töten bereit war. Und als Shafqat sich an den Namen des Mannes erinnerte, wurde ihm klar, dass es sich hier nicht um einen Routinewachgang handelte. Der Gardist gehörte zum Zirkel der Zwölf.

Entweder hatte er ihn verfolgt, oder er kontrollierte den Zugang zu den Stollen.
»Haben Sie sich verlaufen, Don Shafqat?«, fragte der Soldat in einem Italienisch, das ebenso unbeholfen klang wie das des irischen Geistlichen.
»Ja, so ähnlich«, antwortete Shafqat, fieberhaft nach einer glaubhaften Ausrede suchend.
»Warum wollen Sie diese Tür öffnen?«
»Ich dachte, es könnte eine Abkürzung sein.« Als er es aussprach, wusste Shafqat auch schon, wie absurd es sich anhörte.
»Eine Abkürzung wohin, Monsignore?«
»Nach draußen natürlich.«
Der Gardist zeigte mit dem Daumen über seine breite Schulter. »Da hätten Sie besser die Treppe genommen, über die Sie auch gekommen sind.«
»Das sollte ich wohl«, murmelte Shafqat und wollte sich an dem anderen vorbeischleichen.
Der verstellte ihm mit einem schnellen Schritt zur Seite den Weg. »Augenblick mal, Don Shafqat. Sie tragen da einen Dietrich bei sich, nicht wahr?«
»Ja«, antwortete der Ire, da er es schlecht leugnen konnte.
»Warum?«
»Das geht Sie nichts an, Adjutant. Lassen Sie mich jetzt durch!«
Shafqat bemühte sich, die Autorität geltend zu machen, die dem Privatsekretär des Papstes zukam. Ein Adjutant der Schweizergarde hätte davon unter normalen Umständen mehr als beeindruckt sein müssen. Doch der Gardist zeigte sich ungerührt. Es war offensichtlich, dass kein Argument und kein Befehl ihn dazu bringen konnte, Shafqat

aus der Mausefalle zu lassen, in die er sich selbst begeben hatte.
»Sagen Sie mir jetzt die Wahrheit, Monsignore! Was haben Sie hier unten gesucht?«
Wut stieg in Shafqat hoch. Wut auf die Verschwörer, die sich aufführten, als gehöre der Vatikan ihnen. Selbst wenn es so war – er wollte nicht klein beigeben und sagte gepresst: »Ich suche die Männer, die für den Anschlag auf Papst Custos verantwortlich sind.«
Der Gardist nahm die Herausforderung an. Er sprang vor, und der erhobene Schwertarm sauste nach unten. Shafqat hatte damit gerechnet und wich zur Seite aus. Er hoffte immer noch, an seinem Gegner vorbeizukommen und ihm zu entwischen. Einen Kampf Mann gegen Mann konnte er, unbewaffnet und mit nur einem gesunden Arm, kaum gewinnen. Auch wenn er vor vielen Jahren ein guter Boxer gewesen war und es in seiner Heimatstadt Killarney bis zum Jugendmeister im Schwergewicht gebracht hatte.
Sein Plan schien aufzugehen. Der Gardist wurde vom Schwung des eigenen Angriffs mitgerissen. Shafqat lief an ihm vorbei, stolperte aber über den Werkzeugkasten und stürzte. Das wäre nicht so schlimm gewesen, wäre er nicht auf seinen verletzten Arm gefallen. Ein höllischer Schmerz durchfuhr ihn, und es verstrichen kostbare Sekunden, die ihm für die Flucht fehlten. Als er sich aufrappeln wollte, traf ihn ein Fußtritt ins Kreuz, der ihn erneut zu Boden warf.
»Da unten liegen Sie schon richtig, Monsignore«, höhnte der Gardist. »Bevor Sie aufstehen, werden Sie meine Fragen beantworten.«

Shafqat erinnerte sich an die unsauberen Tricks der Boxer, legte seine Beine wie eine Schere um die Unterschenkel des Uniformierten und brachte ihn ebenfalls zu Fall. Er wollte das Schwert an sich reißen, doch der Schweizer zog es weg, sodass Shafqat in die Klinge griff und sich die rechte Hand gefährlich aufschnitt.

Der Gardist erkannte, dass er den Geistlichen unterschätzt hatte. Er verschwendete keine Zeit damit, sich zu erheben, sondern stieß im Knien zu. Ungläubig starrte Shafqat auf die Klinge, die tief in seine Brust fuhr. Erst als der Schweizer den Stahl wieder herausgezogen hatte, kam Shafqat zu Bewusstsein, dass es sein Blut war, mit dem die Klinge überzogen war. Und jetzt spürte er auch den Schmerz. Es fühlte sich an, als würde sein Brustkörper von innen auseinander gesprengt.

Als Shafqat über dem Werkzeugkasten zusammenbrach, stand der Gardist auf. Das Schwert einsatzbereit in der Rechten, starrte er auf den Iren hinab. Doch der rührte sich nicht. Der Schweizer stieß ein zufriedenes Grunzen aus und bückte sich nach seinem Barett, das heruntergefallen war.

Shafqat wusste, dass dies seine letzte Chance war. Seine pochende Rechte umklammerte einen großen Schraubenschlüssel, den er in dem Werkzeugkasten ertastet hatte. Als der Schweizer sich bückte, erhob er sich mit letzter Kraft und zog den schweren Schraubenschlüssel über den Soldatenschädel mit dem militärisch kurz geschorenen Haar. Der Schweizer stöhnte und knickte ein.

Shafqat war, als gebe der Boden unter ihm nach. Alles drehte sich, löste sich auf, und dem Schmerz folgte ein erlösendes schwarzes Nichts.

Aus der Schwärze schälten sich Konturen heraus, schemenhaft erst, dann immer deutlicher. Er sah den schwach beleuchteten Gang mit den nummerierten Türen und erinnerte sich an den erbitterten Kampf. Mit der Erinnerung kamen die Schmerzen, aber auch das Gefühl des Triumphs.

Er hatte gesiegt!

Sein Gegner lag wie tot am Boden. Die Schmerzen, die ihm jede Bewegung verursachte, ignorierend, beugte er sich über den anderen.

Da hörte er das Geräusch, das Klappern einer Tür. Er musste fürchten, entdeckt zu werden. Mit einem schnellen Griff packte er das blutige Schwert und zog sich an einer Wand hoch. Er war ziemlich wacklig auf den Beinen, konnte sich gerade noch bis zur Wendeltreppe schleppen und sich dahinter verbergen, ein Schatten im Schatten.

Die gewaltsam aufgebrochene Tür am Ende des Ganges schwang mit lautem Krachen auf, und mehrere Gestalten traten heraus.

»Wo sind wir?«, fragte Donati, als sie nach ihrem langen Weg durch das unterirdische Stollensystem in den beleuchteten Gang traten.

»Immer noch unter der Erde«, antwortete Alexander. »Aber hier scheinen öfter Menschen herzukommen.« Er blickte sich um. »Vermutlich gehört das alles zur Tiefgarage, aber diesen Gang kenne ich nicht.«

Der Weg von der Edelsteinkapelle hierher war verhältnismäßig einfach gewesen. Zwar hatte es immer wieder Abzweigungen gegeben, aber sie waren den Spuren gefolgt, die aller Wahrscheinlichkeit nach vom Zirkel der Zwölf stammten. Die meisten Stollen waren am Boden mit feinem Geröll bedeckt, nicht aber der, für den sie sich schließlich entschieden hatten. Dort schienen häufiger Menschen zu verkehren. Der Gang hatte sie zu einer verschlossenen Tür geführt, die sie gewaltsam aufbrachen. So waren sie in einen großen Geräteschuppen gelangt. Von dessen Seite war die Tür mit Schläuchen und Drahtrollen derart verhängt, dass sie vor zufälliger Entdeckung sicher war. Die Ausgangstür des Schuppens hatten sie ebenfalls aufbrechen müssen, und so waren sie auf diesen schwach erleuchteten Gang gestoßen.

»Zumindest gibt es da hinten eine Treppe.« Donati zeigte ins Halbdunkel des Korridors. »Gleich werden wir mehr wissen.«

Beim Nähertreten entdeckten sie die reglose Gestalt, die inmitten einer Blutlache am Boden lag. Alexander überholte den hinkenden Commissario und drehte den schweren Körper um. Er erkannte den Mann und erschrak. Denn er blickte in die Augen eines Toten.

»Blutige Fußspuren«, stieß Donati halblaut hervor.

Der Strahl seines Scheinwerfers glitt über den Estrich. Jemand war in das Blut des Toten getreten und bis zu der Wendeltreppe am Ende des Korridors gelaufen. Der sich immer mehr ins Ovale verlängernde Lichtfleck des Scheinwerfers folgte der Spur. Sie endete nicht am Treppenabsatz, sondern führte weiter hinter das Metallgestell, wo zusammengekauert eine Gestalt in der Uniform der Schweizergarde hockte.

Genau in diesem Augenblick verließ der Gardist sein Versteck; er wollte über die Treppe flüchten. Alexander sah das Schwert in der Hand des Mannes und dann endlich sein Gesicht. Sosehr dieser Anblick ihn auch schmerzte, jetzt wollte er nur Don Shafqat rächen und verhindern, dass der Mörder flüchtete. Er ließ seinen Scheinwerfer neben dem Toten liegen, spurtete los, bekam den Flüchtenden an den Unterschenkeln zu fassen und zog ihn mit aller Kraft nach unten.

Beide Männer verloren das Gleichgewicht und bildeten ein ineinander verschlungenes Knäuel aus Leibern und Gliedmaßen, das gegen eine Wand des Korridors prallte. Der Uniformierte hatte bei dem Sturz sein Schwert verloren und verteidigte sich mit bloßen Fäusten. Alexander bekam einen kräftigen Hieb aufs Kinn und beantwortete ihn mit einem Ellbogenstoß in die Rippen.

Ein Schatten fiel auf sie. Es war Orlandi, der eine Impfpistole an den linken Arm des Uniformierten presste. Ein kurzes Zischen, und schon zog der Professor sich wieder zurück. Alexander spürte, wie der Widerstand in Sekundenschnelle schwächer wurde. Der Kopf seines Gegners fiel zur Seite. Das Betäubungsmittel, das Orlandi dem Schweizer gespritzt hatte, wirkte verblüffend schnell.

Alexander kniete über dem Schlafenden und sah zu Orlandi auf. »Sie sind sehr geschickt darin, Leute ins Reich der Träume zu schicken, Professor. Beschränkt sich Ihre ärztliche Kunst darauf?«

»Ich würde sagen, Sie sollten sich mal an Ihre Nase fassen. Sind Sie nicht damit einverstanden, dass ich Ihnen eben geholfen habe?«

»Nein!«, sagte Alexander hart. »Ich hätte das gern selbst erledigt.«

Orlandi sah ihn zweifelnd an. »Warum?«

»Weil dieser Mann, der für mich wie ein Bruder war, mich verraten hat.«

Auf dem Belvederehof spaltete die Gruppe sich auf. Orlandi, Donati und einer ihrer jungen Begleiter hielten auf den Trakt des Apostolischen Palastes zu, in dem die Krankenstation lag. Sie hofften, die kleine Seitentür, die Shafqat hatte öffnen sollen, auch ohne dessen Hilfe zu finden. Alexander und der drahtige, fast kahlköpfige Mittzwanziger, den sie Dario nannten, übernahmen die Aufgabe, den Ambulanzwagen zu kapern.
Während sie im Häuserschatten auf die Ambulanzgarage zuschlichen, kreisten Alexanders Gedanken um den Mann, der in der Tiefgarage schlief und dessen Uniform er angezogen hatte. Insofern war es ein Glücksfall, dass sie auf Utz Rasser gestoßen waren. Für Don Shafqat allerdings war die Begegnung das Gegenteil gewesen.
Alexander bedauerte, dass sie Rasser hatten zurücklassen müssen. Vielleicht hätte er ihnen wertvolle Informationen über den Zirkel der Zwölf und über Elenas Aufenthaltsort liefern können. Professor Orlandi besaß bestimmt ein Mittel, das ihm die Zunge auch gegen seinen Willen gelöst hätte. Möglicherweise hätten sie Rasser sogar gegen Elena austauschen können. Aber ihn mitzunehmen wäre höchst beschwerlich gewesen und hätte ihre Mission gefährdet. Die Rettung des Papstes genoss absolute Priorität – abgesehen wohl von der Bergung des geheimnisvollen Smaragds. Alexander konnte nicht sagen, woran den *Electi* mehr gelegen war.
Der Vorfall in der Tiefgarage hatte seine Stimmung gedämpft. Er sah noch Orlandi vor sich, wie dieser sich über Shafqat beugte, ihn sorgfältig abtastete und dann die seltsamen Worte sprach: »Es ist kein Leben mehr in ihm. Selbst ich kann nichts mehr für Bruder Shafqat tun.«

Geduckt huschten Alexander und Dario unter den schwach erleuchteten Fenstern der vatikanischen Feuerwache vorbei. Leises Musikgedudel drang nach draußen. Das halbe Dutzend Männer schlief wahrscheinlich, mit Ausnahme des Wachhabenden, der, vor dem Radio dösend, auf das Morgengrauen wartete und auf das Ende der 24-Stunden-Schicht.

Die kleine Ambulanzgarage lag direkt neben der größeren Feuerwehrgarage, in der die drei Tanklöschzüge und die beiden Drehleiterfahrzeuge einsatzbereit standen. Die verschlossenen Tore der Feuerwehrgarage öffneten sich auf Knopfdruck in weniger als zehn Sekunden; die Ambulanzgarage hatte nicht mal ein Tor, der weiße Wagen konnte ohne Zeitverlust starten. Falls der Papst doch einmal in ein römisches Krankenhaus gebracht werden musste, brauchte keine Zeit mit dem Warten auf eine externe Ambulanz verschwendet zu werden.

Alexander lugte um die Ecke. Eine Neonröhre erhellte die Garage. Die Fahrertür der Ambulanz stand halb offen. Der Fahrer der Einsatzbereitschaft war über dem Lenkrad zusammengesunken. Ein dickes Buch war seinen Händen entglitten und lag hinter der Windschutzscheibe.

Alexander bedeutete Dario, er solle hier warten, und ging leise auf den Ambulanzwagen zu. Der Fahrer schlief nicht so fest, wie er gehofft hatte; Alexanders Schritte schreckten ihn auf.

Der Mann blinzelte, und ein Rucken ging durch seinen ganzen Körper. Ihm kam zu Bewusstsein, dass er den schweren Kampf gegen den Schlaf verloren hatte, und er musterte Alexander mit einem unfreundlichen Blick, nicht skeptisch, sondern wütend über die Störung. Wahrschein-

lich glaubte er, der Gardist wolle ihn für seine Schläfrigkeit rügen.
»Buona notte«, sagte Alexander mit einem breiten Grinsen und zog die Tür auf.
Ehe der Fahrer etwas erwidern konnte, packte Alexander ihn beim linken Arm und zog ihn mit einem heftigen Ruck aus dem Wagen. Kaum fiel der untersetzte Mann ihm aufstöhnend vor die Füße, rammte er ihm auch schon seine ineinander verschränkten Hände in den Nacken. Das war eine schmerzhafte Methode, jemanden schlafen zu schicken, aber die einzige, über die Alexander im Moment gebot.
Nachdem sie den Fahrer in die hinterste und dunkelste Ecke der Garage geschleift hatten, schlüpfte Dario in dessen Dienstoverall, der ihm viel zu knapp war. Er zog den Reißverschluss nur zur Hälfte hoch, was nicht weiter auffiel, wenn er hinter dem Steuer der Ambulanz saß. Alexander kletterte auf den Beifahrersitz und warf den Schmöker nach draußen, damit Dario eine bessere Sicht hatte. Der Schlüssel steckte. Jetzt hieß es warten, bis … bis Darios kleines Funkgerät knackte. »Glas für Flasche, Glas für Flasche, wir haben den Korken sichergestellt. Ende.«
Die verzerrte Stimme gehörte Donati, der sich auch die albernen Codenamen ausgedacht hatte.
»Flasche für Glas, wir bringen den Sektkübel«, antwortete Dario. »Ende.«
»Glas für Flasche, verstanden. Ende und aus.«
Als Dario den Motor anließ, erschien das Geräusch Alexander ungewöhnlich laut, wohl weil es ringsum so still war und weil er unter starker Anspannung stand. Er konn-

te nur hoffen, dass die Männer in der nahen Feuerwache nichts gehört hatten.

Mit Schrittgeschwindigkeit fuhren sie in den Belvederehof, ohne das Licht einzuschalten. Alexanders Augen suchten die dunklen Palastmauern ab und entdeckten schließlich das ersehnte Signal: das mehrmalige Aufblitzen einer Taschenlampe. Dario lenkte den Wagen in die Richtung des Signals: zu einer geöffneten Tür, in der ihre drei Gefährten sie erwarteten. Sie schoben eine Rollbahre mit dem Papst durch die Tür, die dafür gerade breit genug war.

Alexander sprang aus dem Wagen, riss die Hintertür auf und fragte: »Wie ist es gelaufen?«

»Unerwartet gut«, antwortete Donati. »Leone und ich mussten vor der Krankenstation einen Gendarmen und einen Schweizer erledigen. Drinnen hielt nur der Leibarzt des Papstes Krankenwache. Er sah aus, als könnte er etwas Schlaf vertragen.«

Während sie Papst Gardien vorsichtig auf die Liege in der Ambulanz umbetteten, betrachtete Alexander das Gesicht des Schlafenden. Es sah nicht friedlich aus, wie er erwartet hatte, wirkte eher angespannt. So als registriere der Heilige Vater alles, was um ihn her geschah.

Orlandi, Donati und Leone stiegen zu Gardien in den Innenraum. Alexander nahm wieder vorn bei Dario Platz und wies ihm den Weg zur Porta Sant'Anna. Immer noch ohne Licht rollte der Wagen im Leerlauf über die abschüssige Straße auf das nachts geschlossene Gittertor zu.

Gebannt starrten die beiden Männer auf das hohe, schwere Gitter, hinter dem die rettende Straße lag. Noch zwanzig Meter, fünfzehn, zwölf ...

Zwei Gardisten sprangen aus dem Wachhäuschen vor das Tor und wedelten wild mit ihren weiß behandschuhten Händen.

»Gas, Fernlicht und hupen!«, rief Alexander.

Dario befolgte die Anweisung. Der schwere Wagen machte einen Satz und schoss nach vorn.

Die Hupe lärmte ohrenbetäubend. Alexander wollte seinen Kameraden durch das Warnsignal die Möglichkeit geben, sich in Sicherheit zu bringen; die meisten Gardisten wussten schließlich nichts von den Machenschaften des Zirkels. Von der Hupe aufgeschreckt und vom Fernlicht geblendet, sprangen die beiden Schweizer tatsächlich zur Seite.

Der Wagen prallte gegen das Gitter. Dem dunklen Klatschen des ersten Aufpralls folgte ein markdurchdringendes Kreischen, als Metall sich an Metall rieb. Funken sprühten durch die Nacht, die beiden Torflügel sprangen auf und gaben das Fahrzeug frei.

Feine Risse durchzogen die Windschutzscheibe, die nicht mehr lange durchhalten würde. Aber das war unwichtig, solange sie nur die Via di Porta Angelica erkennen konnten.

Dario bog nach links ab, schaltete auf Abblendlicht um und sagte mit einem zufriedenen Grinsen: »Das war ein tolles Ding!«

XXI

Freitag, 15. Mai vormittags

Alexander konnte kaum fassen, dass die Entführung des Papstes so reibungslos abgelaufen war. Wäre nicht Don Shafqats Tod zu beklagen gewesen, hätte man von einem Erfolg auf der ganzen Linie sprechen können. Donati hatte den einzig möglichen Plan entworfen: überraschend und, vor allen Dingen, mitten aus dem Vatikan heraus zuschlagen. Hätten sie erst gewaltsam in den Kirchenstaat eindringen müssen, wären Schweizergarde, Vigilanza und italienische Polizei alarmiert gewesen und hätten ein Entkommen verhindert.

Das alles ging Alexander durch den Kopf, als er sein Zimmer in Orlandis Privatklinik verließ. Er hatte geduscht und ein für italienische Verhältnisse ungewöhnlich deftiges Frühstück zu sich genommen. Donatis Rat, sich eine Weile hinzulegen, hatte er in den Wind geschlagen. Der Schlaf einer ganzen Nacht mochte ihm fehlen, aber nach den überstandenen Aufregungen war ihm nicht nach Bettruhe zu Mute. Er hätte vermutlich kein Auge zugetan. Zu sehr brannte er darauf zu erfahren, wie die weiteren Pläne der Auserwählten aussahen.

Über den Wolken war die Sonne aufgegangen und trübes Morgenlicht fiel durch die vergitterten Fenster. In den Gängen brannten noch die Fin-de-Siècle-Lampen, die, wie so vieles hier, überhaupt nicht nach einem Krankenhaus aussahen. Eine etwa zehnköpfige Gruppe von Männern und Frauen eilte an ihm vorbei die Treppe hinauf. Alexander entdeckte Donati und Solbelli unter ihnen und folgte der Gruppe neugierig. Es ging hinauf in den obersten Stock, wo die Gruppe hinter einer zweiflügeligen Tür verschwand. Vor der Tür hielten Dario und Leone Wache. Beide hatten sie eine handliche MP vom Typ Spectre M4 umgehängt, die Schulterstütze angeklappt. Die nur fünfunddreißig Zentimeter lange Waffe, in deren vierreihiges Magazin fünfzig 9-mm-Patronen passten, galt aufgrund ihrer Kompaktheit und Schusskapazität und weil sie so schnell und mit großer Treffsicherheit eingesetzt werden konnte, als ideal für den Personenschutz. Für Alexander war es keine Frage, welche Person Dario und Leone schützten.

Donati war hinter den anderen zurückgeblieben und drehte sich jetzt so unerwartet um, dass Alexander fast mit ihm zuammengeprallt wäre.

»Wohin des Wegs?«

Alexander nickte in Richtung Tür. »Zu Seiner Heiligkeit.«

»Woher wollen Sie wissen, dass der Papst sich hier aufhält?«

»Intuition.«

»Sie wären ein guter Polizist. Trotzdem können Sie da nicht hinein, ebenso wenig wie ich. Nur die Auserwählten dürfen an der Sitzung teilnehmen.«

»Ich dachte, Sie gehören zu den Auserwählten, Commissario?«

»Ich gehöre zu ihnen, aber ich bin keiner von ihnen. Wenn Sie so wollen, arbeite ich für sie, aus Überzeugung, nicht für Geld. Professor Orlandi hat sich um mich gekümmert, damals, nach der Bombengeschichte in Mailand.«

Donatis Gesicht verfinsterte sich bei der Erinnerung. »Orlandi und seinen besonderen Fähigkeiten verdanke ich, dass ich überhaupt noch am Leben bin. Er hat meinen Körper, aber auch meinen Glauben zusammengeflickt, dafür schulde ich ihm und den Auserwählten ewigen Dank.«

»Statten Sie diesen Dank ab, indem Sie uns Schweizern Unterricht erteilen, um auf diesem Weg an Informationen über den Zirkel der Zwölf zu gelangen? Und könnte es sein, das Sie selbst dafür gesorgt haben, dass Sie Bazzini für die Ermittlungen zur Seite gestellt wurden?«

Donati lächelte. »Ich sagte schon, Sie gäben einen guten Polizisten ab, Signor Rosin.«

Ein grauhaariger Kopf erschien in der Tür und sechseckige Brillengläser reflektierten das satte Licht der Deckenlampen. »Geht's bei den Herren vielleicht ein wenig leiser?«, fragte Solbelli vorwurfsvoll. »Hier drin versuchen ein paar Leute, sich zu konzentrieren.«

»Erklären Sie das Signor Rosin«, erwiderte Donati.

»Was will er?«

»Hinein.«

»Ah, verstehe.« Der Gelehrte musterte Alexander. »Na, dann kommen Sie, Signor Rosin.«

»Aber …«

Solbelli erstickte Donatis Protest mit einer herrischen Handbewegung. »Ich kann verstehen, dass Signor Rosin im Bilde sein will. Schließlich hat er einen Eid geschworen, dem Heiligen Vater beizustehen. Traurig genug, dass nur einer aus der ganzen Schweizergarde in der Lage ist, seinen Eid zu halten. Ich an seiner Stelle würde auch dabei sein wollen.«

Zweifelnd, vielleicht auch ein wenig eifersüchtig, sah Donati zu, wie Alexander durch die Tür ging, die Solbelli gleich darauf schloss.
Kein weiß-steriles Krankenzimmer, keine Infusionen, keine Monitore, die Auskunft über den Zustand des Papstes gegeben hätten. Natürlich nicht. Alexander hätte wissen müssen, dass in dieser *Privatklinik* nichts so war wie in anderen Krankenhäusern. Man konnte den Raum am ehesten als großes, spartanisch eingerichtetes Schlafzimmer bezeichnen. Ein schmales Bett stand frei in der Mitte. Seine Heiligkeit schien darin einen friedlichen Schlaf zu schlafen.
Rund um das Bett knieten Männer und Frauen, die Auserwählten. Ihre Hände lagen auf dem Kopf des Papstes, auf seiner Stirn, seinem Gesicht. Etliche Arme reckten sich unter die Bettdecke, um den Leib des Schlafenden zu berühren. Es sah aus wie eine kultische Handlung, eine religiöse Zeremonie, die umso seltsamer anmutete, als die Auserwählten ganz normal gekleidet und nicht etwa in Priestergewänder gehüllt waren. Es herrschte vollkommenes Schweigen, alle wirkten höchst konzentriert. Von Alexander schien niemand Notiz zu nehmen.
Solbelli zeigte auf einen gepolsterten Stuhl in einer Ecke. Alexander nahm schweigend Platz und sah zu, wie der Privatgelehrte sich neben Orlandi an das Kopfende des Bettes kniete, seine Hände auf das Gesicht des Papstes legte und ebenfalls in diesen tranceartigen Zustand sank. Es war so unerträglich still, dass Alexander kaum zu atmen wagte.
Hinterher hätte er nicht sagen können, wie lange er auf dem Stuhl gesessen und die anderen einfach nur angese-

hen hatte. Von den Auserwählten schien eine hypnotische Kraft auszugehen, die ihn aus Zeit und Raum entrückte. Ein wohliges Gefühl ergriff von ihm Besitz, warm und prickelnd, als fließe eine geheime Energie durch das Zimmer. Es erinnerte ihn an seinen Besuch bei Papst Custos, vor jener kleinen Ewigkeit von vierzehn Tagen, als der Heilige Vater ihn von seinen Schmerzen geheilt hatte. Jetzt empfand er die gleiche Geborgenheit.

Er war nicht mehr im Geringsten verwundert über die ungewöhnliche Zeremonie. Warum auch? Er hatte es geahnt, bevor er das Zimmer betreten hatte. Nur hatte der rationale Teil seiner selbst die Erkenntnis unterdrückt. So wunderte er sich auch nicht, als der Heilige Vater die Augen aufschlug, sich umblickte und mit leiser Stimme zu den anderen sprach, Worte des Dankes an seine »Brüder und Schwestern« richtete.

Die ließen erschöpft von ihm ab, zitternd, schweißüberströmt, nahezu am Ende ihrer Kräfte. Beim Verlassen des Zimmers stützten sie sich gegenseitig. Nur Orlandi blieb am Bett hocken und sprach leise mit dem Papst.

Solbelli trat heran und lehnte sich schwer atmend gegen die Wand. »Bruder Gardien muss sich ausruhen. Auf was warten Sie noch, Alexander?«

»Auf Erklärungen.«

»Erklärungen wollen Sie also, Alexander. Und auch noch eine ganze Menge, schätze ich.«

»Ich hoffe, es ist nicht zu viel verlangt, aber ich …«

»Sie sind reichlich verwirrt, natürlich.«

Der Papst lächelte verständnisvoll. Jedenfalls legte Alexander sein Mienenspiel so aus. In dem Dämmerlicht, das durch die verhängten Fenster ins Zimmer fiel, war das nicht eindeutig festzustellen.

Mehr als zwölf Stunden war es her, dass Alexander der eigentümlichen Zeremonie beigewohnt hatte, mit der die Auserwählten den Heiligen Vater aus dem Koma geholt hatten. Alexander hatte für ein paar Stunden Schlaf gefunden, unruhigen Schlaf, angefüllt mit dem Traumgesicht der um Hilfe rufenden Elena; er fühlte sich nicht sonderlich ausgeruht. Ganz anders Custos. Seine Lebhaftigkeit war erstaunlich angesichts der schweren Schussverletzungen. Für ihn schienen nicht zwölf Stunden, sondern zwölf Wochen vergangen zu sein.

Er lag nun in einem anderen, kleineren Zimmer im obersten Stockwerk und wurde weiterhin von zwei Bewaffneten bewacht. Dario und Leone waren von Männern abgelöst worden, deren Namen Alexander nicht kannte. Auch sie trugen die griffigen Spectre-MPs. Alexander hatte beobachtet, dass weitere bewaffnete Wachen in den ausgedehnten Grünanlagen patrouillierten.

Vor fünf Minuten war Solbelli zu ihm gekommen, hatte ihn zum Papst geführt und sie auf Geheiß des Heiligen Vaters allein gelassen. Zum zweiten Mal traf Alexander diesen Mann unter vier Augen. So vieles war seit ihrer ersten Begegnung geschehen, hatte sich in den zwei Wochen verändert. Von der Beklommenheit, die ihn damals befallen hatte, als Don Shafqat ihn in das private Arbeitszimmer Seiner Heiligkeit führte, spürte er jetzt nichts. Was nicht daran lag, dass der Heilige Vater einen ganz und gar weltlichen Pyjama trug. Brennende Neugier und die Erkenntnis, dass sie beide in dasselbe dunkle Spiel verstrickt waren, verdrängten jede Ehrfurcht.

»Ich will Ihnen keine langen Vorträge halten, Alexander.« Die Stimme des Papstes klang voll und kräftig, nicht wie die eines Schwerverletzten. »Am besten stellen Sie einfach Ihre Fragen.«

Alexander beugte sich vor, sah ihm in die Augen und fragte: »Eure Heiligkeit, sind Sie der Engelspapst?«

Zu seinem Erstaunen kicherte der Papst. »Bei allen Heiligen, Sie verstehen es, auf den Punkt zu kommen.«

»Sie wollten, dass ich frage.«

»Und Sie sollen Ihre Antwort bekommen: Ja und nein. Ich bin kein überirdisches Wesen, auch wenn das, was Sie in meiner Gegenwart erlebt haben, Ihnen einen anderen Eindruck vermittelt haben mag. Ich bin nicht gesandt worden, um alte Prophezeiungen zu erfüllen. Aber ich will das vollbringen, was seit Jahrhunderten als Aufgabe des Engelspapstes betrachtet wird. Die Kirche soll wieder das Wort Jesu verkünden und nicht die im Laufe zweier Jahrtausende entstandenen Verfälschungen, ja Verdrehungen seiner Lehre. Für alle, die dieses Ziel auch verfolgen, bin ich der Engelspapst – für meine Gegner wohl eher der Antichrist.«

»Und um die Aufmerksamkeit der Welt auf sich zu lenken, wollten Sie Wunder vollbringen.«

»So ähnlich, ja. Ich würde es nicht Wunder nennen, auch wenn die Medien dieses Schlagwort lieben. Ursprünglich wollte ich viel langsamer vorgehen und die Gläubigen behutsam an die Wahrheit heranführen. Doch dann haben die Ereignisse sich überstürzt, angefangen mit dem Mord an Oberst Rosin und seiner Frau – ich musste einfach handeln. Nach unserer ersten Begegnung begann ich mich zu fragen, ob ein schnelleres Vorgehen nicht weitere Opfer verhindern könnte. Und als sich bei der Generalaudienz die Gelegenheit bot, meine heilenden Kräfte zu demonstrieren, habe ich nicht länger gezögert.«

»Für mich ist es ein Wunder, was Sie in der Nervi-Halle vollbracht und was die Auserwählten heute Morgen bei Ihnen erreicht haben, Heiligkeit. Was geschieht da?«

»Um Ihnen das zu erläutern, muss ich Ihnen verdeutlichen, wer ich bin. Schalten Sie doch bitte das Licht ein!«

Alexander kam der Bitte nach. Eine vierflammige Deckenlampe tauchte den Raum in warmes, anheimelndes Licht. Auf dem Tisch neben dem Bett des Papstes lagen mehrere Bücher neben einer Holzschatulle. Es war der Kasten, den sie in der Nacht aus der Edelsteinkapelle geborgen hatten. Dieses unscheinbare Behältnis verkörperte für ihn alle Geheimnisse, die sich in den letzten zwei Wochen vor ihm aufgetürmt hatten. Schon vor fünfhundert Jahren hatte sein Vorfahr Albert Rosin für den Kasten – oder für das, was er enthielt – sein Leben aufs Spiel gesetzt.

Er war enttäuscht, als Custos statt zu dem Kasten zu einem großformatigen Buch griff. Die unbekümmerte Art, wie der Papst sich im Bett aufsetzte, passte nicht zu einem Mann, der kürzlich operiere und erst wenige Stunden zuvor aus dem Koma erweckt worden war. Custos blätterte in dem Bildband und zeigte Alexander schließlich ein Gemälde, das auf einer Doppelseite abgebildet war: dreizehn Männer, die, mit den unterschiedlichsten Anzeichen der Erregung, an einer langen Tafel saßen oder gerade von ihr aufgesprungen waren; nur der Mann in der Mitte, der langes Haar und einen Bart trug, saß gelassen auf seinem Platz und streckte in beruhigender Geste die Hände aus.

»Das *Abendmahl*«, sagte Alexander und fügte nach kurzer Pause hinzu: »Von Leonardo da Vinci.«

Das Universalgenie der Renaissance schien ihn regelrecht zu verfolgen, tauchte immer wieder auf: als Erfinder lederner Taucheranzüge, als Spion und Anführer von Ketzern, jetzt als Maler.

»Bruder Solbelli hat Ihnen bereits gesagt, dass Leonardo im Vatikan weilte, um in den Geheimarchiven zu forschen. Das war im Jahr 1492. Drei Jahre später begann er im Refektorium des Mailänder Dominikanerklosters Santa Maria delle Grazie mit den Arbeiten am *Abendmahl*.«

»Das hört sich an, als gäbe es da einen verborgenen Zusammenhang.«

»So verborgen ist er gar nicht. Sehen Sie sich das Gemälde in Ruhe an, dann werden Sie erkennen, was Leonardo in Rom herausgefunden hat.«

Der Papst reichte Alexander das Buch. Ihre Hände berührten sich kurz, und Alexander spürte ein warmes, angenehmes Kribbeln. Seine Augen suchten die Reproduktion des berühmten Gemäldes nach etwas Auffälligem ab. Vergeblich.

Der Papst tippte mit dem Zeigefinger auf die zweitäußerste Figur auf der linken Seite. »Wissen Sie, wer das ist?«

»Nein«, sagte Alexander, der zwar die Namen der zwölf Apostel kannte, sie dem Gemälde aber nicht alle zuordnen konnte.

»Allgemein wird behauptet, dies sei der jüngere Jakobus«, erklärte Custos. »Betrachten Sie einmal erst ihn und dann die anderen Gestalten auf dem Bild!«

Leichte Erregung schwang in der Stimme des Heiligen Va-

ters mit. Er schien gespannt darauf zu warten, dass Alexander hinter das Geheimnis kam.
Der Schweizer musste das Bild nur bis zur Mitte ansehen, dann rief er: »Jakobus und Jesus sehen sich erstaunlich ähnlich, fast wie …«
»Wie Zwillingsbrüder, sprechen Sie es ruhig aus.« Der Papst nickte zufrieden. »Leonardo hat die Ähnlichkeit bis hin zu der roten Kleidung betont; das Einzige, was die beiden unterscheidet, ist der Mantel, den Jesus um die Schulter geschlungen hat. Sie haben es erkannt, Alexander. Diese Ähnlichkeit Christi mit einem seiner Jünger ist der Schlüssel zur geheimen Botschaft des Bildes. Und sie ist der Grund, weshalb es immer wieder Bestrebungen der Mächtigen gegeben hat, das Gemälde zu zerstören oder es sich anzueignen. Schon der französische König Ludwig XII. war, als er im Jahr 1499 Mailand eroberte, nur mit Mühe davon abzuhalten, das Bild nach Frankreich zu bringen. So ging es all die Jahrhunderte hindurch. Sie wissen, dass im Zweiten Weltkrieg Bomben auf den Vatikan gefallen sind. Nun, auch das Kloster Santa Maria delle Grazie wurde angegriffen, eine Bombe traf das Refektorium. Das Dach und die ganze Wand rechts neben Leonardos Gemälde wurden zerstört. Das *Abendmahl* blieb nur deshalb weitgehend erhalten, weil es durch Sandsäcke geschützt war. Vor acht Jahren konnte in letzter Minute ein Mafia-Bombenanschlag auf das Refektorium verhindert werden. Auf der Suche nach den Auftraggebern führten Spuren in den Vatikan, wo sie sich, wie üblich, in Luft auflösten.«
»Vor acht Jahren?«, fragte Alexander. »Damals verlor Commissario Donati seine Familie bei einem Bombenanschlag in Mailand.«

»Er war der Mafia auf der Spur, wenn auch nicht wegen des Gemäldes. Aber durch seinen Einsatz sind die Pläne zur Vernichtung des Refektoriums aufgeflogen. Wir haben uns nach dem furchtbaren Anschlag um ihn gekümmert. Das war das Mindeste, was wir tun konnten.«

Jetzt begriff Alexander, warum Donati so leidenschaftlich gegen die Verschwörer im Vatikan vorging. Die Auserwählten hatten vermutlich nicht ganz selbstlos gehandelt, als sie dem Commissario im wahrsten Sinne des Wortes wieder auf die Beine halfen. Einen engagierteren Verbündeten in den Reihen der Polizei hätten sie sich nicht wünschen können.

Aber eins verstand Alexander noch immer nicht: »Wenn Leonardo da Vinci etwas mitzuteilen hatte, warum hat er es nicht einfach aufgeschrieben?«

»Hätte er das, was uns sein Gemälde sagt, offen behauptet, wäre er als Ketzer auf dem Scheiterhaufen gelandet. Außerdem waren damals längst nicht so viele Menschen des Lesens mächtig. Ein Bild konnte jeder verstehen, der sich darauf einließ.«

Die Betonung des letzten Satzes machte Alexander klar, dass dies eine Aufforderung an ihn war. Die Worte des Papstes spukten in seinem Hirn umher: *Wie Zwillingsbrüder … Diese Ähnlichkeit Christi mit einem seiner Jünger ist der Schlüssel zur geheimen Botschaft des Bildes.*

»Jesus hatte Schwestern und Brüder«, überlegte er schließlich laut. »Jedenfalls steht das im Matthäus-Evangelium. Konservative Theologen deuten die Stelle anders, um die These von Marias ewiger Jungfräulichkeit aufrechtzuerhalten. Sie sprechen von ›Vettern‹ statt von

›Brüdern‹. Oder sie behaupten, es handele sich um Kinder aus Josefs erster Ehe.«

Der Papst klatschte in die Hände. »Sehr gut, Alexander! Erinnern Sie sich auch an die Anzahl und die Namen der von Matthäus erwähnten Brüder Jesu?«

»Ich glaube, es waren drei. Jakobus, Josef und Simon.«

»Einer fehlt noch. Der vierte Bruder Jesu hieß Judas.«

»Eure Heiligkeit glauben also, dass es tatsächlich Brüder waren?«

»Ich glaube es nicht, ich weiß es.« Er zeigte auf das aufgeschlagene Buch. »Kehren wir zum *Letzten Abendmahl* zurück. Natürlich ist das eine Stilisierung, wie auch die Anzahl der Jünger keine historische Tatsache ist, sondern ein Symbol. Die Zwölf ist die Zahl des geschlossenen Kreises. Es gibt zwölf Stämme Israels, zwölf Edelsteine auf dem Brustschild des Hohenpriesters, zwölf kleine Propheten und demgemäß zwölf Apostel. Zwölf Stunden haben Tag und Nacht, zwölf Monate hat das Jahr, und wir kennen zwölf Tierkreiszeichen.«

»Ich verstehe«, sagte Alexander. »Es können auch acht oder vierzehn Jünger gewesen sein, die das letzte Mahl mit Jesus teilten.«

Custos nickte. »Falls es ein solches Mahl in der überlieferten Form überhaupt gegeben hat. Wenn die Zahl der Jünger symbolisch zu verstehen ist, können sie selbst es auch sein.«

»Sie meinen, einige Jünger hat es gar nicht gegeben?«

»Es kann sich durchaus sowohl bei Figuren als auch bei einzelnen Szenen um Fiktion handeln. Leonardo da Vinci hat drei Jünger abgebildet, die zusammengehören und seine Botschaft verkörpern. Neben Jakobus dem Jüngeren ist Judas Iskariot wichtig, hier, in der linken Bildhälfte. Sehen Sie, wie er sich erschrocken zurücklehnt und die rechte Hand um den Beutel mit den dreißig Silberlingen zusammenkrampft? Die ganze Verratsgeschichte ist unter Historikern sehr umstritten. Wie auch immer Jesus ausgeliefert wurde, die von Leonardo festgehaltene Ankündigung des Verrats und des eigenen Todes durch Jesus ist eine Erfindung der Evangelisten, um zu zeigen, dass Jesus nicht gescheitert ist, sondern gerade durch seinen Tod zum Erlöser der Welt wurde. Dazu mussten Verrat und Tod zu Bestandteilen des göttlichen Plans erklärt werden.«

»Sie sprachen eben von drei Jüngern, Heiligkeit.«

»Schauen Sie hier rechts, die Figur mit dem warnend oder protestierend emporgereckten Zeigefinger. Das ist der ungläubige Thomas. Sein Unglauben, der Verrat des Judas und die Ähnlichkeit von Jesus und dem jüngeren Jakobus sind der Schlüssel zu Leonardos Botschaft. Verstehen Sie?«

»Nicht im Geringsten«, bekannte Alexander.

Unbeirrt fuhr der Papst fort: »Um Thomas ranken sich zahlreiche Legenden und apokryphe Schriften. Darin wird er häufig Judas Thomas genannt. Bedenken Sie, dass auch einer von Jesu Brüdern Judas hieß und ein anderer Jakobus.«

Auf einmal sah Alexander so klar, als sei er in die Gedanken des Heiligen Vaters eingetaucht. »Judas, Thomas und Jakobus – die drei Jünger auf dem Bild sind einer!«

Custos nickte. »Ganz recht. Leonardo hat die Wesenszüge einer Person aufgespalten und auf drei Jünger übertragen.«

»Der Ungläubige, der Verräter und der mit dem Aussehen Jesu«, stieß Alexander hervor. Sie sind eine Person, *ein* Bruder des Herrn! Aber welcher?«
»Judas, auch bekannt unter den Namen Judas Themas, Didymos Judas Thomas oder Thomas Didymos. Was so verwirrend klingt, ist in Wahrheit recht einfach. Thomas, im Aramäischen Toma, bedeutet Zwilling. Dieselbe Bedeutung hat der Name Didymos. Jemanden als Thomas Didymos zu bezeichnen, als Zwilling-Zwilling, wäre also überflüssig – es sei denn, der Name soll ein besonderer Hinweis sein. Ein Hinweis darauf, dass Judas, genannt Thomas Didymos …«
»Der Zwillingsbruder Jesu war!«, rief Alexander aus und wurde sich dann erst bewusst, dass er dem Papst in die Rede gefallen war. »Ich habe von den Geschichten über diesen Zwillingsbruder gelesen, hielt sie aber für Legenden.«
»Sie sind wahr, leider«, sagte Custos. »Denn dieser Judas war in der Tat ein Verräter, nicht nur an seinem Zwilling Jesu, sondern auch an dessen Lehre. Sehen Sie selbst!« Nun öffnete er den Holzkasten und nahm den Smaragd heraus, dessentwegen Rom vor fünfhundert Jahren verwüstet worden war: die *Wahre Ähnlichkeit Christi*. Der hühnereigroße Stein strahlte ein intensives Leuchten aus, das mehr zu sein schien als eine Reflexion des Lampenlichts. Es war, als lodere ein Feuer in dem Edelstein. Ein Feuer, das die beiden Gesichter, die Alexander erblickte, als der Papst den Stein langsam drehte, mit Leben erfüllte. Es konnten genauso gut zwei Profile ein- und desselben Gesichts sein, so ähnlich waren sie einander.
Langes Haar fiel bis über die Schultern. Ein vollbärtiges

Gesicht, ausdrucksstark und makellos zugleich, als sei der Mann, dem es gehörte, von großer innerer Kraft und Ruhe erfüllt gewesen. Dann aber, als das eine Profil das andere verdrängte, zeigte sich ein neuer Zug. Das Gesicht schien unverändert, und doch wirkte es auf seltsame Weise hart und verschlossen, so als habe eine dunkle Macht von dem Mann Besitz ergriffen.

»Seit dem Sacco di Roma gilt dieser Stein als verschollen«, sagte der Papst. »Diese Schutzbehauptung sollte der heiligen römischen Kirche ein weiteres Desaster von der Art ersparen. Das hat nicht immer funktioniert, wie der Bombenangriff auf den Vatikan gezeigt hat. Aber damals, in der Renaissance, besaß die Behauptung eine gewisse Glaubwürdigkeit; es hieß, man habe den Smaragd Abbas de Naggera ausgeliefert, und der Tod des Spaniers ließ das Verschwinden des Steins als plausibel erscheinen. Der Stein, der ihm tatsächlich ausgehändigt wurde und der danach nie wieder aufgetaucht ist, war die Fälschung, von der Sie in den Aufzeichnungen Ihres Vorfahren gelesen haben. Sie zeigte nur ein Gesicht Jesu – durfte nur eins zeigen, weil die Kirche die Existenz des Zwillings aus guten Gründen verschweigt.«

»Was ist so bedrohlich an ihm?«

»Judas Thomas hat wie Jesus gegen das strenge Judentum der Pharisäer und die Geschäftemacherei in den Tempeln rebelliert. Die Zwillinge und ihre Anhänger wollten erreichen, dass die Gesetze den Menschen dienen und nicht die Menschen den Gesetzen. Insoweit stimmt die Schilderung des Neuen Testaments. Jesus stieg zum Führer der Bewegung auf, weil er über Kräfte verfügte, die anderen Menschen verwehrt bleiben. Heute würden wir von paranormalen Fähigkeiten sprechen, damals war schlicht von Wundern die Rede. Kein Wunder war es allerdings, dass Jesus und seine Jünger die Pharisäer und Tempelpriester gegen sich aufbrachten.«

»Aber auch die Römer«, warf Alexander ein.

»Ganz recht. Die Unruhe, die durch den Konflikt im römisch besetzten Judäa entstand, hat dem römischen Statthalter Pontius Pilatus zu schaffen gemacht. Seine Hände waren nicht so rein, wie die Evangelisten uns glauben machen wollen, um die Priester und Pharisäer stärker zu belasten. Pilatus hatte ein vitales Interesse daran, die Akte Jesus oder Jeschua, wie die Zeitgenossen ihn nannten, schnell zu schließen. Also stellte er sich auf die Seite der Ankläger und verurteilte den Aufrührer Jeschua zum Tod. Und am Morgen des Rüsttages für das Passafest zogen römische Legionäre, das Volk aufhetzende Priester und die wenigen Anhänger Jeschuas, die es wagten, ihm in seiner schwersten Stunde nahe zu sein, mit dem blutig gepeitschten Verurteilten vom römischen Prätorium zur Schädelstätte, zum Hügel Golgatha.«

Custos sprach mit solcher Eindringlichkeit, als sei er selbst dabei gewesen. Und etwas Seltsames geschah: Die Stimme des Papstes und das Leuchten des Smaragds zogen Alexander derart in die Erzählung hinein, dass er meinte, unmittelbar Zeuge der zweitausend Jahre zurückliegenden Ereignisse zu werden.

Die Kopfhaut von Dornen zerkratzt, von den Schultern bis zu den Füßen voller Wunden und Blutergüsse, war Jeschua ben Joseph nackt zum Schädelberg gewankt. Nach der Auspeitschung war er kaum in der Lage, aufrecht zu

gehen. Und es war gut, sich zu bücken, nicht in die Gesichter der Menschen zu sehen, die den Weg säumten.
Nicht Spott und Neugier in vielen Gesichtern waren es, die Jeschua abschreckten. Er fürchtete den Anblick derer, die er liebte, allen voran seine Mutter Mirjam. Sein Körper, eine einzige blutige Wunde, würde sie mehr schmerzen als ihn. Ihn nackt zu sehen, allen Blicken ausgeliefert, würde ihr mehr Würde rauben als ihm, der bald von allen Schmerzen erlöst sein würde. Die Nacktheit war ein Teil der Strafe, die nicht nur den Leib, sondern auch den Geist treffen sollte. Je schneller die Stunde seines Todes kam, desto besser war es für ihn und alle, die ihn liebten.
So war er fast erleichtert, als der Menschenzug die Kuppe Golgathas erreichte. Und der jähe Schmerz, als die Soldaten ihm Nägel durch die Handgelenke und Füße trieben, erschien ihm als willkommener Sendbote der nahen Erlösung. Er spürte die rauen Hände der Legionäre, als sie ihn mitsamt dem Querbalken, den sie Patibulum nannten, anhoben. Auf zwei schwere Holzgabeln gelegt, wurde der Querbalken höher geschoben und glitt mit einem dunklen Knirschen am fest eingegrabenen Längsbalken entlang, bis er in die vorbereitete Kerbe rutschte.
Die Soldaten wischten sich den Schweiß aus den Gesichtern und ächzten in der Sprache der Römer: »Elende Schinderei! Wir sollten leichteres Holz fürs Patibulum nehmen.« – »Das liegt nicht am Holz, sondern an dem Kerl, der dranhängt. Er muss schwere Knochen haben.« – »Vielleicht welche aus Gold. Würde mich nicht wundern bei einem König.« – »Wieso König?«
Der andere lachte und zeigte auf das Schild, das sie auf

Anweisung des Statthalters am Kreuz anzubringen hatten: *König der Juden.*
Sie schlugen zwischen Jeschuas Beinen einen Stützpflock für den Unterleib in den Längsbalken und nagelten schließlich das Schild über seinem Kopf an. Jeschua erlebte all das wie einen Traum, wollte schon hinübergleiten in eine Welt ohne Qualen, da packte ihn neuer Schmerz und entriss ihn der Betäubung. Zwei Nägel fraßen sich durch jedes Schienbein ins Holz des Querbalkens.
Wieder bei wachem Verstand, sah Jeschua die schaulustige Menge und hörte ihre Rufe: »Kreuzigt ihn!« – »Tötet den Heuchler!« – »Wenn er König sein will, dann im Reich der Toten!«
Am lautesten schrien die Tempelpriester, die das Volk aufhetzten. Auch viele der Händler und Geldwechsler, deren Geschäfte im heiligen Tempel Jeschua angeprangert hatte, zählten zu den Schreihälsen. Er war eine Gefahr für sie alle, und deshalb wollten sie seinen Tod.
Doch der Blick in die gehässigen Fratzen, von denen viele sein Ende ebenso sehr herbeisehnten wie er selbst, war nicht das Schlimmste. Denn nun sah er sie, Mirjam, seine Mutter. Umgeben von Freundinnen und dem treuen Johanan stand sie wie versteinert dort und wäre vor Scham und Trauer wohl umgefallen, hätten die anderen sie nicht gestützt.
Es war Jeschua schrecklich, dass er ihr mit seiner Art zu leben so viel Leid zugemutet hatte. Aber hatte sie ihn nicht unterstützt, war sie den schwierigen Weg nicht mit ihm gegangen? Hatte sie nicht leichten Herzens alles Leid auf sich genommen, um Gott wieder den Menschen und die Menschen Gott nahe zu bringen? Vielleicht war es sein

großer Irrtum gewesen, von sich – seinem festen Willen und seinem leichten Herzen – auf seine Gefolgschaft zu schließen.
Mirjams Blick kreuzte den seinen. Sie riss sich los, stürzte in den Staub, kam schwankend wieder auf die Beine und lief zum mittleren der drei Kreuze, wo ihr Sohn zwischen zwei gemeinen Dieben hing. Ihre Freundinnen konnten sie nicht halten, und die Legionäre wollten es nicht. Grinsend verfolgten sie das Schauspiel, das die verzweifelte Mutter und ihr todgeweihter Sohn boten.
Johanan folgte Mirjam und umfasste ihre Schultern, damit sie nicht vor Jeschua niedersank und damit die Legionäre, die Priester, die Pharisäer und die gedankenlosen Krakeeler zu noch mehr Hohn und Spott veranlasste.
Als Jeschua den Freund und die Mutter Arm in Arm erblickte, sammelte er seine Kräfte und sagte: »Die Mutter hat einen neuen Sohn, der Sohn eine neue Mutter. So soll es sein …«
Seine Rede erstarb in einem Hustenanfall. Blutiger Auswurf fiel in den Staub.
Johanan aber hatte ihn verstanden und nickte ihm zu, bevor er Mirjam sanft mit sich zog, zurück zu ihren Freundinnen.
Immer öfter musste Jeschua jetzt husten. Sein festgenagelter Leib bäumte sich auf und wand sich in dem Bemühen, das Gewicht zu verlagern, die Schmerzen zu lindern, seine Kehle nicht mit Blut und Galle zu füllen. Tausend unsichtbare Dolche stachen in seinen Kopf, viel schlimmer als die Dornenkrone, die man ihm im Prätorium aufgesetzt hatte, um ihn als Judenkönig zu verhöhnen. Er konnte kaum atmen, und wenn er nach Luft schnappte,

stiegen Blut und Galle in ihm hoch. Die Nägel, die ihm bei jeder Gewichtsverlagerung neue Schmerzen verursachten, hielten ihn wach, verhinderten, dass ihm die Gnade zuteil wurde, endlich in die Schattenwelt zwischen Leben und Tod zu gelangen.

Allmählich lichtete die Menge sich. Das Sterben dauerte zu lange, war zu eintönig, um den Zuschauern noch Kurzweil zu bieten. Dann, als der Himmel sich mehr und mehr verdüsterte, zogen sich auch die meisten Priester und Tempeldiener in den Schutz des Tempels zurück. Die Finsternis mitten am Tag kam aus der Wüste, wo Sturmwind den Sand in solchen Massen aufwirbelte, dass die Sonne verhüllt wurde.

»Chamsin! Chamsin!«, schrien die letzten Schaulustigen den Namen des schwarzen Winds hinaus und flohen in die nahe Stadt.

Die hartgesottenen Legionäre wirkten nicht länger unerschütterlich. Für sie war der Sandsturm ein Zeichen dafür, dass die Götter zornig waren. Ihre entsetzten Mienen verrieten, dass sie den sonst so verachteten Juden am liebsten hinterhergelaufen wären. Als dicker Sandnebel die Schädelstätte umhüllte, zogen sie Tücher vor ihre Gesichter und verbargen die Köpfe hinter den länglichen Schilden.

Der Chamsin rollte heran und ließ eine kräftige Tamarinde am Fuß des Hügels bis in die Wurzeln erbeben. Dann wurde es schwarz vor Jeschuas Augen, und Sand drang in jede Öffnung von Gesicht und Leib. Ihm war es nur recht, dass der Sand seine Atemwege verklebte. Umso eher kam der Tod und mit ihm die Erlösung. Doch der Sturm brach nicht mit aller Heftigkeit über Golgatha herein. Er schüttelte nur drohend die sandige Faust und drehte dann so plötzlich ab, wie er über der Wüste erschienen war.

Jeschua erblickte eine Gestalt, die sich undeutlich aus dem zurückweichenden Sandnebel schälte. Er meinte, das Gesicht schon gesehen zu haben, doch es fiel ihm kein Name dazu ein; Schmerz und Erschöpfung ließen ihn keinen klaren Gedanken mehr fassen. Vielleicht täuschte er sich auch, als er glaubte, das faltige Antlitz aus dem weiteren Kreis seiner Gefolgschaft zu kennen. Denn der Mann spottete über den Gekreuzigten und rief den Römern zu, dass es doch schade wäre, wenn der Chamsin der Qual ein zu schnelles Ende bereitete.

»Erlaubt mir, seinen Mund und seine Nase mit Essigwasser zu säubern. Und wenn *der Judenkönig* etwas davon trinkt, wird jeder Schluck seine Widerstandskraft und damit seine Qual nur verlängern.«

Die Soldaten hielten ihn nicht auf. Ihnen war in diesem Augenblick egal, was mit dem jüdischen Aufrührer geschah. Fluchend spuckten sie den Sand aus und rieben sich die geröteten Augen.

Der Spötter reckte Jeschua einen Schwamm entgegen, der auf einen gegabelten Stock gesteckt war, so als scheue der Mann sich, das Essigwasser zu berühren. Dabei war das Kreuz nicht sonderlich hoch, und er hätte nur den Arm auszustrecken brauchen, um das Gesicht des Gekreuzigten zu erreichen.

Kühl und feucht strich der Schwamm über Jeschuas Gesicht. Aber er freute sich nicht über die Erleichterung, die nur eine Verlängerung des Leidens bedeutete, für ihn und für seine Mutter Mirjam, die mit ihren Freundinnen und Johanan auch während des Sandsturms ausgeharrt hatte.

Er presste die Lippen aufeinander, um nicht von der Flüssigkeit zu trinken.
»Sauf nur, Judenkönig!«, höhnte der Mann vor ihm. »Für dich ist es das Wasser des Lebens! Mein Herr schickt es dir mit eindringlichen Grüßen.«
Unter dem Spott schwang etwas anderes in seinem Ton mit, ein verborgener Ernst. Ein Mahnen, ein Flehen. Und wer war sein Herr? Jetzt erinnerte Jeschua sich deutlicher an den Mann, wenn auch nicht an seinen Namen. Er war einer aus der Dienerschaft des hoch angesehenen Joseph, der dem Sanhedrin angehörte, dem Hohen Rat, der Jeschua zum Tod verurteilt hatte. Joseph, der insgeheim zu Jeschuas Anhängern zählte, hatte das Urteil nicht verhindern können. Als die Tempelwächter Jeschua zur Bestätigung des Urteils dem römischen Statthalter überantworteten, hatte Joseph ihm zugeraunt: »Bleibe stark im Glauben, Rabbi! Ich werde dir beistehen, wo ich kann.«
Als Jeschua sich daran erinnerte, sperrte er sich nicht länger gegen das Essigwasser. Er riss den Mund auf, nahm den Schwamm zwischen die Zähne und sog daran wie ein dürstendes Kind an der Mutterbrust. Die Flüssigkeit erfüllte ihn mit einem heftigen Brennen, das bald wohliger Wärme und dann einer Art Betäubung wich.
War es ein Fehler gewesen, dem Mann zu vertrauen und von dem Schwamm zu trinken? Er dachte an seine vielen Feinde, denen nicht an einer Verkürzung seiner Leiden gelegen war, sehr wohl aber an seinem sicheren Tod. Als er seinen Zorn hinausschreien wollte, kam nur ein Krächzen über seine schon tauben Lippen.
Die Taubheit kroch mit leichtem Kribbeln in jedes Glied und breitete sich bis in die Finger- und Zehenspitzen aus.

Er fühlte sich unendlich müde, sah keine Gesichter mehr, keine Menschen, hörte keine Stimmen. Sein eigenes Herz hörte er nicht länger schlagen, zum Atmen war er zu schwach. Aber das spürte er kaum noch, denn alles in ihm erstarb.

»Jeschua hing bereits nach überraschend kurzer Zeit leblos am Kreuz. Üblicherweise dauerte es an die sechsunddreißig Stunden, bis ein Gekreuzigter sein Leben aushauchte, bei Jeschua waren es keine drei gewesen. Der Mann, der ihm zu trinken gegeben hatte, lief eilig zu seinem Herrn, den wir heute als Joseph von Arimathäa kennen. Der suchte Pontius Pilatus auf und bat, den Toten bestatten zu dürfen, bevor der Sabbat kam, an dem jede körperliche Arbeit untersagt war. Pilatus, froh, das leidige Jeschua-Kapitel abschließen zu können, erteilte die Erlaubnis sofort.«
Alexander unterbrach den Heiligen Vater mit einer Frage, die zu den ewigen Streitpunkten unter den Bibelkundlern und Altertumsforschern zählte: »Wo wurde Jesus nun begraben?«
»Sie haben den leblosen Leib in ein großes Leintuch gewickelt und in ein Grab nahe der Schädelstätte gelegt, das Joseph gehörte. Es wurde mit einem großen Stein verschlossen. Ein Trupp Legionäre nahm davor Aufstellung, um zu verhindern, dass die Anhänger Jeschuas sich hier versammelten oder sich des Leichnams bemächtigten. Nur Joseph wusste, dass ein geheimer Gang die Grabkammer mit der Außenwelt verband. Durch diesen Gang führte er Johanan, den die Heilige Schrift Johannes und den Lieblingsjünger Jesu nennt, und einige andere Eingeweih-

te. Sie flößten dem scheinbar Toten einen Trank ein, ein Gegengift zu dem Betäubungsmittel, das er aus dem Schwamm aufgenommen hatte. Es war ein Wagnis gewesen, und manch anderer hätte es vielleicht nicht überlebt. Aber Jeschua war stark und verfügte über besondere Kräfte. Er konnte andere Menschen heilen und so konnte er auch seinen eigenen Leib rasch regenerieren. Durch den geheimen Gang, den man sorgfältig wieder verschloss, um Joseph nicht zu verraten, folgte er den Freunden in die Freiheit.«

Nachdem Papst Custos seinen Bericht beendet hatte, herrschte für einige Minuten Schweigen. Alexander brauchte die Zeit, um das Gehörte zu verarbeiten. Und um aus der Vergangenheit, in die die eindringliche Schilderung ihn gerissen hatte, in die Gegenwart zurückzukehren. Die Lebendigkeit der Erzählung hatte ihn so ergriffen, dass er die Qualen des Gekreuzigten selbst zu spüren glaubte. Sand knirschte zwischen seinen Zähnen und er schmeckte die Säure des Essigwassers.

Der Bericht des Papstes entsprach in wesentlichen Zügen der Darstellung in den Evangelien. Dass Jesus dort erst auf der Schädelstätte seiner Kleider beraubt wurde, mochte dem Schamgefühl der Evangelisten geschuldet sein. So strebten auch ganze Regale voller theologischer Abhandlungen nur danach zu »beweisen«, dass der Messias am Kreuz einen Lendenschurz getragen hatte. Doch das war vollkommen unbedeutend, gemessen an der Geschichte mit dem Schwamm und dem, was daraus erwuchs.

»Wenn Jesus ... oder Jeschua nicht am Kreuz gestorben ist, sind alle Berichte über seine Auferstehung von den Toten Makulatur«, sagte Alexander stockend. »Und wenn das so ist, können wir unser ganzes Christentum vergessen!«

»Nicht das ganze Christentum, aber wesentliche Teile«, erwiderte Custos. »Jetzt verstehen Sie wohl, warum es im Vatikan Männer gibt, die selbst vor Mord nicht zurückschrecken, um dieses Geheimnis zu hüten. Schon Paulus hat an die Korinther geschrieben, dass unsere Predigt und unser ganzer Glaube vergeblich sind, wenn Christus nicht auferstanden ist. Damit ist die These, er habe für uns gesühnt, hinfällig. Niemand starb für unsere Sünden, und niemand wird uns von der Last unserer Schuld befreien, wenn wir selbst es nicht tun.«

Alexander schluckte, während er sich der Tragweite dieser Worte bewusst zu werden versuchte. »Ähnliche Gedanken sind auch schon früher geäußert worden – allerdings nicht von einem Papst«, sagte er schließlich.

»Ich spüre Ihren Zweifel sehr wohl, Alexander. Sie fragen sich, ob ich nicht doch der Antichrist bin, der gekommen ist, um den Menschen den rechten Glauben zu nehmen. Hören Sie mir noch ein paar Minuten zu, meine Geschichte ist noch nicht zu Ende.«

Der Heilige Vater legte den Smaragd zurück in den Kasten, klappte den Deckel aber nicht zu. Er nahm ein Glas vom Tisch und trank einen Schluck Wasser, bevor er fortfuhr.

»Die Tempelpriester waren misstrauisch und fürchteten den Rabbiner Jeschua selbst im Tod. Um ihn vor ihren Nachstellungen zu schützen, brachte Joseph ihn mitsamt Frau und Kindern in die Wüste hinaus, wo …«

»Mitsamt Frau und Kindern?«, unterbrach Alexander ihn ungläubig.

»Jeschua war kein Heiliger, er war ein Rabbiner, ein Prediger. Und ein anständiger Rabbiner befolgt das Gesetz, das ihm befiehlt, sich eine Frau zu nehmen und Kinder zu zeugen. In Begleitung seiner Frau und der gemeinsamen Kinder gelangte Jeschua in die am Meer gelegene Stadt Joppe, die wir heute als Hafenstadt Jaffa kennen. Joppe besaß noch keinen ausgebauten Hafen, aber es verkehrten zahlreiche größere Handelsschiffe dort, die vor der Küste ankerten und mittels kleinerer Boote be- und entladen wurden. Josephs Geld und Einfluss ermöglichten es, Jeschua und die Seinen an Bord eines solchen Schiffes zu bringen, das noch am selben Tag nach Gallien ablegte. Dort sollten die Verfolgten eine neue Heimat finden.«

»Sie schildern das alles so detailliert, als seien Sie dabei gewesen.«

»In gewisser Weise könnte man das sagen.« Custos griff wieder nach dem Smaragd und drehte ihn so, dass Alexander erst das freundliche und dann das düstere Antlitz sah. »Jeschua-Jesus verlässt also die Bühne unseres Dramas. Auftritt für Judas Thomas oder Judah Toma, den Zwilling des Herrn.«

»Auf den habe ich die ganze Zeit gewartet«, seufzte Alexander. »Wo war er, als Jesus gefangen, verurteilt und hingerichtet wurde?«

»Nicht in Jerusalem. Die Zwillinge hatten sich über eine grundsätzliche Frage zerstritten. Jeschua wollte das Judentum von innen erneuern, Judah Toma war das zu langwierig. Er und seine Anhänger plädierten dafür, einen neuen Glauben zu begründen, der die guten Elemente des althergebrachten enthalten, die Gesetze aber weniger streng, weniger einengend für die Menschen auslegen sollte.«

Alexander schnippte mit den Fingern. »Und als sein Zwillingsbruder für tot gehalten wurde, hielt er seine Stunde für gekommen.«

»Mehr noch, Jeschua galt als von den Toten auferstanden. Das war ja gerade der Witz!«

Custos ereiferte sich so, dass er sich verschluckte. Er hustete heftig und Alexander sah das Bild des Blut und Galle spuckenden Gekreuzigten vor sich.

Der Papst trank einen weiteren Schluck Wasser und sagte: »Wie gesagt, die Tempelpriester und die mit ihnen verbündeten Ratsherren trauten dem Frieden nicht, der mit Jeschuas Kreuzigung eingetreten war. Sie versetzten sich gegenseitig in Unruhe und brachten schließlich Pontius Pilatus dazu, das Grab zu öffnen, um nach dem Leichnam des Gekreuzigten zu sehen. Ironie des Schicksals, dass sie damit die Legende von der Auferstehung selbst begründet haben. Das Grab war leer und der geheime Gang so gut verborgen, dass es für das Verschwinden des vermeintlichen Toten keine vernünftige Erklärung gab. Das war die Gelegenheit für Judah Toma, sich als den von den Toten Auferstandenen zu präsentieren. Damit hatten er und seine Anhänger genau das gefunden, wonach sie lange gesucht hatten: die göttliche Leitfigur einer neuen Glaubensrichtung.«

»Es müssen doch Menschen aus der Gefolgschaft des echten Jesus den Schwindel bemerkt haben.«

»Vielleicht gab es Skeptiker, denken Sie nur an die Geschichte vom ungläubigen Thomas. Jedenfalls wurden die Auftritte des *Auferstandenen* klug inszeniert. Wie Sie wissen, erscheint der Herr in den Evangelien seinen Jüngern zumeist unerwartet und nur für kurze Zeit. Und er vermeidet einen zu engen Kontakt. Johannes schildert, wie Maria Magdalena Jesus nach der Auferstehung sieht und ihn umarmen will. Er aber weicht vor der alten Vertrauten zurück und befiehlt ihr, ihn nicht anzurühren. So ähnlich könnte es sich tatsächlich zugetragen haben.«

»Trotzdem ein gewagtes Spiel.«

»Nein, das war es nicht, weil es gut durchdacht war und zeitlich eng begrenzt zudem. Laut der Apostelgeschichte dauerte der Spuk vierzig Tage, was in etwa stimmen dürfte. Danach wurde in Judäa weder Jeschua noch sein Zwilling je wieder gesehen. Der falsche Messias verschwand von der Bildfläche. Ob er sich nur bedeckt hielt oder ob er ausgeschaltet wurde, wissen wir nicht. Vielleicht haben ihn sogar die eigenen Anhänger getötet, als sie ihn nicht mehr brauchten. Er hätte ihr Lügengebäude mit einem Wort zum Einsturz bringen können. Das geschah nicht und die Legende von der Auferstehung durch Gottes Macht war begründet.«

»Hat der echte Jesus nicht versucht, in seine Heimat zurückzukehren?«

»Er ist wenige Jahre nach seiner Ankunft in Gallien gestorben. Die genauen Umstände sind ungeklärt. Es heißt, er sei einem Anschlag zum Opfer gefallen.«

»Den sein Zwillingsbruder oder dessen Gefolgsleute verübt haben?«

»Vielleicht. Wir wissen es nicht.«

»Das ist alles so … unglaublich …«

Custos hielt den Smaragd hoch. »Sehen Sie sich die *Wahre Ähnlichkeit Christi* an. Erzählen diese einander gleichenden und doch so unterschiedlichen Gesichter nicht genau das, was Sie von mir erfahren haben – nur ohne Worte?«

Er gab Alexander den Smaragd und der Schweizer betrachtete die Profile ausführlich von nahem. Aus ihnen sprach eine Wahrheit, die sich nicht mit Brief und Siegel beweisen ließ. Custos hatte Recht, dieser Stein bekräftigte seine Worte besser als jedes geschriebene Dokument. Alexander glaubte dem Papst. Er brauchte keine Argumente, er hielt die Wahrheit in Händen.

»Wer hat die Gesichter in den Stein geschliffen?«, fragte er. »Warum ist gerade dieser Smaragd eine so wichtige Waffe im Kampf um die Wahrheit?«

»Weil er zu Jeschuas Lebzeiten angefertigt worden ist. Wer sich durch seinen Anblick allein nicht überzeugen lässt, könnte durch wissenschaftliche Analysen feststellen, dass der Smaragd zweitausend Jahre alt ist, also aus den Tagen der großen Zeitenwende stammt. Joseph von Arimathäa, der sowohl Jeschua als auch Judah Toma von Angesicht zu Angesicht kannte, hat die Gesichter schneiden lassen, als ewiges Zeugnis über das Lügenspiel um den falschen Messias.«

Noch eine Frage blieb: »Woher, Heiligkeit, wissen Sie das alles so genau?«

»Es ist teils in mühsamer Arbeit zusammengetragen worden, teils, soweit es das Schicksal Jeschuas betrifft, in meiner Familie überliefert.«

»Sie haben schon einmal von Ihrem Familienerbe gesprochen.«

»Ja, die Fähigkeiten unseres Ahnherrn sind auf viele seiner Nachkommen übergegangen.«

»Ihres … Ahnherrn?«

»Seit zweitausend Jahren lebt meine Familie in Südfrankreich. Einige meiner Vorfahren sind in andere Länder aus-

gewandert, auch nach Irland, wo Shafqat geboren wurde. Aber eine Linie ist in der Nähe des Ortes geblieben, wo Jeschua damals gallischen Boden betrat.«
Alexander hatte so etwas geahnt und doch blieb es unfassbar. Papst Custos, der Heilige Vater, hatte soeben nichts anderes behauptet, als ein Nachfahre Jesu Christi zu sein!
»Aber warum haben Sie, Ihre Verwandten und die Auserwählten Ihre Abstammung über all die Jahrhunderte geheim gehalten?«
»Weil die Kirche es nicht gern gesehen hätte, mit den Kindeskindern ihres Gottessohns konfrontiert zu werden. Noch dazu mit Menschen, die behaupten, dass die kirchliche Lehre nichts mit dem Mann zu tun hat, auf dessen Wort sie sich beruft. Die Inquisition hätte meine Vorfahren gnadenlos verfolgt. Nein, wir mussten warten, bis wir mächtig genug sind, um uns der Kirche entgegenzustellen. Bis wir die Wahrheit von einer Position verkünden können, die uns Gehör und unseren Worten Glaubwürdigkeit garantiert.«
»Sie meinen die Position des Papstes.«
»Ja. Lange hat es gedauert.«
»Dann … glauben Sie nicht an das, was Sie als Papst verkünden?«
Zweifel stiegen in Alexander auf. Zweifel daran, auf der richtigen Seite zu stehen. Galt der Schwur noch, dem Papst zu dienen und das eigene Leben für ihn hinzugeben, wenn der Papst sein Amt nur benutzte? War dieser Mann überhaupt ein rechtmäßiger Papst?
»Ich glaube nicht an alles, was kirchliche Lehre ist. Aber ich verdamme diese Lehre auch nicht in Bausch und Bogen. Es ist fast wie damals, als Jeschua sich gegen die

überstrenge Auslegung des mosaischen Gesetzes wandte. Auch wir müssen die bestehende Ordnung von innen heraus reformieren. Das heutige Christentum mag nicht mehr viel von Jeschuas Lehre enthalten, aber es ist alles, was wir noch davon haben. Es hat die Welt seit zweitausend Jahren geprägt. Fast zwei Milliarden Menschen, über ein Drittel der Weltbevölkerung, nennen sich Christen. Wenn wir diesen Glauben zerstören, zerstören wir die Welt.«

»Sie und die Auserwählten könnten eine neue Religion gründen«, wandte Alexander ein.

Custos ließ ein heiseres Lachen hören. »Wäre das in den Augen der Öffentlichkeit etwas anderes als nur eine weitere Sekte von selbst ernannten Jeusgläubigen?«

»Wohl kaum, das stimmt.«

»Das Christentum, wie Paulus und seine Gefolgsleute es verkündet haben, hat sich auf Jeschua berufen, seine Lehre aber verdreht. Jeschua hat die Gleichheit vor Gott gepredigt. Nach seinen Worten war der Geringste so viel wert wie ein König. Nun sehen Sie sich die Hierarchie der Kirche an, Alexander. Kann da von Gleichheit die Rede sein?«

»Die Gleichheit wird im Reich Gottes herrschen.«

»Das ist es eben!«, stieß der Papst erregt hervor. »Mit der Vertröstung auf das Jenseits wird der Mensch am Gängelband gehalten. Aber die Leiden und Sorgen der Menschen existieren in dieser Welt, ihnen muss in dieser Welt abgeholfen werden. Der Glaube an Gott kann dabei eine wichtige Rolle spielen, aber er muss die Menschen zu Liebe und Versöhnlichkeit aufrufen, nicht zu Abgrenzung und blindem Gehorsam!«

Custos sprach mit jener Eindringlichkeit, die schon seine

Erzählung von Jesu Kreuzigung ausgezeichnet hatte. Alexander konnte sich gut vorstellen, dass der historische Jesus – Jeschua – über dieselbe Gabe verfügt hatte. Worte wurden zu Visionen und Visionen fügten sich zu einer neuen Wirklichkeit zusammen. Seine Zweifel an der Aufrichtigkeit des Papstes schwanden. Dieser Mann *war* der Heilige Vater, und Alexander hatte ihm zu Recht Treue geschworen. Vielleicht verdiente dieser Papst mehr Ergebenheit und Unterstützung als jeder andere zuvor.

Alexander wollte den Smaragd zurückgeben. Dabei trafen sich ihre Hände und hielten einander fest. Der Heilige Vater und der Schweizer hatten einen stillen Pakt geschlossen, einander zu vertrauen und zu helfen.

»Ich bin Ihnen zu Dank verpflichtet, Alexander. Sie haben mehr getan, als Ihr Eid es gebietet, indem Sie meine Brüder zur Edelsteinkapelle und in den Vatikan geführt haben. Sie haben mein Leben zweimal gerettet. In der letzten Nacht und am Mittwoch.«

»Aber ich konnte das Attentat nicht verhindern!«

»Sie haben sich gegen den Attentäter geworfen. Wären Sie nicht so mutig gewesen, hätte die Schrotladung mich voll getroffen. Die Kraft aller Auserwählten reicht nicht aus, um einen Toten zu erwecken. Das vermochte nicht einmal Jeschua.«

»Was ist mit den Berichten der Heiligen Schrift über die Totenerweckungen, die Jesus an Lazarus, an der Tochter des Jairus und an dem Sohn der Witwe bei Nain vollzogen hat?«

»Wenn sie tot waren, hat Jeschua sie nicht erweckt. Hat Jeschua sie aber erweckt, so war noch Leben in ihren Körpern.«

Mit einem leisen Stöhnen sackte Custos in die Kissen zurück. Er sah erschöpft aus und schloss die Augen, unter denen sich tiefe Schatten gebildet hatten. Sein Brustkorb hob und senkte sich im gleichmäßigen Takt. Er schien zu schlafen.

Leise stand Alexander auf und wollte den Raum verlassen.

»Warten Sie!«, hielt die Stimme des Papstes ihn zurück. »Ich stehe tief in Ihrer Schuld. Wenn ich irgendetwas für Sie tun kann, sagen Sie es mir bitte.«

»Da gibt es etwas«, sagte Alexander und drehte sich zu Custos um. »Ich muss Elena finden.«

XXII

Sonnabend, 16. Mai

Erwartungsvoll betrat Alexander den Salon, in dem er zwei Tage zuvor mit Orlandi, Solbelli und Donati gesprochen hatte. Die beiden Letztgenannten erwarteten ihn auch an diesem Vormittag, über eine große Weltkarte gebeugt. Die Karte bedeckte den runden Tisch und war mit dem Marmoraschenbecher beschwert, in dem sich Asche und zerdrückte Stummel türmten.

»Ah, Signor Rosin«, begrüßte ihn der Commissario, der gerade einen neuen Zigarillo aus dem Etui nahm. »Gut gefrühstückt?«

»Die Hörnchen waren fast so heiß wie der Cappuccino.« Alexander trat an den Tisch. »Schwester Ilaria sagte mir, Sie wollten mich sprechen – wegen Elena.«

Donati nickte und zündete seinen Glimmstengel an. »Bruder Gardien hat uns aufgetragen, uns der Sache anzunehmen. Dies ist das Ergebnis unserer Überlegungen.« Er klopfte mit dem verchromten Feuerzeug auf die Weltkarte. Mehrere Orte waren mit rotem Filzstift eingekreist, viele in Südamerika. Andere Markierungen galten den Bahamas, Gibraltar und einer Inselgruppe vor der französischen Küste. »Mit dem Zirkel der Zwölf allein kommen wir nicht weiter. Der Zirkel muss Helfer außerhalb des Vatikans haben, das hat das Attentat gezeigt. Wir halten es für mehr als wahrscheinlich, dass es tatsächlich eine Verbindung zwischen dem Zirkel und Totus Tuus gibt. Elena

Vida hat seit Jahren über den Geheimorden recherchiert. Grund genug, sie zu kidnappen.«
»Ganz Ihrer Meinung«, sagte Alexander. »Ich denke, Ihre Erkenntnisse über diese Verbindung sind nicht neu. Was sonst könnte Sie, Signor Solbelli, bewogen haben, sich für Ordensaussteiger wie Elena zu engagieren?«
»Ihr Scharfsinn lässt mich erblassen«, erwiderte Solbelli mit einem dünnen Lächeln.
Alexander tippte mit dem Zeigefinger auf einige der roten Punkte. »Dies sind also die Stützpunkte des Ordens.«
»Die wichtigsten, von denen wir wissen«, bestätigte Donati.
»Dass Totus Tuus in Südamerika stark vertreten ist, kann ich mir vorstellen«, meinte Alexander. »Erzkatholische Länder, eine naiv-gläubige Bevölkerung und korrupte Regierungen. Was wünscht eine geheime katholische Bruderschaft sich mehr? Aber was macht der Orden auf den Bahamas, in Gibraltar und auf den Kanalinseln?«
»Was viele große Organisationen und sogar Regierungen dort tun: Steuern sparen. Totus Tuus mit seiner stark weltlichen Ausprägung ist an etlichen Unternehmen beteiligt. Man könnte guten Gewissens von einem Finanzimperium sprechen. Und diese drei Steueroasen sind bei dem Orden besonders beliebt.«
»Zugegeben eine recht große Auswahl an Orten, wo man Elena versteckt halten könnte«, meldete Solbelli sich zu Wort. »Sie könnte natürlich auch weiterhin in Rom oder sonstwo in Italien festgehalten werden, aber das entspräche nicht dem Stil von Totus Tuus. Niedere Ordensmitglieder werden ihrer Umgebung entfremdet, um sie ganz in den Bann zu ziehen.«

»Dann sollten wir auch Südamerika ausschließen, Signorina Vidas Heimat«, schlug Donati vor.
Solbelli grunzte unwillig. »Südamerika ist groß. Totus Tuus hat nicht nur in Brasilien Stützpunkte.«
Alexanders Zeigefinger stieß erneut auf die Karte hinab, auf die kleine Gruppe von Inseln, die der französischen Küste vorgelagert waren. »Sie ist hier!«
»Warum ausgerechnet auf den Kanalinseln?«, fragte Solbelli. »Weil Ihr Vater damals angeblich über dem Ärmelkanal abgestürzt ist?«
»Mein Vater ist fast jedes Jahr ein paar Tage mit mir in Urlaub gefahren. Zuvor oder anschließend ist er jedes Mal auf die Kanalinseln geflogen – um sich zu entspannen, wie er sagte. Mich hat er nie mitgenommen, obwohl ich ihn oft darum gebeten habe. Inzwischen glaube ich nicht mehr, dass er dort Ferien gemacht hat.«
»Signor Rosin könnte Recht haben«, sagte Donati und sah Solbelli an. »Denken Sie nur an Brecqhou.«
»Breck was?«, fragte Alexander.
»Brecqhou.« Donati zog einen Kugelschreiber aus der Innentasche seines Jacketts und zeigte mit der Spitze auf einen winzigen Punkt in der Inselgruppe. »Das hier ist Sark, mit einer maximalen Ausdehnung von fünf Kilometern Länge und zwei Kilometern Breite der kleinste unabhängige Staat unter dem Schutz der britischen Krone. Obwohl die Kanalinseln dicht vor Frankreich liegen, werden sie außen- und verteidigungspolitisch von Großbritannien vertreten. Innenpolitisch sind sie unabhängig, zählen nicht einmal zur Europäischen Union.«
»Der Kelch ist an ihnen vorübergegangen«, seufzte Solbelli.

»Diese Unabhängigkeit ermöglicht eine Steuergesetzgebung, die jede Menge Banken, Konzerne und Milliardäre anlockt«, fuhr Donati fort. »Eine Einkommensteuer von maximal fünfundzwanzig Prozent, keine Umsatzsteuer und andere Nettigkeiten. Sark ist noch einmal ein Sonderfall. Die Insel wird, fast wie im Mittelalter, von einem Feudalherrn regiert, dem Seigneur. Dort herrscht ungeschriebenes Gewohnheitsrecht, das auf die Zeit der Normannen zurückgeht. Brecqhou liegt vor Sarks Westküste und ist mit seinen fünfundsechzig Hektar zu klein, um auf der Karte eingezeichnet zu sein.«

»Kaum größer als der Vatikan«, bemerkte der Privatgelehrte. »Und nicht weniger geheimnisumwittert.«

Donati steckte den Kugelschreiber wieder ein. »Bruder Solbelli hat Recht. 1993 wurde Brecqhou für eineinhalb Millionen Pfund Sterling in Privathand verkauft. Strohmänner eines internationalen Finanzkonsortiums haben das Eiland erworben und unter strengster Geheimhaltung ausbauen lassen. Niemand darf die Insel ohne Genehmigung betreten, niemand weiß, was dort vor sich geht. Und jetzt raten Sie mal, wer in diesem Finanzkonsortium seine Finger hat?«

»Totus Tuus«, sagte Alexander, ohne zu raten. »Was ist denn gebaut worden?«

»Ein Schloss«, antwortete Donati. »Ein riesiges Schloss im gotischen Stil.«

Solbelli fügte hinzu: »Eher eine Festung. Mit Zinnen, Türmen und Wehrgängen – wie aus einem Ritterroman.«

»Wozu?«, fragte Alexander.

»Das wüssten viele gern«, sagte Donati. »Aber man kommt eher in Fort Knox hinein als in dieses Schloss.

Sonst gibt es nicht viel zu sehen auf Brecqhou, nur ein paar Wirtschaftsgebäude und einen Hubschrauberlandeplatz.«

Nach kurzem Überlegen sagte Alexander: »Wenn ich Sie beide richtig verstanden habe, ist dieses Brecqhou ein rechtsfreier Raum.«

»Rechts- und steuerfrei«, nickte Solbelli. »Die Kanalinseln sind ein rechtlicher Sonderfall, Sark ist der Sonderfall eines Sonderfalls, und Brecqhou ... Wie soll ich es sagen?«

»Wer auf Brecqhou sitzt, kann tun, was immer er will«, sekundierte Donati.

»Dann bin ich umso mehr davon überzeugt, dass ich ihn dort finde«, sagte Alexander mit finsterem Blick auf die Karte.

»Sie sprechen wohl von Ihrem Vater.« Solbelli rückte seine Brille zurecht und musterte den Schweizer. »Wollten Sie nicht Elena suchen?«

»Auf Brecqhou finde ich beide, das spüre ich. Ich muss nur auf die Insel gelangen.«

»Sie könnten Hilfe gebrauchen«, stellte Donati fest. »Zurzeit benötigen wir hier in Rom leider jeden Mann und jede Frau. An Geld und Ausrüstung soll es Ihnen nicht mangeln, aber für einen allein ist die Sache riskant.«

»Machen Sie sich keine Sorgen, Commissario. Ich weiß schon, wer mir helfen wird.«

Mitten am Nachmittag war die Gegend ausgestorben wie in tiefster Nacht. Der hoch gewachsene Mann mit dem kurz geschnittenen rotblonden Haar sah sich suchend um, nachdem er aus seinem Honda gestiegen war. Der Wagen stand in einer Straße, die eher zu einem Abbruchviertel als zu einem Wohngebiet gehörte. Der Honda hatte schon ein paar Jahre auf dem Buckel, und der schilfgrüne Lack war stumpf geworden, aber neben den zerbeulten Kisten, die da am Straßenrand standen, wirkte er wie eine Nobelkarosse.

Die Häuser waren noch älter und verrotteter als die Autos. Heillos ineinander verschachtelt, schienen sie eher organisch gewachsen als planvoll erbaut. Hier ging ein Dach nahtlos auf ein anderes Gebäude über, da spross ein ganz und gar unpassender Anbau aus einer Wand, und dort war, ebenso nachträglich wie unverträglich im Baustil, ein weiteres Geschoss auf ein Flachdach gesetzt worden. Etliche scheibenlose Fenster blinzelten müde aus abgasgeschwärzten, mit Graffiti besprühten Mauern. Das Ganze erweckte den Eindruck eines monströsen Tiers, das scheinbar träge schlief, in Wahrheit aber darauf lauerte, den Fremden zu verschlingen.

Der Mann ging durch den Nieselregen und suchte vergeblich nach Hausnummern, von Namensschildern in den Eingängen ganz zu schweigen. Wie die Post sich hier zurechtfand, blieb ihm ein Rätsel. Aber wer hier wohnte, wartete nicht auf Rechnungen, konnte sie ohnehin nicht bezahlen, wollte vielleicht auch gar nicht gefunden werden. Umso unverständlicher war ihm, wieso der Mann, den er suchte, hier sein Domizil hatte. Wer immer konnte, machte einen großen Bogen um die Borgate, die trostlosen römischen Vorstädte. Die Siedlungen rund um das alte Rom hatten gar nicht so schnell wachsen können, wie Zuzügler aus den armen Landstrichen Italiens hereingeströmt waren. Die Menschen waren hier nicht reicher und nicht glücklicher geworden, nur abgestumpfter und hoffnungsloser.

Auf einem Hinterhof kickte eine Gruppe Halbwüchsiger lustlos einen schlaffen Lederball hin und her. Erst als der Fremde ein paar Scheine in ihre schmuddeligen Hände wandern ließ, schenkten sie ihm Beachtung. Und einer kam mit, um ihm das Haus mit der Nummer 34 zu zeigen. Er konnte nur hoffen, dass die anderen ihnen nicht heimlich folgten, um ihm auch den Rest seines Geldes abzunehmen. Der dürre Sechzehnjährige mit dem verfilzten Haarschopf führte ihn tief in das Gewirr aus Hinterhöfen und Baracken, bis zu einer Treppe, die zu einer Kellerwohnung führte.

»Hier ist's«, sagte der Wuschelkopf.

»Im Keller?«

»Der Rest vom Haus ist 'ne Ruine.«

Und damit verschwand er im Eiltempo.

Es gab keine Hausnummer, es gab kein Namensschild, es gab nicht mal eine Klingel. Der Rotblonde klopfte mehrmals laut und energisch. Er wollte sich schon etwas anderes überlegen, als die Tür plötzlich aufflog.

Kräftige Hände packten ihn am rechten Arm, zerrten ihn herein und schleuderten ihn in eine Ecke. Er stolperte, riss einen Hantelständer um und ging zu Boden. Die Hanteln folgten ihm mit lautem Gepolter.

Ein weitläufiger Raum drehte sich um ihn. Fenster schien es nicht zu geben. Unter der Decke brannten schmucklose Lampen. An den Wänden hingen großformatige, knallbunte Plakate alter Sandalenfilme: Charlton Heston in *Ben Hur*, Kirk Douglas in *Spartacus*, Richard Burton, Jean Simmons und Victor Mature in *Das Gewand*.

Durchdringender Schweißgeruch verursachte ihm Übelkeit, und über ihm stand Victor Mature. Verschwitzt, ein dünnes Netz-Shirt über dem gewaltigen Brustkorb, die klobigen Fäuste zum Schlag erhoben. Nur mit einem schnellen Tritt gegen das Schienbein konnte er den Muskelprotz am Zuschlagen hindern. Der Koloss fiel auf eine seiner Hanteln und stöhnte vor Schmerz.

Alexander zog sich an der Wand hoch und keuchte: »Verdammt, reden wir miteinander, oder schlagen wir uns? Und wenn wir uns schlagen, warum?«

»Rosin?«, ächzte Spartaco Negro. »Was haben Sie mit Ihren Haaren gemacht?«

»Gefärbt. Das wird polizeilich gesuchten Papst-Kidnappern ausdrücklich empfohlen.«

Sein Blick fiel auf eine Sonderausgabe des *Messagero*, die halb aufgeschlagen auf einem Stuhl lag. Seit Elenas Entführung spuckte die Zeitung täglich Extrablätter mit den neuesten Meldungen und Gerüchten zur »Papstaffäre« aus. Die aktuelle Nummer, die noch herb-süßlich nach Papierleim und Druckerschwärze roch, sprach schon in ihren Überschriften Bände: *Angeschossener Papst entführt – Wegen Beihilfe zum Attentat gesuchter Gardist hilft beim Kidnapping – Eindringen der Entführer in den Vatikan für Vigilanzachef unerklärlich – Privatsekretär des Heiligen Vaters ermordet in Vatikanischen Gärten gefunden.*

Offenbar war es den Verschwörern gelungen, den unterirdischen Gang zu verheimlichen.

Spartaco erhob sich und drückte eine Hand gegen den Bauch, mit dem er auf die Hantel geprallt war. »Ich dachte, Sie sind einer von denen. Okay, reden wir.«

»Das ist die bessere Alternative.« Alexander zeigte auf das

Ben-Hur-Poster. »Apropos. Der Stummfilm mit Ramon Novarro ist um einiges besser.«

»Weiß ich. Aber versuchen Sie mal, davon ein Originalposter zu ergattern.«

»Verstehe.«

Spartaco, den er mitten aus dem Krafttraining gerissen hatte, fuhr sich über die schweißbedeckte Stirn. »Ich muss was trinken.«

»Gleichfalls.«

Während das Muskelpaket zur Kochnische ging und den großen Kühlschrank aufzog, sah Alexander sich in dem Kellerbunker um. Ein schmales Bett war in eine Ecke gequetscht. Die spartanische Lagerstatt und die Kochnische waren alles, was entfernt an eine Wohnung erinnerte. Der Rest des Raums war zu einer Hälfte ein Bodybuildingstudio und zur anderen ein mit Computern, Monitoren und Kabeln vollgestopftes Hackerzentrum.

»Meine Recherche-Ecke«, sagte Spartaco, als er Alexanders Blick bemerkte. Er stellte eine Flasche Mineralwasser und zwei Plastikbecher auf den dreieckigen Küchentisch.

Alexander setzte sich zu ihm. »Was macht Ihr Bein?«

»Wenn ich nicht dran denke, tut's gar nicht mehr weh. Was macht der Papst?«

»Ihm tut's auch kaum noch weh. Wir haben *denen* einen dicken Strich durch die Rechnung gemacht.«

»Verrückt.«

»Ist eine lange Geschichte. Wir sollten uns jetzt um Elena kümmern.«

Spartacos Rechte schoss vor und umklammerte Alexanders linkes Handgelenk. Ein Griff wie ein Schraubstock. »Haben Sie eine Spur von ihr?«

»Ich denke, ich weiß, wo sie ist.«
»Warum sind wir dann noch nicht unterwegs?«
»Wir müssen ein paar Vorkehrungen für die Reise treffen.«
»Je eher wir anfangen, desto eher geht's los. Wohin reisen wir?«
»Auf die Kanalinseln.«

XXIII

Dienstag, 19. Mai

Stark war ein altes Piraten- und Schmugglernest, und genauso sah es aus. Schroff und abweisend reckte sich der steile Fels mit dem Hochplateau aus dem blaugrünen Meer, erhaben über die unablässig anrollenden Wellen, die sich an ihm brachen und zu schaumiger Gischt zerstoben. Möwenschwärme kreisten wachsam über der Steilküste, bereit, sich jederzeit auf das blütenweiße Ausflugsschiff zu stürzen, das vor einer halben Stunde von Guernsey abgelegt hatte. Die schrillen Schreie der Seevögel gingen im monotonen Brummen der Schiffsmotoren unter. Die *Castle Cornet* war die erste Fähre, die an diesem Morgen Guernseys Hauptstadt St. Peter Port mit Kurs auf Sark verlassen hatte, und entsprechend wenige Passagiere hatte sie an Bord. Die meisten Touristen saßen um die Zeit noch bei Kaffee oder Tee, Schinken, Ei und Würstchen. Vor fünfzehn Minuten hatte die *Castle Cornet* die kleine Insel Herm passiert, die näher an Guernsey als an Sark lag, jetzt steuerte sie mit striktem Westkurs ihr Ziel an.

Sark wuchs mit jeder Minute vor dem Bug der Fähre. Einzelne Buchten und Klippen schälten sich aus dem eintönigen Graubraun des Felsgesteins, Stück für Stück enthüllte die Insel ihr Gesicht. Mehrere Gesichter. Die Menschen auf der *Castle Cornet* erkannten, dass Sark nicht eine kompakte Landmasse war. Der südliche Teil, Little Sark, hing nur über einen schmalen Landstreifen mit dem Rest zusammen. Noch weniger Verbindung zum Hauptteil des Eilandes schien der östlich vorgelagerte Felsen zu haben, auf den die Fähre unbeirrt zuhielt.

»Brecqhou!«, sagte Spartaco inbrünstig, während er das kleine Stück meerumwogten Landes durch sein Fernglas betrachtete. Es klang wie ein Schwur, die geheimnisvolle Insel nicht ohne Elena zu verlassen.

Sie standen auf dem Ausflugsdeck und starrten gebannt auf Brecqhou, das sich immer deutlicher aus dem Schatten Sarks löste und eigene Konturen gewann. Gierig griff Alexander nach dem Fernglas. Spartaco, der mit seinem frischen Igelhaarschnitt gewöhnungsbedürftig aussah, holte die sündhaft teure Pentax-Kamera aus seiner Umhängetasche und begann die Insel zu fotografieren.

Das Fernglas enthüllte Alexander die Einzelheiten des schmalen Eilands, das sich von Norden nach Süden hinzog. Über den hohen Steilhängen am Nordende standen auf gewelltem Hügelland mehrere lang gestreckte Wirtschaftsgebäude. Zur Mitte hin wurde die Küstenlinie flacher und gab den Blick auf das pompöse Schloss frei, so groß und klotzig, dass es die ganze Insel zu erdrücken schien. Vor der zur offenen See gelegenen östlichen Mauer befand sich eine niedrigere, ebenfalls mittelalterlich wirkende Bastion, so als müsste das Schloss gegen Angriffe verteidigt werden. Tatsächlich war die Küste an dieser Stelle am flachsten. Es war wohl der einzige Punkt, den nicht steile, zerklüftete Klippen abschirmten. Ein gewundener Weg führte hinunter zum Meer und endete bei einem Barackenkomplex, vermutlich Bootsschuppen. Zum Süden hin wurde die Insel wieder hügelig. Dort standen ein paar vereinzelte Häuser und Schuppen rund um den leeren Hubschrauberlandeplatz.

»Sieht so einladend aus wie die Insel des Dr. Moreau«, sagte Alexander. »Und wirkt trotz der Bebauung ausgestorben wie Robinsons Eiland.«

»Vielleicht ist Camelot verwaist, weil Artus und die Ritter seiner Tafelrunde gerade den Heiligen Gral suchen«, meinte Spartaco, während er die Kamera öffnete, um den Film zu wechseln.

Den Gral oder die *Wahre Ähnlichkeit Christi,* dachte Alexander.

Die *Castle Cornet* drehte nach Norden ab, um an Brecqhou vorbei Sark anzulaufen. Der Schlenker an Brecqhous Ostküste entlang war ein Umweg, ein Service für die Touristen. Viel näher wäre das große Fährschiff auch nicht an das wenig einladende Eiland herangekommen. Rund um die kleine Insel, wie auch an vielen Stellen vor der Küste von Sark, ragten zerklüftete Felsen aus dem Wasser.

Alexander, der in den vergangenen Tagen jede nur auffindbare Broschüre über die Kanalinseln verschlungen hatte, wusste, dass noch viel mehr der gefährlichen Brocken unter der Wasseroberfläche darauf lauerten, einen Schiffsrumpf aufzuschlitzen. Wer Brecqhou anlaufen wollte, brauchte ein kleineres Boot, und selbst dann war es für einen Ortsunkundigen ein schwieriges Manöver. Die Einheimischen nannten solch einen Felsen »Boue«, was »versunkener Stein« bedeutete. Der Begriff stammte aus dem normannischen Französisch, aus der Zeit, als die Normannen über die Kanalinseln geherrscht hatten. Jeder größere Boue hatte einen eigenen Namen – den eines Fischers oder eines Schiffes, dem er zum Verhängnis geworden war.

Mit beschleunigtem Tempo rauschte die Fähre an der unwirtlichen Nordküste Brecqhous vorbei, und die Gouliot-Passage kam in Sicht. Ein schmaler natürlicher Kanal zwischen der kleineren Insel und Sark. Wütend über die Einengung schlug das Meer mit hohen, Gischt sprühenden Wellen gegen die Westküste Brecqhous und die Ostküste Sarks, von denen eine schroffer und abweisender war als die andere. Meer und Fels lagen hier in einem unermüdlichen, Jahrtausende währenden Kampf, der jeden zu zermalmen drohte, der sich zwischen die Fronten wagte. Bei diesem Anblick verstand Alexander, warum die kleinere Landmasse den Namen Brecqhou trug, »Insel der Schlucht«.

»Die Entfernung zwischen beiden Inseln soll dreiundsiebzig Meter betragen«, bemerkte er.

Spartaco ließ die Kamera sinken und knurrte: »Das sind selbst für einen guten Schwimmer dreiundsiebzig Meter zu viel.«

»Und wenn zwei gute Schwimmer sich mit einer Leine, die sie miteinander verbindet, absichern?«

Der Italiener sah ihn an wie einen Vollidioten. »Dann wird man zwei tote gute Schwimmer, die an einer Leine hängen, aus dem Meer fischen.«

Die von schäumenden Wellen aufgewühlte Durchfahrt verschwand hinter Sarks Klippen. Indem sie die spitze Landzunge im Norden Sarks umrundeten, entglitt ihren Blicken auch Brecqhou, die Insel, derentwegen sie unter falschen Namen, mit gefälschten Papieren und auf unterschiedlichen Wegen auf die Kanalinseln gekommen waren. Ohne die finanzielle und organisatorische Hilfe der Auserwählten wäre ihnen das alles nicht möglich gewesen.

Alexander, noch immer mit rotblondem Haar, war jetzt Marian Fuchs, freier Handelsvertreter aus München. Er war von Rom mit dem Zug nach München gefahren und von dort per Flugzeug über London-Heathrow nach Guernsey gekommen. Spartaco trat als Claudio Argento auf, von Beruf Wirtschaftsprüfer. Mit seinem neuen Kurzhaarschnitt sah er richtiggehend seriös aus. Er war von Roms internationalem Flughafen Leonardo da Vinci nach Paris geflogen und hatte dort den nächsten Zug nach Saint-Malo genommen. Von der bretonischen Hafenstadt war es mit einem Fährkatamaran nach Guernsey weitergegangen, wo sie sich gestern Abend getroffen hatten.

Sie wohnten mitten in St. Peter Port, im Pandora Hotel. Ein paar Meter weiter unten auf der langen Hügelstraße Hauteville stand die Maison Victor Hugo, das Haus, in dem der französische Dichter während seiner Exiljahre auf Guernsey gewohnt hatte. Sie hatten das Hotel allerdings nicht aus touristischen, sondern aus rein pragmatischen Erwägungen ausgewählt. Es lag nahe am Hafen und hatte Meerblick. Bei gutem Wetter konnte man die Umrisse von Sark deutlich sehen.

Auf Sark zu wohnen war ihnen zu riskant erschienen. Die Insel war erheblich kleiner als Guernsey und so nah an Brecqhou gelegen – da drohte ihnen viel eher Entdeckung. Mochte Totus Tuus auch auf Guernsey seine Spione haben, zwischen den Tausenden Touristen waren Alexander und Spartaco auf jeden Fall sicherer.

Die *Castle Cornet* umrundete die Landzunge Point Robert

an Sarks Ostküste und ließ den strahlend weißen Gebäudekomplex des Leuchtturms, der sich festungsartig über den Klippen erhob, hinter sich zurück. Bald verlangsamte die Fähre ihre Fahrt, schob sich vorsichtig zwischen den Boues hindurch und lief in den tidenunabhängigen Hafen La Maseline ein, der ebenfalls an der Ostküste lag, zwischen natürlichen Steilhängen und von Menschenhand errichtetem Mauerwerk.

Zwei Männer von der Bootsbesatzung halfen den Passagieren auf den Kai. Durch einen Felstunnel ging es auf einen unbefestigten Platz, wo traktorgezogene Busse warteten. Nur Traktoren fuhren auf Sark mit Motorkraft. Alle anderen Motorfahrzeuge hatte der Seigneur von der Insel verbannt, und auch Flugverkehr gab es hier nicht. Als die Traktoren die Anhänger mit den Ausflüglern die waldgesäumten Serpentinen zum hundert Meter über dem Meeresspiegel gelegenen Inselplateau hinaufzogen, war eine dichte Staubfahne ihr ständiger Begleiter. Der Tag versprach warm und sonnig zu werden. Rom mit seinen düsteren Wolken schien Alexander unendlich weit entfernt und doch, wenn er an Brecqhou dachte, bedrohlich nahe.

Auf dem Plateau warteten Pferdekutschen. Wem die nicht zusagten, der ging in das kleine Dorf, um sich ein Fahrrad zu mieten. Oder er machte sich, wie Alexander und Spartaco, zu Fuß an die Erkundung des ruhigen, grünen Fleckens, den Victor Hugo ein Feenschloss voller Wunder und Algernon Swinburne ein berauschendes Eiland genannt hatten. Die beiden Männer aus Rom hatten keinen Sinn für die Naturschönheiten, die sie mit Hilfe einer Landkarte auf fast gerader Linie von Ost nach West durchquerten. Vorbei an stillen Weihern, grasenden Schafen und romantischen Häuschen marschierten sie, die wärmenden Strahlen der allmählich höher kletternden Sonne im Rücken, zur Landspitze von Gouliot. Von hier aus sahen sie direkt nach Brecqhou hinüber und in die tosende Gischt der Gouliot-Passage.

Es war ein in jeder Hinsicht enttäuschender Anblick. Die Granitfelsen an der Ostküste von Brecqhou verbargen den größten Teil der Insel, und nur ein Zipfel des Schlosses war zu sehen. Die Passage, so aufregend das Schauspiel der sich zornig aufbäumenden Wassermassen auch war, wirkte aus der Nähe betrachtet noch viel weniger einladend als von Bord der *Castle Gornet* aus. Ungerührt schoss Spartaco seine Fotos, mochte der Brodem atomatisierten Wassers auch bis zu ihnen heraufspritzen.

»Sie haben Recht, Spartaco.« Missmutig starrte Alexander in die Schlucht. »Nicht mal Johnny Weissmüller wäre da durchgekommen.«

»Höchstens in einem Boot«, erwiderte der Italiener. »Und das wäre noch riskant genug. Von Anlegen könnte nicht die Rede sein, schon gar nicht nachts. Das geht nur an der Westküste.«

Alexander nickte. »Wir brauchen ein kleines, leichtes Boot!«

Ein kleines, leichtes Boot war die *Saints Bay*, aber auch ein verflucht teures. Der Bootsverleiher in St. Peter Port schien darauf zu bauen, dass auf den Kanalinseln keine Habenichtse Urlaub machten. Oder er hatte Alexander – dem angeblichen Münchner, der so gern auf dem Starnberger See segelte – angemerkt, wie scharf er auf die kleine Schaluppe war. Das wendige, überaus seetüchtige Boot war genau das, wonach er schon bei zwei Bootsverleihern vergeblich gesucht hatte, und da er von den Auserwählten großzügig bedacht worden war, hatte er den exorbitanten Preis ohne Feilschen akzeptiert. Ein zweites kleines Vermögen war für ihre nicht sehr umfangreiche, aber nützliche Ausrüstung draufgegangen, die Spartaco besorgt hatte. Die *Saints Bay* fasste gerade mal die beiden Männer und ihre Gerätschaft, doch mehr war für die knapp fünfzehn Kilometer zwischen Guernsey und Brecqhou auch nicht nötig.

Ihre Chancen, zumindest bis vor die Küste von Brecqhou zu kommen, standen gut, waren sie doch beide geübte Segler. Spartaco hatte das Segeln im Meer vor Ostia geübt, Alexander hatte es von seinem Vater gelernt, während ihrer Ferien am Vierwaldstätter See. Eine Erinnerung, die ihm genauso weit weg erschien wie der Vater, den er einmal gehabt hatte.

Spartaco, der auf offener See erfahrener war, hielt die Steuerstange und beobachtete den Kompass in der kardanischen Aufhängung. Bei Tageslicht hätte er nach Sicht navigieren können, aber eine Stunde vor Mitternacht war das Meer aus Wasser von einem Meer aus Dunkelheit umschlungen. Auf den Inseln änderte das Wetter sich schnell. Wo am Tag eine strahlende Sonne am Himmel gestanden hatte, zogen jetzt große Wolkenbänke mit dem Wind nach Westen.

Alexander kauerte vorn im Boot und hielt durch ein binokulares Nachtsichtgerät, ein französisches Modell vom Typ Sopelem LISP, Ausschau. Wo immer Spartaco den handlichen Restlichtverstärker aufgetrieben hatte, er war eine höchst dankenswerte Erwerbung. Zwar war das durch die Wolkendecke dringende Licht der Gestirne nur schwach, aber dem Mikrokanalverstärker des LISP reichte es aus. Er zauberte ein fremdartig verzerrtes Bild des Meeres auf den phosphoreszierenden Bildschirm, verwandelte die dunklen Wellen in weiß leuchtende Schlangen, die im finsteren Nichts einen exotischen Tanz aufführten. Alexander beachtete das unwirkliche Schlangengewimmel nicht. Für ihn zählten nur feste Objekte, die unveränderlich aus dem Meer ragten. Felsen. Ein leistungsstarker Scheinwerfer wäre hilfreicher gewesen, aber auch verräterisch.

Der Seegang war stärker als am Tag, und das leichte Boot tanzte nur so auf den Wellen. Mit ihrem kurzen Kiel war die *Saints Bay* bei jedem Absturz in ein Wellental nahe daran, sich zu überschlagen. Die Brecher warfen sich über das Boot und die Männer darin, die von Glück sagen konnten, dass sie Neoprenanzüge trugen. Alexander hatte keine Angst vor dem Kentern. Er und Spartaco hatten sich selbst ebenso festgezurrt wie ihr Gepäck. Außerdem trugen sie Rettungswesten. Sollte das Boot kippen, würde es sich dank der schaumgefüllten Flotationskammern sofort wieder aufrichten. Neben der Leichtigkeit des Gefährts der Hauptgrund, weshalb er sich für die *Saints Bay* entschieden hatte.

Eine riesige, weiß schillernde Masse schob sich auf seinen Bildschirm. Es sah aus wie ein Berg aus zerfließendem Kalk: Sark, das noch mit Brecqhou verschmolzen war.

Er rief die Nachricht seinem Begleiter zu, der sie mit einem knappen Nicken bestätigte. Dicht am Wind segelte Spartaco auf die Inseln zu.

Ein Motorboot hatten sie nicht gewollt, weil der Lärm sie

verraten hätte und weil das Gewicht angesichts der unzähligen Boues ein zu großes Risiko bedeutet hätte. Je leichter das Boot, desto geringer die Gefahr, dass der Rumpf aufgeschlitzt wurde.

Der Wind frischte auf und vertrieb die Wolken. Mond und Sterne beleuchteten die Inselmasse, die jetzt mit bloßem Auge zu erkennen war. Alexander wusste nicht, ob er froh darüber sein sollte. Die Boues waren so leichter zu entdecken – aber die *Saints Bay* und ihre Insassen auch.

Als Brecqhou ihnen die Sicht auf Sark fast gänzlich versperrte, holten sie die Segel ein und paddelten mit Muskelkraft gegen die Meeresströmung an. Mit den Segeln wären sie weithin sichtbar gewesen und zudem nicht wendig genug, um das Boot zwischen den Boues hindurchzulavieren, die ihren Kurs bald in stattlicher Zahl säumten. Mehrmals vernahmen sie ein tiefes, beunruhigendes Schrammen, doch der Aluminiumrumpf der *Saints Bay* hielt den Felsen stand.

Sie steuerten das Nordende der Insel an, weit ab vom Schloss und den Bootsschuppen, die vermutlich streng bewacht wurden. Dort zu landen wäre verrückt gewesen. Nun sprangen sie ins flache Ufergewässer, um die *Saints Bay* das letzte Stück zu schieben und zu ziehen. Einmal stolperte Alexander und fiel so hart auf einen Felsen, dass der Neoprenanzug einen Riss bekam und er sich das linke Knie aufschlug. Dann war es vollbracht, sie zogen das Boot ans Ufer.

»Ein kleines Wunder, dass wir heil durchgekommen sind!« Alexander setzte sich auf einen der vom Wasser gerundeten Steine und atmete tief durch.

Spartaco zuckte mit den Schultern, als sei dies seine leichteste Übung gewesen. »Auf dieses Wunder mussten wir doch hoffen.«

Sie zogen das Boot in eine enge Felsspalte, wo die Wellen nicht genügend Kraft hatten, es zu entführen. Zudem boten die steil aufragenden Klippen einen guten Sichtschutz. Das Schloss war von hier unten nicht zu sehen. Zuvor, beim Durchqueren der natürlichen Sperre aus Meeresfelsen, hatten sie geglaubt, ein paar brennende Lichter im Schloss zu erkennen, doch das konnte auch das Funkeln der Sterne gewesen sein.

Sie nahmen ihre Ausrüstung an sich und gingen zu der Uferhöhle, deren Lage sie sich genau eingeprägt hatten. Nachdem sie am frühen Nachmittag von Sark zurückgekehrt waren, hatte Spartaco die Filme noch am Hafen zur Entwicklung gebracht, bei Guernsey Photographics an der Glategny Esplanade. »One Hour Film Processing« war nicht zu viel versprochen. Beim sorgfältigen Betrachten der Fotos hatten sie ihren Weg auf das Plateau von Brecqhou gefunden: einen streckenweise zum Meer hin offenen Klippenkamin, der unten in eine offene Höhle mündete.

Als sie in die Höhle eintauchten, schalteten sie erstmals ihre Handscheinwerfer ein. Das vom Wasser geglättete Felsgestein glitzerte im Licht noch viel eindrucksvoller als der künstliche Schmuck der Edelsteinkapelle. Sie standen bis zu den Knien im Nass, und jeder Schritt wurde von einem Plätschern begleitet. Am Kamin endete die Höhle.

»Schwein gehabt«, sagte Alexander, als er den Kopf in den Nacken legte und weit über sich den Sternenhimmel erblickte. »Es geht tatsächlich bis oben durch. Und der Schacht ist eng genug.«

»Über fünfzig Meter, das ist kein Sonntagsspaziergang«, meinte Spartaco. »Geh du voran.«

Es war das erste Mal, dass er Alexander duzte, und damit war seine Aufforderung ein zweifacher Vertrauensbeweis. Als zweiter Mann trug er das doppelte Risiko. Stürzte Alexander ab, würde er den Italiener unweigerlich mit sich reißen. Hätte einer unten gewartet, bis der andere oben war und ein Seil herunterlassen konnte, wäre zu viel kostbare Zeit vergangen. Ihr Zeitplan war eng, sie mussten Brecqhou noch bei Dunkelheit wieder verlassen, wollten sie unentdeckt bleiben. Den Platz im Boot, den ihr Gepäck eingenommen hatte, würde dann Elena ausfüllen. Hoffentlich!

Zunächst sah es allerdings so aus, als würde Alexander keine zehn Meter weit kommen. Den Rucksack vor den Bauch geschnallt, den Rücken gegen die eine Kaminwand und die Füße gegen die gegenüberliegende gestemmt, schob er sich Stück für Stück nach oben – bloß um immer wieder abzurutschen. Besorgt sah Spartaco zu, wie er sich vorbeugte und seine Stiefel aufschnürte.

»Es geht nur mit nackten Füßen«, erklärte Alexander.

Und er behielt Recht. Mit den bloßen Füßen fand er genügend Halt. Immer weiter arbeitete er sich nach oben und fünf Meter unter ihm folgte Spartaco auf dieselbe mühselige Weise. Die Muskeln schmerzten, doch der näher rückende Sternenhimmel spornte sie an. Hin und wieder, wenn der Kamin sich auf der Seeseite öffnete und Alexander unter sich die felsige Küste erblickte, wurde ihm bewusst, in was für einer gefährlichen Höhe sie kletterten. Ein zynischer Gedanke kam ihm: Er musste seinem Vater für das Bergsteigen in den Berner Alpen dankbar sein.

Ohne Markus Rosins hartes Training hätte er das hier kaum geschafft. Die Stimme seines Vaters klang ihm in den Ohren, als wäre es gestern gewesen: *Nur nicht aufgeben, Sohn, ich werde aus dir einen Mann machen!*

»Kommt nur weiter, Leute, gleich habt ihr's hinter euch!« Die Stimme kam nicht aus seiner Erinnerung, sondern von der oberen Öffnung des Kamins, von der Alexander keine zehn Meter mehr entfernt war. »Behaltet die Hände an der Felswand! Das ist besser für eure Sicherheit, in doppelter Hinsicht.« Der Mann sprach Englisch mit einem starken Akzent.

Erschrocken blickte Alexander hoch und erkannte mehrere Gestalten, die sich als dunkle Schemen gegen den Nachthimmel abzeichneten. Sie hielten Waffen in den Händen. Waffen, die auf ihn und Spartaco gerichtet waren. Alle Vorsicht hatte nichts genützt. Er stieß einen leisen Fluch aus.

»Los, kommt hoch!«, befahl der Mann mit dem schlechten Englisch.

Alexander hörte Spartaco zischen: »Tu es, klettere weiter!«

Er spähte kurz nach unten und sah, dass Spartaco an seinem Rucksack herumfingerte, an dem er die Armbrust befestigt hatte. Schusswaffen waren auf Guernsey nicht aufzutreiben gewesen, jedenfalls nicht in der Eile. Deshalb hatte Spartaco für sich eine große, aber aufgrund ihrer Skelettbauweise leichte Armbrust der englischen Firma Barnett und für Alexander eine handliche Pistolenarmbrust besorgt. Alexanders Waffe steckte im Rucksack und ließ sich nicht herausholen, ohne dass die Männer oben etwas davon mitbekamen. Spartaco baute darauf, dass

Alexander ihnen die Sicht versperrte und er unbemerkt an seine Waffe kam.
Mit einem flauen Gefühl im Magen kletterte Alexander weiter. Er hielt es in ihrer Lage für reichlich unangebracht, Widerstand zu leisten, aber er konnte das Spartaco nicht mitteilen, ohne ihn zu verraten. Also näherte er sich langsam dem Kaminende, bis ihn kräftige Hände packten und nach oben zogen. Er landete auf allen vieren, und als er aufblickte, sah er in die Mündungen automatischer und halbautomatischer Waffen. Und in harte, entschlossene Gesichter.
Eins der Gesichter verzerrte sich plötzlich, und ein gurgelnder Laut kam über die aufgerissenen Lippen. Ein Metallpfeil war in den Hals des Mannes gefahren. Das Schaftende mit den Federn zitterte noch. Die Federn waren rot wie das Blut, das aus der Wunde spritzte. Der Mann kippte vornüber und stürzte über die Klippen.
Alexander musste handeln. Er schnellte hoch und riss zwei der vier übrigen Männer um. Alle drei rollten sie über den felsigen Boden zum abschüssigen Klippenrand. Unter ihnen tat sich der Abgrund auf.
Mündungsfeuer blitzte, und der Donner einer Geschossgarbe zerriss die nächtliche Stille. Darauf folgte ein lauter Schrei, der von den Wänden des Kamins als Echo widerhallte.
Spartaco!
Kaum hatte Alexander erfasst, was geschehen war, durchfuhr ihn ein heftiger Schmerz. Jemand hatte ihm einen Waffenkolben zwischen die Schulterblätter gerammt. Der Stoß raubte ihm sekundenlang den Atem und warf ihn bäuchlings zu Boden.

»Aufpassen!«, sagte einer der Männer warnend. »Das ist der Kerl, den der General lebend will.«
Alexanders Hände wurden auf den Rücken gerissen und mit Handschellen gefesselt. Jemand stülpte ihm einen Sack über den Kopf. Um ihn war Finsternis, doch vor seinem inneren Auge sah er, wie Spartaco den Halt verlor und in die Tiefe stürzte.

XXIV

Mittwoch, 20. Mai

Der Sturz in endlose Tiefe verfolgte Alexander bis in seine unruhigen Träume. Aufgewühlt, wie er war, hätte er nicht geglaubt, überhaupt schlafen zu können, aber nach den Strapazen, die hinter ihm lagen, und der durchwachten Nacht hatte die Erschöpfung ihn übermannt. Der Filmprojektor in seinem Gehirn zeigte ihm den Absturz des Freundes, wie um auszugleichen, dass seinen Augen der Anblick erspart geblieben war.

Spartacos kräftiger Körper, der, von Kugeln getroffen, den Halt verlor. Vergeblich nach einem Felsvorsprung greifende Hände. Ein hilfloses Knäuel aus Gliedmaßen, das fiel und fiel. Eine nicht enden wollende, qualvolle Zeitlupensequenz. Mit weit aufgerissenen Augen, phosphoreszierend wie der Bildschirm des Restlichtverstärkers, starrte der Fallende panisch zu Alexander hinauf. Öffnete den Mund und heraus kam ein klirrendes Geräusch. Jähes Licht erinnerte an das Aufblitzen des Mündungsfeuers.

Das Licht war das einer Taschenlampe, geklirrt hatte es beim Aufschließen der Zellentür. Das wurde Alexander bewusst, als der Film in seinem Kopf abbrach. Trauer über den Verlust des Freundes kroch in ihm hoch. Fast wünschte er sich in die Traumwelt zurück, als habe er dort eine Chance, Spartaco zu retten. Außerdem quälte es ihn, an der selbst gestellten Aufgabe gescheitert zu sein.

Aber seine Sorge um Elena überwog die Trauer um Spartaco.

Allmählich fand er sich in der Realität zurecht. Die Erinnerung an den Marsch über die felsige Insel kehrte zurück. Mehrmals war er gestürzt, weil der Sack über seinem Kopf ihn blind machte. So hatte er auch nicht gesehen, wohin die Männer, die ihn mit kurzen Befehlen und rohen Händen dirigierten, ihn brachten. Doch war er sich ziemlich sicher, dass seine Kerkerzelle im Keller des trutzigen Schlosses lag. Es war über mehrere Treppen in die Tiefe gegangen, wo es kalt und feucht war. Den Sack und die Handschellen hatten sie ihm erst in der Zelle abgenommen. Hier gab es keine Möglichkeit zu fliehen. Wände, Boden und Decke bestanden aus rohem Felsgestein. Eine Holzpritsche mit einer kratzigen Wolldecke stellte die ganze Einrichtung dar, es gab weder ein Fenster noch künstliches Licht. Die schwere Eisentür hätte einem Hochsicherheitstrakt zur Ehre gereicht. Ohne ein weiteres Worte hatten die bewaffneten Fremden ihn hier allein gelassen.

Die drei Männer, die jetzt hereinkamen, gehörten zu denen, die ihn hergebracht hatten. Sie trugen schwarze Hosen und Jacken. Auf der linken Brustseite der Jacken prangte ein weißes Kreuz, dessen Balken oben und rechts von Querstrichen begrenzt wurden. Wie zwei übereinandergelegte Ts, die sich im 90-Grad-Winkel kreuzten. Oder wie zwei Taukreuze, die in der Offenbarung des Johannes das Siegel Gottes waren, das Zeichen der Erlösung. Im oberen rechten Feld zwischen den Balken war ein Krebs abgebildet. Das Tier, das den Panzer wechseln konnte, galt als Symbol der Auferstehung Christi. Das Doppel-T-

Kreuz war ganz offensichtlich das Wappen von Totus Tuus.

Die Männer sahen allerdings nicht aus, als würden sie das ewige Leben bringen – eher den schnellen Tod. Pistolentaschen hingen an ihren Hüften. Einer hatte die Waffe gezogen und zielte auf Alexander; es war eine Glock-Automatik. Groß und muskelbepackt erinnerte der Mann ihn entfernt an Spartaco.

Die beiden anderen kannte er. Gegen den Dunkelhäutigen mit der wallenden Lockenpracht und dem breiten Mund hatte er auf der Baustelle in den Albaner Bergen gekämpft. Dem Kerl mit dem kantigen Gesicht und dem Kirk-Douglas-Kinn war er schon zweimal begegnet. Der hatte auf der Piazza Farnese auf ihn und Donati geschossen und im Vatikan auf den Papst. Und er war Elenas Kidnapper.

Alexander sprang von der Priesche, trat ihm entgegen und schrie: »Was habt ihr mit Elena gemacht? Wo ist sie?« Auf Englisch, weil auch die Totus-Tuus-Männer die Sprache benutzt hatten.

Der Muskulöse stieß die Glock warnend nach vorn. »Maul halten und mitkommen!«

Die beiden anderen nahmen ihren Gefangenen in die Mitte, und der Muskelmann marschierte hinterher. Alexander zweifelte nicht daran, dass ihm ein Fluchtversuch nichts als einen Schuss in den Rücken einbringen würde. Also ging er mit und fühlte bei jedem Schritt den kalten Stein. Barfuß und in dem zerschlissenen Neoprenanzug gab er vermutlich ein reichlich kurioses Bild ab.

Seine ursprüngliche Befürchtung, dass es vom Kerker geradewegs in die Folterkammer gehen würde, bestätigte sich nicht. Der Weg führte treppauf. Elektrische Wandleuchten erhellten die Gänge und Treppen. Der Strom musste auf dieser Insel mit eigenen Generatoren erzeugt werden. Nach mehreren Treppen schlug ihnen helles Tageslicht entgegen, woran Alexander erkannte, dass er viele Stunden geschlafen hatte. Die Treppe mündete in einen Gang mit dick verglasten Bogenfenstern. Der Blick ging nach Norden hinaus. Jenseits von Brecqhous gewellter Landmasse lag das Meer, das diesen Flecken Erde von allem abschloss, von den Gesetzen der Menschen und von möglicher Hilfe. Den Schatten nach zu urteilen, musste es ungefähr neun oder zehn Uhr vormittags sein. Da seine Wächter ihm in der Nacht mitsamt seiner Ausrüstung auch die Armbanduhr abgenommen hatten, konnte er nur mutmaßen.

Weitere Treppen führten zwei Stockwerke nach oben. Überall gab es Gemälde, Skulpturen und Kronleuchter – genau die Pracht, die der äußere Anblick des Schlosses versprach. Alexander hatte anderes im Kopf und sah nur flüchtig hin, hegte aber keinen Zweifel daran, dass es sich bei den Kunstwerken um Originale handelte. In einem geräumigen, behaglich eingerichteten, aber für seinen Geschmack zu plüschigen Zimmer wartete ein Stapel frischer Kleider auf ihn. Obenauf lagen eine dunkle Baumwollhose und ein weiter Wollpullover. Vor dem Bett stand ein Paar leichter Leinenslipper.

»Das können Sie anziehen, nachdem Sie sich frisch gemacht haben«, sagte der Mann mit dem eingekerbten Kinn und zeigte auf eine offene Tür, die in ein marmorgekacheltes Bad führte.

»Und wann gibt's Frühstück?« Alexander fand die Situati-

on grotesk. Er wurde behandelt wie ein Schwerverbrecher, aber in ein Zimmer gebracht, das jedem Luxushotel Ehre gemacht hätte.
»Danach«, antwortete der andere ohne jeden Funken Humor.
Die drei blieben im Zimmer, folgten ihm aber wenigstens nicht ins Bad. Sein aufgeschlagenes Knie brannte, als es mit der Seife in Berührung kam. Die belebende Dusche tat unendlich gut und für kurze Zeit vergaß er seine ausweglose Lage. Vielmehr fühlte er sich wie ein Urlauber am Morgen eines verheißungsvollen Tages.
Ein Elektrorasierer lag bereit und er benutzte ihn. Er war Soldat und überzeugt davon, dass die äußere Erscheinung das innere Befinden beeinflusste, wie es auch umgekehrt der Fall war. Die Kriegsgeschichte hatte nur selten eine zerlumpte Armee mit hoher Kampfmoral gesehen. Er wusste nicht, was ihn in diesem unwirklichen Schloss erwartete, aber er wollte dem Unbekannten in bestmöglicher Verfassung entgegentreten.

Auch das üppige englische Frühstück, das er mit einer Kanne heißen Kaffees hinunterspülte, belebte Alexanders Kräfte. Er aß ohne Appetit, aber mit großem Hunger. Nachdem er die saubere Kleidung angezogen hatte, war er von seinen Bewachern ein Stockwerk tiefer in diesen kleinen Salon mit Meerblick gebracht worden. Die junge Frau, die ihn lächelnd nach seinen Frühstückswünschen fragte, ließ einmal mehr den Eindruck entstehen, es handele sich hier um einen Urlaubsaufenthalt. Wäre sie nicht völlig ungeschminkt gewesen und hätte sie nicht ein schlichtes schwarzes Kleid mit dem Totus-Tuus-Wappen

getragen, hätte sie glatt als Bedienung in einem der zahlreichen Touristenhotels auf der nahen, fernen Insel Guernsey durchgehen können.
Als Alexander die restlichen Bohnen auf seinem Teller mit Gabel und Messer zusammenschob, rief der Mann mit dem markanten Kinn: »Achtung, der General!«
Die drei Wachen nahmen, zur Tür gewandt, Haltung an.
»Stehen Sie bequem«, sagte der Eingetretene beiläufig und steuerte den Tisch an, an dem Alexander saß. »Bohnen, Speck, Würstchen, Rührei und Toast. Du hast schon immer ein kräftiges Frühstück geschätzt, Alexander.«
»Ein richtiger Mann braucht ein richtiges Frühstück.« Er starrte den anderen an. »Hast du mir das nicht eingetrichtert, Vater?«
Sollte er erschüttert sein? Überwältigt? Hätte er das Gefühl haben müssen, der Boden schwanke unter seinen Füßen? Sollte er aufspringen und den Vater, den er zehn lange Jahre für tot gehalten hatte, umarmen?
Er war weder überwältigt noch erfreut. Seit sie das Treffen in der Edelsteinkapelle belauscht hatten, war ihm klar, dass Markus Rosin lebte und ganz bewusst keinen Kontakt zu ihm aufgenommen hatte. Umarmungen wollte er nicht von seinem Vater – er wollte Antworten.
Auch Markus Rosin traf keine Anstalten zu einer herzlichen Begrüßung. Steif wie eh und je stand er da, äußerlich kaum verändert. Kein Gramm überflüssiges Fett schien an seinem sehnigen Körper zu hängen. Nur das Gesicht war etwas faltiger, und das streichholzkurze Haar war grau geworden. Er trug ähnliche Kleidung wie die drei Wachen. An seinen Schultern prangte zusätzlich der weiße Krebs. Bewaffnet war er nicht.

»Ihr könnt gehen«, sagte er zu seinen Männern. »Ich rechne nicht mit Schwierigkeiten.«
»Wie Sie befehlen, General«, erwiderte der Kirk-Douglas-Verschnitt.
Alexander sagte, jetzt auf Deutsch: »Als wir uns zuletzt gesehen haben, warst du noch Oberst. Wer hat dich befördert? Bestimmt nicht die Schweizergarde oder die Schweizer Armee.«
Markus Rosin zog sich einen Stuhl heran und setzte sich Alexander direkt gegenüber. »Auf meinen Posten wird man nicht befördert, sondern gewählt.«
»Wer hat dich gewählt, die Köpfe von Totus Tuus?«
»Respekt, mein Sohn, du bist gut informiert.«
»War nicht weiter schwer.« Alexander deutete auf das Kreuz, das die linke Brust seines Vaters zierte. »Was hast du als General von Totus Tuus für Pläne? Willst du ein neues Kreuzfahrerheer aussenden, um die Welt im Sinne deines Ordens zu bekehren?«
»Die militärische Hierarchie ist bei einer so großen Organisation sehr hilfreich. Doch wir verfolgen keine militärischen Ziele. Bekehrung tut Not, gerade in wirren Zeiten wie den unseren, aber nicht mit Waffengewalt.«
»Nicht mit Waffengewalt?« Alexander stieß ein heiseres, bitteres Lachen aus. »Und wie nennst du das, was ihr mit dem Papst gemacht habt? Den Anschlag auf der Piazza Farnese? Von den Morden an Onkel Heinrich und Tante Juliette, an Pater Borghesi, Ovasius Shafqat und anderen ganz zu schweigen! Waren das friedliche Bekehrungsversuche à la Totus Tuus?«
Ein Glühen trat in Markus Rosins Augen, und seine Miene verhärtete sich. »Das war Notwehr. Der Antichrist hat den

Heiligen Stuhl bestiegen. Wenn wir den wahren Glauben jetzt nicht mit aller Macht verteidigen, ist es zu spät!«

»Ich kenne Papst Custos«, sagte Alexander ruhig. »Er ist ganz bestimmt nicht der Antichrist, im Gegenteil.«

»Und was ist er deiner Meinung nach?«

Alexander zögerte. Er hatte sich diese Frage während der letzten Tage mehr als einmal selbst gestellt, ohne zu einer befriedigenden Antwort zu gelangen.

»Papst Custos hilft den Menschen«, sagte er schließlich. »Und er will sie in den Mittelpunkt der Kirche stellen. Das macht ihn zum wohl wichtigsten Papst der Kirchengeschichte.«

»Hat er behauptet, ein Nachkomme unseres Herrn Jesus zu sein? Und du glaubst ihm die verrückte Geschichte? Warum? Weil er läppische Wundertaten vollbringt?«

»Das waren keine läppischen Wundertaten! Er hat Kranke geheilt. Ich habe es selbst erlebt.«

»Viele Menschen verfügen über solche Kräfte, und es gibt sogar eine wissenschaftliche Erklärung für das unerwartete Verschwinden einer Krankheit; Mediziner bezeichnen den Vorgang als Spontanremission. Durch die plötzliche Freisetzung körpereigener Stoffe wird die Krankheit besiegt. Manche Menschen wirken offenbar wie ein Katalysator und helfen Kranken bei der Auslösung einer spontanen Heilung. Wie das im Einzelnen funktioniert, ist noch nicht erforscht, aber es ist ein natürlicher Vorgang!«

»Der Heilige Vater hat nichts anderes behauptet.«

»So, hat er nicht?«, fauchte Markus Rosin, den Alexanders ruhige Art um seine Gelassenheit brachte. »Hat er sich nicht als Blutsverwandter des Messias ausgegeben?«

»Er nannte sich einen Nachkommen Jesu.«

»Für was hältst du Jesus, wenn du an den falschen Papst glaubst? Für einen x-beliebigen Wunderheiler?«

»Für einen Menschen, der sich Übermenschliches zur Aufgabe gemacht hat, so wie Custos.«

»Alexander! Wenn du Jesus die Göttlichkeit absprichst, bist du ein Ketzer!«

»Und das ist gut so«, sagte Alexander zur Verblüffung seines Vaters. »Der Begriff ›Ketzer‹ ist aus dem Wort ›Katharer‹ entstanden und das wiederum aus dem griechischen ›kátharos‹, was ›rein‹ bedeutet. So nannten sich im Mittelalter christliche Sektierer, die meinten, einen reinen Glauben zu haben.«

»Abweichler, die die heilige Kirche und ihre Dogmen verhöhnt haben!«, schnaubte Markus Rosin.

»Zu Recht. Wenn es eine falsche Lehre gibt, dann die der kirchlichen Dogmen. Jesus hat von einer Gemeinschaft Gleichgestellter gesprochen, frei von Hierarchie oder gar Bürokratie. Aber die Kirche, die sich auf Jesus beruft, ist eine durch und durch hierarchische Institution, ein Spiegelbild des römischen Imperiums, geprägt durch die Zeit ihrer Entstehung. Aus einer rebellischen Religion ist eine der Herrschenden geworden, ein Instrument zur Bevormundung und Lenkung der Massen. Man unterwirft die Menschen dem Mechanismus von Schuld und Sühne und macht sie damit zu willfährigen Schafen, die in der Hoffnung auf eine Erlösung im Jenseits ihr reales Leben dem Hirten opfern.« Alexander beugte sich vor. »Und wenn es Vertreter einer reinen Lehre, Ketzer im besten Wortsinn, gibt, dann Custos und die Auserwählten. Ich kenne die Wahrheit. Der Heilige Vater hat mir die *Wahre Ähnlichkeit Christi* gezeigt.«

Markus Rosin erblasste. »Das war zu früh! Du warst nicht bereit dafür. Eines Tages hätte *ich* dir den Smaragd gezeigt, und dann hättest du seine Bedeutung verstanden.«
»Ich denke, ich habe seine Bedeutung sehr gut verstanden, Vater. Die Lehre, die du verteidigst, gründet sich auf eine Täuschung, auf eine Auferstehung, die niemals stattgefunden hat.«
»Na und?«
»Du gibst es zu?« Alexander war fassungslos.
»Der historische Jesus ist für den Glauben an Gott bedeutungslos. Er ist der Gegenstand des Glaubens, nicht aber sein Urheber. Nur was aus seinem Wirken entstanden ist, was Männer wie Paulus daraus geschaffen haben, zählt. Die heilige Kirche und ihre Religion gründen sich nicht auf einen Mann namens Jesus, sondern einzig und allein auf seinen Mythos, auf Christus, den Erlöser.«
Alexander lehnte sich zurück und trank den letzten, längst kalten Schluck Kaffee. Er brauchte die Pause, um seine Gedanken zu ordnen. Bis jetzt hatte er sich nicht schlecht geschlagen, aber angesichts der verblüffenden Offenheit seines Vaters drohte ihm allmählich die Munition auszugehen. Und tief in ihm nagten Zweifel. Markus Rosin schien unerschütterlich in seiner Sicht der Dinge und hatte sich gewiss ausführlich mit diesen Fragen befasst, viel intensiver als er selbst. War am Ende sein Vater derjenige, der Recht hatte?
Alles spitzte sich auf die Frage zu, die Alexander nun stellte: »Wenn ihr, du und die Deinen, so überzeugt seid von eurem Glauben und von der Unwichtigkeit des historischen Jesus, warum fürchtet ihr dann so sehr, dass die *Wahre Ähnlichkeit Christi* bekannt wird?«

»Liegt das nicht auf der Hand?« Markus Rosin klang enttäuscht, als habe sein Sohn mit dieser Frage seine Unreife bewiesen. »Gerade du, der du dich so sehr verunsichern lässt, solltest die Antwort kennen. Viele Menschen werden sich durch den Smaragd verunsichern lassen, werden in ihrem Glauben schwanken und sich vielleicht gar der falschen Lehre zuwenden.«

»Das fürchtest du? Sollten die Menschen nicht frei über ihren Glauben entscheiden? Und sollten sie dazu nicht die Wahrheit kennen?«

In einer Geste der Ratlosigkeit breitete Markus Rosin die Arme aus. »Du redest, als ginge es darum, die Wahl zwischen zwei Sorten Frühstücksmarmelade zu treffen. Bei oberflächlicher Betrachtung mag es so aussehen, als sei die Frage des Glaubens in unserer säkularisierten Welt belanglos geworden. In Wahrheit gründet unsere westliche Zivilisation auf den Glauben der heiligen römischen Kirche, ist seit zweitausend Jahren Stein für Stein darauf gewachsen und unlösbar damit verbunden. Nimm den Menschen diesen Glauben und du kappst unserer Welt die Wurzeln, lässt sie in Anarchie und Chaos versinken!«

»Warum hat der Zirkel der Zwölf den Smaragd nicht längst vernichtet, wenn er eine solche Gefahr darstellt?«

»Wir wollen die Wahrheit nicht vernichten«, rief Markus Rosin. »Aber sie muss gut behütet werden, damit die Mächte der Finsternis sie nicht zu ihren Zwecken missbrauchen.«

»Sprichst du von Papst Custos?«

»Ja. Er ist der Antichrist!«

»Das ist nichts als eine Behauptung«, entgegnete Alexander.

»So? Wie geht es deinem Papst denn jetzt? Ist er mit Hilfe seiner Auserwählten von der tödlichen Wunde genesen?«

»Woher weißt du …«

Alexander brach mitten im Satz ab. Er durfte nicht leichtsinnig werden, durfte nicht zu viel von den Auserwählten und ihrem Versteck verraten.

»Ich weiß es nicht, Alexander, ich habe es nur vermutet. Denn es steht in der Heiligen Schrift. In der Apokalypse des Johannes ist der Antichrist beschrieben: *Und seine Todeswunde wurde geheilt, und die ganze Welt wunderte sich über das Tier.* Verhält es sich nicht so mit Jean-Pierre Gardien?«

»Und wenn?«

»Dann steht es schlecht um dich, mein Sohn. Denn die Apokalypse berichtet von einem zweiten Tier, das aussieht wie ein Lamm und wie ein Drache redet. Du weißt, dass mit dem Drachen der Teufel gemeint ist, das Böse. *Und es sorgt dafür, dass die Erde und ihre Bewohner das erste Tier anbeten, dessen Todeswunde geheilt worden ist.*«

Das verschlug Alexander den Atem. Er wollte nicht glauben, was sein Vater mit den Bibelworten zum Ausdruck brachte. Früher hatte dieser Mann ihm das Gefühl vermittelt, mehr eine Last als eine Freude zu sein. Dann hatte er, auch vor dem eigenen Sohn, seinen Tod vorgetäuscht. Aber die Unterstellung eben schien das weitaus Schlimmste zu sein, was ein Vater seinem Sohn antun konnte.

»Du hältst mich für einen Sendboten des Bösen?«

»Du verleugnest den Glauben, in dem du erzogen wurdest, und redest wie ein Drache gegen die Lehren der Kirche. Du beschützt das Tier der Apokalypse, den Anti-

christ. Und bei alldem gibst du vor, dem wahren Glauben zu dienen, unschuldig zu sein wie das Lamm. Was soll ich denn davon halten?«
Alexander sah seinem Vater in die Augen, und was er darin las, irritierte ihn. Er war mit der Absicht, das Haupt der Zwölf zu verurteilen, vielleicht sogar zu töten, nach Brecqhou gekommen. Für ihn hatte festgestanden, dass Markus Rosin sich dem Bösen verschrieben hatte. Jetzt, von Angesicht zu Angesicht, bröckelte das Fundament dieser Überzeugung. Er fand kein Falsch in den Worten seines Vaters, auch nicht in seinem Gesicht, seinen Augen. Die blickten ihn traurig an, legten beredtes Zeugnis von der Enttäuschung darüber, dass er auf der anderen Seite stand.
»Ich diene nicht dem Bösen!«, presste er hervor, als könne er durch die Behauptung allein die Ansicht seines Vaters widerlegen und seine eigenen Zweifel zerstreuen.
Er stand auf, trat ans nächste Fenster und blickte hinaus aufs Meer, das unermüdlich gegen die zerklüftete Küste wogte. Die Sicht war hervorragend, deutlich erkannte er die grünen Hügel der kleinen Inseln Herm und Jethou, zwischen denen sich die lang gezogene Küstenlinie von Guernsey zeigte. Fast war ihm, als könne er die Industriestadt St. Sampson mit ihren hoch aufragenden Schornsteinen und Verladekränen sehen. Sie schien einer anderen Welt anzugehören, einer Welt der feststehenden Dinge. Für Alexander war die Welt ins Schwanken geraten, als hätten die Meereswellen Brecqhou ergriffen und trügen die Insel nun schaukelnd mit sich fort. Es gab keinen festen Boden, keine Sicherheit, nur die nagenden Zweifel.

Markus Rosin trat hinter ihn und legte die Hand auf seine Schulter. Schauer jagten über seinen Rücken. Schauer nicht der Abneigung, sondern der Ergriffenheit. Wie sehr hatte er sich früher nach der Nähe seines Vaters gesehnt, nach seiner Zuneigung, einer Berührung!

Er hatte seinem Vater immer beweisen wollen, dass er seiner würdig war, ein echter Rosin, ein richtiger Mann. Wann, wenn nicht jetzt, sollte er diesen Beweis antreten?

»Du bist verwirrt, mein Sohn, und das mit Recht«, sagte Markus Rosin mitfühlend. »Vielleicht hätte ich es nicht so hart ausdrücken sollen. Aber während der ganzen letzten Tage – als ich auf dich wartete – habe ich vergeblich nach anderen Worten gesucht.«

Alexander drehte sich zu ihm um. »Wie bist du zum General von Totus Tuus geworden? Als du Mutter geheiratet hast, musst du sie doch geliebt haben. Wann ist der Glaube für dich an die erste Stelle getreten, Vater? Nach meiner Geburt, als Mutter gestorben war?«

Markus Rosins Züge verhärteten sich, und mit klirrender Stimme sagte er: »Nein, zu dem Bruch ist es schon vorher gekommen. Als Isabelle mit dir schwanger war, erfuhr ich, dass sie mich betrogen hatte, mehr als einmal. Da habe ich erkannt, dass die Liebe zwischen Mann und Frau nicht von Dauer ist – im Gegensatz zur Liebe Gottes.«

»Als Mutter schwanger war«, wiederholte Alexander leise. »Bin ich ...«

»Daran habe ich auch gedacht«, fiel sein Vater ihm ins Wort. »Aber je älter du wurdest, desto sicherer war ich mir, dass du mein Sohn bist. Ich bin von meinem Vater, dem Gardemajor Andreas Rosin, in das Geheimnis um die *Wahre Ähnlichkeit Christi* eingeweiht worden. Ich fand meinen Weg zu Gott und hoffte, auch dich eines Tages auf den richtigen Weg zu führen.«

Alexander versuchte sich vorzustellen, was sein Vater damals empfunden haben machte. Glaubte er, dass Gott Isabelle für ihre Untreue mit dem Tod bestraft hatte? Hatte er seinen Sohn anfangs für einen Bastard gehalten und sich deshalb von ihm abgewandt? Vielleicht war der Weg, der ihn bis an die Spitze von Totus Tuus geführt hatte, eine Flucht vor dem Leben mit all seinen Konflikten. Dann konnte seine nach außen so fest wirkende Überzeugung auch die fixe Idee eines Irregeleiteten sein. Plötzlich empfand Alexander Mitleid mit seinem Vater.

Der sagte: »Du solltest dich etwas hinlegen und ausruhen, mein Sohn. Wenn es dir besser geht, unterhalten wir uns weiter.«

»Eins muss ich noch wissen. Was ist mit Elena?«

»Immer die Frauen, wie?« Sein Vater lächelte kalt. »Sie ist hier und es geht ihr gut. Möchtest du sie sehen?«

Natürlich wollte Alexander das. Er konnte seine Erregung kaum verbergen, als Markus Rosin ihn durch Gänge und Treppenfluchten führte. Bewaffnete Wachen, denen sie hin und wieder begegneten, salutierten vor ihrem General. Ansonsten wirkte das Schloss, zog man seine enorme Ausdehnung in Betracht, menschenleer.

Als Alexander ihn darauf ansprach, erklärte sein Vater: »Dieser Teil wird hauptsächlich für Konferenzen benutzt. Dann kommen die führenden Mitglieder unseres Ordens aus allen Teilen der Welt hierher, und das Schloss würde dir alles andere als menschenleer erscheinen. Auch jetzt halten sich übrigens in den anderen Trakten mehr Menschen auf.«

»Warum überhaupt dieser protzige Kasten?«
»Was hätten wir sonst hier bauen sollen? Ein zweites World Trade Center oder eine Kopie von Sankt Peter?«
Wie um die Worte ihres Generals zu bestätigen, begegneten ihnen mehr und mehr Menschen, Männer und Frauen in der schlichten dunklen Ordenskleidung. Sie eilten ameisengleich, als folgten sie einem nur ihnen bekannten Plan, geschäftig hin und her.
Vater und Sohn traten ins Freie, auf einen kleinen Innenhof. Ein Bautrupp, einheitlich in dunkle Overalls mit dem Totus-Tuus-Wappen gekleidet, war damit beschäftigt, die Mauern eines halbrunden Anbaus hochzuziehen. Als sie näher kamen, fiel Alexander auf, dass die schweigend und sich beinahe mechanisch bewegenden Arbeiter etwa zur Hälfte Frauen waren. Eine, die schweißgebadet eine Schubkarre mit Sand vor sich her schob, geriet ins Stolpern und kippte mitsamt ihrer Fracht um. Als sie vor dem ausgeschütteten Sandhaufen kniete, sah sie auf, und ihr – Elenas – Blick kreuzte sich mit dem Alexanders.
Er lief zu ihr und half ihr beim Aufstehen. Seine Freude, sie zu sehen, wurde durch die Umstände dieser Begegnung erheblich getrübt. Er machte sich Sorgen um Elena. Ihre Wangen waren eingefallen, unter den Augen hatten sich dunkle Ringe eingegraben.
Ihre Hände, die von der ungewohnten Arbeit rau und schwielig waren, in den seinen haltend, rief er: »Elena, was zur Hölle tust du hier?«
»Das siehst du doch, ich arbeite.«
»Was arbeitest du?«
»Wir bauen ein neues Lagerhaus.«
Alexander begriff das alles nicht. Er hätte nicht sagen kön-

nen, in welcher Lage er Elena vorzufinden erwartet hatte. Bestimmt nicht als Heldin der Bauarbeit. Sie kam ihm vor wie eine Fremde, als stünde sie unter Drogen. Aber das schien es nicht zu sein. Ihre Pupillen waren nicht geweitet, ihr Blick war nicht getrübt. Gleichwohl konnte sie nicht Herrin ihrer selbst sein. Sie stand unter dem beherrschenden Einfluss von Totus Tuus.

Um sie aus ihrer inneren Erstarrung zu reißen, sagte er: »Spartaco ist tot! Die Männer von Totus Tuus haben ihn letzte Nacht erschossen.«

»Das ist bedauerlich«, erwiderte sie mit der gefühllosen Stimme eines Roboters.

»Bedauerlich?«, brüllte er und schüttelte sie. »Mehr hast du nicht dazu zu sagen, Elena? Er war dein Freund. Wir sind hergekommen, um dir zu helfen!«

»Das hättet ihr nicht tun sollen, es war überflüssig. Ich bekomme hier jede Hilfe, die ich benötige.« Ihr Mund verzog sich zu einem Lächeln, das zu ihrem starren Blick in krassem Widerspruch stand. »Ich muss jetzt weiterarbeiten.«

Sie streifte seine Hände ab, richtete die Schuhkarre auf und holte sich eine Schaufel, um den verschütteten Sand wieder einzuladen.

Alexander wandte sich an seinen Vater. »Was hast du mit ihr gemacht? Die Arbeit ist viel zu schwer für sie und die anderen Frauen!«

»Mit der Zeit gewöhnen sie sich daran. Die Frauen und Männer, die du hier siehst, haben sich gegen Gott und gegen ihren Orden versündigt. Die harte Arbeit ist ein Teil ihrer Buße. Indem sie ihren Körper stählen, läutern sie auch ihren Geist. Und sie schaffen etwas, auf das sie mit

Stolz blicken können. Es ist eine gute Sache für sie, hier zu arbeiten.«

»Eine gute Sache, sagst du?« Ungläubig schüttelte Alexander den Kopf. »Für mich ist das ein Straflager, Teil einer Gehirnwäsche. Was kann daran gut sein?«

»Es bringt die Menschen auf den richtigen Weg«, antwortete Markus Rosin unbeirrt.

Alexander fragte sich, ob sein Vater durch die Untreue Isabelles zu der Überzeugung gelangt war, dass die Menschen eine harte, führende Hand benötigten. *Seine* Hand. Im Weltbild von Totus Tuus, dem Weltbild der konservativen Kirche, hatte er bestätigt gefunden, dass die Menschen mit Strenge geführt werden mussten. Geführt und entmündigt.

Markus Rosins Selbstsicherheit war eine starke Waffe, aber nicht die stärkste, wenn es darum ging, seinen Sohn zu überzeugen. Das erkannte Alexander, als er allein in seinem Zimmer saß und über die verwirrende Begegnung nachdachte. Papst Custos und die Auserwählten vertraten ihre Sicht der Dinge nicht weniger überzeugt und überzeugend. Was ihn, Alexander, schwankend gemacht hatte, waren weder die Argumente noch die Überzeugungskraft Markus Rosins, es war schlicht und einfach der Umstand, dass der General von Totus Tuus *sein* Vater war.

Er hatte das Treffen des Zirkels belauscht und gemeint, er könnte den längst Totgeglaubten noch einmal töten, sei es physisch, durch körperliche Gewalt, sei es in der eigenen wunden Seele – durch die Erkenntnis, dass Markus Rosin an seinem Sohn nichts gelegen war. Auge in Auge mit seinem Vater hatte er erfahren, dass die Stimme des Blutes stärker sein konnte als die Einflüsterungen verletzter Gefühle.

Jetzt hatte er Gelegenheit, sich dem Vater zu beweisen, konnte er der Sohn und Mann sein, den Markus Rosin immer an seiner Seite hatte haben wollen. Hatte das Haupt der Zwölf den anderen Mitgliedern des Zirkels nicht seinen Unmut über den Anschlag auf Alexanders Leben bekundet? Und hatte sein Vater in ihrem Gespräch nicht abermals zu erkennen gegeben, dass er in ihm gern seinen Nachfolger sähe? Warum sonst hätte Markus Rosin sich gewünscht, ihn zum geeigneten Zeitpunkt mit der *Wahren Ähnlichkeit Christi* vertraut zu machen?

Nachfolger seines Vaters, Haupt der Zwölf, vielleicht sogar General von Totus Tuus! Dieser Gedanke beschäftigte Alexander, ließ ihn ruhelos in dem Zimmer umherwandern, in das er am Morgen gebracht worden war, um sich umzuziehen.

Nach der Begegnung mit Elena, die für ihn nicht minder verwirrend gewesen war als das Zusammentreffen mit seinem Vater, hatten zwei Wächter ihn zurückgeführt. Sein Vater hatte angekündigt, dass sie sich zum Abendessen sehen würden. Die Wächter hatten die Tür von außen verschlossen. Das Fenster war nicht vergittert, bot aber trotzdem keine Fluchtmöglichkeit. Die Mauer war zum Hinabklettern viel zu glatt. Zudem lag unter dem Fenster der Schlosshof. Selbst wenn Alexander ihn erreicht hätte, wäre er noch ein Gefangener gewesen.

Außerdem wollte er gar nicht fliehen, nicht ohne Elena. Und nicht, ohne sicher zu sein, wer Recht hatte, sein Vater oder Papst Custos.

Es gab einen kleinen Kühlschrank, der mit Getränken gefüllt war. Vermutlich wohnten in Zimmern wie diesem während der Totus-Tuus-Konferenzen, die sein Vater erwähnt hatte, hohe Tiere. Am Nachmittag brachten die Wachen ihm ein Tablett mit Sandwiches, was nach dem ausgiebigen Frühstück vollauf genügte. Anders als am Vormittag brachte er kaum einen Bissen hinunter, er war viel zu sehr in Gedanken versunken. Bevor er seinen Vater wiedersah, musste er sich darüber klar werden, auf welcher Seite er selbst stand. Nur so konnte er zu einer Entscheidung gelangen, für sich und für Elena.

XXV

Mittwoch, 20. Mai, abends

»Nun, Alexander, hast du dich ausgeruht? Haben sich deine Verwirrung und deine Erschöpfung etwas gelegt?«

Markus Rosin erwartete seinen Sohn in dem Salon, in dem Alexander gefrühstückt hatte. Die Abenddämmerung hatte eingesetzt, und das elektrische Licht eines ausladenden Kronleuchters verstärkte das schwindende Tageslicht. Die Tafel, an die Alexander sich setzte, war für zwei Personen gedeckt. Wie es aussah, lebte der General von Totus Tuus nicht gerade asketisch.

»Zum Ausruhen war keine Zeit«, versetzte Alexander knapp. »Ich habe noch eine Menge Fragen an dich.«

»Wir haben Zeit, alle Fragen zu klären. Ah, da kommt die Suppe!«

Eine Frau in den Vierzigern servierte ihnen eine dampfende Fischsuppe.

Während sein Vater sich gleich darüber hermachte, ließ Alexander den Löffel liegen und fragte: »Du sagtest heute Morgen, du hättest mich hier erwartet. Wieso?«

»Wir hatten dein Boot schon lange entdeckt. Doppler-Radar. Nachts überwachen wir damit das Meer und die Westküste von Sark. Ein sehr effizientes System zur Ortung beweglicher Objekte. Der Empfänger ist so eingerichtet, dass er die Signale, die mit der Aussendefrequenz zurückkehren, ignoriert und sich auf jene konzentriert, die mit höherer oder niedrigerer Frequenz reflektiert werden. Die Frequenz ändert sich, wenn die ausgesandten Signale auf sich bewegende Objekte treffen und …«

»Ich weiß ganz gut, wie Doppler-Radar funktioniert«, unterbrach Alexander ihn. »Du vergisst, dass ich bei der Armee in einer Fernmeldeeinheit war, elektronische Aufklärung. Nein, ich habe etwas anderes gemeint. Du hast gesagt, du hättest mich schon seit Tagen erwartet. Hast du Elena nur entführen lassen, um mich herzulocken?«

»Auch deshalb ist sie hier, ja. Es hat sich einfach ergeben. Sandro wusste, dass sie mit dir zusammenarbeitet. Uns war schon seit einiger Zeit klar, dass die Journalistin Elena Vida hinter uns herschnüffelt und dass sie identisch ist mit der geflohenen Denunziantin Paolina Orfei. Sandro hielt es für eine gute Gelegenheit, mehr aus ihr herauszubekommen.«

»Ich nehme an, Sandro ist die Killermaschine mit der Kerbe im Kinn.«

Markus Rosin nickte nur knapp, während er Weißwein in ihre Gläser füllte. »Wir haben frischen Fisch als Hauptgang.«

»Und was willst du von mir?«

»Das muss dir doch klar sein, Alexander. Es ist an dir, die Tradition der Rosins fortzuführen. Auch du kannst an die Spitze aufrücken.«

»An welche, die des Zirkels der Zwölf, die von Totus Tuus? Oder an beide, so wie du?«

Markus Rosin gab der Bedienung ein paar halblaute Anweisungen für das Hauptgericht und sagte dann zu seinem Sohn: »Der Zirkel der Zwölf musste verändert werden, um weiterhin zeitgemäß zu sein. Die Gründung von

Totus Tuus gab dem Zirkel die Möglichkeit, seinen auf den Vatikan begrenzten Einfluss auszudehnen. Männer des Zirkels, Angehörige der Schweizergarde, haben entscheidende Posten an der Spitze des Ordens besetzt. Und gleichzeitig wurde der Zirkel für Mitglieder geöffnet, die nicht in der Garde dienen.«

»Ich weiß. Für wichtige Angehörige der Kurie wie Musolino, Tamberlani und Wetter-Dietz. Und für einen Riccardo Parada.«

Markus Rosin warf ihm einen vorwurfsvollen Blick zu. »Du sprichst sehr abfällig von den Männern, in deren Kreis du treten sollst.«

»Vielleicht bin ich gar nicht so wild darauf, in ihren Kreis zu treten. Ich habe noch deutlich vor Augen, wie Onkel Heinrich mit vor Panik aufgerissenen Augen und dem tödlichen Blei im Leib in seiner Wohnung lag. Er und Danegger. Und Juliette.«

Sein Vater stieß einen schweren Seufzer aus. »Ich habe mich in Heinrich getäuscht, schwer getäuscht. Als ich damals von der Bildfläche verschwand, um mich ungestört meiner neuen Aufgabe als General des Ordens zu widmen, dachte ich, er sei der beste Nachfolger als Haupt der Zwölf, den ich mir wünschen konnte. Mein eigener Bruder, sein Glaube schien so fest! Doch dann fing er an, Gespräche mit Gardien zu führen – und kippte um.«

»Und du hast den Befehl gegeben, deinen Bruder zu ermorden.«

»Ihn zu *liquidieren*. Ich musste es tun, er war ein Verräter. Als er zu Borghesi in die Berge fuhr, ahnten wir, dass er endgültig die Seiten gewechselt hatte. Borghesi hat dem

Orden schon vor Jahren den Rücken gekehrt, aber bis vor kurzem wussten wir nicht, wie tief er in unsere Geheimnisse eingedrungen war. Und als Parada – nach der Liquidierung – Heinrichs Wohnung vergeblich nach Albert Rosins Aufzeichnungen durchsuchte, stand auch fest, wohin Heinrich sie gebracht hatte. Ich hatte sie ihm anvertraut, bevor ich untertauchte; er sollte dich zum passenden Zeitpunkt in unsere Familiengeschichte einweihen.« Markus Rosins Züge verhärteten sich. »Heinrich und Borghesi, sie waren beide Verräter!«

»So wie Danegger?«

»Was meinst du, Alexander?«

»Danegger ist nicht der Mörder, er ist auch ein Opfer.«

»Sehr scharfsinnig, Sohn«, sagte Markus Rosin. »Danegger war, wie Heinrich, schwach im Glauben und wollte Totus Tuus verlassen. Ein schlechtes Beispiel für die Garde. Sein Opfer kam uns gerade recht.«

»Hat seine Freundin ihn verraten? War Raffaela Sini eine Art Treuschwester?«

»So kann man es nennen.«

»Dann hat sie begriffen, dass ihr Verrat den Tod ihres Freundes zur Folge hatte, und deshalb musste sie auch sterben, nicht?«

»Du weißt ja schon alles«, sagte Markus Rosin leichthin und winkte der durch den Türspalt hereinblickenden Bedienung, die daraufhin große Platten mit Fisch und Beilagen auftrug.

Alexander ignorierte das Essen auch weiterhin, ebenso den Wein. »Es ist wichtig für mich, die Wahrheit aus deinem Mund zu hören, Vater. Juliette musste sterben, weil sie Zeugin von Heinrichs Hinrichtung war. Vielleicht

auch, weil ihr befürchtet habt, ihr Mann könne sie eingeweiht haben. Nicht wahr?«
»Korrekt.« Markus Rosin, der es sich ungerührt schmecken ließ, sah seinen Sohn plötzlich erstaunt an. »Du isst ja gar nichts!«
Alexander erwiderte den Blick voller Abscheu. »Das lohnt sich wohl kaum, so schnell, wie du Todesurteile fällst. Wäre doch schade um den guten Fisch.«
»Warum sollte ich dich töten, Alexander?«
»Weil ich ganz gewiss nicht in deinen Orden eintreten werde und auch nicht in den Zirkel der Zwölf. Ich habe lange nachgedacht, aber es hat sich gelohnt. Ich habe dich und deinesgleichen durchschaut. Ihr behütet nicht den wahren Glauben, sondern nur eure eigene Macht. Ich weiß nicht, wann es passiert ist, aber irgendwann ist der Zirkel der Zwölf durch die Macht, die seine besondere Aufgabe ihm einräumte, korrumpiert worden. Ihr, und nicht der Heilige Vater, habt die *Wahre Ähnlichkeit Christi* bewacht. Damit hattet ihr die Möglichkeit, jeden Papst zu erpressen. Ganz einfach: Entweder der Papst unterstützt die wirtschaftlichen und politischen Ziele von Totus Tuus, oder ihr beweist mit dem Smaragd die Unrechtmäßigkeit der pästlichen Herrschaft. *Weide meine Schafe,* soll Jesus laut dem Johannes-Evangelium zu Simon Petrus, dem ersten Papst, gesagt haben. Wenn Jesus aber nur ein Mensch war und nicht Gottes Sohn, kann auch die auf ihn begründete Stellung des Papstes als Stellvertreter Gottes auf Erden nicht länger Bestand haben. Das ist der eigentliche Grund, warum ihr den Smaragd nicht längst vernichtet habt!«
Markus Rosin starrte ihn erschrocken an. »Du bist tatsächlich ein Ketzer!«

»Diese Diskussion haben wir hinter uns«, sagte Alexander mit einer abweisenden Handbewegung. »Genauso überrascht wie du jetzt muss Onkel Heinrich gewesen sein, als er den frisch gewählten Papst über die Lage der Dinge aufklären wollte – war Custos doch sehr interessiert daran, die *Wahre Ähnlichkeit Christi* der Öffentlichkeit bekannt zu machen. Und er hat Heinrich von seiner Position überzeugt. Das war das Todesurteil für Heinrich und dann auch für den Papst, denn Custos konntet ihr mit dem Smaragd nicht erpressen. Eure geheime Waffe hatte sich plötzlich gegen euch gekehrt.«

»Es tut mir weh, dass du so verblendet bist, Alexander. Vielleicht hätte ich mich mehr um deine Erziehung kümmern sollen.«

Alexander hielt dem enttäuschten Blick seines Vaters stand und sagte mit fester Stimme: »Ich bin nicht verblendet, im Gegenteil, ich habe die Wahrheit erkannt. Deine Strafkompanie da draußen, in der auch Elena schuftet, hat mir die Augen geöffnet. Was hinter einer Religion steckt, erkennt man doch daran, wie sie mit den Menschen umgeht. Der Glaube ist für den Menschen da, nicht der Mensch für den Glauben. Ihr von Totus Tuus erniedrigt und misshandelt den Menschen, nehmt ihm die Grundbedingung seiner Existenz, die Würde. Das kann nicht Gottes Wille sein!«

Markus Rosin schob den Teller von sich weg, stützte die Ellbogen auf die Tischplatte und das Kinn auf die ineinander verschränkten Hände und sah seinen Sohn lange nachdenklich an. »Wenn du uns nicht aus Überzeugung helfen willst, dann tu es für deine Elena. Du bekommst sie zurück, wenn du uns die *Wahre Ähnlichkeit Christi* übergibst.«

»Das ist schlicht Erpressung«, sagte Alexander.
Dass sein Vater ihn derart unter Druck setzte, war schmerzlich. Doch zugleich empfand er Befriedigung darüber, sich nicht getäuscht zu haben. Das lange Grübeln am Nachmittag hatte ihn zu der Einsicht geführt, dass die miteinander streitenden Mächte, die *Electi* und Totus Tuus, nach ihren Taten, nicht nach ihren Worten beurteilt werden mussten. Da bot der Orden, der bedenkenlos Menschen mordete und entmündigte, um seine Ziele zu erreichen, ein düsteres Bild. Und was sein Vater jetzt tat, bestätigte Alexander in dem Glauben, sich auf die richtige Seite geschlagen zu haben, auf die der Auserwählten.
«Nenn es, wie du willst«, sagte Markus Rosin. »Hauptsache, du bringst uns den Smaragd!«
»Ich habe ihn nicht.«
»Du kannst ihn dir beschaffen. Die *Electi* vertrauen dir.«
»Und dann?«, fragte Alexander. »Was nützt euch der Stein gegen Custos, der doch genau das enthüllen will, was die *Wahre Ähnlichkeit Christi* belegt?«
»Ohne den Stein wird Gardien es nicht leicht haben, seine Worte zu beweisen.«
»Man wird ihm glauben, weil er der Papst ist.«
Ein seltsames Lächeln huschte über Markus Rosins Gesicht. Es erinnerte Alexander an ein Raubtier, das angesichts der sicheren Beute Befriedigung und Überlegenheit empfindet. »Lange wird er nicht mehr Papst sein. Musolino und Tamberlani arbeiten bereits an seiner Absetzung.«
»Den Papst absetzen?«, rief Alexander ungläubig. »Mit welcher Begründung?«
»Oh, da haben wir mehrere zur Auswahl. Gardien ist ein

Häretiker, der die kirchliche Lehre ablehnt und sich mit dem Sohn Gottes auf eine Stufe stellt. Das allein würde genügen. Schon seit Jahrhunderten wird in der Kirche die Lehre vertreten, dass ein häretischer Papst nicht rechtmäßiger Stellvertreter Gottes sein kann. Außerdem könnte man ihn schlichtweg für geisteskrank erklären.«

»Der Papst ist das Oberhaupt der Kirche. Es gibt keine Instanz, die befugt ist, über ihn zu richten.«

»Du hast Gott vergessen, mein Sohn. Er richtet über seinen Stellvertreter. Du kannst es im Johannes-Evangelium nachlesen: *Wer nicht glaubt, der ist gerichtet*.«

»Ein Putsch gegen den Papst also!« Vergeblich versuchte Alexander, sich die Folgen eines solchen Unternehmens auszumalen. »Das könnte die Kirche zerreißen.«

»Wenn einer die Kirche zerreißt, dann Gardien. Aber ich rechne nicht mit großen Schwierigkeiten. Schließlich gibt es noch ein formales Argument gegen die Fortsetzung seines Pontifikats. Kardinal Musolino hat die Hammerfrage gestellt und den Papst, der nicht geantwortet hat, für tot erklärt. In diesem Augenblick ist das Pontifikat nach kirchlichem Recht erloschen. Gardien ist nicht mehr der gewählte Papst.«

»Aber er war nicht tot!«, protestierte Alexander.

»Darüber lässt sich streiten. Wenn er im Koma lag, muss man annehmen, dass sein Gehirn gelitten hat, was wiederum für seine Absetzung spricht. Unsere Leute sind im Vatikan, er nicht. Dieser Umstand stärkt unsere Position. Und wenn wir die *Wahre Ähnlichkeit Christi* wiederhaben, ist Gardien für die Öffentlichkeit nichts weiter als ein Scharlatan, der sich auf den Heiligen Stuhl geschwindelt hat.« Markus Rosin lehnte sich zurück und fixierte seinen

Sohn wie die Schlange das Kaninchen. »Nun, wie entscheidest du dich?«
Die Antwort war schwierig und sie brauchte Zeit. Zögernd sagte Alexander: »Bevor ich mich entscheide, will ich Elena sehen. Sofort!«

»*Totus tuus, Domine. Hic iacet pulvis …*«
Die monoton wiederholte Formel verschmolz mit dem unaufhörlichen Klatschen der Geißel. Als Markus Rosin und zwei bewaffnete Wächter ihn in die kleine Kapelle führten, rechnete Alexander mit vielem, aber nicht mit diesem erbärmlichen Anblick.
Nackt kniete Elena vor einem großen weißen Totus-Tuus-Kreuz und ließ immer wieder die verknoteten Lederriemen auf ihren Rücken niedergehen. Glasig blickten ihre Augen auf das Kreuz oder in eine Leere dahinter, während sie sich züchtigte und die Bußformel sprach. Sie war so tief in ihre Buße versunken, dass sie Alexander nicht wahrzunehmen schien und selbst dann nicht reagierte, als er sie mehrmals mit ihrem Namen ansprach.
In den vergangenen Tagen musste Elena die Geißelung öfter vollzogen haben. Viele der alten Narben waren aufgeplatzt, neue Striemen hatten sich hinzugesellt. Ihr Rücken war eine einzige Wunde.
Tat sie das freiwillig, war es ihr ein inneres Bedürfnis? Hatte die Gehirnwäsche so schnell gegriffen? Oder musste Elena der hageren Frau gehorchen, die mit unbewegter Miene neben ihr stand und sie beobachtete?
Die Augen in dem strengen Gesicht waren das Einzige, was lebte. In ihnen brannte das Feuer tiefer Befriedigung. Obwohl Alexander die Frau in dem schwarzen Kleid noch

nie gesehen hatte, wusste er, dass es Mutter Assunta, ehemalige Oberin des Mädchenhorts zu Gottes großer Gnade, war. Die Vergangenheit hatte Elena eingeholt.

Als er den Anblick des aufgerissenen Rückens, das widerliche Klatschen der Geißel und den süßlichen Blutgeruch nicht länger ertrug, sprang er vor und packte Elenas Arm. Sofort war einer der Wächter bei ihm und riss ihn zurück. Der zweite Wächter zog seine Glock-Automatik und zielte drohend auf Alexanders Brust.

Elena sah ihn für kurze Sekunden an, dann versank ihr Blick wieder in innerer Leere, und sie fuhr mit der Geißelung fort.

»Wenn sie so weitermacht, holt sie sich den Tod!«, keuchte Alexander.

»Du kannst es verhindern, es liegt in deiner Hand«, erwiderte sein Vater kühl. »Bring uns den Smaragd!«

Alexander schluckte und sagte gequält: »Also gut, ich werde es tun.«

Sosehr er auf die Begegnung mit Elena gedrängt hatte, so erleichtert war er, als sein Vater und die Wachen ihn aus der Kapelle führten. Er wusste selbst nicht mehr, was genau er sich von dem Treffen erhofft hatte. Der Gedanke an die Qualen, die Elena sich zufügte, verdrängte alles andere.

Er hörte nur mit halbem Ohr, wie sein Vater sagte: »Leg dich hin und schlaf, Alexander. Morgen früh wirst du Brecqhou verlassen.«

Wie in Trance ließ er sich in sein Zimmer bringen, wo sie ihn einschlossen. Er schaltete nicht das Licht an, blieb einfach in dem fast dunklen Raum stehen und wartete darauf, dass der Albtraum endete. Die Gedanken flogen in seinem Kopf hin und her, quälten ihn mit Fragen, auf die er keine Antworten fand.

Die Auserwählten hatten ihm geholfen, nach Brecqhou zu gelangen. Und hier war seine Mission so gründlich gescheitert, dass er, wollte er Elena noch retten, seine Verbündeten verraten musste.

Kein Zweifel, sein Vater hatte das alles seit Tagen geplant. Schon ab dem Zeitpunkt, als er erfahren hatte, dass die *Wahre Ähnlichkeit Christi* im Besitz der Auserwählten war. Markus Rosin allein trug die Verantwortung für Elenas Leid. Das war Alexander klar, doch er war zu geschockt, um noch Hass auf seinen Vater zu empfinden.

Er fühlte sich betäubt. Seine Beine begannen zu zittern. Erst jetzt, als er in Gedanken die grausige Szene in der Kapelle wieder und wieder durchlebte, durchlitt, traf ihn die Bestürzung mit ganzer Wucht. Er wankte zum Bett und ließ sich niederfallen. Dabei berührte sein Arm einen kleinen weichen Körper, der hier nicht hingehörte. Elektrisiert zog er seinen Fund unter der Decke hervor und knipste die Nachttischlampe an.

Er hielt einen Teddybären in der Hand. Winnie-the-Pooh mit Schlafmütze und Nachthemd und mit einem Kissen unter dem rechten Arm. Es war der Bär, den Elena auf der Piazza Navona erstanden hatte, ihr ständiger Begleiter.

Bei genauerem Hinsehen bemerkte Alexander ein dünnes Röllchen, das zwischen Teddyarm und Kissen klemmte. Er zog es heraus, entrollte den Zettel. Drei Wörter waren mit Bleistift auf das Papier geschrieben: *Warte auf mich.*

Immer wieder las er die verheißungsvolle Nachricht. Sie änderte die Lage völlig. Mutlosigkeit wich neuer Hoffnung, Verzweiflung dem Aufkeimen wilder Pläne.

Er machte das Licht aus, blieb auf dem Bett sitzen und starrte, den Teddybären an sich gepresst, auf die dunklen Umrisse der Tür. So wartete er Stunde um Stunde.

Ein leises Knacken im Türschloss, in seinen Ohren so laut wie eine Explosion, holte ihn aus dem Dämmerzustand, in den er gefallen war. Er riss die halb geschlossenen Augen auf und starrte auf die Tür, die langsam aufgeschoben wurde. Als der Spalt groß genug war, schlüpfte eine dunkle Gestalt ins Zimmer und schob die Tür vorsichtig wieder zu.

Alexanders Hand schwebte über dem Knopf der Nachttischlampe.

»Kein Licht!«, zischte eine leise Stimme. »Es könnte uns verraten.«

»Ja, ich weiß«, seufzte Alexander bedauernd.

Das schwache Sternenlicht, das durchs Fenster hereinfiel, entriss dem nachtdämmrigen Zimmer Elenas schlanke Gestalt, die näher kam. Sie trug wieder den Arbeitsoverall. Mit großen Augen sah sie Alexander erwartungsvoll an.

Er stand auf und nahm sie in die Arme, drückte sie an sich. Es tat gut, ihre Wärme zu spüren. Er schloss die Augen und kostete ihre Nähe aus.

Elena stöhnte auf und sofort lockerte er seinen Griff. Er hatte nicht an ihren wunden Rücken gedacht. Schon das Reiben der Kleidung an ihrer Haut – oder was davon übrig war – musste ihr unsägliche Schmerzen bereiten.

»Was haben diese Schweine dir angetan?«, fragte er erregt und musste sich zum Flüstern regelrecht zwingen.

»Ich hatte keine Wahl. Nur indem ich ihnen die reuige Sünderin vorspielte, konnte ich sie täuschen. Ich war mir sicher, dass du kommen würdest, und habe die Zeit genutzt, um einen Fluchtweg auszuspähen. Dafür war die Schufterei auf der Baustelle sehr nützlich.«

»Ich hätte nicht an dir zweifeln sollen, Elena. Aber das Bild vorhin in der Kapelle, ich ...«

Seine Rede erstarb. Er konnte nicht in Worte fassen, was ihn in jenem Augenblick bewegt hatte.

Elena blickte über seine Schulter zum Bett, wo ein matter Lichtschein auf den Bären fiel. Sie hob ihn hoch, küsste seine schwarze Nase und schob ihn unter den Overall.

»Mein kleiner Freund hat dir also die Nachricht überbracht. Ihn haben sie mir gelassen. Und das haben sie, Gott sei Dank, auch nicht gefunden.« Sie hielt den Bund mit Dietrichen hoch, mit dem sie auf der Piazza Bocca della Verità das Tor zur Kirche Santa Maria in Cosmedin geöffnet hatte. »Ohne die Schlüssel wäre ich nie aus meiner Zelle und in dein Zimmer gekommen. Und jetzt werden sie uns dabei helfen, dieses gastliche Haus zu verlassen.«

Sie hatte ihre Zeit auf Brecqhou gut genutzt. Das erkannte Alexander, als sie ihn zielsicher durch das halbdunkle, nachtstille Schloss führte. Mehrmals mussten sie sich vor Wächtern verstecken, bis sie schließlich durch eine schmale Tür, die Elena mit einem Dietrich öffnete, ins Freie gelangten. Auf einen Hof, der von hohen Mauern umgeben war.

»Dienstboteneingang«, flüsterte sie. »Und das ist ein Wirtschaftshof. Ein Gang führt von hier in die Nähe der Baustelle. Und dort habe ich eine Pforte in der Außenmauer entdeckt, zu der einer meiner Schlüssel passt. Auf diesem Weg dürften wir keinen Wachen begegnen.«

Sie behielt Recht. Wirklich glauben konnte er es erst, als

sie vor der südlichen Schlossmauer standen, im Freien! Vor ihnen stieg die Insel zur Spitze hin in einem sanften Bogen an. In einigen der frei stehenden Häuser brannte Licht. Auf dem unbeleuchteten Hubschrauberlandeplatz zeichneten sich verschwommen die Umrisse eines Helikopters gegen den Himmel ab.

»Schade, dass ich so ein Ding nicht fliegen kann«, brummte Alexander. »Das wäre der schnellste und sicherste Weg.«

Elena fasste ihn bei der Hand und zog ihn mit sich. »Wir bedienen uns bei den Bootsschuppen.«

Sie führte ihn in einem weiten Bogen zur Westküste und erklärte, als er sich nach dem Grund für den Umweg erkundigte: »Die Bastion, die das Schloss zur offenen Küste hin abriegelt, ist mit einem Wachtrupp besetzt.«

»Bestimmt die Radarstation«, meinte er.

Das letzte Stück Weg zu den Klippen legten sie kriechend zurück, um von den Wachen in der Bastion nicht bemerkt zu werden. Den gewundenen Pfad, der zu den Bootsschuppen führte, meidend, kletterten sie die Felsen hinab. In der Dunkelheit war das schwierig. Sie rissen sich die Haut auf und waren mehrmals nahe daran, den Halt zu verlieren. Mit mehr Glück als Verstand kamen sie weitgehend unversehrt unten an, wo die flachen Schuppen wie schlafende Riesentiere vor ihnen lagen.

»Gibt's hier keine Wachen?«, fragte Alexander.

»Das konnte ich nicht herausfinden.«

»Gott ist mit den Dummen«, sagte er und blieb nach wenigen Schritten in Richtung Schuppen überrascht stehen. »Was ist das?«

Ihr Blick folgte seinem ausgestreckten Arm. Zwischen

zwei Schuppen lag ein kleines Segelboot auf dem Uferstreifen.

»Die *Saints Bay*!«, stieß er hervor. »Ja, das ist sie. Die Männer meines Vaters müssen sie geborgen und hergebracht haben. Glück für uns. Sie ist das ideale Boot für zwei Personen, die von dieser Insel fliehen wollen.«

»Wird der Radarstrahl uns nicht erfassen?«

»Doch, das wird er. Aber das Risiko müssen wir eingehen. Wir können nur hoffen, dass wir den Küstenbereich schnell genug verlassen und es wenigstens bis Herm schaffen. Jenseits von Brecqhou gelten die Gesetze von Totus Tuus nicht mehr.«

Vorsichtig schoben sie das Boot ins Wasser, nachdem Alexander es untersucht hatte. Soweit er das bei dem schwachen Licht feststellen konnte, war es unversehrt. Die Boues hatten dem Rumpf zwar ein paar Schrammen zugefügt, ihn aber nicht ernsthaft beschädigt.

»Wir paddeln, bis wir an den Felsen vorbei sind«, sagte Alexander. »Dann setzen wir die Segel und müssen …«

Er verschluckte den Rest seines Satzes, als gleißendes Licht aufflammte und ihn blendete, als sei direkt vor seinen Augen die Sonne aufgegangen. Er hörte schnelle Schritte und knappe Befehle. Schatten hetzten durch das Licht, das jede differenzierte optische Wahrnehmung ausschloss. Er wollte die Hände vors Gesicht reißen, aber da wurde er gepackt und zu Boden gestoßen. Er spürte die kühle Mündung einer Schusswaffe an der Stirn.

Allmählich gewöhnten seine Augen sich an die unnatürliche Helligkeit. Er sah Männer in der dunklen Ordensuniform, darunter seinen Vater. Und ihm wurde klar, dass dies keine zufällige Begegnung war. Markus Rosin und seine Schergen hatten sie hier unten erwartet. Der Totus-Tuus-General hatte ihnen das Entkommen aus dem Schloss absichtlich leicht gemacht und die *Saints Bay* wie auf dem Präsentierteller angeboten – nur damit das Scheitern der Flucht möglichst schmerzhaft geriet.

Zwei Männer, darunter der mit der Kerbe im Kinn, zerrten die sich sträubende Elena vom Boot weg. Es tat Alexander weh, ihre Verzweiflung mit ansehen zu müssen, denn er wusste, dass es nun keinen Ausweg mehr gab. Sein Vater bestimmte die Regeln, er schob sie beide ganz nach seinem Willen auf dem Spielbrett herum.

Markus Rosin trat auf seinen Sohn zu und sah mit einem unpassenden Lächeln auf ihn herab. »Steig ruhig ein, Alexander. Das Boot wird dich zurück nach Guernsey bringen. Von dort kannst du nach Rom fliegen, um den Smaragd zu holen. Elena kann dich nicht begleiten. Sie ist noch nicht fertig mit ihrer Buße. Dieser Fluchtversuch ist der beste Beweis.«

Erst jetzt erfasste Alexander die ganze Perfidität des Plans. Nachdem er schon mit Elena vereint und fast mit ihr in Freiheit gewesen war, trat es ihn umso härter, sie in den Fängen des Ordens zurücklassen zu müssen. In dem Wissen, dass sie tagsüber bis zum Umfallen schuften und sich abends bis aufs Blut geißeln würde. Das sollte ihn anspornen, die *Wahre Ähnlichkeit Christi* möglichst schnell zu beschaffen.

Langsam erhob er sich. Er versuchte, seiner Stimme einen möglichst festen Klang zu geben, und sagte: »Ich weigere mich, die Insel ohne Elena zu verlassen!«

Markus Rosin drehte sich um und gab seinen Leuten einen Wink. Der Mann mit dem gekerbten Kinn zog seine

Automatik und presste die Mündung gegen Elenas linke Hand, deren Gelenk er umklammerte.

Markus Rosin wandte sich wieder seinem Sohn zu. »Wenn Sandro abdrückt, bleibt von der Hand nichts übrig. Noch hast du die Möglichkeit, deine Elena unversehrt zurückzuerhalten.« Seine Stimme nahm einen drohenden Unterton an. »Aber du musst allmählich zu einer Entscheidung kommen!«

Alexander konnte auf Brecqhou nichts weiter tun. Zögernd stieg er in das Boot, das zwei Ordensmänner ein Stück ins Wasser schoben.

Er hatte schon nach einem Paddel gegriffen, da wandte er sich noch einmal um und rief: »Ich werde dir den verfluchten Smaragd übergeben, Vater, aber in Rom. Du musst selbst hinkommen. Und du wirst Elena mitbringen!«

XXVI

Sonnabend, 23. Mai

»Ich weiß selbst nicht genau, warum ich das zur Bedingung gemacht habe«, sagte Alexander nachdenklich. »Sicher auch, weil Elena den Leuten auf Brecqhou so vollkommen ausgeliefert ist. Ich bezweifle, dass der General sie von der Insel lässt, selbst wenn ich ihm den Smaragd dort übergeben sollte. Hier habe ich wenigstens Unterstützung. Außerdem gehört das Geheimnis der *Wahren Ähnlichkeit Christi* zu Rom. In dieser Stadt wurde der Knoten vor Jahrhunderten geknüpft, hier muss er durchschlagen werden. Mich erstaunt allerdings, dass er sich darauf eingelassen hat.«

»Er« – das war sein Vater. Aber Alexander nannte ihn nicht länger so, für ihn war er nur noch »Markus Rosin« oder »der General«.

Geistesabwesend griff er zu seinem Wasserglas, trank einen Schluck und starrte durch das vergitterte Fenster hinaus in den Park, der Professor Orlandis Privatklinik umgab. Rom lag noch immer unter dicken Wolken, die wie festzementiert am Himmel hingen. Entsprechend düster wirkten Gebüsch und Skulpturen, besonders jetzt, da der Tag zu weichen begann. Feste Formen lösten sich auf, Unverrückbares geriet in Bewegung, vom Tagesschlaf erwachende Bäume reckten kraftvoll ihr Geäst, und eben noch toter Stein atmete geheimnisvolles Leben.

Er fühlte sich hin- und hergerissen wie der zwischen Tag

und Nacht schwankende Abend. Einerseits konnte er noch nicht richtig glauben, dass er wieder in Rom war. Andererseits kam ihm das Abenteuer auf Brecqhou vollkommen irreal vor, wie der flüchtige Traum eines unruhigen Schlafs.

Kein einziges Mal hatte Alexander sich umgesehen, als er die Insel in der *Saints Bay* hinter sich zurückließ. Die Boues und die Strömung, die alles tat, um sein Boot gegen die verhängnisvollen Felsen zu schleudern, hatten seine ganze Aufmerksamkeit verlangt. Und er hatte durch einen Blick zurück auf Elena, die er ihren Qualen überließ, nicht dasselbe Unheil heraufbeschwören wollen wie einst Orpheus, als er sich zu Eurydike umdrehte.

Auch war Alexander sich nicht sicher gewesen, ob er den Anblick ertragen würde. Er war sich wie ein feiger Verräter vorgekommen, als er Brecqhou ohne Elena verließ. Sie noch einmal inmitten ihrer Peiniger zu sehen hätte ihn vielleicht zur Umkehr bewogen. Aber er wusste, dass er ihr dadurch bloß geschadet hätte.

Nur kurz hatte er in St. Peter Port mit dem Gedanken gespielt, zur Polizei zu gehen. Man hätte ihm seine Geschichte kaum geglaubt, ihn vielleicht sogar für verrückt erklärt und eingesperrt. Außerdem hatten die Behörden keinerlei Befugnis auf Brecqhou. Die Insel von Totus Tuus war auf ihre Weise ein ebenso unabhängiger Staat wie der Vatikan, nur dass ihre Existenz der Öffentlichkeit kaum bekannt war. Sie unterhielt keine diplomatischen Beziehungen zu anderen Staaten und brauchte sie auch nicht. Weltweit vertraten Ordensangehörige in Politik und Wirtschaft die Interessen ihrer Vereinigung im Geheimen und dadurch umso wirkungsvoller.

Alexander war klar gewesen, dass er Elena am besten helfen konnte, indem er sofort nach Rom zurückkehrte. Er hatte den nächsten Flug nach Heathrow gebucht und war von dort nach kurzem Aufenthalt nach Rom weitergeflogen. Am späten Donnerstagabend war er in der Ewigen Stadt eingetroffen und hatte mit Commissario Donati Kontakt aufgenommen – nachdem er sich vergewissert hatte, dass er nicht von Totus-Tuus-Angehörigen verfolgt wurde.

Nun saßen ihm Donati, Solbelli, Orlandi und Papst Custos gegenüber, um ein letztes Mal den Plan für jenes Ereignis zu besprechen, das alles entscheiden würde: das Zusammentreffen der Auserwählten mit Totus Tuus – des Papstes mit dem Ordensgeneral.

»Markus Rosin will die Entscheidung erzwingen, genauso wie wir«, nahm der Heilige Vater den Faden auf. »Wäre er auf seiner Insel geblieben, hätte der Besitz der *Wahren Ähnlichkeit Christi* für ihn nur einen Teilsieg bedeutet. Zwar hätten die möglichen Vorgehensweisen zu meiner Entmachtung, die er Ihnen skizziert hat, sicher Aussicht auf Erfolg, aber noch verlockender dürfte es für ihn sein, mich mitsamt dem Smaragd in die Hand zu bekommen. Er ist ein alter Soldat und schätzt es, dem Feind ins Auge zu blicken. So hat er sich ausgedrückt, als ich ihm vorschlug, ihm den Smaragd persönlich zu übergeben.«

»Sie ... haben selbst mit ihm gesprochen, Heiligkeit?«, fragte Alexander verblüfft. »Wie?«

Der Papst lächelte. »Auch auf Brecqhou gibt es Telefon. Die Nummer erhält man allerdings nicht bei der Auskunft.«

Die aufgeräumte Art des Heiligen Vaters setzte Alexander

in Erstaunen. Man merkte nichts mehr davon, dass der Papst noch vor einer Woche mit dem Tod gerungen hatte. Er schien vollkommen wiederhergestellt, und Alexander bezweifelte nicht, dass es so war. Ob wissenschaftlich erklärbare Spontanremission oder ein göttliches Wunder, ihm war es gleich. Er war einfach froh, dass Ovasius Shafqat und die anderen ihr Leben nicht vergebens geopfert hatten. Denn hier, wo er die warmherzige Ausstrahlung Seiner Heiligkeit spürte, war er ganz sicher, nicht dem Antichrist gegenüberzusitzen, sondern dem Mann, der das Christentum auf den rechten Weg zurückführen wollte – dem Engelspapst.

Erstaunlich war aber auch, dass der Papst mit dem bevorstehenden Unternehmen sein Leben aufs Spiel setzte und damit die Verwirklichung des selbst gesteckten Ziels. Zwar gab es andere Auserwählte, doch war fraglich, ob jemals wieder einer von ihnen den Heiligen Stuhl einnehmen würde. Totus Tuus und der Zirkel der Zwölf würden alles tun, um das zu verhindern. Und gerade deshalb bot Custos sich selbst als Lockvogel an. Er war ein Köder, nach dem Markus Rosin mit Sicherheit schnappen würde.

Alexander merkte, dass die Augen des Papstes auf ihm ruhten. Es war ein eigenartiger Blick, der sich nicht auf sein Äußeres richtete, sondern tief in seine Seele drang. Doch das war ihm nicht unangenehm. Im Gegenteil, in Custos' Gesicht standen Verständnis und Anteilnahme geschrieben.

»Sie müssen sich nicht fürchten, Alexander, nicht um meinetwillen. Der Herr hat schon einmal seine schützende Hand über mich gehalten. Wäre er gegen mich, hätte er meiner Mission längst ein Ende gesetzt.«

Zweifelnd sah Alexander den Papst an. »Es gibt so viele Unwägbarkeiten in diesem Plan. Ich frage mich, ob ich den Smaragd nicht doch nach Brecqhou hätte bringen sollen. Dann wären wenigstens Sie nicht in Gefahr geraten, Heiligkeit.«

»Dann wäre ich in eine viel größere Gefahr geraten«, erwiderte Custos kopfschüttelnd. »Eine Gefahr, die vielleicht nicht mein Leben bedroht hätte, dafür aber den Fortbestand der Christenheit.«

»Glaubt man Markus Rosin, dann ist die Christenheit gerade durch Ihr Pontifikat bedroht«, seufzte Alexander und sah den Papst erschrocken an, als ihm bewusst wurde, was er gerade gesagt hatte. »Verzeihen Sie, Heiliger Vater! Bitte glauben Sie nicht, ich würde Ihnen misstrauen.«

Der Papst lächelte. »Ich weiß, wie schwer es ist, in diesem Labyrinth aus Lügen, Anschuldigungen und Theorien das Licht der Wahrheit zu erspähen. Markus Rosin mag sogar glauben, was er sagt. Die Auserwählten und ich aber wissen, dass er im Unrecht ist. Warum ist die Kirche denn ein Schiff mit schwankendem Kurs, ein Schiff vor allen Dingen, von dem immer mehr Menschen desertieren? Nur wahrer Glaube kann auf Dauer festigen. Das Netz falscher Dogmen, so fein es auch gesponnen sein mag, wird mit der Zeit brüchig und reißt. Die Kirche hat ihr Netz zweitausend Jahre lang zusammengehalten, aber jetzt lösen die Knoten sich auf. Wir müssen es ganz neu knüpfen, diesmal zum Wohle aller Menschen und nicht nur einiger Herrschender.«

Alexander spürte, wusste, dass Custos die Wahrheit sprach. Markus Rosin war es beinahe gelungen, ihn zu überreden. Custos aber musste ihn nicht überreden, er überzeugte ihn. Der Blick des Heiligen Vaters war offen, seine Worte kamen aus dem Herzen. Mit diesen Worten konnte es ihm gelingen, die Christenheit für einen neuen Kurs zu gewinnen.

»Unser Freund sorgt sich nicht nur um Bruder Gardien, sondern auch um Elena Vida«, sagte Remigio Solbelli, während er einen winzigen Zigarettenstummel im Aschenbecher zerdrückte. »Und das ehrt ihn. Auch ich mache mir große Sorgen um die junge Frau. Wir können Bruder Gardien schützen, zumindest weitgehend, aber an Elena müssen wir erst mal herankommen.«

»Falls sie überhaupt Schutz nötig hat.«

Das kam von Stelvio Donati und jedes Wort traf Alexander wie eine persönliche Beleidigung.

»Was wollen Sie damit sagen?«, fuhr er auf.

»Elena Vidas Rolle in diesem Spiel erscheint mir ziemlich undurchsichtig«, antwortete der Commissario gelassen. »Immer taucht sie an den Brennpunkten auf, ist meistens an Ihrer Seite.«

»Sie hat ein ernst zu nehmendes Motiv, Bruder Donati, sie hasst Totus Tuus«, meinte Solbelli.

»Vielleicht«, sagte Donati in einem Ton, der seine Zweifel überdeutlich machte. »Vielleicht hat sie aber auch ein ganz anderes Motiv. Signor Rosin sprach davon, dass Elena Vida auf Brecqhou einer Gehirnwäsche unterzogen wird. Möglicherweise hat diese Gehirnwäsche schon viel früher stattgefunden. Ihr Motiv, sich mit Alexander Rosin zusammenzutun, könnte gewesen sein, Totus Tuus zu schützen, nicht, den Orden auffliegen zu lassen.«

»Das ist doch völlig aus der Luft gegriffen!«, schrie Alexander.

»Keineswegs. Als Polizist bin ich gewöhnt, mich an die Fakten zu halten. Ist es nicht seltsam, dass ausgerechnet Elena nach dem Attentat entführt wurde? Hatte der Attentäter mit seiner Flucht nicht genug zu tun?«

»Auf Brecqhou wollte sie mir helfen zu entkommen«, wandte Alexander ein.

»Wollte sie das wirklich? Die Flucht ist gründlich danebengegangen. Ihr Vater hat am Strand schon auf Sie gewartet. Und wie seltsam, dass Sie unterwegs kaum auf Wachen gestoßen sind. Nicht weniger seltsam ist, dass Elena Vida ihre Nachschlüssel behalten konnte, wohingegen man Sie peinlich genau gefilzt hat, Signor Rosin.«

»Vielleicht gehörte es zum Plan des Ordensgenerals, Elena genauso in Sicherheit zu wiegen wie mich.«

Er konnte nicht glauben, dass Donati mit seiner Verdächtigung Recht hatte, wollte noch nicht einmal die Möglichkeit in Betracht ziehen. Sicher, er kannte Elena erst seit kurzem, doch in den wenigen Tagen war sie ihm wichtiger geworden als jeder andere Mensch. Sein Vater war nur eine Erinnerung, zudem eine trügerische, wie er schmerzhaft erfahren harte. Juliette hatte ihm Wärme und Leidenschaft geschenkt, auch Liebe, aber ihnen beiden war immer klar gewesen, dass es kein gemeinsames Leben für sie gab, keine Zukunft, nur ein paar Stunden pro Woche, die sie in einem Kälte und Leere betäubenden Rausch zusammen verbrachten. Im Zusammensein mit Elena hatte er zum ersten Mal gespürt, dass es einen Weg aus der Einsamkeit gab, die sein ganzes Leben bestimmt hatte. Die Vorstellung, dass alles, was ihn mit Elena verband, auf einer Täuschung beruhte, auf einer weiteren Perfidität Markus Rosins, war geeignet, ihn um den Verstand zu bringen – oder ihm das Herz zu brechen.

»Ein Streit um des Kaisers Bart«, mischte Orlandi sich ein. »In wenigen Stunden werden wir wissen, auf welcher Seite Elena Vida steht. Und selbst wenn wir es jetzt schon wüssten, könnte das nichts an unserem Plan ändern. Wir sollten uns lieber daran begeben, die E-Mail zu formulieren.« Der Professor sah Alexander an. »Sagen Sie, Signor Rosin, sind wirklich so viele Gardisten im Internet?«

»Nicht weniger als andere Menschen auch. Nur weil wir der Kirche dienen, leben wir nicht hinterm Mond.«

»Vielen Dank«, sagte der Papst mit einem ironischen Unterton.

»Aber was ist, wenn heute Nacht keiner der Gardisten online geht?«, fragte Donati.

»Das wäre höchst ungewöhnlich«, antwortete Alexander. »Ab Mitternacht hat jeder Gardist in der Kaserne zu sein. Eigentlich müssten alle, die keine Wache haben, sogar im Bett liegen, aber daran halten sich die wenigsten. Fernsehen wäre auffällig, online zu gehen dagegen kaum. Außerdem ist das Surfen um diese Zeit sehr billig. Und wenn nur zwei oder drei meine Mail rechtzeitig lesen, werden sie die Kameraden mit Sicherheit informieren.«

»Aber auch jemand vom Zirkel der Zwölf oder ein Gardist, der mit Totus Tuus sympathisiert, könnte die Mail lesen«, gab der Commissario zu bedenken.

»Sie werden in der Minderzahl sein«, sagte Custos. »Das hoffen wir zumindest, denn darauf basiert unser Plan. Nur dann können wir Totus Tuus und den Zirkel aufhalten.«

Der Mut und die Entschlossenheit des Papstes beeindruckten Alexander. In seiner weißen Soutane war er ein weithin sichtbares Ziel. Custos hatte auf dem Gewand bestanden, um jedem zu zeigen, dass er der rechtmäßige Pontifex war. Obwohl es zur Abmachung gehörte, dass beide Parteien unbewaffnet kamen, traute Alexander der Zusage von Totus Tuus nicht. Donati, ebenso skeptisch wie er, hatte den Papst mit Mühe und Not dazu gebracht, unter der Soutane eine schusssichere Kevlarweste zu tragen.

»Gott wird mich beschützen«, hatte Custos abgewehrt.

»Gott beschützt Ihre Seele, die Weste Ihren Leib«, hatte Donati geantwortet.

Ein höchst fragwürdiger Schutz, fand Alexander, als er sah, wie deutlich das Papstgewand sich gegen die Dunkelheit abzeichnete. Gegen eine Handgranate oder einen Kopfschuss half auch das stärkste Kevlargewebe nicht.

Der Papst, Donati, Alexander und die drei erprobten Helfer, die sie schon acht Tage zuvor zum Largo di Torre Argentina begleitet hatten – Silvio, Dario und Leone –, stiegen die Treppe zu dem Ruinenfeld hinab. Der Kleintransporter, den Dario gefahren hatte, blieb verlassen am Straßenrand zurück. Jeder Mann konnte wichtig sein, und mehr als sechs durfte keine Partei mitbringen. So lautete die Abmachung. Custos hatte angeordnet, die Abmachung einzuhalten, um Elenas Leben nicht zu gefährden.

Silvio, Dario und Leone schirmten ihn ab, so gut es ging. Der Heilige Vater murrte, als sie ihn in ihre Mitte nahmen und beinahe erdrückten. Er trug den Holzkasten mit der *Wahren Ähnlichkeit Christi* selbst. Alexander und Donati, der mit seinem steifen Bein auf der engen Treppe nur schwer zurechtkam, bildeten den Abschluss.

Aus der unterirdischen Wohnung der Katzennärrin fiel Lichtschein nach draußen, aber nichts rührte sich, nicht einmal eine Katze huschte an den sechs Männern vorbei. Oben rauschte der auch kurz vor Mitternacht noch starke Verkehr, hier unten schienen die Tempelruinen in der Zeit eingefroren zu sein.
Erst als auch Donati den unteren Treppenabsatz erreichte, wuchsen ein paar dunkle Gestalten aus dem Ruinenfeld. Als sie vorsichtig näher traten und über den Absperrzaun kletterten, erkannte Alexander Riccardo Parada, Roland Schnyder, Anton von Gunten und Markus Rosin. Alle vier trugen sie dunkle Kleidung, als wollten sie sich die Nacht zur Verbündeten machen. Waffen waren nicht zu erkennen, konnten aber sehr wohl unter den Jacken verborgen sein.
Alexander trat vor den Ordensgeneral und fragte: »Wo ist Elena?«
»Wo ist der Smaragd?«
»Hier.« Custos hob den Kasten hoch.
Markus Rosin blickte den Papst finster an. »Ich sehe nur ein Stück Holz.«
»Und wir sehen keine Gegenleistung«, entgegnete der Papst.
Der General streckte wie zum Angriffsbefehl die geballte Faust nach oben. Drei weitere Gestalten traten aus den Schatten der Ruinen, die Gardisten Utz Rasser und Kurt Mäder und zwischen ihnen Elena, die sie festhielten. Sie leistete keine Gegenwehr, schien die Männer vielmehr willenlos zu begleiten. Ihre Augen blickten seltsam starr.
»Was ist mit ihr?«, rief Alexander und wollte hinlaufen, aber von Gunten und Schnyder versperrten ihm den Weg.

»Wir haben ihr nur ein kleines Beruhigungsmittel gegeben, damit sie uns keine Schwierigkeiten macht«, sagte Markus Rosin. »Sobald wir den Smaragd haben, kannst du deine Geliebte in die Arme schließen.«
»In der Kapelle«, sagte Custos und zeigte auf die ins Erdreich geschlagene Wohnung der Katzennärrin. »Dort findet der Austausch statt.«
»Davon war nicht die Rede!«, stieß der Ordensgeneral hervor.
»Der Glaube muss nicht noch mehr entweiht werden«, erwiderte der Papst. »Ich weigere mich, die *Wahre Ähnlichkeit Christi* in dieser heidnischen Kulisse zu übergeben. Außerdem habe ich zu Gott gebetet, er möge die Irregeleiteten zur Vernunft bringen. Vielleicht geschieht das an einem zur Andacht einladenden Ort wie der Edelsteinkapelle.«
»Sollte mich freuen, wenn Sie dort Vernunft annehmen, *Heiligkeit*«, versetzte Markus Rosin spöttisch. »Also gut, bringen wir es hinter uns. In der Kapelle sind wir ungestört.«
Die Katzennärrin öffnete die Tür ihrer Wohnung. Tiger kauerte auf ihrer Schulter und blickte wachsam in die Nacht. Während der vergangenen Tage hatten die Auserwählten ein schützendes Auge auf Signora del Grosso geworfen. Es war ihr mitgeteilt worden, dass es in dieser Nacht zu einer bedeutenden, aber auch gefährlichen Begegnung kommen würde und dass man dafür durch ihre Wohnung müsste. Sie hatte es abgelehnt, den Zufluchtsort ihrer geliebten Katzen auch nur für ein paar Stunden zu verlassen.
Beim Anblick des Heiligen Vaters wollte sie auf die Knie

fallen. Fast wäre sie dabei umgeknickt, und Leone sprang ihr helfend zur Seite. Als er die Signora an der Schulter packte, stieß Tiger ein wütendes Fauchen aus. Die alte Frau küsste den Fischerring des Papstes und wich ehrerbietig zur Seite.

In den engen Gängen, die zur Edelsteinkapelle führten, versuchte Alexander, in Elenas Nähe zu gelangen. Er machte sich so große Sorgen um sie und konnte sie doch nicht fragen, wie es ihr ging. Sie schien kaum in der Lage, ihm zu antworten, außerdem war sie noch immer zwischen Rasser und Mäder eingekeilt. Mehrmals begegnete sein Blick dem Rassers, aber keiner von ihnen sagte ein Wort.

In der Edelsteinkapelle wies Markus Rosin Oberleutnant Schnyder an, die Kerzen anzuzünden, »damit wir zur Andacht kommen«, wie er mit einem anzüglichen Lächeln hinzufügte. »Und jetzt will ich endlich den Inhalt des Kastens sehen!«

Der Papst klappte den Deckel hoch und Alexander blickte verstohlen auf die Uhr. Gleich war es eins. Pünktlich um Mitternacht sollte Professor Orlandi die E-Mail abgeschickt haben, die Alexander geschrieben hatte. Der Weg vom Vatikan in die Kapelle war viel kürzer als von der Wohnung der Katzennärrin. Aber in dem Gang, der zur vatikanischen Tiefgarage führte, blieb alles still.

Markus Rosin nahm den Smaragd aus dem Kasten und drehte ihn, damit er beide Gesichter sehen konnte. Der Stein warf das Licht der Kerzen mit einem intensiven grünen Leuchten zurück.

»Sind Sie überzeugt?«, fragte der Papst.

»Es ist der echte Stein«, bestätigte Markus Rosin.

Custos lächelte verhalten. »Der Stein, der die Wahrheit verkündet, nicht wahr?«
»Was soll die Bemerkung?«, fragte Markus Rosin. »Wir wissen beide, dass dieser Smaragd seinen Namen zu Recht trägt.«
»Sie geben also zu, dass die kirchliche Lehre auf falschen Dogmen beruht«, stellte Custos fest.
»Die Dogmen sind richtig, nur gehen sie nicht auf Jesus zurück. Aber das ist vollkommen unwichtig. Was zählt, ist, dass die heilige Kirche und ihre Wertordnung Bestand haben. Dafür haben wir …«
Heftiger Lärm brachte Markus Rosin zum Schweigen. Aus dem Durchgang zum Vatikan kam ein Mann in blaugrauer Gardeuniform gelaufen, Adjutant Walter Stückelberger. Sein Gesicht war noch blasser als gewöhnlich. Er gehörte dem Zwölferzirkel an – hatte er den unterirdischen Gang bewacht? Wahrscheinlich, dachte Alexander, als Stückelberger hastig seine Meldung herunterspulte.
»Die Gardisten kommen!«
»Welche Gardisten?«, fragte von Gunten.
»Alle möglichen«, keuchte Stückelberger. »Männer aus allen drei Geschwadern stürmen den Gang.«
Wenige Sekunden später erschienen an die fünfzig Schweizer, viele in Zivil, andere in Uniform. Nicht alle passten in die kleine Kapelle, einige mussten im Gang bleiben. Verwirrt blickten sie sich um. Der unterirdische Raum mit dem Edelsteinschmuck war allein schon erstaunlich genug. Den verschwundenen Papst nun Seite an Seite mit dem als Attentäter und Kidnapper gesuchten Alexander Rosin zu sehen, war noch viel verblüffender. Am irritierendsten aber musste der Anblick des totge-

glaubten Gardekommandanten Markus Rosin sein – einige der Männer hatten immerhin noch unter ihm gedient.
Dass nicht tausend Fragen gestellt wurden, war hauptsächlich Alexanders E-Mail zu verdanken. Er hatte in kurzen Zügen dargelegt, was sich in den vergangenen Wochen ereignet hatte. Er hatte seine Kameraden auf das, was sie hier unten vorfinden würden, vorbereitet und ihnen den Weg durch die Tiefgarage beschrieben. Und er hatte sie im Namen Seiner Heiligkeit aufgefordert, schnellstmöglich zu erscheinen.
Papst Custos zeigte den Männern den Edelstein und erklärte ihnen, was die zwei eingeschliffenen Gesichter bedeuteten. Als er sich als Nachfahre Jeschuas, des historischen Jesus, zu erkennen gab, stießen viele der Gardisten ungläubige Rufe aus. Andere verrieten ihre Zweifel durch konsternierte Mienen.
Markus Rosin nutzte die Gelegenheit und rief: »Glaubt ihm nicht, Männer! Gardien ist ein Lügner und Scharlatan, der sich auf den Stuhl Petri geschwindelt hat. Durch faulen Zauber will er die Kirche zu Fall bringen, der zu dienen wir geschworen haben.«
Alexander streckte die rechte Hand aus und zeigte auf den General. »Dieser Mann, mein Vater, ist der Lügner und Verschwörer. Er hat seinen Tod vorgetäuscht, um zum Anführer des geheimen Ordens Totus Tuus aufzusteigen. Er hat das Attentat auf Papst Custos befohlen, den wir, Kameraden, mit unserem Leben zu schützen geschworen haben. Nicht der Kirche gilt unser Eid, sondern dem Papst, und das ist Custos!«
Als aus den Reihen der Gardisten zustimmende Rufe laut

wurden, bellte Oberstleutnant von Gunten: »Ruhe, Männer! Als euer Kommandant befehle ich euch zu schweigen. Gardien hat die Kirche verraten, er ist nicht mehr der rechtmäßige Papst. Euer Eid bindet euch nicht an ihn.«
»Das zu entscheiden steht nicht in Ihrer Befugnis, Herr Oberstleutnant«, widersprach Alexander. »Niemand kann den Papst absetzen und nur er selbst kann die Garde von ihrem Eid entbinden.«
Custos hob die Arme und erklärte: »Ich verlange keinen blinden Gehorsam von euch, meine Schweizer. Hört auf die Stimme eures Herzens, auf euren Glauben, prüft euch. Erkennt, was richtig ist, und dann handelt!«
»Auch wir hören auf die Stimme unseres Glaubens«, rief Markus Rosin.
»Das allein spricht noch nicht für Ihren Orden«, sagte der Papst. »Wie auch immer der Teufel beschaffen sein mag, er ist bestimmt kein Atheist.«
Markus Rosin wandte sich an die Gardisten. »Ihr könnt euch nicht auf euren Glauben berufen und gleichzeitig die Dogmen der Kirche für ungültig erklären. Gerade das würde gegen den Glauben verstoßen!«
»Nur gegen den falschen Glauben, der blindem Gehorsam gleicht«, erwiderte Custos augenblicklich. »Gott hat uns den Verstand nicht gegeben, damit wir uns seinen Gebrauch untersagen lassen. Wer von uns verlangt, dass wir um des Glaubens willen aufhören zu denken, beleidigt den Schöpfer. Denken und Glauben sind keine Gegensätze, sie müssen sich ergänzen!«
»Das ist Ketzerei!«, ereiferte sich Markus Rosin. »Dieser angebliche Papst ist ein Ungläubiger!«
Custos bedachte ihn mit einem ernsten Blick und sagte

vollkommen ruhig: »Ob ich gläubig oder ungläubig bin, vermag allein Gott zu entscheiden.«
»Geht in eure Quartiere zurück!«, rief von Gunten den Schweizern zu. »Ich kümmere mich um den Papst und nehme ihn in Gewahrsam. Die Kurienkardinäle werden über sein Schicksal befinden.« Als die Gardisten keine Anstalten machten, die Kapelle zu verlassen, setzte er nach: »Führt den Befehl sofort aus, verlasst diesen Ort!«
Alexander sagte: »Von Gunten, Sie vergessen, dass der Heilige Vater unser oberster Befehlshaber ist.«
»Das stimmt, er hat Recht!«, rief ein Gardist aus den hinteren Reihen. Andere schlossen sich an: »Niemand kann den Heiligen Vater absetzen!« – »Wir dienen dem Papst und beschützen ihn, so lautet unser Eid!«
Einer nach dem anderen traten die Schweizer vor, um einen schürzenden Kreis um Custos zu bilden, da ließ das Krachen eines Schusses – in der kleinen Kapelle so laut wie eine Kanone – alle erstarren. Gestein rieselte von der Decke, wo die Kugel abgeprallt war. Der Querschläger traf einen Gardisten aus dem Romandgeschwader ins Bein. Aufstöhnend ging der Verletzte zu Boden.
Riccardo Parada hielt eine Beretta-Automatik in der Hand. Nun zogen auch die anderen Verschwörer Handfeuerwaffen unter ihrer Kleidung hervor. Sie hatten sich nicht an die Abmachung gehalten, natürlich nicht!
Wut stieg in Alexander hoch. Er und seine Begleiter waren unbewaffnet gekommen – wenn auch nicht aus Ehrlichkeit, wie er zugeben musste. Sie hatten Elena nicht gefährden wollen.
Nachdem der Schuss gefallen war, ging alles blitzschnell. Die Verschwörer drängten die Gardisten zurück und ver-

suchten, den Papst aus der Kapelle zu zerren, in den Gang, der zu Signora del Grossos Wohnung führte.
Markus Rosin und Utz Rasser hatten die Kapelle mit ihrem Gefangenen bereits verlassen, als sich die Gardisten, wie auf einen geheimen Befehl, auf die übrigen Verschwörer stürzten. Zwar hatten die Schweizer keine Feuerwaffen, aber ihre Überzahl sicherte ihnen einen schnellen Sieg. Parada, von Gunten, Schnyder, Mäder und Stückelberger lagen bald entwaffnet am Boden, hatten allerdings noch einigen Gardisten Schusswunden beigebracht.
Das alles bekam Alexander nur beiläufig mit. Nach einem letzten Blick auf Elena, die von Silvio gestützt wurde, folgte er Markus Rosin, Utz Rasser und dem Heiligen Vater. Seine Schritte hallten in dem unterirdischen Gang laut wider. Weiter vorn leuchtete unerklärlicherweise ein Licht. So sah Alexander, dass Rasser zu ihm herumfuhr, um zwei Schüsse abzugeben. Nur weil Alexander sich geistesgegenwärtig zu Boden warf, pfiffen die Projektile über ihn hinweg.
Als er auf dem Boden lag, bekam seine Rechte einen faustgroßen Stein zu fassen und umklammerte ihn. Gleichzeitig entdeckte er die Lichtquelle, eine gebückte Gestalt mit einer Taschenlampe. Die Katzennärrin. Es gab nur eine Erklärung für ihr Erscheinen: Sie hatte es vor Neugier nicht mehr ausgehalten.
Markus Rosin feuerte und die alte Frau brach vor ihm zusammen. Die Taschenlampe entglitt ihrer Hand, rollte über den Boden. Der Lichtstrahl tanzte über die Felswände wie ein verirrter Kugelblitz.
Als die Lampe liegen blieb, fiel das Licht auf Rasser, der mit schussbereiter Pistole suchend in Alexanders Rich-

tung starrte. Alexander sprang auf, schleuderte den Stein und ließ sich sofort wieder fallen.

Rassers Aufstöhnen ging in der Detonation des Schusses unter. Die Kugel klatschte zwei, drei Meter hinter Alexander gegen den Fels.

Er stieß sich vom Boden ab und sprintete auf Rasser zu, der die linke Hand gegen die blutende Stirn presste. Rasser riss die Automatik herum und wollte erneut abdrücken. Alexander war schneller, er packte den rechten Arm seines einstigen Freundes und hielt ihn fest. Die Wucht seines Ansturms riss sie beide zu Boden. Sie rangen um die Kontrolle über die Waffe, die noch immer in Rassers Hand lag.

»Diesmal werde ich dich nicht schonen, Verräter!«, keuchte Rasser. »Ich hätte schon damals in der Waffenkammer Schluss mit dir machen sollen!«

»Ich halte einen anderen von uns für den Verräter«, brachte Alexander im stoßweisen Rhythmus seines heftigen Atmens hervor, während er zu verhindern suchte, dass der kräftige Gardist, der über größere Körperkraft verfügte als er, die Waffe auf ihn richtete. »Du warst der Einbrecher?«

»Natürlich. Wenn das Waffenausgabebuch als gestohlen galt, konnte auf mich kein Verdacht fallen. Mit dir habe ich nicht gerechnet, dachte, du wärst längst in dein Zimmer gegangen. Fehlanzeige! Als ich dich kommen sah, habe ich mich zwischen den Stahlschränken versteckt. Den Rest kennst du.«

»Nicht ganz. Wer hat mir den Hieb verpasst?«

»Der FvD natürlich, Mäder. Der Idiot sollte Schmiere stehen, hat dich aber nicht bemerkt. Erst der Lärm unseres

Kampfes hat ihn stutzig gemacht. Er hätte fester zuschlagen sollen, aber das hole ich jetzt nach!«

Rasser glaubte, die Oberhand zu gewinnen, als Alexanders Druck auf seinen Waffenarm nachließ. Alexander hatte absichtlich nachgegeben, um ihn in falscher Sicherheit zu wiegen, getreu den Worten Meister Funakoshis: *Das Nachgeben hat nur Sinn, wenn die Kraft des Gegners gegen ihn verwendet, wenn er durch seine Kraft besiegt wird.*

Als Rasser die Waffe auf Alexanders Brust richtete, packte dieser den Unterarm des Gegners mit neuer Kraft und drehte ihn herum. Der Schuss löste sich und traf Rasser mitten ins Herz.

Alexander spürte kein Bedauern. Er hatte den Freund längst verloren.

Hastig rappelte er sich auf, um nach den anderen zu sehen. Infernalischer Lärm erfüllte den Gang: Kreischen, Schreien und Fauchen, in das sich die schnellen Schritte der Gardisten mischten, die aus der Kapelle herankamen. In dem engen, dunklen, ihnen unbekannten Stollen mussten sie sich erst zurechtfinden, was Zeit kostete.

Alexander hob die Taschenlampe auf und beleuchtete die am Boden kauernde Gestalt des Papstes. Ein Schreck durchfuhr ihn. War der Heilige Vater verwundet?

Dann aber sah er, dass Custos sich um die Katzennärrin kümmerte. Sie blutete aus einer Wunde am Kopf. Hätte die Kugel sie nicht nur gestreift, hätten wohl selbst die heilenden Kräfte des Papstes ihr nicht mehr helfen können. Custos wirkte vollkommen konzentriert; vorsichtig strich er mit der Hand über die Stirnwunde. Die Signora lag mit geschlossenen Augen in seinem Schoß.

Alexander ließ den Lichtkegel weiterwandern zu einem Knäuel miteinander ringender Leiber. Markus Rosin wälzte sich am Boden hin und her und versuchte, etliche Katzen von seinem Körper zu schütteln. Immer wieder sprangen die Tiere ihn an und schlugen ihre scharfen Krallen in sein Fleisch. Kein Zweifel, sie verteidigten ihre Herrin oder rächten sie. Tiger bearbeitete das Gesicht des Generals, der sich mit fahrigen Bewegungen wehrte. Die Waffe war ihm entfallen.
Alexander nahm die Automatik auf und vertrieb die Katzen mit ein paar Fußtritten. Markus Rosins Abwehrbewegungen erlahmten, als die Tiere ihn nicht mehr bedrängten, aber er schien nicht aufstehen zu wollen. Jetzt erkannte Alexander, warum er sich so unbeholfen gegen die Katzen verteidigt hatte: Tiger hatte ganze Arbeit geleistet und ihm beide Augen ausgekratzt.
Alexander richtete die Waffe auf die Stirn des laut stöhnenden Mannes, genau zwischen die beiden blutigen Augenhöhlen. Er erinnerte sich gut an seinen Schwur, seinen Vater zu töten, aber er drückte nicht ab. Er hatte keinen Vater mehr, den er hätte bestrafen können. Vielleicht hatte er nie einen richtigen Vater gehabt, sondern immer nur ein flüchtiges Trugbild. Und selbst das war schon vor zehn Jahren erloschen. Seitdem gab es nur noch den Ordensgeneral Markus Rosin, und über den würden andere richten.
Gardisten umringten sie, und mit ihnen kam Donati angehumpelt. Alexander übergab ihm die Waffe und wandte sich dem Papst zu, auf dessen Stirn dicke Schweißperlen glänzten.
»Wird die Signora durchkommen?«

Custos nickte und erhob sich schwankend. »Der Herr ist mit ihr.«
Alexander übergab die Lampe einem Kameraden und lief zurück zur Edelsteinkapelle. Zu Elena.

EPILOG

»Elena geht es bald besser«, verkündete einige Stunden später Professor Orlandi, als er aus ihrem Krankenzimmer trat. »Sie muss ein paar Stunden schlafen, dann wird das Gift in ihrem Körper weitgehend abgebaut sein. Ich habe auch ihren Rücken behandelt, damit die Wunden schneller verheilen.«

»Kann ich zu ihr?«, fragte Alexander.

»Wenn Sie sie schlafen lassen, ja.«

Orlandi ging ins Nebenzimmer, wo Signora del Grosso lag. Alexander weckte Elena nicht. Es genügte ihm, an ihrem Bett zu sitzen, sie anzuschauen und zu wissen, dass sie beide es überstanden hatten. Nach allem, was hinter ihm lag, hätte er erschöpft sein müssen, leer, ausgebrannt. Aber es war nicht so. Elena und er hatten die Vergangenheit abgeschüttelt. Ihr Leben wurde nicht länger von fremden Kräften gelenkt. Was die Zukunft auch für sie beide bereithalten mochte, es lag bei ihnen, ihre Chancen zu nutzen.

Länger als eine Stunde blieb er bei ihr und sah sie einfach nur an. Dann ging er in den Salon, in dem einige der Auserwählten, darunter Orlandi, Solbelli und ihr Verbündeter Donati, die Sondersendung im Fernsehen verfolgten. Egal, welchen Sender man an diesem Sonntag einschaltete, jeder hatte sein Programm für die Berichterstattung aus dem Vatikan gekippt, sogar die Sportkanäle.

Donati trat auf Alexander zu und sagte: »Was Elena betrifft, muss ich mich wohl bei Ihnen entschuldigen. Vermutlich ist das Verdächtigen bei mir eine Berufskrankheit.«

»Was Sie heute Nacht getan haben, auch für Elena, bedeutet tausendmal mehr als jede Entschuldigung, Commissario.« Alexander reichte ihm die Hand. »Ich danke Ihnen, für alles.«

Donati ergriff seine Hand und schüttelte sie. »Gleichfalls, Signor Rosin.«

Ein Fernsehsprecher berichtete von nächtlichen Kämpfen in unterirdischen Gängen unter dem Vatikan, über die noch nichts Genaues bekannt sei. Alexanders Gedanken kehrten zur letzten Nacht zurück.

Mit den sich überstürzenden Ereignissen in der Edelsteinkapelle waren die Aufregungen noch nicht beendet gewesen. Die Gardisten hatten die gefangenen Verschwörer durch den Geheimgang in den Vatikan gebracht. Auch Alexander war dabei gewesen. Der Papst brauchte in dieser Stunde jeden Getreuen.

Die Schweizer holten ihre Schusswaffen aus der Waffenkammer und setzten alle ihnen bekannten Verschwörer, die sich im Vatikan aufhielten, fest: die Kardinäle Musolino und Tamberlani, Monsignore Wetter-Dietz, Gardekaplan Imhoof sowie einige ihrer Mitarbeiter.

Anfangs erschien ungewiss, auf welche Seite die Vigilanza sich schlagen würde. Erst als die Gendarmen sich für Papst Custos entschieden, hatte festgestanden, dass dem Vatikan eine bewaffnete Auseinandersetzung erspart bleiben würde.

Commissario Donati war zu diesem Zeitpunkt schon im Präsidium gewesen, um die Polizeiführung über die Lage

zu informieren. Falls die Vigilanza sich gegen die Schweizergarde gestellt hätte, hätte Papst Custos römische Ordnungskräfte zur Verstärkung anfordern müssen.
Aber auch so hatten Stadtpolizei und Carabinieri alle Hände voll damit zu tun, den Vatikan abzuriegeln. Die Nachricht von der ominösen Rückkehr des Papstes in den Kirchenstaat, von seiner völligen Genesung und dem geplanten Putsch einiger Kurienkardinäle lockte Heerscharen von Neugierigen, Gläubigen und Journalisten zum Vatikan. Rom glich einem Hexenkessel.
Als reichten all diese Neuigkeiten noch nicht aus, um die Welt in helle Aufregung zu versetzen, wartete Papst Custos mit der nächsten Sensation auf. Der Heilige Vater höchstpersönlich erschien zur Presseerklärung im Konferenzraum des vatikanischen Pressesaals. Und als die Kameraleute und Fotografen sich einigermaßen gefangen hatten, waren es seine Worte, die für den nächsten Aufruhr sorgten.
Seine Heiligkeit präsentierte der Öffentlichkeit die *Wahre Ähnlichkeit Christi* und berichtete von der Bedeutung des Smaragds.
»Wird die Menschheit diese Botschaft verkraften?«, fragte Elena am Abend, als sie sich mit Alexander eine Aufzeichnung der Pressekonferenz ansah. »Werden die Christen zusammenfinden oder sich noch weiter spalten? Werden die Fundamentalisten im Islam eine Chance wittern, den Heiligen Krieg gegen alle Ungläubigen auszurufen?«
Sie waren zu Elenas Wohnung gefahren. Elena hatte darum gebeten, als sie erwacht war; sie hatte mit ihm allein sein wollen.
»Der Heilige Vater hat gewusst, was er tat«, erwiderte

Alexander, der sich den ganzen Tag über dieselben Fragen gestellt hatte. »Natürlich haben ihn die Umstände dazu gedrängt, Hals über Kopf an die Öffentlichkeit zu gehen. Wie sonst sollte er die Festnahme hochrangiger Kardinäle, des Vatikansprechers, des kommissarischen Gardekommandanten, des Gardekaplans und des Generalinspektors der Vigilanza erklären? Vielleicht ist es gut so. Ein heilsamer Schock kann zuweilen mehr bewirken als ein quälend langsamer Prozess. Er wird die Menschen überzeugen. Wenn es einen Engelspapst gibt, dann ist es Custos!«

Elena griff zur Fernbedienung, schaltete den Fernseher aus und sah Alexander an. »Hast du auch einen heilsamen Schock erlebt?«

»Ja«, sagte er nachdenklich. »Ich weiß jetzt, dass ich keinem Vater und keiner Vergangenheit nachtrauern muss. Was mit Markus Rosin auch geschehen mag, für mich wird es das Schicksal eines Fremden sein.«

Sie sah ihn prüfend an. »Das klingt verbittert.«

»Nein, nicht verbittert.« Er lächelte und es war ein offenes, ehrliches Lächeln. »Verbittert war ich, als wir die Zusammenkunft des Zirkels belauscht haben und ich erkennen musste, wer das Haupt der Zwölf war. Da habe ich mich von meinem Vater verraten gefühlt. Inzwischen weiß ich, dass dieser Mann schon lange nicht mehr mein Vater war. In gewisser Hinsicht bin ich froh über die Erkenntnis. Ich wünschte nur, es hätten nicht so viele Menschen dafür ihr Leben gelassen.«

»Nach allem, was du für den Papst getan hast, ist dein Aufstieg an die Spitze der Schweizergarde sicher, Alexander. Du wirst Gelegenheit haben, den Namen Rosin rein zu waschen.«

Er schüttelte den Kopf. »Das habe ich bereits getan, mehr als genug, denke ich. Im nächsten Jahr hätte ich meine Dienstzeit verlängern müssen, was ich jedoch nicht tun werde. Mehr noch, ich werde Seine Heiligkeit um vorzeitige Entlassung bitten. Zu viele ungute Erinnerungen sind mit dem Namen Rosin verbunden, ich werde die Familientradition beenden.«

»Und dann? Was hast du vor?«

»Ich denke, ich werde mich dem Journalismus zuwenden. Bevor ich nach Rom kam, habe ich zwei Semester Journalistik studiert. Mit meinem Hintergrundwissen als Exgardist könnte ich doch einen passablen Vatikanisten abgeben. Natürlich muss ich den Job von der Pike auf lernen, am besten bei einer Meisterin des Fachs. Du brauchst jetzt ja wohl einen neuen Rechercheur, Elena.«

Sie blickte ihn ungläubig an. »Du willst mich verkohlen, oder?«

»Ganz im Gegenteil, ich habe es noch nie so ernst gemeint.«

Er nahm sie in die Arme und küsste sie, und das Schicksal der Menschheit erschien auf einmal vollkommen unbedeutend.

Die ganze Nacht über lagen sie sich in den Armen und hielten einander einfach nur fest. Und jeder von ihnen wusste, dass er in dieser kleinen Ewigkeit alles hatte, was er brauchte, was er sich wünschte. Wäre es möglich gewesen, hätten sie die Zeit angehalten. Aber das Tageslicht, das die Dachwohnung irgendwann durchflutete, schwemmte die Illusion eines abgeschlossenen Mikrokosmos hinweg.

Nur widerwillig löste Alexander sich aus der Umarmung

und ging zum Fenster. Das Erste, was ihm auffiel, war der strahlend blaue Himmel, an dem nicht die kleinste Wolke zu sehen war. Die Sonne lachte, als wollte sie die vielen trüben Wochen, die Rom gesehen hatte, an einem Tag vergessen machen. Er blickte den Hügel hinunter auf die Stadt, sah Autos, Busse und einen Milchauslieferer, dessen kleiner Transporter den Gianicolo heraufzuckelte.

»Und?«, fragte Elena zaghaft, als er zu ihr zurückkam. Sie sah ihn an wie den Engel des Jüngsten Gerichts.

Er schloss sie wieder in die Arme und sagte lächelnd: »Rom lebt!«

NACHBEMERKUNG DES AUTORS

Die Schweizergarde der Päpste, heute gerade mal hundert Mann stark, ist eine Kompanie im Rang eines Regiments. Daraus resultiert ein auf den ersten Blick verwirrend anmutender Unterschied zwischen Funktion und Dienstrang der Gardisten. Die siebzig Hellebardiere, die das Gros der Einheit stellen, stehen im Rang eines Wachtmeisters. Zehn Vizekorporale haben den Rang eines Feldweibels, der bei den Schweizern noch so heißt wie der Feldwebel zu Landsknechtszeiten. Auf der nächsthöheren Stufe stehen zehn Korporale im Rang eines Adjutanten (wie auch Alexander Rosin). Darauf folgen vier Wachtmeister im Rang eines Leutnants. Einem Feldweibel, der die Funktion eines Adjutanten erfüllt, kommt der Rang eines Oberleutnants zu. Zwei Leutnants schließen sich an, von denen der eine im Rang eines Hauptmanns und der andere in dem eines Majors steht. Ein Oberleutnant als stellvertretender Kommandant und der Gardekaplan haben jeweils den Rang eines Oberstleutnants inne. Der Kommandierende Hauptmann als Gardekommandant steht im Rang eines Obersten.

»Der Engelspapst« ist ein Roman, eine Fiktion. Reale Personen und Begebenheiten mögen als Vorlage gedient haben, sollen aber hier nicht porträtiert werden. Natürlich gab der im Mai 1998 verübte Mord am Kommandanten der Schweizergarde und seiner Frau eine wesentliche Anregung zu dieser Geschichte. Den Presseberichten zufolge hat der Vatikan die Akten so schnell geschlossen, dass mehr unaufgeklärt blieb, als aufgeklärt wurde. Die Hintergründe der realen Mordtat liegen im Verborgenen, die der fiktiven entspringen meiner Fantasie.

Dasselbe gilt für die mysteriösen Umtriebe auf der winzigen Kanalinsel Brecqhou. Dort wurde tatsächlich vor wenigen Jahren unter strengster Geheimhaltung ein Schloss im gotischen Stil erbaut, und Spekulationen ranken sich um das, was seine Besitzer auf dem öden Eiland tun. Was auch immer die wirklichen Schlossherren auf Brecqhou veranstalten, es steht in keiner Beziehung zu den von mir geschilderten Vorgängen, die, wie der Orden Totus Tuus, frei erfunden sind. Die geheimnisvolle Insel war so verführerisch, dass ich sie mir einfach ausleihen musste.

Ähnlich verhält es sich mit dem Vatikan. Zwar habe ich den Kirchenstaat besucht und hatte auch Gelegenheit, an einer Audienz des Papstes teilzunehmen, doch sind die kurialen Personen und Machenschaften in diesem Roman sämtlich Produkt meiner Fantasie. Was nicht heißen soll, dass es im kleinsten Staat der Welt keine Intrigen gäbe.

Berichte über einen Zwillingsbruder Jesu existieren tatsächlich. Und es hat einen Smaragd mit der Profilansicht eines Mannes gegeben, der als *Wahre Ähnlichkeit Christi* bezeichnet wurde und seit dem Sacco di Roma als verschollen gilt. Wie es auch immer wieder Legenden über den das Christentum reinigenden Engelspapst gegeben hat.

Ebenfalls belegt ist, was in diesem Roman über die Schließung der römischen Fuggerniederlassung kurz nach dem Sacco di Roma berichtet wird. Die Unterlagen der Nieder-

lassung sind tatsächlich verschwunden. Und tatsächlich traten damals zwölf Schweizer nach der Auflösung ihrer Garde in die neue Leibwache des Papstes ein. Einer von ihnen war Albert Rosin aus Zürich.
Die Hand des heiligen John Kemble wird in der Kirche St. Francis Xavier in Hereford als Reliquie verehrt. Die mysteriöse Bombardierung des Vatikans im Zweiten Weltkrieg hat ebenso stattgefunden wie der Bombenangriff auf das Mailänder Kloster Santa Maria delle Grazie. Auch dass es den Plan »Rabat-Föhn« zur Entführung von Papst Pius XII. gegeben hat, ist belegt.
Aus all diesen und anderen Bausteinen entstand meine Geschichte, die keine Wahrheit sein will, jedenfalls nicht mehr als jede andere Geschichte. Denn wahr sein kann nur das, was jeder für sich selbst feststellt.

Jörg Kastner

GLOSSAR

Apostolische Kammer:	vatikanisches Ministerium zur Verwaltung der weltlichen Angelegenheiten des Heiligen Stuhls
Apostolische Signatur:	oberster Gerichtshof im Vatikan, zuständig für die Gerichtsbarkeit in der ganzen Kirche
Bidenhänder:	auch Beidhänder; Schwert mit sehr langer und breiter Klinge, das im Kampf mit beiden Händen geführt wird
Camerlengo:	Kämmerer
Carabinieri:	paramilitärische Polizeitruppe, deren Aufgaben sich im täglichen Einsatz mit denen der Stadtpolizei, der »Policia Municipale«, überschneiden
Feldschlange:	Geschütz mit sehr langem Rohr zum Verschießen kleinerer Eisenkugeln
Haufnitze:	Kurzrohrgeschütz auf Lafette für Stein- und Hagelbeschuss
Hauptbüchse:	schweres Geschütz ohne Lafette (Legestück) zum Verschießen von großen Steinen und Eisenkugeln
Kake-Phase:	im Judo abschließende Kampf-

	phase, in der die Kampftechnik ausgeführt wird
Kartaune:	Geschütz zum Verschießen von Eisenkugeln auf Lafette
Katzbalger:	Kurzschwert mit breiter Klinge
Kongregation:	regelmäßig tagendes Komitee von Kurienkardinälen und anderen Mitgliedern zur Erörterung eines bestimmten Sachgebiets, ähnlich dem »Rat«; ansonsten Bezeichnung für eine ordensähnliche Gemeinschaft, die keine feierlichen Gelübde kennt
Konklave:	Bezeichnung für die Papstwahlversammlung der Kardinäle und für die Räume, in denen die Wahl stattfindet
Konsistorium:	Bezeichnung für die Versammlung der Kardinäle unter dem Vorsitz des Papstes wie auch für den Versammlungsraum
Kuzushi-Phase:	im Judo Kampfphase, in der man den Gegner aus dem Gleichgewicht bringt, häufig durch Nachgeben
Monsignore:	»mein Herr«; Ehrentitel für Priester, die fünf Jahre lang für den Vatikan arbeiten
Reisige:	berittener Krieger
Reisläufer:	besonders bei Schweizern üblicher Begriff für Söldner

Serenissima: »die Allergnädigste« oder »die Durchlauchtigste«; in der Renaissance Bezeichnung für Venedig

Tsukuri-Phase: im Judo zwischen *Kuzushi-* und *Kake-Phase* die mittlere Phase, in der die Kampftechnik angesetzt wird; die drei in der Theorie getrennten Phasen gehen beim Kampf nahtlos ineinander über

WICHTIGE DATEN

zur Geschichte der Schweizergarde und des Vatikans

1506 Hauptmann Kaspar von Silenen zieht mit 150 Schweizern in den Vatikan ein – Beginn der offiziellen Geschichte der Schweizergarde der Päpste.

1510 Matthäus Schiner, Bischof von Sitten und Kardinal, vermittelt einen Beistandspakt zwischen der Schweiz und dem Vatikan.

1512 Julius II. verleiht den Schweizergardisten durch päpstliche Bulle den Titel *Defensores Ecclesiae Libertatis* (Hüter der Freiheit der Kirche).

1526 Da die Eroberungspolitik Kaiser Karls V. in den Augen von Papst Clemens VII. eine Gefahr für den Kirchenstaat darstellt, schließt der Papst sich mit dem französischen König Franz I., dem Herzog von Mailand, der Republik Venedig und Florenz am 22. Mai zur Heiligen Liga von Cognac zusammen. Die dem Papst feindlich gesinnten Colonna, ein römisches Adelsgeschlecht, nutzen die politischen und militärischen Wirren, indem sie am 20. September mit 5000 Mann Rom überfallen und plündern. Clemens VII. flieht in die Engelsburg. Ein aus der Lombardei anrückendes Heer von 7000 Mann, unter denen sich auch 2000 Schweizer befinden, befreit den Papst.

1527 Am 6. Mai stürmt das kaiserliche Heer, von Karl V. ohne Sold gelassen und seit der schweren Erkrankung des berühmten Söldnerführers Georg von Frundsberg ohne straffe Führung, Rom. Als *Sacco di Roma* geht die anschließende Plünderung der Stadt in die Geschichte ein. Von 189 Schweizern lassen 147, darunter Hauptmann Kaspar von Silenen, ihr Leben, um Papst Clemens die Flucht in die Engelsburg zu ermöglichen. Die Engelsburg wird wacker verteidigt, unter anderem von dem Goldschmied und Bildhauer Benvenuto Cellini, der sich erfolgreich als Bombardier betätigt. In den Verhandlungen mit den Belagerern lässt der Papst sich auf die Abschaffung der Schweizergarde ein. Nur zwölf Schweizer bleiben bei ihm, darunter Albert Rosin aus Zürich. Am 7. Dezember flieht Clemens aus Rom nach Orvieto.

1528 Der von Orvieto nach Viterbo weitergezogene Papst Clemens erhält im Oktober von Karl V. die Erlaubnis, nach Rom zurückzukehren.

1529 Karl V. und Clemens VII. schließen am 29. Juni den Vertrag von Barcelona mit gegenseitigen Zugeständnissen. Clemens sichert dadurch die weltliche Macht des Kirchenstaates, den Karl als Schutzwall gegen die Protestanten benötigt. Am 3. August schließen Karl und Franz I. den Frieden von Cambrai, worin Franz auf seine italienischen Ansprüche verzichtet.

1548 Papst Paul III. schließt mit der Schweiz einen Vertrag über die Neuaufstellung der Schweizergarde.

Hauptmann Jost von Meggen rückt mit 231 weiteren Gardisten in den Vatikan ein.

1798 Napoleons Truppen besetzen Rom und auch die Schweiz, was zur Auflösung der alten Eidgenossenschaft und zur Gründung der Schweizer Republik führt. Gardekommandant Alois Pfyffer erhält aus Luzern den Befehl zur Auflösung der Schweizergarde. Nur fünf Unteroffiziere und 36 Hellebardiere bleiben in Rom.

1801 Neugründung der Schweizergarde unter dem Kommandanten Karl Pfyffer von Altishofen.

1808 Neuerliche Besetzung Roms durch Napoleons Truppen. Papst Pius VII. flieht in den Quirinal und gibt der Schweizergarde schließlich den Befehl, die Waffen zu strecken. Die Garde wird erneut aufgelöst.

1814 Nach Napoleons Abdankung kehrt der nach Fontainebleau verbannte Pius VII. nach Rom zurück und beauftragt Karl Pfyffer von Altishofen mit der Reorganisation der Schweizergarde.

1870 Die Truppen des Königreichs Italien erobern Rom. Der Kirchenstaat als weltlicher Territorialstaat hört auf zu existieren. Papst Pius IX. entlässt die päpstlichen Truppen mit Ausnahme der Schweizergarde.

1929 Die zwischen dem Heiligen Stuhl und dem italienischen Staat geschlossenen Lateranverträge geben dem Heiligen Stuhl das Recht auf politische und juristische Selbstverwaltung. Der autonome Kirchenstaat im Herzen Roms ist geboren. Der schweizerische Gesamtbundesrat genehmigt das

Fortbestehen der Schweizergarde als Wachtruppe des Kirchenstaats.

1979 Papst Johannes Paul II. legt die Sollstärke der Schweizergarde auf 100 Mann fest.

1998 Eine Bluttat erschüttert Anfang Mai die Schweizergarde: Der frisch ernannte Kommandant Alois Estermann und seine Frau werden ermordet. Der mutmaßliche Täter, der Gardist Cedric Tornay, wird tot am Tatort aufgefunden; angeblich hat er sich selbst gerichtet. Sein vorgebliches Motiv: dienstliche Differenzen mit dem Vorgesetzten.